世界華文新文學史

中國現代文學的兩度西潮

分流後的再生

第二度西潮與現代／後現代主義

馬森

著

目錄

下編　分流後的再生：第二度西潮與現代／後
　　　現代主義

第三十一章　第二度西潮的衝擊與影響

一、何謂「第二度西潮」？

　　如果說從1840年前後的鴉片戰爭到抗日戰爭的1937年將近百年的中國歷史籠罩在第一度西潮的衝擊中，而且在1919年的五四運動後達到前所未有的高潮，那麼這股洶湧的西潮卻爲日本軍國主義者的大舉侵華粗暴地阻斷了。這種斷絕雖非百分之百，但大體上西潮東漸的勢頭遇到了極大的障礙，不能不形成中斷的現象。分析起來，有三方面的原因：首先，自然是日本的軍事包圍阻斷了中國以前與西方正常的海空運交通；第二，歐美自身也陷入戰禍中，無暇他顧；第三，戰前中國的留學生因戰事多半滯留在國外，而抗戰期間政府與個人均無力、無法再繼續送留學生到西方國家留學；而且國內留意西方發展的知識份子也失去了源源而來的資訊。當時台灣雖然情況不同，但作爲日本殖民地的地位，也一樣隔絕了與西方世界的交往。這種情況在二次大戰結束日本無條件投降後並未立時改變，因爲1945年起中國又陷入國共內戰的災難中。在內戰中，生民的流離失所，經濟生活的艱苦，正常交通的窒礙，也都無法使西潮正常地

輸入。一直到1949年國共之戰告一段落，國民政府遷都台北，使台灣與中國大陸成爲隔絕的兩個政治與經濟的實體，各自在不相干擾下自行發展，情況才與先前不同。如果說大陸方面因爲政治立場的關係採取與西方世界敵對與隔絕的政策，在台灣的國府卻不得不加入自由世界的陣營，立刻恢復與所有西方國家的經貿關係與文化交流，自此以後始終保持密切的往還，因此1949年後西潮又再度衝擊到台灣，使台灣的文學自有一番新面貌，故我們稱之謂「第二度西潮」（馬森 1991）。

1949年後台灣所接受的西潮與中斷前的西潮不盡相同了。這兩度西潮間影響文學與藝術最大的差異乃在西方的現代主義潮流。在第一度西潮時西方的現代主義已經稍稍傳入，但那時國人一心崇尚寫實主義，對現代主義多採取保留或排斥的態度，是故現代主義在1949年前的中國文學作品中，除了現代派的詩和極少的小說作品外，幾乎沒留下痕跡。但是到了1949年後的台灣，所接受的第二度西潮，其中的主流就已經是現代主義，因此才不能不區分這兩度西潮所帶給中國文學的不同的重要意義。

在二十世紀，西潮不但東漸，而是一個氾濫全球的潮流，少有國家或地區不受其影響。但是在冷戰的時代，因爲意識形態的不同，社會主義國家對戰後資本主義國家的發展有意採取敵視和抗拒的態度，因此中國大陸、蘇聯和東歐諸國凡屬於社會主義陣營者，無不視西方資本主義的文化爲洪水猛獸，避之唯恐不及。台灣既然視西方國家爲友邦，繼續五四一代向西方取經、學習的傳統，除了由西方人帶來的影響外，更重要的是台灣到西方留學的學生逐漸把西方的新思潮和新事物帶回台灣。如果說台灣的第一度西潮時間與大陸雷同，但第二度西潮卻是從1949年國府遷台之後就開始了。

第二度西潮除了帶來文學上的現代主義和後現代主義外，在廣義的文化層面，可說又再度肯定了第一度西潮未能竟其功的科學與民主。二次大戰後的世界已不同於二次大戰之前，過去的所謂帝國主義不能不收斂其氣焰，接受殘酷的戰爭教訓之後，重新發現和平的重要，戰後聯合國的組織包容了不同政經體制、不同的宗教信仰的國家和不同的意識形態的族群，就是人類追求和平的明

證。在原來的帝國主義現在的資本主義的內部，也透過社會福利制度減少了階級的對立，達成各階級的和平共存。同時社會主義國家卻越來越顯示出其獨裁專橫、蔑視人權的猙獰面目以及經濟發展的無能與失敗。在此新的世界局勢下，第二度西潮當然不可能再有第一度西潮的強勢馬克思主義的入侵，左派的文學思潮也就相形偃旗息鼓了。

世界的變化出乎馬克思主義者的預料，並沒有順利地從資本主義過渡到社會主義，然後再到達共產主義的境界。正好相反，標榜無產階級革命的社會主義國家反倒在二十世紀的後半期相繼崩解，尚未崩解的中國大陸也終於成為走資派當權的局面。在資本主義席捲全球的大勢之下，社會主義中國在堅決反資的毛澤東及其同路人相繼去世或遭受整肅之後，也不得不採取對西方資本主義國家友好開放的態度，於是大陸也步上台灣的後塵，接受了第二度西潮的洗禮，不過在時間上比台灣整整晚了二十八年。

二、何謂現代主義？

無庸諱言，現代主義（modernism）是一個來自西方的名詞與概念。據西方辭典的釋義，現代主義一詞籠統地概括了二十世紀的藝術風格，正如以新古典主義（neo-classicism）概括十八世紀、以浪漫主義（romanticism）和寫實主義（realism）概括十九世紀的文學藝術一般。對此一問題頗具心得的李歐梵曾說：「西方的現代主義是從瀰漫的危機意識中生長出來的一種歷史與文化的危機，可追溯到十九與二十世紀之交（在維也納），或第一次世界大戰末期（在法國和德國），或愛德華時代末期（在英國）。在二十世紀初期，西方的現代作家對過去幾百年文明累積的遺產，已不再感到樂觀；相反的，他們受到一股現存的壓迫感驅使，要從全然空虛之中創造新的藝術形式。」（李歐梵1981：29）所以現代主義特別指那些從寫實主義、物質主義（materialism）以及傳統的文類與形式（traditional genre and form）中解脫出來的前衛藝術而言，諸如象徵主義（symbolism）、表現主義（expressionism）、未來主義

（futurism）、意象主義
（imagism）、漩渦畫派
（vorticism）、達達主義
（dadaism）、超現實主
義（surrealism）等。在文
學方面，詹姆斯（Henry
James）、康拉德（Joseph
Conrad）、普魯斯特
（Marcel Proust）、湯瑪
斯・曼（Thomas Mann）、
紀德（Andre Gide）、卡夫
卡（Franz Kafka）、史維烏
（Ettore S. Svevo）、喬伊
斯（James Joyce）、吳爾芙

卡夫卡（1883-1924）

湯瑪斯・曼（1875-1955）

福克納（1897-1962）

吳爾芙（1882-1941）

（Virginia Woolf）、米塞（Robert von Musil）、福克納（William Faulkner）
等的小說，史特靈堡（August Strindberg）、皮藍德婁（Luigi Pirandello）、
魏德肯得（Frank Wedekind）、布雷赫特（Bertolt Brecht）的戲劇，葉慈
（William B. Yeats）、艾略特（T. S. Eliot）、龐德（Ezra Pound）、里爾克
（Rainer M. Rilke）、阿波里奈（Wilhelm Apollinaire）等人的詩，都被視爲現
代主義的作品。（Fowler 1973:117-118）

　　二次大戰以後，西方對現代主義的作品多所論述，
現代主義一詞的運用也逐漸明朗，例如美國學者艾斯
坦森（Astradur Eysteinsson）對照後現代主義（post-
modernism）的新概念，把現代主義置於一定的經濟
與社會發展的歷史環境中加以審視，諸如西方帝國主
義的擴展、科學與技術的突飛猛進、世界大戰、共產
主義的革命、資本主義經濟的危機、法西斯主義的興

艾略特（1888-1965）

起等等，認為在十九世紀末至二十世紀中期的這種歷史的背景下，對應外在世界的變化以及藝術創作者內心世界的感應所滋生的文藝美學導向，從對外在世界的反映與模擬轉化為對內心世界的關照，後來的評論家概括稱之為「現代主義」。至於二十世紀後期，雖仍有現代主義的遺緒，但後現代主義的美學風格已經代之而興了（Eysteinsson 1990）。

　　據我們的瞭解，凡是批評的名詞與概念均有其侷限性，當我們為了敘述和解釋的方便而把某些作品加以標籤化的時候，當然同時也冒著「反標籤」的危險。而且標籤的規範作用實在無法反映時時都在企圖超越規範的文藝風格。然而在混沌的世界中，如全無規範式的標籤，則無從加以辨認與理解，故標籤化的論述遂成為一種必要之惡。一般的論述，均認為「現代主義」一詞乃針對「寫實主義」而來，如果說後者奠基於哲學上的實證主義，才用了「模擬」（mimesis）的手法從事藝術創作，那麼前者則是在佛洛伊德與馬克思交互影響下的新思維與觀察世界的新視角，表現的藝術手法可以是象徵主義式的、表現主義式的、夢幻的或意識流的。正如詹明信（Fredric Jameson）所言：「寫實主義後來成為現代主義攻擊的靶子與突破的舊套」（Jameson 1976），現代主義作家在創作時自然不會再採取寫實主義作家用過的手段。現代主義出現與發展的確切時間通常定在1890（象徵主義開始）到1945（二次世界大戰結束）這五十多年間，而以二〇到三〇年代間為其鼎盛期，在1922年喬伊斯出版《尤里西斯》（*Ulysses*），艾略特出版《荒原》（*Wasteland*）尤具代表意義（Childers and Hentzi 1995）。存在主義（existentialism）的思潮與意識流（stream of consciousness）的技法也都是現代主義文學的特點。筆者曾在一篇論文中大略提出現代主義美學的特徵，此處仍可應用：在形式上盡量擺脫「模擬」，特別是外貌的仿造，在主題上則傾向「疏離」（alienation）與「孤絕」（isolation），而且

喬伊斯（1882-1941）

表現了對現代資本主義的深切的不滿與抗拒。（馬森 2002：139）留美學者葉維廉也認為「現代主義是個非常複雜的運動，要用幾百字去勾畫一個大要實是不可能的。」他設法把現代主義的基本特質和精神概括為四條：「一、現代主義以『情意我』（ego）世界為中心；二、現代詩的普遍歌調是『孤獨』或『遁世』（以內在世界取代外在現實）；三、現代詩人並且有使『自我存在』的意識；四、現代詩人在文字上是具有『破壞性』和『實驗性』兩面的。」（葉維廉 1986：35-36）大陸學者王寧在翻譯了多篇佛克馬、伯頓斯所編《走向後現代主義》一書的論文後，總結現代主義的意涵，大致有下列幾種：

一種美學傾向（弘揚自我表現，追求形式美的為藝術而藝術的傾向）；

一種創作精神（具有某種超前意識或先鋒實驗精神，以追求標新立異為己任）；

一場文學運動（主要限於西方國家，時限為1890至1930年左右，但也波及一些東方國家）；

一個鬆散的流派（十九世紀末，二十世紀初崛起的所有反現實主義傳統的流派和思想的總稱）；

一種創作原則和創作方法（沒有時限，主要用以區別與傳統的現實主義之差異）。（佛克馬、伯頓斯 1991：319）（註1）

綜上所述，可知現代主義的概念在今日的西方以及為西方思潮波及的東方世界，已經成為可以辨認、界定與參照的一種美學風格。而現代主義文學與前此的寫實主義文學在對世界的觀察與認識上、在書寫的態度上、在給予讀者的感受上，都有其可以區隔之處。

註1：注意：大陸學者均以「現實主義」替代「寫實主義」，而並未意識到其間的區別。

三、中國在現代化中所遭遇的現代主義文學

自鴉片戰爭失敗之後，中國漸漸走上了西化／現代化的不歸路。五四運動其實就是一次在文化上無保留的西化運動，在西潮的衝擊下產生了新詩、新劇、新小說和新散文。非但創作深深地受到西方文學的影響，評論以及支持評論的理念和方法，無不以西方的思潮馬首是瞻。五四運動以後的十年，正是西方現代主義方興未艾的時刻，中國的知識份子雖然感受到現代主義的氣息，但尚未體認到現代主義的真實面目和潛力，因而比較容易欣賞在西方早已爛熟但在中國仍覺新鮮的寫實主義。又加以當時中國的經濟基礎及社會條件較易於寫實主義美學的生長；寫實主義所具有的揭露社會黑暗面的批判力量也正暗合了一心企圖改革社會的中國知識份子的心意。譬如1921年〈《小說月報》改革宣言〉中就說：

> 寫實主義文學，最近已見衰歇之象，就世界觀之立點言之，似已不應多為介紹；然就國內文學界情形言之，則寫實主義之真精神與寫實主義之真傑作實未嘗有其一二，故同人以為寫實主義在今日尚有切實介紹之必要。

五四一代對西方寫實主義戲劇大師易卜生的推崇與模擬是人盡皆知的事。傅斯年在談到新劇的創作時，特別提出：「劇本的材料，應當在現在社會裡取出……，劇本裡的事跡總要是我們每日的生活……，劇本裡的人物，總要平常。」（洪深 1935：22）這幾項都可說是寫實主義的規範。從事新劇運動的歐陽予倩更一力強調寫實主義在戲劇創作中的重要，他說：

> 歐洲的戲劇有許多的派別，從古典主義以至表現主義，各有各的一種精神。我們對於這許多派別，應該持怎樣一種態度？卻是一個問題。據我的意見，以為現在應當注重寫實主義……寫實主義的戲曲對社會是直接的，革命的中國用不著藏頭露尾虛與委蛇的說話，應當痛痛快快處理一下社會的各種問題……寫

實主義簡單的解釋，就是鏡中看影般的如實描寫。（洪深 1935：57）

雖然五四一代並未留下十分傑出的寫實主義的作品，但模仿寫實主義的擬寫實之作卻是那一代的主流（馬森 1985）。

在傾向寫實主義的浪潮中，現代主義並非全無表現。除了那一代回國的留學生例如戴望舒、李金髮等帶回來象徵主義、表現主義等的一些影響外，也偶爾有些小說家運用了現代主義的手法，例如郁達夫的作品有時就帶有現代主義的氣息（馬森 1997a）。上海畢竟是得風氣之先的十里洋場，1932年5月施蟄存在上海發行《現代》雜誌，當然與現代主義脫不了關係，因而出現了施蟄存、穆時英、劉吶鷗等一批傾向現代主義美學的作家。譬如說施蟄存的小說〈鳩摩羅什〉運用了佛洛伊德精神分析的方法，穆時英的〈夜總會裡的五個人〉場景的快速切換、對感官印象的強調，使當時的評論家認為「邪僻」，都是現代主義的特點。劉吶鷗更將日本作家橫光利一的新感覺派的風格引入他創作的小說中。後來張愛玲在孤島時期的上海崛起，也曾深受西方的現代主義小說的影響。雖然夏志清強調她繼承了中國舊小說的傳統，但也不得不承認「張愛玲受佛洛伊德的影響，也受西洋小說的影響。」（夏志清 1979：342）

但是當日中國的廣大農村經濟與社會條件都並非西方現代主義美學的有利土壤，故這些傾向於現代主義的作品，只能出現在與西方接觸頻繁的上海，而多半還是直接受到西方現代主義文學影響下的產物，並非為本土的社會經濟生活所促成。現代主義所給予中國文學的實際影響猶待第二度西潮來完成。

四、台灣的第二度西潮與現代主義文學

第二度西潮當然並不限於文學，而是一種全面的、整體的現象。從中國大陸遷至台灣的國府，既然無能立時反攻回去，又不能馬上實行美國式的民主，把政治權力交到台灣人民的手中，因此對西方文化的吸收開始的時候多少採取一種保留的態度，一面仰仗西方國家（特別是美國）的經濟與技術的援助，而不

能不同時開放對西方文化思潮的輸入，另一方面對西方現代的民主自由思潮懷有一種戒懼的心理，因而大力提倡復興中國固有文化，企圖加以平衡。

面對彼岸的強敵，防衛的心理也特別強烈。鑑於過去在大陸上文人向左一面倒的經驗，遂有將文藝納入政治版圖的策略。1950年4月成立「中華文藝獎金委員會」，以國民黨主導文藝的大將張道藩擔任主任委員，獎勵反共文學的寫作。同年5月組織「中國文藝協會」，由反共作家陳紀瀅擔任主席，有一百多位作家參與，宗旨中也明訂有「實踐三民主義文化建設，完成反共抗俄復國建國任務」。因此，在五〇年代的文學創作，主題上不外反共抗俄的主旨，美學風格則沿襲五四以來的擬寫實主義。

1956年夏濟安、劉守宜、林以亮等創辦的《文學雜誌》，主張文學不必政治。

然而在民間，毋寧更偏重於對西方思潮的吸收，例如當時的《自由中國》雜誌便極力宣揚美式的民主與自由，因而與官方的立場形成一種緊張的關係。其他非官方的刊物，例如綜合性的《文星》雜誌及《文星叢刊》引進了大批西方國家近當代的新思潮以及文學的新潮流（應鳳凰 2011）。1956年夏濟安、劉守宜、林以亮等創辦《文學雜誌》，雖並不反對反共的立場，但主張回歸文學的本來面目，無形中大大減弱了反共抗俄的政治氣味。對文學的美學導向，並未刻意提倡現代主義，然而時或發表帶有現代主義色彩的評論或創作，例如刊載過奧康納（Willian van O'Connor）的〈談現代小說〉、廷達爾（William York Tindall）的〈現代英國小說與意識流〉以及夏濟安所寫的〈評彭歌的《落月》兼論現代小說〉等。

正式豎立起現代主義旗幟的是詩人紀弦，他主編的《現代詩》季刊於1953年2月出版，聲明：「唯有向世界詩壇看齊，學習新的表現手法，急起直追，迎頭趕上，才能使我們的所謂新詩到達現代化。」紀弦在大陸時就曾經屬於現代派詩人的一員，他可以說是把大陸上的現代主義帶到台灣來的第一人。1956年元月紀弦結合百餘位詩人組成「現代派」，發表宣言，提出「新詩乃橫的移植，

而非縱的繼承」，明確地說明他們移植的是西方包德萊（波特萊爾）以降的現代主義詩人的詩藝。陳芳明認為：「紀弦在現代詩理論方面，可以說是開風氣之先。在創作方面，他的大膽實驗與嘗試，也是最早的啟蒙者。」（陳芳明 2001：143）而後台灣出現了一大批諸如林亨泰、洛夫、瘂弦、商禽等醉心現代詩的詩人。（註2）

1960年創刊出版十三年停刊，又於1977年復刊的《現代文學》雜誌。

如果說台灣在第一度西潮時像中國大陸一樣，文學上崇尚的也是寫實主義，這從日據時代過渡到光復後的本土作家的言論主張和創作實踐明顯地表現出來，那麼二度西潮所帶給台灣的則主要是現代主義與後現代主義了。繼紀弦而後，現代主義文學最重要的標記是1960年台大外文系的一群同學所創辦的《現代文學》雜誌，這份雜誌在「發刊詞」上就有這樣的一句話：「我們打算分期有系統地翻譯介紹西方近代藝術學派和潮流、批評和思想，並盡可能選擇其代表作品。」鑑於以後該雜誌所介紹的西方作家，諸如卡夫卡（Franz Kafka）、史特靈堡（August Strindberg）、奧尼爾（Eugene O'Neil）、湯瑪斯·曼（Thomas Mann）、喬伊斯（James Joyce）、吳爾芙（Virginia Woolf）、勞倫斯（D.H. Lawrence）、福克納（William Faulkner）、艾略特（T.S. Eliot）、葉慈（Butler Yeats）、卡繆（Albert Camus）、沙特（Jean-Paul Sartre）、詹姆斯（Henry James）、海明威（Ernest Hemingway）等，時間上所謂的「近代」指的正是美學上的「現代主義」。雜誌的創辦者、編輯者和撰稿者如白先勇、王文興、陳若曦、歐陽子等也都被視為現代主義的文

葉慈（1865-1939）

卡繆（1913-1960）

註2：受紀弦影響的詩人眾多，一般說來五、六〇年代的台灣詩人大都傾向現代主義（參考本書第三十二章）。

馬森與荒謬劇開山者尤乃斯庫於1982年會晤

1965年創刊於巴黎的《歐洲雜誌》

學作家。

　　白先勇的《遊園驚夢》、陳若曦的《欽之舅舅》、歐陽子的《秋葉》都曾爲評者視爲現代主義的小說。最爲人熟知且討論最多的現代主義的小說，首推王文興的《家變》，這本書明顯地表現出從書寫形式、措辭用字到意欲傳達的內涵都脫離了寫實主義所遵守的美學導向。

　　1965年筆者與留法友人金戴熹、李明明、楊景鸚、程抱一、熊秉明、周麟、張麟徵、李鍾桂、王家煜、羅仲婉、陳錦芳等創辦《歐洲雜誌》，在法國編輯，在台灣發行，也以介紹西方當代的新思潮、新文藝爲宗旨，除了現代主義的作家與作品外，也熱心介紹過存在主義以及後現代主義的作家與作品，先後曾評介了小說家及劇作家羅曼·羅蘭（Romain Rolland）、普魯斯特（Marcel Proust）、聖德士修伯里（Antoine Saint-Exupéry）、沙特、卡繆、阿諾依（Jean Anouilh）、尤乃斯庫（Eugène Ionesco）、詩人裴外（Jaques Prévert）、電影導演比女艾（Luis Bunuel）、安東尼奧尼（Michelangelo Antonioni）等，並翻譯了他們的作品。《歐洲雜誌》的創辦者和撰稿者，後來從事文學創作的人雖然不多，但是多半仍在學院中從事教學和研究的工作。現代主義在台灣的經歷，已有多人論及（Chang 1993），因此如果說六〇年代台灣的文學界已浸潤在現代主義美學的氣氛中，並不爲過。

也有的學者在回顧六〇年代的現代主義文學時，打上一個問號，例如柯慶明的〈六十年代現代主義文學？〉一文就認為：「六十年代的文學，是否為『現代主義』這是一個有爭議，但也可能只是『名詞』用法的問題。」（柯慶明 1995），言下對六〇年代台灣是否有現代主義文學採取保留的態度。如果我們看到了那時代台灣的學者鑽研、介紹西方現代主義的種種努力，以及台灣年輕一代的詩人和小說家嚮往及仿作西方現代主義文學的表現，那個問號也就可以去掉了吧！再說，如果台灣六〇年代的文學中並無現代主義的作品，後來發生的對現代主義文學的攻訐，豈非無的放矢？甚至大陸的學者也觀察到台灣現代主義文學的成績，因而歎說：「現代主義文學思潮並不是此時第一次在中國出現，但卻是第一次在台灣形成規模最大、發展最充分、最具文學實績的一次運動，它以現代主義的中國化實踐對推動漢語文學的美學革命起了重要的作用。」（劉登翰 2007：196）所以陳芳明在撰寫《台灣新文學史》時，不但確認台灣六〇年代有現代主義，並且認為那時候的現代主義在台灣獲得擴張與深化，不過已經從法式的轉化為美式的了，他說：

美國現代主義思潮，便是由於帝國主義文化與台灣親美文化的相互激盪而終於在島上開花結果。1950年代中期以降的法國象徵主義，漸漸在六〇年代轉化為美國現代主義的重要關鍵，就在於美援文化扮演了極其積極的角色。不過，在接受西方現代主義的過程中，台灣作家的文學思考也表現了一些特色。第一、西方現代主義的釀造乃是來自經濟上的重大變革，而台灣作家之接受現代主義則是由於政治環境的影響。西方現代文學所表現的荒謬、扭曲、孤獨的美學無非是基於對工業革命後都會生活的反動與批判。台灣現代主義作品所表現的流亡、放逐與幻滅，則是對反共政策與戒嚴體制的抗拒。第二、台灣現代主義的追求，在很大程度上是為了尋找思想與精神的出路。這種心靈解放，不像西方作家是以沉淪、頹廢來表達現代文明的危機，而是為了對封閉的政治體制表達深沉的抗議。因此，台灣作家所寫的流亡與死亡，其實蘊藏著正面的、積極的生命意義。第三、台灣作家在受到西方現代主義影響之餘，並不全然是西

方文學思考的下游。在內心世界的描寫方面，台灣作家其實還是非常寫實的。他們的文學仍然反映了戰爭離亂的苦難，鄉土歷史的崩塌，傳統人倫的傾斜；而現代主義的技巧，使他們作品的色澤與氣氛更為加深。（陳芳明 2011：347-348）

　　陳芳明的分析毋寧有中肯之處，但也有所誤解，首先西方的現代主義潮流，很難分清法式或美式，因為美國的現代主義本來自包括法國在內的歐陸，在美國本土的創意有限。第二，西方現代主義的醸造固然「乃是來自經濟上的重大變革」，台灣七〇年代以後難道沒有經濟上的重大變革嗎？第三，如說「台灣現代主義的追求，在很大程度上是為了尋找思想與精神的出路」，那應該只指五〇年代末期，六〇年代以後則並非全然如此。第四，台灣的現代主義並非完全是「西方文學思考的下游」，或並不等同於西方的現代主義，那是當然的，任何外來的影響，到了本土之後，自然攙入了本土的因素，故現代主義文學到台灣以後有其無法避免的波折。

五、現代主義文學在台灣的波折

　　現代主義在台灣首先受到攻擊的是在台灣發展很快的現代詩。1972至73年關傑明與唐文標先後在《中國時報》與《中外文學》上發表了〈中國現代詩人的困境〉、〈中國現代詩的幻境〉（關傑明 1972）、〈僵斃的現代詩〉（唐文標 1973）等文，他們認為台灣的現代詩完全是西方現代詩的模仿與翻版，欠缺本土特質，毫無創意可言。對現代詩的批判把人們的眼光又引回到當下的現實，由現實再引生出對鄉土的關懷，因而使人們發現到黃春明與王禎和富於鄉土氣息的短篇小說。呂正惠在論及台灣鄉土文學的源流與變遷時說：「這種『向西方學習』的知識探求，雖然隱含了某種『對抗政治』的潛意識，但也造成知識份子普遍不瞭解現實，不瞭解經濟，不瞭解『本土』的缺失。在文學、藝術上，表現為一面倒的『模仿』西方的現代主義，最能看到知識份子『失根』的

病徵。」（呂正惠 1995：150）沒有錯，現代主義是西方的產物，在五、六〇年代台灣的社會環境還未達到工業化與都市化的程度，知識份子或作家所表現出來的現代主義的風格，嚴格說起來，確是來自學習與模仿西方。從左翼的立場來看，台灣現代主義的作家毋寧「迷失了自己民族歸屬和社會責任」（劉登翰等 1993：93）。其實，寫實主義也是第一度西潮時由西方引進的，如說「迷失了民族的歸屬」，那麼第一度西潮時早已「迷失」了，而且在中共政權下繼續「迷失」了「民族歸屬和社會責任」將近三十年。研究台灣小說的王德威也曾申述這種弔詭的現象，他說：「五〇年代末期以來，現代派作者爲單調的創作環境另闢蹊徑，使台灣文學陡然更新。但到了七〇年代，現代主義已與抄襲西學、自我陷溺以及追求形式等貶詞相互看齊。以階級論出發的陳映眞、王拓，以本土論爲尚的葉石濤，甚至打著中華文化復興的官方論著，都對現代主義怒目相向。而征服『現代』的良方，端在『寫實』。寫實意味著以藝術反映人生，以人性深度凌駕虛浮形式，以鄉土及民族大義召喚個人回歸。」（王德威 1998：165-166）但是七〇年代以後，台灣的社會環境就很不同了。西方現代主義的內視化、孤絕化，已漸爲生活在台灣的人所感知，因此台灣的現代主義以後並不能說與台灣的經濟社會環境全無關係。

在同一個時期，中國大陸由於實行社會主義制度，意識形態掛帥成爲一種普遍現象，對資本主義的事物總抱著蔑視、批判與敵對的態度，視現代主義的美學表現爲資本主義社會腐化的標幟，因此大陸上的作家寧願或不得不緊抱著現實主義（多半爲擬寫實主義）的創作方法而不捨。台灣與大陸的隔絕，不免令比較激進的台灣知識青年對大陸抱有不切實際的幻想，誤以爲無產階級的貧苦工農在社會主義的制度中眞正獲得了解放，遂甘冒被扣上「紅帽子」的危險，一心企望靠近現實主義，以爲如此便是擁抱群衆、關懷社會的不二途徑。甚至不惜回歸「祖國」，參加社會主義的建設，例如陳若曦。在這樣的心情下，對追求個人內心世界的現代主義自不能不產生反感。關傑明與唐文標的不屑現代詩以及陳映眞的繫獄、出獄與自我批判，從現代主義向大陸式的主題掛帥的現實主義傾斜，就足以說明這時期的這一種傾向。用呂正惠的話說：「以陳映

眞、尉天驄、唐文標爲代表的文藝理論，越來越無忌諱的表現他們對『階級』文學的關懷。在創作上，黃春明、王禎和、陳映眞的新作，則轉而描寫台灣殖民經濟性格對小人物命運的影響。另外，新起的作家，如王拓、楊青矗、宋澤萊，又以階級觀點來表現漁民、工人、農人的生活。」（呂正惠 1995：153-154）

這種傾向終於引起一些親近國民黨的作家的疑慮。1976年初何言的一篇〈啊！社會文學〉首次引起人們對左派文學的注意（葉石濤 1991：144）。但眞正挑起了鄉土文學戰火的是翌年8月彭歌的〈不談人性，何有文學？〉和余光中的〈狼來了！〉兩文（葉石濤 1991：145）。他們一致認爲陳映眞、王拓等所寫的小說講階級性，不講人性，等於響應中共所提倡的「工農兵文藝」。雙方從鄉土文學與現代主義之爭其實已經轉變爲意識形態上的左派與右派之爭了。因爲站在鄉土一邊或同情鄉土文學的作家眾多，在這場論爭中看來是佔了上風，使鄉土文學一時成爲當日的顯學，本來醉心現代主義的作家像陳若曦、施叔青、李昂等也一一轉向。但不久鄉土文學的陣營內部就分化爲南北二派，以葉石濤爲代表的南派漸漸由鄉土轉爲「本土」，而以陳映眞爲代表的北派，由鄉土轉爲更具左翼色彩的「統派」。如果說後來當極端的本土派成爲「獨派」的時候，起因於鄉土寫實與現代主義的對立終於形成了統獨的政治課題，離原來只是文學風格的爭論的初衷越來越遠了。

爲什麼七○年代傾向已經過時的寫實主義文學的鄉土文學會贏得眾多作家的傾心？仔細分析起來，不外乎兩個主要原因：一是受了左翼文學提倡「現實主義」的影響；二是在第一度西潮時國人的創作並未達成高水平的寫實風格，在欠缺傑作的情形下，有潛力的當代作家尚大有用武之地。

七○年代以前，不論現代詩或現代小說似乎與當時的台灣社會與生活眞有一段距離，反倒是所謂的「鄉土文學」更貼近台灣社會，宜乎二者表面上形成陌路。其實台灣的「鄉土文學」與現代主義的對立，有一個發展過程，因爲「鄉土」一詞在不同的時代可以有不同的內涵。筆者以前曾經分析過這個問題，對「鄉土文學」的發展，筆者認爲：

大致可以分兩個時期，四種內涵。第一個時期就是……黃石輝等舊文人所提倡的「鄉土文學」：鄉土一詞除了「本土」的意涵外，並與「台灣話文」相連，含有與統治者的日本文學對立的意味。第二個時期是七〇年代「鄉土文學」之爭時所湧現的百家爭鳴。細析各家之說，可歸納於三種意涵：一是余光中〈狼來了〉一文所說的「鄉土文學」，認定是跟當時大陸上「工農兵文藝」唱和的文學，含有與當政者所倡導的官方文學對立的意味；二是葉石濤所提的「鄉土文學」是帶有強烈的排他性的「台灣人所寫的文學」（按：此處台灣人與中華民國國民並非同意語），含有與外省作者對立的意味；三是一些具有民族主義色彩者所說的「鄉土文學」，是反崇洋媚外具有民族風格與愛國情操的寫實文學，含有與西方現代潮流對立的意味。（馬森　1997b：483）

因此多半時期的「鄉土文學」反的並非西方，也非現代主義，真正與現代主義形成對立的只有上文所言的鄉土文學之爭時期第三種意涵的「鄉土文學」，而其倡導者多少是受到大陸反西方（的現代）情緒影響的一批左傾文人。來自軍中作家，當然不會左傾，反倒不會抗拒現代主義，例如一向為人目為兼具寫實與鄉土的小說家朱西甯，也曾忍不住去嘗試現代主義的技法。（張大春 1991）

　　如果說文學的美學風尚除了隨文化的傳播而彼此影響外，同時也會受到經濟發展與社會生活的制約，那麼七〇年代以後當台灣逐漸由農業社會蛻變為工商業社會的時候，現代主義就不全為無根的模仿了。而況當大陸上的左派如今也向西方看齊，不再反現代主義的時候，台灣的左派文人似乎失去了著力之點，反現代主義的聲浪也漸漸偃旗息鼓。所以不管鄉土文學論戰時期排斥現代主義的氣勢有多麼強大，後來台灣的文學走向也不能不帶出濃厚的現代主義甚至後現代主義的色彩了。今日觀之，主張寫實的繼續寫實，主張現代的依然現代，誰也說服不了誰，所以八〇年代以來的台灣文學創作可以說是寫實、現代、後現代等多元美學風格並存齊進的時代。

　　文學離不開社會結構及生產方式等下層架構，但是文學也絕對不是下層架

構的直接反映，中間尚有一層人類心靈的自由奔放與人類創造力的自動伸張，否則不是落入自然主義的悲觀，就是陷在舊馬克思主義的機械反映論之中。在文學的發展過程中，一方面自然會有所謂「縱的繼承」，另一方面也無法避免所謂「橫的移植」，前者接受社會制約的成分較大，後者則偏向作者個人的心靈導向，因緣際會的不同，遂使二者的份量有異。我國從鴉片戰爭而後，不得不走上現代化（或西化）的道路，這樣的大環境無異打開了年輕人迎接西潮的心扉，使橫的移植遠重於縱的繼承，可謂時代的大趨勢使然。不論是第一度西潮的傾向寫實主義，或第二度西潮的傾向現代及後現代主義，都是一種橫的移植。因此如果站在第一度西潮所接受的寫實主義的立場來排斥第二度西潮所帶來的現代及後現代主義，斥之為欠缺「民族意識」或「失土無根」，毋寧是十分荒謬的事。

關、唐二人對現代詩的發難，其實完全出於意識形態的作祟，並非針對美學風格的討論。譬如在手法上十分現代的林亨泰，同時也十分本土；明顯左轉以前的陳映真現代主義的氣味固然相當濃重，左轉以後也並未與現代主義劃清界限。另一位又現代、又後現代的七等生，能說他不本土嗎？台灣自1949年後建立了與西方世界親密的關係，自此而後成為資本主義世界或自由陣營中的一員，在文學的美學走向上何能自外於世界的大趨勢呢？以前的寫實主義固然並非縱的繼承而來，今日的現代主義與後現代主義自然與橫的移植脫離不了關係。但是當台灣的經濟發展與社會狀況越來越與西方世界同調的時候，產生現代或後現代主義美學的那種社會環境與時代氣氛也並不再全然是陌生的了。

六、台灣的後現代主義

後現代主義雖然在西方還是進行式，但由於今日資訊的無遠弗屆，台灣早已遭受到這後起的浪潮一再地衝擊。

「後現代」這個詞彙進入英美文學批評的篇章中大概不會早於六〇年代後期（Eysteinsson 1990）。開始的時候具有兩種意指：一指科幻小說中所描寫的

「後現代」時期，二指具有「自覺意識」（self-concious）的文學，如「後設文學」（metaliterature）。「後現代主義」雖然從此在西方學術界時常出現，但對其界定、含義以及所概括的時域都未嘗建立共識（Jameson 1984, Eagleton 1985, Newman 1985, Kroker & Cook 1986, Hutcheon 1988）。1985年英國倫敦的「當代藝術學院」（Institute of Contemporary Arts）召開了一次「後現代主義」研討會，知名學者諸如李奧塔（Jean-Francois Lyotard）、德希達（Jaques Derrida）等都曾與會，且提出論文。在這次會議上雖然也無共識，但至少顯示出學界對這個詞義的認真商討。其中李奧塔指出「後現代」一詞首先用於建築界，稱1945年建築美學轉向以後一些具有代表性的建築為「後現代」建築（Lyotard 1989）。如果說「現代主義」是對「寫實主義」傳統的反動或補充，那麼「後現代主義」是否也意味著對「現代主義」的反動或補充呢？再說，「後現代主義」停留在意指「現代主義」的後期或「現代主義」以後的時期的一種模糊地帶。譬如凱爾莫德（Frank Kermode）就把「現代主義」分為「舊現代主義」（Paleo-modernism）與「新現代主義」（neo-modernism），後者就相當於「後現代主義」了（Kermode 1986）。

「後現代主義」約在八〇年代引進台灣，1986年因研究後現代現象的美國學者詹明信（Fredric Jameson）、哈三（Ihab Hassan）相繼來台，也曾掀起一陣風潮。對於「後現代主義」的來龍去脈以及內涵、界說等，羅青的《什麼是後現代主義？》是比較早、比較完備的一本導論（羅青 1989），其中作者確切地提出哈三是後現代主義研究的先驅（羅青 1989：3）。他從1971年後連續出版了四本有關「後現代主義」的論著及眾多的論文（佛克馬、伯頓斯 1991：31-37）。哈三是這樣說的：

　　我們是否能察覺到有一種與現代主義不同的現象出現了，而此一現象是否應該加以另行命名？如果是，此處暫訂的名稱：「後現代主義」是否合用？如果合用，那麼，我們能否──甚或應不應該──從此一現象中，建構某種認證體系，兼顧縱的歷史與橫的型類，並能解釋其在藝術上、知識上及社會上各式各

波赫士（1899-1986）　　納博科夫（1899-1977）

樣的潮流與反潮流？（羅青
1989：21）

　　在文學方面，他並舉出貝
克特（Samuel Beckett）、尤
乃斯庫（Eugene Inesco）、波
赫士（Jorge Luis Borges）、
本斯（Max Bense）、納博科
夫（Vladimir Nabokov）、
品特（Harold Pinter）、韓

克（Peter Handke）、佘帕爾德（Sam Shepard）等作為例證（羅青 1989：22-
23）。尚有幾點是值得注意的：他說：「後現代主義一語出現至今未久，顯得
十分年輕、冒失而性質不定。」而且「有一些人認為後現代主義根本即是現代
主義。」同時「一個作者在他的生命過程中，可能毫不費力地寫出現代主義和
後現代主義的作品。」（羅青 1989：27）在銜接的問題上，現代與後現代的時
序也並無絕對的關聯，「老一輩作家——卡夫卡、貝克特、波赫士、納博科夫
——都可能是後現代主義的，而年輕一輩的作家——史泰隆（Styron）、艾普
岱克（Updike）、卡波特（Capote）、艾爾溫（Irving）等——則未必如此。」
（羅青 1989：28-29）漢斯・伯頓斯（Hans Bertens）在〈後現代世界觀及其與
現代主義的關係〉一文中說：

　　對所謂「後現代」運動的批評論爭自五〇年代末、六〇年代初小心翼翼地開
　始以來，已經（尤其在近十年裡）朝著幾乎所有的方向展開了。然而在其初始
　階段，這場爭論的範圍卻僅限於一批興趣相投的批評家——從撰寫述評的角
　度來看是興趣相投的——例如艾爾溫・豪（Irving Howe, 1959）、六〇年代中
　期的萊斯利・費德勒（Leslie Fiedler）和蘇珊・桑塔格（Susan Sontag）、伊
　哈布・哈三（Ihab Hassan, 1969年以及從那以後）、大維・安汀（David Antin,

1971）、維廉・斯邦諾斯（William V. Spanos, 1972）和查爾斯・阿爾提埃里（Charles Altieri, 1973），自七〇年代中期以來，這場討論越演越烈，逐步進入一場劇烈的混亂之中，成了一場有著眾多批評家參加的、可以各抒己見的自由爭論。（佛克馬、伯頓斯 1991：11）

　　在這些眾說紛紜的論爭中，值得注意的是斯邦諾斯的意見，他認為「後現代主義」並非限於英語國家，「而是一場真正的國際性運動。它的主要影響是歐洲的存在主義，主要是海德格的存在主義」，它的主要實踐者是存在主義作家及荒謬劇作家，諸如沙特、貝克特、尤乃斯庫等人（佛克馬、伯頓斯 1991：26）。有趣的是法國學者除了李奧塔以外，很少有人談到「後現代主義」。

　　因此，作為一種美學的新潮流，如果「後現代主義」確實有別於「現代主義」的話，首先必須找出其美學特色及代表作家。佛列德・馬克凌（Fred McGlynn）在〈後現代主義與戲劇〉（Postmodernism and Theatre）一文中認為，「後現代主義劇場」的理論由阿赫都（Antonin Artaud）在1930年代發表其戲劇名著《劇場與其替身》（le Théâtre et son double）已啟其端（McGlynn 1990:137），因此視阿赫都為「後現代主義劇場」的代表人物，正因為不但他的殘酷主題和「整體劇場」的觀念影響著當代劇場，他的反文學劇本以及倡導集體即興創作的方式，也為當代自稱為「後現代主義」劇場的眾多戲劇從業者所取法，一直影響到今日的台灣。

　　另外，瓊・席路德（June Schlueter）與前提斯邦諾斯的意見一致，「斷然宣稱後現代劇場在1952年隨著荒謬劇場一起出現」（鍾明德 1995：216）。更確切地說，席路德應該「斷然宣稱後現代劇場在1950（或1948）隨著荒謬劇場一起出現」，倘若她查知尤乃斯庫的《禿頭女高音》乃寫於1948年，於1950年首演於巴黎的話。不過，席路德的觀點倒的確對「後現代主義戲劇」有更充分的詮釋，她看出了荒謬劇有別於「現代主義戲劇」之

阿赫都的《劇場與其替身》
對後現代戲劇影響深遠

處，並且引用哈三（Ihab Hassan）在《奧爾佛斯的肢解：走向後現代文學》（*The Dismemberment of Orpheus: Toward a Postmodern Literature*）一書的意見，捻出以下的特徵作為「後現代戲劇」的美學特色：歧義性（ambiguity）、不連續性（discontinuity）、異端（heterodoxy）、多元（pluralism）、隨意性（randomness）、反叛（revolt）、有傷風化（perversion）、畸形（deformation）、反創造（decreation）、瓦解（disintegration）、解構（deconstruction）、去中心（decenterment）、轉移（displacement）、差別（difference）、分裂（disjunction）、消失（disappearance）、解體（decomposition）、無界定（de-definition）等等（Hassan 1971）。開始被尤乃斯庫稱作「反戲劇」（anti-théâtre）的荒謬劇的確符合多項以上所舉的特徵。在美國，席路德認為當代劇作家撒姆‧佘帕爾德（Sam Shepard）的作品最符合以上的條件，堪與歐洲的貝克特、尤乃斯庫、品特（Harold Pinter）、韓克（Peter Handke）等素稱荒謬劇作家的劇作媲美，是標準的「後現代戲劇」（Schlueter 1984:216）。「荒謬劇場」所用的無主題、無情節、符號式的人物、非邏輯的語言並未出現在「現代主義戲劇」中，在「現代主義」美學後可以自成一種美學系統，較之任何不成系統的「後現代主義劇場」更有資格代表「現代主義」以後的一個新時代。「荒謬劇場」在思想上奠基於存在主義，如果說存在主義是後現代主義的哲學源頭，那麼荒謬劇場不正是後現代戲劇的典型嗎？如果我們承認「荒謬劇」是後現代戲劇的典型，以荒謬劇《等待哥多》（*En attendant Godot*, 1949）、《終局》（*Fin de partie*, 1957）等聞名的作家貝克特所寫的荒謬小

貝克特（1906-1989）

說，像《穆爾斐》（*Murphy*, 1938）、《瓦特》（*Watt*, 1942）、《莫洛伊》（*Molloy*, 1951）、《馬隆死亡》（*Malone meurt*, 1951）、《無以名之》（*L'innommable*, 1953）、《這又如何》（*Comment c'est*, 1961）等，與其荒謬劇作具有同樣的美學特質，當然也可稱之為後現代的小說了，那麼早期的後現代主義美學本來就可以和後期的現代主義美學相互交叉疊合。到了解構主義流行以後，一向受到壓抑的女性主義獲得了翻身的機會，本來受到嚴重歧視的同性戀竟然也可明目張膽地與異性戀一較長短，故如前所述，除荒謬文學外，後設文學、超

荒謬劇《等待哥多》

現實主義、女性主義、同志文學（或稱酷兒文學）等，凡是有異於現代主義美學特質的作品，或在現代主義時期尚未凸顯以及被主流排擠到邊緣的題旨，都可涵蓋在後現代文學的範圍之內。

　　西方美學的流變，據新馬克思主義學者詹明信的觀點，認為與社會與經濟的發展息息相關，如果根據資本主義的發展程度與過程而論，他認為可以分成三個階段：

　　　我認為資本主義已經經歷了三個階段：第一是國家資本主義階段，形成了國家的市場，這是馬克思寫《資本論》的時代。第二階段是列寧的壟斷資本或帝國主義階段，在這個階段形成了不列顛帝國、德意志帝國等。第三階段則是二次大戰之後的資本主義。第二階段已經過去了。第三階段的主要特徵可概述為晚期資本主義，或多國化的資本主義。……第一階段的藝術準則是現實主義的，產生了巴爾札克等人的作品。但隨著時間的流逝，時代的進步，生物學意義上的「變異」在不斷地發生，於是第二階段便出現了現代主義。而到第三階段現代主義變成為歷史陳跡，出現了後現代主義。後現代主義的特徵是文化工業的出現。在歐洲和北美洲這種情況是具有重要意義的，但在第三世界，比如說南美洲，便是三種不同時代並存或交叉的時代，在那裡，文化具有不同的發

展層次。（詹明信 1987：5）（註3）

　　即使在歐洲和北美，同樣會呈現三種不同時代並存或交叉的現象，何況是第三世界。對屬於第三世界的台灣，以上的論據自然可以適用，也就是說社會與經濟的發展是三種時代並存或交叉著的，文學和藝術同時可以具有寫實、現代和後現代的不同特徵。這些不同的美學特徵不但表現在不同的作家身上，甚至也可表現在同一個作家的身上，而形成眾聲喧譁的現象。台灣的現代主義文學，在馬森以降的戲劇作品中和七等生以降的小說作品中，諸多透露出後現代美學的特徵，譬如李國修的後設劇作、環虛、河左岸、臨界點劇象錄所創作的劇目、駱以軍的後設小說、朱天文、邱妙津、陳雪、紀大偉的同志文學等，不論在取材上，還是美學表現上，都已經超越現代主義了。

註3：詹明信此文中所稱的「第一階段的藝術準則是現實主義的」，應該譯作「第一階段的藝術準則是寫實主義的」，因為是大陸的譯文，所以才譯成「現實主義」。又是混淆「現實」與「寫實」意涵的問題。

引用資料

中文：

王德威，1998：〈國族論述與鄉土修辭〉，《如何現代，怎樣文學？——十九、二十世紀中文小說新論》，台北麥田出版公司，頁159-180。

呂正惠，1995：〈七、八十年代台灣鄉土文學的源流與變遷〉，張寶琴、邵玉銘、瘂弦主編《四十年來中國文學》，台北聯合文學出版社，頁147-161。

李歐梵著，吳新發譯，1981：〈中國現代文學的現代主義〉，6月《現代文學》復刊第14期，頁7-33。

詹明信（Fredric Jameson）著，唐小兵譯，1987：《後現代主義與文化理論》，西安陝西大學出版社。

佛克馬、伯頓斯編，王寧等譯，1991：《走向後現代主義》，北京北京大學出版社。

洪　深，1935：〈導言〉，《中國新文學大系戲劇集》，上海良友圖書公司。

柯慶明，1995：〈六十年代現代主義文學？〉，張寶琴、邵玉銘、瘂弦主編《四十年來中國文學》，台北聯合文學出版社，頁85-146。

唐文標，1973：〈僵斃的現代詩〉，5月號《中外文學》第2卷第3期。

夏志清著，劉紹銘等譯，1979：《中國現代小說史》，香港友聯出版公司。

馬　森，1985：〈中國現代小說與戲劇中的擬寫實主義〉，4月《新書月刊》第19期。

馬　森，1991：《中國現代戲劇的兩度西潮》，台南文化生活新知出版社。

馬　森，1997a：〈從寫實主義到現代主義：論郁達夫小說的承傳地位〉，《成功大學學報》第32卷，頁29-41。

馬　森，1997b：〈鄉土vs.西潮——八〇年以來的台灣戲劇〉，《第二屆台灣本土文化國際學術研討會論文集》，台北國立台灣師範大學，頁483-495。

馬　森，2002：《台灣戲劇——從現代到後現代》，宜蘭佛光人文社會學院。

張大春，1991：〈那個現在幾點鐘——朱西甯的新小說初探〉，《張大春的文學意見》，台北遠流出版公司。

陳芳明，2001：〈橫的移植與現代主義之濫觴〉，8月《聯合文學》第202期，頁136-148。

陳芳明，2011：《台灣新文學史》上，台北聯經出版公司。

葉石濤，1991：《台灣文學史綱》，高雄文學界雜誌社。

葉維廉，1986：〈論現階段中國現代詩〉，《秩序的生長》，台北時報文化公司，頁33-46。

劉登翰等，1993：《台灣文學史》下卷，福州海峽文藝出版社。

劉登翰，2007：《華文文學：跨域的建構》，福州福建人民出版社。

應鳳凰，2011：〈「文星叢刊」與六〇年代台灣文學風景〉，12月號《文訊》第314期，頁82-86。

鍾明德 1995：《從寫實主義到後現代主義》，台北書林出版公司。

關傑明，1972：〈中國現代詩人的困境〉，《中國時報人間副刊》2月28-29日；〈中國現代詩的幻境〉，《中國時報人間副刊》9月10-11日。

羅　青，1989：《什麼是後現代主義？》，台北五四書店。

外文：

Chang, Shung-sheng Yvonne,1993: *Modernism and the Nativist Resistance: Contemporary Chinese Fiction from Taiwan*, Durham, Duke University Press.

Childers, Joseph and Hentzi, Gary, 1995: *The Columbia Dictionary of Modern Literary and Cultural Criticism*, New York, Columbia University Press.

Eagleton, Terry, 1985: "Capitalism, Modernism and Postmodernism", *New Left Review* 152:60-73.

Eysteinsson, Astradur, 1990: *The Concept of Modernism*, Ithaca and London, Cornell University Press.

Fowler, Roger（ed.）, 1973: *A Dictionary of Modern Critical Terms*, London and Boston, Routledge and Kegan

Paul.

Hassan, Ihab, 1971: *The Dismemberment of Orpheus: Toward a Postmodern Literature,* New York, Oxford University Press.

Hutcheon, Linda, 1988: *A Poetics of Postmodernism, History, Theory, Fiction,* New York and London, Routledge.

Jameson, Fredric, 1976: "The Ideology of the Text", *Salmagundi* 31-32:204-246.

Jameson, Fredric, 1984: "Postmodernism, or the Cultural Logic of Late Capitalism", *New Left Review* 146:53-2.

Kermode, Frank, 1986: *Continuities,* New York, Random House.

Kroker, Arthur & Cook, David, 1986：*The Postmodern Scene: Excremental Cultural and Hyper-Aesthetics,* Montreal, New World Perspectives.

Lyotard, Jean-Francois, 1989: "Defining the Postmodern", in *Postmodernism, ICA Documents*, 7-10.

McGlynn, Fred,1990: "Postmodernism and Theatre", in Hugh J. Silverman,（ed.）, *Postmodernism-Philosophy and the Arts*, New York and London, Routledge, pp. 137-154.

Newman, Charles, 1985: *The Post-Modern Aura:The Act of Fiction in An Age of Inflation*, Evanston ILL, North Western University Press.

Schlueter, June, 1984: "Theatre", in Stanley Trarachtenberg（ed.）, *The Postmodern Movement: A Handbook of Contemporary Innovation in the Arts*, Westport and London, Greenwood Press, pp.209-228.

參考文獻：

馬森〈台灣文學的中國結與台灣結──以小說為例〉（1992年3月）

【參考文獻】

台灣文學的中國結與台灣結——以小說為例

馬森

一、前言

　　我的文學課上的學生常常問起我有沒有「台灣文學」這一個問題，每次都使我對這一個問題重新加以思考，但每次也都找不到絕對肯定或否定的答案。

　　目前台灣是一個很特殊的地區，在政治上，有人主張與中國大陸統一，也有另一批人主張台灣應該獨立。在文化上，比較沒有這種兩極的主張，因為事實上台灣文化和大陸文化同屬中國文化。雖然有人覺得台灣的文化因為曾有外族殖民的歷史，與大陸各省的文化已有所差異，但是大陸上的任何一個省分都有些這樣或那樣的特殊背景（例如近代史上東北的滿洲國、上海、天津等大都市的外國租界等），卻也並未因此而認為該地已形成另外一種文化。文學與政治有關，但與文化則更是密不可分的一體。理論上說，文學可以脫離政治而獨立，卻無論如何不能自外於文化。因此，就文化的觀點而論，台灣文學似乎與廣東文學、福建文學或上海文學一樣，同屬於中國文學。但就政治的界域和意識形態而論，則又是另外一回事了。

　　台灣在意識形態上，有異於中國其他各省的感覺，乃因有一段長久與中國大陸割裂的歷史背景。從1895年的《馬關條約》割讓給日本後，台灣就脫離了大陸的母體長達五十年之久。雖然在日據時期，漢族意識依然存在，不時湧現出反日的情緒，然而到了日據的末期，日人則處心積慮地消除台灣人民的民族意識，先是禁絕漢文（1936），繼則在進入中日戰爭時期大力推行「皇民化運動」（1937-45），提倡「國語」（日語）家庭，鼓勵改變姓氏（改漢姓為日姓），已經使部分的台灣人民認同日本的文化與政體。這種情形在滿洲國治下的東北、在帝國主義的租界區以及在戰時日軍佔領的華北地區，都是不曾出現過的。到了1945年台灣光復，重新回到「祖國的懷抱」，但是只有短短的四年依歸中國大陸，1949年以後跟中國大陸又陷入隔絕的狀態，直到今日才又開始有條件有限度的往還。在國府撤退到台灣以後的這四十多年中，台灣不但在政治和經濟上自

成體系，獨立發展，就是在文化事業上，海峽兩岸也鮮有溝通。大陸的作者和台灣的作者，雙方在極不相同的政經環境中從事創作，不可能具有相同的意識形態和人生觀，甚至於在遣詞用字上也必定有所差異。因此，不但台灣本土的作家日漸趨向追求獨立自主的「本土意識」，就是大陸上的文學研究者也對台灣的文學另眼看待，稱居住在台灣的作者為「台灣作家」，稱台灣的文學作品為「台灣文學」。雖然在政治上，大陸的執政當局一再宣稱台灣是中國的一部分，是中國的一省，但是他們卻有意無意地把台灣的事物特殊化了起來。把在台灣寫出的作品以及台灣出身的海外作家的作品統稱為「台灣文學」或「台港海外文學」，就是有意無意地認為台灣文學不同於大陸文學，而可自成一個範疇。

為了舉例方便見，現在縮小範圍，只論小說，看看有沒有獨立於中國傳統以外的「台灣小說」。小說是最容易染有地方色彩的文類，如要從地域的觀點來界定文學作品，小說是最適合的舉證對象。倘使對「台灣小說」獲得某些方面的澄清，那麼有沒有「台灣文學」的問題，也就比較容易獲得答案了。

二、台灣熔爐與本土意識

就人文薈萃的觀點來看，1949年後的台灣是中國歷史上少有的一次機會，使天南地北的中國人匯聚到同一個時空中來。他們帶來了不同腔調的方言，不同口味的餐飲，也帶來了沾有各省濃厚的地方色彩的風俗習慣。這些外來者經過四十多年與本地人的朝暮相處，雖然曾產生一些不可避免的摩擦與誤會，但主要的卻分享著生活中的酸甜苦辣、歡樂與哀愁，再加上無法以人為的偏見所能隔絕的愛情與婚媾的關係，終於使習俗各異氣味本不相投的外省人和外省人之間及外省人和本省人之間，逐漸融合成為一個共同體——一個大熔爐。這個大熔爐是由各省人和台灣本地人彼此互相撞擊、影響而形成的，使今日的物質和文化生活已大異於未接交以前的狀貌。就血緣上來說，今日很多人的父母分屬兩個不同的省籍，身分證上的籍貫反倒成為不實的虛文。就語言來說，台灣國語已經替代了上一代的南腔北調的方言，而閩南語也已成為另一種共同的語言。其融合的過程，如實地反映在小說在台灣的發展上。

1949年國府自大陸撤退來台時，帶來了一批在大陸上已經開始寫作或已著有成績的小說家，像謝冰瑩、陳紀瀅、王平陵、姜貴、王藍、林海音、潘人木、孟瑤、墨人等。他

們抵台以後，仍然繼續描寫大陸上的人情風貌，毫未沾染上海島的氣息。即使是比較年輕的一代，像郭良蕙、彭歌、聶華苓、潘壘和以朱西甯、司馬中原、段彩華為代表的軍中作家（註1），也仍背負著遙遠的故土之夢，筆鋒滯著在回憶中大陸上的夢土。跟大陸上來台的作家形成強烈對比的是約莫同齡的台籍作家，像楊逵、吳濁流、鍾肇政、陳千武等。他們本是用日語寫作的，光復以後不得不努力學習漢文、國語，以便加入以中文寫作的行列。由於他們堅強的毅力和決心，終於克服了種種困難，為台灣早期的小說增添了光輝的顏色。他們所寫的題材是本地人歷經日本殖民時代和光復後的生活以及不幸的二二八事件所引發的種種情懷。

這一代的外省籍和省籍作家所描寫的對象和所懷抱的情懷非常不同，前者以描寫記憶中的故土為主，心中充滿了懷鄉的情愁；後者則以描寫本地人從日治到光復後的生活境況為主，心中常是憤懣不平的。在政治的認同上，前者比較認同國民政府，以共黨為敵，故寫出相當數量的反共小說；後者則與國府疏離，有的時候或顯出歆美社會主義的傾向。因此這兩組小說作家，雖然生活在同一時空中，卻甚少交往，可以說是不相為謀。

例外的可能是林海音和鍾理和。林海音雖然祖籍苗栗，但是生在日本，長在北京。她作品的主題、應用的語言及個人的心態與外省作家沒有什麼分別。鍾理和在日治時期即居留北京，運用漢文自是不成問題，在北京時就已經出版過一冊短篇小說集《夾竹桃》，光復後返台與外省籍作家較有往來，並曾獲1956年的中華文藝獎金委員會長篇小說第二獎（註2），但可惜於1962年就去世了。

早期外省和本省籍小說家之間的隔膜與差異，可說是環境造成，而非人為的影響。1960年前後，才開始表現出省籍融合的現象，可以說是台灣熔爐的第一代。這一代寫小說的人，年齡大概出生在1930至39之間，像於梨華、鄭清文、李喬、邵僴、水晶、白先勇、東方白、陳若曦、王文興、劉大任、黃春明、七等生、陳映真、雷驤、歐陽子、王禎和及筆者都屬於這一個年齡層。以同屬《現代文學》的小說家而論，其中有外省籍的，有本省籍的，結成一個堅強的文學團體，不但沒有隔膜，而且成為互相砥礪、彼此協助的朋友。他們都成長在光復以後的台灣，多少都受到過歐美現代文學的影響，

註1：以年齡而論，司馬中原和段彩華應屬於熔爐第一代，但因為他們身在軍中，不若在學校中成長的外省人易與本省籍同學打成一片，因此他們心態上比較接近上一代的外省作家。

註2：見葉石濤《台灣文學史綱》，高雄文學界雜誌社，1987年2月，頁94。

所用的語言和技巧共同性大於差別性。他們多半描寫的是台灣社會，以大陸為題材的小說已經少見了。熔爐第一代中較年輕的省籍小說家像鄭清文和李喬，幼年時曾受過日文教育，但初中的階段已經光復，學習漢文已是順理成章的事，不像前輩省籍作家那般艱苦。但是在這一個階段，留學歐美成為當日的潮流，有的去而復返，有的一去不歸。像於梨華、水晶、白先勇、東方白、陳若曦、劉大任、歐陽子等，今天都成了海外作家。筆者因為出國較早，所寫的小說題材又多是海外異域的，雖然如今已返國定居，但仍被一些有心人士目為海外作家。

這熔爐的第一代雖然表現出省籍混融的現象，但並不是說從此以後在台灣的小說家就走上了理想一致、意識共同的康莊之路。事實上意識分歧的暗流本就埋伏在那裡，當台灣的強人政治一旦成為過去，言論禁域逐漸消弭，民主氣氛日盛之後，不同的意識趨向自然也就明朗化了起來。

這裡所謂的意識分歧，主要指的是「中國意識」與「台灣意識」（或稱「本土意識」）的對立。

所謂「本土意識」，在文學界是早已存在的潛流，可以遠溯到日據時代。那時候台灣的文人有的傾向於跟日本文化認同，有的則抱有本土意識，早是不言自明的情形。遠在1925年，《台灣民情》就刊載過一篇社論，提倡具有地方色彩的文學：

> 要產生有價值的文學，不消說要表現強大的地方色彩（local color）的，如像蘇格蘭文學、愛爾蘭文學等的鄉土藝術，個性越明亮而價值越高昂的，才是現代的（之）活文學。在台灣有什麼詩人會描寫著台灣的風景、空氣、森林、風俗、人情和老百姓的要求沒有？我們不得不盼望白話文學的作者的將來，務（必）要拿台灣的風景為舞台，台灣的人情為材料，建設台灣的新文學，方能進入台灣文化的黎明期。（註3）

提倡地方色彩的文學並不等同於「本土意識」，但可以導向「本土意識」的覺醒。光復後，原來與日本文化對立的「本土意識」漸漸轉而為與「中國意識」對立了。首次出現這種爭論的是在二二八事件以後的一年間（1937-38）在《橋》副刊上所發表的圍繞著「如何建立台灣文學」的一系列文章。葉石濤後來對這次辯論評論說：

註3：原刊1925年10月4日《台灣民報》週刊第73號，社論題目是〈詩學流行的價值如何〉。引自莊永明《台灣紀事》下冊〈文學要表現地方色彩〉一文，台北時報文化出版公司，1989年10月，頁832。

他們所討論的範圍很廣，從台灣文學的歷史性意義，她的全體性和特殊性，她的寫作模式，台灣文學是不是邊疆文學？鄉土文學？以至於方言的應用，幾乎在1970年代的鄉土文學論爭裡所提到的所有問題都出現了。但是問題的癥結似乎繞著「中國意識」和「台灣意識」的頡頏上。不管是外省作家和台灣作家都有一個共識：那便是「台灣文學」是「中國文學」一環的這認知。然而台灣作家卻不贊成以「中國意識」來涵蓋台灣文學的一切。台灣作家總是認為台灣有其歷史性遭遇，有其特殊的社會結構和大陸截然不同的生活模式，他們希望建立富於自主性的台灣文學。（註4）

很顯然的在這次爭辯中，葉石濤認為外省作家和本省作家在認知上是有區別的，後者「希望建立富於自主性的台灣文學」。

「本土意識」再度浮現出來成為作家們辯論的主題，是發生在1976至79年間的鄉土文學之爭。這次爭論的主要論點雖然在於「鄉土文學」是否呼應了大陸上的「工農兵文學」，但潛伏的另外一個主題卻是「鄉土文學」與「本土意識」之間的關係。一方面「鄉土文學」是描寫人民大眾的寫實文學，很符合大陸上官方的口味和社會主義國家所倡導的「現實主義」文學的宗旨，另一方面「鄉土文學」也是描寫本土的，富有地方色彩，涵蘊著濃厚的「本土意識」。在爭辯的雙方一旦進入「本土意識」的層面，外省籍的作者因為多少都不可避免地具有一些「中國意識」，就排除在「鄉土文學」之外了。雖然朱西甯、段彩華和司馬中原有些作品也很鄉土，只因為他們寫的是大陸上的鄉土，便不能被稱為鄉土小說家，他們也不會站在為「鄉土文學」辯護的一邊。後來「鄉土小說」的名稱等於專指省籍作家以台灣本土為題材所作的小說。

台灣熔爐第一代小說家中的省籍作家，像鄭清文、李喬、東方白、黃春明、七等生、陳映真、王禎和等固然是「鄉土小說」家，台灣熔爐第二代（1940至1949年出生者）中的省籍作家楊青矗、鍾鐵民、王拓等也是毫無疑問的「鄉土小說」家，但是沒有人認為外省籍的作家是「鄉土小說」家，即使他也寫了台灣的社會。這可以看出來，「鄉土文學」一詞的運用，受了「本土意識」的左右，多少含有些排他的成分。

「鄉土小說」雖然蘊含著「本土意識」，也並不必然為其所限，演變成明顯的排外情

註4：葉石濤〈接續祖國臍帶之後〉，《走向台灣文學》，台北自立晚報社，1990年3月，頁33-34。

結。「本土意識」的適度表現，並不一定與「中國意識」相衝突，這就是為什麼在六〇年代，外省籍和本省籍的作家大概都不會否認「台灣文學」為「中國文學」之一環（註5）。但是「本土意識」的極度發展，勢必要走向「台灣結」與「中國結」對立的道路。

在外省籍作家不可避免地保有了「中國結」的情形下，省籍作家便或多或少堅持著「台灣結」。這種客觀的事實演變成為討論「台灣文學」或「台灣小說」的一個重要的話題。當然，並不是百分之百的省籍作家都強調「本土意識」（譬如陳映真就比較認同中國意識）或百分之百的外省籍作家都具有強烈的「中國意識」（台灣出生的外省籍作家的中國意識就比較淡薄），但總的來說，省籍作家比較趨向於「本土意識」，也是不爭的事實。

在省籍作家中，葉石濤是一位鍥而不捨地強調「本土意識」的代表人物。他的〈台灣鄉土文學史導論〉、《台灣文學史綱》和《走向台灣文學》論著，都一再地申述走向一種具有「本土意識」的「台灣文學」的重要性。他曾說：

> 任何不站在理性而公正的立場上，貶抑台灣意識的，過分膨脹的中國意識無異是漢人沙文主義的偏見和摧殘。（註6）

激動的語氣透露出他心中的憤懣與不平。他甚至說：

> 所謂台灣鄉土文學應該是台灣人（居住在台灣的漢民族及原住民）所寫的文學。（註7）

他之所以有這樣的一種立場和觀點也並非出之於偶然。正像他在《台灣文學史綱》中所敘述的，日據的台灣文人受著日本統治者的壓迫，光復以後回歸祖國的懷抱，本該揚眉吐氣了，誰知又碰上「惡名昭彰的舊軍閥陳儀來治理台灣」，失盡了台灣的民心。加上二二八事件使「無數台灣菁英分子從此從台灣歷史舞台黯然消失」。葉石濤本人也是

註5：同註4。
註6：同註4，頁38。
註7：見葉石濤〈台灣鄉土文學史導論〉，1977年5月《夏潮》第14期。

受害者，很長的一段時間使他生活在忍氣吞聲的陰影中。這樣的一種人生經歷，又面臨著大陸上種種倒行逆施和知識份子在文化大革命期間所遭受的悲慘命運，期望他向「中國意識」認同，實在是強人所難。他胸中燃燒著熾烈的「本土意識」的火焰，也正是人性在特定的環境中自然醞釀發酵的結果。

　　小說和文學中的「本土意識」自然會催生政治的「本土意識」的覺醒。七〇年代的小說寫作，也出現了明顯的政治取向，例如王拓、楊青矗、宋澤萊都寫出了政治小說。而且王拓和楊青矗身體力行也參與到政治運動中去，竟因1979年高雄美麗島事件而一度入獄。

　　到了八〇年代，「本土意識」的確獲得進一步的發展，開始與「中國意識」發生了對立的情感。這種對立並不限於文學，更重要的是表現在政治權力的競爭上。例如1983年起在一些黨外雜誌上有關「台灣意識」的論戰（註8），其中一方就明白地申述了台灣獨立自主的信念。至此，「本土意識」遂成為一部分較激進的省籍人士追求獨立自主的旗幟和口號。文學和政治也因此融為一體。正像施敏輝在《台灣意識論戰選集・序》中所說：

　　自七〇年代以來，台灣意識的擴張，具體表現在政治上的民主運動和文學上的本土運動，前者是以台灣意識為指導原則，追求島嶼的前途方向；後者則是以台灣意識為重心，以文學的形式反映台灣的歷史經驗和現實生活。（註9）

　　從「台灣意識」的覺醒到「台灣文學」界定為「台灣人的文學」，的確是一步步走向了陳映真所焦慮的「分離主義」。到了1991年10月13日民進黨五全大會通過台獨綱領，把台灣獨立納入黨綱，可說達到此一運動的高潮。從此以後，在理論上宣稱台灣獨立，已經不是禁忌了。如果台灣將來變成一個獨立自主的國家，那麼「台灣文學」當然就名正言順地不再是「中國文學」的一環了。正如葉石濤所說「此種問題很容易受台灣未來命運的影響」（註10）。

註8：參閱施敏輝編《台灣意識論戰選集》，台北前衛出版社，1988年9月。
註9：同註8，頁6。
註10：同註2，頁173。

三、走向「台灣文學」

「台灣文學」這個名稱雖然早就出現了，但直到1977年的鄉土文學論辯才成為一個有意識的論爭的題目。與「台灣文學」對稱的則是「在台灣的中國文學」。二者的含義當然不同。前者認為「台灣文學」是獨立於「中國文學」以外的自我體系的文學，而後者卻認為在台灣的文學不過是「中國文學」的一環。

主張獨立的「台灣文學」的代表是葉石濤，主張「在台灣的中國文學」的代表是陳映真。這兩種主張開始的時候都有不少景從者，被視為省籍作家的南北兩派（註11）。至於外省籍的作家，對這個問題則始終保持沉默。

葉石濤在《台灣文學史綱》中說：

進入了八〇年代初期，台灣作家終於成功地為台灣文學正名，公開提倡台灣地區的文學為「台灣文學」。……由於台灣海峽兩岸中國人的政治體制、經濟、社會結構不同，同時台灣的自然景觀和民情風俗也跟大陸不完全相同，所以台灣文學自有其濃厚的地方色彩和特具的創作使命。（註12）

葉一直認為「台灣文學」的主流是寫實的鄉土文學，其實他所講的「文學」，主要指的是「小說」。早在1977年，他在《台灣鄉土文學史導論》中就曾說過：

台灣作家這種堅強的現實意識，參與抵抗運動的精神，形成台灣鄉土文學的傳統，而他們的文學必定是有民族風格的寫實文學。（註13）

也就是因為這篇文章，引起了陳映真不同的看法。對寫實和鄉土，二人應該沒有歧見，不同的是陳映真認為台灣的鄉土文學是中國近代文學中的一部分。他說：

註11：例如高天生在〈新危機與新展望——鄉土文學論戰後台灣文壇發展的考察〉一文中說：「時序進入八〇年代，台灣文壇裡又出現了奧妙的對峙僵局，並雜揉了許多耳語、謠言，如『南北分裂』等……」（見《台灣小說與小說家》，台北前衛出版社，1985年，頁225）
註12：同註2，頁172。
註13：同註7。

在十九世紀資本帝國主義所侵凌的各弱小民族的土地上，一切抵抗的文學，莫不有各別民族的特點，而且由於反映了這些農業的殖民地之社會現實條件，也莫不以農村中的經濟底、人底問題作為關切和抵抗的焦點。「台灣」「鄉土文學」的個性，便在全亞洲、全中南美洲和全非洲殖民地文學的個性中消失，而在全中國近代反帝、反封建的個性中，統一在中國近代文學之中，成為它光輝的不可割切的一環。（註14）

台灣文學既然是中國近代文學不可割切的一環，那麼就只有「在台灣的中國文學」，而沒有獨立於「中國文學」以外的「台灣文學」。由於陳映真把他的理論基礎納入左翼的反抗帝國主義的民族解放運動中，所以又導致了「第三世界文學論」和「台灣文學本土論」的爭論。後來的發展，在年輕一代的省籍作家中似乎傾向葉石濤的觀點的佔了優勢，使陳映真越來越顯得孤立而落寞了（註15）。向陽對此評論說：

台灣文學的形成固然無懼於長年被撕扯、被搖撼的政治壓力，不斷在暗鬱中努力苗長，但在台灣政治生態體系的劇烈變動下，亦無可避免的會受到政治體系及其改變的牽動而產生「逃走現象」。以七〇年代「鄉土文學論戰」之際，台灣鄉土文學作家陣營的組合來看，當年並肩作戰的鄉土作家葉石濤、鍾肇政、王拓、陳映真、尉天驄、楊青矗、王曉波等，在由「鄉土文學」轉型為「台灣文學」的細胞分裂過程中，如今已分屬在野文學界的不同陣營。主張台灣文學具有獨異的台灣性格之作家，扛起了「台灣文學」的鮮明旗幟，反對者則從「中國文學」的角度抨擊台灣文學為反祖國、反民族利益的政治化文學。（註16）

向陽以為陳映真的「在台灣的中國文學」論是「台灣文學」的「迷失現象」。對「台灣文學」的定義也越來越以「本土意識」為主。例如宋冬陽說：

以台灣本土意識為基礎所寫出的作品，則是一般通稱的台灣本土文學。（註17）

註14：見陳映真〈鄉土文學的盲點〉，1977年6月《台灣文藝》革新第2期。
註15：例如1987年2月15日成立的「台灣筆會」包括了葉石濤在內的多數省籍作家，而陳映真不與焉。
註16：見向陽〈可被撕扯可被搖撼，不可自我迷走！──台灣作家應以創作台灣文學為榮〉，1990年9月《台灣文學觀察雜誌》第2期，頁7。
註17：見宋冬陽〈現階段台灣文學本土化的問題〉，收在施敏輝編《台灣意識論戰選集》中，頁230。在對「台灣文學」的定義中，作者加了「本土」兩字，即在強調「本土意識」之重要。

許水綠的定義是：

台灣文學是胸懷台灣本土，放眼第三世界，開拓自主性及台灣意識的文學。（註18）

彭瑞金說：

只要在作品裡真誠地反映在台灣這個地域上人民生活的歷史與現實，是根植於這塊土地的作品，我們便可以稱之為台灣文學……我們便將之納入「台灣文學」的陣營；反之，有人生於斯，長於斯，在意識上並不認同於這塊土地，並不關愛這裡的人民，自行隔絕於這塊土地人民的生息之外，即使台灣文學具有最朗廓的胸懷也包容不了他。（註19）

所指「生於斯，長於斯，在意識上並不認同於這塊土地」的人可以說呼之欲出。主張「在台灣的中國文學」的人恐怕並不承認不認同於這塊土地。以意識的差別來分成不同的陣營，包容一些人而排斥另一些人是一件很危險的事。抽象的「意識」很難界定。就如大陸上用「無產階級意識」來區別敵我的陣營，到了關鍵時刻，只有握有權力的人才是確定某一個作家是否具有正確意識的最後裁判。對這個問題，李喬的意見比較中和，他說：

台灣文學的定義是：站在台灣人的立場，寫台灣經驗的作品便是。（註20）

他的意見雖然與葉石濤所認為的「所謂台灣鄉土文學應該是台灣人（居住在台灣的漢民族與原住民）所寫的文學」（註21）很相近，但也有差異：葉乾脆界定只有居住在台灣的漢人和原住民所寫的作品才是台灣文學，而李則以為不管是什麼人，只要站在台灣人的立場寫台灣人經驗的作品都可稱為「台灣文學」，雖然事實上非土生土長的台灣人

註18：見許水綠〈台灣文學的界說與方向〉，1983年9月《生根》第17期，頁42-43。
註19：見彭瑞金〈台灣文學應以本土化為首要課題〉，1982年4月《文學界》第2集，頁1-3。
註20：見李喬〈寬廣的語言大道──對台灣語文的思考〉，1991年9月29日《自立晚報‧副刊》。
註21：語見葉石濤〈台灣鄉土文學史導論〉。

用台灣人的立場來寫台灣人的經驗，是不太可能的事。

最近幾年，「台灣文學」作為一個獨立系統的名詞似乎已經確立了。去年6月一部分關心台灣文學發展的學人出版了《台灣文學觀察雜誌》，也足以說明有意識地把台灣文學看作是一個獨立發展的單元。其中尹章義在〈什麼是台灣文學？台灣文學往哪裡去？〉一文中，提出界定台灣文學的幾種說法：一、描寫台灣人心靈的文學，二、以台灣話文寫作的文學，三、三民主義的文學，四、邊疆文學，五、在台灣的中國文學（註22）。根據李、葉的定義，也許可以再加上兩項：站在台灣人立場上寫台灣經驗的文學和台灣人所寫的文學。

以上的討論，只要把「台灣文學」中的「文學」兩字換成「小說」，就成為對「台灣小說」的各種定義了。然而這種種議論，發言者似乎都沒有意識到文學的評論是針對具體的作品而來的，而不應該武斷地為未來的作品指出既定的方向。這種種界定，實在容易令人聯想到毛澤東〈在延安文藝座談會上的講話〉為1949年以後大陸文學確定方針、指出方向的歷史。其後果，我們都已經看到了。

正因為這種以議論來指導創作的思考方式乃來自社會主義的文學理論，因此大陸上的研究者很容易轍入其中，而對「台灣文學」執有雷同的看法，無形中也助長了「台灣文學」的「本土意識」。

四、大陸研究者的盲點

在泛政治主義籠罩下的大陸社會，文學活動無不以政治動向馬首是瞻，文學的創作和研究也是如此。四人幫倒台以後，鄧小平日漸恢復權力。1978年2月24日全國五屆政協第一次會議中選鄧為政協全國委員會主席，同年5月11日《光明日報》發表〈實踐是檢驗真理的唯一標準〉。第二天《人民日報》馬上轉載了這篇文章。8月11日上海《文匯報》即發表盧新華的短篇小說《傷痕》，於是展開了一系列「傷痕文學」的創作，在文學界首次出現了針對社會主義的高壓政策吐苦水的作品，對文學描寫的主題與文學研究的對象有開拓的跡象。1979年元旦，人大委員長葉劍英在全國人大常委會上發表了〈告台灣同胞書〉，謹慎地開動起對台灣統戰的活動。同年《當代》第一期刊載了白先勇的

註22：尹章義〈什麼是台灣文學？台灣文學往哪裡去？〉，1990年6月《台灣文學觀察雜誌》第1期，頁19-20。

〈永遠的尹雪艷〉，標明了是台灣小說家的作品。其他刊物也相繼選刊了海外和台灣作家的小說。由選刊作品進而評介作品，再進而編輯成書（例如陸士清的《台灣小說選講》、汪景壽的《台灣短篇小說選講》和《台灣小說作家論》、封祖盛的《台灣現代派小說評析》和《台灣小說主要流派初探》、王晉民的《台灣當代文學》、黃重添的《台灣當代小說藝術彩光》等），後來竟出版了台灣的「文學史」（如白少帆、王玉斌、張恆春、武治純主編的《現代台灣文學史》）和「小說史」（如古繼堂著的《台灣小說發展史》）一類的大部頭的書。大陸研究者對研究台灣文學的貢獻是不容抹殺的，但是這種一窩蜂地對台灣小說和台灣文學的研究狂熱，也反映了政治上大陸越來越積極地對台灣統戰的要求。正如大陸學者劉登翰在〈大陸台灣文學研究十年〉一文中所說：

> 在初期，這一研究便不能不蘊寓著一定的政治意味，使它有超乎研究自身以外的其他價值和意義。……這種潛蘊的政治價值，使最初的台灣文學研究一定程度上受制於彼時的政治環境和氣候，在價值取向上難以擺脫特定的政治尺度的影響。（註23）

依據大陸當日的政治氣候，在選取作家和作品的時候，便重鄉土寫實而輕帶有現代意味的非寫實或反寫實的作家和作品。又由於對資料掌握的不全面和撰寫的匆忙，不免出現未曾消化的分析評價、遺漏、輕重倒置等極為嚴重的誤導現象。當然，不同的研究者會有不同的重心和不同的成績，但是他們卻有一個共同的觀點，就是把凡是在台灣居住過的作家一律冠以「台灣作家」的頭銜，不管他們是否從前在大陸上早已成名或者在台灣的居留期為時甚短。

今以白少帆、王玉斌、張恆春、武治純所編的《現代台灣文學史》和古繼堂的《台灣小說發展史》（註24）為例。前一本書從張我軍、賴和、楊逵的作品談起，接下來是楊守愚、吳濁流、呂赫若、張文環、龍瑛宗和鍾理和等的作品。對早期由大陸來台的小說家像謝冰瑩、陳紀瀅、姜貴、潘人木、王藍等一筆帶過（對姜貴的《旋風》和王藍的《藍與黑》略加介紹），然後一下跳到聶華苓和於梨華的作品。對同時彭歌、孟瑤等的作品則一字未提。再接下來就是鍾肇政、白先勇、陳若曦、林海音、趙淑俠、張系國、

註23：劉登翰〈大陸台灣文學研究十年〉，1990年6月《台灣文學觀察雜誌》第1期，頁60。
註24：《現代台灣文學史》，瀋陽遼寧大學出版社，1987年12月；《台灣小說發展史》，台北文史哲出版社，1989年7月。

瓊瑤、王文興、七等生、叢甦、歐陽子、陳映真、黃春明、李喬、鄭清文、王禎和、季季、王拓、楊青矗、宋澤萊、洪醒夫一長串冠以台灣小說作家的名字。其中有在大陸上已經成名的作家，像謝冰瑩、陳紀瀅等，有跨越日治時代到光復後的省籍作家，像張我軍、楊逵、吳濁流、鍾理和、鍾肇政等，有來自大陸在台居留時間甚短而後定居美國的聶華苓，有生於大陸在台就學而後留美定居的於梨華、白先勇、張系國等，有生長在台灣而後留美因嚮往祖國回歸度過文化大革命終又出走港、加最後定居美國的陳若曦，有原籍台灣長在北京於1949年後抵台定居的林海音，有生於大陸長於台灣的王文興、瓊瑤等，也有在台灣土生土長的作家像鄭清文、李喬、陳映真、七等生、黃春明等。這樣背景複雜、身世各殊的作家，都納入同一個「台灣作家」的標籤之下，只因一個共同點：就是他們或長或短地都在台灣居留過而過去曾經一度或現在仍是中華民國的國民。書中對嚴肅作家與流行作家的不分以及對重要作家的遺漏，呂正惠已有專文評論（註25），茲不贅述。

古繼堂的《台灣小說發展史》比前書對台灣小說的評介較為深入，但仍然資料不全。例如與白先勇同代同是由台赴美的小說家劉大任、李黎、李渝、郭松棻、東方白等的作品均未論到。七等生的同班同學雷驤和他們的好友沙究在小說創作上均有特殊的風格和貢獻，也不見蹤影。在年輕一代的小說家中談到了許多在台灣均甚陌生的名字，但已有成績和貢獻的作家反倒被忽略了。例如書中只有三行文字寫李永平的《吉陵春秋》，卻連篇累牘地介紹一些沒有特色的作品。張大春也是在年輕一代中頭角崢嶸的一位作者，竟完全沒有論到。與前述的「文學史」一樣，這本書也令人覺得台灣的小說發展，是從日治時期的本土前輩作家香火傳遞而來，與中國五四一代的小說家殊少淵源。譬如稱賴和為台灣的魯迅，意味賴和對後代台灣小說家的影響猶如五四時代的魯迅對大陸作家的影響一般。這是比喻不倫誤導讀者的觀點。五四以後的小說家，誰未讀過魯迅的作品呢？筆者來台前後雖屬少年，都曾對魯迅的小說有所涉獵。即使魯迅的作品已成為禁書的時代，陳映真也曾讀過魯迅的《阿Q正傳》，而且表示特別喜愛（註26）。賴和作為一個本土的先行作家，自然有其應有的歷史地位，但是沒有理由違反史實地故意誇大他的影響力。賴和的作品恐怕要等到以後的楊雲萍、楊逵、葉石濤等大力加以宣揚才漸漸為人所知。大陸來台的小說家，不論長幼，恐怕很少人讀過賴和的作品。即使本土的小

註25：參閱呂正惠〈評遼寧大學《現代台灣文學史》〉，1990年10月《新地》第1卷第4期，頁19-23。
註26：見許南村〈陳映真〉，《知識人的偏執》，台北遠景出版社，1976年12月，頁25。

說家，像鄭清文、陳若曦、陳映真、七等生那一代，有多少人是受了賴和的影響而從事小說創作的呢？鄭清文就曾坦然地說過：

> 因為家庭環境之故，當時我對日據時期台灣作家一無所知，就連楊逵的名字也沒聽過。一直到1963年左右吳濁流要準備開辦《台灣文藝》，拜訪寫文章的人，我也是受寵若驚的受訪人之一，這才接觸到這些作家。所以我並未受到台灣老作家的影響。（註27）

從以上的兩部文學史和小說史中，我們所得的印象好像是台灣小說的發展，從張我軍、賴和、楊逵等的反抗日本人統治，到光復後的鄉土作家對抗國民黨的統治，一線相承地走向民族自決和本土意識覺醒的一條道路，其間似乎全沒有受過五四以後中國小說家的影響。對西方現代小說家所發揮的作用，則認為是負面的，使台灣的小說家走上了歪路。如果一部文學史或小說史，表現不出作品的來龍去脈，也顯現不出所述作品在整體文學的傳承中所佔據的地位，更因資料不全或為偏見所蔽誤導讀者對作家的評價，則難說盡到文學史家的職責，也通不過學術考驗的一關。

如果我們細心對照，就會發現以上所言的兩部大陸出版的「文學史」和「小說史」中的資料，似乎不出葉石濤的《台灣文學史綱》（註28）和最早幾位訪問大陸且受到歡迎的海外作家像聶華苓和於梨華等所能提供的資訊。特別是葉石濤的《台灣文學史綱》中資料詳略取捨情況，都反映在大陸上的兩部著作中。葉著對1949年前的台灣文學環境以及用日語寫作的台灣作家敘述得特別詳盡（佔全書七章中的三章），大陸上的兩部書也是如此。葉書中忽略的作家，大陸的兩部書中也未提及。葉書中完全遺漏了台灣的劇作，《現代台灣文學史》中也只象徵式地談到了姚一葦的作品，對其他劇作家及作品均付之闕如。在資料的取捨上承襲的痕跡相當明顯。兩相對照以後，便覺得這兩本書的編者和作者似乎未有充足的時間或意願來廣徵博引。

至於論點上，大陸的兩書也接受了葉著中所強調的「台灣文學」就是「反抗文學」和「鄉土文學」的觀點。葉石濤在《台灣文學史綱‧序》中說：

註27：見王文伶〈靜裡尋真，樸處見美——訪鄭清文先生〉，1990年10月《新地》第1卷第4期，頁94。
註28：遼寧大學的《現代台灣文學史》中有節專門談到了葉石濤的《台灣文學史綱》，但是兩書出版僅相距十個月，亦足見大陸編輯該書的快速與匆忙。

台灣作家共同背負了台灣民眾苦難的十字架，跟台灣民眾打成一片，為反日抵抗的歷史留下嚴肅的證言。（註29）

又說：

文學既是反映人生、人性和時空情況的，那麼鄉土文學的發展，變成名正言順的台灣文學，且構成台灣文學的主流。（註30）

並引用王拓的主張說：

鄉土文學是現實主義的文學，是台灣的現實主義文學。（註31）

這種主張與大陸自1949年以後的官方文藝政策是非常契合的，因此大陸上的兩本著作自然可以放心地取此為綱，把台灣的小說家分成鄉土和現代兩派（雖然真正的情況鄉土與現代難以截然區分，而二者的意涵並不在同一的層次上，鄉土通常指的內容與主題，現代指的則是形式與技巧），形成崇鄉土而貶現代的論點。

大陸著作與葉著不同的是，前者把所有現在生活在台灣的作家和曾經在台灣居留過的作家（縱然他們早已不在台灣，而且不再擁有中華民國國籍），統稱為「台灣作家」。葉氏對此卻是有所分別的。他通常把在台灣的外省籍作家稱作「外省作家」或「省外作家」，把本省作家稱作「省籍作家」或「台灣作家」，認為二者雖然同居台灣，但對台灣本土認同的程度和意識觀念是有區別的。

葉的這種看法大體上沒有錯誤，反倒是大陸上的著作把在台的外省作家和省籍作家以及海外曾踏過台灣土地的中國作家，一股腦兒都稱作「台灣作家」，未免是一廂情願的作法。為什麼在大陸上研究者的眼中，這些背景各異、觀念不同的人都是「台灣作家」呢？因為大陸上習慣性的考量標準是政治的，而非文化或地域的；既然這些作家都沒有

註29：同註2，頁1。
註30：同註2，頁38。
註31：同註2，頁144。

跟大陸的政權認同，他們自然不算是「中國作家」！至於這些作家是否跟台灣的政權認同，反倒不在考慮之中。這種「稱謂」的運用，透露出人們潛意識中的政治排他性，使人們即使在政治尺度越來越寬鬆的今日，仍難以超越以政治審視文學的藩籬。

大陸學者劉登翰就曾在〈大陸台灣文學研究十年〉中指出：

台灣鄉土文學思潮在整體上與大陸文學觀念有許多契合之處，因而也特別容易獲得大陸研究者的認同。（註32）

這種看法是不錯的。但他又說：

台灣鄉土論爭作為一個有著廣泛意義的政治文化運動，其所弘揚的民族精神、本土意識和對台灣社會政治經濟機制的批判，對於扭轉台灣自五、六〇年代以來受西方文化的衝擊所產生的負面影響，改變文學的歷史進程和現實構成，有重大作用。（註33）

從大陸的觀點來看，這是過度樂觀的看法，因為所強調的台灣鄉土文學，的確具有政治意涵，在思想上表現出對人民大眾的同情，帶出反資本主義及自由主義的色彩，但同時也不由自主地越來越走向本土意識，進一步導向政治的獨立自主的追尋。前者可能使大陸上的研究者產生同路人的喜悅，但後者觸犯了分裂國土的大忌，則恐怕不是大陸上的研究者（特別是政治意識強烈的）所樂見的了。

五、小說創作者的執著

在台灣的評論家和大陸的研究者正在熱烈地指出台灣的小說（或者廣義地說台灣文學）應走的道路和哪些人才配稱為台灣小說家的時候，在台灣的小說作家仍然兢兢業業地從事創作，似乎全沒有受到這些鑼鼓聲的影響。寫作是很孤獨的事業，不像政治或商賈，要靠結黨結派或集體經營才可造成聲勢。一個作者最可貴的是自由創作的心靈，失去了自由創作的心靈，怕就只剩下理論，不會再有作品了。

註32：同註23。
註33：同註23。

今日不但台灣熔爐的第一代和第二代的小說家仍不時有新作問世，更重要的是熔爐第三代（出生於1950-59年）和第四代（出生於1960-69年）的小說家也早已嶄露頭角。東年、黃凡、袁瓊瓊、林雙不、古蒙仁、小野、宋澤萊、李昂、吳念真、鍾延豪、履彊、平路、顧肇森、蘇偉貞、吳錦發、李赫、保真、郭箏、張大春、張貴興、朱天文、朱天心、黃有德、王湘琦、張啟疆、洪祖瓊、王幼華、田雅各、楊照、駱以軍、林蒼鬱等都寫出了出色的作品。

從1950年出生的算起，不管是外省還是本省籍，都是出生在台灣的。他們對他們父祖之土的大陸毫無印象，他們生活在台灣，吃著台灣的土地生長出來的稻米，喝著台灣的水，呼吸著台灣的空氣，他們怎麼可能不愛台灣呢？但是他們是不是都認為「台灣的小說」不能算是「中國小說」？在沒有實際的問卷之前，我不敢下任何的斷語。尹章義在〈什麼是台灣文學？台灣文學往哪裡去？〉一文中說：

> 殊不知決定台灣文學地位的，絕不是文學以外的東西。台灣作家寫作的客體已經呈現了台灣文學的特殊性，只有量多質精的「台灣文學」作品，才能使「台灣」文學成為中國或華文文學的主流。

是不是量多而質精？恐怕還要更大的努力。但是從台灣熔爐第三代和第四代作家的作品看來，除了極少數幾位熱烈地參與政治運動外，大多數的年輕作者似乎都在默默地寫作，並沒有特別強調鄉土的台灣經驗，或是遵循寫實主義的法則。相反的，其中特殊傑出的幾位，像張大春、黃凡、郭箏、平路、駱以軍等，追求的反倒是極為個人的經驗，所採用的手法或是象徵的，或是魔幻的，或是荒謬的，或是後設的，或是超現實的，竟都是非寫實或反寫實的路線。他們是否辜負了前輩大師的指引，而成為一群不可救藥的叛逆者呢？

這一點，恐怕要等到另一批只針對作品細心研究而不是以預言者領路人現身的新的評論家出現，才會有定論吧！

六、如果用語言文字來界定台灣小說

對文學作品的國籍或地域屬性的界定，並不是一件容易的事情，也並不一定有絕對的

規則可循，但是倒有一些既成的先例可以作為參考。

今日既以國家作為人群集體生活的法律單位，以致政治、經濟、文化活動均以國家為歸類的指標，譬如我們說中國小說、英國小說、法國小說、俄國小說、美國小說等，即以國別為分類的基礎。其實英國小說和美國小說同屬英語小說，只因國家有別，而把兩者區分開來。區分的指標一般有二：一是所用的語言，二是作家的國籍。

我們都知道康拉德是波裔俄人（生於蘇聯的烏克蘭共和國），二十一歲時登英國商船工作，二十七歲時入英籍，三十七歲棄航海而從事小說寫作，雖然所寫多異國情調，但因以英語表達，終成為英國的小說重鎮。貝克特為都柏林出生的愛爾蘭人，二十二歲時赴巴黎讀書，但不久即返英，三十三歲起定居巴黎，以法文寫作，所寫題材是對人類共同處境的關懷而非法國經驗，仍成為法國重要的劇作家和小說家。他的作品都經他本人及他人用英文譯出，又由於他祖籍愛爾蘭，英國作家中也有他一席之地。出生在紐約的亨利·詹姆斯（Henry James, 1843-1916）三十一歲時定居英國，並入英籍，他的名字遂進入英美兩國的小說家之林。納博科夫（Vladimir Nabokov, 1899-1977）是俄國人，流亡美國後改用英文寫作，成為本世紀重要的美國小說家。同樣是俄國人的索忍尼辛（Aleksandr Soljenitsyne, 1918-）也曾流亡美國，但始終以俄文寫作，所以不論他居留美國多久，入不入美籍，終不算是美國小說家。

由以上的先例大概可以看出來，界定一個作家的國別，他的血統與出身並不重要，主要乃看他是否與該國的文化認同。與文化認同的主要標誌是看他是否使用該國的語言文字寫作，並非看他所寫的是否該國的經驗。用了某一國的語言文字，就等於是為該國的人民而寫了。其次是看他定居的地區，定居的法律標誌是入籍。所以一個作家不論血統如何、出生何地，只要他在某一國土定居（或入籍），而又用該國的語言寫作，一般而言，他就是那一個國家的作家。

台灣的省籍小說家，不管是光復後努力改以中文寫作的像鍾肇政、楊逵，還是本有大陸的生活經驗原來就用中文寫作的像鍾理和，他們都以中文寫成的作品而聞名。由大陸來台的作家，包括軍中的和在台就學的學生，沒有例外地都以中文寫作。其中可能因為出生地的區別，而稍帶方言色彩（譬如王文興的文字，據會說福州話的朋友說，就帶有福州話的腔調）。一般而論，在台就讀的學生，因為抵台時仍在可塑的年紀，在語言上會受到通行國語的大熔爐的薰陶，方言的色彩不濃。這些寫小說的人用的既是中文，而國籍又是名義上仍領有大陸主權的中華民國，說是中國小說家，應該是名正言順的。

到了台灣鄉土小說出版，黃春明和王禎和寫的作品中，人物的對話攙用了閩南語的句法和字彙，但是成分有限，還沒有達到方言小說的程度，仍是中華民國國籍的作家用中文寫小說。原則上，他們的作品仍屬於中國小說。

前些年，在台灣的小說家還沒有明確地把自己定位為「台灣小說家」，原因是心目中仍與中國文化認同。即使有些作家後來在美國定居，也入了美國籍，但是並沒有改用英文寫作，而是繼續不斷地用中文寫作，在台灣或香港發表，人們也似乎並沒有認為入了美國籍就不再算是中國作家。因此，就語文原則而論，台灣與大陸的小說，縱然主題不同，詞彙有別，但絕對屬於同一種語言、同一種歷史文化背景的產物，彼此全沒有閱讀上的困難。

然而，如果台灣的小說，有一天全部用「台灣話文」來寫作，非經過翻譯，中國其他地區的讀者都看不懂了，還能不能算是中國文學呢？這是一個值得進一步討論的問題（註34）。

關於「台灣話文」，葉石濤說在日據時代就有人大力提倡了（註35）。光復後因為推行國語的關係，對這方面的討論沉寂了一些時候。最近幾年，由於「台灣意識」的高漲，政治權力的本土化和台灣獨立運動的抬頭，「台灣話文」又以「台語文學」的名義引起了廣泛的討論。先是廖咸浩於1989年在淡江大學「文學與美學學術研討會」上提出了一篇〈「台語文學」的商榷〉的論文，同時以節文的形式刊載於《自立晚報・副刊》（註36）。他認為「台語文學」運動具有相當的盲點與囿限，遂引起了一場反駁和爭論（註37）。一直到1991年，這樣的討論仍在繼續中。

什麼是「台語文學」呢？李瑞騰很乾脆地說：

其實所謂的「台語文學」，就是台灣閩南方言文學。（註38）

註34：同註22，頁24。
註35：同註2，頁24-28。
註36：廖咸浩的論文發表於1989年6月17日淡江大學「文學與美學學術研討會」，節文以〈需要更多養分的革命──「台語文學」運動理論的盲點與囿限〉發表於同年6月16日《自立晚報・副刊》。
註37：反駁的文章很多，例如宋澤萊〈何必悲觀──評廖咸浩的台語文學觀〉（1989年《新文化》7月版）、洪惟仁〈令人感動的純化主義──評廖文：「台語文學」運動理論的盲點與囿限〉（1989年7月6-7日《自立晚報・副刊》）〉、林央敏〈不可扭曲台語文學運動──駁正廖咸浩先生〉（1989年7-8月《台灣文藝》第118期）等（參閱李瑞騰〈閩南方言在台灣文學作品中的運用──以現代新詩為例〉附註2，1990年6月《台灣文學觀察雜誌》第1期，頁99）。
註38：同註37，李瑞騰〈閩南方言在台灣文學作品中的運用──以現代新詩為例〉，頁95。

那麼對「台語」的界定又如何呢？尹章義在〈什麼是台灣文學？台灣文學往哪裡去？〉一文中說：

　　隨著「母語權運動」發展的是「台語文字化運動」。所謂「台語」並不包含台灣所通行的各種語言而單指福佬話，可以說是「福佬沙文主義」的產物。少數人認為「獨立自主的台灣文學」必須是「台語文學」；台語要文學化又必須奠基於「台灣話文」——也就是以某種文字來記述台灣話。（註39）

　　小說家李喬也曾對這個問題發言說：

　　這個台語界說最嚴的是「福佬話」，較寬的是和原住民語、客家話包括進去，顯然把「北京話」——中國大陸普通話排除在外。今後的台語內涵，如果排除上列四語系中任何一系，我個人都期期以為不可，我反對！（註40）

　　「台語文學」廣義地說應包括「福佬話」、「客家話」和原住民的各種語言，狹義的則僅指「福佬話」而言。至於「台灣話文」指的應該是狹義的台語。

　　如何把台灣話化作文字？大概有兩個方式：一個是蔡培火、張洪南等人提倡的羅馬文字（註41）；另一個是以漢文來書寫。

　　羅馬字跟大陸上文字改革所推行的拼音文字是同一種構想，同一種方式。大陸上的拼音文字雖然曾經中共的領導人物鼓吹，也早就由中共國務院公布了「漢語拼音方案草案」，但是直到今天仍未實際通用。中國文字單音字太多，一音多字是一個障礙，數千年累積的文字資料無法立刻轉譯是另一個障礙。這些困難同樣會出現在台語羅馬字化上，因此，到目前為止，贊同的人並不多。

　　以漢字來書寫台語是目前正在嘗試的一條道路（註42）。但是這條道路也並非十分平

註39：同註22，頁22。
註40：同註20。
註41：參閱陳玉玲〈《台灣文藝》研究〉一文中「台語文學的爭論」，1991年1月《台灣文學觀察雜誌》第3期，頁52-54。
註42：參閱鄭良偉《走向標準化的台灣話文》，台北自立晚報社，1989年2月。

坦。以前黃春明和王禎和的小說中部分使用方言，顯出相當生動的地方色彩；如全部以方言書寫，則會帶來閱讀的困難。不過目前正在嘗試的人不少（註43）。下面的一段話就是以漢字書寫的台語：

唉，誰講船備駛去大陸？那是不須奉報務員知樣喔，奉伊知樣，伊敲電報轉去警備總部，你們就沒命喔，嘻，簡單反攻大陸咱們才會須講備轉去大陸，姦，其實咱們轉去大陸做啥，咱們沒田也沒厝，去那兒沒效啊，咱們祖先古早就是因為在大陸生活艱苦討沒呷，才會拚來台灣，有啦，有聽我老爸講，講古早我們第一代的祖先死的時瞬，伊的子有坐帆船轉去福建，我們是住在那漳州安溪南門城外，而伊去那兒抄家譜那什麼白字轉來，那當瞬大家對唐山是還可有感情有思念，但是尾來年久一深，根草就茫茫了了咯，嘻，那國民黨伊們那外省的即才來，還在癡想，就像咱們祖先以前按那，過幾年兒伊們就會習慣。（摘自東年《失蹤的太平洋三號》）（註44）

這一段書寫的台語全用漢字，沒有特別造字，比較容易懂，但是對不懂台語的讀者仍會覺得無能卒讀。

中國的傳統小說，文言的或半文半白的姑且不論，若拿白話小說來說，其實多少都帶有一些方言的色彩。譬如《水滸傳》、《金瓶梅》、《醒世姻緣》中的語言具有山東腔調，《紅樓夢》和《兒女英雄傳》用的是當日的北京官話，《儒林外史》有安徽人的語氣。然而這些小說從沒有被視為方言小說，原因是山東話、北京話和安徽話都屬於中原普通話語系，是彼此互通的，差別在口音，而不在句法和詞彙。即使偶有地方性句法、詞彙，也不難猜出它的含義，真正使外地人看不懂的語句非常稀少。因此，以語言而論，這些地區各有口音特殊的方言，唯一旦形之於文字，則大致雷同，故不曾形成特殊的方言文學。

中國以方言寫成的小說使後來的文學史家不能不將之歸入方言一類的，始自韓邦慶用吳語撰寫的《海上花列傳》及繼起的張春帆的《九尾龜》等。其實這些小說也並非全用方言，只是在人物的對話中為了求真起見採用了蘇州話來摹寫人物口吻，其他的敘述文

註43：例如鄭穗影的《台灣語言的思想基礎》（台北台原出版社，1991年2月）就是一本全部用漢字書寫台語的書。同一作者於1985年3月影印手抄本《台灣語現代詩試作》，則夾用漢文及羅馬字。
註44：東年《失蹤的太平洋三號》，台北聯經出版公司，1985年3月，頁196。

字用的仍是一般人皆能通曉的普通話。今舉《海上花列傳》二十三回衛霞仙對姚奶奶說的一段話為例：

老實搭耐說仔罷：二少爺來裡耐府浪，故未是耐家公主；到仔該搭來，就是倪個客人哉。耐有本事，耐拿家主公看牢仔；為俅放俚到堂子裡來白相？來裡該搭堂子裡，耐再要想拉得去，耐去問聲看，上海夷場浪阿有該號規矩？故歇勿要說二少爺勿曾來，就來仔，耐阿敢罵俚一聲，打俚一記！耐欺瞞耐家主公，勿關倪事；要欺瞞仔倪個客人，耐當心點！（註45）

以上的話，懂吳語的人會覺得真實生動，不懂吳語的人不但不會感到真實生動，反倒認為不過是一堆意義不明確的符號而已。

吳語小說因為有崑曲、彈詞中的吳語作為先導，又有商業文化中心的上海及其附近城市中使用吳語的廣大群眾作為可能的讀者，曾在這一帶風行一時，但事過境遷則後繼無力。今日幾乎沒有人再繼續寫吳語小說，而《海上花列傳》也逐漸為讀者所遺忘，致勞張愛玲女士奮筆轉譯為國語小說。

大都文學史或小說史棄方言小說而不論，固然是一種缺憾，背後的原因也正是因為方言小說的讀者有限，影響也有限，遂成為中國小說中無足輕重的一個旁支。

這種現象不獨發生在中國，也發生在其他國家中。例如加拿大是使用英法雙語的國家，法語人口集中在魁北克一省，其他省分均用英語。文學作品也有英語文學與法語文學之分。近年來因為魁北克人的鄉土意識發皇，追求獨立的聲浪也時有所聞，故也有人用魁北克省中的一種叫作joual的方言來寫作。正像台語，這種方言保留了很多古法語的成分，跟現代法語的句法、詞彙和發音都頗有距離，彼此不易溝通。因此，使用joual方言的魁北克居民必定要學習現代法語，才能與其他使用法語的人民溝通。用joual方言所寫成的文學作品，對使用joual方言的居民會覺得鄉土而親切，但對其他法語地區的讀者則感到難以卒讀。所以在魁北克的「鄉土意識」高潮一過，用joual語寫作的作家又轉而用現代法語來寫作了。像因用joual語撰寫劇本而成名的作家米士勒‧川布里（Michel Trembly）後來竟遷居巴黎，決心改用標準的現代法語寫作，以便獲得更廣大的讀者

註45：引自郭箴一《中國小說史》，台北台灣商務印書館，1967年1月，頁458。

群。今日看來，加拿大joual語的文學作品不過成為法語文學作品中一個方言的旁支而已。

另外一個例子是愛爾蘭在本世紀初一心想擺脫英國控制尋求獨立自主時期，本土意識高漲，在文學作品中也設法在英語中融入愛爾蘭的方言。劇作家辛格（John M. Synge, 1871-1909）在他的劇作中就注入了愛爾蘭的農民方言。然而他也只是有限度地融入了英語讀者可以領略的句法和字彙，並不曾全用愛爾蘭方言來書寫，否則他的作品便無法在其他的英語地區演出了。

中國的方言文學和加拿大法語文學中的joual語的方言文學的雷同處，乃在吳語或台語與joual語都是另一種更強勢更龐大的現代語言的旁支，都是有音無字的方言。這幾種方言一直停留在語言的階段，而未形成文字；說吳語的人或說台語的人應用的文字仍是普通的中國文字，說joual語的人應用的文字則是一般的法文。如果把這幾種方言轉化為文字，難度是很大的。吳語和台語小說，借用普通中文來書寫，遷就了聲，可能就必須犧牲了義，遷就了義，聲音又可能不合；何況一人的杜撰，一時難以得到眾人的認同，可能會形成懂吳語或台語的人，一樣會看不懂吳語或台語的小說。joual語在加拿大的法語文學中，也有同樣書寫的問題。

我國的傳統小說，除了《海上花列傳》這類的方言小說以外，幾乎都是用一般均可通曉的文字寫成的小說。這些小說或多或少地都帶有一些方言俚語的色彩，但並非純用方言的小說。如果用語言與文字來界定小說的屬性，可以說：凡是用中文寫成的小說，都是「中國小說」。那麼「台語小說」如果用的不是羅馬字，而是中文，可歸入「中國小說」中的「方言小說」一類。

這是用語文來界定，如果改以國籍來界定呢？結論可能不同的吧？

同是英文小說，因國籍不同，可以有英國的英文小說、美國的英文小說、加拿大的英文小說、澳洲的英文小說、紐西蘭的英文小說、南非的英文小說，甚至印度的英文小說。同是法文小說，也有法國的法文小說、比利時的法文小說、瑞士的法文小說、阿爾及利亞的法文小說、摩洛哥的法文小說、加拿大的法文小說等等。如果在未來的日子裡，使用中文的不限於中國一國，譬如說新加坡人也用中文來寫小說，那麼在中國的中文小說之外，就有新加坡的中文小說了。以此推論下來，台灣倘若有一天果真成為獨立的國家，即使用國語來寫作，仍然可以稱為「台灣國小說」。當然，如果有人要用「台灣話文」來寫小說，那也是未來台灣國民的自由選擇。

七、結語

　　如果「台灣小說」的定義，只限於「台灣人所寫的小說」，進一步把「台灣人」界定為早期來台的閩粵移民和原住民，不包括1949年以後來台的各省人民，那麼所謂「外省籍作家」所寫的作品，自然排斥在「台灣文學」以外了（註46）。在大陸的文學研究者及編輯的眼中，也是把在台灣及海外的中文作家排斥在「中國作家」之外的（註47）。如此一來，在台灣的外省籍作家豈不等於掉落進台灣海峽之中，成為海峽雙方都不肯收容的「亞細亞的孤兒」了麼？

　　如果「台灣文學」的定義，只限於「台灣人」所寫的作品，而將來又必須用「台灣話文」（福佬話）來創作的話，使用客家話的作家和原住民的作家不是也被排斥在外了？愛鄉愛土是每一個人自發的天性，但把愛鄉愛土的情懷發展成為狹隘的排他意識，對一個地區的人民和文化都不是一件有利的事。何況就現代國家的權利觀念而言，具有公民權的人，不管他是原住民、第一代移民、第二代移民，還是第十代移民，都享有相同的權利，沒有人甘願被人排除在外。

　　台灣固然有其獨特的歷史背景，倘若片面地強調日據以前和日據時代的傳統，而完全不顧1945年光復直到今日四十多年的發展，豈不也扭曲了歷史的真實？最近這四十多年在社會的底層建構和上層的意識形態的變化上，都遠遠超過了日據時代的五十年，甚至於也超過閩粵移民渡海以後的三百年。今日台灣的基礎建設、經濟發展、社會繁榮、財富增值，在過去的歷史上是不曾有過的。今日台灣融合了中國各省移民，彼此結成婚媾血緣的關係，享受著各地飲食的風味，使用著彼此都通曉的台灣國語，也是在過去台灣的歷史上不曾有過的。今日台灣的現實，已經不再是單純地對先期移民文化的繼承，也不是單純地對日本殖民文化的繼承，而是全中國各地文化在台灣所形成的中華文化的大熔爐，其融合性超過大陸上任何一個地區，本體便具有了十分的包容性。在這樣一種人文薈萃、內涵豐富的文化形態中，有沒有理由再去恢復日據以前的單一的文化形態呢？

　　在小說的創作上，作者的來源不同、風格不同、題材不同、技巧不同，正是今日台灣小說可貴的財富，有什麼理由必須要把台灣小說導入一種單一的狹隘的道路上呢？一

註46：本土意識強的文學刊物，從不刊載或討論外省籍作者的作品，與外省籍作家主持的刊物兼容並蓄的情形構成明顯的對比。

註47：大陸的文學刊物偶然刊用在台作家的作品，必註明台灣作家字樣，與台灣的文學刊物像《聯合文學》、《聯合報》副刊對大陸作者的作品一視同仁也形成明顯的對比。

個泱泱文化大國，首先總要有一種寬宏的氣度，譬如法國不已經常常把用法文寫作的外國人（盧騷原籍瑞士，貝克特原籍愛爾蘭，尤乃斯庫原籍羅馬尼亞）納入法國文學之林了嗎？英國也沒有因為康拉德原來是波蘭人或俄國人，而寫的又是與英土無關的異域情調，否認他在英國文學史上的地位。賽珍珠（Pearl Buck, 1892-1973）生長在中國，雖然主要的作品寫的都是中國風土人情，與美國經驗無關，並無礙她作為美國小說家的榮耀，因為她是美國籍用英文寫作的作家。

為什麼台灣的小說必須定義為台灣人的作品？或寫台灣經驗的作品呢？

目前在台灣的大多數小說家所使用的文字都是以國語為基礎的中文，只有少數的小說家在部分的人物對話中使用了台灣的方言，真正全部用台灣方言寫小說不過正在開始嘗試中。在小說的創作上，每個作家都有嘗試不同的技巧、不同的方言的自由，但是這樣的嘗試如果出之於美學的原因，恐怕要比出之於政治的或意識形態的理由更容易獲得文學上的成績，也更容易為未來的讀者所接受。至於是否因為用了方言而造成傳播上的侷限，那是創作者自己應該考慮的事。

十年前詹宏志曾經擔憂台灣文學在將來是否會在中國文學史中流為無足輕重的「邊疆文學」（註48），因而引起了「本土意識」強勁的年輕一代的抨擊，認為詹宏志的論調代表的是棄兒或孤兒的喟歎（註49）。其實詹宏志的喟歎恐怕主要是有感於大陸上的文化界對台灣所表現的一種褊狹的心理。大陸上的文學研究者既然並不把台灣文學納入中國文學之中，而另冠以「台灣文學」之名，的確使在台灣的作家感覺到一種不易吞嚥的「中原心態」的倨傲，難怪會產生這種「邊疆文學」的論調和不如「另立門戶」的反彈。然而目前大陸上文學研究者的這種心態，恐怕與社會主義意識形態的排他性有關。自中共掌握政權以後，四十多年來大陸上無數的政治運動，無不以排除資本主義國家中的自由思想和民主政治為鵠的，早已養成對外在世界的戒懼之心，自然不敢貿然地把具有自由色彩的台灣作家引以為自己人，像大陸上的作家一樣對待，不得不另貼上標籤，以便保持一種安全的距離。這只是目下的一種階段性現象。在長遠的歷史上看來，中國文化本來頗具兼容並蓄的精神。戰國時的楚國，相對於中原地區與中原的周文化，算是邊疆，但楚辭在以後的中國文學史上並未流於「邊疆文學」，而屈原也不是「邊疆

註48：見詹宏志〈兩種心靈——評兩篇聯合報小說獎得獎作品〉，1981年1月《書評書目》第93期，頁23-32。
註49：同註17，頁222。

作家」。唐朝的李白，出身少數民族，不會影響他「詩仙」的地位。老舍是純粹的滿族人，他也是中國現代小說和現代戲劇的重鎮。這些先例，足以說明只要在台灣有足夠分量的作家和足夠水平的作品，在未來的中國文學史上自會佔一席之地，甚至一樣可以成為重量作家和主流文學。這是今日任何具有政治或意識形態偏見的文學評論家和文學史家都無法阻擋的事。

然而如果使今日的台灣小說在未來的中國小說史中佔有一席之地，先決條件是台灣在未來仍是中國的一部分。倘若台灣未來走上脫離中國而獨立自主的道路，那麼台灣自當會有獨立的「台灣國小說」，不管用的是國語中文，還是「台灣話文」，就像美國或南非的小說家用英文寫作，不必歸入英國小說家之林一樣。

不錯，台灣是否有獨立的「台灣小說」或「台灣文學」，繫之於台灣的未來是否走向獨立的道路。就實際情況而言，台灣目前的政經體制與大陸的差別極大，反倒與美日等國容易連為一體，這是大陸的當政者也不能不引以為憂的一件事。血統與文化是否比經政的現實更具有決定的力量，實在未能預卜。如海峽兩岸立意統一，勢必要發生不是大陸的體制吞併台灣，就是台灣的體制淹沒大陸的結果。僥倖的中間路線的空間十分狹小。就民族自決的理論而言，台灣的前途應該取決於台灣全體居民的意願。如果台灣的全體居民，或大多數的居民都誓死要求獨立，像南愛爾蘭人民似地不屈不撓，則不達目的誓不罷休。但若多數的台灣居民仍然心繫中國，或沒有誓死的決心，而寧願與大陸的勢力妥協求存，那麼「台獨」的主張便將成為一種歷史的謬誤，只會招致又一場無謂的災禍而已。

不過，即使台灣有一天成為獨立自主的國家，排他性的「本土意識」也並非獨立的台灣之福。南愛爾蘭的文學發展就是一個前例。自從1800年愛爾蘭併入大英帝國之後，愛爾蘭人的獨立運動就不曾間斷，中間幾經「二二八」式的屠戮，南愛爾蘭終於1921年獲得獨立，把北愛爾蘭（因為有半數居民親英）仍然留在大英帝國的統轄之內。愛爾蘭的大作家王爾德（Ossac Wilde, 1854-1900）死於南愛爾蘭獨立以前，本身並未具有明顯的愛爾蘭「本土意識」，自然是名正言順的英國作家。另一個愛爾蘭文豪蕭伯納（George Bernard Shaw, 1856-1950），生於南愛爾蘭的京城都柏林，在南愛爾蘭獨立以前赴英倫，他的故土獨立之後並未回歸，依然留居英倫做他的英國作家。曾參與「本土化」運動的愛爾蘭大詩人葉慈（William Butler Yeats, 1865-1939）和劇作家辛格那一輩，雖然倡導方言入詩入劇，卻都是用英文寫作的作家，因而也都成為英國文學史中的一員。愛

爾蘭的小說重鎮喬伊斯竟因受不了愛爾蘭宗教教義的偏執與強勁的「本土意識」，而遠走他鄉，終老異域。另一個宣稱忍受不了愛爾蘭狹隘的「本土意識」的愛爾蘭名作家，是獲得1969年諾貝爾文學獎的貝克特。他甚至放棄以英文表達，改用法文寫作，遠離故土而終老法國。他們豈不愛鄉愛土？但愛爾蘭那種偏執而狹隘的思想氣氛使具有自由心靈的作家無法忍受。這就是愛爾蘭一面產生優秀的作家，一面卻保不住優秀的作家的原因。在一個民族追求獨立的過程中，民族主義和本土意識幾乎是不可避免的一種風潮，但目的一旦達成，同樣的意識形態便成為自囚的樊籠了！

從事文學創作的人，不管國籍為何，來自何地，所具有的追求自由創作的心靈是共通的，是否某些作家應該有「特具的使命」，實在是一個值得懷疑的問題。

在「中國意識」和「台灣意識」彼此消長的發展過程中，在台灣的小說家的確受到了這種情結的衝擊，致使有些表現不差的小說家因此棄文而從政。其他大多數的小說家能夠不為所動，實在是一件不容易的事。他們兢兢業業地繼續特立獨行的藝術追求，等待著未來的文學史家來為他們定位了。（1992年3月）

第三十二章　台灣的現代詩

一、現代詩運動

　　第二度西潮衝擊到台灣時，在文學中打頭陣的應該是一心嚮往西方現代詩的台灣的現代詩人。他們的作品不但受到西方現代主義的啓示，而且常常是直接模仿西方現代詩的。其中有一個鮮爲前人注意的大問題，就是中文的單音象形文字與西方拼音文字的區別。西方的現代語與文比較一致，中國的語與文之間則差別較大，即使是白話文，文並不完全等同於語。五四以後的白話詩曾盡量貼近口語，就是爲了求取語文一致的效果；後來興起的朗誦詩，更以聽覺爲主。可是到了現代詩，詩人們爲了扭轉前人淺薄的弊病，會故意使用冷僻的字眼，或故意使詩意隱晦，以求取多義，如此一來反失去了聽覺的效果，流爲視覺的或案頭的文字了。

　　其次，「現代詩」中的修飾語「現代」的涵意，在紀弦的引介中與西方的原意頗有距離。青年學者楊宗翰就曾指出：「我們需要進一步參照，檢視彼時的論述場域，研究戰後台灣詩史中這種藉由『橫的移植』以追求『美學現代性』

（aesthetic modernity）的努力，是如何被對抗性論述介入其形塑之過程，最終使得五〇年代至六〇年代初期誕生的『現代』產生了質變：它實在並非西方式的決絕，全盤之斷裂（rupture），而是一種攙雜著中國『民族性』的現代想像，這兩者（按：即現代性與民族性）在文本中以某種協商（negotiation）關係奇特地並存著——因而形成的（另一種）『現代』，及筆者所謂『中化現代』」。（楊宗翰 2002：295）當一種文化介入另一種文化，必然難以維持原貌，但其重點乃在使被影響的文化發生變化，所以當西方的「現代性」為中國的「民族性」扭曲的時刻，中國的「民族性」也為西方的「現代性」改變了面貌。台灣的現代詩正是在這種糾纏中產生的。

現代詩社：

關於紀弦現代詩社的種種已於本書第二十七章論及，現在進一步介紹現代詩社當時較年輕的幾位重要成員：

羊令野（1923-94），原名黃仲琮，其他筆名有必也正、田犁，安徽省涇縣人。政戰學校研究班第十期畢業，曾任軍中《前進報》主編、台灣畫刊社社長、《詩陣地》、《南北笛詩刊》、《青年戰士報詩隊伍》主編、《現代詩》復刊首任社長。作品有詩與散文，出版詩集有《血的告示》（1948金華人民世紀出版社）、《貝葉》（1968台北南北笛詩刊社）、《羊令野自選集》（1979台北黎明文化公司）。

林亨泰（1924-）是現代派重要的一員，筆名亨人、恆太，台灣省彰化縣人。台灣師範學院教育系畢業，曾於彰化高工、建國工專、台中商專等校任教。早年曾參加過日據末期由朱實等組織的詩社「銀鈴會」。1952年4月他發表在《自立晚報·新詩週刊》的詩還是別人從日文譯成中文的，1953年5月他發表在《現代詩》第二期的〈第一信〉，則是由葉泥翻譯的。他正式用中文發表詩作應該從1955年開始。參加現代派以後，有許多實驗性的作品，諸如圖形詩等。在詩的創作上附和紀弦的主張，提出「主知的優位性」，並說「現代主義即中國主義」。曾獲創世紀三十週年詩論評獎。後來轉向本土主義，為本土笠詩社發起

人之一，並擔任《笠》詩刊首任主編。主要作品有詩集《靈魂の產聲》（1949台中銀鈴會）、《長的咽喉》（1955台北新光書店）、《林亨泰詩集》（1984台北時報文化公司）、《爪痕集》（1986台北笠詩社）、《跨不過的歷史》（1990台北尚書文化出版社）及《林亨泰全集》十冊（1998彰化縣立文化中心）。林亨泰的詩作，張默爲其分作三期：

第一時期：銀鈴會時期（1945-1949），作者以日文寫作，滿懷社會改革的理念。

第二時期：現代詩時期（1952-1964），這時期他的詩強調主知，強調方法論，而一系列的符號詩也應運而生，其中以〈風景〉二首和〈悲情之歌〉各具特色，顯然是他創作的兩座標竿。紀弦曾指出，這一時期林亨泰的詩「很少是『情緒』，而多爲『感覺』的表現。」確是如此。

第三時期：笠詩社時期（自1964年6月迄今），他強調時代性與本土性，主張「現代」與「鄉土」並不衝突，深信「現代」的成果必能落實於「鄉土」上。《爪痕集》等一系列詩作可以見證。（張默 1998：221）

方思（1925-），原名黃時樞，湖南省長沙市人。來台前曾在上海就讀大學，來台後在中央圖書館工作，是早期參加現代派的詩人之一。後赴美，擔任狄瑾蓀大學圖書館長。詩作有《時間》（1953台北中興文學出版社）、《青春之歌》（1953台北虹橋書店）、《夜》（1955台北現代詩社）、《豎琴與長笛》（1958台北現代詩社）、《方思詩集》（1980台北洪範書店）。

鄭愁予（1933-）是現代派的另一員大將，原名鄭文韜，河北省人。幼年就讀北京中學，初中時代即開始詩作。1949年赴台，1954年發表廣爲人知的〈錯誤〉等詩作。1955年服役，1956年參加現代詩社。1958年畢業於台灣中興大學後在基隆港務局任職。1968年赴美，參加愛荷華大學國際寫作計畫，1970年入該校詩創作研究班，並獲藝術碩士學位。後任愛荷華大學東方語文系及耶魯大學東亞系講師。鄭愁予嗜酒，退休後返台，選擇居住盛產高粱酒的金門。主

要詩作有《夢土上》（1955台北
現代詩社）、《衣缽》（1957台
北台灣商務印書館）、《窗外的女
奴》（1968台北十月出版社）、
《鄭愁予詩選集》（1974台北志文
出版社）、《鄭愁予詩集（1）》
（1979台北洪範書店）、《燕人
行》（1980台北洪範書店）、《雪
的可能》（1985台北洪範書店）、

抒情詩人鄭愁予（1933- ）　　《夢土上》（1955台北現代
　　　　　　　　　　　　　　詩社）

《鄭愁予詩選》（1984北京友誼出版社）、《蒔花刹那》（1985香港三聯書店
香港分店）等。大陸學者沈奇稱其爲「錯位詩人」，意思是：「一種疏離於主
流詩潮的別開生面，一種在裂隙和夾縫中獨自拓殖的另一片『家園』。」（沈
奇 1996：248）鄭愁予一向被稱爲唯美的抒情詩人，蕭蕭評其詩說：

> 抒情浪漫，貼切可親，自然樸實與技巧成熟的作品都很動人，聲韻最美，流
> 傳也最廣，開創了現代詩的情詩境界。但是缺失也有：使命感、現代感、思想
> 性方面他的得分偏低，現實性更是得分奇低。（蕭蕭 1991：148-148）

　　在世紀末「台灣文學經典研討會」上，焦桐對鄭愁予晚年的山水詩推崇備
至，他說：

> 鄭愁予的山水詩發展到《寂寞的人坐著看花》更宏偉，比早期節制浪漫情
> 感，這部詩集所建構的山水景觀，帶著一定的哲學高度，乍看有點危疑險奇的
> 布局，忽如山路轉彎，豁然開朗，呈現詩人的情懷與悟境。
> 　　他的詩越寫越漂亮，左右逢源的意象，清楚而飽滿，象徵、比喻的運用似順
> 手擒來，乾淨利落。這些，都表現於對文字的講究。……
> 　　描山繪水是鄭愁予獨步詩壇的絕藝，也最能展現鄭愁予的魅力。鄭愁予越老

越漂亮，基本上，他的詩音響繁複，節奏則是徐緩的慢板，連描繪氣勢磅礡的高山，也多以柔情寫陽剛，展現優美的中文詩抒情傳統。（焦桐 1999：294-295）

藍星詩社：

在同一時期，不以現代為名，但實質上也具有現代主義色彩的還有藍星詩社，由覃子豪、鍾鼎文、鄧禹平、余光中、夏菁等發起成立於1954年3月。在當時的詩人中，年紀較大的紀弦、覃子豪和鍾鼎文三人（生平均見第二十七章）都是在大陸已經開始創作的詩人，可以說直接繼承了五四以後浪漫主義、現代主義，甚至於社會主義的一些影響。特別是到了第二度西潮的時期，大多數詩人都無法自外於現代主義，只是藍星詩社的詩人們不能完全苟同紀弦所提「橫的移植」的主張。余光中後來回憶那時的情境，曾說：「我們的結合是針對紀弦的一個『反動』。紀弦要移植西洋的現代詩到中國的土壤上來，我們非常反對；我們雖不以直承中國的傳統為己任，可是也不願貿然做所謂『橫的移植』。紀弦要打倒抒情，而以主知為創作的原則，我們的作風則傾向於抒情。」（余光中 1972）所以藍星詩社與現代派最大的不同是對「橫的移植」意見不同，其次就是前者傾向抒情，而後者主知。但是藍星雖不苟同「橫的移植」，卻絕不排斥借鑑西方浪漫主義、象徵主義以及更為現代的詩作。

余光中（1928-），祖籍福建省永春縣，生於南京。1940年就讀於重慶南京青年會中學。1947年考入南京金陵大學外文系，又轉入廈門大學外文系，1949年後赴台在台大外文系寄讀。1952年任國防部聯絡官室編譯員。1954年與覃子豪等創立藍星詩社。1956年退役後在東吳大學兼課。1957年主編《藍星》週刊。1958年赴美國愛荷華大學進修，返台後主編《現代文學》及《文星》雜誌。1959年任台灣師範大學講師、教授，後轉任政治大學西語系主任。1974年赴港，任香港中文大學聯合書院中文系主任。1984年返台，出任高雄中山大學文學院院長，1993年退休。2011年台灣中山大學頒予榮譽博士學位。余光中詩文兼擅，創作跨越詩文兩界。主要詩作有《舟子的悲歌》（1952台北野風出版

《藍星》詩刊

余光中與作者合影

社）、《藍色的羽毛》（1954台北藍星詩社）、《鐘乳石》（1960台北中外畫
報社）、《萬聖節》（1960台北藍星詩社）、《蓮的聯想》（1964台北文星書
店）、《五陵少年》（1967台北文星書店）、《天國的夜市》（1969台北三民
書局）、《敲打樂》（1969台北純文學出版社）、《在冷戰的年代》（1969
台北純文學出版社）、《白玉苦瓜》（1974台北大地出版社）、《天狼星》
（1976台北洪範書店）、《與永恆拔河》（1979台北洪範書店）、《余光中詩
選》（1981台北洪範書店）、《隔水觀音》（1983台北洪範書店）、《春來半
島》（1985香港香江出版公司）等。陳芳明評論說：

> 　　在現代主義運動中扮演領導角色的余光中，與高度現代化的瘂弦與洛夫最大
> 不同之處，便在於知性與感性之間結盟產生歧見。瘂弦、洛夫偏向於內心世界
> 的挖掘，致力於情緒的疏離與現實的疏離，詩風較傾向主知。余光中則在追求
> 現代精神之餘，並不捨棄感性的表現。不僅如此，他並不避諱與傳統、歷史銜
> 接，更不刻意避開親情、愛情等等題材的處理。在「天狼星論戰」之後，余光
> 中正式向洛夫宣稱「再見，虛無」，而投向新古典主義的想像，終於創造了一
> 冊《蓮的聯想》。（陳芳明2011a：434）

夏菁（1925-），原名盛志澄，浙江省嘉興縣人。浙江大學畢業，美國科羅

拉多大學碩士。為水土保持專家，曾在農復會工作。1968年應聯合國之聘往牙買加服務，長期居留海外。1985年自聯合國退休後一度在科羅拉多大學執教，現已退休。為藍星詩社發起人之一，曾主編《藍星》詩頁以及《文學雜誌》、《自由青年》的新詩。主要詩作有《靜靜的林間》（1954台北藍星詩社）、《噴水池》（1957台北明華書局）、《石柱集》（1961香港中外文化出版社）、《少年遊》（1964台北文星書店）、《山》（1977台北純文學出版社）、《澗水淙淙》（1998台北九歌出版社）。另有散文集《落磯山下》（1968台北藍星詩社）、《悠悠藍山》（1985台北洪範書店）等。

後來參加藍星詩社的繼有周夢蝶、羅門、蓉子、向明、張健等。

周夢蝶（1920-2014），原名周起述，河南省淅川縣人。宛西鄉村師範肄業。1947年參加青年軍，隨軍來台。1956年退伍後做過店員、小學教師、守墓人等工作。1952年開始發表詩作，後來並參加藍星詩社。1959年起在台北市衡陽路擺書攤維生，成為一時之風景。直到1980年因健康因素結束營業。曾獲第一屆國家文藝獎。詩風表現了孤獨、純淨，富有禪味，作品少而精，計有《孤獨國》（1959自印）、《還魂草》（1965台北文星書店）及《周夢蝶詩文集》（2010台北印刻出版公司）。余光中稱他「是新詩人裡長懷千歲之憂的大傷心人，幾乎帶有自虐而宿命的悲觀情結。」（余光中 1996：136）

古典詩詞評論家葉嘉瑩評其詩說：

> 周先生乃是一位以哲思凝鑄悲苦的詩人，因之周先生的詩，凡其言禪理哲思之處，不但不為超曠，而且因其汲取自一悲苦之心靈而彌見其用情之深，而其言情之處，則又因其有著一份哲理之光照，而使其有著一份遠離人間煙火的明淨與堅凝。如此「於雪中取火且鑄火為雪」的結果，其悲苦雖未得片刻之消融，而卻被鑄煉得如此瑩潔而透明，在此一片瑩明中，我們看到了他的屬於「火」的一份沉摯的淒哀，也看到了他的屬於「雪」的一份澄淨的淒寒。（葉嘉瑩 1977）

在世紀末「台灣文學經典研討會」
中對他的評論如下：

《孤獨國》是周夢蝶的第一本詩
集，民國四十八年（1959）四月
由藍星詩社印行，共收入五十七首
詩（其中有七個組詩）；以「孤獨
國」為書名，恰恰點出全書的主題
精神。這「孤獨精神」的捻出，一

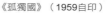
《孤獨國》（1959自印）　《周夢蝶詩文集》

方面是他個人生命歷程與內在心靈的呈現，另方面也是同時代人共同的心聲，
因此才能引起共鳴，獲得讚賞。……

周夢蝶的孤獨，就是在這一連串經歷下越堆越高；……這造成其心理內在深
層的孤獨感，而企圖「以詩的悲哀，征服生命的悲哀」，將生活上貧病的磨
練，心理上愛欲的煎熬，統統化為文字的修鍊，誠如葉嘉瑩云：「周先生之不
得解脫之感情，則近乎是源於其內心深處一份孤絕無望之悲苦。……周先生乃
是一位以哲思凝鑄悲苦的詩人……我們看到了他的屬於『火』的一份沉摯的淒
哀，也看到了他的屬於『雪』的一份澄淨的淒寒。」（洪淑苓 1999：184-185）

羅門（1928-），原名韓仁存，廣東省文昌縣人。1942年入空軍幼年學校，
1948年轉入杭州筧橋空軍飛行學校，1949年隨校去台灣。1950年後任台灣民
航局圖書管理員、高級技術員。1954年加入藍星詩社。1964年與蓉子合編《藍
星詩刊》。1967年曾赴美，在民航失事調查學校短期學習。主要詩作有《曙
光》（1958台北藍星詩社）、《第九日的底流》（1963台北藍星詩社）、《日
月集》（英文版，1968台北美亞出版社）、《死亡之塔》（1969台北藍星詩
社）、《隱形的椅子》（1976台北藍星詩社）、《羅門自選集》（1975台北黎
明文化公司）及評論《現代人的悲劇》（1964台北藍星詩社）、《精神與現代
詩人》（1969台北純文學出版社）、《心靈訪問記》（1969台北純文學出版

社）、《長期受審判的人》（1974台北環宇出版社）等。羅門向以宏觀自許，大陸詩評家沈奇即言：「雖然在他的詩之視域中，也不乏對現實人生及個人生命體驗的探幽察微之觀照，但更多的時候，詩人是以『高度鳥瞰的位置』（林耀德評語）高視闊步在現世和永恆之間，存在與虛無之間，以其潑墨大寫意般的詩之思，代神（詩神與藝術之神）立言，代永恆發問，以使人類與一切『提升到美的顛峰世界』（羅門語）來完成他的『第三自然』之追尋。」（沈奇1996：271-272）大陸另一位台灣文學學者劉登翰認為羅門是「藍星」詩人中最具現代意識和先鋒色彩的一個，並說：

> 後來結集為《第九日的底流》（1963）、《死亡之塔》（1969）、《曠野》（1981）等詩集出版的那些作品，其對生命與時空發出的反省，對都市文明所做的批判，對人類生存境況和心象世界充滿知性的剖析，都透過紛繁的意象，在象徵乃至抽象的過程中，呈現出一個超現實的藝術世界。（劉登翰 1994：285）

蓉子（1928-），原名王蓉芷，江蘇省揚州人。曾先後就讀於揚州中學、上海華東基督教聯合中學、南京金陵女大附中等校。中學畢業後進入交通部國際電台任職。1949年赴台灣，後成為藍星詩社社員，並於1964年與羅門合編《藍星詩刊》。詩作曾多次獲獎。主要詩作有《青鳥集》（1953台北中興文學出版社）、《七月的南方》（1961台北藍星詩社）、《蓉子詩抄》（1965台北藍星詩社）、《童話城》（童詩，1967台北台灣書店）、《日月集》（英譯，與羅門合著，1968台北美亞出版社）、《維納麗莎組曲》（1969台北純文學出版社）、《橫笛與豎琴的晌午》（1974台北三民書局）、《天堂鳥》（1977台北道聲出版社）、《蓉子自選集》（1978台北黎明文化公司）、《雪是我的童年》（1978台北乾隆圖書公司）、《這一站不到神話》（1986台北大地出版社）等。鍾玲對蓉子的評語是：

在題材與風格上，蓉子的詩有多面化的特色。包括描寫現代女性的內心世界、抨擊都市文明、歌頌大自然，還有旅遊詩、詠物詩、對時事或新聞人物之感懷等等。在題材上，她最突出的成就在以下兩方面：（一）她的詩塑造了中國現代婦女的新形象，（二）表現了充滿生命力的大自然及豐盈的人生觀。（鍾玲 1989：142）

向明（1928-），原名董平，湖南省長沙市人。1940年就讀私立廣雅中學，1944年長衡會戰後與同學流亡，入軍事學校來台，畢業於空軍通校，並赴美學習電子。藍星詩社資深同仁，曾任藍星詩刊主編、中華日報副刊編輯、台灣詩學季刊社社長、年度詩選主編、新詩學會理事、國際華文詩人筆會主席團委員。出版詩集有《雨天書》（1959台北藍星詩社）、《五弦琴》（1967台北藍星詩社）、《狼煙》（1969台北純文學出版社）、《青春的臉》（1982台北九歌出版社）、《向明自選集》（1988台北黎明文化公司）、《水的回想》（1988台北九歌出版社）、《隨身的糾纏》（1994台北爾雅出版社）、《向明自選詩集》（1995貴陽貴州人民出版社）、《碎葉聲聲》（1997自印），詩話集《客子光陰詩卷裡》，童話集《螢火蟲》（1997台北三民書局）。主編台灣《1984年詩選》、《1990年詩選》、《1992年詩選》等。瘂弦評說向明的詩：

從早期的真摯自然、溫雅秀朗，中期的繩墨嚴謹、樸茂厚重，一變而為近期的老勁橫發、鬱勃雄放，幾乎每一時段都呈現不同的風貌、不同的意涵，其間的轉折變化，頗耐人尋索玩味。（瘂弦 2004：277-278）

張健（1939-），筆名汶津、張虔、吳生，浙江省嘉善縣人。台灣大學中文研究所碩士，曾任台大中文系講師、副教授、教授，退休後繼續在私立文化大學任教。張健為藍星重要詩人，曾擔任《藍星》詩刊主編。主要詩作有《鞦韆上的假期》（1959台北藍星詩社）、《春安‧大地》（1966台北藍星詩社）、《畫中的霧季》（1968台北水牛出版社）、《屋裡的雪花》（1978高雄德馨室

出版社）、《白色的紫蘇》（1978台北天華出版社）、《水晶國》（1982台北藍星詩社）、《夜空舞》（1982台北藍星詩社）、《四季人》（1982台北藍星詩社）、《藍眼睛》（1982台北藍星詩社）、《雨花臺》（1982台北藍星詩社）、《聖誕紅》（1982台北藍星詩社）、《草原上的流星》（1983台南鳳凰城圖書公司）、《張健詩選》（1984台北台灣商務印書館）、《敲門的月光》（1985台北文史哲出版社）、《百人圖》（1986台北文史哲出版社）、《山中的菊神》（1987台北文史哲出版社）、《世紀的長巷》（1989台北文史哲出版社）、《神祕的第五季》（1994台北文史哲出版社）、《春夏秋冬》（1996台北文史哲出版社）、《玫瑰歲月》（1997台北文史哲出版社）、《一九九七之晨》（1998台北藍星詩社）、《今晚有盛宴》（1998台北藍星詩社）、《忘名泉》（1998台北藍星詩社）、《青色山脈》（1998台北藍星詩社）、《落日的腳印》（1998台北藍星詩社）等。此外尚有散文及論文多種。

夐虹（1940-），原名胡梅子，台灣省台東縣人。台灣師範大學藝術系畢業，文化大學文學碩士，東海大學哲學研究所博士班肄業，藍星詩社同仁。1974年曾應邀到美國愛荷華大學「國際作家工作坊」訪問。出版詩集有《金蛹》（1968台北藍星詩社）、《夐虹詩集》（1976台北大地出版社）、《紅珊瑚》（1988台北大地出版社）、《愛結》（1991台北大地出版社）、《觀音菩薩摩訶薩》（1997台北大地出版社）。鍾玲說：

> 夐虹的詩風大致可分為兩期：在1968年以前，《金蛹》中的詩作，以愛情為主題，採用婉約柔和的語調。……1971年後，詩風趨向寫實及智性，她的題材拓寬了，除了情感，還包括鄉土情懷、家庭溫情、環境保護、時光之傷逝及佛家哲理。文字風格力求淺白，意象也比較精簡。（鍾玲 1989：167-168）

藍星詩社的詩人與現代派最大的區別既然是反對紀弦的「橫的移植」，當時藍星的代言人及同樣受過大陸上現代派影響的詩人覃子豪就批評說：「中國新詩應該不是西洋詩的尾巴，更不是西洋詩的空洞的渺茫的回聲。」又問說：

「如全部爲橫的移植，自己將根植何處？」因而也提出六項新詩的原則，強調了詩人的生活經驗以及民族性的重要。（覃子豪 1957）「橫的移植」一時成爲現代派遭受攻擊的最主要原因。

創世紀詩社：

就在紀弦創辦《現代詩》雜誌的第二年，藍星詩社成立的同一年（1954）10月，駐軍在高雄左營區的一批海軍青年軍官洛夫、張默等創辦了另一份詩刊《創世紀》，次年瘂弦加入，三人成爲創世紀的核心人物。因爲洛夫標榜超現實主義，又寫過超現實主義的長詩，故一般人常認爲創世紀的詩人是服膺超現實主義的。

洛夫（1928- ），原名莫運端，又名莫洛夫，湖南省衡陽市東鄉相公堡人。1946年就讀於嶽雲中學。開始新詩創作。1948年考入湖南大學外文系，1949年赴台灣。1954年與張默創辦《創世紀》詩刊。1958年入軍官外語學校受訓，畢業後歷任海軍部聯絡官、特等編譯官。1965年出版超現實主義長詩《石室之死亡》，並在序言中闡述超現實主義。1972年任《創世紀》總編。1973年畢業於淡江大學英文系，同年自海軍退役。1975年任教於東吳大學，1993年退休後赴加拿大溫哥華定居迄今。主要詩作有《靈河》（1957高雄創世紀詩社）、《石室之死亡》（1965高雄創世紀詩社）、《外外集》（1967高雄創世紀詩社）、《無岸之河》（1970台北大林書店）、《魔歌》（1974台北中外文學社）、《洛夫自選集》（1975台北黎明文化公司）、《眾荷喧嘩》（1976新竹楓城出版社）、《時間之傷》（1981台北時報出版公司）、《釀酒的石頭》（1983台北九歌出版社）、《月光房子》（1987台北九歌出版社）、《愛的辯證》（1987香港文藝風出版社）、《天使的涅槃》

《創世紀》詩刊

《石室之死亡》（1965高雄創世紀詩社）

（1990台北尚書文化出版社）、《隱題詩》（1993台北爾雅出版社）、《形而上的遊戲》（1999板橋駱駝出版社）、《漂木》（2001台北聯合文學出版社）及詩論《詩人之鏡》（1969高雄大業書店）、《詩的創作與鑑賞》（1975台北華欣文化事業中心）、《洛夫詩論選集》（1978台北開源出版社）、《孤寂中的迴響》（1981台北東大圖書有限公司）、《詩的邊緣》（1986台北漢光文化公司）等。葉維廉論洛夫說：

> 　　洛夫常被視為中國現代主義典型的代表，也因此受到的批評最多，尤其是《石室之死亡》中「孤絕」所發散的死氣瀰漫的生命、凌遲的戰慄、駭人的靜止和純粹性、近乎野蠻的一種怪異的迷惑，或是鬼靈似的橫空的驚呼等。非議者所持的理由之一，是詩中意象過濃、造語奇特所造成的難懂。關於這一點，現在已有不少專論，可以證明這是解讀方法的差別，而不完全是詩的困難，雖然我們也不否認有些段落確有難人之處。（葉維廉1982）

陳芳明對洛夫詩的觀察如下：

> 　　《石室之死亡》是洛夫詩學的原型，為他後來辛勤不懈的詩藝形塑攜來豐饒的想像泉源。洛夫的詩觀，到了1975年出版《魔歌》時，已開始有了轉向。如果對照早期的詩風，就可發現他已在1970年代修正一些看法。……這種轉變，並非意味現代主義已呈式微之勢，反而是現代主義逐漸與1970年代寫實主義相互會通的一個徵兆。這是文學史上極為微妙的轉變，卻往往受到忽視。洛夫的努力，使現代主義獲得了再擴張，因此而有後來的《時間之傷》、《釀酒的石頭》，以至《雪落無聲》等等既與歷史結合，又與現實對話，其中有懷舊與鄉愁的回響，完全改變了他在「天狼星論戰」的高度現代化的姿態。尤其他在近期完成氣勢磅礴的《漂木》時，似乎就是他美學歷程的集大成，無論是形式的多變與內容的繁複，都可在稍早的創造經驗中得到印證。這位頗受爭議的詩人，在歷史迷霧撥清之後，已篤定顯露他重要的貢獻。對台灣詩壇而言，洛夫

已受到反覆的討論，而逐漸被形塑成典律。（陳芳明 2011a：426-427）

　　張默（1931-），原名張德中，安徽省無爲縣人。早年曾就讀無爲簡易師範學校及南京成美中學，開始寫詩。1949年參軍抵台，陸軍官校二十四期畢業，在左營及台北海軍總部任職。1954年與洛夫、瘂弦創辦創世紀詩社，刊行《創世紀》詩刊。1971年與管管創辦《水星詩刊》。1973年退役後專業寫作。1974年擔任《中華文藝》編輯，先後主編《現代詩人書簡集》、《六十年代詩選》、《現代女詩人詩選》、《現代百家詩選》、《七十一年詩選》等。主要作品有詩集《紫的邊陲》（1964左營創世紀詩社）、《上昇的風景》（1970台北巨人出版社）、《無調之歌》（1975台北創世紀詩社）、

張默(1931-)
圖片提供／文訊

《張默自選集》（1978台北黎明文化公司）、《陋室賦》（1980台北創世紀詩社）、《愛詩》（1988台北爾雅出版社）、《光陰‧梯子》（1990台北尚書文化出版社）、《落葉滿階》（1994台北九歌出版社）、《遠近高低》（手抄本，1998台北創世紀詩社）及詩論《現代詩的投影》（1967台北台灣商務印書館）、《飛騰的象徵》（1976台北水芙蓉出版社）、《無塵的鏡子》（1981台北東大圖書公司）、《台灣現代詩概觀》（1997台北爾雅出版社）、《夢從樺樹上跌下來》（1998台北爾雅出版社）等，並有編選詩集十餘部。蕭蕭論其詩說：

　　張默的詩風猶如夏日一陣驟雨，突然而來，戛然而止，任其餘韻迴轉不停。復如冬夜一盆爐火，熊熊烈烈，令人也隨著他的語字蹁躚不已。詩如其人，具有強大感染力的張默和他的詩，在日漸冷漠的台灣社會，實在有他溫熱人生的作用。讀他的詩，見他的人，讓人從內心溫暖起來。

又說：

> 1970年以後，張默大聲唱，放縱自己的心，抒寫自己的情，這些作品在1975年出版，就叫《無調之歌》，是歌，是聲，告別了《紫的邊陲》、《上昇的風景》中的「色」，詩人已敢於低吟自己的心聲，信口而吹，另有一種野趣。換句話說，《無調之歌》是張默知情合一的作品，是他依循自己的性情，找回自己聲音的開始。（蕭蕭1997）

他也受到大陸學者沈奇的讚譽說：「在台灣當代詩壇，張默可謂有口皆碑。作為詩的創作者，他已有七部詩集問世，其中不乏立身傳世之作；作為台灣現代詩運的推動者，在早期『橫的移植』之潮頭初起中，有他的英姿。在作為《創世紀》詩派的創始人之一，力推『超現實主義』詩風中，有他隆隆的腳步。在鄉土文學論戰之前，是他提出了頗有詩學意義的『現代詩歸宗』的口號，並成為『詩宗社』的主流人物，從而最終被詩界同仁譽為『詩壇火車頭』；作為詩刊的創辦人，文學刊物的編輯人，他是《創世紀》詩刊的主要創辦者，其近四十年的歷史中，有三十多年是他一人主編的。同時還先後主持《中華文藝》月刊、《水星》詩刊等編輯工作，且每有至功；作為文學新人的培育與扶植者，更不知有多少後起之秀得益於他，如沐春風而沾灌終生；作為出色的詩編選家、詩評論家，他則有十七種編選集、三種詩評論集為詩壇所稱道。」（沈奇 1996：23-24）

瘂弦（1932-），原名王慶麟，河南省南陽縣人。曾就讀南陽私立南都中學及豫衡聯合中學。1949年從軍赴台灣。五○年代初曾在《現代詩》上發表作品。1953年入政工幹校

作者與瘂弦、洛夫二詩人合影。

受訓，1954年在海軍陸戰隊服役，與洛夫、張默創辦創世紀詩社。1961年回政工幹校任教。1966年赴美國愛荷華大學作家工作室學習，繼而入威斯康辛大學獲碩士學位。1969年返台，任青年寫作協會總幹事及《幼獅文藝》雜誌主編。1971年《創世紀》詩刊復刊，出任社長。1974年起任《聯合報》副總編輯及副刊主任，並兼任《聯合文學》社長。1998年退休後移民加拿大溫哥華定居。主要詩作有《瘂弦詩抄》（1959香港國際圖書公司）、《深淵》（1968台北眾人出版社）、《鹽》（英譯，1968美國愛荷華大學出版社）、《瘂弦自選集》（1977台北黎明文化公司）及論著《中國新詩研究》（1981台北洪範書店）、《記哈客詩想》（2010台北洪範書店）、評論《聚繖花序》二冊（2004台北洪範書店）。大陸的詩評者沈奇對瘂弦的詩推崇備至，他說：

《深淵》(1968台北眾人出版社)

> 　　對存在的開放和對語言的再造之雙重深入，構成瘂弦基本的詩歌立場，也由此奠定了他在整個近八十年現代漢詩歷史長河中的地位：瘂弦是優秀的，也是重要的，是一位在中國新詩的意義價值取向和藝術價值取向進行了雙向度探求而取得了雙重成就的詩人。在筆者的研究中，我甚至發現了他作品中竟或多或少地含有後現代主義的因子，在他的寫作的那個時代，這是不可思議的。由此我至少得出這樣一個結論：就整個中國新詩而言，瘂弦是為數不多的幾位經得起理論質疑的、真正徹底的、到位的現代主義代表詩人之一。（沈奇 1996：85-86）

　　開始的時候，創世紀的詩人們提倡所謂的「新民族詩型」，其內涵概略是「形象第一，意境至上，且必須是精粹的，詩的，而不是散文的。二是中國風的，東方味的——運用中國文字之特性，表現東方民族生活之特有情趣。」（洛夫 1982）但是因為只有概念而無實際作品展示，加以地處南疆，無法與北部的現代派或藍星詩社競進，對詩壇影響有限。到1959年4月創世紀詩社北遷

改組、詩刊擴版，吸收了不少原屬現代派或藍星詩社的詩人加盟，諸如葉泥、鄭愁予、商禽、白萩、辛鬱、管管、楚戈、碧果、葉維廉、葉珊（楊牧）、黃用、彩羽等皆入盟，因而聲勢大振。改版後的《創世紀》詩刊拋棄了「新民族詩型」的主張，轉而提倡世界性和純粹性，特別傾向昌盛於二、三〇年代歐陸的超現實主義詩風。就如同過去的創造社從浪漫主義跳到革命文學一樣，創世紀從新民族詩風跳到超現實主義也是一種急轉彎。洛夫從1959年開筆到1964年完成的《石室之死亡》可視為超現實主義詩作的代表。他又於1964及1969分別發表了暢論超現實主義的詩論《詩人之鏡》及《超現實主義與中國現代詩》，擴充了二度西潮衝擊而來的現代主義的視境。

演員兼詩人管管（1920-）

管管（1929-），原名管運龍，山東省青島市人。青年時從軍，曾任排長、參謀、左營軍中電台記者、花蓮軍中電台節目主任、台北軍中電台編輯、節目製作人等。並曾多次參與電影演出。曾任「創世記詩社」社長。詩作別具一格，常以俚俗的語言顯示童趣與詼諧的驚愕效果。詩作有《荒蕪之臉》（1972台中普天出版社）及《管管詩選》（1986台北洪範書店）。另有散文集多本。大陸詩評者沈奇對管管的印象是「『一匹野馬』，自五〇年代末衝上現代詩壇，便一直特立獨行至今。在台灣，常被稱之為『頭痛人物』，可謂異數中的異數。1991年春，筆者有幸與管管一會，相見之下，頓為其超乎尋常的老頑童性情和純藝術家氣質所歎服。暗自驚呼：此公跟別人不一樣！套一句大陸老百姓的調皮話：中國不出，外國不產。」（沈奇 1996：153）張漢良曾評管管的詩說：

　　也許有人認為管管的詩不夠純粹，也許有人認為他的詩近乎敘述性（這句話值得商榷），但是當晦澀與化解不開的密度成為現代詩的詬病時，管管幽默清新的風格無異是一錠清涼劑；至於他對文字技巧平實但純熟的駕馭，更是值得年輕詩人們效法的。（張漢良 1979：225）

商禽（1930-2011），原名羅顯烆，又名羅燕，筆名羅硯、羅馬、壬癸、夏離等，四川省珙縣人。1945年參軍，開始新詩創作，1950年隨軍來台。1956年參加現代詩社，1959年轉入創世紀詩社，成為重要成員。1968年退伍，當過工人、商販、園丁及出版社、《文藝》月刊、《青年戰士報》編輯。1969年赴美國愛荷華寫作班研究，兩年後返台。1975年在永和賣牛肉麵。1980年起出任《時報週刊》副總編輯，生活才算穩定下來。

《商禽詩全集》

被視為超現實的重要詩人，詩作稀少，有《夢或者黎明》（1969台北十月出版社）、《夢或者黎明及其他》（1988台北書林出版公司）、《用腳思想》（1988台北漢光文化公司）、《商禽詩全集》（2009台北印刻出版公司）。商禽生前只出過兩本詩集，而聲名甚隆，張默評說：

> 雖然他的創作總量不過二百首，但醞釀過程十分綿密豐厚，絕不輕易發表。尤其是散文詩，被譽為自1950年以降的開山祖師，管管、蘇紹連、渡也曾先後坦承向他借過火，的確不是蓋的。商禽在詩作中建立嚴密的結構秩序，追求高度渾圓的藝術境界，使語言、意象燦然融入所表現的對象之中，也是無出其右。（張默1998：107）

瘂弦說：

> 在台灣，超現實主義這把火，商禽的確是少數幾個點燃者之一，影響不能說不大，但他本人從來沒有說他是一個超現實主義者，因為他不願意把自己侷限在單一的文學觀之中。對超現實主義，他能入也能出，有破也有立，所以才能在美學上獲得那樣高的成就。從〈逃亡的天空〉、〈天河的斜度〉、〈事件〉、〈巴士〉諸詩的藝術高度來看，商禽早已進入布魯東、阿拉貢、艾呂雅

等人的未至之境了。這樣的作品，說它是更好、更優越的超現實主義，誰曰不宜？（瘂弦 1999：244）

　　大荒（1930-），原名伍鳴皋，安徽省無為縣人。一歲遭遇長江水災，全家逃往外地。八歲又逢日軍侵華，生活困苦，在家放牛割草，十二歲始上小學。抗戰勝利後無力升學，於1947年從軍，1949年隨軍來台，1965年退役。考入師大國文專修班，畢業後擔任國中教師，1990年因病退休。除創世紀詩社外，也曾參加詩宗社。著有詩集《存愁》（1973台北創世紀詩社）、《台北之楓》（1990台北采風出版社）、《第一張犁》（1996台中市立文化中心）及詩劇《雷峰塔》（1979台北天華出版社）。另有小說及散文數種。擅長長詩，蕭蕭曾評說：「他的長詩較諸其他詩人有其獨特異人之處，我們會發覺異乎常情、無可抗禦的尖銳感直衝眼前，有時合而為一股，有時散置成數點，甚至可以說，直衝眼前的尖銳感幾乎取代了長詩所追求的氣勢。」（蕭蕭 1973）大陸詩評者沈奇評論說：

　　　為歷史做巨鏡，為蒼生刻大碑，是詩人發自生命底蘊的意願，故大荒的作品，一開始就避輕就重，……關注大時代、大狀態，大生命意識，且以大意象、大構架、大詩、長詩的藝術形式予以容納和展現，充分顯示了一位高品味詩人的大家氣度。（沈奇 1996：54）

　　楚戈（1931-2011），原名袁德星，湖南省汨羅縣人。十七歲在長沙從軍，1949年隨軍來台。1966年以上士退役，考取藝專夜間部，翌年在文化大學講授「藝術概論」及「中國文化概論」。1968年進入故宮博物院器物處從事古物鑑定工作，對商周銅器有獨到的研究，且擅長水墨寫意畫，研究龍的起源，著有《龍史》，其繪畫的成就超過他的詩文。詩作有《青菓》（1966台北駝峰出版社）、《散步的山巒》（詩畫集，1984台北純文學出版社），另有論述《視覺生活》（1968台北台灣商務印書館）、《審美生活》（1986台北爾雅出版

社）、散文集《再生的火鳥》（1985台北爾雅出版社）等。

　　碧果（1932-），原名姜海洲，河北省永清縣人。中學畢業後從軍來台，官至中校，曾多次獲國軍新文藝長詩獎。詩作有《秋，看這個人》（1959高雄創世紀詩社）、《碧果人生》（1988台北采風出版社）、《一個心跳的午後》、（1994台北黎明文化公司）、《愛的語碼》（1996台北文史哲出版社），另有歌劇劇本《雙城復國記》（1981台北復興崗歌劇研究社）、《萬里長城》（1993台北首都歌劇社）等。碧果以極前衛的姿態寫詩，常寫出令人難懂的怪詩，但張默爲其辯護說：

> 碧果的詩歷來引起不少的爭議，但偏愛的人亦不少，如孟樊，曾認定他的〈靜物〉一詩是後現代主義的代表作；張漢良則讚賞碧果在語法上的實驗，都朕兆著新社會公語逐漸形成，將取代既有的公語；熊國華稱許碧果在詩中大量留白和句號的使用，切斷語法，留下想像的空間；而沈奇更斷言，無論哪一個碧果，今天我們重新審視這位『異數』的詩人，自會取得更新更清晰更趨一致的結論。（張默1998：144）

　　辛鬱（1933-），原名宓世森，別號冷公，筆名古渡、盛乃承，浙江省慈谿縣人。1948年初中未畢業從軍，翌年輾轉來台，1969年退役，服役二十一載，在軍中完成自我教育。1955年加入現代派，後轉入創世紀詩社。曾獲國軍新文藝長詩金像獎。詩作有《軍曹手記》（1960台北藍星詩社）、《豹》（1988台北漢光文化公司）、《因海之死》（1990台北尙書文化出版社）、《在那張冷臉背後》（1995台北爾雅出版社），此外尚有短篇小說作品。張默說：「四十多年來，辛鬱所固執的是當代新詩應具有十分廣博細緻而又充滿悲憫的人間性。所以作者在對詩語言的探拾上，一直是朝著『清明有味，雅俗共賞』的口語標的出發。他不寫混沌晦澀的詩，他不寫堆砌解構的詩，他不寫謊話連篇的詩，他不寫光怪陸離的詩，若僅從表象上看，辛鬱幾乎是一個徹頭徹尾的保守主義者，但如仔細深入探究，你會駭然發現他所擁有的確是一片芳草如茵鳥鳴啁啾

的廣場。」（張默 1998：89）

　　白萩（1937-），原名何錦榮，台灣省台中市人。省立台中商職畢業，開設廣告設計公司。開始參加現代詩社，繼轉入藍星詩社，而後又加入創世紀詩社。1964年與林亨泰等共同創辦笠詩社。1955年以〈羅盤〉一詩獲中國文藝協會第一屆新詩獎，後又獲吳三連文學獎及台中市文學貢獻獎。出版詩集有《蛾之死》（1958台北藍星詩社）、《風的薔薇》（1965台中笠詩刊社）、《天空象徵》（1969台北田園出版社）、《白萩詩選》（1971台北三民書局）、《香頌》（1972台中笠詩刊社）、《詩廣場》（1984台中熱點文化出版公司）、《風吹才感到樹的存在》（1989台北光復書局）、《自愛》（1990台中笠詩刊社）、《觀測意象》（1991台中市立文化中心）等。對白萩的詩，張默認為他：

> 　　很早就覺察以日常性的語言來思考我們的詩，鍛鍊精粹，使詩質提升，力求表現焦點與現代生活經驗相結合。而語言的實驗，尤其是「斷」與「連」技巧的運用，更達到既能斷又能連，及語斷而意不斷。拋開過去虛晃一招的高蹈態度，穩穩抓住現實生活跳動的脈搏。白萩的詩是從現實生活中提煉出來的。他具有強烈的叛逆性，非常執著於自我，描寫現實以一種對決的立場，抵抗的姿態去表現對生命的體驗。林亨泰曾經評析：「白萩的想像力非常細密，可以把兩個距離很遠的東西，以他的比例把它們拉攏、整合，最後給讀者一個意外的感動。」（張默 1998：67-68）

　　葉維廉（1937-），廣東省中山縣人。台灣大學外文系畢業，師範大學英語研究所碩士，美國普林斯敦大學比較文學博士。曾任台灣大學、香港中文大學、台灣清華大學、美國加州大學聖地牙哥校區等校教授。在香港曾與王無邪等創辦《詩朵》詩刊，來台後參加創世紀詩社。他是學者兼詩人，論述與詩作均受到注目。主要詩作有《賦格》（1963台中現代詩刊社）、《醒之

葉維廉（1937-）
圖片提供／文訊

邊緣》（1971台北環宇出版社）、《愁渡》（1972台北晨鐘出版社）、《葉維廉自選集》（1975台北黎明文化公司）、《野花的故事》（1975台北中外文學雜誌社）、《花開的聲音》（1977台北四季出版社）、《松鳥的傳說》（1982台北四季出版社）、《驚馳》（1982台北遠景出版公司）、《春馳》（1986香港三聯書店）、《三十年詩》（1987台北東大圖書公司）、《留不住的航渡》（1987台北東大圖書公司）、《葉維廉詩選》（1993北京友誼出版公司）、《移向成熟的年齡》（1993台北東大圖書公司），另有論述多種（見第三十七章）。葉維廉長於評論，且通西方詩學，故評者認為他「對西洋詩傳統和中國傳統兼具瞭解，知識淵博的詩人，詩無國界，如何將中西詩學構成一種新的調和、匯通，是他多年來的著力之處。」（楊匡漢 1993）姚一葦稱讚其為真正的詩人：

> 所謂真正的詩人，乃是指他的詩發自內心，是心境的抒發，真情的流露；他從不寫應酬詩或應景詩，與以詩作為工具者大不相同。由於他心思寧澹，不逐紅塵，他自己浸沉在中國的山水詩裡，才會喜愛「不為五斗米折腰」、「田園將蕪胡不歸」的陶潛和一生沉寂無聞，只發表過五首詩的狄瑾蓀。這種性格與心態，由來有自。（姚一葦 1986）

朵思（1939-），原名周翠卿，台灣省嘉義縣人，生於醫生世家。1955年開始詩作，後也兼寫散文與小說。出版有詩集《側影》（1963自印）、《窗的感覺》（1990自印）、《心痕索驥》（1994自印）、《飛翔咖啡屋》（1997台北爾雅出版社）。另有短篇小說集及散文集數種。張默稱其詩作「表現手法獨特，詩想濃郁飽滿，意象犀利深刻，極富個人風格。」（張默 1998：115）

葉珊（1940-），原名王靖獻，又名王萍，筆名楊牧，台灣省花蓮縣人。畢業於東海大學外文系，美國愛荷華大學藝術碩士，柏克萊加州大學比較文學博士。曾任教於麻薩諸塞、普林斯敦、華盛頓、台灣、東華諸大學。並曾獲得吳三連散文獎、國家文藝獎等。他也是學者兼作家，詩文皆擅。主要詩作有

《水之湄》（1960台北藍星詩社）、《花季》（1963台北藍星詩社）、《燈船》（1966台北文星書店）、《非渡集》（1969台北仙人掌出版社）、《傳說》（1971台北志文出版社）、《瓶中稿》（1975台北志文出版社）、《北斗行》（1978台北洪範書店）、《楊牧詩集—1956-74》（1978台北洪範書店）、《吳鳳》（1979台北洪範書店）、《禁忌的遊戲》（1980台北洪

楊牧（1940- ）　攝影／林柏樑

範書店）、《海岸七疊》（1989台北洪範書店）、《有人》（1986台北洪範書店）、《完整的寓言》（1991台北洪範書店）、《楊牧詩集II—1974-85》（1995台北洪範書店）、《時光命題》（1997台北洪範書店）。張默稱其「崛起於五○年代中期，早期詩風柔婉卓約，情理併陳，特別是處女詩集《水之湄》所揭開的『美妙之音』與『幽幽的火焰』，頗令當時的讀者深深渴想。而後的《傳說》依然有美的隱約的回聲，卻已加入不少歷史的素材。」（張默1997：340）陳芳明的評論：

> 從詩風來看，他的浪漫主義色彩較諸現代主義精神還要濃厚。即使在三十二歲改名為楊牧之後，浪漫主義仍然是他的基調；不過，他不同於徐志摩的那種浪漫，雖然楊牧在日後提升了徐志摩的歷史評價。楊牧從未寫過格律詩，卻著迷於變化多端的十四行。他頌讚愛情，卻捨棄激切炙熱的情緒宣洩，而傾向於知性的演出。他的抒情，極其冷靜，可以說完全來自於現代主義的影響。（陳芳明2011a：440-441）

馮青（1950-），原名馮靖魯，祖籍江蘇省武進縣，生於山東省青島市。中國文化大學歷史系畢業，曾加入創世紀詩社、陽光小集、台灣筆會。現從事社

會服務。寫作以詩爲主,兼有散文與小說。出版詩集有《天河的水聲》(1983台北爾雅出版社)、《雪原奔火》(1989台北漢光文化公司)、《快樂或不樂的魚》(1990台北尚書文化出版社)。筆觸纖巧、細膩,自稱「極愛兒童的感覺,他們較接近事實,既銳利,又原始。」(見《詩是我心裡的風景》)

創世紀的超現實主義聲勢不小,幾乎取代了原來現代派在詩壇所經營的現代詩的地位。大陸的學者評論說:

> 它把台灣現代詩從第一個浪潮中「現代派」的主知和「藍星」的抒情的對應格局中,推向以強調感性、直覺爲核心的第二個浪潮。在這一階段中,存在主義的對人類生存問題的詮釋,是他們作品核心的主題,而意象的經營,則是它重要的藝術手段。它爲台灣的現代詩——乃至中國新詩的藝術建設,提供了一些新的積累;但同時它仍然在詩與傳統、詩與現實的關係上,放大了現代詩本己存在的弊端。(劉登翰等 1993:119)

二、超現實主義在台灣現代詩中的轉折

一種主張的出現勢必引生不同的聲音,余光中就針對超現實的代表詩人洛夫批評說:「自從超現實的一些觀念輸入我們的詩壇以來,……詩思的質變使詩的語言忽然有了一個劇變。經驗的絕緣化便產生了晦澀的問題。前一時期的一些新古典傾向,例如紀弦理論上的主知主義和方思創作上的主知精神,到了這個時期,便在新起的反理性浪潮中淹沒了。放逐理性,切斷聯想,扼殺文法的結果,使詩境成爲夢境,詩的語言成爲囈語,甚至魔呼,而意象的濫用無度,到了汩沒意境阻礙節奏的嚴重程度。」(余光中 1972)《創世紀》詩刊出到第二十九期於1969年1月停刊,直到1972年9月復刊第三十期,以後繼續出版,成爲台灣最長命的詩刊。

創世紀詩社的詩人們一度張揚法國的超現實主義是不爭的事實,而且在台灣新詩的發展上留下明顯的重要痕跡。於1959年《創世紀》詩刊擴版時高舉起超

現實主義的大旗，雖然後來引生不少爭議，因而始作俑者也不再承認原始的初衷，但是歷史的事實卻不容抹殺。我們且引用大陸學者朱雙一對這一段歷史經驗的觀察和綜合敘述，以明瞭超現實主義在台灣新詩發展過程中的轉折及其影響。朱雙一說：

1956年至1965年間，超現實主義作家布魯東、艾呂雅、蘇波、戴斯諾斯、勒內‧夏，被稱為超現實主義先驅的藍波、阿波里奈、勞特‧雷蒙，多少具有超現實傾向的詩人高克多、許拜維艾爾、米修、聖瓊‧佩斯等，陸續被介紹到台灣。布魯東的〈超現實主義宣言〉、范里的〈超現實主義之淵源〉等理論著作也見諸報刊。與此相應，一個服膺於超現實主義旗幟下並以此自詡的詩人群逐漸形成。洛夫、瘂弦選編《六十年代詩選》時，不僅對商禽、碧果的超現實風格大加讚賞，同時也給自己冠上「超現實主義詩人」的頭銜。由於這些詩人均處於創作旺盛期，這自然使超現實主義在當時影響台灣的諸多流派思潮中顯得格外突出。

上述二者固然造成了一定的聲勢，但真正代表風潮實績的是詩創作及理論上的闡述。活躍於理論領域的有洛夫、瘂弦、葉維廉、張默等。1958年2月瘂弦發表〈給超現實主義者——紀念與商禽在一起的日子〉一詩，最早透露出對超現實主義的頗得精義的瞭解，而在兩年後的〈詩人手札〉中，他又做了略為詳細的介紹和剖析。在此前後葉維廉撰寫的〈論現階段中國現代詩〉和〈詩的再認〉等文，也帶有超現實理論的明顯刻痕。最主要的理論家應數洛夫，他在1964年發表的《詩人之鏡》，對超現實主義做了較全面、集中的闡述。歸納起來，當時他們的超現實主義理論具有如下內容：

人的內心生活具有「兩個面貌」，其中潛意識部分較之意識部分是更原始、真實的存在。現代藝術家力求「傳真」這以往被忽略了的世界。然而這潛藏的世界飄忽流動，它「未經整理，也無法整理」。在創作中，「你根本不知道你的觀念與表現這一觀念的意象何時湧現」，因此「不可能預先有所安排、有所設計」，而是倚重於靈感和頓悟，採用快速的自動語言，將此種內心經驗「一

成不變地從它自身的繁複雜蕪中展現出來」。反之，如純出諸理念，「往往由於意識上的習俗而使表現失真」。「感性」和「智性」之分是藝術與科學的本質區別。「現代藝術所傳達的不是可以抽繹或可以述說的意義，而是價值的傳達」。這是一種超社會、超道德、超理性、「人類與生俱來無法剝奪的本體價值」，詩人乃藉集體潛意識與他人進行心靈的溝通。因此，「詩乃在於感，而不在於懂；在於悟，而不在於思」。「過度知性」的鎖鍊，必然造成作者和讀者之間「共同自我」建立的困難。認識到此，「從感覺出發」便成為現代中國詩最普遍的想像方法。詩創作中排除知性因素還為了避免落入人們心中舊有的認識模式和對事物「浮面的或相沿成習」的認知，以及對語言的某種「固定反應」。詩人追求的是對「物象之原性」的體認而非事物的概念，欲表達的是對事物的獨特認識以及具有全新意義的觀念，要喚起的是讀者未曾經驗過的新感覺，因此，與邏輯、習俗緊密相關的「固定反應」是「藝術欣賞的最大的敵人」。然而，「舊聯想系統固然有切斷的必要，新聯想系統亦當自作品中建立」，超現實主義擔負著破壞與建設的雙重角色，這裡正見出了它與否定一切而自我毀滅的達達派的根本區別。如從形上層次著眼，超現實主義力圖擺脫集體主義束縛，重賦個體價值，恢復「原性的獨一的我」，與尼采超人哲學不無相通之處。它反映了藝術家對人生的一種基本態度，這就是：破除對現實的執著而追求心靈的完全自由。

可以看出，儘管這些觀念是簡略而帶有轉述性質的，但顯然切入了超現實主義的理論核心。如對潛意識世界極其真實性的肯認，對排除邏輯、概念、理則等知性因素的強調，以及關於超現實主義的根本精神是追求思想的徹底解放、心靈的完全自由的論點，都可說把握了超現實主義的理論精髓。此外，洛夫等人還圍繞超現實主義理論核心略加發揮，表達個人創見和帶有中國文化色彩的觀點。如關於「純詩」的論述，關於超現實主義與超人哲學相通的命題等。

（朱雙一 1990：186-188）

從以上的綜述中可以看出洛夫的超現實主義論述，除了超現實主義所重視的

潛意識、感性、個體自由及自動寫作外,其中也雜有形式主義者所強調的陌生化(defamiliarization),可說是對現代派「知性是尙」傾向的有意地反撥。事實上,洛夫、瘂弦、商禽、碧果等人的詩(特別是早期的)都帶有濃厚的超現實主義色彩,但後來瘂弦到了晚年曾加以否認說:

> 事實上,創世紀並非一個超現實主義的詩社,洛夫和筆者也非超現實主義的信徒,更非有些人所說的「是法國超現實主義在中國的傳人」。早年,我們確曾將超現實主義的技巧作爲探觸中國現代新詩的可能方式之一,而加以創作實驗;但對超現實主義,特別是法國布魯東(André Breton)等人所提倡的超現實主義,我們一開始便有所保留並加以修正。(瘂弦 2004:24)

同樣是軍人,有的超現實,非常現代,也有的相對相當保守,甚至不以歌頌當權在位者爲羞,因此軍中也出現了類如大陸上唱頌歌的詩篇以及反共的戰鬥詩歌。

三、軍中的戰鬥詩歌

因爲戰敗遷台的國府與隔岸共產黨的對峙,反共成爲國策,自然大力提倡反共文學。而且在來台的詩人中本來大多數就有很多出身軍旅,所以在現代詩發展的同時也有大量的以反共爲主題的所謂「戰鬥詩歌」的出現。當然出身軍旅的詩人並不都寫反共詩歌,譬如創世紀的主要成員都來自軍中,但是他們卻經營超現實主義。寫反共詩歌的也並不都限於出身軍旅的詩人,即使以現代派領航人自居的紀弦,在1951年出版的《在飛揚的時代》中也有戰鬥的詩歌。1950年成立「中華文藝獎金委員會」和發起組織「文藝協會」之後,更有實質的對反共戰鬥文學的獎勵。

其實這類的戰鬥詩歌在體制上可說是承續抗戰時期抗日愛國的詩歌傳統,比較口語、大眾化,有些是以朗誦詩的形式表現,乃以宣傳爲目的,詩味不

濃，且欠缺個人色彩。那時出版的主要戰鬥詩集有葛賢寧的《常住峰的青春》（1949自印）、張自英的《黎明集》（1949台北黎明書局）、《聖地》（1950台北文華出版社）、墨人的《自由的火焰》（1950自印）、《哀祖國》（1952高雄大業書局）、鍾鼎文的《行吟者》（1951台北台灣詩壇社）、《山河詩抄》（1956台北正中書局）、《白色的花束》（1957台北藍星詩社）、鍾雷的《生命的火花》（1951台北重光出版社）、《偉大的舵手》（1955台北文壇社）、李莎的《帶怒的歌》（1951台北詩木文藝出版社）、明秋水的《陽明山之戀》（1953台北東方文物供應社）、上官予的《自由之歌》（1957台北文壇社）、王祿松的《鐵血詩抄》（1961台中明光出版社）等。

明秋水（1920-2002），筆名柳影、江山、明亮，湖北省黃州縣人。武昌藝術專科學校及中央軍校第十六期畢業。曾任第六戰區黨政工作總隊少校祕書、中宣部幹事、青年軍二○一師祕書、南京市《救國日報》記者、編輯。1949年來台灣以後，任建興影業公司編導、《駱駝報》、《蘇俄問題》月刊編輯、《今日金門》月刊主編、政治作戰學校教授，並曾赴阿根廷經營餐廳，隨後回歸大陸浙江省杭州市度過晚年。所作戰鬥詩歌，曾獲中華文藝獎金委員會詩歌獎。出版詩集有《駱駝詩集》（1951自印）、《骨髓裡的愛情》（1952台北野風出版社）、《陽明山之戀》（1953台北東方文物供應社）。

王祿松（1932-），筆名滄海粟，海南島文昌縣人。政工幹校及革命實踐研究院畢業，曾任反共義士就業輔導長、軍官團政治教官、政戰學校輔導長、國防部新聞官、《忠誠》月刊主編、《中央》月刊副總編輯、中國文藝協會詩歌創作委員會副主任委員等職。在詩作外，並曾習水彩畫。出版詩集多種，主要有《偉大的母親》（1960台北改造出版社）、《鐵血詩抄》（1961台中明光出版社）、《萬言詩》（1962台中明光出版社）、《河山春曉》（1969台北黎明出版社）、《巨人》（1970台北陸軍出版社）、《狂飆的年代》（1975台北水芙蓉出版社）、《風雨中的國魂》（1978台北水芙蓉出版社）等。

四、對現代詩的批判

　　同樣受到二度西潮西方現代詩影響的台灣詩人們對接納西方現代詩的態度以及對如何繼承中國詩的傳統意見也是分歧的，例如覃子豪就不同意紀弦的「橫的移植」的說法，洛夫與余光中也因詩作夠不夠現代而發生爭論，但是比較嚴厲的批評乃來自上一輩的老作家。蘇雪林於1959年發表〈新詩壇象徵派創世者李金髮〉一文，批評台灣的現代詩人們「隨筆亂寫，拖沓雜亂」，不過是李金髮的尾巴，令人不齒。（蘇雪林 1959）蘇文引起與覃子豪的爭論。接著寫雜文的言曦（邱楠）於1959年11月連續在《中央日報副刊》發表數篇〈新詩閒話〉和寫專欄的寒爵發表〈四談現代詩〉，都起而攻擊現代詩的空洞、晦澀，移植了法國世紀末的頹廢、悲觀情調。他們的言論引起了現代詩人們的公憤，紛紛撰文辯護。這些批評者多半是站在維護傳統的立場發言，可見二度西潮並非沒有阻礙，所遇到的反抗依然不小。本來任何外來的影響進入另一個文化時，都需要一段磨合期，第一度西潮如此，第二度西潮也是如此，現代詩可以說是為台灣的現代主義文學做了先鋒，打了頭陣。

　　然而對現代詩攻擊的高潮猶待七○年代關傑明與唐文標的出現。執教於新加坡大學的華僑學人關傑明因不滿葉維廉編譯的《中國現代詩選》、張默編的《中國現代詩論選》、洛夫編的《中國現代文學大系‧詩卷》等，於1972年2月28-29日於《中國時報‧人間副刊》發表〈中國現代詩的困境〉，認為台灣的現代詩雖以中國為名，卻完全沒有中國精神。隨後又於同年9月10-11日再發表〈中國現代詩的幻境〉一文，他說：「中國作家們以忽視他們傳統的文學來達到西方的標準，雖然避免了因襲傳統的危險，但所得到的，不過是生吞活剝地將由歐美各地進口的東西拼湊一番而已。」（關傑明 1972）關文引起「創世紀」同仁的不滿。同年11月由美來台客座的香港學人唐文標在《中外文學》發表批判現代詩的〈先檢討我們自己吧！〉。翌年又連續發表〈僵斃的現代詩〉、〈什麼時代什麼地方什麼人──論現代詩與傳統詩〉、〈詩的沒落〉、〈日之夕矣──《平原極目》序〉等文，不但批評台灣的現代詩毫無中國風

味，而且進一步認爲現代詩完全脫離社會，脫離人民，並指責現代詩說：「在歷史上扮演著大騙子的角色，散布著麻醉劑、迷幻藥。」（唐文標 1973a）唐文觸及到對詩人人身的攻擊，因而引起新詩界的大譁。顏元叔稱之謂「唐文標事件」，認爲唐文見解狹隘，以偏概全（顏元叔 1973）。唐文標的確是站在抗戰前後左派的立場來批評台灣的現代詩和現代詩人的，當然看不入眼。在關、唐之外，主張批判的現實主義的詩人高準也曾於同時以尖利的語言批評現代派詩爲「拖沓堆砌、結構散漫；叫囂吶喊、流爲口號；摧毀韻律、詰屈聲牙；排斥抒情、毀棄靈性；蹂躪漢語、曖昧毀澀；隔絕傳統、喪心病狂；矯揉造作、頹廢虛無；棄絕社會、麻木不仁。」（註）對這次眾人注目的大批判，後來大陸的文學史評論說：

> 　對現代詩引起震動的，帶有「清算」性質的批評發生在七〇年代初期。這一方面是因為現代詩在經過超現實主義的洗禮後，自身固有的問題被進一步放大了；另一方面則是在保釣運動中，島內普遍高漲的民族意識反映到文學上來，要求清算文學「西化」的後果，而現代詩則被認為是「全盤西化」的典型。這樣的文學批評在某種程度上便超出了文學的範疇，帶有強烈的政治批評和社會批評的色彩。（劉登翰等 1993：124-125）

　大陸學者身受政治干擾文學之害，對帶有政治氣味的文學批評特別敏感，故有此論。經過這次的衝擊，現代詩人們自然也會自我反省與檢討，對以後的寫作不能說沒有裨益。這次的爭論也預告了1977年的「鄉土文學論戰」。

五、詩社群及詩刊的興起

　自有新文學以來，文人中結社的習慣以詩人爲最，蓋因詩向來屬於小眾中的小眾文學，讀者有限，全靠詩人之間的彼此相濡以沫使然也。台灣自光復以

註：語見高準〈論中國新詩的風格發展與前途方向〉（下），《大學雜誌》第62期（1973）。

後，詩社迭起，有詩社，便也有詩刊以發表社員的詩作。除上文所述最早的三大詩社及詩刊：現代、藍星、創世紀外，以後呈現出詩社及詩刊群起的現象，讀者雖然有限，但是詩人眾多，蓋詩易寫難工，大多數愛好文學的青年無不從詩作入手也。

（一）今日新詩社與中國詩人聯誼會：

參與現代詩社的羊令野和葉泥又於1956年4月1日在嘉義《商工日報》副刊創刊並主編《南北笛》，但未組成社。共出三十一期，到1958年5月4日停刊。組成社的有「今日新詩社」，成立於1957年1月，社長左曙萍，出版《今日新詩》，主編上官予，編委有紀弦、鍾鼎文、覃子豪、李莎、方思、彭邦楨、鍾雷、余光中、夏菁、蓉子、葉泥、墨人等，其中包括了不同派別的詩人。基本上台灣的新詩人常常都參加過不同的詩社，各人的詩風也並不符合各詩社的宗旨，所以詩社很像一種友誼的團體，很難代表風格的派別，要之，都是廣義的現代派。

在今日新詩社的基礎上，這群詩人又於同年6月2日詩人節組成「中國詩人聯誼會」，旨在涵括所有台灣當代詩人。首屆會務委員十五人：鍾鼎文、關外柳、紀弦、覃子豪、葉泥、鍾雷、彭邦楨、宋膺、李莎、方思、余光中、墨人、蓉子、夏菁與上官予。該聯誼會於1960年出版《十年詩選》，1961年並舉辦「新詩研究班」，以推動新詩的創作和研究。

（二）葡萄園詩社：

另外有一些新生代的年輕詩人文曉村、陳敏華、王在軍、古丁、宋後穎等於1962年7月組織「葡萄園詩社」，並出版《葡萄園》詩刊，他們多數是中國詩人聯誼會主辦的「新詩研究班」的學員，應該是覃子豪那一代的學生們。鑑於「橫的移植」所受到的批評，他們在〈發刊詞〉中特別說：「我們希望：一切游離社會與脫離讀者的詩人們，能夠及早覺醒，勇敢的拋棄虛無、晦澀和怪誕；而回歸真實，回歸明朗，創作有血有肉的詩章。」（葡萄園 1962）也就是

收回西化的眼光，建設中國風味的新詩。

文曉村（1928-），筆名白沙、伊川，河南省偃師縣人。台灣師範大學國文系畢業，曾任參謀、編譯官、編輯、中學國文教師。1962年創辦葡萄園詩社及《葡萄園詩學》季刊，任社長及總編輯，並曾任中華民國新詩協會理事長。曾獲中國文藝協會詩歌創作獎章、中興文藝詩歌創作獎。詩作有《第八根琴弦》（1964台北自強出版社）、《一盞小燈》（1974彰化現代潮出版社）、《水碧山青》（1987台北采風出版社）、《文曉村詩選》（1995北京團結出版社）、《九卷一百首》（1996台北詩藝文出版社）。

（三）笠詩社：

1964年3月1日，本土文人吳濁流邀請一批省籍作家座談，企圖創辦一本本土文學雜誌《台灣文藝》。出席座談會的本土詩人陳千武、白萩、吳瀛濤、趙天儀等認為在綜合文學期刊《台灣文藝》以外，也應該出版一本詩刊，以俾發表台灣本土的詩作。會後遂聯絡林亨泰、詹冰、黃荷生、杜國清、錦連等發起成立「笠詩社」，並出版《笠》詩刊。（陳千武 1986）「笠詩社」的創立受到台灣本土詩人、作家的熱烈響應，參與的詩人包括早期用日文寫作的巫永福、吳瀛濤、周伯陽、陳秀喜、杜潘芳格等，戰後

《笠》詩刊

中生代的林亨泰、陳千武、詹冰、葉笛、白萩、李魁賢、趙天儀、黃荷生、許達然、非馬、杜國清、林宗源、黃騰輝等以及年輕一代的鄭炯明、李敏勇、陳明臺、莫渝、黃樹根、莊金國等數十人。成員一律為本省籍詩人，甚至連與本土詩人關係十分親密的郭楓也不在其中。

詹冰（1921-），原名詹益川，台灣省苗栗縣人。台中一中及日本明治藥專畢業，曾擔任苗栗縣卓蘭國中教師長達二十五年。原為日據時期「銀鈴會」成員，曾創辦《綠草》詩刊，為笠詩社創始人之一。他是台灣早期現代派的詩人，曾獲台中市資深文藝作家獎。詩作有《綠血球》（1965台中笠詩社）、

《實驗室》（1986台北笠詩社）、《詹冰詩選集》（1993台北笠詩社）。

　　陳秀喜（1921-1991），台灣省新竹縣人。日據時期國小畢業，原用日文寫作，光復後自修中文，也可使用中文。曾任笠詩社社長。詩集有《覆葉》（1971台北笠詩社）、《樹的哀樂》（1974台北笠詩社）、《灶》（1981台北春暉出版社）、《嶺景靜觀》（1986台北笠詩社）、《玉蘭花》（1989台北春暉出版社）。

　　陳千武（1922-2012，生平見第二十七章）的詩作有《密林詩抄》（1963台北現代文學社）、《不眠的眼》（1965台北笠詩社）、《野鹿》（1969台北田園出版社）、《剖伊詩稿》（1974台北笠詩社）、《媽祖的纏足》（1974台北笠詩社）、《安全島》（1986台北笠詩社）、《愛的書籤》（詩畫集，1988台北笠詩社）、《東方的彩虹》（1989台北笠詩社）、《寫詩有什麼用》（1990台北笠詩社）、《陳千武作品選集》（1990台中縣立文化中心）、《月出的風景》（1993北京人民文學出版社）、《禱告》（1993台北笠詩社）等。

　　杜潘芳格（1927-），台灣省新竹縣人。台北女高及新竹女中畢業，台北女師專肄業。曾任《台灣文藝》社長、女鯨詩社社長。她也是原用日文寫作的一代，光復後學習使用中文。出版詩集有《慶壽》（1977台北笠詩社）、《淮南完海》（1986台北笠詩社）、《遠千湖》（1990台北笠詩社）及詩文合集《朝晴》（1990台北笠詩社）、《青鳳蘭波》（1993台北前衛出版社）、《芙蓉花的季節》（1997台北前衛出版社）。

　　錦連（1928-2013），原名陳金連，台灣省彰化縣人。台灣鐵道講習所中等科及電訊科畢業。在日據時代，曾任台灣鐵道部彰化譯電報管理員，光復後繼續在台灣鐵路局彰化站電報室工作。日據時期開始以日文寫詩，並參加銀鈴會。光復後曾參加現代派，1964年參與成立笠詩社。所作詩常有關鐵路，故有「鐵路詩人」之稱，曾獲台灣新文學詩獎、笠翻譯獎、真理大學台灣文學家牛津獎、高雄文藝獎等。著有詩集《鄉愁》（1956自印）、《錦連詩集》（1986台北笠詩社）、《錦連全集》十三冊（2010台南國立台灣文學館）。

　　葉笛（1931-2006），原名葉寄民，台灣省台南市人。台南師範學校畢業後

留學日本，曾在日本東京學藝大學、跡見女子大學任教。爲早期現代詩的耕耘者，曾任笠詩社編輯委員。後來轉從事翻譯工作，不再寫詩，參與翻譯《水蔭萍作品集》、《楊逵全集》、《龍瑛宗全集》等。著有詩集《紫色的歌》（1954台北青年圖書公司）、《火和海》（1990台北笠詩社），及論述《台灣文學巡禮》（1995台南市文化中心）。

非馬（1936-），原名馬爲義，祖籍廣東省潮陽縣，生於台灣省台中市。台北工專畢業，美國馬開大學機械工程碩士，威斯康辛大學核工博士。曾任職美國阿岡研究所，現已退休。爲笠詩社同仁，曾獲吳濁流新詩獎。詩作有《在風城》（1975台北笠詩社）、《裴外的詩》（1978高雄大舞台書苑）、《非馬的詩》（1983台北台灣商務印書館）、《白馬集》（1984台北時報文化公司）、《非馬集》（1984香港三聯書店）、《四人集》（1985北京中國友誼出版公司）、《篤篤有聲的馬蹄》（1986台北笠詩社）、《路》（1986台北爾雅出版社）、《非馬短詩精選》（1990福州海峽文藝出版社）、《飛吧！精靈》（1992台中晨星出版社）、《非馬自選集》（1993貴陽貴州人民出版社）、《微雕世界》（1998台中市立文化中心）。

李魁賢（1937-），筆名楓堤，台灣省台北縣人。台北工專畢業，曾任台肥公司南港廠化學工程師。1956年加盟現代派，1964年加入笠詩社。曾擔任台灣筆會會長，並曾獲詩人節大會新詩獎、吳濁流新詩獎等。詩作有《靈骨塔及其他》（1963台北野峰出版社）、《枇杷樹》（1964台北葡萄園詩社）、《南港詩抄》（1966台北笠詩社）、《赤裸的薔薇》（1976高雄三信出版社）、《李魁賢詩選》（1985台北新地出版社）、《水晶的形成》（1986台北笠詩社）、《輸血》（1986自印）、《永久的版圖》（1990台北笠詩社）、《祈禱》（1993台北笠詩社）、《黃昏的意象》（1993台北縣立文化中心）、《秋與死之憶》（1993北京人民文學出版社）。

杜國清（1941-），筆名石湫，台灣省台中縣人。台灣大學外文系畢業，日本關西學院日本文學碩士，美國史丹福大學中國文學博士。現任美國加州大學聖塔芭芭拉校區東方語文學系教授兼主任。爲《現代文學》同仁，笠詩社創社者

之一。曾翻譯包德萊（或譯波特萊爾）及艾略特詩作，並將劉若愚的《中國詩學》及《中國文學理論》二書譯作中文。1994年在美國加州大學成立「世華文學研究中心」，定期出版《台灣文學英譯叢刊》，推動台灣文學和世華文學研究。詩作有《蛙鳴集》（1963台北現代文學雜誌社》、《島嶼湖》（1965台北笠詩社）、《雪崩》（1972台北笠詩社》、《伊影集》（1974台北笠詩社）、《望月》（1978台北爾雅出版社》、《心雲集》（1983台北時報文化公司）、《杜國清詩集——殉美的憂魂》（1986台北笠詩社》、《情劫集》（1990台北笠詩社）、《情劫》（1991北京中國文聯出版公司）、《杜國清作品選集》（1991台中縣立文化中心）、《勿忘草》（1992北京人民文學出版社）、《對我你是危險的存在》（1996北京中國文聯出版公司）。

笠詩社的本土詩人因不滿現代派的西化詩風，提倡回歸本土的現實主義，白萩後來說：「由於創世紀的超現實主義及達達派詩作的實驗並未成功，反導致詩藝的墮落和偽詩的大量出現……民國53年5月創立的《笠》，一開始即提倡現實主義、人生批評、真摯性，也可以說是針對當時詩壇的惡劣風氣而採取的對抗意識。」（白萩 1982）笠詩社除了強調詩作的本土化以外，也不容非本省籍的詩人參與，不同於以前概無省籍觀念的詩社，特顯出排外的姿態。衡之於後來台灣的政治、社會情況，所謂「族群分裂」，其來有自。

（四）星座詩社：

1964年4月1日成立於台北。主要的詩人有林綠、陳慧樺、翱翱等。

林綠（1941-），原名丁善雄，祖籍海南省文昌縣，生於馬來西亞。台灣政治大學西語系畢業，美國華盛頓大學比較文學博士，曾任台北《香港英文週報》總編輯、西雅圖學院講師、出版社總編輯。1967年獲全國優秀詩人獎、海外文藝學術獎，1975年獲中山文藝創作獎。出版詩集有《十二月的絕響》（1966台北星座詩社）、《手中的夜》（1969台北星座詩社）、《覆信》（1978台北乾隆圖書公司），及合集《林綠自選集》（1975台北黎明文化公司）。

陳慧樺（1942-），原名陳鵬翔，另有筆名林莪、林寒潤，祖籍廣東省普寧

縣，生於馬來西亞。台灣大學外文研究所比較文學博士，曾任台灣師範大學國語中心文化研習組主任、外籍生輔導主任、校長室英文祕書、英語系副教授、世新大學英語系主任、佛光大學外文系教授等。參與創辦星座詩社及《大地》詩刊。詩作有《多角城》（1968台北星座詩社）、《雲想與山茶》（1976台北國家出版社）。

旅美詩人張錯（1943-）

翱翱（1943-），原名張振翱，後多用筆名張錯，原籍廣東省惠陽縣，生於澳門。香港華仁英文書院中學畢業，台灣政治大學西語系學士，美國楊百翰大學碩士，華盛頓大學比較文學博士。現任南加州大學東亞語文系主任。大學時代，與王潤華等創辦《星座詩刊》，結識羅門、蓉子夫婦，對其詩作頗有影響。主要作品有《過渡》（1966台北星座詩社）、《死亡的觸覺》（1967台北星座詩社）、《鳥叫》（1970台北創意社）、《洛城草》（1979台中藍燈出版社）、《錯誤十四行》（1981台北時報文化公司）、《雙玉環怨》（1984台北時報文化公司）、《漂泊者》（1986台北爾雅出版社）、《春夜無聲》（1988台北漢藝色研文化公司）、《檳榔花》（1990台北大雁書店）、《滄桑男子》（1994台北麥田出版公司）、《細雪》（1996台北皇冠出版公司）等，編選詩集有《千曲之島》，另有評論《當代美國詩風貌》（1973台北環宇出版社）、《從莎士比亞到上田秋成》（1990台北聯經出版公司）等。

（五）龍族詩社：

進入七〇年代，戰後出生的年輕人也開始走入文壇，詩，永遠是青年人最傾心也最易入手的文類，這時出現了詩社、詩刊紛立的旺盛面貌。1971年1月高上秦（高信疆）、林煥彰、陳芳明、施善繼、林佛兒、蕭蕭、辛牧、景翔、黃榮村、蘇紹連等創辦「龍族詩社」，3月出版《龍族》詩刊。

林煥彰（1939-），筆名牧雲、多佛、方克白，台灣省宜蘭縣人。幼年家

貧，僅國小畢業，中國文藝協會文藝創作研究班詩歌組結業，全靠自我苦學自修。爲《龍族》詩刊創辦人之一。專精兒童文學，曾創辦《布穀鳥兒童詩學》季刊，並任總編輯。歷任《全國兒童週刊》總編輯、《亞洲華文作家》雜誌主編、大陸兒童文學研究會會長、中華民國兒童文學學會理事長、中國海峽兩岸兒童文學研究會會長等職務。詩作有《牧雲初集》（1967台北笠詩社）、《斑鳩與陷阱》（1969台北田園出版社）、《歷程》（1972台北林白出版社）、《青髮或者花臉》（1976台北香草山出版社）、《公路邊的樹》（1983台北布穀出版社）、《現實的告白》（1985台北布穀出版社）、《林煥彰詩選》（1985漢城第一出版社）、《無心論》（1986台北文鏡文化公司）、《飛翔之歌》（1987台北幼獅文化公司）、《孤獨的時刻》（1988台北蘭亭書店）、《愛情的流派及其他》（1991台北石頭出版社）以及兒童文學多種。

高上秦（1944-2009），原名高信疆，出生於西安，五歲時隨母來台。中國文化大學新聞系畢業，歷任《中國時報》副總編輯兼《人間副刊》主編、《時報週刊》總編輯、時報出版公司總編輯、《中時晚報》社長、香港《明報》集團總編輯、北京《京萃週刊》企業顧問等職。他曾爲《中國時報·人間副刊》創下輝煌的紀錄，被譽爲紙上風雲第一人。他雖然創辦了《龍族》詩刊，但詩作甚少，著有《中國現代詩評論》。

蕭蕭（1947-），原名蕭水順，台灣省彰化縣人。輔仁大學中文系畢業，台灣師範大學國研所碩士。曾參加「龍族詩社」，主編《詩人季刊》。歷任北一女、景美女中教師，現任教於新北市南山中學，並兼任《台灣詩學季刊》主編。詩作有《舉目》（1978台北大昇出版社）、《悲涼》（1982台北爾雅出版社）、《毫末天地》（1989台北漢光文化公司）、《緣無緣》（1996台北爾雅出版社），並有詩評《鏡中鏡》、《燈下燈》、《現代詩縱橫觀》等。張默說：「在新詩的創作上，作者雖僅有三本個集，……如果仔細加以檢視，他的詩作誠是量少質精，迭有新趣，尤其語言典雅流麗，意象深沉豪邁，節奏緩急有序，視野開闊明澄，充滿對生命、文學、歷史遠景的關注、擁抱與透視。」（張默 1997：254）其散文著作甚多，留待散文一章再做介紹。

蘇紹連（1949-），台灣省台中縣人。台中師專畢業，1968年曾籌組「後浪詩社」，1971年參與籌組「龍族詩社」。1992年與向明、白靈、蕭蕭等共創《台灣詩學季刊》。現任國小教師，曾獲創世紀二十週年詩創作獎、中國時報敘事詩獎等。出版詩集有《茫茫集》（1978台北大昇出版社）、《童話遊行》（1990台北尚書文化出版社）、《驚心散文詩》（1998台北爾雅出版社）、《河悲》（1990台中縣立文化中心）、散文詩《隱形或者變形》（1997台北九歌出版社）、《我牽著一匹白馬》（1998台中市立文化中心）、童詩《雙胞胎月亮》（1997台北三民書局）、《穿過老樹林》（童詩，1998台北三民書局）等。蘇紹連多用兒童的眼睛觀看，李癸雲說他是「往回長大的小孩」：

　　蘇紹連詩中最普遍的觀察角度就是孩童是成人社會的受害者，或者說成人社會蒙蔽了孩童的自我、汙染了原始本性。他刻畫整個成人社會秩序的猙獰，來對立出孩童的軟弱無力。這種成人／孩童、汙染／被汙染、施暴者／受害者的二元對立普遍出現於其詩，可以看出蘇紹連對社會現象的強烈批判，也可以由其涇渭二分的意識形態，觀察其對生命成長的看法——社會秩序是吞噬者，而不是學習成長的培養皿。那麼長大，不是意味著主體的獨立自主，而是主體受挫、倒退甚或失去自己。（李癸雲 2003：1316-1317）

（六）主流詩社：

同年6月，羊子喬、龔顯宗、黃勁連、杜皓暉、吳德亮、林南（黃樹根）、莊金國、凱若、陳寧貴等組成「主流詩社」，7月出版《主流》詩刊。

羊子喬（1951-），原名楊順明，台灣省台南縣佳里人。東吳大學中文系畢業，曾任遠景出版社編輯、《主流》詩刊主編、《自立晚報》文化服務組主任，主編過《光復前台灣文學全集》新詩四卷、《鹽分地帶文學選》。現任南投縣政府縣長辦公室主任。詩作常取鄉土風俗題材，出版詩集有《月浴》（1975台北浩瀚出版社）、《收成》（1985台北鴻蒙文學出版公司）、《該是春天為我們開門的時候》（1995台北台笠出版社）等。另有散文著作。

陳寧貴（1954-），原名陳映舟，台灣省屏東縣人。國防管理學院畢業，曾任國防醫學院人事官。性喜文學，兼擅詩與散文，曾加入主流及陽光小集詩社。歷任德華、大漢出版社及幼福視聽教育中心總編輯、傳燈出版社發行人、主編、殿堂出版社社長、《新聞透視》雜誌副總編輯、彩神音樂製作中心企畫主任、香音企業公司經理。曾獲中國新詩學會詩獎、全國優秀青年詩人獎、聯合報散文獎。著有詩集《劍客》（1977台北秋水出版社）、《商怨》（1980台北德華出版社）。

（七）大地詩社：

1972年6月，大學生王潤華、古添洪、王浩、李弦、林明德、林鋒雄、吳德亮、淡瑩、陳慧樺、陳黎、翱翱（張錯）、童山（邱燮友）、翔翎、鍾義明、藍影、蘇凌等成立「大地詩社」，9月出版《大地》詩刊。

童山（1931-），原名邱燮友，福建省龍岩縣人。台灣師範大學畢業，並獲得師大國研所碩士學位。在學期間即與同學創辦「細流詩社」。歷任鳳山中學、花蓮女子中學教師、師大、玄奘、元智、東吳等大學教授、系主任，並曾兼任《中國現代文學理論季刊》主編。詩作有《童山詩集》（1974台北三民書局）、《天山明月集》（台北三民書局）、《童山人文山水詩集》（2005台北萬卷樓）。對台灣詩歌吟唱之推廣貢獻卓著，出版有《品詩吟詩》（1989台北三民書局）、《美讀與朗誦》（1991台北幼獅文化公司）、《詩葉新聲》（1994台北三民書局）等。

王潤華（1941-），原籍廣東省從化縣，生於馬來西亞霹靂州，入籍新加坡。政治大學西語系畢業，美國威斯康辛大學博士，曾任教於新加坡大學、私立元智大學等，並曾任新加坡作家協會會長。詩作富有南洋風土色彩，計有《患病的太陽》（1966台北藍星詩社）、《高潮》（1970台北星座詩社）、《內外集》（1978台北國家書店）、《橡膠樹》（1980新加坡泛亞文化出版社）、《象徵以外》（1984新加坡作家協會）、《山水詩》（1988吉隆坡蕉風月刊）、《地球村神話》（1998新加坡作家協會）。看李瑞騰對王潤華詩作的看法：

1973年，結束多年的飄泊，王潤華終於回到南洋的鄉土之上了。一方面從事教學與研究，一方面不斷寫作，一手散文一手詩，同時積極重新認識那裡的鄉土和文化環境。在詩的寫作上，他一方面把過去在美國已經孕育的素材加以反芻，另一方面開始寫南洋的鄉土詩，從過去到現在的滄桑變化不斷激盪著他的心境，他入乎其內，寫下一首又一首的南洋鄉土詩，新的文學生命逐漸完成，一棵永遠的「橡膠樹」便挺立在南洋的風雨之中了。（李瑞騰 1988：179）

　　淡瑩（1943-），王潤華妻子，原名劉寶珍，原籍廣東省梅縣，入籍新加坡。台灣大學外文系畢業，美國威斯康辛大學碩士，曾任教於新加坡大學。詩作有《千萬遍陽關》（1966台北星座詩社）、《單人道》（1968台北星座詩社）、《太極詩譜》（1979新加坡教育出版社）等。鍾玲說：「她的詩顯然受當時西化詩體的影響，但卻是一種變格，在風格上仍具有西化詩體的諸種特點，但在文字上卻採用了中國古典詩詞的詞彙與文法。」（鍾玲 1989：235）

　　古添洪（1945-），廣東省鶴山縣人。台灣師範大學國文系畢業，輔仁大學中文研究所碩士，美國聖地牙哥加州大學比較文學博士。現任師大英語系教授。詩作有《剪裁》（1973台北巨人出版社）、《背後的臉》（1984台北國家出版社）、《歸來》（1986台北國家出版社）。此外尚有詩論《比較文學現代詩》（1976台北國家出版社）、《探索在古典的路上》（1977台中普天出版社）、《記號詩學》（1984台北東大圖書公司）。

（八）後浪詩社：

　　「後浪詩社」成立於1972年9月，成員有蘇紹連、陳義芝、陳珠賓、蕭蕭、莫渝、李仙生、洪醒夫、林興許、廖英白、許國耀等，1974年出版《後浪》詩刊，11月又出版《詩人季刊》。

　　莫渝（1948-），原名林良雅，另有筆名白沙堤，台灣省苗栗縣人。台中師專畢業，淡江大學法文系學士，曾留學法國。返國後任國小教師，現已退休。

詩作有《無語的春天》（1979高雄三信出版社）、《長城》（1980台北秋水詩刊社）、《土地的戀歌》（1986台北笠詩社）、《浮雲集》（1990台北笠詩社）、《水鏡》（1995台北笠詩社）。

陳義芝（1953-），原籍四川省忠縣，生於台灣省花蓮市。台灣師範大學國文系畢業，高雄師範大學文學博士。曾任《聯合報副刊》主編，現任教於台灣師範大學國文系。主要詩作有《落日長煙》（1977高雄德馨室出版社）、《青衫》（1985台北爾雅出版社）、《新婚別》（1989台北大雁書店）、《不能遺忘的遠方》（1993台北九歌出版社）、《遙遠之歌》（1993花蓮縣立

陳義芝（1953-）

文化中心）、《不安的居住》（1998台北九歌出版社）。作爲出生於台灣的四川人，雖早期從未親身接觸過原鄉，也難免懷有想像中的鄉愁，余光中就說他「詩藝的兩大支柱，是鄉土與古典」，而其鄉土意識具有雙重性，即：

> 祖籍在大陸，成長在台灣，陳義芝跟許多第二代的外省作家一樣，具有雙重的鄉土意識──一種大陸與海島的交纏情結。一方面，他認同成長於海島的生活經驗，另一方面，對於大陸的父母之鄉、先人之土，他又有一種地理的、歷史的、文化的鄉愁。這種鄉愁，跟我們這一代的作家所懷抱的當然不同，因爲它沒有切身的記憶，只有史地的知識，父母的薰陶，所以浪漫而帶想像。（余光中1996：120）

（九）草根詩社：

「草根詩社」成立於1975年5月，同時出版《草根詩》月刊，其成員有羅青、李明、張香華、林月容、邱豐松、詹澈、白靈等。創刊號所發表的「草根宣

言」主要聲明關切民族前途，反映現實人生，結合大眾化與專業化，繼承傳統但不排斥西方。面面都到，也會面面難到。

張香華（1939-），原籍福建省龍岩縣，生於香港。台灣師範大學國文系畢業，曾於建國中學、世界新專、致理商專等校任教。在柏楊受難出獄後與之結為連理，陪伴、料理柏楊晚年的生活。曾與柏楊一同訪問美國愛荷華國際作家工作坊。她在國際詩藝交流上也扮演了積極活躍的角色。詩作有《不眠的青青草》（1978台北星光出版社）、《愛荷華詩抄》（1985台北林白出版社）、《千般是情》（1987台北漢藝色研文化公司）、《張香華詩選》（1990陝西人民出版社）等。鍾玲指出：「台灣詩壇上，數十年來女詩人大都寫婉約抒情之作，而張香華則是其中專擅寫社會諷刺詩者，在女詩人中實屬鳳毛麟角。」（鍾玲 1988）

羅青（1948-），原名羅青哲，原籍湖南省湘潭縣，生於山東省青島市。輔仁大學英文系畢業，美國華盛頓大學比較文學碩士，曾任教於輔仁大學、政治大學，現任教於台灣師範大學英語系。為首先介紹西方後現代觀念的學者，詩作具有後現代色彩，開啟新現代詩的風貌。主要作品有《吃西瓜的方法》（1972台北幼獅文藝社）、《神州豪俠傳》（1975台北武陵出版社）、《捉賊記》（1977台北洪範書店）、《隱形藝術家》（1978台北崇偉公司）、《水稻之歌》（1984台北大地出版社）、《螢火蟲》（1987台北台灣書店）、《錄影詩學》（1988台北書林出版公司）、《蘭嶼頌》（1989台北行政院）、《少年阿田恩仇錄》（1996台北民生報社）及詩畫集《不明飛行物體來了》（1984台北純文學出版社）。另有論述《詩人之燈》（1988台北光復書局）、《詩人之橋》（1988台北五四書店）、《什麼是後現代主義》（1989台北五四書店）、《詩的照明彈》（1994台北爾雅出版社）、《詩的風向球》（1994台北爾雅出版社）。余光中認為：

　　羅青在台灣詩壇的出現，多多少少象徵著六〇年代老現代詩的結束，和七〇年代新現代詩的開啟。在羅青的身上，我們多少看得出中國的現代詩運動如何

運轉，如何改向，如何在主題和語言上起了蛻變。沒有宣言或論戰，羅青的革命是不流血的。這麼一陣無痛的分娩，似乎尚未引起詩壇普遍的注目，可是這件事情，或多或少，注定要改變六〇年代老現代詩的方法論，甚至本質。（余光中1973）

　　詹澈（1954-），原名詹朝立，台灣省彰化縣人。屏東農專畢業，曾擔任《下潮》、《春風》、《鼓聲》等雜誌編輯，現在台東縣農會服務。詩關懷農民，有土地氣息，曾獲陳秀喜詩獎、八十六年年度詩獎等。詩作有《土地請站起來說話》（1983台北遠流出版公司）、《手的歷史》（1986台北錦德圖書公司）、《海岸燈火》（1995北京團結出版社）、《西瓜寮詩輯》（1995台北原尊文化公司）、《詹澈詩精選集》（2010台北新地文化藝術公司）。

　　白靈（1951-），原名莊祖煌，祖籍福建省惠安縣，生於台灣。台北工專化工科畢業，美國新澤西州史蒂文斯理工學院化學碩士，回國後在台北工專任教。長時間在耕莘文教院講詩，熱心詩運，曾與羅青、杜十三等策畫「詩的聲光」活動。擅長長篇敘事詩，詩集有《後裔》（1979台北林白出版社）、《大黃河》（1986台北爾雅出版社）、《沒有一朵雲需要國界》（1991台北書林出版公司）及詩論《一首詩的誕生》（1991台北九歌出版社）、《煙火與噴泉》（1994台北三民書局）、《一首詩的誘惑》（1998台北河童出版社）等。瘂弦曾評論他的兩首長詩說：

　　白靈的兩首長詩，都有突出的成績。這主要是因為他對現實有相當的體認，同時，他的現實不拘限在台灣，而放眼整個民族與國土。他認為現實感即生活感，擴而大之，就是民族國家所處狀況的時代感；他反對偏安思想，主張台灣的現實與大陸的現實同樣切身。前者為枝，後者為本。也許正是因為白靈這樣的歷史使命感，使得他對歷史或時事，都有真摯懇切的觀察與關懷，也才能寫得出〈大黃河〉與〈黑洞〉。（瘂弦2004：58）

（十）詩潮詩社：

「詩潮詩社」為高準創辦於1977年5月，並出版《詩潮》，高準自任社長兼總編輯，成員有丁穎、王津平、李利國、吳宏一、郭楓、高上秦（高信疆）、等。創刊號中提出發揚民族精神，把握抒情本質，建立民主心態，關心社會民生，注意表達技巧，實現三民主義革命文學等方向。因為太強調社會性，又主張浪漫主義與批判的現實主義相結合，似乎呼應了對岸的口號，曾遭到國民黨查禁。

高準（1938-），字秉潔，江蘇省金山縣人，生於上海市。1946年隨父母遷台，1961年畢業於台灣政治大學政治系，後入文化大學，獲碩士學位。曾赴美及澳洲大學進修，返台後於文化大學執教。1977年創辦《詩潮》詩刊，自任總編輯，倡導民族主義及現實主義。七〇年代後期赴美定居。主要詩作有《丁香結》（1961台北海洋詩社）、《七星山》（1964台北中國文化學院出版部）、《高準詩抄》（1970台中光啓出版社）、《高準詩集》（1985台北文史哲出版社）、詩散文合集《葵心集》（1979台北藍燈文化事業公司）、散文集《山河紀行》（1985台北文史哲出版社）及詩評《中國大陸新詩評析》（1988台北新地出版社）等。

（十一）其他詩社與詩刊：

此外，《秋水》創刊於1974年1月，主要成員有古丁、綠蒂、孫家駿、涂靜怡、陳寧貴等。

綠蒂（1942-），原名王吉隆，台灣省雲林縣人。淡江大學畢業，曾任《野風》月刊、《野火》詩刊、長歌出版社主編，《秋水》詩刊發行人、中華民國新詩協會及中國文藝協會理事長。專攻詩作，計有《藍星》（1960自印）、《綠色的塑像》（1963台北野風出版社）、《風與城》（1991台北協成出版社）、《泊岸》（1995台北躍昇文化公司）、《雲上之梯》（英文，1996自印）、《坐看風起時》（1997台北秋水詩社）、《沉澱的潮聲》（1993北京中國文聯出版公司）。

《綠地》創刊於1975年2月，成員包括傅文正、李昌憲、陌上塵、陳煌、履彊、風嶺渡（何炳純）、張弓（張雪映）、許藍心、莊錫釗、蔡忠修、鍾順文等。

《詩脈》於1976年7月創刊，成員有岩上、王灝（王皓）、李瑞騰、李默默、向陽、老六、張子伯、鍾義明等。

岩上（1938-），原名嚴振興，別名文聰、堂紘，台灣省嘉義縣人。省立台中師範學校及逢甲大學財務系畢業。曾任中、小學教師、《詩脈》總編輯、《笠》詩刊主編、台灣兒童文學學會理事長等。曾獲吳濁流文學獎、南投縣文學獎等。詩作有《激流》（1972台北笠詩社）、《冬盡》（1980台中明光出版社）、《台灣瓦》（1990台北笠詩社）、《愛染篇》（1991台北笠詩社）、《岩上詩選》（1993南投縣立文化中心）、《岩上八行詩》（1997高雄派色文化出版社）、《針孔世界》（2003南投縣文化局）等。

向陽（1955-），原名林淇瀁，台灣省南投縣鹿谷鄉廣興村人。竹山中學畢業後，進文化大學東方語文學系日文組就讀，1994年獲文化大學新聞碩士學位。曾任《時報週刊》主編、《大自然》雜誌總編輯、《自立晚報》藝文組主任兼副刊主編、《自立晚報》總編輯兼政治經濟研究室主任、《自立早報》總編輯、《自立早報》總主筆兼海外版《自立週報》總編輯等職。2003年獲政治大學新聞學博士學位，執教於東華大學、中興大學等校，現任台北教育大學台灣文化研究所所長。主要詩作有詩集《銀杏的仰望》（1977台北故鄉出版社）、《種籽》（1980台北東大圖書公司）、《十行集》（1984台北九歌出版社）、《歲月》（1985台北大地出版社）、《土地的歌》（1985台北自立晚報社）、《四季》（1986台北漢藝色研文化公司）、《心事》（1987台北漢藝色研）、《在寬闊的土地上》（1994北京人民文學出版社）、《向陽詩選》（1999台北洪範書店）、《向陽台語詩選》（2002台南金安機構）、《亂》（2005台北印刻出版公司）等。王灝特別推崇向陽的方言詩：

向陽（1955-）

用閩南語方言來寫詩，非始自向陽，但用一種更嚴肅的態度，更精確的方法語彙，有計畫而系統性的處理方法來經營方言詩，而卓然有成者，則非向陽莫屬。

向陽更是一個有心人，他之有心，也不只是表現於閩南語方言詩的創作，也表現在對十行詩的創作堅持，以及為詩的形式格律做各種的嘗試，此即說明向陽有心為現代詩開拓更多種發展的路向，這其中得到最大的肯認，獲致最大的成就者，要推他的十行詩與方言詩。（王灝1985）

《陽光小集》於1979年12月創刊，其成員乃來自以上幾個詩社，又結合「創世紀」、「藍星」、「主流」、「大地」、「草根」等詩社的年輕詩人，成為年輕一輩的詩人的大結合，主要成員有向陽、李昌憲、林野、林廣、苦苓、沙穗、陌上塵、陳煌、陳寧貴、莊錫釗、張弓、張雪映、劉克襄等。他們強調不結詩社、不立門戶，為關心詩的群眾提供一份精神口糧。

《漢廣》創刊於1982年3月，主張包容各種不同的風格。主要成員有路寒袖、孟樊等。

路寒袖（1958-），原名王志誠，台灣省台中縣人。東吳大學中文系畢業，曾執教於復興商工，並曾任漢廣詩社社長、傳播公司主編、《中國時報‧人間副刊》編輯。現任《台灣日報》副總編輯及副刊主編。詩作有《早‧寒》（1991台中縣立文化中心）、《夢的攝影機》（1993台北麥田出版公司）、台語詩集《春天个花蕊》（1995台北平氏出版公司）、《我的父親是火車司機》（1997台北元尊文化公司）。

孟樊（1959-），原名陳俊榮，台灣省嘉義市人。政治大學政治研究所碩士，台灣大學法學博士，曾任教於佛光大學，現任教於台北大學。並曾任《中國時報‧人間副刊》編輯、時報文化公司主編、聯經出版公司企畫主任、揚智出版公司總編輯等職。主要貢獻在詩論及詩評，也時有詩作。詩作有《S.L和寶藍色筆記》（1992台北書林出版公司）。

《四度空間》創刊於1984年5月,主張繼承傳統的新詩優點,同時融合更多的前衛思想,提倡都市詩、社會詩、生態詩及科幻詩。主要成員有陳克華、林燿德、赫胥氏、也駝、吳明興、羅葉等。

陳克華（1961-）　　圖片提供／文訊

陳克華（1961-）,山東省汶上縣人。台北醫學院畢業後擔任榮民總醫院眼科醫生至今。他是台灣少數出櫃的同志詩人,也十分大膽地坦露同志的感受,重知性,筆調幾近冷酷。詩作具有前衛的後現代色彩,出版的詩集有《騎鯨少年》（1986台北蘭亭書店）、《日出金色》（與林燿德等合著,1986台北文鏡文化公司）、《星球記事》（1987台北時報文化公司）、《我撿到一顆頭顱》（1988台北漢光文化公司）、《與孤獨的無盡遊戲》（1993台北皇冠文化出版公司）、《我在生命轉彎的地方》（1993台北圓神出版社）、《欠砍頭詩》（1995台北九歌出版社）、《美麗深邃的亞細亞》（1997台北書林出版公司）、《別愛陌生人》（1997台北元尊文化公司）、《新詩心經》（1997台北歡喜文化公司）、《看不見自己的時候──陳克華作品集（歌詞）》（1997台北探索文化公司）、《因為死亡而經營的繁複詩篇》（1998台北探索文化公司）。劉登翰等主編的《台灣文學史》的評論是:

　　陳克華詩作最為厚重,也最具特色的部分,卻是從歷史發展角度對於人類生存情境的探究,或者說,乃是對人類文明未來命運所做的整體關照。在這類作品中,詩人的詩思往往為充滿謬誤和弊端的現實所激發,而後向著歷史和未來延展、飛騰,展現在他的詩中的,常是一幅文明毀滅、人類滅亡,整個世界退回原始時代的圖像。（劉登翰等 1993：641）

林燿德（1962-96），原名林耀德，原籍福建省廈門市，生於台灣省台北市。輔仁大學法律系畢業，曾任《台北評論》、《台灣春秋》、《書林詩叢》等雜誌主編、尚書文化出版社總編輯、中國青年寫作協會祕書長。寫作範圍廣闊，涵蓋詩、散文、小說、劇作、評論等各種文類，曾獲中國時報科幻小說獎、時報新詩推薦獎、主編金鼎獎、新聞局優良電影劇本獎、中國文協文藝獎章、中興文藝獎章、國軍新文藝金像獎、創世紀三十五週年詩獎、優秀青年詩人獎等。曾經嘗試各種文類，皆有所表現，喜用後現代的後設、拼貼、諧仿、

英年早逝的青年作家林燿德

圖像等技法寫作。因心臟病英年早逝。遺留詩集有《日出金色》（1986台北文鏡文化公司）、《銀碗盛雪》（1987台北洪範書店）、《恆星之最》（1986台北黎明文化公司）、《都市終端機》（1988台北書林出版公司）、《妳不瞭解我的憂愁是怎樣一回事》（1988台北光復書局）、《都市之甕》（1989台北漢光文化公司）、《一九九○》（1990台北尚書文化出版社）、《不要驚動不要喚醒我所親愛》（1996台北文鶴出版公司）以及詩評《一九九四之後》（1986台北爾雅出版社）、《不安海域》（1988台北師大書苑）、《世紀末現代詩論集》（1995台北羚傑公司出版部）並與簡政珍合編《台灣新世代詩人大系》（1990台北書林出版公司）。茲引劉登翰等主編的《台灣文學史》對林燿德詩作的看法：

貫穿林燿德紛雜廣涉的各類作品的，是一種騷動不安的基調。這種不安顯然來自詩人對人類生存情境的關心。……貫穿林燿德創作的又一主旋律，是對文學典範的解構和革新。詩人自述其觀點可透過幾個字道破，即「無範本，破章法，解文類，立新意」。他最為著力的是檢視寫實主義的真偽，破除語言反映真相的神話，修正寫實主義常有的過度散漫的散文式語言。另一方面，他又對現代主義的純粹性和文化貴族傾向加以揚棄。（劉登翰等 1993：645）

楊牧也讚揚說：

> 　林燿德的詩在結構上很下工夫。縱使這種高度的專注，對詩的許多要素之一
> 的高度專注，可能導致不期然的缺陷，然而一向從結構開始去發掘詩質，在我
> 們的時代，終究還是很不尋常，而且還是很值得宣揚的創作態度。我們把他的
> 詩放在五〇年代詩發展的「歷史框架」裡，應該就可以了然於胸，林燿德之所
> 以是詩的新聲，是八〇年代的台灣所陶冶的優秀藝術家，正因為他於承襲多樣
> 之際，勇於選擇一己切身感受的格調和技巧，更因為他對這件事所付出的心
> 力，因為他驚人的執著。（楊牧1987：51-52）

　《地平線》創刊於1985年9月，主張中國傳統現代化，西潮影響中國化。主要
成員有許悔之、羅任玲等。

　許悔之（1966-），原名許有吉，台灣省桃園縣人。台北工專化工科畢業，
曾任地平線詩社社長、《中時晚報‧副刊》編輯、《自由時報‧副刊》主編、
《聯合文學》總編輯。曾獲第一屆五四青年文學獎。詩作有《陽光蜂房》
（1990台北尚書文化出版社）、《家族》（1991台北號角出版社）、《肉身》
（1993台北皇冠文化出版公司）、《我佛莫要為我流淚》（1994台北皇冠文
化出版公司）、《當一隻鯨魚渴望海洋》（1997台北時報文化公司）。張默評
論說：「許悔之的詩，一向契入眼前的現實，契入波瀾壯闊的世界。他寫〈肉
身〉，為緬甸的翁山蘇姬鳴不平；寫〈剃去眉毛的人〉，為快速變遷的世界把
脈；寫〈天大寒〉，為民間節氣詮釋，以交錯對位的設計，企圖增強詩的視覺
效果，在在均令人稱許。」（張默1997：332）

（十二）大學中的詩社：

　其實，在以上的詩社、詩刊以外，各大學的學生都曾組織過詩社或發行過詩
刊。譬如1950年師範學院國文系學生陳慧（陳幼睿）、童山（邱燮友）等創辦

「細流」詩社，以壁報的方式出版《細流》詩刊，而陳慧於1954年出版個人詩集《青春夢曲》（自印），可惜他後來留美期間在紐約摩天大樓跳樓身亡。

據楊宗翰報導1951年台大學生林曉峰創辦「台大詩歌研究社」，出版不定期綜合雜誌《青潮》，1953年林曉峰出版個人詩集《揚帆集》，1954年由楊允達接任社長。不久又有台大中文系僑生余玉書組織「海洋詩社」，於1957年出版《海洋詩刊》。1961年僑生李樹昆、畢文澤創辦跨校的「縱橫詩社」，出版《縱橫詩刊》。同樣，僑生王潤華、淡瑩、翱翱（張錯）、林綠、陳慧樺（陳鵬翔）、黃德偉等於1963年成立「星座詩社」，1964年4月發行《星座詩刊》。同年，高雄醫科大學的學生創辦「阿米巴詩社」，台北醫科大學的學生創辦「北極星詩社」。1968年台灣師範大學的學生創辦「噴泉詩社」，成員有秦嶽、陳鵬翔、李弦、藍影、大荒、古添洪、姚榮松、施快年等；文化大學的學生創辦「華岡詩社」，出版了《華岡詩刊》，成員有龔顯宗、王灝、陳明臺、蔣勳、林鋒雄、向陽、李瑞騰等。

蔣勳（1947-），福建省長樂縣人。中國文化大學歷史系畢業，同校藝術研究所碩士，法國巴黎大學藝術研究所肄業。曾主編《雄獅美術》月刊及「雄獅美術叢刊」，並曾任教於中國文化大學、輔仁大學、台灣大學，及擔任東海大學美術系系主任。現任《聯合文學》社長。除詩作外，也擅長散文與小說，曾獲教育廳學生小說比賽第一名及中興文藝獎章。詩作有《少年中國》（1980台北遠景出版公司）、《母親》（1982台北遠景出版公司）、《多情應笑我》（1989台北爾雅出版社）、《眼前即是如畫的江山》（1992台北東潤出版社）、《來日方長》（1992台北東華書局）等。林雙不曾評論蔣勳的詩說：

　　儘管在詩作的風格上，蔣勳和吳晟並不相同，然而在台灣的新詩發展史上，兩人的作用和地位卻極為類似。他們同樣突破了六〇年代左右台灣現代詩極端形式主義、極端個人主義和極端孤立的泥淖，突破了當時現代詩非邏輯非句構的字句晦澀，而直接用近乎口語的文字，把詩人的關懷落實到廣大群眾所生存的現實世界裡。（林雙不 1981）

1971年高雄師範大學的學生組織了「風燈詩社」。1976年台大創立「台大現代詩社」，成員有廖咸浩、羅智成、楊澤、方名、詹宏志等，曾出版《詩針》。

　　楊澤（1954-），原名楊憲卿，台灣省嘉義縣人。台灣大學外文系畢業，同校外文研究所碩士，美國普林斯頓大學東亞研究所博士。曾任《中外文學》執行編輯、《中國時報‧人間副刊》主編，並曾任教於美國布朗大學、台灣藝術學院。詩作有《薔薇學派的誕生》（1977台北洪範書店）、《彷彿在君父的城邦》（1980台北時報文化公司）、《人生不值得活的》（1997台北元尊文化公司）。

　　羅智成（1955-），原籍湖南省安鄉縣，生於台灣。台灣大學哲學系畢業，美國威斯康辛大學東亞文學研究所碩士。曾任《中國時報‧人間副刊》編輯、《中時晚報》副總編輯、《TO'GO》總編輯，並曾於中國文化大學、淡江大學、東吳大學執教。曾獲中國時報新詩推薦獎、優秀青年詩人獎。詩作有《畫冊》（1975自印）、《光之書》（1979台北龍田出版社）、《傾斜之書》（1982台北時報文化公司）、《寶寶之書》（1989台北少數出版社）、《擲地無聲書》（1989台北少數出版社）、《黑色鑲金》（1999台北聯合文學出版社）等。朱雙一評論他的詩說：

　　羅智成構築自我微宇宙的大量詩作顯露了其鮮明的個人風格。首先是個人性、內向性和傾訴體等特徵。詩人立足於寫自己的一絲感觸、一個夢境、一則奇想、一點惋惜、一片憂慮或自豪的情懷，乃至一段愛的憧憬或回憶，它們純屬個人隱私，專為自己或最親密的知己而寫。（朱雙一

羅智成（1955-）

1999：134）

政治大學的學生成立「長廊詩社」，成員有孟樊、游喚、李弦（李豐楙）等，並出版《長廊詩刊》（楊宗翰 2010；謝三進 2010；紫娟 2010；廖之韻 2010；陳建男 2010）。

1974年馬華僑生溫瑞安、方娥眞、黃昏星、周清嘯等來台就讀，出版《天狼星詩刊》，1976年創辦「神州詩社」，並出版《神州詩刊》，因爲社員以義氣相結，組織嚴密，善於宣傳，以復興中國傳統文化自任，聲勢不凡。（文訊 2010）

溫瑞安（1954-），原籍廣東省梅縣，生於馬來西亞霹靂州。中學畢業後來台灣就讀於台灣大學中文系。來台前曾擔任星馬地區「綠洲社」社長及「天狼星」詩社執行編輯。在台大就學期間，擔任《青年中國》總編輯和《神州文集》主編。一心傾慕想像中的「神州大陸」，以神州大俠的形象表現在他的詩文中。1976年創辦「神州詩社」，至1980年溫瑞安離台後解散。後來定居香港，組織「朋友工作室」及「自成一派文化出版集團」。作品包括小說、詩、散雜文、評論等，十分多產，就中以小說與詩爲主。出版詩作有《將軍令》（1975馬來西亞天狼星出版社）、《山河錄》（1979台北時報文化公司）、《楚漢》（1990台北尚書文化出版社）。

方娥眞（1953-），原籍廣東省潮安縣，生於馬來西亞怡保。中學時代曾與溫瑞安組織天狼星詩社。來台後就讀台灣師範大學國文系，未畢業。參與「神州詩社」，並任《青年中國》策畫編輯。1980年移居香港。寫作以詩爲主，兼及小說和散文，曾獲中國新詩學會詩歌創作獎。詩作有《蛾眉賦》（1977台北四季出版公司）、《小方磚》（1987香港明天出版社）。余光中曾拿方娥眞與夐虹對比，認爲「兩人的主題都是愛情，風格都屬於純情，但夐虹落筆凝鍊矜持，門戶緊守，方娥眞運筆泰眞自然，門戶洞開；夐虹『文』些，句法好曲折，故篇幅精簡，方娥眞『白』些，句法尙直捷，故篇幅較長；夐虹多用比興，以抒情爲主，方娥眞兼用賦體，於抒情之外，亦有敘事的傾向。」（余光

中 1996：24）

　　據張默《台灣現代詩編目》紀錄還有以下的學生詩社：省立法商學院的「螢星詩社」創立於1961年4月，曾出版《螢星詩刊》四期；東吳大學的「大學詩社」創立於1964年10月，曾出版《大學詩刊》十五期；靜宜文理學院的「彩虹詩社」創立於1967年，出版過《彩虹居》詩刊；台北師專的「心潮詩社」創立於1970年，出版過《心潮詩刊》；政戰學校出版過《復興崗詩刊》等。（張默1992）

六、未結盟詩人

　　在以上所舉詩人之外，還有多位並未參與詩社，或絕少參與詩社，保持獨來獨往風格者，譬如胡品清、郭楓、舒蘭、葉日松、梅新、隱地、席慕蓉、吳晟、程步奎、林梵、莫那能等。

　　胡品清（1921-2006），浙江省紹興縣人。浙江大學英文系畢業，法國巴黎大學研究現代文學，曾任文化大學法文系所主任。寫作範圍包括散文、詩、評論。出版詩作有《胡品清譯詩及新詩選》（1962台北中國文化研究所）、《人造花》（1965台北文星書店）、《玻璃人》（1978台中學人文化公司）、《另一種夏娃》（1984台北文化大學出版部）、《冷香》（1987台北漢藝色研文化公司）、《薔薇田》（1991台北華欣文化中心）。另有評論《現代文學散論》（1964台北文星書店）、《法國文學簡史》（1965台北華岡出版社）、《西洋文學研究》（1966台北台灣商務印書館）、《惡之花評析》（1982台北文化大學出版部）、《法國文學之「新」貌》（1984台北華欣文化中心）、《漫談中國古典詩詞》（1990台北長松文化公司）、《文學漫步》（1995台北中央圖書出版社）、《文學論文》（1996台北志一出版社）、《法國文學賞析》（1998台北書林出版公司）。鍾玲認為她的詩「有兩個特色，一為對永恆的愛與美之嚮往；另一特色是富幽默與機智的筆調。」（鍾玲 1989：276）

　　郭楓（1930-），原名郭少鳴，江蘇省徐州市人，1949年隨遺族學校來台。曾

任北一女國文教師，並曾主持補習班，在海峽
兩岸經營貿易公司頗有成就，但志趣在文學，
故創辦新地出版社、《新地文學》季刊及《時
代評論》等刊物，自任社長及總編輯，且多次
出資在兩岸大學舉辦文學研討會。2010年號
召在台灣舉行「華文文學高峰會」，世界各地
資深華文作家均曾與會，盛況空前。郭楓在台
灣文壇以獨行俠的姿態出現，平素不結盟，

詩人兼散文作家郭楓（1930-）

不參加文學流派，參與「詩潮社」可說是唯一的一次例外。作品以詩與散文為
主，兼及小說，曾獲府城文學特殊貢獻獎。主要詩作有《郭楓詩選》（1971
台南新風出版社）、《第一次信仰》（1985台北新地出版社）、《海之歌》
（1985台北新地出版社）、《諦聽，那聲音》（1993北京人民文學出版社）、
《攬翠樓新詩》（1998台南文化中心）、《郭楓詩選》（2006台北縣政府文化
局）、《郭楓新詩一百首》（2014台北新地出版社）等。另有論述《知識份子
的覺醒》（1983台中藍燈出版社）。詩人自言：

　　在長久的文學創作生活中，我一貫的詩觀是，拒絕談禪說道的囈語和尋夢織
　　幻的幽趣，張揚社會思想的創作和寫實主義的藝術。（郭楓2012a）

又說：

　　恆久以來「為人生而藝術」和「為藝術而藝術」的路，並不是多麼涇渭分明
　　的。為人生的社會意識，要化成詩，必以藝術事先；為藝術的唯美詩技，究其
　　實際，也在表現一種人生意義。詩的世界廣闊，盡可容包各種藝術風格的作
　　品。完全無藝術的傳單、無意義的文字戲耍，不會長存於詩的世界。（郭楓
　　2012b）

舒蘭（1931-），原名戴書訓，另有筆名林青、舒遜，江蘇省邳縣人。中國文化大學中文系畢業，美國東北密大藝術碩士。曾任軍官、中小學教師、編輯、記者等。與林煥彰創辦《布穀鳥兒童詩學》季刊，並任主編。創作以詩為主，包括兒童詩，曾獲中國文藝協會文藝獎章、文復會金筆獎。所寫詩風格平易近人，出版詩集有《抒情集》（1962台北中國野風社）、《鄉色酒》（1984台北布穀出版社）、《晚禱集》（2012台北釀出版社），另有童詩集《舒蘭童詩選》（1989台北布穀出版社）及《中國新詩史話》四冊（1998台北渤海堂文化公司）。

葉日松（1936-），台灣省花蓮縣人。省立花蓮師範專科學校畢業，曾任中、小學教師，《花蓮青年》主編、《東潮文藝》社社長、花蓮青溪新文藝協會理事長等。寫作文類包括新詩與散文，曾獲中興文藝獎章、中國語文獎章。詩作有《月夜戀歌》（1958台北綠穗雜誌社）、《讀星的人》（1964台北野風出版社）、《她的名字》（1965台北野風出版社）、《寫給慧莉》（1964台北葡萄園詩社）、《金門‧馬祖》（1967桃園文林週刊）、《黎明之歌》（1971台北一元出版社）、《鑄一座古銅色的中國》（1979花蓮寫作協會）、《天空是一冊詩集》（1980台北葡萄園詩社）、《揮亮明天的中國》（1983台北秋水詩社）、《關山重重情片片》（1984桃園宏泰出版社）、《葉日松自選集》（1988台北黎明文化公司）、《把鏡頭對準東海岸》（1995花蓮東潮出版社）、《回故鄉看晚霞》（1996台中文學街出版社）、《一張日誌等於一張稿紙》（1997花蓮縣客屬會）、《酒濃花香客家情》（1998台中文學街出版社）。

梅新（1937-1997），原名章益新，浙江省縉雲縣人。中國文化大學新聞系畢業，歷任《聯合報》編輯、《台灣時報》副刊主編、《國文天地》月刊社社長、正中書局副總編輯、《中央日報》副總編輯兼副刊主編。曾獲救國團青年文學獎。他是詩人，但終生貢獻給編輯事業。詩作有《再生的樹》（1970台北驚聲文物供應社）、《椅子》（1979台北成文出版社）、《家鄉的女人》（1992台北聯合文學出版社）、《履歷表》（1997台北聯合文學出版社）、《梅新詩選》（1998台北爾雅出版社）。因為幼年喪母，詩中多寫母親，瘂弦

稱其爲「用詩尋找母親的人」。（瘂弦2004：205）顏元叔曾評其詩說：「梅新的詩的字面層次常常不同於某些詩人，他嘗試從平常的事物去點明道理，所以他的字面全是平常經驗，這就是梅新的獨特處。像〈土地廟〉、〈樹與影子〉、〈課長的前途〉等都是證據。……他撇開了美文主義，也撇開了情思上的高蹈派，他磨礪了自己的敏感度，鋤入我們腳邊的泥土好像說：看！你我的腳下就是詩。」（顏元叔 1979）。余光中在梅新逝後曾評他的《履歷表》說：

> 梅新早期的詩，即以善寫親情、鄉情遍受肯定。選入《中華現代文學大系：臺灣，1970-1989》的〈鴿子〉、〈白楊〉、〈板門店之二〉、〈家鄉的女人之一〉四首，以及選入《新詩三百首》的〈風景〉、〈口信〉兩首，都是他的名作，論者已多。在主題上，這本《履歷表》大致上仍然經營他的親情與鄉情，卻加重了歷史與文化背景。專寫或涉及父母的作品，在《履歷表》中佔了七首，皆有可觀。其中除了〈子彈〉一首是寫父親之外，其他都寫母親。〈子彈〉中瘸腳的父親，身後火葬，檢骨師要剔出彈頭，孝子認為彈、人早已合一，不分也罷。父痛、子痛、歷史之痛，三者一體，其痛之深可想；詩人卻用十分平靜的低調來說，真是含蓄的傑作。（余光中 1997）

隱地（1937-），原名柯青華，原籍浙江省永嘉縣，生於上海市。政工幹校第九期新聞系畢業，曾任《純文學》月刊助理編輯、《青溪雜誌》主編、《書評書目》總編輯。創辦爾雅出版社，任發行人。他是寫作與出版的多面手，五十六歲開始寫詩，居然也能贏得詩壇的注目。現已出版的詩作有《四重奏》（1994台北爾雅出版社）、《法式裸睡》（1995台北爾雅出版社）、《一天裡的戲碼》（1996台北爾雅出版社）等。張默描寫隱地寫詩的緣起說：「詩，像一陣風，一片落葉，一場閃電，一隻呢喃的燕子呢呢喃喃，也像暴風雨過後一隊隊從泥土裡蹦出來的小蘑菇，在他的心坎裡發芽、滋長；更像一群群雪地上的荷馬神，在他的雙眸裡踽踽而行。……他，上半身，五十五歲，剛剛掙脫小說雜文緊緊的擁抱，而下半身，五十六歲，卻又悠然被詩神繆斯熱切關愛的眼

神擄走了。」（張默 1998：300-301）向明說：

> 隱地的詩受人喜愛，主要是他於眾多已經出現的詩中，提供了一種嶄新的選
> 擇，更是詩普遍認為難懂的譴責聲中，他是唯一能讓人輕易享受到詩樂趣的詩
> 人。（向明 1996）

席慕蓉（1943- ），蒙古察哈爾盟明安旗人。台灣師範大學藝術系、比利時布魯塞爾皇家藝術學院畢業，專攻繪畫，獲布魯塞爾市政府及比利時王國金牌獎。在國內外畫廊舉行畫展十餘次。曾任新竹師範學院美勞系教授，現已退休。作品以詩與散文為主，詩作有《畫詩》（1979台北皇冠文化出版公司）、《七里香》（1981台北大地出版社）、《無怨的青春》（1983台北大地

畫家兼詩文家席慕蓉（1943- ）
攝影／陳建仲

《無怨的青春》（1983台
北大地出版社）

出版社）、《時光九篇》（1987台北爾雅出版社）、《河流之歌》（1992台北東華書局）、《時間草原》（1997上海文藝出版社）等。因為席慕蓉的詩作在海峽兩岸都造成暢銷的現象，使有些文學史家及詩評者不免將席詩與大眾（或通俗）文學聯想在一起，為此，楊宗翰曾著文加以辯正，並且特別提出在時間的過程中，席詩也有所變化和進境：「自八〇年代末期起，席慕蓉陸續開始挖掘新的主題，處理手法上也更見細緻，具巧思而凝鍊之作亦日益增多。」（楊宗翰 2003：1354）張默在評她的《無怨的青春》詩集時曾如此說過：

> 作者對生命的禮讚，對愛情的歌頌，對青春的詠歎，應是這本詩集所包含的

絕大部分的素材。有人指出，作者的詩集曾經在校園造成相當大的震撼與回響，毋庸置疑，作者無心抑或有心在詩中表現自己對生命青春愛情的怨懟、隱憂與期盼之情，而她也的的確確曾經很率真地愛過、怨懟過，由於她的那些十分光潔晶瑩而又親切的詩句，正好深深擊中時下一些年輕人的心靈。所以他（她）們熱烈高舉她的詩，捧讀她的詩，如醉如狂地朗誦她的詩。（張默1997：124）

吳晟（1944-），原名吳勝雄，台灣省彰化縣人。屏東農專畢業，返鄉在中學執教。因父親車禍去世，不得不於課餘耕種父親留下的田地，使他成爲關懷農民及田地的詩人。正如他自言：「泥土的穩實、厚重、博大，農民的不矯飾、不故作姿態，眞眞誠誠對己對人對事的敦厚品性，始終深深引我嚮往和企慕。」他的語言在地化，詩作富有泥土氣，曾獲第二屆中國現代詩獎。詩作有《泥土》（1979台北遠景出版社）、《向孩子說》（1985台北洪範書店）、《飄搖裡》（1985台北洪範書店）、《吾鄉印象》（1985台北洪範書店）、《吳晟詩集》（1994台北開拓出版社）等。從現實主義著眼，大陸評者特別推崇吳晟的詩，譬如白少帆等主編的《現代台灣文學史》就說：

吳晟（1944-）
攝影／陳文發

　　吳晟的詩具有鮮明的現實主義特點，他和現代主義的西化詩截然不同。他把社會、鄉土作爲自己的描寫對象；以真摯的感情，樸素的鄉土語言表現時代生活的變遷；他不忘詩的社會批判的使命，表現了作者對國家、民族命運的關切。他的詩毫不做作，沒有誇張性的炫耀，也沒有晦澀難解的詞語，卻有農民般的憨厚、木訥，自然質樸和耐人尋味。但他並非不講技巧，而他的技巧卻更

接近傳統，他擅用對仗、排比的句式，擅用反覆、重疊的手法造成詩的音樂性效果。他擅於捕捉生活細節，詩的意象含蓄而明確。他詩的語言是群眾的，也是屬於吳晟自己的，洗練、質樸而新穎。（白少帆等 1987：599）

程步奎（1948-），原名鄭培凱，山東省日照縣人。台灣大學外文系畢業，赴美後改修歷史，獲耶魯大學歷史學博士。曾任教於紐約州立大學、耶魯大學、佩斯大學、香港城市大學，現任香港城市大學中國文化中心主任。詩作兼顧橫的移植與縱的繼承，計有《程步奎詩抄》（1983台北中國文化大學出版部）、《新英格蘭詩草》（1989台北皇冠文化出版公司）、《也許要落雨》（1989台北漢藝色研文化公司）、《天安門的獨白》（1991自印）、《從何說起》（1993自印）。

林梵（1950-），原名林瑞明，台灣省台南市人。台灣大學歷史研究所碩士，曾赴日，在立教大學研究，並曾任台南文學館館長。現任教於成功大學歷史系。林梵是學者兼詩人。詩作有《失落的海》（1975台北環宇出版社）、《流離》（1986台北鴻蒙文學出版公司）、《未明事件》（1986台北鴻蒙文學出版公司）。

莫那能（1956-），漢名曾舜旺，台灣省台東縣排灣族人。因家貧，先天不足，國中畢業後，太多體力勞動，從視弱而致失明，只有以按摩維生。曾經辛苦尋訪為人販子拐賣流落妓院的妹妹而無功。在極惡劣的條件下，秉持對族群的關愛從事詩作。曾應邀到美國愛荷華大學及日本訪問，並曾獲得1989年「關懷台灣基金會」文化獎助。著有詩集《美麗的稻穗》（1989台中晨星出版社），主要反映原住民的困頓生活及內心的痛苦。

至於七〇年代的詩刊，除《藍星》、《創世紀》、《葡萄園》、《笠》、《龍族》、《主流》、《大地》、《草根》、《詩脈》外，據張默《台灣現代詩概觀》載尚有《夜風》（1970年2月創刊）、《水星》（1971年1月）、《暴風雨》（1971年7月）、《山水》（1971年10月）、《長江詩苑》、《拜燈》（1972年1月）、《風燈》（1972年5月）、《後浪》、《藝術》（1972

年9月）、《秋水》、《復興崗》（1974年1月）、《也許》（1974年10月）、《詩人季刊》（1974年11月）、《消息》（1975年6月）、《天狼星》（1975年8月）、《海棠》（1975年9月）、《大海洋》（1975年10月）、《綠地》（1975年12月）、《小草》（1976年2月）、《軌跡星》（1976年3月）、《長廊》（1976年5月）、《詩學》、《八掌溪》（1976年10月）、《詩潮》（1977年5月）、《韻聲》（1977年12月）、《風荷》（1978年5月）、《海韻》（1978年10月）、《掌門》（1979年1月）、《陽光小集》（1979年12月）（張默 1997：13）。

七、八〇年後的現代詩

八〇年代以後的台灣現代詩走入了後現代時代，主要成為1949年後出生的新世代的天下。根據陳芳明的觀察，這時候「台灣社會已全程走完戒嚴時期的封閉文化，而且也開始迎接沒有政治禁忌的全球化時代降臨。對他們而言，歷史包袱不再那麼沉重，而文學世界也更為豐饒複雜。再加上資訊文化的發達，詩人與社會以及全球的連接，變得非常密切。這些客觀的條件，對於後現代詩而言，無疑是提供了一個溫床。」（陳芳明 2011b）出生在49年後的詩人，自然也包括以上諸詩社中提到過的蘇紹連、白靈、陳義芝、楊澤、向陽、羅智成、陳克華、許悔之等。時代雖然到了後現代，但從美學的觀點而言這些年輕一代詩人的詩仍不出現代詩的範圍。

杜十三（1950-2010），原名黃人和，台灣省南投縣人。畢業於台灣師範大學化學系，曾任設計師、企畫師、編輯、教師等。嘗試以多媒體表現詩意。遺留詩集有《人間筆記》（詩畫集，1984台北時報文化公司）、《地球筆記》（有聲多媒體詩集，1986台北時報文化公司）、《行動筆記》（1988台北漢光文化公司）、《嘆息筆記》（1990台北時報文化公司）、《火的語言》（1994台北時報文化公司）及散文集《愛情筆記》（1990台北時報文化公司）、《雞鳴·人語·馬嘯》（1992台北業強出版社）等。瘂弦說：「繪畫、散文、語言三

者的綜合表現，已成爲杜十三一貫的詩觀、詩法，也逐漸形成他特有的語言系統。」（瘂弦 2004：75）

簡政珍（1950-），台灣省台北縣人。政治大學西洋語文系畢業，台灣大學外文研究所碩士，美國奧斯汀德州大學比較文學博士。曾任大同工學院講師、中興大學副教授、教授、系主任等職。曾主編《創世紀》詩雜誌。曾獲中國文藝協會詩獎、創世紀三十五週年詩獎。詩作有《季節過後》（1988台北漢光文化公司）、《紙上風雲》（1988台北書林出版公司）、《爆竹翻臉》（1990台北尚書文化出版社）、《歷史的騷味》（1990台北尚書文化出版社）、《浮生紀事》（1992台北九歌出版社）、《詩國光影》（1994廣州花城出版社）、《意象風景》（1998台中市立文化中心）。另有論述兩冊。簡政珍是創作兼理論的詩人，劉登翰等主編的《台灣文學史》對他的看法是：

> 雖然簡政珍曾表白，在詩誕生的瞬間，並未顧及理論，但他的詩作和詩論之間，實際上存在著緊密的辯證關聯，即其詩論不無其自身創作經驗的融入，又成爲一種潛在的規範影響其創作，決定著詩人的總體風格和藝術生成過程的特徵。簡政珍詩論的出發點在於詩與現實的辯證。一方面他強調詩的現實來源和創作的嚴肅態度：「寫詩不是循跡鏡中的淚痕和夢幻，也不是申訴自己身世的委屈」，而是詩人伴隨著「時代的脈搏呼吸」，以其觸角「接受周遭的音訊影像」，「針對人生的有感而發」（簡政珍《紙上風雲・序》）。（劉登翰等 1993：647）

零雨（1952-），原名王美琴，台灣省台北縣人。台灣大學中文系畢業，美國威斯康辛大學東亞研究所碩士，曾任哈佛大學訪問學者、《國文天地》副總編輯、《現代詩》主編，現任教於宜蘭大學。詩作有《城的連作》（1990台北現代詩季刊社）、《消失在地圖上的名字》（1992台北時報文化公司）、《特技家族》（1996台北現代詩季刊社）、《我正前往你》（2010台北唐山出版社）。

渡也（1953-），原名陳啓佑，另有筆名江山之助，台灣省嘉義市人。文化大

學中國文學博士，曾於嘉義農專、台灣教育學院任教，現任彰化師範大學國文系教授。曾獲中國時報敘事詩獎、中央日報新詩獎、聯合報文學獎。出版詩集有《手套與愛》（1980台北故鄉出版社）、《憤怒的葡萄》（1983台北時報文化公司）、《最後的長城》（1988台北黎明文化公司）、《落地生根》（1989台北九歌出版社）、《空城計》（1990台北漢藝色研文化公司）、《留情》（1993台北漢藝色研文化公司）、《面具》（1993台中縣立文化中心）、《不准破裂》（1984彰化縣立文化中心）、《我策馬奔進歷史》（1995嘉義市立文化中心）、《我是一件行李》（1995台中晨星出版社）。並有有關文學與詩的論述《分析文學》（1980台北東大圖書公司）、《渡也論新詩》（1983台北黎明文化公司）、《普遍的象徵》（1987台北業強出版社）、《新詩形式設計的美學》（1993台北台灣詩學季刊）、《新詩補給站》（1995台北三民書局）。

　　陳黎（1954-），原名陳膺文，台灣省花蓮縣人。台灣師大英語系畢業，現任花蓮花崗國中教師，並兼任東華大學中文系教師。作品主要為詩和散文，曾獲優秀青年詩人獎、中國時報敘事詩獎等。詩作取材現實生活，且關心本土，詩集有《廟前》（1975台北東林出版社）、《動物搖籃曲》（1980台北東林出版社）、《小丑畢費的戀歌》（1990

詩人陳黎（1954-）

台北圓神出版社）、《親密書——陳黎詩選：1974-1992》（1992台北書林出版公司）、《給時間的明信片——地上的戀歌》（1992台北皇冠文化出版公司）、《給時間的明信片——親密書》（1992台北皇冠文化出版公司）、《家庭之旅》（1993台北麥田出版公司）、《陰影的河流》（1993北京人民文學出版社）、《小宇宙》（1993台北皇冠文化出版公司）、《島嶼邊緣》（1995台北皇冠文化出版公司）、《陳黎詩集I》（1997花蓮東林文學社）等。朱雙一認為「九〇年代以來的陳黎，已大大減少了龐大沉重的歷史省思和政治介入，轉

向朝自己曾經走過的生命角落尋求詩材和靈感，致力於日常人生的描寫，其境界顯得更爲包容和廣大。」（朱雙一 1999：465）

苦苓（1955-），原名王裕仁，另有筆名古令、展勉，祖籍熱河省林東縣，生於台灣省宜蘭縣。台灣大學中文系畢業，曾任明道中學教師、《明道文藝》、《陽光小集》、《兩岸》詩刊主編，並曾主持電視節目。寫作包括詩、小說、散文，主張語言生活化、題材現實化，曾獲香港詩風四週年紀念詩獎、時報散文優等獎、《中外文學》現代詩優等獎。詩作有《李白的夢魘》（1975台北文津出版社）、《緊偎著淋淋的雨意》（1981台北德華出版社）、《躺在地上看星的人》（1983台北蘭亭書店）、《每一句不滿都是愛》（1986台北前衛出版社）、《不悔》（1988台北希代書版公司）、《苦苓的政治詩》（1991台北書林出版公司）。大陸論者認爲苦苓的政治批判詩：

> 超然於政治派別，對一切醜惡政治現象均加以揭示和批判。……他自稱在台灣詩壇上，既不喜歡笠詩社，也不屬於「春風」，更不受老右派詩人的歡迎，但作品在各門戶派系的刊物上皆有發表。苦苓明確宣告：「詩人，是天生的反對者」，在〈反對者〉中，他既反對K黨，這些「半夜使人失蹤的傢伙」，也憤慨於T黨，因「他們是以復仇為樂的集團」。（朱雙一 1999：98）

趙衛民（1955-），原籍浙江省東陽縣，生於台灣。文化大學中文系文藝組畢業，哲學研究所博士，曾任《聯合報》副刊編輯，彰化師範大學國文系、淡江大學中文系教授、《藍星》詩刊主編。作品以詩與散文爲主，曾獲中國時報長詩優等獎、國軍新文藝長詩銀像獎、優秀青年詩人獎等。詩作有《望海潮》（1978台北大漢出版社）、《巨人族》（1984台北前衛出版社）、《芝麻開門》（1984台北前衛出版社）、《情人與仇敵》（1987台北李白出版社）、《猛虎和玫瑰》（1997台北九歌出版社）。

夏宇（1956-），原名黃慶綺，另有筆名童大龍，廣東省五華縣人。藝術專科學校影劇科畢業，曾經在出版社及電視公司任職。專事詩作，曾獲第二屆時報

散文優等獎、創世紀創刊三十週年詩創作獎、第一屆中外文學現代詩獎。用語簡單而富機智，向明認為「夏宇是所有女詩人中的一個異數，她的思路使人無法捉摸，她永遠有使你意想不到的怪招在詩中出現。」詩作有《備忘錄》（1984自印）、《腹語術》（1991台北現代詩季刊社）、《摩擦，無以名狀》（1995台北現代詩季刊社）。鍾玲認為夏宇在台灣女詩人中是個徹底反叛了婉約風格的異端：

夏宇詩集《Salsa》

　　整體而言，夏宇是個反叛性特別濃烈的詩人。其反叛性之嚴肅與全面，皆非屬後現代主義那種兼容並蓄的氣質，那種折衷主義。一方面這可能是個人之稟賦，另一方面而言，多少與台灣詩壇上婉約抒情傳統之根深柢固有關，可說是壓力越大，反彈也越大。

　　夏宇也是台灣少數表現了女性中心論的詩人。她對於女性生理現象本身不如另一位女詩人利玉芳之專注，但也用女體的生理現象來肯定女性之自我。（鍾玲1989：353-354）

　　焦桐（1956-），原名葉振富，台灣省高雄市人。中國文化大學戲劇系及藝術研究所畢業，輔仁大學比較文學博士，曾任《商工日報》副刊執行編輯、《文訊》雜誌主編、《中國時報・人間副刊》撰述委員、副刊組執行副主任、中央大學中文系副教授，並創辦二魚文化出版社及《飲食》雜誌。寫作以詩與散文為主，兼及兒童文學。曾獲全國學生文學獎、第三屆時報敘事詩優等獎、聯合報報導文學獎。曾以不忌情色的《完全壯陽食譜》馳譽文壇。出版詩集有《蕨草》（1983台北蘭亭書店）、《咆哮都市》（1988台北漢光出版社）、《我邂逅了一條毛毛蟲》（1989台北圓神出版社）、《失眠曲》（1993台北爾雅出版社）、《完全壯陽食譜》（1999台北時報文化公司）、《青春標本》（2003台北二魚文化出版社）。

林彧（1957-），原名林鈺錫，台灣省南投縣人。世界新聞專科學校編採科畢業，曾任《聯合報》校對、記者、《時報週刊》編輯、企畫組副主任、副總編輯、《芙蓉坊》雜誌主編、《中國時報》影視版主編等。詩作有《夢要去旅行》（1984台北時報文化公司）、《單身日記》（1986台北希代書版公司）、《鹿之谷》（1987台北漢藝色研文化公司）、《戀愛遊戲規則》（1988台北皇冠文化出版公司）。在《夢要去旅行》的序言裡，余光中稱讚作者「表現當代都市生活的作品，觸覺敏銳，風格朗爽，觀點刷然一新，不但是他個人獨造的成就，也為現代詩的長途另闢了一站。」（余光中 1996：87）

初安民（1957-），原籍山東省牟平縣，生於韓國。台南成功大學中文系畢業，曾任中學教員、《聯合文學》編輯、總編輯，現任《印刻文學生活誌》社長兼總編輯。著有詩集《愁心先醉》（1985台中晨星出版社）、《往南方的路》（2001台南市立圖書館）。朱雙一說他的詩「雖然在內容上有一種全球性的視野和現代氣息，但在藝術上卻有著濃郁的傳統意味。」（朱雙一 1999：197）本來是詩人，但詩作不多，反成為成功的編輯者與出版人，曾獲五四文學編輯獎。

鴻鴻（1964-），原名閻鴻亞，原籍山東省即墨縣，生於台灣。藝術學院戲劇系畢業。曾在雲門舞集習舞、從事演出、導演舞台劇、拍攝電影等工作。曾任《表演藝術》雜誌編輯、《現代詩》主編，創立密獵者劇團及《衛生紙》詩刊。詩作有《黑暗中的音樂》（1990台北曼陀羅詩社）、《在旅行中回憶上一次旅行》（1996台北唐山出版社）。瘂弦說：「我在鴻鴻的作品裡，聞到一種自由和快樂的氣息，這種氣息純潔而新鮮，是我在前代詩人作品中不曾感覺到的。」（瘂弦 2004：151）

顏艾琳（1968-），筆名墨耕，台灣省台南縣人。輔仁大學歷史系畢業，曾任號角出版社企畫編輯、東立出版社漫畫出版企畫、元尊文化公司漫畫部企畫主編、探索文化公司出版企畫。寫作以新詩為主，主題環繞女性的成長，兼及散文及漫畫評論。詩作有《抽象的地圖》（1994台北縣立文化中心）、《骨皮肉》（1997台北時報文化公司）、《黑暗溫泉》（1998瀋陽春風文藝出版

社）。張默說：「顏艾琳的詩，除了白靈所指：『用密碼說話，奇形怪狀，活潑得有點瘋狂』之外，我認爲『詭譎、迷惘、奇思』，也佔據她個人不少想像的空間。」（張默 1997：233）

　　台灣的詩社與詩刊可以說是前仆後繼，一代代奮勇向前，絕無停歇。八〇年代發行的詩刊，據張默《台灣現代詩概觀》載有：「《腳印》、《山城詩訊》（1981年8月）、《涓流》（1982年1月）、《漢廣》、《掌握》（1982年3月）、《大風》、《蝸牛》（1982年6月）、《詩人坊》（1982年10月）、《詩友》（1982年12月）、《洛城》（1983年1月）、《心臟》（1983年3月）、《詩畫藝術家》（1983年6月）、《春秋小集》（1983年7月）、《晨風》、《草原》（1984年3月）、《春風》（1984年4月）、《傳統》（1984年5月）、《鍾山》（1984年6月）、《南風》（1985年1月）、《五陵》（1985年6月）、《地平線》（1985年9月）、《汗歌》（1985年11月）、《季風》、《天水》、《握星》、《珊瑚礁》（1986年4月）、《我們的詩》、《象群》（1986年6月）、《匯流》（1986年8月）、《兩岸》（1986年12月）、《詩域》（1987年）、《新陸》（1987年3月）、《薪火》（1987年6月）等三十多種同仁詩刊。」（張默 1997：16-17）

引用資料

文　訊，2010：專題〈話神州，憶詩社〉，4月《文訊》第294期。

王　灝，1985：〈不只是鄉音——試論向陽的方言詩〉，8月《文訊》第19期，頁196-210。

白少帆、王玉斌、張恆春、武治純主編，1987：《現代台灣文學史》，瀋陽遼寧大學出版社。

白　萩，1982：〈近三十年台灣詩文學運動暨近三十年台灣詩文學運動的位置〉（座談會紀錄），10月《文學界》第4期。

向　明，1996：〈小評隱地兩首詩〉，隱地《一天裡的戲碼》，台北爾雅出版社。

朱雙一，1990：〈超現實主義在台灣詩壇的形成與蛻變〉，《台灣文學的走向》，福州海峽文藝出版社，頁186-206。

朱雙一，1999：《近二十年台灣文學流脈——「戰後新世代」文學論》，廈門廈門大學出版社。

余光中，1972：〈第十七個誕辰〉，3月《現代文學》第46期。

余光中，1973：〈新現代詩的起點——羅青的《吃西瓜的方法》讀後〉，4月《幼獅文藝》232期。

余光中，1996：《井然有序》，台北九歌出版社。

余光中，1997：〈斷然截稿——序梅新遺著《履歷表》〉，《藍墨水的下游》，台北九歌出版社。

李癸雲，2003：〈往回長大的小孩——從孩童角色的運用論蘇紹連詩中的成長觀〉，李瑞騰主編，《中華現代文學大系評論卷（二）：臺灣1989-2003》，台北九歌出版社，頁1313-1340。

李瑞騰，1988：〈入乎其內，出乎其外——論王潤華早期的詩〉下，12月《文訊》第39期，頁172-179。

沈　奇，1996：《台灣詩人散論》，台北爾雅出版社。

吳慶學，2010：〈詩壇曠野裡獨來獨往的狼——紀弦訪談錄〉，10月《文訊》第300期。

林雙不，1981：〈評蔣勳的《少年中國》〉，5月17日《中央日報副刊》。

姚一葦，1986：〈序葉維廉著《秩序的生長》〉，葉維廉《秩序的生長》，台北時報文化出版公司。

洛　夫，1982：〈詩壇春秋三十載〉，5月《中外文學》第10卷第12期。

洪淑苓，1999：〈橄欖色的孤獨——論周夢蝶《孤獨國》〉，陳義芝主編《台灣文學經典研討會論文集》，台北聯經出版公司，頁184-197。

紀　弦，1953：〈宣言〉，2月1日《現代詩》創刊號。

紀　弦，1956：2月1日《現代詩》第13期。

唐文標，1972：〈先檢討我們自己吧！〉，11月《中外文學》第1卷第6期。

唐文標，1973a：〈僵斃的現代詩〉，5月《中外文學》第2卷第3期。

唐文標，1973b：〈什麼時代什麼地方什麼人——論現代詩與傳統詩〉，7月《龍族》（評論專號）。

高　準，1973：〈論中國新詩的風格發展與前途方向〉（下），《大學雜誌》第62期。

張　默，1992：《台灣現代詩編目：1949-1991》，台北爾雅出版社。

張　默，1997：《台灣現代詩概觀》，台北爾雅出版社。

張　默，1998：《夢從樺樹上跌下來》，台北爾雅出版社。

張漢良，1979：《現代詩論衡》，台北幼獅文化事業公司。

郭　楓，2012a：〈是什麼樣的人，就寫什麼樣的詩—《八十後新詩集》小引〉，《八十後新詩集》，台北秀威資訊公司。

郭　楓，2012b：〈關於新詩的一些認知——《郭楓新詩一百首》序〉，《郭楓新詩一百首》，台北新地文化藝術公司。

陳千武，1986：〈談《笠》的創刊〉，9月《台灣文藝》第102期。

陳芳明，2001：〈橫的移植與現代主義之濫觴〉，8月《聯合文學》第202期。

陳芳明，2011a：《台灣新文學史》上、下，台北聯經出版公司。

陳芳明，2011b：〈80年代後現代詩的豐收〉，10月《文訊》第312期。

陳芳明，2010：〈有風有雨的山水長廊——政治大學長廊詩社〉，11月《文訊》第301期。

陳建男，2010：〈有風有雨的山水長廊——政治大學長廊詩社〉，11月《文訊》第301期。

焦　桐，1999：〈建構山水的異鄉人——論鄭愁予《鄭愁予詩集》〉，陳義芝主編《台灣文學經典研討會論

文集》，頁286-295。

葉嘉瑩，1977：〈葉序〉，周夢蝶《還魂草》，台北領導出版社。

葉維廉，1982：〈洛夫論〉，6月《創世紀》。

瘂　弦，1999：〈他的詩・他的人・他的時代——論商禽的《夢或者黎明》〉，陳義芝主編《台灣文學經典研討會論文集》，台北聯經出版公司。

瘂　弦，2004：《聚繖花序》I，台北洪範書店。

紫　娟，2010：〈陽明山上的一抹雲彩——中國文化大學華岡詩社〉，11月《文訊》第301期。

覃子豪，1957：〈新詩向何處去？〉，8月《藍星詩選》創刊號。

須文蔚，2011：〈點火者・狂徒・叛徒？——紀弦研究綜述〉，3月《文訊》第305期。

廖之韻，2010：〈曾經，我們在這裡——台灣大學詩文學社（現代詩社）〉，11月《文訊》第301期。

楊匡漢，1993：《葉維廉詩選・序》，北京中國友誼出版公司。

楊宗翰，2002：《台灣現代詩史：批判的閱讀》，台北巨流圖書公司。

楊宗翰，2003：〈席慕蓉與「席慕蓉現象」〉，李瑞騰主編《中華現代文學大系評論卷（二）：臺灣1989-2003》，台北九歌出版社，頁1341-1358。

楊宗翰，2010：〈集會結社之必要——台灣戰後大學詩社／詩刊群相〉，11月《文訊》第301期。

楊　牧，1987：〈詩和詩的結構——林燿德作品試論〉，陳幸蕙編《七十五年文學批評選》，台北爾雅出版社。

葡萄園，1962：〈發刊詞〉，7月1日《葡萄園》創刊號。

劉登翰、莊明萱、黃重添、林承璜主編，1993：《台灣文學史》下卷，福州海峽文藝出版社。

劉登翰，1994：〈日月的行蹤——羅門蓉子論札〉，《文學薪火的傳承與變異——台灣文學論集》，福州海峽文藝出版社，頁284-297。

謝三進，2010：〈流泉慢湧——台灣師範大學噴泉詩社〉，11月《文訊》第301期。

鍾　玲，1988：〈由象牙塔到人間世〉，10月15日《中華副刊》。

鍾　玲，1989：《現代中國繆司——台灣女詩人作品析論》，台北聯經出版公司。

顏元叔，1973：〈唐文標事件〉，9月《中外文學》第2卷第5期。

顏元叔，1979：〈這是一條路——讀梅新的詩〉，5月《中外文學》第7卷第12期。

蕭　蕭，1973：〈《存愁》與尖銳感〉，6月《創世紀》第33期。

蕭　蕭，1991：《現代詩縱橫觀》，台北文史哲出版社。

蕭　蕭，1997：〈回首，日月在我的眉睫間舞蹈——張默的詩生活〉，9月《聯合文學》第155期。

關傑明，1972：〈中國現代詩人的困境〉，2月28-29日《中國時報・人間副刊》；〈中國現代詩的幻境〉，9月10-11日《中國時報・人間副刊》。

蘇雪林，1959：〈新詩壇象徵派創世者李金髮〉，7月《自由青年》第22卷第1期。

第三十三章　台灣的現代小說與海外作家的回歸

　　自從中共在北京宣布中華人民共和國成立以後，除了與蘇俄、東歐的社會主義國家結盟外，與西方國家基本上斷絕了來往。相反的，台灣與美、歐等國卻發展出經濟與軍事的依存關係，文化的交流自然也越來越加頻繁，中斷了的西潮因此又開始源源不斷地湧進台灣。台灣的這第二度西潮，正如大陸上的第一度西潮，其來源有二：一是通過資訊（包括新聞報導、外交、工商業交流、傳教、旅遊等）而來；二是直接由留學西方的學者、知識份子回歸時攜帶而來。特別是後者，其影響既深且巨。第一度西潮時的留學生畢竟有限，已經把五四運動的文學革命推到前所未有的高潮；第二度西潮時到歐美留學成為當日的風尚，人數之多，難以計數，在文學中鼓起的風浪非同小可，不過有些隱形的浪潮，需要細心的觀察，始能見其脈絡。

　　五〇年代起從台灣陸續到美國及歐洲留學的知識份子，本來抱著逃避台灣的高壓政策及艱苦的經濟生活滯留海外不歸的，但是後來環境改變，不歸的理由漸次消失了。1987年7月15日蔣經國宣布解除從1949年開始的戒嚴令，而且也

開放了報禁與黨禁，特別當翌年初蔣經國逝世後，李登輝主政，政治上完全鬆綁，走向形式上的多黨民主政治，取消了黑名單，過去的附共分子、左傾文人以及主張台獨的人士都可以返回，再加上台灣的經濟起飛，物質生活漸與西方拉平，台灣的大學又熱情向留外的學人招手，是故八○年代起大部分滯留海外的知識份子陸續回到台灣，帶來另一股現代化的風潮。

本來台灣自五○年代以降創刊的幾份雜誌，諸如《自由中國》、《文星》、《文學雜誌》以及六○年代以後的《現代文學》、《歐洲雜誌》、《大學雜誌》等，都已經對西方新興的思潮和文學、藝術的新趨勢介紹、引進不遺餘力。現代主義文學、存在主義思想以及種種前衛的藝術作品，遂逐漸成為枯槁的反共文學中青年人的營養品。八○年代後，西潮的源源流進已成平常的現象。如果說第一度西潮對中國小說所帶來的主要影響是西方的寫實主義，那麼第二度西潮的主要影響就是西方文學的「現代主義」與「後現代主義」了（馬森 1989）。當台灣老一輩的（不論是本土的，還是由大陸來台的）小說家，一時不易擺脫第一度西潮的巨大影響，繼續奉寫實主義的美學規範為至高的圭臬，中生代的作家已開始感染到現代主義的影響，像聶華苓、彭歌、王敬義、楊耐冬、邵僩等寫出了有異於前代作家的作品。當台灣的新小說尚籠罩在戰鬥文學的氛圍中，這些人的作品毋寧猶若春光乍現，帶著一股逼人的清新氣息，不久就聲光並茂地出現了《現代文學》的一票青年作家。他們的作品正好填充了從擬寫實主義的反共戰鬥小說到現代主義小說之間的空隙。

聶華苓（1925-），湖北省應山縣人。南京中央大學外文系畢業。1949年來台後，擔任《自由中國》雜誌文藝版主編，並曾任教於台灣大學與東海大學。1964年赴美，受聘為愛荷華大學「國際作家工作坊」顧問，1967年與美國詩人保羅‧安格爾共同創辦愛荷華大學「國際寫作計畫」，對國際文化交流貢獻卓著，獲得文學藝術傑出貢獻獎。也因此曾獲科羅拉多大學、可歐學院、杜布克大學榮譽博士學位。小說多描寫流浪海外中國人的遭遇與感懷，計有長篇《失去的金鈴子》（1960台北台灣學生書局）、《桑青與桃紅》（1976香港友聯出版社）、《千山外‧水長流》（1984成都四川人民出版社）、短篇集《翡翠

貓》（1959台北明華書局）、《一朵小白花》（1963台北文星書店）、《台灣軼事》（1980北京北京出版社）、《王大年的幾件喜事》（1980香港南洋文藝出版社）、《珊珊，你在哪兒？》（1994北京人民大學出版社）等。另有散文集《夢谷集》（1965香港正文出版社）、《三十年後——歸人札記》（1980武漢湖北人民出版社）、《愛荷華札記——三十年後》（1981香港三聯書店）、《黑色‧黑色‧最美麗的顏色》（1983香港三聯書店）、《人，在廿世紀》（1990新加坡八方文化公司）、《人景與風景》（1996西安陝西人民出版社）、《鹿園情事》（1996台北時報文化出版公司）等。

彭歌（1926-），原名姚朋，原籍河北省宛平縣，生於天津。政治大學新聞研究所畢業，國防研究院第十一期結業，並獲美國南伊利諾大學新聞及圖書館學碩士學位。曾任《台灣新生報》副社長、總編輯、《中央日報》總主筆、社長、中華民國筆會會長、《香港時報》董事長等職。退休後旅居美國。彭歌是多產的作家，擅長小說、散文，數量眾多，除以反共為主題外，也著墨於愛情。計有長篇小說《殘缺的愛》（1953台北自由中國社）、《落月》（1956台北自由中國社）、《流星》（1956台北中國文學社）、《尋父記》（1959台北明華書局）、《在天之涯》（1963高雄長城出版社）、《從香檳來的》（1970台北三民書局）、中篇《煉曲》（1959台北明華書局）、《歸人記》（1959香港亞洲出版社）、《花落春猶在》（1961香港中外文化公司）及短篇集《昨夜夢魂中》（1956香港亞洲出版社）、《過客》（1957香港友聯出版社）、《象牙球》（1959台中光啓出版社）、《辭山記》（1960台北暢流半月刊社）、《道南橋下》（1960香港中外畫報社）、《K先生去釣魚》（1972台北華欣文化中心）、《微塵》（1984台北中央日報社）、《黑色的淚》（1989台北中央日報社）等。在反共小說中，彭歌的作品較具有現代主義的意味。齊邦媛曾介紹說：「初來台灣的十年，彭歌以他的長篇小說《殘缺的愛》、《昨夜夢魂中》、《落月》和《流星》等著名文壇。1961年《花落春猶在》出版，好似他創作生涯的一個轉捩點，從此他不再用略帶沉鬱的筆調寫愛情和那個特殊時代的人生了。在1970年出版一本寫一個留學生在美國種種經驗，與她在面對各種

誘惑時堅定矢志回國貢獻所學的心理過程的長篇小說《從香檳來的》之後，彭歌專心寫評介文學作品的專欄，翻譯重要的西方作品，寫關懷文化人生的說服力很強的報導文章。」（齊邦媛 1998：53-54）

王敬羲（1933-2009），原籍江蘇省青浦縣，生於天津市。台灣師範大學英語系畢業，美國愛荷華大學碩士，在香港創辦文藝書屋及《南北極》、《財富》等雜誌，並兩度出版香港版《純文學》雜誌。寫作以散文、短篇小說為主，是早期為《自由中國》和《文學雜誌》撰稿的作家之一，從寫實走向現代的中間人物。他的小說不以情節取勝，全在以綿密的文字呈現客觀的景物及人物細膩的心思。葉維廉認為：「王敬羲的小說所敘述的事物是庸俗的、瑣碎的、平凡的，但往往想在平凡裡出奇，在庸俗裡求一刻的精神的領悟。」（葉維廉 2007）作品有短篇集

王敬羲（1933-2009）

《薏美》（1954台北自由中國社）、《七星寮》（1955高雄大業書店）、《憐與恨》（1956台北明華書局）、《青蛙的樂隊》（1966台北文星書店）、《暴雨驟來》（1966台北文星書店）、《康同的歸來》（1967台北文星書店）。九〇年代他在廣州又出版了中篇小說《選手》（1955香港友聯出版社）、《奔潮山莊》（1962香港高原出版社）、短篇小說集《囚犯與蒼蠅》（1997廣州花城出版社）、《搖籃與竹馬》（1997廣州花城出版社）。

楊耐多（1933-），筆名楊荻、楊漁、楊書佃、楊養鬚，湖南省宜章縣人。台灣大學外文系畢業，曾任台灣大學外文系、淡江大學英文系、清華大學外文系教授，現已退休。寫作範圍包括小說、散文、詩、論述等。文學風格介於寫實與現代之間，小說作品有短篇集《午後及其他》（1971台北文象出版社）、《頂著月亮前行》（1973台北文象出版社）、《逐風少年》（1975台北文象出版社）、《無漏子》（1983台北水牛出版社）、《秋陽》（1983台北文象出版社）、《楊耐多短篇小說選》（1997台北文象出版社）、長篇《龍埠秋陽》（1998台北文象出版社）、《溫柔的雪》（1998台北文象出版社）。

邵僩（1934-），江蘇省南通縣人。新竹師範專科學校畢業，曾任國小教師三十多年，並曾兼任新竹救國團《自強月刊》主編、國立編譯館國語教科書編審委員。寫作以小說、散文為主，兼及兒童文學。文筆幽默、風趣，以曲筆烘托出幽微的主題。他嘗自言：「我寫作不講究靈感……我對生活中的一切充滿孩童的好奇和探究，任何別人看了乏味的事，說不定卻能引起我的興趣。」（辛鬱 1977：388）他為多產作家，主要小說作品有短篇集《小齒輪》（1966台北文星書店）、《櫻夢》（1967台北台灣商務印書館）、《坐在碼頭上等雨》（1970台北立志出版社）、《讓風箏上天》（1976台北水芙蓉出版社）、《邵僩自選集》（1978台北黎明文化公司）、《跨出的腳步》（1980台北水芙蓉出版社）、《今夜伊在哪裡》（1985台北爾雅出版社）、長篇《汲泉》（1969台北幼獅書店）等。

　　更年輕一代的小說家，特別是本身深受西方現代文學薰陶的人，像外文系出身的白先勇、王文興、王禎和、水晶、陳若曦、歐陽子、陳映真等不由自主地襲取了西方現代小說的人生視野及寫作的技巧，使台灣的現代小說顯出另一番面目。其中尤以王文興的《家變》所表現的意識形態及敘述技巧最為接近西方現代主義的作品。

一、現代主義在小說中的發揚

　　繼現代詩運動之後，台灣文學最令人注目的是現代主義小說的發揚。在反共口號叫得震天價響的時代，也有一批知識份子在西潮的薰染下繼續五四時代的精神：肯定並追求自由與民主。雖然不能公開地與政府的政策唱反調，但至少在文學的領域內可以像抗戰時期梁實秋所做的「與抗戰無關論」，也可以嘗試「與反共無關論」。1949年雷震創刊的《自由中國》邀請胡適做發行人，就秉持這種態度，而且網羅了一批敢言之士，像殷海光、徐復觀等，時不時地向國府提出諍言。其中的文藝欄由聶華苓擔任主編，並不強調反共抗俄的文藝，反而引進不少現代主義的作品。但是到了1960年雷震聯絡本土人士李萬居、高玉

樹、吳三連等籌備成立中國民主黨，這就犯了獨裁政權的大忌，激怒了國民黨的總裁，以涉嫌叛亂的罪名逮捕了雷震，《自由中國》自然也無以爲繼了。另外一本綜合性的雜誌《文星》爲開文星書店的蕭孟能、朱婉堅夫婦於1957年所創辦，每期的封面都是西方現當代著名的文學家、思想家、藝術家等，等於大力引進西方的當代思潮，包括哲學上的存在主義、文學上的現代主義等。1963年由李敖接任主編，更展開一種求新求變的新格局，因寫〈老年人與棒子〉一文觸怒年長的文人胡秋原、徐復觀而大打筆仗。當然因言論過激，一再遭到查禁，終於1965年末出刊到九十八期而被查封。李敖本人後來也因言論觸犯當政者而繫獄。

這兩本雜誌雖然都不幸遭受到強制查封的命運，但是總在五、六〇年代的台灣營造出一線自由的空氣，不致使知識界感覺太過窒息。就是在這種稀薄的自由空氣中另一本傾向類同的雜誌誕生了，這是台大外文系教授夏濟安聯絡他的老朋友劉守宜、吳魯芹，再加上人在香港的林以亮於1956年共同創辦的《文學雜誌》。經營明華書局的劉守宜是主要的出資人，並擔任發行人，夏濟安任主編，吳魯芹負責籌畫，遠在香港的林以亮幫忙約稿。到了1959年夏濟安離台赴美，於是《文學雜誌》也就無能爲繼了。雖然只有短短的三年，對台灣現代主義文學的影響不容小覷，雜誌上不但大力介紹了西方當代的現代主義文學，夏濟安自己也現身說法寫了一篇〈評彭歌的《落月》兼論現代小說〉（他所謂的現代小說指的是「現代主義」的小說，而非五四以來的新小說），同時他以老師的身分提攜了一批台大外文系的文學青年，諸如劉紹銘、水晶、白先勇、王文興、陳若曦、歐陽子、李歐梵、叢甦等。接下來，這批後生創辦了《現代文學》雜誌，盡力介紹西方的現代文學和文論，正如劉紹銘所說：「《現文》既介紹了卡夫卡、卡繆、喬伊斯這一類的作家，也可算得是『種瓜得瓜，種豆得豆』。且不說別人，就拿《現文》圈子內的幾個經常撰稿人來說罷，已可見到存在主義、意識流和虛無思想在六〇年代初期的台灣文壇活躍情形。」（劉紹銘 1977：6）《現代文學》的同仁大多數後來都成爲台灣現代主義文學的中堅。

水晶（1935-），原名楊沂，江蘇省南通縣人。台灣大學外文系畢業，美國愛

荷華大學藝術碩士，加州大學比較文學博士，曾任教於南洋婆羅乃大學、美國洛杉磯州立大學中文系、淡江大學英文系等，現已退休。寫作以散文、小說為主，兼及評論。小說嘗試意識流的寫法，有短篇集《青色的蚱蜢》（1965台北文星書店）、《沒有臉的人》（1985台北爾雅出版社）、中篇《鐘》（1973台北三民書局）。水晶也是最早嘗試以現代主義技法寫小說的人，但是以台灣小說評論家王德威的觀點，他對創作「新風格的努力並不就意味他的作品俱為佳構。」而認為其作品「缺乏一份頭角崢嶸的氣勢，顯得影影綽綽。其癥結至少有二：一、水晶對形式的琢磨可能病不在太過，而仍在不及。書中多處依然受制於寫實主義的訓練，強在故事合理性或象徵反諷明確性上作文章，因而使作品欠缺現代主義以還那種玩忽險巇的複雜感。……二、取材角度獨特，但皆淺嘗輒止。《異鄉人》式的失落、命運的撥弄、情欲的掙扎等題材縱有不俗的表達方式，仍失之浮泛。」（王德威 1991：200）

王尚義（1936-63），河南省汜水縣人。台灣大學醫學系畢業。性喜文學，大學一年級後本擬轉系，礙於家人的期望，未果。不料大學剛畢業，即病逝。在大學期間，醉心當時流行的存在主義，所寫作品常叩問生死，對那時代青年讀者頗有影響。遺作有小說、散文等合集《從異鄉人到失落的一代》（1964台北文星書店）、《野鴿子的黃昏》（1966台北水牛出版社）、《野百合花》（1967台北水牛出版社）、《深谷足音》（1967台北水牛出版社）、《落霞與孤鶩》（1968台北水牛出版社）、長篇小說《狂流》（1965台北文星書店）、日記《荒野流泉》（1967台北水牛出版社）。

白先勇（1937-），筆名白黎、蕭雷、鬱金，廣西省桂林市人。1945年前後曾在重慶、上海、南京等地求學。1948年赴香港，1952年抵台灣。1956年建國中學畢業後考入台南市成功大學水利工程系，翌年轉學入台灣大學外文系。1958年與同班同學李歐梵、陳若曦、王文興等組南北社，接著出資創辦《現代文學》

作者與白先勇合影

雜誌，後來又曾創辦晨鐘出版社。就學期間，跟其他熱愛寫作的同班同學一樣，多受到夏濟安教授的提撥和指導。1963年赴美參加愛荷華大學作家工作坊。1965年在該校獲碩士學位，繼續在美執教，曾任加州大學聖塔芭芭拉分校教授。作品曾獲國家文學獎。有短篇集《謫仙記》（1967台北文星書店）、《遊園驚夢》（1968台北仙人掌出版社）、《台北人》（1971台北晨鐘出版社）、《紐約客》（1975香港文藝書屋）、《寂寞的十七歲》（1976台北遠景出版社）、《白

《台北人》（1983台北爾雅出版社）

先勇小說選》（1980桂林廣西人民出版社）、《白先勇短篇小說選》（1982福州福建人民出版社）、《白先勇自選集》（1986香港華漢文化事業公司）及長篇《孽子》（1983台北遠景出版社）。另外尚有評論及雜文集《驀然回首》（1982台北遠景出版社）、《明星咖啡屋》（1983台北皇冠文化出版公司）、《第六隻手指》（1988香港華漢文化公司）、劇本《遊園驚夢》（1982台北遠景出版社）。夏志清認為他是五四以來中國文壇的一個「少見的奇才」（夏志清 1969）。王德威指出白先勇傳承了張愛玲的文風：「白先勇的《台北人》寫大陸人流亡台灣的眾生相，極能照映張愛玲的蒼涼史觀。無論是寫繁華散盡的官場，或一晌貪歡的歡場，白先勇都灌注了無限感喟。重又聚集台北的大陸人，不論如何張致做作，踵事增華，掩飾不了他們的空虛。白筆下的女性是強者。尹雪艷、一把青、金大班這些人鬼魅似的飄蕩台北街頭，就像張愛玲寫的那蹦蹦戲的花旦，在世紀末的斷瓦殘垣裡，依然，也夷然的唱著前朝小曲，但風急天高，誰復與聞？然而白先勇比張愛玲慈悲得多。看他現身說法的《孽子》，就可感覺出他難以割捨的情懷。寫同性戀者的冤孽與情孽，白先勇不無自渡渡人的心願，放在張愛玲的格局裡，這就未免顯得黏滯；當白先勇切切要為他的孽子們找救贖，張可顧不了她的人物，而這是她氣勢豔異凌厲的原因。」（王德威 1998a：327）龍應台認為白先勇的《孽子》好像「一盤未篩過的金沙，其中有幾塊閃耀的金子，沙粒卻也很多。雖然愛恨的處理很成功，對比與象徵的運用也很成熟，但情節單調又重複，特別是語言上的瑕疵太過顯

著，譬如主人翁少年阿青，兼用少不更事的童語及深通事故的哲言，而其他人性格、教育殊異，出口卻類同。」（龍應台 1985a）歐陽子寫了一冊分析《台北人》的細緻評論（歐陽子 1976），一時使白先勇成為台灣現代文學的代表人物，正如齊邦媛所言「在台灣文壇的光采真可用輝煌二字形容。」她說：

> 他的《台北人》自從1971年成書以來已成為現代中國小說創作的一座里程碑。收集在《台北人》和《謫仙記》（1967年）、《遊園驚夢》（1968年）中的短篇小說幾乎全刊載在《現代文學》中，在六〇年代已為白先勇建立了不易搖撼的藝術地位。他用細膩、凝鍊而又自然流暢的文字塑造了許多栩栩如生的人物，……這些人拒絕放棄大陸生活的回憶，在往日風光的陰影中成為逃避台北現實的台北人。作者透過這些人物要表現的應是深沉的感慨和批評吧。葉維廉說得很精確，「白先勇的小說裡有一種很強悍的令人激盪的思想性……一種繁華，一種興盛的沒落，一種身分的消失，一種文化的無從挽回，一種宇宙的萬古愁……他用適當的層次，使這個漩渦有了最有激盪意味的影態。」（註1）
> （齊邦媛 1998：62-63）

陳映真（1937-），原名陳永善，筆名許南村，台灣省台北縣人。1957年考入淡江文理學院外文系，1959年開始小說寫作。畢業後曾任中學英文教師，後曾參與《劇場》及《文學季刊》的創辦。1968年因參加讀書會（讀台灣當局的禁書）被捕入獄，繫獄七年始獲釋。1977年參加鄉土文學論戰，站在余光中與彭歌的對立面，為

陳映真（1937-）　　攝影／尉任之

鄉土文學辯護。1983年赴美參加愛荷華大學國際作家工作坊，1985年創辦《人間》雜誌及人間出版社。晚年因懊惱、不屑台灣的台獨政客背叛了民族大義而

註1：引自葉維廉〈激流怎能為倒影造像〉，1968年3月號《現代文學》。

《將軍族》（1975台
北遠景出版社）

遠離家鄉遷居北京。諷刺的是，如今的大陸已是走資派的天下，完全違反了陳映眞所抱持的理想；但如仍是毛式的天下，則他在大陸的命運又不會強過謝雪紅或陳若曦。猜想，他心頭的矛盾龐大，恐怕無以自解。

他曾獲中國時報小說推薦獎。小說作品有短篇集《將軍族》（1975台北遠景出版社）、《第一件差事》（1975台北遠景出版社）、《夜行貨車》（1979台北遠景出版社）、《陳映眞選集》（1979香港一山書屋）、《陳映眞小說選》（1981台北遠景出版社）、《華盛頓大廈》（1982台北遠景出版社）、《雲》（1983台北遠景出版社）、《陳映眞小說選》（1983福州福建人民出版社）、《山路》（1984台北遠景出版社）、《陳映眞作品集》十五冊（1988台北人間出版社）。另有論述《知識人的偏執》（1976台北遠行出版社）、《孤兒的歷史・歷史的孤兒》（1984台北遠景出版公司）。我們參考高天生對陳映眞的評論：

　　陳映真最早期的作品，基本上是屬於富浪漫氣質的現代主義文藝；作品中的人物，多是一些貧苦的、虛無的、充滿浪漫氣質的青年，他們一方面被思春期的苦惱所困擾，一方面則懷抱著美麗的、空妄的理想；作品的意識，則是基於情緒的反應，而流露出一種屬於美學的病弱的自白。這個階段的作品，主要以發表於《筆匯》的〈我的弟弟康雄〉、〈家〉、〈鄉村教師〉、〈蘋果樹〉、〈故鄉〉等篇為代表。……從陳映真的創作歷程考察，我們發現他除了有小說家的敏銳眼光、心思外，同時也是一個最會把握時機，選擇題材的人，難怪詹宏志先生在檢視他自稱為「薄弱的成績」的早期作品，要喟歎說：「六〇年代重要的intellectual話題，盡在其中。這樣的知識份子的關懷，這樣的小說家的靈視，這樣的討論問題的勇氣，放眼二十年來的台灣作家，還有幾人？」（高天生 1982b）

不錯，陳映真是個善於掌握時代脈搏的作家，又是個兼有理想主義的人，正因為如此，才使人不免感到理想背後的過度天真或過度機巧，使他的作品指向一種自以為正義的主題掛帥的道路。但以他作品的美學而論，確是當日現代主義小說的代表者，王德威即認為：「細讀他的作品，即使是最近的《忠孝公園》等，我們得見不少所謂現代主義的線索——從個人（政治或倫理）主體性的斲喪，到群體生活的荒謬疏離，再到信仰與溝通的二律背反——仍然潛藏在他的字裡行間……現實／現代主義在他的作品所造成的扞格，是形式問題，也是政治問題。這其中的曖昧性往往是他最令人著迷的地方。」（王德威 2005：164）

　　陳若曦（1938-），原名陳秀美，台灣省台北縣人。台北市一女中畢業，1957年考入台灣大學外文系，1958年參加南北社，與白先勇等創辦《現代文學》雜誌，開始寫作小說，頗受西方現代主義的影響，後漸轉向寫實。1961年大學畢業後在台灣英語訓練中心工作。1962年赴美，先在麻省聖橡山女子學院學習，後轉入約翰霍普金斯文學院攻讀英國文學，並在該校圖書館任職。1966年因傾心社會主義祖國，竟在文革稍前赴大陸，在華東水利學院任教。遍嘗文革的悲慘後於1973年脫身至香港，任新法書院英文講師，發表《尹縣長》等反映文革動亂的作品。1974年移居加拿大溫哥華，在銀行任職。1979年到美國任職於柏克萊加州大學中國研究中心語文組。1995年回歸台灣。創作以小說與散文為主，曾獲吳三連獎、吳濁流文學獎、國家文學獎等。短篇小集有《尹縣長》（1976台北遠景出版社）、《陳若曦自選集》（1976台北聯經出版公司）、《老人》（1978台北聯經出版公司）、《城裡城外》（1981台北聯經出版公司）、《陳若曦小說選》（1983北京廣播出版社）、《陳若曦中短篇小說選》（1985

《尹縣長》（1976台北遠景出版社）

陳若曦（1938-）　攝影／陳文發

福州海峽出版社）、《貴州女人》（1989台北遠流出版公司）、《陳若曦集》
（1993台北前衛出版社）、《媽媽寂寞》（1996河北教育出版社）、《女兒的
家》（1998台北探索文化公司）、長篇《歸》（1978台北聯經出版公司）、
《突圍》（1983台北聯經出版公司）、《遠見》（1984台北遠景出版公司）、
《二胡》（1985高雄敦理出版社）、《紙婚》（1986台北自立報系出版部）。

陳若曦是一位由現代主義出發而回歸寫實的小說家，劉紹銘曾把她的寫作歷程
分為三個時期：第一是台大學生時代，是充滿幻想，追求神祕的現代主義時期；
第二是留美時期，在霍普金斯大學寫作班寫了幾篇英文小說；第三是有了大陸文
革經驗以後的作品，是她的寫實時期。（劉紹銘1977：84-87）葉石濤指出：

> 陳若曦有強烈的正義感，她勇敢地揭露文革時期大陸的生活形態，給全世界
> 的知識份子帶來相當大的衝擊。1977年開始寫的長篇小說《歸》，把她的期
> 望放在當過紅衛兵的中國新生一代，確信這一個年代猛然醒覺後，將給中國帶
> 來民主的改革。同時，她在這部小說裡也描寫台灣人民在大陸受到猜疑的情
> 況，這跟吳濁流的《亞細亞的孤兒》有很類似的遭遇。1978年出版的小說《老
> 人》，在這一篇小說裡描寫曾經參加台共的台灣人回歸「祖國」以後所遭遇的
> 摧殘。陳若曦的創作欲很旺盛，到了八〇年代有《城裡城外》、《突圍》、
> 《遠見》、《二胡》等長短篇小說刊行。但陳若曦的觀點始終徘徊在台灣海峽
> 兩岸的原鄉和故鄉之中，未能把焦點定位，這使得她的小說失去堅定的背景，
> 擺盪而分裂。（葉石濤1987：158）

王文興（1939-），福建省福州市人。1957年考入台灣
大學外文系，翌年參與組織南北社，並與白先勇等共同創
辦《現代文學》。1962年赴美國愛荷華大華參加國際寫作
工作坊，返台後在台灣大學任教。小說作品《家變》深受
愛爾蘭小說家喬伊斯的影響，詞彙與句法均猶如喬伊斯有
獨創之舉，被視為二度西潮中比較典型的現代主義作品，

王文興（1939-）
圖片提供／文訊

為學院中眾評論者所注目。顏元叔雖然很不屑王文興早期的作品，認為「他那種詰屈聱牙的文字，看了二、三面便不願意繼續下去。」但對《家變》卻推崇備至說：

> 我認為《家變》在文字之創新、臨即感之強勁、人情刻畫之真實、細節抉擇之精審、筆觸細膩含蓄等方面，使它成為中國近代小說少數的傑作之一。總而言之，最後一句話：《家變》就是「真」。（顏元叔1973）

《家變》（1978台北洪範書店）

　　齊邦媛也曾指出：「讀者和評論者對王文興的小說最重視也是批評最多的是主題和語言兩項。他曾對訪問他的夏祖麗說：『對於一個受過寫作訓練的人來說，寫作除了文字，別無其他。』（註2）到了七○年代他幾乎不再寫短篇了，長篇小說《家變》和《背海的人》問世後引起極大的注意，而爭論的重點尤在他使用的語言。其實在《龍天樓》中他已使用了一些文言白話融合的句子，尤其在寫景時用得更多，如『我旋悟我已景無前路』，又如『我飄行無的，逢水，我的路到水止，逢船，我的路到船始。』在簡潔的對話之間，自創了一番象徵困境的新風格。」（齊邦媛1998：64）通曉福州話的人，也有人認為其中彆扭不合文法的語句乃來自福州方言。有人對王文興的《家變》很不以為然，譬如張放在稱讚趙樹理的作品大眾化、通俗化的時候，就以《家變》作為另一個極端的反面教材說：「相反的，目前台灣獲取文學獎的小說《家變》，即使到了2030年，我還是看不懂，還是看不下去。」（張放2011）

　　到了《背海的人》，更加強調了獨創性的趨向，有些文字上的怪拗之處，幾乎難以找出美學上，甚至邏輯上的理由，委實令讚美《家變》的評論界也難以消受了。以獨鑄新詞自傲的王文興努力敲打出來的文字，看在中文系出身的學者眼裡，難免氣得跳腳。呂正惠就曾憤然地說：

註2：引自夏祖麗《握筆的人》，頁191。

台灣的現代小說與海外作家的回歸

那樣的詰屈聱牙，那樣的拗口繞舌，簡直比「狗屁不通」還不通，試舉一段：「像這樣子的個低落而復且又消沉若斯之然的現狀相要接連著到的的個來的的兩三週那麼長的時間之那麼樣長的那麼的的的個的的的之久。」……當我逐字的讀前面那一段的「的的的個的的的」時，我似乎有一點悲從中來，我彷彿看到閉鎖在孤島已長達二十年的魯濱遜，在低低的「的的的個的的的」，以此來向自己表示，他曾經與人群交談過，他現在還會說話，只是他已忘了，他以前說的話比現在流利多了。（呂正惠 1986）

高天生也忍不住說：

　　當我們耐著性子讀完《背海的人》，卻不得不對王文興表示失望，一則是文字被弄得不忍卒讀，一則是它似乎淪為「脫衣舞孃以及春宮照片的水準」。小說末尾將近兩萬字幾乎讓人懷疑是某一冊黃色小說的片斷，甚至還更加精采萬分呢！（高天生 1982a）

　　作品有短篇集《龍天樓》（1967台北文星書店）、《玩具手槍》（1970台北志文出版社）、《十五篇小說》（1979台北洪範書店）、長篇《家變》（1973台北環宇出版社）、《背海的人》（1982台北洪範書店）。另有散論一冊《書和影》（1988台北聯合文學出版社）。
　　歐陽子（1939-），原名洪智惠，原籍台灣省南投縣人，生於日本廣島。在台北第一女中時代即開始寫作。1957年考入台灣大學外文系，得以參與南北社及創辦《現代文學》。1962年赴美，先在伊利諾大學攻讀英國文學，後轉入愛荷華大學小說班。1969年後多從事文學研究、評論及翻譯。小說創作中現代主義色彩濃厚。有短篇小說集《那長頭髮的女孩》（1967台北大林出版社）、《秋葉》（1972台北晨鐘出版社）、《歐陽子自選集》（1982台北黎明文化公司）。另有評論集《王謝堂前的燕子——〈台北人〉》（1976台北爾雅出版社）。她的小說兼有現代主義的技法與女性主義的觀點，因此齊邦媛才會說

她所寫的現代女子「與別人的關係多半是不正常的，甚至是反倫常的。為了創新，她取的是前人少用的角度。不但把這些困境中的『黑暗之心』加以細膩的描寫，在描寫的過程中力求客觀的冷靜觀察和悲憫同情之間的分界常常變成模糊，令習慣看到『善有善報，惡有惡報』的中國讀者不僅感到意外，也感到惱怒。」（齊邦媛 1998：61-62）

叢甦（1939-），原名叢掖滋，山東省文登縣人。台灣大學外文系畢業，美國華盛頓大學文學碩士，哥倫比亞大學圖書館學碩士，隨後一直在紐約洛克斐勒圖書館任職。創作以小說為主，為六○年代現代主義的先驅者之一。作品有短篇小說集《白色的網》（1969台北向日葵出版社）、《秋霧》（1972台北晨鐘出版社）、《想飛》（1977台北聯經出版公司）、《中國人》（1978台北時報文化公司）。

王禎和（1940-90）　圖片提供／尉任之

王禎和（1940-90），台灣省花蓮縣人。1959年花蓮中學畢業，進台灣大學外文系，開始小說創作。1963年台大畢業及服兵役後回花蓮中學任教。1966年起先後在南亞航空公司、國泰航空公司、台灣電視公司任職。1972年應邀到美國愛荷華大學參加國際作家工作坊。所做小說多寫卑微的社會邊緣人物，類如黃春明，不同的是採取嘲諷的口氣，且故意製造誇張、滑稽的喜劇氣氛。作品有短篇集《嫁粧一牛車》（1969台北金字塔出版社）、《三春記》（1975台北晨鐘出版社）、《香格里拉》（1980台北洪範書店）、《王禎和小說選》（1985福州海峽文藝出版社）、長篇《美人圖》（1982台北洪範書店）、《玫瑰玫瑰我愛你》（1984台北遠景出版社）。作為現代主義的作家，王禎和自也有其鄉土的一面，所寫花蓮卑微的小人物，諷譏中含有同情。可惜後來的作品越來越走向漫畫式的笑鬧，失去文學的品味。龍應台就認為《玫瑰玫瑰我愛你》「是本很糟糕的小說、很不有趣的喜劇。……是本壞小說並不因為它用了不堪入耳

《嫁粧一牛車》（1984台北
遠景出版社）

的語言，而是因爲這本書裡，語言的賣弄、玩弄取代了所有其他的技巧。」（龍應台 1985e）但也有人爲之曲予解說謂：「多半讀者可能會認爲各種喧鬧笑謔太俚俗、太露骨，不但不使人感到好笑，反而讓我們忸怩不安。但王禎和所經營的寫作『笑』果，一方面似在故意挖苦讀者左支右絀的窘態，一方面又似在挑逗讀者暫時放下禮教約束，以遊戲放任的心情，進入小說的幻想世界笑鬧一番。」又說：「他的書都是『限制級』的笑話小說，目的只要『讓人間多一點笑聲』而已，明乎此，我們又何必苛求小說中的大道理呢？」（王德威 1991：23-24）另外本來很讚賞王禎和的呂正惠對他後期的不加節制，也忍不住說：

> 《玫瑰玫瑰我愛你》就完全不同了。這是最粗俗的自然主義，既找不到早期那種客觀而精細的「解剖」，又缺乏道德意識的平衡，簡直是不忍卒讀。本來在小說開頭部分，敘述者的聲音還相當穩健，而且有批判的能力，……但後來，這個聲音逐漸消失，只剩下男盜女娼的直接「演出」，這本小說就不堪聞問了。（呂正惠 1987）

二、海外小說家的回歸

台灣的現代主義和後現代主義敘事文學的發展與深化，主要依靠從西方回歸的小說家。上文所述的現代主義作者也都可歸入西方回歸的小說家之列，不過他們在去西方留學之前已經接受到第二度西潮的影響。

八〇年代，台灣在經濟起飛之後，政治上也由一黨專政的強人政治轉化爲包容異己的民主政治，雖然在走向民主的過程中滋生出族群分裂的危機，但是總算突破了一黨專政的嚴苛氣氛，減少了文學藝術創作的外在壓力。過去因種種

原因滯留海外的留學生漸漸回歸，即使本人未能回歸的，作品也可回歸，為八
○年代的台灣文學（特別是小說和戲劇）突然增加了更多光彩，同時也使得台
灣小說的現代主義與後現代主義的藝術風格更為明確。

　　以作品回歸的，必須於此提出一個特例，就是張愛玲的問題。張愛玲本與
台灣無關，她既未在台灣久住（只在六○年代來台觀光過一次），也未書寫過
台灣，當然不是台灣的作家，可是她對台灣文壇影響之大，超過了任何前驅的
作家。正如古繼堂在他的《台灣小說發展史》中所說：「張愛玲本不應該算台
灣的作家，因為她既不是出生在台灣，雙腳也沒有踏進過台灣的土地；既不關
心台灣的現實，也從未描繪過台灣的生活，如果把她算作台灣的作家，或把她
的小說放進台灣小說發展史中敘述，有點不倫不類，既不符合她的身分，也不
符合文學史實。但是，有一點卻是任何一個研究台灣小說的學者都無法迴避
的，那便是張愛玲的小說竟然成了台灣許多作家創作的楷模。尤其是台灣比較
著名的女作家，不少人都以張愛玲為師表，自稱是張愛玲的門徒。這些人中既
有言情小說大家瓊瑤，也有從現代起步的女作家施叔青。有的人乾脆把張愛玲
尊為台灣言情小說的鼻祖。不管是鄉土派評論家葉石濤，或是學院派評論家齊
邦媛，在他們探討台灣小說的時候，都無一不把張愛玲囊括在台灣作家的陣營
中，如此這般表明，這個與台灣泥土從未發生過任何緣分的張愛玲，不是她要
躋身台灣文壇，而是她吸引了台灣文壇；不是她離不開台灣文壇，而是台灣文
壇離不開她。這種現象在文學史上可能是絕無僅有的，但卻為我們提出了一個
不得不面對的課題，不得不作為特殊的特殊，例外的例外來對待的課題。那便
是把一個不是台灣的作家算作台灣作家，把一個不屬於這個地區的作品，放在
這個地區的小說史中來敘述。」（古繼堂 1996：176-177）

　　古繼堂說的沒錯，不但本土意識特強的葉石濤把張愛玲寫進了《台灣文學史
綱》（葉石濤 1987：93-94），後繼的陳芳明同樣在他的《台灣新文學史》中對
張愛玲用了五頁的篇幅大書一筆（陳芳明 2011：369-373）。筆者並不贊同把
張愛玲視同台灣的作家，但也不能忽視張愛玲對台灣眾多女作家的影響，因此
不妨視張愛玲為以作品回歸（或進入）台灣的海外中文作家之一，但是本書仍

把她放在她應屬的正確位置：就是日本侵華戰爭時期的孤島上海。至於其他久居海外（西方）的作家不管是親身，還是以作品回歸，都同時帶來了其實比張愛玲更多、更直接的現代主義和後現代主義的影響，對台灣文壇的震撼不容小覷。

八〇年代以降，原在五、六〇年代出國留學的作家逐漸回歸，又使現代主義與後現代主義的小說揭起新潮，像於梨華、馬森、陳若曦、白先勇、東方白、郭松棻、劉大任、曹又方、夏烈、張系國、李渝、施叔青、鍾玲、李永平、李黎、李昂、平路等，以及更晚的顧肇森、張貴興、張讓、柯翠芬、阮慶岳、陳玉慧、裴在美、鄭寶娟、許佑生、楊照、章緣、郭強生、王文華、黃錦樹、邱妙津、洪凌、紀大偉等等，人多勢眾，或回台定居，或人在國外而以作品返還，或為南洋回歸的華僑學子，無不把多年浸潤在西方文化中的沉澱反芻為多元多彩的新敘事，使台灣的現代小說更展現出一番嶄新的面貌。

於梨華（1931-），原籍浙江省鎮海縣，生於上海市。台灣大學歷史系畢業，美國加州大學洛杉磯分校新聞碩士。曾執教於紐約州立大學奧本尼分校遠東系，現已退休。所作小說多取材於留美中國學生的遭遇與生活情境，成為當日留學生文學的代表。出版小說有長篇《夢回青河》（1963台北皇冠文化出版公司）、《變》（1965台北文星書店）、《又見棕櫚，又見棕櫚》（1967台北皇冠文化出版公司）、《燄》（1969台北皇冠文化出版公司）、《傅家的兒女們》（1978香港天地圖書公司）、《三人行》（1980香港天地圖書公司）、《一個天使的沉淪》（1996台北九歌出版社）、短篇集《歸》（1963台北文星書店）、《雪地上的星星》（1966台北皇冠文化出版公司）、《會場現形記》（1972台北志文出版社）、《情盡》（1989北京中國文聯出版公司）等。齊邦媛曾不無惋惜地說過：

> 《又見棕櫚，又見棕櫚》是於梨華最著名的小說，由「又見棕櫚」這題目可以看出它是寫一個由沒有棕櫚的地方回到台灣的故事，循著留學前的憧憬，異鄉的艱辛孤寂，到還鄉夢幻滅的公式發展，很坦率地寫出留學生在兩種不同

於梨華（1931-）
圖片提供／文訊

文化之間的悲喜劇，有側重人性陰暗、複雜的一面。另一個長篇《談》，兩本短篇小說集《白駒集》、《帶淚的百合》所說的故事雖不相同，基本格調甚少變化。可惜她在1974年在台灣出版了長篇小說《考驗》後，不再用友善懷鄉的眼睛看台灣積極自強的一面，讀者與作者在疏離無情的歲月中亦有緣盡的一日。（齊邦媛1998：66）

趙淑俠（1931-），黑龍江省肇東市人。省立台中女中、瑞士應用美術學院畢業，曾任編輯、播音員、瑞士紡織印染公司美術設計師。1990年擔任世界華文作家協會歐洲分會召集人、歐洲華文作家協會會長。作品涵蓋散文與小說，多寫有關海外的生活經驗。小說有短篇集《西窗一夜雨》（1977台北道聲出版社）、《當我們年輕時》（1978台北道聲出版社）、《湖畔夢痕》（1986台北道聲出版社）、《翡翠戒指》（1988瑞士安東尼出版社）、長篇《我們的歌》（1980台北中央日報社）、《塞納河畔》（1986台北純文學出版社）、《賽金花》（1990台北九歌出版社）。

馬森（1932-），筆名飛揚、牧者、樂牧、文也白，山東省齊河縣人。1949年來台後就讀淡江與宜蘭高中。1950年考入台灣師範學院國文系，畢業後於大甲中學執教一年再考入師大國文研究所，1959年獲碩士學位留校擔任國文系講師。一年後考取法國獎學金公費留法，攻讀戲劇與電影導演，後進入巴黎大學漢學院博士班。1967年赴墨西哥擔任墨西哥學院教授，創辦中國研究中心。受文革刺激赴加拿大攻讀社會學，於1977年獲社會學博士學位。先後執教於加國阿伯達、維多利亞、英屬哥倫比亞、英國倫敦、台北藝術、成功、南華、佛光、東華、香港嶺南諸大學。並曾在巴黎創辦《歐洲雜誌》，在台擔任《聯合文學》總編輯，曾赴中國大陸南開、北

馬森（1932-）

京、山東、南京、復旦等校講學。退休後當選爲成功大學人文與科技講座教授及受聘佛光大學名譽教授。除學術著作外，創作涵蓋小說、劇作與散文。曾獲1951年大專文學競賽小說首獎、洪醒夫小說獎、第一屆五四文學評論獎、府城文學特殊貢獻獎等。七〇年代初所提「孤絕」一詞，已成爲現代主義文學的關鍵詞。出版小說有短篇集《法國社會素描》（後改名爲《巴黎的故事》，1972香港大學生活社）、《孤絕》（1979台北聯經出版公司）、《海鷗》（1984台北爾雅出版社）、《北京的故事》（1984台北時報文化公司）、《府城的故事》（2008台北印刻出版公司）、長篇《生活在瓶中》（1978台北四季出版社）、《夜遊》（1984台北爾雅出版社）、《M的旅程》（1994台北時報文化公司），主編海峽三岸新潮小說集《潮來的時候》（1991台南文化生活新知出版社）、《弄潮兒》（1991台南文化生活新知出版社）、駱駝版「現當代名家作品精選」（1998-99）、九歌版「中華現代文學大系・小說卷」（2003）。對馬森的寓言文學，李歐梵曾言：「馬森的政治寓言，並不侷限於政治，最終還是歸根於中國文化和人性。」（李歐梵 1984）吳海燕分析《孤絕》一書說：「由於馬森刻意追求現代人的一種普遍心態——孤絕——的表現，他的小說便因此主要呈現了現代小說風格，在他的小說中，人物心理反映佔據了小說的中心地位，自我意識因而十分顯明，這種自我意識不但是精神的，也是感官的；情節背景描寫則處於一種淡化和被動之狀；正常時空結構被打破，意義結構空間則得到擴大；象徵與隱喻手法的運用、潛意識的挖掘使小說語言呈朦朧性。也正因如此，感情意識得到了自由而敏銳的表現，小說意蘊也變得豐富深刻起來，從而給人帶來獨特的審美快感。」（吳海燕 1989）白先勇評論曾獲選爲1985年最有影響力的十本書之一的長篇小說《夜遊》說：「作者對中西文化相生相剋的各種關係，做了一則知性的探討與感性的描述。《夜遊》也反映了六〇年代歐美青年及台灣留學生價值判斷的混淆與理想分歧的迷惘。」（白先勇 1985）高行健評價《夜遊》說：

《夜遊》（1984台北爾雅出版社）

據我所知，這之前恐怕還沒有誰把海外華人的生活寫得如此豐富而又這樣有分量，從台灣寫到西方，從華人知識份子的追求到西方青年的頹廢，跨越東方與西方，各色人等好一番夜遊，遠遠超出海外華人艱苦創業與思鄉尋根的通常格局。（高行健 2010：15-16）

龍應台認為馬森短篇小說的主題是「現代人的苦悶，他的藝術技巧也深受現代文學及心理學的影響，相當倚重夢魘與象徵。」（龍應台 1985b:40）她評論馬森的長篇小說說：

馬森一定是個觸覺極端敏銳纖細的人，在他筆下，凡是感官上的印象都呈現得強烈而深刻，尤其在描寫夢魘似的經驗，作者的文字幻覺般的抽象，卻又牙疼似的真實，像Dali的畫。（龍應台 1985c：21）

朱秀娟（1936-），江蘇省鹽城縣人。銘傳商專畢業。在香港及美國工作多年，曾任職於台灣復興紡織公司、台灣產物保險公司，並自組貿易公司。作品以長篇小說為主，曾獲中國文藝協會小說獎、中山文藝小說獎。出版長篇小說主要有《雨荷》（1969台北皇冠文化出版公司）、《歸雁》（1972台北皇冠文化出版公司）、《萬里心航》（1983台北黎明文化公司）、《女強人》（1984台北中央日報社）、《雙心繭》（1985台北皇冠文化出版公司）、《丹霞飄》（1987台北皇冠文化出版公司）、《大時代》六冊（1994台北牛頓出版公司）、《西窗一夜雨》（1977台北道聲出版社）、《遲來的秋天》（1996台北皇冠文化出版公司）等。

吉錚（1937-68），河北省深澤縣人。台灣大學外文系肄業，美國貝勒學院畢業。1959年結婚後開始發表作品，到1968年逝世，只有短短九年的時間，小說著墨於海外華人的問題，是當日留學生文學的代表人物。作品有短篇集《孤雲》（1967台北文星書店）、長篇《拾鄉》（1967台北皇冠文化出版公司）、《海那邊》（1967台北文星書店）。

潘雨桐（1937-），原名潘貴昌，祖籍廣東省梅縣，生於馬來西亞。台灣中興大學農學院畢業，美國奧克拉荷馬州立大學遺傳育種學博士。曾任小學教師、中興大學客座副教授、馬來西亞農業局經理。寫作以小說為主，曾獲馬來西亞光華日報小說比賽首獎、台灣聯合報短篇小說獎及新加坡南洋商報金獅獎。出版作品有短篇小說集《因風飛過薔薇》（1987台北聯合文學出版社）、《昨夜星辰》（1989台北聯合文學出版社）、《靜水大雪》（1996吉隆坡彩虹出版社）。

東方白（1938-），原名林文德，台灣省台北市人。台灣大學農業工程系水利組畢業，加拿大莎士卡其灣大學工程博士。曾任教於莎大水文系，擔任亞伯達省政府水文工程師，現已退休。業餘作品有小說和散文，曾獲吳三連和吳濁流文學獎、臺美基金會人文成就獎。小說作品有短篇集《臨死的基督徒》（1969台北水牛出版社）、《東方寓言》（1979台北爾雅出版社）、《雅語雅文》（1995台北前衛出版社）、長篇《露意湖》（1978台北爾雅出版社）、《浪淘沙》三冊（1990台北前衛出版社）。他的大長篇《浪淘沙》出版後，齊邦媛評說：「一致認為它是一部成功的大河小說，以史詩的氣魄寫百年來台灣三個家族的悲、歡、離、合。歷史中有故事，故事中有歷史。許多人將它歸類為政治小說，卻侷限了它關懷的層面。它記錄了一個奇異的政治支配人生的時代，感喟於政治浪潮沖刷了命運的擺盪。政治小說至少須有一些確切的政治信條，但《浪淘沙》中似乎看不出東方白遊子思鄉深情外持何政治立場，甚至連今日流行的統獨立場亦不明顯，而處處彰顯的只是人本的關懷和對台灣鄉土的眷戀。」（齊邦媛 1998：286-287）王德威卻認為：

　　儘管捧場的評者熱烈讚美《浪淘沙》為「大河」傑作、史詩「鉅構」，我還是要說這部小說單調冗長，不能超過四、五〇年代「家族血淚戰爭愛情大河史詩」小說的窠臼。小說蒐羅了許多真人實事的遭遇，固然動人，但東方白的鋪陳描述，每有心餘力絀之虞。（王德威 1993：97）

郭松棻（1938-2005），台灣省台北市人，父親郭雪湖為台灣知名畫家。1961

年台灣大學外文系畢業，1966年赴美
在加州大學柏克萊分校攻讀比較文學，
1969年獲碩士學位，繼續攻讀博士學
位，但因參加保釣運動於1971年放棄繼
續讀書，同時成為國府的黑名單人士。
嗣後在聯合國任職，遷居紐約，直到去
世。所作小說納入現代主義技巧，且頗
富詩意。作品有《郭松棻集》（1993台

郭松棻（1938-2005）

北前衛出版社）、《雙月記》（2001台北麥田出版公司）、《奔跑的母親》
（2002台北麥田出版公司）。陳芳明為之定位說：

> 　　一位社會主義者，在精神上從馬克思出走，轉而變成現代主義者，其中的過
> 程其實是一段漫長的歷程。在無以自持之際，他投入小說創作，無非是為了填
> 補空曠的望鄉情緒。離開台灣歷史現場如此長久之後，他無法探測故鄉的現
> 實，心情的動盪與跌宕，只有訴諸文學才能獲得救贖。當他回到文學，無疑是
> 再度回到他年少時期的夢。1983年，他以文學創作再度出發，藉由小說的建
> 構回到夢境，並且不斷進行夢的解析，竟是在記憶裡從事打撈工作。（陳芳明
> 2011：694-695）

　　劉大任（1939-），筆名金延湘，江西省永新縣
人。台灣大學哲學系畢業，美國柏克萊大學政治系
碩士，因參與美國中國學生釣魚台運動而犧牲繼續
攻讀博士學位。曾任《劇場》雜誌編輯、美國加州
大學亞洲研究系講師、聯合國祕書處編審。作品以
散文及小說為主，有短篇集《紅土印象》（1970台
北志文出版社）、《杜鵑啼血》（1984台北遠景出
版公司）、《秋陽似酒》（1986台北洪範書店）、

小說、散文兼擅的劉大任（1939-）

《晚風習習》（1990台北洪範書店）、《來去尋金邊魚》（1996台北洪範書店）、《遠方有風雷》（2010台北聯合文學出版社）、《枯山水》（2012台北印刻出版公司）及長篇《浮游群落》（1985台北遠景出版公司）。王德威對劉大任的看法是：

> 劉大任其人其文，都是一項傳奇。他的作品筆觸沉鬱、雋永，興寄跌宕蒼茫，在文壇裡一向獨樹一幟；而他的經歷波折起伏、啼笑擾攘，屢經傳抄渲染後，竟自成為作品以外的「作品」，甚或其他作家的創作題材。劉大任的魅力，一方面來自個性文采的凸出，一方面也印證了當代知識份子與政治、文學間，相互交錯的緊張關係。（王德威 1991：191-192）

龍應台也以為：

> 劉大任是個非常用心的作者。他在幾個較長的短篇小說中所做的情節的鋪排、象徵的運用（蝶、杜鵑花、蟑螂）以及個性的刻畫，在在顯出他的用心與細心。他成功的時候，小說就自然無縫，不露操作的痕跡；不成功的時候，也就是他顯得雕琢做作的時候。至於他冗長、堆砌、笨重的句子，可惜每篇小說都沒有註明發表或著作日期，看不出他藝術發展的方向——不知他是越來越傾向這種彆扭的句構，還是越來越遠離它。（龍應台 1985f）

曹又方（1942-2009），原名曹履銘，筆名蘇玄玄、金名、光虹、甄尼佛等，原籍遼寧省岫岩縣，生於上海。世新專校編採科畢業，1969年開始寫作，歷任拓荒者出版社總編輯、黎明文化公司編審、《聯合報副刊》編輯、《實業世界》、《老爺財富》雜誌總編輯、美國《中報東西風》主編、方智、先覺出版社發行人。作品涵蓋散文與小說，產量甚多。主要小說作品有短篇集《愛的變貌》（1968台北大江出版社）、《捕雲的人》（1978台北皇冠文化出版公司）、《獨孤之旅》（1988台北圓神出版社）、《愛情女子聯盟》（1996台北

圓神出版社）、長篇《碧海紅塵》（1981台北皇冠文化出版公司）、《美國月亮》（1986台北洪範書店）、《藍珍珠》（1991台北圓神出版社）等。

夏烈（1942-），原名夏祖焯，原籍江蘇省江寧縣，生於北京。台灣成功大學水利系畢業，美國密西根大學土木工程博士，曾任工程師及美國聯邦政府特殊重點計畫經理。九〇年代返台後任教於交通及成功大學。作有短篇小說集《最後的一隻紅頭烏鴉》（1990台北純文學出版社）及長篇《夏獵》（1992台北九歌出版社）。王德威認爲夏烈的作品「儘管取材各異，追懷前塵往事、回首異鄉情緣、烽火亂離的動機，未嘗稍變。……這種因依戀感傷而生的『悲情』風格，誠然動人，但在我們的文學傳統中卻早有脈絡可尋。尋求突破，並不容易。作者在抒發個人的眞性情之餘，如果不能對時間、歷史相因流轉的痕跡做更細膩的思考，難免會將作品導入一種安穩的敘述姿態、一種因襲的寫作儀式。」（王德威 1991：234 -235）

張系國（1944-），筆名醒石、域外人，原籍江西省南昌縣，生於重慶市。台灣大學電機系畢業，美國柏克萊加州大學電腦博士，曾先後任教於美國康乃爾、伊利諾大學、台灣交通大學，並曾任伊利諾大學電機系主任及匹茲堡大學電腦系主任。1981年創辦美國知識系統學院，自任校長。寫作以科幻小說爲主，兼及散文。出版有長篇小說《皮牧師正傳》（1963台北皇冠文化出版公司）、《棋王》（1975台北言心出版社）、《昨日之怒》（1978台北洪範書店）、《黃河之水》（1979台北洪範書店）、《五玉碟》（1983台北知識系統出版公司）、《龍城飛將》（1986台北知識系統出版公司）、《一羽毛》（1991台北知識系統出版公司）、短篇集《地》（1970台北純文學出版社）、《香蕉船》（1976台北洪範書店）、《星雲組曲》（1980台北洪範書店）、《不朽者》（1983台北洪範書店）、《夜曲》（1985台北知識系統出版公司）、《沙豬傳奇》（1988台北洪範書店）、《遊子魂組曲》（1989台北洪範書店）、《金縷衣》（1994台北知識系統出版公司）、《傾城之戀》（1996台北洪範書店）。張系國的小說作品妍媸互見，龍應台認爲他的《昨日之怒》沒有藝術價值，但是短篇〈不朽者〉確是不可多得的傑作。（龍應台 1985d）張

系國以寫科幻小說著稱，在科幻小說作家中，王德威認為「張系國可算是佼佼者。這固然得力於他個人深厚的自然科學背景，但他善於『說故事』的本領卻更不容小覷。」在談到其作品的特色，又說：「第一，在關心自家文化的前提下，他力圖創作具有中國風貌的科幻作品；第二，他顯然也希望自科幻角度，對世路人情再做考察。」（王德威1991：197-198）

李渝（1944-2014），原籍安徽省，生於重慶市。台灣大學外文系畢業，美國柏克萊加州大學中國藝術史博士，曾任教於紐約大學東亞系。執教之餘用心於小說創作，曾獲中國時報小說首獎。出版有《溫州街的故事》（1991台北洪範書店）、《金絲猿的故事》（2000台北聯合文學出版社）、《九重葛與美少年》（2013台北印刻出版公司）。

李渝（1944-2014）

蔣芸（1944-），原籍江蘇省吳縣，生於上海。政治大學中文系畢業，曾任職於香港邵氏電影公司，創辦《清秀》及《精品》女性雜誌。作品為散文和小說，小說作品有短篇集《屬於我的雨季》（1967台北正中書局）、《遲鴿小築》（1971台北晨鐘出版社）、《與我同舞》（1980台北仙人掌出版社）、《如果你遇到一個人》（1981台北遠景出版公司）、《蓮花心情》（1993台北遠景出版公司）、長篇《熱線》（1981台北遠景出版公司）、《人填歌歌填人》（1983台北遠景出版公司）。

施叔青（1945-），原名施淑卿，台灣省彰化縣人。淡江大學法文系畢業，美國紐約市立大學戲劇碩士。曾任教於淡江大學外文系、政治大學西語系及世界新專等校。1978年遷居香港，擔任香港藝術中心亞洲藝術節目主任。作品以長篇小說為主，以香港與台灣為背景，寫出兩地社會變遷的大河小說，曾獲聯合報及中國時報小說推薦獎。出版作品不少，主要作品有短篇集《約伯的末裔》（1970台北仙人掌出版社）、《常滿姨的一日》（1976台北景象出版社）、《愫細怨》（1984台北洪範書店）、《情探》（1986台北洪範書店）、《韭菜命的人》（1988台北洪範書店）、長篇《琉璃瓦》（1976台北時報文化公

司）、《香港三部曲：她名叫蝴蝶、遍山洋紫荊、寂寞雲園》（1993-97台北洪範書店）、《台灣三部曲：行過洛津、風前塵埃、三世人》（2003-2008台北時報文化出版公司）等。王德威說她的《香港三部曲》「以一個妓女起落，來見證香港的百年繁華。這一技法上承《孽海花》式正宗法統，又能獨立開拓女性視野，難怪引來許多喝采。比起李昂，施的摹擬工夫更擅勝場。上個世紀末香港的紙醉金迷，襯在當時荒蕪的殖民山水下，更顯豔異詭媚。施曾是張愛玲的信徒，近年屢思突破。其實她鋪陳她早年超現實的筆觸，豐富她的小說世界。」（王德威 1998b：261）陳芳明則評論說：

施叔青的香港三部曲之一
《她名叫蝴蝶》

> 兩個三部曲的經營，耗盡她前後二十年的生命。從四十歲進入六十歲，從黑髮寫到白髮，她為香港史與台灣史立傳所付出的代價，簡直無法估算。但是她換取的歷史記憶與文學藝術，將無法輕易動搖。（陳芳明2011：725）

鍾玲（1945-），原籍廣東省廣州市，生於重慶。東海大學外文系畢業，美國威斯康辛大學比較文學博士，曾任金銓電影公司編輯，並任教於美國紐約州立大學艾伯尼分校、香港大學、台灣中山大學及香港浸會大學，擔任研究所長及文學院長等職務。兼擅小說、散文、詩、論述等各種文類，才華出眾。小說有短篇集《輪迴》（1983台北時報文化公司）、《生死冤家》（1992台北洪範書店）、《大輪迴》（1998台北九歌出版社）及《鍾玲極短篇》（1987台北爾雅出版社）。

李元貞（1946-），筆名史晶晶，原籍湖北省荊門縣，生於雲南省昆明市，1949年隨父母到台灣。台灣大學中文研究所畢業，曾赴美學習戲劇。1982年創辦《婦女新知》雜誌，1987年成立婦女新知基金會，並任董事長。曾任淡江大學教授，現已退休，以學者的身分在台灣推行婦女運動，不遺餘力。多以女性主義觀點從事文學創作。主要作品為小說，兼及散文與詩。出版小說有短篇集

《還鄉與舊夢》（1977台北長橋出版社）、《青澀私語》（1993台北自立晚報出版部）、長篇《愛情私語》（1992台北自立晚報出版部）、《婚姻私語》（1994台北自立晚報出版部）。

誠然谷（1946-），原名谷文瑞，湖南省人。台灣成功大學企業管理系畢業，美國愛荷華大學企業管理碩士，曾在國內外多家工商機構擔任企畫及管理職務，現於美國麥當勞公司國際總部任職。寫作以短篇小說為主，出版有短篇集《彩虹山》（1993台北時報文化公司）、《請跟我來》（1988台北時報文化公司）。

李永平（1947-），南洋華僑，生於馬來西亞婆羅洲。中學畢業後來台就讀台灣大學外文系，畢業後留任助教，並兼任《中外文學》執行編輯。1976年留美，獲聖路易市華盛頓大學比較文學博士。返台後任教於中山大學、東吳大學、東華大學等校，並一度專事寫作。現已退休。1979年以獲得聯合

右為李永平（1947-）

報短篇小說首獎而進入文壇，從此創作不輟。小說作品有中篇《婆羅洲之子》（1968砂勞越婆羅洲文化局）、短篇集《拉子婦》（1976台北華新出版社）、《吉陵春秋》（1986台北洪範書店）、長篇《海東青》（1992台北聯合文學出版社）、《朱鴒漫遊仙境》（1998台北聯合文學出版社）、《雨雪霏霏：婆羅洲童年記事》（2002台北天下遠見出版公司）、《大河盡頭》上下卷（2008-2010台北麥田出版公司）。

身為華僑之子，卻能寫出具有古典風味的現代小說，其代表作《吉陵春秋》甚有口碑。余光中在該書序言中稱讚說：「和時代相近的其他小說相比，這本書不像《邊城》那麼天真，也不像《春蠶》或《官官的補品》那樣著眼於階級意識；它把現實染上神話和傳說的色彩，變成了一個既繁複又單純，既醜陋又迷人的世界。……《吉陵春秋》

李永平的代表作《吉陵春秋》（1986台北洪範書店）

又爲我們指證：不用封建主義、帝國主義等等的名詞及其背後的觀念，仍能爲中國傳統的村鎮造像。」（余光中 1996：319）吉陵鎮既不在中國大陸，也不在台灣，只是李永平想像中的地方，如果與沈從文的《邊城》裡的背景比較，湘西的邊城既一丁點兒也看不出湘西的貧瘠落後，就可見小說中的背景倒不一定非取實地不可了。陳芳明評論他的小說：

> 從他整個創作經驗，可以總結出三個空間，亦即婆羅洲、台北城以及想像中的中國。……性幻想構成李永平文學心靈的關鍵支柱，他的身體不斷成長，他的知識不停累積，卻總是陷入不滿足的情欲嚮往。（陳芳明 2011：706-707）

李黎（1948-），原名鮑利黎，筆名薛荔，原籍安徽省和縣，生於南京。台灣大學歷史系畢業，美國印第安那普渡大學政治系研究。曾一度擔任編輯及教職，大多數時間用於家務及寫作。作品主要爲小說，兼及散文。出版有小說短篇集《西江月》（1980北京中國青年出版社）、《最後夜車》（1986台北洪範書店）、《天堂鳥花》（1988台北洪範書店）、《浮世》（1991台北洪範書店）、《初雪》（1998台北聯合文學出版社）、中篇《傾城》（1989台北聯經出版公司）、《浮世書簡》（1994台北聯合文學出版社）及長篇《袋鼠男人》（1992台北聯合文學出版社）。

小野（1951-），原名李遠，祖籍福建省武平縣，生於台灣省台北市。台灣師範大學生物系畢業，美國紐約州立大學水牛城分校分子生物研究所研究，曾任台灣陽明醫學院助教、中央電影公司企畫組組長、副理、台北市文化基金會董事長。寫作以散文、小說爲主，兼及劇作，曾獲中國文藝協會小說創作獎、聯合報小說首獎、金馬獎等。小說作品有短篇集《蛹之生》（1975台北文豪出版社）、《試管蜘蛛》（1976台北文豪出版社）、《封殺》（1979台北文豪出版社）、《黑皮與白牙》（1989台北遠流出版公司）、長篇《娃娃》（1991台北遠流出版公司）、《愛情解嚴》（1998台北麥田出版公司）等。

李昂（1952-），原名施淑端，台灣省彰化縣人。中國文化大學哲學系畢業，

美國奧勒岡州立大學戲劇碩士，曾任教於中國文化大學中文系文藝組。寫作以小說為主，兼及散文，曾以《殺夫》獲聯合報中篇小說首獎。小說作品有短篇集《混聲合唱》（1975台北華欣文化中心）、《人間世》（1976台北大漢出版社）、《愛情試驗》（1982台北洪範書店）、《花季》（1985台北洪範書店）、《一封未寄的情書》（1986台北洪範書店）、《甜美生活》（1991台北洪範書店）、《北港香爐人人插》（1997台北麥田出版公司）、中篇《殺夫》（1983台北聯經出版公司）、《暗夜》（1985台北時報文化出版公司）、長篇《迷園》（1991自印）。

李昂的《殺夫》

　　李昂素以勇於突破禁忌的女性主義者著稱，王德威在評她的《花季》時即言：「《花季》為現代女性主義（而非女作家）文學的發展寫下新頁。從首篇〈花季〉起，李昂即勇於探觸女性對婚姻乃至人生所潛藏的惶恐與焦慮，並往往以性作為暴露此一情結的焦點。自丁玲《莎菲女士的日記》以來，李昂是少數正視且刻意挖掘是類題材的作家之一，也因此顯得特別易受爭論。」（王德威 1991：36）對李昂的代表作《殺夫》，古添洪曾論說：「大部分的讀者都會為《殺夫》一小說所塑造的『譎詭感』所抓住，對小說中發生於林市身上的各種怪異的情事，猶豫於超自然與自然二解釋間，跌落在可信與不可信的模稜猶豫裡。當代結構主義大家托多洛夫（Todorov）稱這種猶豫奇幻的感覺為『譎詭感』（fantastic feeling）。在歐美，尤其是美國，譎詭小說（fantastic novels）於坊間最為流行。李昂的《殺夫》雖在許多層面上遠勝於譎詭小說，但仍可歸屬於這個文類；它之所以有相當的讀者，也就是相當的流行度，是否也與這個譎詭體的吸引力有關？」（古添洪 1986）葉石濤的一般評論：

　　　　李昂雖然也寫了些探討現代台灣社會兩性關係的小說，以女性為「第二性」的被壓迫的事實為主題，描寫進步的台灣女性對「性」問題的看法，但她的小說的主要題材仍然以衰微的鹿港為主，以「鹿城故事」為名的一系列小說裡，

把鹿港這昔日台灣第二大港口,現在已衰微而墮為小市鎮的人情風俗、四季景觀刻畫入微。(葉石濤1987:159)

　　彭小妍(1952-),原籍廣東省紫金縣,生於台灣省雲林縣。政治大學西語系畢業,台灣大學外文研究所碩士,美國哈佛大學比較文學博士。曾任台灣大學副教授,現任中央研究院文哲所副研究員。作品有文學評論和小說創作,出版小說有長篇《斷掌順娘》(1994台北麥田出版公司)。

　　商晚筠(1952-95),原名黃綠綠,祖籍廣東省普寧縣,生於馬來西亞吉打州華玲鎮。台灣大學中文系畢業,曾任馬來西亞《建國日報》副刊編輯、《文道》月刊總編輯、新加坡廣播局戲劇組編劇。作有短篇小說集二冊:《癡女阿蓮》(1977台北聯經出版公司)、《七色花水》(1991台北遠流出版公司),曾獲聯合報小說佳作獎、大馬王萬才青年文學小說獎。

　　平路(1953-),原名路平,祖籍山東省諸城縣,生於台灣省高雄市。台灣大學心理系畢業,美國愛荷華大學統計學碩士。曾任職於美國郵政總署、經濟與工程研究公司。八○年代以獲得聯合報短篇小說首獎而進入文壇。返回台灣以後,先後任《時報週刊》與《中時晚報》主筆、台灣駐香港代表處主任等職。寫作以小說為主,兼及散文。出版小說有短篇集《玉米田之死》(1985台北聯合報社)、《五印封緘》(1988台北圓神出版社)、《禁書啟示錄》(1997台北麥田出版公司)、《百齡箋》(1998台北聯合文學出版社)、長篇《捕蝶人》(與張系國合作,1992台北洪範書店)、《行道天涯》(1995台北聯合文學出版社)。其長篇《行道天涯》寫孫中山與宋慶齡的情史,王德威評論說:

平路的《行道天涯》

　　平路是有心的作家。但看她把國父、國母的床笫瑣事搬上檯面,已經要讓人瞠目以對,更何況她鍥而不捨地要挖掘國母下半輩的風流韻事呢。為歷史人物作翻案文章,很可譁眾取寵。平路卻用了極敬謹的筆法,揣摩

一代偉人及其妻子的情欲心事。然而更重要的是，平路讓這一脈情欲心事凌駕於政治、歷史「大敘述」上。由此將傳統歷史小說的基調做了大翻轉。比諸京夫子《毛澤東和他的女人們》那種穢亂後宮的「內幕」炒作，真是高下立判。（王德威 1998b：260）

鄭羽書（1953-），台灣省台北市人。世界新聞專科學校廣電科畢業，曾任《民眾日報》、《工商時報》、《中國時報》記者、《自由日報》副刊主編、《媚》雜誌及《漾》雜誌總編輯、巨龍文化發行人，現僑居加拿大。寫作以小說與散文為主，小說作品主要有《綠水無痕》（1979台北漢麟出版社）、《小雨‧醉月》（1981台北萬盛出版公司）、《無風有浪》（1981台北萬盛出版公司）、《飄夢》（1985台北萬盛出版公司）、《後街情》（1986台中晨星出版社）。

顧肇森（1954-98），原籍浙江省諸暨縣，生於台灣省台北市。東海大學生物系畢業，紐約大學理學博士，曾於紐約醫院神經科任職。作品以短篇小說、散文為主，文字清新婉約，抒寫留學生生活以及同志認同的困擾，曾獲聯合報短篇小說獎。出版有短篇集《拆船》（1979台北聯經出版公司）、《貓臉的歲月》（1986台北九歌出版社）、《月升的聲音》（1989台北圓神出版社）、《季節的容顏》（1991台北東潤出版社）、《冬日之旅》（1994台北洪範書店）。

溫瑞安（1954-，生平見第三十二章），在詩文以外，也是一位武俠小說作家，所作的武俠小說雖然沒有金庸、古龍的名氣，但卻具個人特色。作品眾多，揀其重要者有《鑿痕》（1977台北四季出版公司）、《今之俠者》（1977台北長河出版社）、《試劍天下》（1978台北長河出版社）、《四大名捕會京師》（1978台北長河出版社）、《劍氣如虹》（1980台北神州出版社）、《神州無敵》（1980台北神州出版社）、《布衣神相》二冊（1982台北萬盛出版公司）、《刀疤記》二冊（1983台北萬盛出版公司）、《大俠傳奇》（1984台北萬盛出版公司）、《殺人》（1986台

溫瑞安的《山河錄》

北林白出版社）、《猛藥》（1989台北皇冠文化出版公司）、《一隻好人難做的烏龜》（1989台北皇冠文化出版公司）、《一怒拔劍》（1990台北遠景出版公司）、《大出血》（1990台北萬盛出版公司）、《戰僧與何平》（1991台北皇冠文化出版公司）等。

保眞（1955-），原名姜保眞，祖籍北平市，生於台灣省嘉義市。中興大學森林系畢業，美國加州大學森林及資源經營系碩士、瑞典農業科學大學森林遺傳研究所博士，加拿大阿爾白塔大學森林系博士後研究。曾任中興大學森林系副教授。作品包括小說及散文，多寫個人的求學、遊學的經驗，曾獲中國文藝協會文藝獎章、時報小說獎、國家文藝獎等。小說作品有短篇集《水幕》（1975台北道聲出版社）、《人性試驗室》（1976台北道聲出版社）、《失去的原始林》（1978台北道聲出版社）、《邢家大少》（1983台北九歌出版社）、《森林三部曲》（1989台北遠流出版公司）等。

張貴興（1956-），原籍廣東省龍川縣，生於馬來西亞砂勞越。台灣師範大學英語系畢業，曾任出版社編輯、中學教師。十四歲開始寫作，專攻小說，以婆羅洲雨林爲背景的系列小說爲其特色，曾獲時報文學短篇及中篇小說獎、百萬小說獎。作品有短篇集《伏虎》（1980台北時報文化公司）、《柯珊的兒女》（1988台北遠流出版公司）、長篇《賽蓮之歌》（1992台北遠流出版公司）、《薛理陽大夫》（1994台北麥田出版公司）、《頑皮家族》（1996台北聯合文學出版社）、《群象》（1998台北時報文化公司）、《猴杯》（2000台北聯合文學出版社）、《我思念中的南國公主》（2001台北麥田出版公司）。陳芳明評論他的作品說：

張貴興（1956-）
圖片提供／文訊

　　張貴興擅長以各種動物形象來描寫人性中的

獸性，包括虎、狼、猴、象，都潛藏在人性的底層。這是
因為在熱帶雨林的生存，是種拚命的事業。在華人文明與
南洋荒野之間，緊繃著一種張力；在殖民與移民之間，也
流動著相當程度的抗衡。他的小說充滿太多的掠食者，正
是在這種複雜的脈絡下馬華身分總是存在著不確定、不可
靠。《我思念中的南國公主》，正是揭露人類的七宗罪，
包括驕傲、嫉妒、懶惰、貪婪、饕餮、縱欲與憤怒。（陳
芳明 2011：708-709）

《群象》（1998 台北時
報出版公司）

同樣來自馬來西亞的黃錦樹對張貴興的作品卻另有從語言上的看法，他說：

　　作為台灣現代主義的同時代人及中國文化的認同者，他之所以對語言純粹性
的特別關注似乎是因為受台灣中國性──現代主義洗禮的產物，而以小說的文
類來寫詩，也和中國近現代的白話文學史有著錯綜複雜的關係。回顧現代文學
史，中國現代文學是以宣告古典詩的死亡而開展它弒父的歷史的，抒情詩的古
典形式被取消了它在文化再生產上的正當性而開啟了敘事文學的歷史，它的腳
下是古典的屍骸。白話小說一直是作為古典詩的對立面而被文學革命的健將所
提倡，曖昧的是，近代中文小說一方面並沒有斷絕傳統白話小說的世俗性，同
時也因為文人的大量介入而使得文人以古典詩為基底的品味被帶入，而造成了
詩的文類之外的詩的復歸。差別在於，大陸的小說家往往是歸本於北方的口
語。那是以北京數千年來的文化積累作為根柢的，即使是世俗的話語，也是一
種深沁著士大夫的雅的世俗。而後者是立基於西方現代文學的訓練，立基於西
方現代主義。可是在精神上，張貴興的寫作道路和五四新文學傳統是存在著斷
裂的：他的作品裡看不到什麼感時憂國的精神。同樣是詩化的抒情小說，它們
的基礎卻大不相同──彷彿追求的是一種鑑賞品的純粹性。如此，是否因而使
得作品更為「純粹」呢？（黃錦樹 2003：1271-1272）

張讓（1956-），原名盧慧貞，祖籍福建省漳浦縣，生於金門。台灣大學法律系畢業，美國密西根大學教育心理學碩士，曾任華視「科學天地」節目助理、《小讀者》雜誌編輯。現居美國及上海，專事寫作，以小說與散文爲主，曾獲聯合文學小說新人獎、中國時報散文優等獎。小說作品有短篇集《並不很久以前》（1988台北聯合文學出版社）、《我的兩個太太》（1991台北九歌出版社）、《不要送我玫瑰花》（1994台北九歌出版社）。

張讓珠（1956-），原籍廣東省陽江縣，生於台灣。台灣大學外文系畢業，美國威斯康辛大學麥迪遜校區比較文學碩士，曾任威斯康辛大學技術學院兼任講師、《世界日報》紐約記者、台灣工業技術研究院副管理師、交通大學講師。寫作以小說爲主，曾獲中國時報中篇小說獎、聯合報極短篇小說獎。作品有中篇《小男人》（1989台中晨星出版社）、短篇集《唐倩和她的情人》（1990台中晨星出版社）、長篇《神話‧夢話‧情話‧大都會》（1991台北九歌出版社）。

柯翠芬（1957-），筆名納蘭眞，台灣省台中縣人。東海大學中文研究所畢業，曾任成功大學中文系助教，一度旅居美國，現已返台，從事翻譯、寫作。創作以長篇小說爲主，兼及散文，所作小說數量多，在通俗中有不通俗之處，主要有長篇《雨後微紅》（1985台北精美出版公司）、《但願今生》（1988台中晨星出版社）、《莫讓蝴蝶飛去》（1990台中晨星出版社）、《鬼愛》（1992台中晨星出版社）、《等待一位蓮花女子》（1996台中劇場出版社）、《第七封印（1-10）》（1987-98台北尖端出版公司）等。

阮慶岳（1957-），原籍福建省福州市，生於台灣省屏東縣。淡江大學建築系畢業，美國賓夕法尼亞大學建築碩士，曾任淡江大學、華梵大學建築系兼任講師，自創阮慶岳建築師事務所。創作以小說爲主，涉及性別論述、同志問題及家庭糾葛，計有短篇集《紙天使》（1992台北漢藝色研文化公司）、《曾滿足》（1998台北台灣商務印書館）、長篇《哭泣哭泣城》（2002台北聯合文學出版社）、《重見白橋》（2002台北一方出版社）、《林秀子一家》（2003台北一方出版社）、《凱旋高歌》（2004台北麥田出版公司）、《蒼人奔鹿》（2006台北麥田出版公司）。這後三本合稱《東湖三部曲》，內容闡述東湖地

區開設廟壇林秀子一家的故事，其中《凱旋高歌》獲得2004台北文學年金獎。
陳芳明指出：

> 他曾經非常著迷法國小說家紀德（André Gide），以及台灣作家七等生。無
> 論是筆調、主題，或文字技巧，微微帶有七等生那種繁瑣、迴旋的意味，但是
> 在色調上，較為明朗。七等生與社會現實保持一定的疏離，而阮慶岳較為勇
> 敢與面對現實。縱然兩人都是屬於獨白體，阮慶岳的作品可以容許他者的介
> 入。……阮慶岳具有過人的勇氣，揭露個人身體的祕密，既寫異性戀，也寫同
> 性愛。到目前為止，他所受到的評論，還相當匱乏，但是他作為二十一世紀的
> 重要作家，則是無可懷疑。（陳芳明2011：678-679）

陳玉慧（1957-），父系祖籍蒙古，生於台灣。
中國文化大學中文系畢業，法國社會科學研究院歷
史系碩士。曾跟隨西班牙小丑劇團巡迴演出，並在
法國陽光劇團實習，又在紐約外外百老匯導戲，後
赴德國，擔任《聯合報》駐歐特派員。除參與戲劇
活動與記者事務外，寫作甚勤，有散文、小說和
劇作。小說作品有中篇《深夜走過藍色的城市》
（1994台北遠流出版公司）、《獵雷：一個追蹤
尹清楓案女記者的故事》（2000台北聯合文學出
版社）、《你今天到底怎麼了》（2004二魚文化公

陳玉慧（1957-）
攝影／陳建維

司）及長篇《海神家族》（2004台北印刻出版公司）、《CHINA》（2009台北
印刻出版公司）、《幸福之葉》（2014台北印刻出版公司）。《海神家族》是
作者半自傳的作品，寫台灣日據時期以來的變化，曾獲香港浸會大學第一屆紅
樓夢獎決審團獎。陳芳明評論說：

> 殖民史與被殖民史的交錯，被邊緣化的女性與男性不期而遇，似乎強烈暗示

台灣歷史始於女性的命運。亂倫與不倫是傳統史家所不容，陳玉慧卻使用了高度的隱喻與轉喻，勾勒了愛情的不可抗拒。歷史從來都是由一連串錯誤累積起來，不寬容的道德，不寬容的社會，釀造一個無法挽回的悲劇。父親缺席的家族，總是由寬厚的母親來主導。……陳玉慧寫出台灣歷史的錯綜複雜，上個世紀的誤解，在下個世紀獲得和解。千絲萬縷的故事，她相當成功地一一收線。（陳芳明 2011：743-744）

《海神家族》（2004 台北印刻出版公司）

　　裴在美（1957-），原名裴洵言，祖籍山東省諸城縣，生於台灣省台北市。美國南康州大學美術系、紐約電影電視藝術中心畢業。擅長繪畫及電影，寫作以小說為主，兼及散文，曾獲聯合文學小說新人獎、時報文學獎、洛杉磯藝術中心繪畫獎、新聞局優良電影劇本獎等。出版小說有短篇集《無可原諒的告白》（1994台北聯合文學出版社）、《小河紀事》（1996台北皇冠文化出版公司）、長篇《海在沙漠的彼端》（1998台北九歌出版社）。裴在美在小說的創作上起步較晚，1977年她寫了第一篇短篇小說〈卸妝〉後，在八〇年代傾心經營編導與繪畫，一直到1990年才寫出另一篇短篇〈死了一個人〉，獲得「聯合文學小說新人獎」的佳作獎。1993年她又以〈耶穌喜愛的小孩〉奪下了「中國時報文學獎」的短篇小說首獎。筆者認為：

　　　起步雖晚，成果卻十分耀人眼目，一出手就有大家風範，這可能與她個人的藝術涵養和早已有文字的鍛鍊有關，畢竟不是初入筆陣的生手。裴在美的小說產量不多，慢工出細活，可說篇篇都有些自出機杼之處，因而篇篇都很耐人尋味。（馬森 1997a：249）

　　鄭寶娟（1957-），台灣省雲林縣人。淡江大學英文系畢業，曾任廣告公司文案、美商公司祕書、《中國時報》藝文記者。赴法國進修後即留居該國。寫作

以小說、散文爲主，曾獲第一屆時報短篇小說獎、第五屆聯合報長篇小說特別獎。小說主要作品有短篇集《裸夜》（1981台北皇冠文化出版公司）、《無心圓》（1983台北時報文化公司）、《邊緣心情》（1986台北時報文化公司）、《異國婚姻》（1996台北圓神出版社）、長篇《望鄉》（1984台北聯經出版公司）、《青春作伴——奔向有陽光的風景》（1986台北聯經出版公司）、《舊情綿綿》（1995台北九歌出版社）等。

　　林俊穎（1960-），台灣省彰化縣人。台灣政治大學中文系畢業，美國紐約州立大學皇后學院大眾傳播碩士，曾任職於廣告公司及《中國時報》。寫作以小說爲主，曾獲第一屆全國學生文學獎。作品有短篇小說集《大暑》（1990台北三三書坊）、《是誰在唱歌》（1994台北麥田出版公司）、《日出在遠方》（1997台北遠流出版公司）、《焚燒創世紀》（1997台北遠流出版公司）、《我不可告人的鄉愁》（2011台北印刻出版公司）。

　　許佑生（1961-），筆名查夫人，台灣省台北市人。台灣大學中文系畢業，紐約理工學院傳播藝術碩士，曾任《文星》雜誌、《中央日報·副刊》編輯、滾石唱片企畫、《自立晚報》主編、《台北人》月刊副總編輯、台灣美國國際有限公司創意總監等。寫作以散文、小說爲主，同情社會邊緣人物，專爲同志發聲。小說作品有短篇集《懸賞浪漫》（1992台北遠流出版公司）、《不倫的早熟少年》（1994台北皇冠文化出版公司）、極短篇《最佳單戀得主》（1992台北皇冠文化出版公司）、長篇《男婚男嫁》（1996台北開心陽光出版公司）。

　　楊照（1963-），原名李明駿，台灣省台北市人。台灣大學歷史系畢業，在美國哈佛大學攻讀史學博士學位。曾任出版社編輯、電視節目主持人。作品涵蓋小說、散文、評論，曾獲賴和文學獎、吳三連文學獎、吳濁流文學獎、洪醒夫小說獎。小說作品有短篇集《蓮花落》（1987台北圓神出版社）、《獨白》（1991台北自立報系出版部）、《黯魂》（1993台北皇冠文化出版公司）、長篇《大愛》（1991台北遠流出版公司）、《暗巷迷夜》（1994台北聯合文學出版社）、中篇《往事追憶錄》（19941台北聯合文學出版社）等。楊照的情色書寫獲得王德威的注意，他說：

楊照的中短篇常有大量色欲描寫，但細心讀者可以發覺，這些場面共有一陰鬱暴卒的基調：似乎不快樂不屬足的性，來自不快樂不屬足的政治潛意識。這兩者的傾軋，很少在他的作品中得到紓解，卻也是他小說可看性的根源。（王德威1998b：262）

　　章緣（1963-），原名張惠媛，台灣省台南縣人。台灣大學中文系畢業，美國紐約大學表演文化研究碩士，曾任《漢聲》雜誌社編輯、台視文化公司執行製作、美國《世界日報》記者，現居上海。寫作以小說為主，曾獲聯合文學小說新人短篇小說首獎、中央日報短篇小說首獎、聯合報短篇小說獎。作品有短篇集《更衣室的女人》（1997台北聯合文學出版社）、《大水之夜》（2000台北聯合文學出版社）、《擦肩而過》（2005台北聯合文學出版社）、《越界》（2009台北聯合文學出版社）、長篇《疫》（2003台北聯合文學出版社）。

　　郭強生（1964-），原籍北平市，生於台灣省台北縣。台灣大學外文系畢業，美國紐約大學戲劇研究所碩士、博士，曾任明道中學英文教師、《中央日報副刊》編輯、美國哥倫比亞大學東亞系助理教授、台灣東華大學英文系教授。寫作文類包括短篇小說、劇作和散文，善於把握人們曲折、隱微的情緒，並為同志文學增添光輝的一頁，曾獲第五屆全國大專學生小說金翼獎、第一屆台大十大才藝學生文藝創作獎、文建會七十九年度優良舞台劇本首獎。小說作品有短篇集《掏出你的手帕》（1988台北希代書版公司）、《傷心時不要跳舞》（1988台北希代書版公司）、《說起我的孤獨》（1989台北希代書版公司）、《點唱機情事》（1991台北皇冠文化出版公司）、《留情末世紀》（1996台北皇冠文化出版公司）、《情人上菜》（1987台北皇冠文化出版公司）、《我們美麗潦倒地活著》（1997台北元尊文化出版公司）、《希望你可以這樣愛我》（1997台北元尊文化出版公司）、《夜行之子》（2011台北聯合文學出版社）、《惑鄉之人》（2012台北聯合文學出版社）。

　　郭強生是八○年代末期崛起文壇的新秀，連連有新作問世，王德威認為他

「用功之勤，值得矚目。」又說：「郭以校園文學起家，首本小說《作伴》雖不乏習作氣息，但部分文字所透露的老辣世故，的確凸顯他早熟的才氣。其後的兩部作品，《掏出你的手帕》及《傷心時不要跳舞》，風格依舊，而題材則自校園擴大至都市眾生的描摹。從雅痞風花雪月寫到台灣家族滄桑，從慘綠少年寫到哀樂中年，郭勇於突破的決心，在在可見。然而躋身於新人輩出的文壇之中，出人頭地，談何容易。郭的努力似乎大於所得的回響。」（王德威1991：72-73）

宇文正（1964-），原名鄭瑜雯，福建省林森縣人。台中東海大學中文系畢業，美國南加大東亞研究所碩士。曾任《中國時報》文化版記者、漢光文化事業公司編輯部主任、明日工作室編輯，現任《聯合報》副刊組主任。著有短篇小說集《貓的年代》（1995台北遠流出版公司）、《台北下雪了》（1997台北遠流出版公司）、《幽室裡的愛情》（2002台北九歌出版社）、《台北卡農》（2008台北聯合文學出版社）及長篇《在月光下飛翔》（2000台北大地出版社）。

顏忠賢（1965-），台灣省彰化縣人。成功大學建築系畢業，台灣大學建築與城鄉研究所碩士，英國曼徹斯特大學建築所碩士後研究。返國後任電視「縱橫書海」電視場景設計總監，並於1988年與友人創立「同溫層詩社」，現任實踐大學建築設計系副教授。曾獲2001年台北「文學年金」創作獎及2014年國立台灣文學館長篇小說金典獎。小說作品有《殘念》（2007台北印刻出版公司）及《寶島大旅社》（2013台北印刻出版公司）。此外也出版有散文集及攝影集多部。

王文華（1967-），原籍安徽省合肥縣，生於台灣省台北市。台灣大學外文系畢業，美國史丹福大學企業管理碩士。曾任伯偉家庭育樂公司行銷經理、台北NEWS98電台節目主持人、音樂電視網副總裁、2007年趨勢科技董事長。2010創辦「王文華的夢想學校」。所作小說善於描寫都會男女的情愛，一反傳統敘事方式，運用連續押韻的文體，頗具新意，使作者成為暢銷作家。作品有短篇集《寂寞芳心俱樂部》（1991台北允晨文化公司）、《天使寶貝》（1992台北皇冠文化出版公司）、《舊金山下雨了》（1994台北聯合文學出版社）、中篇

《蛋白質女孩》（2002台北時報文化公司）、《61X57》（2001台北時報文化公司）、《倒數第2個女朋友》（2004台北時報文化公司）、《我的心跳，給你一半》（2008台北時報文化公司）等。大陸文評者朱雙一評論說：

> 王文華充分感受並表現出九〇年代前後台灣社會的一種世紀末大都會的狂野和焦慮的氣息。這在前行代作家，甚至比王文華稍早的新世代作家的筆下，都未曾表現得如此明顯、強烈和中肯。……
> 相應於內容，王文華的藝術表現手段也呈現出「新人類」的明顯特色，是誇張、戲謔的筆調。這也許因為在日趨成形的後工業聞名的社會裡人們益發冷漠，對於千奇百怪的事象，益發熟視無睹，唯有採用誇張、廓大的描寫，才能引起人們的注意和興趣。（朱雙一 1999：402-403）

黃錦樹（1967-），原籍福建省南安縣，生於馬來西亞柔佛州。台灣大學中文系畢業，淡江大學中文研究所碩士，清華大學中文研究所博士。現任暨南大學中文系副教授。作品以小說為主，兼及評論，曾獲大馬鄉青小說獎、客聯小說獎、中國時報文學獎小說首獎、聯合文學新人獎、聯合報文學獎、世界華文成長小說首獎、洪醒夫小說獎等。作品有短篇集《夢與豬與黎明》（1994台北九歌出版社）、《烏暗暝》（1997台北九歌出版社）、《由島至島》（2001台北麥田出版公司）、《土與火》（2005台北麥田出版公司）。另有論述《馬華文學與中國性》（1998台北元尊文化出版公司）、《文與魂與體：論現代中國性》（2006台北麥田出版公司）等。

邱妙津（1969-95），台灣省彰化縣人。台灣大學心理系畢業，赴法入巴黎第八大學心理系臨床組。曾任張老師心理輔導中心輔導員、《新新聞》雜誌社記者。因為過不了同性戀的情關，在巴黎自殺身亡。所作小說（包括身後出版者）多為同性戀者痛苦遭遇的內心獨白，曾獲第一屆中央日報小說獎首獎、第四屆聯合文學小說新人獎、中篇小說推薦獎。出版作品有短篇集《鬼的狂歡》（1991台北聯合文學出版社）、中、短篇集《寂寞的群眾》（1995台北聯合文

學出版社）、長篇《鱷魚手記》（1994台北時報文化公司）、《蒙馬特遺書》
（1996台北聯合文學出版社）。

　　褚士瑩（1971-），台灣省高雄市人。台灣大學政治系政治理論組畢業，美國
哈佛大學研究，休學從事旅行、寫作。喜愛自助旅行，足跡遍及世界各國，寫
作題材廣泛，以散文與小說為主。出版小說有短篇集《吃向日葵的魚》（1990
台北尚書文化出版社）、《井》（1992台北皇冠文化出版公司）、《相逢黑夜
的白雪》（1993台北皇冠文化出版公司）、劇本改寫《像我們這樣一個家》
（1994台北皇冠文化出版公司）、《愛琴海游泳》（1994台北皇冠文化出版公
司）、長篇《裸魚》（1995台北探索文化公司）。

　　洪凌（1971-），原名洪雅惠，台灣省台中縣人。台灣大學外文系畢業，英
國薩塞克斯（Sussex）大學英國文學碩士，香港中文大學文化研究所博士。曾
任《自由時報》漫畫版主編、台灣中興大學人文與社會科學研究中心博士後研
究員。作品以小說為主，兼及漫畫評論。作品雜揉科幻、鬼怪、同性戀、超現
實等，形成怪誕離奇的氣氛，曾獲全國學生文學獎、幼獅文藝科幻小說獎。已
出版作品有短篇集《肢解異獸》（1995台北遠流出版公司）、《異端吸血鬼
列傳》（1995台北平氏出版公司）、《宇宙奧狄賽》（1995台北時報文化公
司）、《在玻璃懸崖上走索》（1997台北雅音出版公司）、《復返於世界的
盡頭》（2002台北麥田出版公司）、《皮繩愉虐邦》（2006台北城邦出版公
司）、《銀河滅》（2008台北蓋亞出版公司）、長篇《末日玫瑰雨》（1996
台北遠流出版公司）、《不見天日的向日葵》（2000台北成陽出版公司）、
《魔鬼的破曉》（2002台北成陽出版公司）等。筆者以為洪凌的《異端吸血
鬼列傳》「也繼承了性與死亡的隱喻（特別沾染了安萊斯《夜訪吸血鬼》的溫
情），卻沒有西方吸血鬼的寒慄，也許是因為中國缺少了thriller這一個類型，
而洪凌也不想以此來嚇人的緣故。然而洪凌的書一點也不是本土的，連人物的
姓名、背景的地名都屬於舶來，正好符合想像中吸血鬼高鼻深目的異種面貌。
這一代遠離鄉土的書寫傾向，足使以重土衛鄉自居的衛道之士為之吐血。洪凌
自稱英文名字叫Lucifer（撒旦或魔鬼），代號『世紀末恐怖分子』，可見作

者面對讀者時自擬的身姿，說明她不希望別人誤會她的叛逆取向。」（馬森 1997b：267）

　　紀大偉（1972-），台灣省台中市人。台灣大學外文系畢業，同校外文研究所碩士，美國加州大學洛杉磯分校比較文學博士。現任政治大學台文所助理教授。作品以小說為主，以後現代的姿態處理酷兒文學、女性主義，也常採用科幻小說的形式。出版有短篇集《感官世界》（1995台北平氏出版公司）、《戀物癖》（1998台北時報文化公司）、中篇《膜》（1996台北聯經出版公司）。紀大偉如今已成為台灣酷兒文學的代言人，他的《感官世界》出版後，筆者曾予以評論：

紀大偉（1972-）

　　這本借用了日本電影導演大島渚的電影為書名的《感官世界》是紀大偉的第一本小說集，共收有七篇被張小虹稱為「酷兒的擬象視界」的作品。其中有安徒生童話的諧仿（Parody）〈美人魚的喜劇〉，有比較寫實的〈儀式〉、〈憂鬱的赤道無風帶〉，有荒謬怪誕的〈色情錄影帶殺人事件〉、〈蝕〉和科幻的〈他的眼底，你的掌心，即將綻放一朵玫瑰〉，還有一篇也許不應收入的近於散文的〈塔〉。純就技巧而論，紀大偉無疑正在嘗試各種不同的形式和技法，而且已經取得了相當的成績。但是貫穿全書的是作者自稱的queer senses，也就是同性戀的感覺世界。書中的人物，不是女同性戀（〈美人魚的喜劇〉、〈憂鬱的赤道無風帶〉），就是男同性戀（〈儀式〉、〈色情錄影帶殺人事件〉），再不然就是變性自如的雙性人（〈他的眼底，你的掌心，即將綻放一朵玫瑰〉），顯然呈現出為特定族群發言的態勢，其中不乏冒犯傳統審美觀的篇章。（馬森 1997b：265）

引用資料

《中國現代文學辭典》，1990，上海上海辭書出版社。

文訊雜誌社編，1999：《中華民國作家作品目錄》，台北行政院文化建設委員會。

王德威，1991：《閱讀當代小說》，台北遠流出版社。

王德威，1993：〈大有可為的台灣政治小說──東方白、張大春、林燿德、楊照、李永平〉，《小說中國
──晚清到當代的中文小說》，台北麥田出版公司，頁95-102。

王德威，1998a：〈從「海派」到「張派」──張愛玲小說的淵源與傳承〉，《如何現代，怎樣文學？──
十九、二十世紀中文小說新論》，台北麥田出版公司，頁319-335。

王德威，1998b：〈說來那話兒也長──鳥瞰當代情色小說〉，《如何現代，怎樣文學？──十九、二十世
紀中文小說新論》，台北麥田出版公司，頁251-265。

王德威，2005：《台灣：從文學看歷史》，台北麥田出版公司。

白先勇，1985：〈秉燭夜遊〉，馬森《夜遊》，台北爾雅出版社。

古添洪，1986：〈讀李昂的《殺夫》──譎詭、對等與婦女問題〉，3月號《中外文學》第14卷第10期。

古繼堂，1996：《台灣小說發展史》，台北文史哲出版社。

朱雙一，1999：《近二十年台灣文學流脈──「戰後新世代」文學論》，廈門廈門大學出版社。

余光中，1996：《井然有序》，台北九歌出版社。

呂正惠，1986：〈王文興的悲劇──生錯了地方，還是受錯了教育〉，12月《文星》雜誌102號。

呂正惠，1987：〈荒謬的滑稽戲──王禎和的人生圖像〉，7月《文星》雜誌。

李歐梵，1984：〈馬森的寓言文學〉，馬森《北京的故事》，台北時報文化出版公司。

辛　鬱等編，1977：《中國當代十大小說家選集》，台北源成文化圖書供應社。

吳海燕，1989：〈稠人敵座中的孤客──我看《孤絕》〉，9月號《當代》第41期。

夏志清，1969：〈白先勇論〉，12月《現代文學》第39期。

夏祖麗，1977：《握筆的人》，台北純文學出版社。

馬　森，1989：〈中國現代戲劇的兩度潮〉，9月號《當代》第41期，頁38-47。

馬　森，1997a：〈扮演與疏離──裴在美的文學追求〉，《燦爛的星空：現當代小說的主潮》，台北聯合
文學出版社，頁247-252。

馬　森，1997b：〈邊陲的反撲──三本「新感官小說」〉，《燦爛的星空：現當代小說的主潮》，台北聯
合文學出版社，頁264-270。

高天生，1982a：〈現代小說的歧途──試論王文興的小說〉，1月《文學界》第1期。

高天生，1982b：〈在破滅中瞭望新生的陳映真〉，9月《暖流》第2卷第3期。

高行健，2010：〈馬森的《夜遊》〉，馬森《夜遊》，台北秀威資訊科技公司。

陳芳明，2011：《台灣新文學史》上下，台北聯經出版公司。

張　放，2011：〈功夫在詩外〉，9月《新地》文學季刊第17期。

葉石濤，1987：《台灣文學史綱》，高雄春暉出版社。

葉維廉，2007：〈弦裡弦外──兼論小說裡的雕塑意味〉，王敬羲《囚犯與蒼蠅》附錄，廣州花城出版社。

黃錦樹，2003：：〈詞的流亡──張貴興和他的寫作道路〉，《中華現代文學大系評論卷（二）：1989-
2003》，台北九歌出版社，頁1261-1276。

齊邦媛，1998：〈江河匯集成海的六〇年代小說〉，《霧漸漸散的時候──台灣文學五十年》，台北九歌出
版社。

劉紹銘，1977：《小說與戲劇》，台北洪範書店。

龍應台，1985a：〈淘這盤金沙──細評白先勇《孽子》〉，《龍應台評小說》，台北爾雅出版社，頁
3-19。

龍應台，1985b：〈孤絕的人──評析馬森《孤絕》〉，《龍應台評小說》，台北爾雅出版社，頁33-49。

龍應台，1985c：〈燭照《夜遊》〉，《龍應台評小說》，台北爾雅出版社，頁21-32。

龍應台，1985d：〈最壞的與最好的——評張系國《昨日之怒》與〈不朽者〉〉，《龍應台評小說》，台北
　　爾雅出版社，頁51-62。

龍應台，1985e：〈王禎和走錯了路——評《玫瑰玫瑰我愛你》〉，《龍應台評小說》，台北爾雅出版社，
　　頁77-82。

龍應台，1985f：〈劉大任的中國人——評《杜鵑啼血》〉，《龍應台評小說》，台北爾雅出版社，頁141-
　　156。

歐陽子，1976：《王謝堂前的燕子——〈台北人〉》，台北爾雅出版社。

顏元叔，1973：〈苦讀細品談《家變》〉，4月《中外文學》第1卷第11期，頁60-85。

第三十四章　台灣現代小說的眾聲喧譁

　　繼續台灣光復初期的反共懷鄉小說之作的是由大陸來台的軍中作家的精采表現，其中尤以素有軍中三劍客之稱的朱西甯、司馬中原、段彩華最受注目，他們都寫出了不凡的成績。朱西甯的故鄉傳奇可說是台灣本地鄉土小說的前導，他所寫人物的愚執或悲壯，無不帶有救贖的情懷，蓋源自於他的基督教的信仰。司馬中原的荒原英傑似來自傳統說部的餘響，仍具有農村說書人的音容聲貌。段彩華則長於人情世故的鋪展以及扭曲的心靈呈現。就中國總體小說發展而論，這些作品也正好填補了三、四〇年代的敘事文學到改革開放後七、八〇年代大陸小說——特別是鄉土、尋根的一派——之間的罅隙。

　　到了七〇年代，伴隨著國際局勢的逆轉，台灣被迫退出聯合國，而且失去主要友邦美國的認同，台灣的統治階層已呈危機四伏之勢。這時候長久潛伏的本土意識伺機而動，首先表現在對鄉土的關懷與提倡書寫鄉土的活動上。繼吳濁流的《亞細亞的孤兒》所表達的心情，文壇的兩員本土大將鍾肇政與葉石濤在創作與理論上均展現其巨大的影響力。在詩壇，有笠詩社的成立，在小說上，則掀起寫鄉土的風潮，於是湧現了一大批傾向寫實主義及擬寫實主義的本土作家，像鄭清文、李喬、黃春明、陳映眞、王禎和、楊青矗、王拓、洪醒夫、宋

澤萊等，都表現出不俗的創作才華與實力。寫鄉土，既然成為一種運動，當然會發之於言論，終於引發了1977-78年的一場所謂的「鄉土文學論戰」。這次論戰雖然由王拓於1977年4月發表在《仙人掌雜誌》上的一篇文章〈是「現實主義」文學，不是「鄉土文學」〉所引起，其實與寫實主義與現代主義之間的爭論無關，一開始即捲入意識形態及政治立場之爭。時任《中央日報》總主筆的彭歌發表了一篇〈不談人性，何有文學？〉的文章（1977年8月17-19日《聯合副刊》），點名批判了陳映真、尉天驄和王拓三人，指他們的言論和共產黨的階級理論掛鉤，代表了嚴正的官方立場。接著於8月20日余光中也在《聯合副刊》發表了〈狼來了〉一文，指台灣的鄉土文學就是大陸上的工農兵文學，「一時之間被喻為『血滴子』的大帽子在文壇弄得風聲鶴唳，瀰漫著肅殺的血腥氣息」（陳明成 2002：40）。爭論一旦牽扯上政治立場，學術只能退避三舍，再沒有討論的餘地，所以這場論爭毋寧等於官方的右派對民間的左派，前者的代表人物為彭歌、余光中、朱西甯等，後者的代表人物為陳映真、尉天驄、王拓等。（尉天驄 1978）官方的氣勢雖大，但終蓋不住日漸升溫的本土意識，使寫鄉土蔚為一時的風氣，但現代主義並未在他們的作品中缺席，只成為現代主義潮流中的鄉土而已。

到了八〇年代以後，台灣的社會發生了基本的變化，強人政治不再，民主的曙光乍現，經濟起飛，各業繁榮，留外的知識份子（包括作家）逐漸回歸，更促成小說的風格向現代主義與後現代主義轉化。九歌出版社於1989年出版的《中華現代文學大系小說卷：台灣1970-1989》二十年中收小說作家七十人，到了2003年出版的《中華現代文學大系小說卷：臺灣1989-2003》十五年中收小說家六十六人，因為少了五年，相對來說小說家的人數並未減少，反倒增加了，而且世代交替的現象明顯地出現。前《大系》七十位小說家中生於二〇年代的有十人，約佔14%；生於三〇年代的有十八人，約佔26%；生於四〇年代的有十七人，約佔24%；生於五〇年代的有二十人，約佔32%；生於六〇年代的只有二人，所佔比率無足道。十五年後的《大系》所收小說家六十六人中，生於二〇年代的從十人降為一人，而且已經去世了。生於三〇年代的從十八人減為

七人，約佔10％；生於四○年代的從十七人也減爲七人，也約佔10％；生於五○年代的從二十二人增爲二十八人，獨佔40％；生於六○年代的從原來的二人猛升爲十八人，約佔接近30％；還有五位生於七○年代，是前《大系》所未有的，約佔9％。從以上的比率可見，原來三○年代到五○年代出生的小說家主力已爲五、六○年代出生的小說家所取代。出生於二○年代的作家或老成凋謝，或已封筆。在台灣這種尚算富裕與安定的社會裡，老化竟然也如此迅速，除了少數例外，六十歲以後似乎已後繼無力，不是作品稀少，就是無能突破過去已有的成就。如以性別而論，前《大系》男性小說家有五十一人之多，佔73％；女性十九人，只佔27％。十五年後，男性小說家降爲四十人，佔60％；女性小說家升爲二十六人，佔40％，也就是說一向以男性爲主的小說陣地已經被女性攻克一半，如此繼續下去，也許有一天小說將成爲女性擅長的文類。（馬森2003：18-19）

以上所論，都是從所謂的「藝術小說」（或曰「嚴肅小說」）著眼，其實社會上通行的所謂「通俗小說」（或曰「大衆小說」）若從社會學的立場而論，其影響遠超過藝術小說。僅就數量而論，通俗小說作家產生的作品動輒上百部，而每部的銷售量又遠在藝術小說之上，其讀者群遍布老幼婦孺，不像藝術小說的讀者只侷限在少數的文學愛好者之間，因此文學史雖然重視藝術小說的歷史動向，也不能置通俗小說而不論。大陸上在對外開放之後，通俗小說也大行其道了，先是輸入台港的通俗說部，繼則自行開發，如今大陸上的通俗小說作家也不遑多讓了。不過，眞正要瞭解通俗小說的機能與影響，非要另寫一部包括社會統計調查在內的通俗文學史不足以爲功。

台灣的當代小說有別於大陸當代小說之處，乃在跟隨後現代的風潮而起的女性主義小說及以同性戀爲主題的同志小說，再加上女性主義與同志論述合體的小說。五○年代本來女性作家人數就急邊增長，已經與男性作家平分秋色了，而且在中國文藝協會之外又特別成立了婦女寫作協會。除了在大陸上已經成名的女作家像蘇雪林、謝冰瑩、張秀亞、琦君等人外，在台灣嶄露頭角的有林海音、郭良蕙、華嚴、孟瑤、艾雯、朱秀娟等專寫婦女命運及婚姻問題的女

作家出現。但那時候只是女性的作品而已，還不能稱之謂「女性主義」作品，直到七〇年代以後，俟西方的女性主義之風吹到台灣，女作家們於是開始感到爭取女權的重要，小說中才真正有了女性主義的議題。袁瓊瓊、廖輝英、季季、蕭颯、朱天文、朱天心、蘇偉貞等都為女性擁有的一片天空伸張正義，李昂的《殺夫》更以激烈的手段表態，反抗根深柢固的男性沙文主義。陳芳明認為「整個社會條件發生鬆動之際，暗潮洶湧的女性情欲終於破土而出。李昂與廖輝英小說中的女性，固然還未脫離弱者的位置，卻已具備能力透視詭譎的男性文化，還進一步拒斥沙文主義的加害。故事中的女性，能夠表達自己的價值觀念，或者以行動捍衛主體，並且揭穿男性的自私與蠻橫，不再接受傳統的宿命觀，也不再隱忍地壓抑自我的聲音。這正是後來無數女性作家將繼續堅持下去，並不斷開拓的全新格局。」（陳芳明 2011：612）女性主義文學在迎向民主的氣氛中似乎順理成章，同志文學在偏見和成俗根深柢固的傳統社會中卻還要費一番奮力的掙扎。

陳芳明在他的《台灣新文學史》中特別揭示出同志文學版圖的擴張及其在現代民主社會中的意義。他說：「同志文學在台灣社會登場，等於是在試探父權主流價值對美學的接受程度。以儒家思想為主體的文化結構中，不僅是尊崇父親，而且也是強調異性戀論述；在思想上，又特別高舉承先啟後的傳統旗幟。在1980年代之前，情欲文學尚且只能透過現代主義的象徵技巧隱約地表現出來。涉及同志議題的作品，需要依賴更迂迴的暗示手法來描寫。在這個領域長期進行突破的作家，無疑是以白先勇為重要指標。如沒有《台北人》和《孽子》的相繼出版，同志文學是否能夠在台灣文壇蔚為風氣，也許還是命運未卜。……歷史閘門開啟之後，同志文學發展的節奏就不斷加速。馬森的《夜遊》（1984）、陳若曦的《紙婚》（1986），都足以顯示作家開始放膽觸探從前的禁區。1990年之後，門禁不再森嚴。藍玉湖的《薔薇刑》（1990）、凌煙的《失聲畫眉》（1990）、曹麗娟的《童女之舞》（1990）、林俊穎的《是誰在唱歌》（1994）、邱妙津的《鱷魚手記》（1994）、朱天文的《荒人手記》（1994）、洪凌的《肢解異獸》（1995）與《異端吸血鬼列傳》

（1995）、陳雪的《惡女書》（1995）、紀大偉的《膜》（1995）與《感官世界》（1995）、杜修蘭的《逆女》（1996）、吳繼文的《世紀末少年愛讀本》（1996）、舞鶴的《十七歲之海》（1997），猶如巨浪滔滔，造成氣象萬千的場面。」（陳芳明 2011：615-616）

　　大陸上由於毛澤東長期獨霸共產黨中央的領導權，以致使父權更加穩固，民主（包括共產黨內）遙遙無期。雖然號稱「女性撐起半邊天」，女性主義至今都難以抬頭，遑論同志文學了。台灣的這種現象，至少標誌著當大陸上的文化氛圍仍徘徊在渾沌的暗夜中時，台灣的文學已大步地走向現代文明的黎明。

　　在重視文字經營的藝術小說之外，六○年代也崛起了多位撰寫歷史、武俠、言情、科幻等通俗小說的作家，其中最有代表性的當推高陽、南宮博、古龍、孟瑤、瓊瑤等。他們的作品文字通暢流利，情節高潮迭起，主人翁不是家喻戶曉的歷史人物或武功高強的俠客，就是戀愛中的俊男美女，很能抓住一般群眾，特別是青少年讀者的心，因此暢銷一時，後來也多半都搬上銀幕或螢幕，提供了幾代人的消閒娛樂，都成為台灣至今仍然暢銷的小說家。

　　如果我們認為詹明信的資本主義三段論有些道理，那麼二次大戰後所謂的「晚期資本主義」給文學、藝術帶來的是「後現代主義」的美學（詹明信 1987：5）。在眾說紛紜的「後現代主義」論說中，斯邦諾斯的說法較具說服力，他認為後現代主義美學的基礎來自存在主義，荒謬劇（以及荒謬小說）應該就是後現代主義的作品（佛克馬、伯頓斯 1991：26）。由此看來七等生的《我愛黑眼珠》、《散步去黑橋》以及馬森的《M的旅程》系列如無法納入現代主義，倒近似後現代主義的美學規範。此外，魔幻寫實、後設小說一般也被認為屬於後現代的作品（艾斯坦森 Eysteinsson 1990），女性主義、同志文學也都是現代主義以後的現象。這類的作品在台灣也都一一出現，例如張大春、宋澤萊的魔幻寫實、舞鶴的邪魔、詩化，李昂、平路、陳玉慧的女性主義小說，李永平、張貴興的異國情調，駱以軍、黃凡的後設小說，朱天文、邱妙津、吳繼文、紀大偉、陳雪等的同志小說，在在都說明了後現代多元的美學走向。王德威更揭示出世紀末中國小說的四個方向，他說：「展望世紀末的中國小說，

以下的四方向或者值得有心人的追蹤：（一）怪誕的美學；（二）以詩入史的敘事策略；（三）消遣並消解中國的姿態；（四）新狎邪體小說的形成。這四個方向對以往現代中國文學的主要標籤提出反響。寫實的風格、史詩的抱負、感時憂國的主題等漸行漸遠，一場場展現世紀末風情的好戲，正要上演。」（王德威 1993：204）王的四個方向論不但適用於台灣世紀末的小說，也可以兼釋海峽對岸同時期的敘事文學。

　　其實，從寫實主義到現代主義，再到後現代主義的過程，也許並不像在西方世界那麼有明確的時間順序，而是如詹明信所言，在第三世界「是三種不同時代並存或交叉的時代」（詹明信 1987：5）。事實確是如此，除新小說外，傳統的舊小說也並未在台灣絕跡，如以上所舉的歷史小說以及台港風行一時的武俠說部等。

　　台灣光復以後的小說以美學的取向劃分也許較優於雜用美學風格與主題分類的不同標準，例如「現代文學」指的是美學風格，「鄉土文學」指的卻是描述的主題。七等生的「鄉土」就不寫實，而王禎和的「現代」小說也很鄉土。因此說五○年代是「反共小說」的時代，六○年代是「現代小說」的時代，七○年代是「鄉土小說」的時代，恐怕最後會說不出個所以然來。既然都在二度西潮的衝激下，不論哪個作家，又怎能脫身於現代或後現代的潮流之外呢？除在前一章已敘述過台灣第二度西潮中最早出現的和最不能擺脫現代潮流的回歸作家的現代小說外，以下將根據小說文類在二十世紀後期發展脈絡以及這時期各位小說家的特色加以分別敘述，其中的作品籠括了王德威所提出的中國小說世紀末的四個方向，俾使讀者對台灣的當代小說有一個更為清晰的概貌。

一、軍中小說家

　　台灣正像大陸一樣，以筆代戈的軍人眾多，原因之一是因為軍人數目龐大，其中自然會有喜愛舞文弄墨之輩；原因之二是從軍為環境所造成，並非出於自願，那些非自願的從軍者自然另求寄託；原因之三是戰後有軍無戰，為了維持

軍容，當局採取鼓勵軍中文藝活動的政策，甚至設有文學的獎項，於是文學創作在軍中竟成爲獲得名利的正當途徑。以下所介紹的作家並不都是現役軍人，有些是出身於軍旅者。

蕭白（1925-2013），原名周仲勳，筆名風雷、洛雨、金陽等，浙江省諸暨縣人。曾任小學教師，抗戰時期從事戰地服務，在四川從軍，於1948年隨軍來台。1967年退役後，曾任黎明文化公司編審，並參與「中國新文學叢刊」編輯工作。1989年封筆，繪畫自娛。寫作以散文、小說爲主，其散文更受重視，曾獲中山文藝散文獎。小說作品有中篇《三月》（1965台南晨光出版社）、短篇集《雪朝》（1966台北台灣商務印書館）、《伊甸園外》（1968台北博愛圖書公司）、《瑪瑙杯子》（1969台北曉蟬書店）、《壁上的魚》（1976台北水芙蓉出版社）、長篇《雨季》（1984台北文鏡文化公司）等。

公孫嬿（1925-），原名查顯琳，另有筆名余皖人、寧之懷，原籍安徽省懷寧縣，生於北平市。北平輔仁大學及陸軍官校、參謀指揮大學畢業，並曾獲菲律賓阿連諾大學碩士學位。曾任砲兵指揮官、駐菲律賓陸軍武官、駐伊朗軍事武官、駐美國首席武官、世界各國駐華府武官團長、情報學校校長、青溪新文藝學會理事長。現旅居美國。出版小說主要有短篇集《海的十年祭》（1951台北遠東圖書公司）、《孟良崮的風雲》（1955台北中央文物供應社）、《夜襲》（1961台中光啓出版社）、《不鏽鋼》（1971台北陸軍出版社）及長篇《百合花凋》（1958高雄大業書店）、《解語花》上下冊（1958台北時報雜誌社）等。

朱西甯（1926-98），原名朱青海，山東省臨朐縣人。抗戰時期在蘇北、皖南、南京等地讀書。杭州藝專肄業，勝利後曾在南京新都戲院、國民戲院擔任廣告師傅。1949年初從軍赴台，曾任教官、編輯、參謀。五○年代開始小說創作，成爲軍中重量級小說家。1967年曾主編《新文藝》雜誌，退役後專事寫作。小說作品眾多，主要者有短篇集《大火炬的愛》（1952台北重光文藝出版社）、《鐵漿》（1963台北文星書店）、《狼》（1963高雄大業書店）、《破曉時分》（1967台北皇冠文化出版公司）、《第一號隧道》（1968台北新中國出版社）、《現在幾點鐘》（1970台北阿波羅出版社）、《奔向太陽》（1971

台北陸軍出版社）、《蛇》（1971台北大地出版社）、
《非禮記》（1972台北皇冠文化出版公司）、《朱西甯自
選集》（1975台北黎明文化公司）、《春城無處不飛花》
（1975台北遠景出版社）、《將軍與我》（1976台北洪
範書店）、《熊》（1984台北皇冠文化出版公司）、中篇
《黃粱夢》（1987台北三三書坊）、長篇《旱魃》（1967
台北皇冠文化出版公司）、《冶金者》（1970台北仙人掌
出版社）、《畫夢記》（1970台北皇冠文化出版公司）、
《八二三注》（1978台北三三書坊）、《茶鄉》（1984台
北三三書坊）、《華太平家傳》（1999台北聯合文學出版
社）等。齊邦媛曾推崇他小說的成就說：

《八二三注》（2003台北印
刻出版公司）

> 　　朱西甯的文筆由冶煉至成熟，而致創作生涯的高峰。他以豪放嶄新的手法寫
> 大陸的鄉土故事，故事的背景是中國人所熟悉的，但是他書中的人物卻是刻意
> 塑造的，令人難忘的特殊角色，甚少「平易近人」的情趣。他們常常是民間稱
> 之為「血性漢子」的人物，用一種「血氣之勇的執拗」向命運的環境挑戰，而
> 成為自我的犧牲者，如《鐵漿》中的孟昭，為了不服輸，喝下鮮紅的鐵漿。其
> 他的類型如《破曉時分》中的女囚，《狼》中的二嬸，都代表中國傳統中一些
> 受苦的愚頑的人物。朱西甯用極敏銳的觀察和想像力培養適當的氣氛，烘托出
> 需要的情節和人物內心世界。如此創造的小說就不是故事，而是傳世的藝術品
> 了。（齊邦媛1998：54-55）

　　蔡文甫（1926-），江蘇省鹽城縣人。從軍來台。高等考試及格，曾任國中教
師、《中華日報》主編。創辦九歌出版社、健行文化出版公司及九歌文教基金
會。除經營出版事業以外，也寫小說，出版有短篇集《解凍的時候》（1963香
港東方文學社）、《沒有觀眾的舞台》（1965台北文星書店）、《磁石女神》
（1969台北廣文書局）、《移愛記》（1973台北學生書局）、《船夫和猴子》

（1994台北九歌出版社）、長篇《雨夜的月亮》（1967台北皇冠文化出版公司）、《愛的泉源》（1978台北華欣文化中心）。他的出版家之名掩蓋了作家之名。

澎湃（1926-），原名彭品光，安徽省望江縣人。安徽省立政治學院法律系畢業，曾服務海軍，任報社記者、編輯、採訪主任、社長、《中華日報》主筆，並曾主編《皖報》副刊、《中國海軍》月刊、《海洋生活》月刊、《中國文藝年鑑》，創辦《婦友天地》月刊。寫作以小說、散文為主，曾獲中華文獎會短篇小說獎、國軍新文藝小說組首獎、中國文藝協會文藝獎章。小說作品有短篇集《黃海之戰》（1954台北海軍出版社）、《浪花曲》（1955台北海洋生活社）、中篇《荒島夢回》（1961台北海洋生活社）、《晝夢十年間》（1970台北水牛出版社）、《藍色的謳歌》（1977台北成文出版社）、長篇《赤子悲歌》（1978台北學生書局）等。

汪洋（1927-），原名汪克岐，山東省萊陽縣人。高中肄業，棄學從軍，曾任連指導員、參謀等。1967年退役，一度到學校服務。寫作以小說為主，出版有短篇集《風雨故人》（1970台北台灣商務印書館）、《休止符》（1970台北大西洋圖書公司）、《移愛》（1971台北台灣商務印書館）、《愛情底十字架》（1971台北黎明文化公司）、《最後的約會》（1973台北台灣商務印書館）、長篇《寡歡的婚禮》（1971台北台灣商務印書館）、《換眼記》（1980台北水芙蓉出版社）。

師範（1927-），原名施魯生，江蘇省南通縣人。中央大學經濟系畢業，來台後曾任台灣糖業公司管理師、《野風》雜誌（國府遷台後第一份民間文學雜誌）主編。小說作品有長篇《沒有走完的路》（1952台北文藝生活出版公司）、《穀倉願望》（1953台北自由青年社）、《白花亭》（1964台北文壇社）及短篇集《與我同在》（1953台北文藝生活出版公司）。《野風》雜誌是台灣早期頗有影響力的文學刊物。

田原（1927-87），原名田源，字慈泉，另有筆名憶輝、魯司寇，山東省濰縣人。安徽簡易師範學校及台灣中國新聞專科學校畢業。從軍來台，曾任教

官、新聞官、科長、副處長等職。並曾主編金門《力行報》、《無邪報》、《青年戰士報》及擔任黎明文化公司總經理。小說多取材自過去在東北抗敵的經驗以及台灣光復後的社會現象，北方語言運用純熟，使作品帶有地方色彩，曾獲文藝協會文藝獎章、嘉新文化著作獎、中山文藝獎、教育部文藝獎、吳三連文藝獎。他也是多產作家，且多爲長篇大作，主要作品有長篇小說《這一代》（1959台北新中國出版社）、《朝陽》（1964台北文壇社）、《青色年代》（1965高雄長城出版社）、《遷居記》（1967台中台灣省新聞處）、《圓環》（1968台北文壇社）、《松花江畔》（1970台北時報文化公司）、《男子漢》（1971台北國防部聯隊書箱）、《青紗帳起》（1971台北皇冠文化出版公司）、《四姊妹》（1973台中台灣省新聞處）、《霧》（1973台北皇冠文化出版公司）、《差額》（1986台北九歌出版社）、短篇集《辦嫁妝》（1965高雄長城出版社）、《春遲》（1967台北新中國出版社）、《田原自選集》（1975台北黎明文化公司）、《田原短篇小說集》（1976台北中華文藝月刊社）等。

舒暢（1928-），湖北省漢陽市人。國立水產學校畢業。1949年從軍來台，1963年退伍後專事寫作。作品以小說爲主，計有短篇集《櫥窗裡的畫眉》（1967台北台灣商務印書館）、《軌跡之外》（1969台北金字塔出版社）、《沒有番號的》（1971台北總政戰部）、《院中故事》（1981台北九歌出版社）及長篇《那年在特約茶室》（1991台北九歌出版社）。

姜穆（1929-），字達豐，筆名徽萱、牧野、金蕾、馬克騰、卓元相、阮詩莉等，貴州省錦屏縣苗族人。少年從軍來台，1971年以陸軍少校退伍。嗣後曾任雜誌編輯、新聞局出版處專員，曾主編《文藝月刊》、《今日中國》等雜誌。作品以散文、小說爲主，出版有短篇集《紅娃》（1967台北幼獅文化公司）、《早落的夕陽》（1969台北立志出版社）、《心結》（1969台北台灣商務印書館）、《第二代》（1969台北正中書局）、《淑女》（1970台北雲天出版社）、《綠色的海》（1974台北華欣文化中心）、《家家笙歌》（1980台中學人出版社）、中篇《決堤》（1967台北正中書局）、《奴隸們的怒吼》（1971台北總政戰部）、長篇《流》（1975台北水芙蓉出版社）、《異域烽

火》（1976台北廣城出版社）、《黑地》（1979台北開元出版社）、《血地》（1983台北總政戰部）等。

吳東權（1929-），筆名人言、木成林、吳仲謀、林信，福建省莆田縣人。政工幹校第一期新聞組畢業，後又入文化大學新聞系及香港遠東學院文史研究所。曾任國防部軍中播音總隊副總隊長、中央電影公司製作企畫部副經理、中國電視公司新聞部經理、陽光文教基金會董事長，並曾任教於政治作戰學校及文化大學，主編過《女青年》、《文藝》月刊、《青年戰士報》副刊。作品兼及小說與散文，曾獲國軍新文藝金像獎、中國文藝協會文藝獎章。主要小說作品有中篇《玉骨冰心》（1961台北皇冠文化出版公司）、《三人行》（1966台北新中國出版社）、長篇《碧血黃沙》（1967台北宏業書局）、《一翦梅》（1972台北立志出版社）、《折劍爲盟》（1985台北采風出版社）、《百鳳朝陽》（1987台北黎明文化公司）、短篇集《橄欖林》（1967台北台灣商務印書館）、《離巢燕》（1980台北中國文化大學出版部）等。

康白（1930-2011），原名何偉康，湖南省湘潭縣人。陸軍官校二十四期畢業，曾任軍官。來台後退役，創辦《中國風》雜誌，並曾任《世界論壇報》主筆及巨橋有限公司負責人。作品以小說爲主兼及劇作。主要小說作品有長篇《蟠龍山》（1976台北震旦書局）、《故鄉故事》（1977台北聯經出版公司）、《昨日再見》（1981台北聯亞出版社）、《流月》（1992台北業強出版社）及中短篇《盲鳥》（1987北京友誼出版公司）等。

黃輝（1930-），原名黃銚輝，四川省射洪縣人。陸軍官校二十四期畢業，曾任排、連長、教官、參謀，並曾開辦彩虹出版社。主要從事小說寫作，作品眾多，主要有長篇《一段情》（1960台中革心出版社）、《霧裡情》（1964台南東海出版社）、《空谷水流》（1967台北黎明文化公司）、《月朦朧》（1968台北光大出版社）、《流雲飛》（1972台北彩虹出版社）、《心中百合》（1973台北彩虹出版社）、《情天長歌》（1979台北彩虹出版社）等。

大荒（1930-，生平見第三十二章）在詩作外，出版有小說多部，諸如長篇《有影子的人》（1965台北皇冠文化出版公司）、《夕陽船》（1968台北十

月出版社）、短篇集《火鳥》（1967台北台灣商務印書館）、《無言的輓歌》（1970台北大西洋出版社）。

　　楊海晏（1931-80），湖南省淮陰縣人。政工幹校第一期新聞組畢業。中年因心臟病去世，小說作品不多，計有短篇集《心向》（1953高雄新創作出版社）、《小陽春》（1957台北力行出版社）、《楊海晏自選集》（1980台北黎明文化公司）、長篇《絕唱》（1972台北正中書局）。

　　張放（1932-2013），山東省平陰縣人。政戰學校影劇科畢業，菲律賓亞典耀大學文學碩士。曾任軍職、電台編撰、文建會研究員、菲律賓中華中學校長等。作品以小說為主，兼及散文，數量甚多，曾獲第一屆及第十五屆國軍新文藝金像獎、中國文藝協會小說獎章、中山文藝獎、吳三連文藝獎等。主要小說作品有長篇《奔流》（1954台北中興出版社）、《鐵馬冰河》（1961台北五洲出版社）、《桂花夢》（1965台南東海出版社）、《遠天的風沙》（1985台北黎明文化公司）、《與山有約》（1997台北獨家出版社）、《天譴》（1998台北三民書局）、中篇《野火》（1958台北文壇社）、《沙河村》（1977台北文豪出版社）、《張放自選集》（1979台北黎明文化公司）、《情繫江家峪》（1996台北文史哲出版社）、短篇集《心隨明月》（1987台北中央日報社）、《春泥》（1988台北黎明文化公司）、《山妻》（1993台北巨龍文化公司）等。

　　夏楚（1932-），湖北省漢口市人。1949年從軍來台。1959年退役後曾任公務員、記者及華欣文化事業中心主編。作品以小說為主，曾獲國軍新文藝中篇小說金像獎、中國文藝協會小說獎章。主要作品有短篇集《紅塵》（1960台北金陵出版社）、《缺眼的雕像》（1966台北台灣商務印書館）、《夏楚自選集》（1979台北黎明文化公司）、長篇《鵲橋盟》（1963台北幼獅文化公司）、《心猿》（1968台北文化圖書公司）、《一樹白花》（1972台北彩虹出版社）等。

　　王璞（1932-2013），原名王傳璞，山東省鄒平縣人。政戰學校新聞系畢業，曾任軍報記者及編輯，《勝利之光》畫刊編輯、《新文藝》月刊主編、新中國出版社總編輯及副社長。曾獲文復會主編獎。晚年以私人的財力從事文學家錄像工作，所錄作家多達百餘位，貢獻卓著。寫作以小說為主，兼及散文。出版

有長篇小說《白色的愛》（1963台北作家出版社）、《永恆的懺悔》（1965台北黎明文化公司）、短篇小說集《一串項鍊》（1968台中光啓出版社）、《咖啡與同情》（1980台北水芙蓉出版社）。

司馬中原（1933-），原名吳延玫，江蘇省淮陰縣人。十五歲從軍，沒有受過正式教育，全靠自學。在軍中歷任教官、參謀、新聞官等職。1962年以中尉軍階退役，而後專事寫作維生。曾任《中華文藝》月刊社社長、中國青年寫作協會理事長、中華民國著作權人協會理事長。創作小說五十餘部，吸取傳統說部技法與精神，皆富有傳奇性與通俗性，頗受大眾歡迎。齊邦媛說：

司馬中原（1933-）
圖片提供／文訊

　　司馬中原是位多產的作家。自從十七歲以中篇小說《小疤》獲中華文藝基金獎後，他以每年至少一本書的速度寫作。二十歲時已完成他的重要作品《荒原》。《荒原》直到一九六〇年出版，奠定了他在當代作家中的重要地位。之後十年間至少有十五本書問世，可以說六〇年代是司馬中原小說創作的顛峰期。……司馬中原六〇年代的作品中，無論是哪一類型的，都有感情融入崢嶸的土地的清晰的聲音，似在感嘆人間的滄桑，土地的苦難和聲音中的感歎融合出一種受苦者的尊嚴，自有它不朽的悲壯，在他以後的作品中反而少見了。（齊邦媛1998：55-57）

主要作品有長篇《荒原》（1963高雄大業書店）、《魔夜》（1964台北皇冠雜誌社）、《青春行》（1968台北皇冠雜誌社）、《綠楊村》（1970台北皇冠雜誌社）、《啼明鳥》（1970台北皇冠文化出版公司）、《狼煙》（1974台北華欣文化中心）、《流星雨》（1975台北水芙蓉出版社）、《巫蠱》（1976台北皇冠文化出版公司）、《靈河》（1978台北皇冠文化出版公司）、《失去監獄的囚犯》三冊（1979-81台北皇冠雜誌社）、《春遲》（1985台北九歌出版社）、《龍飛記》（1987台北皇冠文化出版公司）、《醫院鬼話》（1994台

北皇冠文化出版公司）、中篇《山靈》（1956香港正文出版公司）、《路客與刀客》（1969台北皇冠文化出版公司）、《天網》（1971台北皇冠文化出版公司）、《十八里旱湖》（1972台北皇冠文化出版公司）、《煙雲》（1977台北皇冠文化出版公司）、短篇集《春雷》（1959台北青白出版社）、《石鼓莊》（1969台北皇冠雜誌社）、《荒鄉異聞》（1971台北皇冠文化出版公司）、《呆虎傳》（1974台北皇冠雜誌社）、《司馬中原自選集》（1975台北黎明文化公司）、《寒食雨》（1986台北九歌出版社）、《吸血的殭屍》（1989台北皇冠文化出版公司）等。

段彩華（1933-），江蘇省宿遷縣人。山東省立第三聯合中學肄業。1949年於長沙從軍來台。1962年退役後歷任校對、書庫管理員、記者、中國青年寫作協會總幹事、《幼獅文藝》主編。作品以小說為主，曾獲國軍文藝金像獎、中國文藝協會文藝獎章、中華文藝獎金等。主要作品有短篇集《神井》（1964高雄大業書店）、《五個少年犯》（1969台北白馬出版社）、《鷺鷥之鄉》（1971台北陸軍出版社）、《花雕宴》（1974台北華欣文化公司）、《段彩華自選集》（1975台北黎明文化中心）、《野棉花》（1986台北爾雅出版社）、《一千個跳蚤》（1986台北世茂出版社）、《奇石緣》（1991

段彩華（1933-）
圖片提供／文訊

台北華欣文化中心）、中篇《幕後》（1951台北文藝創作社）、長篇《山林的子孫》（1969台北幼獅書店）、《龍袍劫》（1977台北名人出版社）、《賊網》（1980台北台灣新聞報社）、《花燭散》（1991台北九歌出版社）、《清明河上圖》（1996台北九歌出版社）等。陳芳明說：

> 他擅長寫自己經歷的故事，卻又不是庸俗的寫實主義者。在創造過程中，偏向現代技巧，他喜歡寫扭曲的心靈故事，在內心世界往往可以看到另外一層風

景。段彩華擅長使用較短的句法，無形中使讀者在閱讀時，帶動輕快的旋律。在1960年代，他在《聯合副刊》大量發表短篇小說，對於傳統中的迷信，以迂迴的方式徹底反省，透過故事的描述，對於反共復國的神話也有某種程度的批判。他擅長使用象徵與隱喻的方式，聲東擊西，在傳統與現實之間完成跳接。（陳芳明 2011：412）

辛鬱（1933-，生平見第三十二章），除詩作外，也有中短篇小說，計有短篇集《未終曲》（1968台北台灣商務印書館）、《不是鴕鳥》（1968台北十月出版社）、《我給那白癡一塊錢》（1978台北天華出版社）及中篇《地下火》（1974台北陸軍出版社）。

馮馮（1936-2007），原名馮士雄，又名張志雄，出生於廣東省廣州市。母為越南華僑，父不詳（馮馮曾自言其父可能為來自哈薩克的軍官）。1949年考取海軍軍官學校隨校來台。因常寫信給在大陸的母親，以通匪罪名遭監禁數年；後又以精神失常被解除軍職，遂流落街頭，以擦皮鞋、做零工為生。後來全靠自勵自修考取編譯人員，得任陸軍供應司令部聯絡官。1963年二十七歲時完成百萬字的大長篇《微曦》四部曲，十分暢銷，獲選為十大傑出青年獎及嘉新優良著作獎。1964年正式退役，任美軍顧問團譯員及聯合報董事長王惕吾英文祕書。1965年移民加拿大，隱居侍母奉佛。1999年入籍美國，於2004年其母於溫哥華去世後移居夏威夷。2006年因胰臟癌返台就醫，翌年病逝台灣。據說馮馮有特異功能（譬如天眼通等），寫作外又長於摺紙藝術，曾在日本獲獎；且能譜曲，其曲作曾為北京中央樂團及俄國莫斯科樂團演奏。出版小說有長篇《微曦》四部曲（1964台北皇冠文化出版公司）、《昨夜星辰》（1968台北皇冠文化出版公司）、《柯飄湖》（1972台北皇冠文化出版公司）、《希望的火炬》（1982台北皇冠文化出版公司）、《巴西來的小男孩》（1990台北天華出版社）、短篇集《微笑》（1973台北皇冠文化出版公司）、《蒙眼的女神》（1974台北皇冠文化出版公司）及回憶錄《霧航》（2003台北皇冠文化出版公司）、《趣味的新思維歷史故事》（2006台北皇冠文化出版公司）等。

廖汀（1937-），筆名譚覃，四川省成都市人。高中畢業，1954年來台從軍，1970年退役，曾任正聲廣播公司節目企畫、《文壇》月刊主編，並創辦蓉城坊書畫文物供應社。作品以小說為主，曾獲國軍新文藝中篇小說銅像獎、中國文藝協會小說獎章。作品有長篇《狂風落葉》（1968台北立志出版社）、《夢裡雲煙》（1968台北立志出版社）、《芙蓉城》（1969台北創作月刊）、《雙邊夢》（1969台北創作月刊）、《十九歲之逝》（1975台北文壇社）、《裸戀》（1987台北瑞德出版社）、短篇集《孤帆》（1971台北台灣商務印書館）、《半透明的夜》（1977台北東英出版社）等。

隱地（1937-，生平見第三十二章）以散文聞名，晚年突然開始寫詩，但很少人注意他從前也寫過小說。同時，人知他是出版家，也會忽略他是政工幹校出身，原具有軍人的身分。他出版的小說有短篇集《一千個世界》（1966台北文星書店）、中篇《碎心籤》（1980台北爾雅出版社）、小說、散文合集《傘上傘下》（1963台北皇冠文化出版公司）、《隱地自選集》（1982台北黎明文化公司）。

桑品載（1939-），筆名司陽，浙江省定海縣人。政戰學校政治科第七期畢業，曾任陸軍供應司令部《精誠報》記者、《東引日報》總編輯、《中國時報·人間副刊》主編、《自由日報》副總編輯、《台灣時報》執行副總編輯以及《落花生》、《企業世界》雜誌主編。作品以小說為主，曾獲國軍新文藝銀像獎。除寫人間外，也有鬼怪之作，主要作品有短篇集《微弱的光》（1968台北水牛出版社）、《流浪漢》（1968台北立志出版社）、《過客》（1969台北落花生出版社）、《役鬼》（1984台北皇冠文化出版公司）、《他和她的故事》（1969台北皇冠文化出版公司）、《寒星》（1986台北新生報社）、《兩個自己》（1989台北躍昇文化公司）、中篇《代命閻君》（1989台北躍昇出版社）等。

符兆祥（1939-），原籍海南島文昌縣，生於香港。政戰學校新聞系畢業，曾任大陸救災總會科長、僑委會派駐巴拉圭祕書。並曾主編《法律世界》及《法論》月刊、《亞洲華文作家》雜誌等。作品以短篇小說為主，文筆簡練，意象明確，計有《永恆的悲歌》（1956台南民友週刊社）、《故鄉之歌》（1967

台北水牛出版社）、《潮來的時候》（1967台北正中書局）、《天邊一朵雲》（1968台北台灣商務印書館）、《男生女生》（1978台北文豪出版社）、《老中的故事》（1994台北博聞堂文化公司）等。

銀正雄（1952-），原籍湖南省邵陽縣，生於台灣。聯勤財務學校、國防管理學院畢業，曾任陸軍軍職、時報文化出版公司文學主編。作品以小說爲主，計有短篇集《藏鏡人》（1975台北武陵出版社）、《龍戰於野》（1977台北長河出版社）、《日光心事》（1987台北時報文化公司）、《黑暗之狼》（1992台北遠流出版公司）。

履彊（1953-），原名蘇進強，台灣省雲林縣人。初中畢業即從軍，陸軍士校、官校及三軍大學畢業，1990年退役。曾任張榮發基金會國家政策研究中心研究員、文化總會祕書、《台灣時報》總主筆、社長、南華大學和平與戰略研究中心主任、台灣聯盟黨主席。寫作以小說與散文爲主，曾獲國軍新文藝金像獎、中國文藝協會文藝獎章、聯合報小說獎、中國時報文學獎小說優等獎、吳濁流文學獎。小說主要作品有短篇集《飛翔之鷹》（1978台北皇冠文化出版公司）、《鑼鼓歌》（1981台北蓬萊出版社）、《回家的方式》（1986台北希代書版公司）、《我要去當國王》（1991台北聯合文學出版社）、《少年軍人紀事》（1998台北聯合文學出版社）、中篇《某年某月——第七日》（1991台北自立晚報社）、《春風有情》（1994台北聯合文學出版社）。作爲本省子弟從軍的履彊，所寫跨越軍旅和鄉土兩個領域。齊邦媛分析說：「他早期的鄉土作品如〈榕〉、〈青漢伯〉和〈鑼鼓歌〉中寫的是父母艱苦育兒的辛酸，到了〈楊桃樹〉等篇，台灣經濟已繁榮。漸入佳境的子女已有反哺的能力，但是已老的父母卻決定不離鄉就養，而留守家園。對於這個選擇所代表的尊嚴，履彊漸漸產生了超越主觀的瞭解與尊重，因此也能夠看到老人因依附土地而產生的樂天知命的喜感吧。他筆下的老人就不再似整天

履彊（1953-）
圖片提供／文訊

坐在廟口抽煙、吐痰,回憶從前……而上樹、抬水、沿圳追鵝、死了復活……全然不服輸地活著。」又說:「履彊,也常被稱為『軍中(或軍旅)作家』,因為他也寫了許多篇以老兵為題材的小說。他以台灣農村子弟從軍二十年的經驗下筆,深深地刻畫出外省老兵融入台灣農村的種種困境。六十二年的〈宋班長〉(收在《飛翔之鷹》集)大概是此類最早的一篇吧。這位訓練新兵『要有豪氣、骨氣、傻氣』的班長,『簡直把我們班上九個人看成他腳上的綁腿,一天到晚磨我們。』但是在嚴厲、粗糙的外表之下,卻有一顆仁厚的心,對『老百姓』默默相助,拒絕與少女婚配,退伍後到台東墾地去了。這些年中,履彊不斷地寫老兵解甲歸田的故事,在所有的老兵身上似乎都看得到宋班長的影子,自1978年的〈蠱〉到1989年的〈老楊和他的女人〉,他似乎都在追蹤那些五十歲左右的老兵,他們退伍後的命運如何?他將對台灣鄉土深切的愛和對老兵心境的瞭解與同情融合在這些小說中,生動地寫出歸田的悲喜劇,與一般的浮面觀察大為不同,尤其值得注意的是他敘述方式的變化,各篇中的老兵都呈現一個新的面貌。隨著這些尋求『回家的方式』的異鄉人腳步,台灣的村鎮、山野和海濱展現了更可親的景象。」(齊邦媛 1998:357-359)

二、現代主義中的鄉土

在七〇年代中期引起一場論戰的所謂台灣的「鄉土文學」,實質上沾染了太多的政治色彩,超出了文學藝術的範圍。我們首先引用一段對此一運動曾經密切觀察和研究的呂正惠的觀點,看他是如何敘述這一段歷史經過的:

在此之前二十年,居於台灣文學主流地位的是現代主義。……

「鄉土文學」興起的第一個徵候,就是對這種「向外看」的文學傾向開始加以整體性的抨擊。……

當時,要求作家從模仿西方轉回來關心自己身邊的現實問題。……

在這種潮流的影響下,人們終於重新發現了黃春明在六〇年代後半期所寫的

一些描寫台灣鄉土小人物的小說。這些小說以前曾經結集出版過，但並未引起注意。七○年代初，由於遠景出版社的重新出版，居然成為暢銷書。在黃春明熱的推動下，王禎和以前所寫的鄉土小人物故事也由遠景出版社重新結集。就這樣，以黃春明、王禎和的鄉土小說為代表，「鄉土文學」的名號終於登上台灣的文壇。……

就在1975年前後，舊《文季》的同仁開始對新興的鄉土文學產生另一種新的指引作用。以陳映真、尉天驄、唐文標為代表的文藝理論，越來越無忌諱地表現他們對「階級」文學的關懷。黃春明、王禎和、陳映真的新作，則轉而描寫台灣殖民經濟性格對小人物命運的影響。新起的作家，如王拓、楊青矗、宋澤萊，又以階級觀點來表現漁民、工人、農人的生活。

就這樣，到了七○年代中期，鄉土文學已經具有了明顯的左翼色彩，強調文學的社會功能與階級性，揭發台灣經濟發展中所隱含的殖民地性格與階級剝削問題。……

這種情形，國民黨是非常清楚的，並且伺機加以整肅。於是，在1977年，彭歌率先在《聯合報》副刊上發動攻擊，因而就引發了鄉土文學論戰。論戰持續了一年，國民黨懾於輿論，終於不敢「整肅」，不了了之。不久之後，在1979年發生了政治上的高雄事件，從而左右了鄉土文學的發展，使得鄉土文學的左翼色彩逐漸喪失影響力，而為強調台灣本土色彩的「台灣文學論」所取代。

（呂正惠 1995：152-154）

根據呂正惠的描述，可以看出來所謂台灣的「鄉土文學」從始至終都受到政治立場和意識形態所左右，主要影響的是作品的主題與描寫的對象，與文學的美學傾向及寫作技藝殊少關連。因此，我們所見的鄉土小說，上乘者吸取了現代主義的技巧，下乘者徒步擬寫實主義的後塵，雖然在技法上部分沿襲寫實主義，但實質上並未脫離現代主義的氛圍，所以可稱之謂現代主義中的鄉土。

廖清秀（1927-），筆名青峰、村夫、村夫子、坦誠、笑生、苦笑生等，台灣省台北縣人。日據時期小學畢業，光復後經過教員檢定及高考及格，曾任小

學教員、交通處科員、中央氣象局專員、科長等。日據時期開始寫作，光復後經過國語的轉換，很快改用中文發表小說。他的小說還是沿用第一度西潮的寫實主義的技法，描寫光復前後的台灣社會，曾獲中華文藝長篇小說獎及台灣文學特殊貢獻獎。作品有短篇集《冤獄》（1953台北中興出版社）、《金錢的故事》（1976台北鴻儒堂書局）、《廖清秀集》（1991台北前衛出版社）、《查某鬼的報仇》（1994高雄派色文化出版社）、《林金火與田中愛子》（1997台北縣立文化中心）、長篇《恩仇血淚記》（1957自印）、《不屈服者》（1993台北縣立文化中心）、《反骨》（1993台北遠景出版公司）、《第一代》上、下冊（1994台北縣立文化中心）。另外尚有兒童文學多部。

　　林鍾隆（1930-），筆名林外，台灣省桃園縣人。台北師範學校畢業，通過教師檢定考試及高考，曾任中學教師，並創辦《月光光》兒童詩雜誌。1980年退休後專事寫作。他以兒童文學創作聞名，但也有小說作品多部，計有短篇集《迷霧》（1964台北野風出版社）、《錯愛》（1965自印）、《蜜月事件》（1968台北台灣商務印書館）、《林鍾隆集》（1991台北前衛出版社）、中篇《外鄉來的姑娘》（1965台北國粹書報社）、長篇《愛的畫樣》（1967台北水牛出版社）、《暗夜》（1969台北正中書局）、《梨花的婚事》（1969台中台灣省政府新聞處）、《太陽的悲劇》（1977台北水牛出版社）。另有眾多兒童文學作品。

　　鄭清文（1932-），筆名莊園、谷嵐，台灣省台北縣人。台灣大學商學系畢業，退休前一直在華南商業銀行任職。作品以小說為主，兼及童話故事。多寫親身經歷的村鎮生活，文筆簡練，語調懇切，有相當程度的寫實性。曾獲台灣文學獎、吳三連文學獎、中國時報小說推薦獎、國家文學獎等。小說作品有短篇集《簸箕谷》（1965台北幼獅書店）、《故事》（1968台北蘭開書店）、《校園裡的椰子樹》（1970台北三民書局）、《鄭清文自選集》（1975台北黎明文化

鄭清文（1932-）
圖片提供／文訊

公司）、《現代英雄》（1976台北爾雅出版社）、《最後的紳士》（1984台北純文學出版社）、《局外人》（1984台北學英出版社）、《滄桑舊鎮》（1987台北時報文化公司）、《報馬仔》（1987台北圓神出版社）、《不良老人》（1990台北文藝風出版社）、《春雨》（1991台北遠流出版公司）、《合歡》（1992北京人民文學出版社）、《想思子花》（1992台北麥田出版公司）、《故里人歸》（1993台北縣立文化中心）、《檳榔城》（1993武漢長江文藝出版社）、《鄭清文集》（1993台北前衛出版社）、長篇《峽地》（1970台中台灣省政府新聞處）、《大火》（1986台北時報文化公司）以及《鄭清文短篇小說全集》七冊（1998台北麥田出版公司）。陳芳明認爲：

> 綜觀他的小說創作，大約是沿著兩條主軸在經營。一是「現代英雄」系列，一是「滄桑舊鎮」系列。前者強調歷史的變貌，後者著重時間的原貌。舊鎮是鄭清文的文學原鄉，所有的人間善惡都是從這個小鎮衍生渲染出來。他把自己的故鄉視爲理想與幻滅的交錯地帶，在小說中，舊鎮彷彿是充滿母性的地方，所有的浪子最後都要回歸到他們的母體。舊鎮也像是個檢驗人性的場所，使帶有幽暗性格的人遠走他鄉，或是祕密回鄉。……他的文字冷靜而冷酷，猶如手術刀一般，挖掘出來的內心世界比起外在現實還更複雜多變。（陳芳明2011：554）

齊邦媛稱讚他說：

> 在當代台灣小說家中，很少人像鄭清文這樣沉靜地鍥而不捨地寫了四十年，而且還會寫下去。他得過一些重要的文學獎，是令人尊敬的主要作家。將近兩百篇短篇小說保持一定的品質水準，每篇創造一個中心人物，然後以淡墨和少許色彩襯托出時空與情境，累積至今，相當詳實地描繪出台灣人最真實的面貌，是最「純粹」的鄉土文學作家，但是他從不曾參與過任何論戰，也不曾以任何方式「轟動」過文壇。自從1958年第一篇小說〈寂寞的心〉發表以後，他堅持做沉默的「鄉土書寫」者。（齊邦媛1998：271）

李喬（1934-），原名李能棋，另有筆名壹闡提，台灣省苗栗縣人。新竹師範學校畢業，高考及格，前後任教於中小學及苗栗農工職校。1983年退休後曾任《台灣文藝》主編，1996年擔任台灣師範大學駐校作家，並曾任眞理大學台灣文學系兼任副教授、台灣筆會會長。創作以小說爲主，多取鄉土題材，曾獲台灣文學獎、吳三連文學獎、吳濁流文學特別獎。李喬爲多產作家，主要作品有短篇集《飄然曠野》（1965台北幼獅文化公司）、《戀歌》（1968台北水牛出版社）、《人的極限》（1969台北現代潮出版社）、《山女》（1970台北晚蟬出版社）、《告密者》（1985台北台灣文藝社）、長篇《孤燈》（1980台北遠景出版公司）、《寒夜》（1980台北遠景出版公司）、《荒村》（1981台北遠景出版公司）、《藍彩霞的春天》（1985台北五千年出版社）、《埋冤，一九四七埋冤》上、下冊（1995自印）等。對李喬的作品常有不同的意見，譬如齊邦媛認爲：

《寒夜》（1980 台北遠景出版公司）

> 他使用的語言是鮮活的，很少隱晦，多是不靠形容詞烘托的短句子，使整體敘述簡練利落，但是卻有些淡泊的格調。這一份淡泊感須待十年後《寒夜》三部曲問世才得以疏散。九十萬字的三部曲中有近半的篇幅是以鱒魚還鄉之夢的象徵寫人子對永恆的母親——故土的懷戀。寫這種強烈的愛戀時，李喬用的是抒情詩般文字，寫苦難中的奮戰時有史詩的氣魄。（齊邦媛1998：73）

然而另一位小說評論家王德威卻說：

> 就文字意象的經營來看，李喬的小說僅屬差強人意。半數以上的作品皆嫌文字生硬，布局粗糙。（王德威1991：41）

王默人（1935-），原名王安泰，祖籍湖北省黃梅縣，生於北平。於1948年

十三歲時跟隨國軍撤退來台。靠自修自學，於十九歲時開始寫作，並擔任編輯、記者以維生，先後曾擔任雲林虎尾《新新文藝》編輯、台北市政府發言人助理、民防廣播電台記者、《中華日報》、《經濟日報》記者、《中國時報•人間》編輯。於1985年移民美國，出任舊金山《國際日報》採訪主任、《中報》經理、海華電視台總編輯。作品以小說為主，前期多寫大陸來台小人物的生活困境，後期轉寫本地下層社會為生存而掙扎的種種面貌，在寫實中含有教化與勵志的意味，屬於台灣的鄉土文學。但以其外省人的身分，是否受到本土作家、學者的重視或接納則是一個問題，這也正是他被長期埋沒的原因之一吧！出版小說有短篇集《孤雛淚》（1958台北人間世社）、《留不住的腳步》（1968香港亞洲出版社）、《沒有翅膀的鳥》（1974台北林白出版社）、《地層下》（1976台北皇冠文化出版公司）、《周金木的喜劇》（1979台北林白出版社）、《阿蓮回到峽谷溪》（1984台北自立晚報社）、長篇《外鄉》（1972台北皇冠文化出版公司）、《跳躍的地球》（2010美國長菁公司）及《王默人小說全集》（1998美國長菁公司）。

鄉土小說家黃春明（1939- ）
攝影／陳建仲

黃春明（1939-），台灣省宜蘭縣人。先後曾就讀台北師範學校、台南師範學校和屏東師範學校，畢業後曾任小學教員、廣播電台、電視台編輯。六〇年代初開始小說創作，主要寫宜蘭鄉間的為生活掙扎的小人物，黃春明的知交尉天驄評論他的作品說：

黃春明的鄉土小說不是知識的，也不是政治的，但卻能讓人對那裡的人與事有著真實的感受，在其中我們幾乎見不到多少理論式的解說，卻讓人直接地在那些人物和事件中，領會到他們生命與生活的無奈和厚實；即使其中有些是那樣拙樸，有些是那樣卑微，但卻都是堅堅實實的存在。（尉天驄 2011）

他的作品有短篇集《兒子的大玩偶》（1969台北仙人掌出版社）、《莎喲哪拉，再見》（1974台北遠景出版社）、《鑼》（1974台北遠景出版社）、《小寡婦》（1975台北遠景出版社）、《我愛瑪莉》（1979台北遠景出版社）、《青番公的故事》（1985台北皇冠文化出版公司）、《瞎子阿木──黃春明選集》（1988香港文藝風出版社）。此外尚有兒童文學及散文集。關於黃春明的前半生，有劉春城著《黃春明前傳》（1987台北圓神出版社）可資參考。筆者以為：

短篇小說集《鑼》

> 黃春明短篇小說的特出之處並不只在於對一個變遷社會的真實描寫，或他寄予同情的社會邊緣小人物的塑造，而是因為他稟承了從魯迅那一代以來似乎失去了的一個真正的藝術家所具有的對事物的敏感度。像〈魚〉中的祖孫之情、〈兒子的大玩偶〉中的夫婦、父子之愛、〈蘋果的滋味〉中的悲喜交集，都能觸動讀者的心弦。在動人的感性之後所蘊藏的人文氣息完全來自作者個人的關懷，似與哲學思想或主義教訓無關。（馬森1997a：157）

楊青矗（1940-），原名楊和雄，台灣省台南縣人。1951年遷居高雄，讀完夜校高中，曾做過各種職工、裁縫、事務員、編輯、文皇及敦理出版社主持人等。1963年開始小說寫作，以寫工廠工人生活而聞名，曾獲吳三連文學獎。1978年參加反對黨政治活動，翌年因高雄事件而被捕入獄，1983年出獄。1987年任台灣筆會會長。出版作品有短篇集《在室男》（1971台北文皇出版社）、《妻與妻》（1972台北文皇出版社）、《心癌》（1974台北文皇出版社）、《工廠人》（1975台北文皇出版社）、《工廠女兒圈》（1977台北文皇出版社）、《廠煙下》（1978台北敦理出版社）、《在室女》（1985台北敦理出版社）及長篇《心標》（1987台北敦理出版社）、《連雲夢》（1987台北敦理出版社）、《女企業家》（1990自印）。葉石濤評論說：

楊青矗的小說有時巧妙地使用了底層人物非常日常化的方言，使小說帶有活潑的氣氛。可惜，有時也免不了露出自然主義描寫過度的缺陷；而過分注重現實細節的結果，往往犧牲了小說特有的藝術香氣。楊青矗自稱為中國四千年來唯一的工人作家，這也許有些誇大，但他的確是生於勞工家庭，最瞭解工人，並且把七○年代的台灣四百多萬勞工的生活反映在小說，為勞工抗議、指控、主張公權的作家。（葉石濤 1987：157）

　　沙究（1941-），原名胡幸雄，福建省晉江縣人。台灣師範大學國文系畢業，一直擔任中學國文教師。小說作品不多，但可讀性很強，曾獲中國時報短篇小說推薦獎。出版有短篇集《浮生》（1987台北圓神出版社）及《黃昏過客》（1991台北三民書局）。

　　鍾鐵民（1941-2011），台灣省高雄縣人，為小說家鍾理和之子。台灣師範大學國文系畢業，曾任《純文學》雜誌社校對、省立旗美高中國文教師。創作以小說為主，曾獲台灣文學獎、洪醒夫小說獎、賴和文學獎等。出版有短篇集《石罅中的小花》（1965台北幼獅文化公司）、《菸田》（1968台北大江出版社）、《余忠雄的春天》（1980台北東大圖書公司）、《約克夏的黃昏》（1993高雄縣立文化中心）、《鍾鐵民集》（1993台北前衛出版社）及長篇《雨後》（1972台中台灣省政府新聞處）。

　　王拓（1944-），原名王紘久，台灣省基隆市人。台灣師範大學國文系及政治大學中文研究所畢業，曾任花蓮中學教員、《人間》雜誌社社長，並曾創辦《春風》雜誌。後來從政，參加民進黨，因美麗島事件入獄，出獄後當選立法委員。所寫小說鄉土氣息濃厚，出版有短篇集《金水嬸》（1976台北香草山出版公司）、《望君早歸》（1977台北遠景出版社）及長篇《牛肚港的故事》（1985自印）、《台北·台北》（1985自印）。並有論述《張愛玲與宋江》（1976台中藍燈出版社）、《街巷

王拓（1944-）
圖片提供／文訊

鼓聲》（1977台北遠景出版社）。高天生引用王拓〈當代小說所反映的台灣工人〉一文裡說：「我一直相信，文學是與社會一切不公不義的邪惡面鬥爭的最好利器之一；我也相信，一個優秀的作家，必須先有一顆廣博的愛心與正義感，當他看到不公的事情時，他會昂然而起，拿起巨筆來與邪惡鬥爭……」高天生接著說：「這段話原本是拿來期許『工人作家』楊青矗的，但王拓自己的小說創作，也是這種現實理論的實踐。大致說來，王拓小說反映的對象是漁村貧困的討海人和在都市商場被雇傭的推銷員，他和以描寫工廠作業員生活為主的楊青矗，是七〇年代中期台灣文壇最受人矚目的兩位寫實派作家。」（高天生 1982）葉石濤也指出：

> 他的小說強烈地指出台灣社會充滿著異常的拜金思想、物質至上主義，而在反面深刻地同情在窮苦生活中呻吟的小人物，憤怒地指控毒化這些底層社會小人物的愚昧、迷信、賭博、疾病與絕望。這就是承繼台灣新文學反帝、反封建的優越傳統。不過，由於他急於在小說裡面要展開他的思想，所以往往無暇顧及小說的整篇情調，形式內容有時流於類型化。（葉石濤 1987：156-157）

洪醒夫（1949-82），原名洪媽從，另有筆名司徒門，台灣省彰化縣人。台中師專畢業後擔任國小教師，曾參加「後浪詩社」，創辦《這一代》月刊，主編過爾雅出版的《六十四年短篇小說選》。所作小說多反映台灣早期農村的貧窮與落後，極富鄉土氣息。去世後爾雅出版社創立洪醒夫小說獎以資紀念。作品有短篇集《黑面慶仔》（1978台北爾雅出版社）、《市井傳奇》（1981台北遠景出版公司）、《田莊人》（1982台北爾雅出版社）、《懷念那聲鑼》（1983台北號角出版社）、《洪醒夫集》（1992台北前衛出版社）。葉石濤的論評是：

洪醒夫（1932- ）
圖片提供／文訊

洪醒夫的所有作品中我印象最深的，大約是〈散戲〉和〈吾土〉兩篇。〈散戲〉在近三十多年來台灣文學收穫中是個碩大的果實，將在台灣文學上佔有一席地位。至於〈吾土〉在某一次文學獎評審會上，本來奪魁的希望甚濃，可惜終於落空。在所有描寫台灣農民命運的小說中，〈吾土〉是以討論農民與土地變遷的歷史為主題的，而且是最有真實歷史感的一篇。洪醒夫可能下過一番功夫研究台灣土地所有制度的演變過程，而且頗有心得，整篇小說的情節流程跟台灣土地制度歷史底變遷符合，充分發揮了寫實主義的真諦。（葉石濤 1992a：168）

陳雨航（1949- ），原名陳明順，台灣省高雄市人。台灣師範大學歷史系畢業，中國文化大學藝術研究所碩士，曾任中學教師、《中國時報》人間副刊編輯、《工商時報》週日版主編、遠流出版公司副總編輯、《四百擊》雜誌主編、麥田出版公司總經理。作品帶有傳奇性，有短篇小說集《策馬入林》（1976台北領導出版社）、《天下第一捕快》（1980台北時報文化公司）、長篇《小鎮生活指南》（2012台北麥田出版公司）。

東年（1950- ），原名陳順賢，台灣省基隆市人。曾參與美國愛荷華大學國際作家工作坊，擔任聯經出版公司副總經理多年。小說有短篇集《落雨的小鎮》（1977台北聯經出版公司）、《大火》（1979台北聯經出版公司）、《去年冬天》（1983台北聯經出版公司）、《東年集》（1992台北前衛出版社）、長篇《失蹤的太平洋三號》（1985台北聯經出版公司）、《模範市民》（1988台北聯經出版公司）、《初旅》（1993台北麥田出版公司）、《地藏菩薩本願寺》（1994台北聯合文學出版社）、《我是這樣說的》（1996台北聯合文學出版社）、《再會福爾摩莎》（1998台北聯合文學出版社）、《城市微光》（2013台北聯合文學出版社）、《愚人國》（2013台北聯合文學出版社）。

林雙不（1950- ），原名黃燕德，另用筆名碧竹，台灣省雲林縣人。輔仁大學哲學碩士，曾任教於員林高中、彰化建國工專、台南神學院及中興大學。寫

作以散文、小說為主，兼及詩，曾獲文復會金筆獎、吳濁流文學獎、賴和文學獎等。小說作品有短篇集《班會之死》（1970台北三民書局）、《李白乾杯》（1973台北先知出版社）、《大學女生莊南安》（1985台北前衛出版社）、《小喇叭手》（1986台北前衛出版社）、長篇《大佛無戀》（1982台北前衛出版社）、《筍農林金樹》（1984台北水牛出版社）、《決戰星期五》（1986台北前衛出版社）。對後者，王德威強調其基本上有一個「臭氣薰天」的情節，認為「作為批評現有政治體制的作家，林雙不的怪招果然是眾『香』發越，叫人消受不起。在現代中文小說裡，我們還真找不出一雷同的例子，把糞便的喻意發展得如此淋漓盡致。由此產生的笑鬧，自然可觀。」（王德威 1991：57）

吳念真（1952-），原名吳文欽，台灣省台北縣人。輔仁大學夜間部會計系畢業，曾任圖書館管理員、中央電影公司編審、電影及舞台導演、電視節目主持人等。作品包括小說、散文及電影劇本。小說作品有短篇集《抓住一個春天》（1977台北聯經出版公司）、《邊秋一雁聲》（1978台北遠景出版社）、《吳念真自選集》（1990台北世界文物出版社）、《特別的一天》（1988台北遠流出版公司）。

李潼（1953-2004），原名賴西安，台灣省台中縣人，生於花蓮市，後來定居宜蘭縣羅東鎮。台灣政治大學中文系畢業，曾任教師及雜誌編輯，後來成為專業作家。作品包括小說、散文與兒童文學，取材自鄉土，被視為鄉土文學作家，曾獲三屆洪建全兒童文學小說首獎、時報短篇小說推薦獎、中山文藝獎、國家文藝獎，及洪醒夫小說獎。小說創作以短、中篇為主，鄉土外多為針對青少年的探險故事，數量繁多，主要有中篇《天鷹翱翔》（1985台北書評書目雜誌社）、《再見天人菊》（1987台北書評書目雜誌社）、《野溪之歌》（1989台中台灣省教育廳）、《少年雲水僧》（1996台北圓神出版社）、《蠻皮兒》（1998台北幼獅文化公司）、短篇《大聲公》（1986台北聯經出版公司）、《屏東姑丈》（1991台北遠流出版公司）等。張子樟曾評論說：

　　李潼左手寫成人小說、散文，右手寫少年小說、童話，都有相當不錯的成

就，曾經獲得多次文學大獎。近四年來，他把全副精神投注在十六冊少年小說《台灣的兒女》上。他以近代台灣歷史為大背景，所有曾在近百年的台灣舞台上出現過的人物都是他擷取、梳理與描繪的對象。由於他認定所有的人、事、物都可以成為作品的主軸，他的故事主角沒有限定非中國人不可，所以傳教士馬偕醫師的故事也在其內；也沒有限定非人不可，因此大象林旺也是主角之一。故事內容包含廣遠，凡與台灣社會變遷有關的都成為他取材的來源，達官貴人、販夫走卒都化成他筆下鮮活的角色。他嘗試以生動厚實的筆調，充分地截取、收錄與傳達台灣近百年來的部分風貌，記錄歷史片段，凸顯人性表徵；他企圖以有限的篇幅全面刻畫台灣某些年代的生活實錄，並塑造他心目中的「台灣人」。從作品來驗證，他的野心部分實現了。（張子樟2003）

宋澤萊（1953-）
攝影／陳文發

宋澤萊（1953-），原名廖偉竣，台灣省雲林縣人。1976年於台灣師大歷史系畢業，後長期在彰化福興中學任教。曾參加美國愛荷華大學國際作家工作坊。大學時代開始創作小說，自稱搭上現代主義的末班車，注重人物內心世界的描繪，後來轉向鄉土主題，技法上仍保持現代主義的色彩。主要作品有長篇《廢園》（1976台北豐生出版社）、《紅樓舊事》（1979台北聯經出版公司）、《變遷的牛眺灣》（1979台北遠景出版社）、《廢墟台灣》（1985台北前衛出版社）、《血色蝙蝠降臨的城市》（1996台北前衛出版社）、中篇《打牛湳村》（1978台北遠景出版社）、《惡靈》（1979台北遠景出版社）、《糶穀日記》（1979台北遠景出版社）、短篇集《蓬萊誌異》（1980台北遠景出版社）、《弱小民族》（1987台北前衛出版社）、《宋澤萊作品集》三冊（1988台北前衛出版社）及《天上卷軸》（上卷）（2012台北印刻出版公司）。王德威評論他的作品說：

宋澤萊「其生也晚」，他廣受注目的〈打牛湳村〉，發表時，已是1978年春。儘管鄉土論戰的「內亂外患」仍是方興未艾，整個運動已呈現夕陽無限好的局面。平心而論，〈打牛湳村〉寫農村經濟蕭條，鄉民勉力自持而終不免一敗塗地的情形，是有誠摯感人的力量。即便如是，宋也不過承襲了近半世紀前茅盾〈春蠶〉的口吻，訴說著又一個無償的努力的農村故事。其後的長篇《變遷的牛眺灣》則是個二流《長河》型的原鄉作品，只能讚之為用心

《打牛湳村》（2000台北草根出版社）

顠佳。宋澤萊此際的問題不是缺乏關懷故土的熱誠，而是難以在人云亦云的模式下，提出一己的視野。宋澤萊最大的成就，應屬後以《蓬萊誌異》為名結集發表的三十三個短篇小說。……宋「版」的自然主義一面標榜作家「客觀」的「科學」態度，一面鋪張跡近神祕主義的宿命觀，已是破綻畢現。但我以為，正是由於這些漏洞，宋寫出了一系列淒清奇詭的「誌異」故事，為六、七〇年代的台灣鄉土文學，幽幽地畫下了一個句點。（王德威 1993：261-262）

高天生曾總結他的作品說：

宋澤萊的創作不可避免地有一些缺點暴露出來，譬如他的使命感有時過強，反而造成內在生命的負荷，不得不被迫停止寫作，《變遷的牛眺灣》、《椰國三部曲》等長篇的中途而廢。都是因為這種緣故。但他的不斷推陳出新的性格，卻往往柳暗花明地開展出新的寫作生命，如《變遷的牛眺灣》停筆後，發展出《蓬萊誌異》自然主義小說的新系列。即使致力參禪的近兩三年間，也未荒廢文學的課業。他一方面專注於當前文學問題的深刻思考（〈文學十日談〉、〈給文學界的七封信〉即是這專題謀慮的紀錄），高舉出台灣文學的旗幟，同時還以詩歌的創作為手段，企圖帶動小說界的革新，為純文學注入新生命。再者，他在《蓬萊誌異》序言中，首倡「統合前輩給予我們的一切教訓，共同來造福這塊土地」的嶄新文學觀。這些傑出的表現，已在台灣文學史裡佔

著一個很獨特的地位。（高天生 1983a）

　　汪笨湖（1953-），原名王振瑞，台灣省台南縣人。輔仁大學哲學系畢業，
從商，因違反票據法而入獄，出獄後改做媒體工作及撰寫小說，終成政論名
嘴。作品有短篇集《落山風》（1987台中晨星出版社）、《男子漢大豆腐》
（1988台北希代書版公司）、《三字驚》（1989台中晨星出版社）、《月娘光
光》（1996台北九歌出版社）、中篇《嬲》（1987台中晨星出版社）、《第八
節課》（1988台中晨星出版社）、《吹笛人》（1990台中晨星出版社）、長篇
《長江有愛》（1988台北希代書版公司）、《口令，來談戀愛的》（1989台
北遠流出版公司）、《四色拼盤》（1990台北業強出版社）、《民國教父杜月
笙》（1990台北業強出版社）、《草地狀元》（1990台中晨星出版社）、《廈
門新娘》（1992台中晨星出版社）、《三八雨》（1994台中晨星出版社）、
《阿足——台灣的母親》（1995台北皇冠文化出版公司）、《台灣紅樓夢——
一代金主》（1997台北九歌出版社）、《台灣紅樓夢——一代董娘》（1997台
北九歌出版社）、《愛情十日談》（1997台北皇冠文化出版公司）。葉石濤說
他「三十三歲才起步走進文學世界。他的人生經驗的豐富和社會生活的歷練，
使他的小說世界呈現鮮活、豐饒的面貌，不是按部就班地念完制式教育的作家
所寫的那種死水般靜態的小說世界。」（葉石濤 1990：233）

　　詹明儒（1953-），台灣省彰化縣人。屏東師專畢業，現任小學教師。所作小
說浸潤著泥土氣息，曾獲第一屆時報文學獎短篇小說甄選獎、中外文學短篇小
說獎。作品有短篇集《進香》（1980台北時報文化公司）、長篇《番仔挖的故
事》（1998高雄春暉出版社）。

　　吳錦發（1954-），筆名倉浪、滄浪，台灣省高雄縣人。中興大學社會學系畢
業，曾任大眾及中央電影公司助理導演、編劇、《台灣時報》及《民眾日報》
副刊主編、文建會副主委等職。所作小說多取材台灣城鄉的變遷以及家庭倫理
問題。作品有短篇集《放鷹》（1980台北東大圖書公司）、《靜默的河川》
（1982台北蘭亭書店）、《燕鳴的街道》（1985台北敦理出版社）、《吳錦發

集》（1992台北前衛出版社）、《流沙之坑》（1997台中晨星出版社）、長篇《春秋茶室》（1988台北聯合文學出版社）、《秋菊》（1990台中晨星出版社）。以下是大陸台灣文學研究學者朱雙一對他作品的評介：

> 吳錦發早期創作中，描寫都市膨脹、農村崩潰的社會轉型期中，鄉村和都市兩種不同價值系統的摩擦和對立是一個重要的主題。……
>
> 稍後吳錦發擴展了他的題材範圍，不再單純寫農村，也寫他從事社會工作和電影工作時周遭人們的苦難和歡樂，以及他所接觸到的現代都市的一些問題。其中很有特色的，是一些在台灣文壇較早地觸探了山地原住民問題的作品。
>
> （朱雙一 1999：46-47）

李赫（1955-），台灣省嘉義縣人。輔仁大學圖書館系畢業，曾任遠流、遠景出版公司編輯、《愛書人》雜誌主編、《中央月刊》副社長兼總編輯、豐年社總編輯。寫作以散文與小說為主，小說主題不離鄉土人物與鄉土風情，計有短篇集《煙火》（1977台北聯經出版公司）、《李赫自選集》（1981台北世界文物出版社）、《阿石的初戀》（1985台中晨星出版社）、《大學之夢》（1987台北聯經出版公司）、《母親的壓歲錢》（1987台北聯經出版公司）、《台北一夜》（1987台北聯經出版公司）、《變色的河流》（1991台北稻田出版社）、長篇《故鄉的月》（1981台中台灣省政府新聞處）。

吳祥輝（1955-），台灣省宜蘭縣人。建國中學畢業後拒絕參加聯考，寫成長篇小說《拒絕聯考的小子》（1975台北遠流出版社），因而聞名。曾任《聯合報》記者、《前進》週刊總編輯、《人民週刊》榮譽發行人。又曾創辦《第一線》雜誌、《自由台灣》、《民進》週刊。出版小說除《拒絕聯考的小子》外，尚有長篇《斷指少年》（1978台北遠流出版社）、《台北甜心》（1981台北遠流出版社）。

王幼華（1956-），筆名王魯、黃克，原籍山東省汶上縣，生於台灣。淡江大學中文系畢業，曾擔任中學教師、竹南高中圖書館主任，並主持苗栗雷社藝

文協會，熱心參與地方文藝工作。創作以小說爲主，曾獲吳濁流小說獎、中山文藝獎。作品有中、短篇集《惡徒》（1982台北時報文化公司）、《狂者的自白》（1985台中晨星出版社）、《慾與罪》（1986台中晨星出版社）、《熱愛》（1989台北遠流出版公司）、《美麗與慾望》（1992苗栗縣立文化中心）、《洪福齊天》（1995台北遠流出版公司）、長篇《兩鎮演談》（1984台北時報文化公司）、《廣澤地》（1990台北尙書文化出版社）、《土地與靈魂》（1992台北九歌出版社）、《騷動的島》（1996台北允晨文化公司）。彼岸評者朱雙一的意見是：

> 「人性的開發」和「精神心理的挖掘」是王幼華文學世界最爲重要的內容和突出的特徵。他早期就有一些著重描寫個人內心體驗的小說，儘管顯得煩冗、枯燥，卻已透露出作者觀察社會的與眾不同的角度。後來王幼華的創作有了很大的豐富與發展，但「透視人類心靈的各種褶曲」（葉石濤語）的目標和興趣始終如一。如果說一般作家較爲關注的是人物的行爲，那麼王幼華最爲關心的卻是人物的心理；一般作家的心理描寫常止於敘述人物的喜怒哀樂，王幼華卻要深入挖掘人物精神痛苦的原因。因此王幼華不僅著眼於人物的社會階層，多寫被認爲代表著台灣生命力的「引車賣漿者流」等芸芸眾生；更主要的是從人物的心理特徵入手，充斥在作品中的是一群失望絕望者、失戀者、空虛者、孤獨者、困頓寂寞者、醫症患者、精神分裂症患者、犯罪狂、報復狂、精神萎縮者、人格異化者、單相思者、妄想症患者、懷疑論者、自毀自殺者等形象。（朱雙一 1999：240）

三、女性小說家與女性主義

今日台灣女性小說家的數目不但遠遠超過三、四〇年代，而且表現突出，足以和同代的男性小說家分庭抗禮。今日的女性作家在台灣趨向男女平權的社

會、經濟條件下，經過西方女性主義的吹拂，早已走出傳統的「閨怨」模式，正如齊邦媛在一篇〈閨怨之外〉的文章中所說：「這近四十年在台灣，我們活在一個容不下閨怨的時代。光復初期在台灣的女子，剛從日治的陰影下出來，必須在語言和艱苦的物質生活中奮鬥；而由大陸來台的女子，在渡海途中，已把閨怨埋沒在海濤中了。生離死別的割捨之痛不是文學的字句，而是這一代的親身經驗。由最早出版的女作家作品看來，在台灣創作的中國現代文學是個閨怨以外的文學，自始即有它積極創新的意義。」（齊邦媛 1985）這一代的女性小說，最大的特點是在女性主義的濡染下多少都具有些女性的自覺，善於運用女性的觀點，或伸張女權，或為女性的地位發言，發男性作家所未發。當然女性作家也並非都是服膺女性主義者，唯在感受與表達上仍有其異於男性作家之處。其中較激進的確已高舉起女性主義的旗幟，范銘如甚至認為她們已正式與長久居於霸權地位的男性國族論述分道揚鑣，她說：

> 七〇年代後期興起的女作家風潮到八〇年代蔚為文壇主力。女作家們從探討女性與家庭婚姻的關係開始，筆鋒逐漸指向女性在整個社會制度、政治生態的處境。戒嚴令的廢除使得島上長期被壓抑的弱勢族群取得發聲的合法性，七〇年代求異求變的的暗潮匯激成眾聲喧譁的波濤，彷彿將台灣推湧入後現代化社會。女性主義者終於可以比較肆無忌憚地鼓吹女性自決及批判島上各論述領域裡的性別政治。近百年來的女性運動正式與國族論述分道揚鑣。從中國現代性的附屬品，一躍成為台灣後現代性的產物。女作家們也不斷觸及女性主體性與家國論述的糾葛，或者以女性中心或其他邊緣位置出發，重新敘述國族建構的歷史。李昂的《迷園》、朱天文的《荒人手記》、施叔青的《香港三部曲》，還有平路的《行道天涯》都是箇中表率，深得讀者及評家讚譽。這一波又一波的求異的發聲，正是一種因知覺主體的位置，而從各種不同領域的交涉罅隙中，企圖磋商出互為主體與集體的民族屬性、社群性質與文化價值。（范銘如 2003：1230）

華嚴（1926-），原名嚴停雲，清末學人嚴復孫女，福建省林森縣人。上海聖約翰大學畢業，1961年處女作長篇小說《智慧的燈》（台北文星書店）一舉成名後創作不斷，曾獲文藝小說創作獎、世界藝術文化學院榮譽博士。作品以長篇小說爲主，主要作品計有《生命的樂章》（1963台北文星書店）、《七色橋》（1966台北文星書店）、《晴》（1969台北皇冠文化出版公司）、《蒂蒂日記》（1975台北皇冠文化出版公司）、《高秋》（1981台北皇冠文化出版公司）、《花落花開》（1984台北皇冠文化出版公司）、《燕雙飛》（1988台北皇冠文化出版公司）、《兄和弟》（1994台北躍昇文化公司）等。

　　郭良蕙（1926-2013），原籍山東省鉅野縣，生於河南省開封市。四川大學外文系畢業，1948年以空軍眷屬來台，從事小說創作，並曾創辦《音樂世界》雜誌，晚年沉潛於古董賞玩與研究。小說偏重寫男女關係，特擅長人物心理的分析。1962年因出版有關亂倫（叔嫂戀）的情欲小說《心鎖》而觸怒當日文壇，引起同儕的攻訐，被文藝協會、婦女寫作協會除名，使該書查禁長達數十年。她是多產作家，前後出版小說五十餘部，主要作品有長篇《午夜的話》（1954台北暢流出版社）、《感情的債》（1959高雄大業書店）、《春盡》（1961高雄大業書店）、《女人的事》（1962高雄大業書店）、《青草青青》（1963台北聯合出版社）、《黃昏來臨時》（1965台北新亞出版社）、《早熟》（1967台北新亞出版社）、《緣》（1973台北新亞出版社）、《藏在幸福裡的》（1975台北新亞出版社）、《焦點》（1975台北新亞出版社）、中篇《錯誤的抉擇》（1956台北正中書局）、《默戀》（1959香港亞洲出版社）、短篇集《銀夢》（1953自印）、《禁果》（1954台北台灣書局）、《台北的女人》（1980台北爾雅出版社）、《約會與薄醉》（1988台北時報文化公司）等。

　　童眞（1928-），浙江省慈溪縣人。聖芳濟學院畢業。作品以小說爲主，曾獲中國文藝協會小說獎章。計有短篇集《古香爐》（1958高雄大業書店）、《爬塔者》（1963台北復興書局）、《樓外樓》（1974台北華欣文化中心）、中篇《翠鳥湖》（1958台北自由中國社）、《黛綠的季節》（1962香港友聯書報發行公司）、長篇《愛情道上》（1963高雄大業書店）、《夏日的笑》（1969高

雄長城出版社）、《寒江雪》（1970台北立志出版社）等。

　　嶺月（1934-98），原名丁淑卿，台灣省南投縣人。台灣省立台北女子師範學校畢業，曾任國小教員，《聯合報》、《中華日報》、《大華晚報》專欄作家長達十三年。並曾任洪建全文教基金會附設書評書目出版社顧問、國立編譯館編輯委員、輔仁大學附設婦女大學教師。寫作以翻譯、專欄及小說為主，曾獲中國文藝協會文學翻譯獎。小說多有關家庭倫理，有中篇《譚人鳳的故事》（1982台北中央文物供應社）、《光復節的故事》（1983台北中央文物供應社）、長篇《老三甲的故事》（1991台北文經出版社）、《聰明的爸爸》（1993台北文經出版社）。

　　趙淑敏（1935-），筆名魯艾、述美，黑龍江省肇東市人。台灣師範大學歷史系畢業，曾任中學教師、大學講師、輔仁大學、實踐家專、東吳大學教授。作品以散文與小說為主，曾獲中國文藝協會散文獎章、中興文學獎等。有短篇小說集《高處不勝寒》（1974台北黎明文化公司）、《戀歌》（1976台北文泉出版社）、《歸根》（1978台北道聲出版社）、《離人心上秋》（1982台北道聲出版社）及長篇《松花江的浪》（1985台北中央日報社）。

　　康芸薇（1936-），原籍河南省博愛縣，生於南京市。1949年來台，板橋中學畢業，是家庭主婦作家，出版有短篇小說集《這樣好的星期天》（1966台北文星書店）、《兩記耳光》（1968台北仙人掌出版社，之後改名為《十八歲的愚昧》〔1971台北晨鐘出版社〕，再改名為《良夜星光》〔1983台北爾雅出版社〕）、《十二金釵》（1987台北大地出版社）。白先勇論康芸薇的作品說：「康芸薇小說的好處在於綿裡藏針隱而不露，表面平凡，擅長寫一些公務員、小市民的日常生活，但字裡行間卻處處透露出作者對人性人情敏銳的觀察。她這種平淡的文風，含蓄的內容，不容易討好一般讀者，看康芸薇的小說須得耐住性子，細細的讀，慢慢的念，才體會得出其中的妙處。」（白先勇 2008：19-20）

　　朵思（1939-，生平見第三十二章）是詩人，但是也寫小說和散文，有短篇小說集《紫紗巾和花》（1965台北皇冠文化出版公司）、《一盤暮色》（1983台南鳳凰城）、長篇小說《不是荒徑》（1969台北皇冠文化出版公司）。

謝霜天（1943-），原名謝文玖，台灣省苗栗縣人。淡江大學中文系畢業，台灣師範大學國文研究所暑期班結業。曾任台北啓聰學校及高中國文教師。寫作以長篇小說、散文爲主，所寫小說除對台灣農村生活多所著墨外，也曾寫出蕭紅的傳記小說，特別凸顯女性的自主與成就，曾獲中國文藝協會文藝獎章。主要爲長篇小說有《秋暮》（1975台北智燕出版社）、《冬夜》（1975台北智燕出版社）、《春晨》（1975台北智燕出版社）、《渡》（1976台北智燕出版社）、《耿耿此心在》（1977台北近代中國出版社）、《虎門遺恨》（1979台北近代中國出版社）、《夢迴呼蘭河》（1982台北爾雅出版社）、《梅村心曲》（1990台北智燕出版社）。

季季（1945-）

季季（1945-），原名李瑞月，台灣省雲林縣人。省立虎尾女中畢業，曾任《聯合報》萬象版編輯、《中國時報·人間副刊》主編及文化中心主任。寫作以小說爲主，出版有短篇集《屬於十七歲的》（1966台北皇冠文化出版公司）、《泥人與狗》（1969台北皇冠文化出版公司）、《月亮的背面》（1973台北大地出版社）、《蝶舞》（1976台北皇冠文化出版公司）、《澀果》（1979台北爾雅出版社）、長篇《我不要哭》（1970台北皇冠文化出版公司）、《我的故事》（1975台北皇冠文化出版公司）等。陳芳明特別強調了季季在鄉土文學中的重要性，他說：

> 季季是一位多產的作者，可觀的產量，是在支離破碎的情感生活中獲得。……沒有人能夠理解，這些小說是在家暴、欺罔、恐嚇的凌遲生活中磨練出來。作品承載的是一顆徬徨的靈魂，其中有不少獨白文字暗示殘缺的愛情與生命的絕望。小說色調不是生活現實的直接反映，但是故事中暗伏的情緒與悲傷似乎就是季季那時期的生命風景，……
>
> 在進入1970年代之前，她的小說確實帶有濃厚的現代夢魘描寫。……但是跨

入1970年之後，季季開始注入現實的題材，社會的政經變化也倒影在小說書寫中。……季季並非有意要經營鄉土小說，較安全的解釋應該是：她的文學生產加持了七○年代鄉土風格的成長。……

　　季季不是女性主義者，但是她的女性感覺與女性觀察確實開啟1970年代寫實小說的另一條路線。（陳芳明 2011：547-548）

　　愛亞（1945-），原名李兀，祖籍松江省濱縣，生於四川省壁山縣。台灣藝專廣電科畢業，曾任中國廣播公司節目主持人、廣告影片企畫、《聯合文學》執行主編、《台灣日報》兒童版策畫。作品以散文為主，兼及小說。出版小說有短篇集《我也寂寞》（1983台北皇冠文化出版公司）、《擔一肩愛情》（1984台北皇冠文化出版公司）、《脫走女子》（1988台北爾雅出版社）、長篇《曾經》（1985台北爾雅出版社）、極短篇《愛亞極短篇》（1987台北爾雅出版社）。

　　曾心儀（1946-），原名曾台生，祖籍江西省永豐縣，生於台南市。中國文化大學傳播系畢業，曾任店員、美容師、廣告公司祕書、《台灣日報》、《民眾日報》記者、編輯。並曾參與在野黨反對運動。寫作以小說為主，有短篇集《我愛博士》（1977台北遠景出版社）、《彩鳳的心願》（1978台北遠景出版社）、《貓女》（1989高雄派色文化出版社）、中篇《那群青春的女孩》（1979台北遠景出版社）。

　　樸月（1947-），原名劉明儀，筆名江甯、柳依依，原籍江蘇省江寧縣，生於湖北省。台灣大同商專銀行保險科畢業，曾任德明商專助教、耕莘護校、立仁高職教師、《中國語文月刊》編撰委員等。寫作以散文與小說為主，出版小說有短篇集《打金枝》（1987台北台視文化公司）、《玉堂春》（1987台北台視文化公司）、長篇《西風獨自涼》（1987台北時報文化公司）、《金輪劫》（1992台北遠流出版公司）、《胭脂雪》上下冊（1997台北遠流出版公司）等。

　　廖輝英（1948-），台灣省台中縣人。台灣大學中文系畢業，曾任廣告公司企畫部經理、建設公司企畫部經理、《婦女世界》月刊總編輯、《高雄一週》發行人兼總編輯。為暢銷多產作家，小說、散文兼擅，曾獲中國時報小說首獎及

聯合報中篇小說推薦獎，小說作品多部搬上銀幕。出版主要小說有短篇集《油蔴菜籽》（1983台北皇冠文化出版公司）、中篇《不歸路》（1983台北聯經出版公司）、長篇《盲點》（1986台北九歌出版社）、《輾轉紅蓮》（1993台北九歌出版社）、《月影》（1996台北九歌出版社）、《外遇的理由》（1998台北皇冠文化出版公司）等。她的小說反映了台灣進入經濟的榮景後對家庭的影響，以及婦女的自覺與因應之道。劉登翰等主編的《台灣文學史》對廖輝英有以下的評語：

八〇年代崛起的台灣女作家中，廖輝英堪稱為一個純粹的女性文學作家。從她的成名作《油蔴菜籽》開始，直到近作《歲月的眼淚》等，她的筆鋒始終沒有偏離過戀愛、婚姻、家庭的描繪。女性的生活、女性的命運以及她們的悲歡苦樂、奮鬥掙扎始終是她關注的焦點。自命為「合理化兩性關係」而努力的廖輝英，描

廖輝英（1948-）
圖片提供／文訊

《油蔴菜籽》（1983台北皇冠文化出版公司）

寫了眾多的女性。「與其說是在鋪陳一個故事，不如說，它企圖由錯綜複雜的情節中，為號稱獨立，而其實猶在茫然摸索中的現代女性，提供一面自省的鏡子，也為夾縫壓力下的夫妻情緣、婆媳關係、女性地位、男性角色，鋪排一種新的、可嘗試的組合與排列。」（劉登翰等 1993：613）

溫小平（1948-），筆名樂慧，原籍江西省大庾縣，生於南京市。銘傳商專商業文書科畢業，曾任《新女性》雜誌主編、總編輯，並曾主持廣播節目。寫作以小說、散文為主，兼及兒童文學。小說長、中、短篇皆有，關注女性狀況及中老年問題。作品甚多，主要有長篇《我帶陽光來》（1982台北漢霖出版社）、《太陽雨》（1984台北林白出版社）、《人海》（1988台北小說創作

社）、《夏雪》（1990台中晨星出版社）、《最後的溫柔》（1992台中晨星出版社）、《有你的天空一片蔚藍》（1994台中晨星出版社）、中篇《正月新娘》（1975台北小說創作社）、《織星女子》（1989台中晨星出版社）、短篇集《沉默的母親》（1987台北駿馬文化公司）、《第凡尼的下午茶》（1991台北希代書版公司）、《小龍心情寫眞》（1997台北幼獅文化公司）等。

心岱（1949-），原名李碧慧，台灣省彰化縣人。育達商職夜間部畢業，曾任《國語日報》作文班教師、《自立晚報副刊》策畫、《皇冠》雜誌社採訪部策畫、《工商時報副刊》編輯、《中國時報》、《民生報》記者創意工作室主持人、時報出版公司編輯部副理兼主編。寫作以傳奇人物小說、傳記、報導散文爲主，兼及兒童文學。出版作品眾多，所作小說主要有短篇集《母親的畫像》（1972台北正文書局）、《少女與貓》（1975台北皇冠文化出版公司）、《恍若一夢》（1977台北皇冠文化出版公司）、《心岱自選集》（1982台北黎明文化公司）、長篇《木魚的歌》（1975台北皇冠文化出版公司）、《紙鳶——廖添丁的故事》（1976台北皇冠文化出版公司）、《揚帆記——鄭豐喜傳》（1977台北林白出版社）、《花事》（1983台北皇冠文化出版公司）、《地底人傳奇》（1992台北時報文化公司）、《俠盜正傳——廖添丁》（1997台北時報文化公司）等。

袁瓊瓊（1950-），筆名朱陵，四川省眉山縣人。台南商職畢業，曾任《創作》月刊編輯。1982年赴美愛荷華大學參加「國際作家工作坊」。作品以小說爲主，曾獲中國時報及聯合報文學獎。出版作品有短篇集《春水船》（1979台北皇冠文化出版公司）、《自己的天空》（1981台北洪範書店）、《兩個人的事》（1983台北洪範書店）、《滄桑》（1985台北洪範書店）、長篇《今生緣》（1988台北聯合文學出版社）、《蘋果會微笑》（1989台北洪範書店）、極短篇《袁瓊瓊極短篇》（1988台北爾雅出版社）等。她

袁瓊瓊（1950-）

在八○年代初期嶄露頭角，頗引人注目，可惜後繼乏力。王德威曾對她評論說：

> 袁瓊瓊是台灣八○年代初期，最具個人特色的台灣女作家之一。她的短篇如
> 〈自己的天空〉、〈滄桑〉不但因文采斐然，屢獲大獎，也早成為見證女性主
> 義在台灣興起的重要資料。但八○年代中期以後，袁的光芒漸斂。她的兩個主
> 要長篇《今生緣》與《蘋果會微笑》，都予人虎頭蛇尾之感。另一方面，她廁
> 身電視肥皂劇圈中，儼然另闢了一片「自己的天空」。《情愛風塵》雖貌似
> 新書，卻是原早期精采舊作的合集。書名《風塵》，巧妙地點出袁「談」情
> 「說」愛陌然憊懶的風格；而回首十數年前創作之路，袁本人也不免風塵僕僕
> 的感慨吧？（王德威 1991：109-110）

周梅春（1950-），台灣省台南縣人。港明高商畢業，曾任出版社編輯、特
約撰述。作品以小說為主，曾獲吳濁流小說佳作獎、台灣省政府優良小說甄選
獎等。出版有短篇集《純淨的世界》（1975台北浩瀚出版社）、《夜遊的魚》
（1986台北號角出版社）、《天窗》（1988台北光復書局）、長篇《轉燭》（1985台北
爾雅出版社）、《看天田》（1993高雄市立文化中心）、《昨夜的臉》（1995台北和光
文化公司）。葉石濤很看重《轉燭》一書的成就，他說：

> 《轉燭》這篇小說主要描寫了日據時代北門郡農民生
> 活的真實困境，以小說主角阿認在民國五十年代前後以
> 五十歲左右年齡死亡來予以推測，這篇小說是從民國初
> 年一直描寫到光復十年前後，五十年間的北門郡農村的
> 變遷的小說。這五十年間從阿認的頂仔伯到阿認的父親
> 忠仔，到阿認的兒子阿彬成婚，一共描寫了四代人的生
> 活細節。把這五十年間，三代人生活的故事以十多萬字
> 的小說去表現，必須作者擁有非凡的小說技巧，細細去
> 經營結構及情節才行。這篇小說最值得稱道的一點是周

《轉燭》（1985台北爾雅出版
社）

梅春用客觀的寫實主義正確地反映了時代轉移的跡象，不露出一丁點兒用心予以剪裁的痕跡。小說的節奏非常明快，用字遣詞簡潔而富於色彩與音樂之美。我們從小說裡可以看到殖民地時代台灣農村的困境，也可以看到台灣農民忍辱負重堅強地生活下來的雄壯的生命之流激起的漣漪。這是不折不扣的描寫大地子民的純粹的農民文學，不帶任何社會性的觀點和意識形態的污染，客觀真實地凝視農民的「日常性」所寫出的作品。我們之所以能看得出來時代社會在變遷，唯有透過小說中農民日常生活的細節去體會，才有可能。《轉燭》裡很少誇大地、戲劇性地描寫時代性的大事件，但是我們從日據時代的配給制度的實施或日人強迫台人改日本姓氏的輕淡描寫中頗能感到皇民化運動如火如荼地展開的歷史性現實；同時也連帶地認識台人根深柢固的民族意識。周梅春壓根兒就沒有闡釋民族意識的企圖，也沒有指控日本帝國主義殘暴統治的意圖，但是小說裡農民的日常生活卻有力地證實了這些事實的存在。在這兒，我們不得不驚歎周梅春凝視現實、捕捉現實的卓越能力。這是一本台灣文學史上未曾出現過的新現實主義文學，超越了僵化的文學性口號，回到文學的本質來，深刻地透視了人的命運和人性的深層心理。小說世界雖扎根於北門郡狹隘的土壤，但是開起來的花朵卻能象徵整個農民的本性。所以這本小說也頗具世界性的規模。由另一個角度去看，這本小說也可以說是台灣的「女人的一生」……也就是描寫台灣農村婦女任人欺凌的悽慘命運的小說。（葉石濤 1992b：133-135）

蕭麗紅（1950-），台灣省嘉義縣人。嘉義女中畢業，專事小說寫作，曾獲聯合報長篇小說優等獎。作品有中篇《冷金箋》（1975台北皇冠文化出版公司）、《桃花與正果》（1986台北聯經出版公司）、長篇《桂花巷》（1977台北聯經出版公司）、《千江有水千江月》（1981台北聯經出版公司）、《白水湖春夢》（1996台北聯經出版公司）。龍應台評論暢銷書《千江有水千江月》說：

蕭麗紅的暢銷書《千江有水千江月》（1981台北聯經出版公司）

《千江》動人的地方在它典雅卻又寫實的文字，更在它對於中國民俗的細述——像「揀穀粒」的描寫令人覺得新奇卻又親切。這是它的藝術成就。但是這本小說所流露的觀念意識——凡是「傳統」，都是美好的——卻令我坐立不安。作者以極度感情式的、唯美式的、羅曼蒂克式近乎盲目地去擁抱、歌頌一個父尊子卑、男貴女賤的世界，對這樣的世界沒有一點反省與懷疑，使《千江》成為一本非常膚淺的小說，辜負了它美麗的文字與民俗的豐富知識。（龍應台 1985：166）

許台英（1951-），原籍南京市，生於台灣省高雄市。台北師專畢業，並參與台視及中影編劇班學習，曾任教師、編輯及任職高雄市教育局。寫作以小說為主，曾獲聯合報短篇小說推薦獎。出版小說有短篇集《茨冠花》（1985台北洪範書店）、中篇《歲修》（1982台北聯經出版公司）、《水軍海峽》（1986台北聯經出版公司）、長篇《憐蛾不點燈》（1988台北聯經出版公司）、《寄給恩平修女的六封書信》（1995台北聯經出版公司）。

曾焰（1952-），原籍四川省隆昌縣，生於昆明市。台灣大學中文系畢業，曾任泰北美斯樂興華中學及滿星疊大同中學教員、《青年戰士報》新文藝副刊、《青年日報》副刊編輯。寫作有小說及散文，出版小說有長篇《七彩玉》（1979台北中央日報社）、《風雨塵沙》（1982台北時報文化公司）、《黑血玫瑰》（1986台北皇冠文化出版公司）、《蛇舞》（1993台北海風出版社）、短篇集《美斯樂的故事》（1982台北時報文化公司）、《滿星疊的故事》（1983台北時報文化公司）、《珍奇的結晶》（1996台北觀音山出版社）。

蕭颯（1953-），原名蕭慶餘，祖籍南京市，生於台灣。台北市立女師專科學校畢業，淡江文理學院夜間部中文系肄業，任國小教師。作品均為小說，曾獲聯合報文學獎、時報小說推薦獎、中興文藝獎章。小說多取材平凡生活中的男女愛情、家庭問題，譬如外遇等。作品結構頗受電影影響，其作品也多搬上銀幕。主要作品有短篇集《長堤》（1972台北台灣商務印書館）、《日光夜景》（1976台北聯經出版公司）、《我兒漢生》（1981台北九歌出版社）、

《死了一個國中女生之後》（1984台北洪範書店）、長篇《如夢令》（1981台北九歌出版社）、《愛情的季節》（1982台北九歌出版社）、《小鎮醫生的愛情》（1984台北爾雅出版社）、《如何擺脫丈夫的方法》（1989台北爾雅出版社）、《皆大歡喜》（1995台北洪範書店）等。她的作品的特點是在結構與表達的技術上採用了電影蒙太奇的技法，而仍保持了小說的敘述形式與特徵（馬森1997b）。對《我兒漢生》，龔鵬程曾評論說：

> 《我兒漢生》之所以廣受注意，並不只因為得過獎，改編過電影，而是因為說出了大多數家長的感受與焦慮，也反映了現今大多數青年成長的歷程。……
> 不過，由於大家都較注意《我兒漢生》反映青少年成長問題的一面，以至於對這篇小說的理解，都僅止於拿來跟自己做對照，彷彿有著看舊照片般的心情，有反省、有憐憫，也有感嘆；否則，則如心理學家社會學家，把漢生的成長問題，看成一個實際存在的社會問題來分析、來紓解，但像《我兒漢生》這樣一篇好小說，其內涵之豐富，恐怕不是上述觀點所能窮盡的，例如張系國，就認為這是藉浪漫理想跟現實環境的衝突，來處理中產階級的教育問題，諷刺中產階級的生活方式和人生觀。（龔鵬程1986）

蘇偉貞（1954-），原籍廣東省番禺縣，生於台灣省台南市。政戰學校影劇系畢業，香港大學中文系博士，曾任職國防部軍聞社、藝術工作總隊、《聯合報副刊》編輯《讀書人週報》主編、成功大學中文系教授等。作品以小說為主，以女性的觀點剖析親情、愛情和情欲。主要作品有中篇《紅顏已老》（1981台北聯合報社）、《世間女子》（1983台北聯合報社）、長篇《有緣千里》（1984台北洪範書店）、《離開同方》（1990台北聯經出版公司）、《沉默之島》（1994台北時報文化公司）、《夢

蘇偉貞（1954-）

書》（1995台北聯合文學出版社）、短篇集《陪他一段》（1983台北洪範書店）、《我們之間》（1990台北洪範書店）、《封閉的島嶼》（1996台北麥田出版公司）等。論者常指蘇偉貞善寫女鬼，至於文字特色，王德威曾指出：

> 蒼茫頹唐的情欲故事，清冷陰寥的敘事筆調，虛浮飄蕩的男女人物，讀來但覺涼氣颼颼，令人暑意全消。（王德威1991：64-65）

陳艷秋（1955-），台灣省台南縣人。台南私立長榮女中畢業，曾任《大世界》國際旅遊月刊編輯。寫作以小說爲主，曾獲文建會小說獎。主要作品有短篇集《無緣廟》（1980台北東大圖書公司）、《出鄉關》（1987台北號角出版社）、《雙面火鶴》（1989台北希代書版公司）、《來生再相愛》（1992台北業強出版社）、《故鄉是一首悲歌》（1994台南縣立文化中心）、長篇《相思海》（1987高雄珠璣出版社）、《千縷心愁千縷情》（1995台北業強出版社）、《天涯共明月》（1995台北業強出版社）等。

陳燁（1959-2012），原名陳春秀，筆名青禾，台灣省台南市人。台灣師範大學國文系畢業，曾任永和國中、建國中學教師。寫作以小說爲主，曾獲時報文學小說優等獎、聯合文學小說推薦獎、春暉青年文藝獎助金、吳濁流小說獎等。作品有中短篇集《藍色多瑙河》（1988台北聯經出版公司）、《飛天》（1988台北聯經出版公司）、《孤獨和年輕總是睡在同一張床上》（1990台北聯經出版公司）、長篇《泥河》（1989台北自立報系出版部）、《牡丹鳥》（1989高雄派色文化出版社）、《水滸傳》（1990台北聯經出版公司）。她也是葉石濤比較重視的本土作家，特別評論過她的長篇小說代表作《泥河》：「小說是台南府城的世家『林家』三代的故事。故事的時間很長，從日據時代林家祖父一代如何地聚集財富獲得殖民地政府的『紳章』頒發開始，以至於戰後不久第二代人遭遇的二二八屠殺，邁入資本主義社會的八〇年代的第三代的離合悲歡。《泥河》這本長篇小說是1989年2月出版的，剛好碰到解嚴以後台灣文學雪融時代。因此，《泥河》中描寫二二八的部分特別引人注意。其實

《泥河》的寫作目的並不在於挖掘台灣歷史中的傷痕。陳燁所企圖的是以一個家族的生活史來反映時代、社會的變遷。大凡有歷史意識的作家所寫的長篇大都如此，這也不算什麼。問題在於陳燁的小說都由同一個源頭如泉水般湧出，這似乎是一種『情結』（complex），始終盤據在陳燁的潛意識裡，所有她的作品，是這情結的闡釋、辯解或抗拒。這情緒來自於放蕩的父親與受苦的母親，這糾纏不清的關係。而這受苦的母親至死愛著跟她老公剛剛相反的高貴的精神上的情人。……屬於《泥河》這一系列的小說的寫實風格較重。雖然她的寫實已不是老一代的寫實，頗

《燃燒的天》（1991台北遠流出版公司）

有後現代風格，但仍保持了較客觀而冷靜的觀照。這可能是她的兩個寫作傾向之一。但是在她的小說世界裡，始終有蠢蠢欲動，刹那間會噴出來的深紅火焰存在；那是已打破寫實框框的對人性中最原始的諸多欲望之間的衝突、拮抗與矛盾。……從1988年冬天到1990年冬天，我陸續讀到她所發表的《燃燒的天》五部連作：依次分別是〈天窗〉、〈天門〉、〈天牆〉、〈天城〉以及〈天路〉。正如我所料，這些小說群中寫實主義手法已經解構，她採用的是頗後現代的各種技法。而最重要的一點就是她探索的並非社會現象制約下的人們的心理，反而是從人的內心心象去透視及反映社會變化。這五篇連作中，小說中的情節重疊，故事分崩離析，時間與空間跳脫不連貫，通常我們念小說的方法都無法適用了。即令如此，我們仍然可以看得出這五篇小說圍繞著幾個重要環節而展開；主要是現代小說未可避免的主題『性與暴力』。以『性』來說，〈天窗〉講的是『亂倫』；〈天門〉是『雜交』；〈天牆〉是『同性戀』；〈天城〉是『性虐待狂與被虐待狂』；〈天路〉是『性無能』。其次，以『暴力』而言，〈天窗〉是『自殘』；〈天門〉是『弒義父』；〈天牆〉是『殘人』；〈天城〉是『殺妻』；〈天路〉是『弒養母』。陳燁在這五篇連作裡，敢於向所有以往的台灣小說的主題、結構、布局、觀念挑戰。小說世界的血腥和背德令人怵目驚心。這是很難令人接受的以前沒有作家敢嘗試的嶄新領域。」（葉石濤 1992c：138-141）

林剪雲（1957-），原名林素珍，台灣省屏東縣人。高雄師範學院國文系畢業，曾任桃園縣救國團團訊主編、高中國文教師。作品以小說為主，曾獲中華文學獎小說首獎。作品有長篇《花自飄零》（1989台北希代書版公司）、《火浴鳳凰》（1989台北九歌出版社）、《單飛鳳》（1994台北九歌出版社）、《彩虹橋》（1995台北希代書版公司）、《世間父母》（1998台北九歌出版社）、短篇集《我的學生秀蘭》（1989台中晨星出版社）等。

　　張曼娟（1961-），原籍河北省豐潤縣，生於台灣。東吳大學中文系畢業，同校中文研究所碩、博士。曾任《明道文藝》特約採訪、中國文化大學中文系講師、香港中文大學助理教授、東吳大學副教授。散文、小說兼擅，曾獲全國學生文學獎大專組小說首獎、教育部文藝創作小說首獎。小說作品有短篇集《海水正藍》（1985台北希代書版公司）、《笑拈梅花》（1987台北希代書版公司）、《鴛鴦紋身》（1994台北皇冠文化出版公司）、《我的男人是爬蟲類》（1996台北皇冠文化出版公司）、《火宅之貓》（1997台北皇冠文化出版公司）。阿盛評說：

　　　　對一個熱中寫作的年輕人，合當不做苛評，尤其是題材的選擇。男女情愛是
　　文學的永恆題材之一，張曼娟在這方面著墨甚多，我覺得沒什麼不好，她那樣
　　的年紀、那樣的見聞，不寫情愛才有問題。真正的問題是。她寫得如何？與張
　　曼娟同是東吳人，同是中文人，我很瞭解古典文學對一個現代寫作者的束縛，
　　有一種說法──讀中文系的人較放不開手腳使用文字。不過，說是這麼說，一
　　個創作者應是有能力打破規矩，「創作」麼，又不是述作。張曼娟顯然並未因為
　　接受古典文學訓練而自限，這可以從她的文字中看出來。（阿盛1986：191）

　　林黛嫚（1962-），台灣省南投縣人。台灣大學中文系畢業，曾任國小教師、《中央日報副刊》編輯、主任。作品有小說及散文，曾獲全國學生文學獎大專組小說首獎、中國文藝協會小說獎章。小說以短篇為主，計有《也是閒愁》（1986台北希代書版公司）、《閒愛孤雲》（1987台北希代書版公司）、《閒

夢已遠》（1988台北希代書版公司）、《黑白心情》（1990台北希代書版公司）、《閒人免愛》（1991台北希代書版公司）及長篇《今世精靈》（1997台北九歌出版社）。

黃秋芳（1962-），台灣省高雄市人。台灣大學中文系畢業，東京柴永語言學校結業，曾任中研院研究助理、《國文天地》雜誌社企畫編輯、採訪記者、兒童作文實驗教學老師等。作品有小說、散文、兒童文學。小說有短篇集《黃秋芳小說集——我的故事你愛聽嗎？》（1988台北希代書版公司）、《吻痕如刀》（1989台北希代書版公司）、《影子與高跟鞋》（1990台北聯合文學出版社）、《華印有兩個女人》（1997台北草根出版公司）、中篇《雪星星》（1989台北希代書版公司）、《蓮花》（1989台北希代書版公司）、《九個指頭》（1997台北草根出版公司）。

四、通俗小說家（歷史、言情、武俠、偵探、科幻、奇情、鬼怪等）

早期有學者認為通俗小說與嚴肅小說的對立是新文學發展以後的事，其實「不過是西方小說傳統與中國小說傳統之間的衝突而已。」（張贛生 1991；13）因為與魯迅、茅盾同時代的言情小說家張恨水、包天笑、王小逸、武俠作家平江不肖生、還珠樓主等多半維持傳統說部的形式與格調，相對於西化的新小說，因而被目為通俗文學。五四以後眾多的舊體通俗小說正如眾多的舊體詩一樣，不在本書的論述範圍之內。可是後來在同是西化的新小說中，仍發生通俗與嚴肅之別。

嚴肅小說（或稱藝術小說）與通俗小說（或稱大眾小說）之間，並非涇渭分明，一般認為寫人生具有某種深刻性而語言上特別考究的屬於嚴肅（藝術）小說，而有些小說中的次文類諸如武俠、言情、歷史、偵探、科幻等以情節取勝而受到大眾歡迎的屬於通俗小說。這種區分也常成為文評家棘手的問題，文人間也時有所討論，甚至《文訊》雜誌在1986年召開過一次「通俗文學討論會」。在那次會上，顏崑陽教授從三個層次來為「通俗文學」下定義：第一

層意義，他說是針對起源於民間，是和貴族、精緻文學相對而言的。第二層意義，他說是「通行於世俗之間，被一般大眾所喜愛的文學。」第三層意義，他說是「從俗和雅相對的觀念來說的。」而「通常就意味著對它的藝術性帶有貶低的意義。」（蘇綾 1986：71-72）這說得很清楚了，但是也不能使所有參與討論的人都同意。在此再舉一個西方文評家的觀點：英國小說評論家（同時也是小說作家）安東尼・布爾蓋斯（Anthony Burgess）認為二者之間最重要的區別乃在「藝術小說重在人物，通俗小說重在行動。」（Burgess 1984:15）換句話說，也就是藝術小說重在寫人物的心理及其在人生社會中的處境，而通俗小說重視的卻是情節的安排和人物的行動。但是通俗小說也有寫人物寫得十分講究的，在時間的篩選下升格為藝術小說，例如《紅樓夢》、《水滸傳》等。所以被歸入通俗小說，並非一定帶有貶意。可是一個作家的作品被冠上「通俗」的帽子，常常會十分氣惱。例如廖輝英就曾寫過：「我不敢說我是一個好的作家，不過，我能肯定的是，我的創作態度相當『嚴肅』。」又說：「我絕對相信創作者需要文學批評的刺激藉以自省。但文評需要提出清晰、明確的架構和理論，作為批評的依據。以『嚴肅文學和通俗文學』之辨而論，沒有一個批評者提出一套具有說服力的定義來『指點』創作者，杭之也罷，龍應台也罷。」（廖輝英 1986：95）所以，此處的通俗小說，只是文類的分別，並不帶貶意。

孟瑤（1919-2000），原名楊宗珍，湖北省武昌市人。重慶中央大學歷史系畢業。1949年來台後歷任民雄高中國文教師、台中師範學校、省立師範學院國文系講師、副教授、新加坡南洋大學中文系教授、中興大學中文系系主任等。作品以小說為主，兼及兒童文學，論著有小說史及戲曲史，曾獲中華文藝獎、中山文藝獎、教育部文學獎等。所著長篇小說有六十餘部，在婚姻人情中，概括了近代中國變亂的種種面影。可參閱吉廣輿著《孟瑤評傳》。主要作品有長篇小說《美虹》（1953台北重光文藝出版

孟瑤（1919-2000）
圖片提供／文訊

社）、《心園》（1953台北暢流半月刊社）、《幾番風雨》（1955台北自由中國社）、《窮巷》（1955台北暢流半月刊社）、《薦蘿》（1956自印）、《屋頂下》（1956台北自由中國社）、《斜暉》（1957台北自由中國社）、《亂離人》（1959台北明華書店）、《曉霧》（1960高雄大業書店）、《浮雲白日》（1962高雄大業書店）、《畸零人》（1966台北皇冠文化出版公司）、《這一代》（1969台北皇冠文化出版公司）、《長夏》（1972台北皇冠文化出版公司）、《驚蟄》（1976台北時報文化出版公司）、《滿城風絮》（1977台北純文學出版社）、《望鄉》（1981台北中央日報社）、《女人・女人》（1984台北中華日報社）、《風雲傳》（1994台北天衛文化公司）等。另有《中國戲曲史》四冊（1965台北文星書店）、《中國小說史》四冊（1966台北文星書店）、《中國文學史》（1974台北大中國圖書公司）。

　　高陽（1922-92），原名許晏駢，字雁冰，另有筆名郡望、史魚，浙江省杭州市人。戰時未完成大學學業，1946年考入空軍官校，後出任軍用文官，隨軍來台，曾任參謀總長祕書。1960年退役，轉任《中華日報》主筆及《中央日報》特約主筆。1964年在《聯合報副刊》發表連載小說《李娃》大受歡迎，因而欲罷不能，遂繼續歷史小說的寫作。作品繁多，將近百部，其中尤以紅頂商人《胡雪巖》更爲蜚聲海內外。高陽同時對《紅樓夢》也頗有心得，而自成一家言。重要的長篇歷史說部有《猛虎與薔薇》（1953高雄百成書店）、《凌霄曲》（1961高雄大業書店）、《紅塵》（1964高雄長城出版社）、《李娃》（1965台北皇冠文化出版公司）、《愛巢》（1965台中台灣省政府新聞處）、《風塵三俠》（1966台北皇冠文化出版公司）、《荊軻》（1968台北皇冠文化出版公司）、《慈禧前傳》（1971台北皇冠文化出版公司）、《清宮外史》（1972台北皇冠文化出版公司）、《紫玉釵》（1972台北皇冠文化出版公司）、《胡雪巖》三冊（1973台北經濟

高陽（1922-92）　圖片提供／文訊

日報社）、《胭脂井》（1976台北皇冠文化出版公司）、《紅頂商人》（1977台北經濟日報社）、《漢宮春曉》（1978台北南京出版公司）、《乾隆韻事》（1978台北皇冠文化出版公司）、《正德外記》（1979台北南京出版公司）、《楊門忠烈傳》（1980台北皇冠文化出版公司）、《清末四公子》（1980台北南京出版社）、《曹雪芹別傳》二冊（1982台北聯合報社）、《明末四公子》（1983台北皇冠文化出版公司）、《燈火樓台》三冊（1985-87台北經濟日報社）、《大野龍蛇》三冊（1985-87台北聯合報社）、《清朝的皇帝》三冊（1988台北遠景出版公司）、《蘇州格格》（1992台北聯合報社）等。另有論述《紅樓夢一家言》（1977台北聯經出版公司）。自從兩岸開放出版品交流以來，台灣的通俗小說都成為彼岸的暢銷品，高陽的歷史小說也是其中之一，且看彼岸的文學史如何評價高陽的作品：

> 高陽歷史小說的題材非常廣泛，各個歷史年代，尤其是清代社會的畫卷在他筆下有大量的反映。各種重要歷史人物，無論是最高統治者，還是社會上名流，都在作品中被勾勒得活龍活現。這除了高陽具有淵博扎實的歷史知識外，還得力於他獨到的文學功底。他的歷史小說的藝術成就主要有以下方面：歷史真實與藝術真實的有機融合，……善於塑造鮮活的歷史人物形象，……擅長於歷史畫卷的細節描寫。（劉登翰等 1993：750-752）

南宮博（1924-83），原名馬彬，字漢嶽，筆名史劍、許劍、馬兵、碧光、齊簡等，浙江省餘姚縣人。浙江大學畢業後曾任《掃蕩報》編輯、重慶《和平日報》編輯主任、上海《和平時報》總編輯。來台後，出任《中國時報》社長、評論撰述委員，後赴香港，主持南天出版社。寫作專攻歷史小說，作品繁多，名重一時，今列其中一部分，以見其餘：《圓圓曲》（1952香港大公書局）、《秋夜宴》（1968台北水牛出版社）、《桃花扇》（1958香港大公書局）、《武則天》（1961台北徵信新聞報社）、《楊貴妃》（1962台北大方書局）、《梁山伯與祝英台》（1964台北台灣新生報社）、《大漢春秋》（1964台北立

志出版社）、《漢光武》（1966台北中央日報社）、《太平天國》（1966徵信新聞報社）、《洛神》（1975台北時報文化公司）、《蔡文姬》（1981台北堯舜出版社）、《西施》（1985台北時報文化公司）、《潘金蓮》（1987台北時報文化公司）等。

畢珍（1929-98），原名李世偉，筆名奇珍子、九指書生、白雲殘夫，安徽省廣德縣人。一生從事新聞工作，曾任《中國時報·人間副刊》主編、《自立晚報》撰述委員等。從1956年到1993年所出版歷史及傳奇說部多達一百餘部，產量驚人，主要長篇說部有《淚湖夢影》（1956台北玉書出版社）、《古樹下》（1958台北皇冠文化出版公司）、《心弦》（1960台北皇冠文化出版公司）、《長青島》（1965台北皇冠文化出版公司）、《奇情小說八十篇》（1968台北台灣商務印書館）、《女千歲》（1976台北國家出版社）、《霹靂女狐》（1976台北遠大出版社）、《縱橫長江一書生》（1978台北新文豐出版社）、《龍虎兄弟》（1978台北新文豐出版社）、《茫茫愛情路》（1980台北新文豐出版社）、《清幫大爺》（1981台北堯舜出版社）、《年羹堯傳》（1982台北堯舜出版社）、《奇皇后傳》（1986台北時報文化公司）、《中國幻術傳奇》上、下冊（1990台北漢光文化公司）、《中國巫術傳奇》上、下冊（1990台北漢光文化公司）、《中國鬼狐傳奇》上、下冊（1990台北漢光文化公司）、《中國名臣傳奇》上、下冊（1991台北漢光文化公司）、《中國列女傳奇》上、下冊（1991台北漢光文化公司）、《中國符咒傳奇》上、下冊（1991台北漢光文化公司）、《包公斷案》上、下冊（1991台北漢欣出版社）、《雍正外傳》（1993台北不二出版公司）等。

張漱菡（1930-），原名張欣禾，另有筆名寒柯，安徽省桐城縣人。上海震旦文理女子學院肄業，1949年來台後從事文學創作。1953年出版第一本小說《意難忘》，在中國青年寫作協會讀者票選中名列第一。以後即寫作不斷，以長篇言情小說為主，兼及散文。作品眾多，主要有長篇《意難忘》（1953台北暢流半月刊社）、《七孔笛》（1956高雄大業書店）、《多色的霧》（1963高雄大業書店）、《雲橋》（1965高雄長城出版社）、《翡翠田園》（1966台北

皇冠文化出版公司）、《飛夢天涯》（1968台北皇冠文化出版公司）、《碧雲秋夢》（1968台北中國時報社）、《歸雁》（1971高雄立志出版社）、《櫻城舊事》（1983台北黎明文化公司）、短篇集《橋影簫聲》（1953高雄大業書店）、《喘息的小巷》（1959香港亞洲出版社）、《綠窗小札》（1964台北立志出版社）、《心魔》（1970台北皇冠文化出版公司）、《翡翠龍》（1977台北皇冠文化出版公司）、《張漱菡自選集》（1980台北黎明文化公司）等。

徐薏藍（1936-），原名徐恩楣，浙江省杭州市人。中興大學合作經濟系畢業，曾任中學教師，後專事寫作。1957年開始發表作品，以長篇言情小說為主，後來也兼及散文。長篇小說主要有《綠園夢痕》（1958台北北大書局）、《晨星》（1959台北中國書刊儀器社）、《流雲》（1966台北皇冠文化出版公司）、《生命的旋律》（1968台北立志出版社）、《風在林梢》（19671台北立志出版社）、《天涯路》（1974台北道聲出版社）、《金色時光》（1977台北彩虹出版社）、《弦歌》（1978台北皇冠文化出版公司）、《翡翠谷》（1981台北皇冠文化出版公司）、《遠方的雲》（1987台北皇冠文化出版公司）、《愛的顏色》（1994台北皇冠文化出版公司）、短篇《碎情記》（1964台北皇冠文化出版公司）、《都是為了愛》（1991台北皇冠文化出版公司）等。

古龍（1937-85），原名熊耀華，祖籍江西省南昌縣，生於香港。成功高中畢業，淡江英專夜間部英語科肄業。高中時代開始熱中寫武俠小說，以現代小說的語言寫古典武俠造成轟動效果，部部暢銷，而且多半都被香港的邵氏電影公司搬上銀幕。雖然只活了不到五十歲，但寫出說部五十餘部，而且每部都多達三、四冊，身後繼續出版，可謂極多產作家。主要作品有《楚留香傳奇》三冊（1977台北華新出版社）、《流星‧蝴蝶‧劍》二冊（1977台北華新出版社）、《多情劍客無情劍》三冊（1977台北桂冠圖書公司）、《蕭十一郎》（1977台北漢麟出版社）、《絕代雙驕》四冊（1977台北桂冠圖書公司）、《白玉老虎》

《楚留香傳奇》（1977台北華新出版社）

三冊（1977台北華新出版社）、《天涯明月刀》（1978台北漢麟出版社）、
《名劍風流》三冊（1978台北漢麟出版社）、《碧玉刀》（1978台北漢麟出版
社）、《劍客行》二冊（1979台北南琪出版社）、《湘妃劍》三冊（1983台中
文天出版社）、《陸小鳳傳奇》十六冊（1997台北萬象圖書公司）、《蝙蝠傳
奇》五冊（1997台北萬盛出版公司）、《遊俠錄》（1998台北風雲時代出版公
司）等。彼岸的評論：

> 作為新派武俠小說的代表人物，古龍在他的創作中注入了強烈的現代意識。
> 首先，他的作品巧妙地融進了大量的現代偵探推理，他筆下的武林高手，不少
> 是「英雄與智者的混合」。這些人不僅多謀善斷，而且具有洞察幽微的分析推
> 理能力。（劉登翰等1993：760-761）

梅濟民（1937-），黑龍江省綏化縣人。台灣大學中文研究所畢業，曾任日
本東京大學漢語研究所、新加坡南洋大學教授，現已退休。寫作以小說為主，
兼及散文與詩。小說作品多著墨於東北的風土人情，且多為長篇大論，產量甚
多，主要有短篇集《牧野》（1970台北立志出版社）、《藍色的玫瑰》（1977
台北星光出版社）、長篇《北大荒風雲》（1980台北當代文學研究社）、《哈
爾濱之霧》二冊（1982台北當代文學研究社）、《北京之春》（1990台北當
代文學研究社）、《長白山奇譚》（1990台北當代文學研究社）、《楓紅》
（1993台北當代文學研究社）等。

瓊瑤（1938-），原名陳喆，湖南省衡陽縣人。台北市
北二女中畢業，十六歲開始寫作言情小說，為皇冠雜誌
與出版社的主力作家，曾任皇冠雜誌社東南亞版主編、電
影公司製片等。所作小說多為暢銷書，且多搬上銀幕及螢
幕，使瓊瑤成為六〇年代後言情小說的代表人物。出版長
篇言情五十多部，主要作品有《窗外》（1963台北皇冠
文化出版公司）、《煙雨濛濛》（1964台北皇冠文化出

言情小說代表作家瓊瑤
圖片提供／怡人傳播有限公司

版公司）、《六個夢》（1966台北皇冠文化出版公司）、
《幾度夕陽紅》（1966台北皇冠文化出版公司）、《彩雲
飛》（1967台北皇冠文化出版公司）、《星河》（1969
台北皇冠文化出版公司）、《海鷗飛處》（1972台北皇冠
文化出版公司）、《一簾幽夢》（1969台北皇冠文化出版
公司）、《在水一方》（1975台北皇冠文化出版公司）、
《月朦朧鳥朦朧》（1977台北皇冠文化出版公司）、《彩
霞滿天》（1979台北皇冠文化出版公司）、《失火的天
堂》（1984台北皇冠文化出版公司）、《水雲間》（1993

《窗外》（1963台北皇冠
文化出版公司）

台北皇冠文化出版公司）、《還珠格格》三冊（1997台北皇冠文化出版公
司）、《蒼天有淚》三冊（1997-98台北皇冠文化出版公司）等。彼岸的文學史
評論瓊瑤的小說謂：

　　在傳統的癡情中揉進現代的思想觀念，是瓊瑤小說的一個顯著特點。言情小
　　說當然離不開描寫男女情事，這是古今中外文學的一個傳統主題，它著重於反
　　映癡情男女為獲得真正愛情所經受的巨大輾磨，揭示造成他們愛情悲劇的歷史
　　根源與現實因素。瓊瑤的小說繼承了傳統言情小說的創作模式，把癡情作為愛
　　的基礎，在「癡情」上做文章。不同的是，瓊瑤顯然給她筆下的人物注入現代
　　思想意識，作品中的男女角色為追求真正的愛情都坦露出驚人的大膽與真誠。
　　（劉登翰等 1993：754）

　　林佛兒（1941-），筆名林白、鬱人，台灣省台南縣人。新儒法商學院畢業，
曾任《皇冠》雜誌編輯。先後連續創辦及主編過《仙人掌》詩刊、《火鳥》雜
誌、《龍族》詩刊、《鹽》月刊、《台灣詩季刊》及《推理》雜誌等。經營過
林白及不二出版社。擔任《推理》雜誌發行人及總編輯。本身也投入推理小說
的寫作。他的小說前期傾向鄉土，後來則專寫通俗的推理小說。在小說外，也
有詩作及散文問世。小說作品有短篇集《無聲的笛子》（1967台北台灣商務

印書館）、《夜晚的鹽水鎮》（1968台北水牛出版社）、《阿榮嬸的壞事》（1979台北林白出版社）及推理長篇小說《北回歸線》（1980台北林白出版社）、《島嶼謀殺案》（1984台北林白出版社）、《美人捲珠簾》（1987台北林白出版社）等。

鄧蔼梅（1941-），原籍安徽省壽縣。台灣師範大學英語系畢業，曾任中學英文教師，現已退休。教書之餘，專意長篇言情小說的寫作，曾獲中國文藝協會文藝獎章。作品眾多，有三十餘部，重要的長篇說部有《雨潤煙濃》（1967台北小說創作社）、《怡園春曉》（1968台北小說創作社）、《雨痕》（1969台北小說創作社）、《千山外》（1972台北彩虹出版社）、《天堂鳥》（1976台北漢麟出版社）、《一片楓紅》（1980台北漢麟出版社）、《秋水天長》（1981台北漢麟出版社）、《雲來雲去》（1983台北萬盛出版公司）、《暮雨蕭蕭》（1990台北華欣文化中心）、《梅花湖之戀》（1992福州海峽文藝出版社）、《誰的心能讓我停泊》（1993台北萬盛出版公司）、《星兒滿天》（1996西安太白文藝出版社）等。

楊小雲（1943-），原名鄭玉岫，遼寧省蓋平縣人。台灣實踐家專畢業，曾任講師、《今日生活》雜誌主編。1966年開始發表作品，以寫言情小說見長，兼及散文與兒童文學，曾獲中興小說文藝獎章、中國文藝協會小說獎章、中山文藝小說獎。作品眾多，主要有長篇《千里煙雲》（1966台北平原出版社）、《斜陽》（1966台北平原出版社）、《我十八歲》（1967台北平原出版社）、《等待春天》（1981台北九歌出版社）、《癡心井》（1984台北九歌出版社）、《她的成長》（1987台北九歌出版社）、《一世塵緣》（1992台北九歌出版社）、《愛在紅梅初綻時》（1997台北九歌出版社）、短篇《水手之妻》（1979台北九歌出版社）、《愛的組曲》（1988台北九歌出版社）、《枕邊人》（1994台北九歌出版社）等。

黃海（1943-），原名黃炳煌，筆名凌霄子，台灣省台北市人。台灣師範大學歷史系畢業，曾任僑聯總會主編、總幹事、《中央日報》、《聯合報》編輯、《兒童月刊》主編。在寫作上專攻科幻和兒童小說，曾獲救國團優秀青年文藝

獎、中國文藝協會小說獎章、洪建全少年小說獎、中山文藝獎、國家文藝獎等。作品眾多，主要有短篇集《奔濤》（1964台北野風出版社）、《大火，在高山上》（1968台北台灣商務印書館）、《通往天外的梯》（1968台北僑聯出版社）、《一〇一〇一年》（1969台北僑聯出版社）、《銀河迷航記》（1979台北照明出版社）、長篇《天堂鳥》（1984台北時報文化公司）、《第四類接觸》（1985台北皇冠文化出版公司）、《鼠城記》（1985台北時報文化公司）、《百年虎》（1993台北遠流出版公司）等。

玄小佛（1951-），原名何隆生，江西省南康縣人。世界新聞專科學校肄業，十八歲開始寫作，以長篇言情小說為主，有五十餘部，多部曾搬上銀幕。主要作品有《小木屋》（1976台北南琪出版社）、《風鈴》（1976台北南琪出版社）、《留住一片情》（1976台北萬盛出版公司）、《幾許煙愁》（1978台北萬盛出版公司）、《彩色的夢》（1978台北萬盛出版公司）、《昨日雨瀟瀟》（1980台北萬盛出版公司）、《星星在我心》（1988台北萬盛出版公司）、《等你千萬年》（1989台北萬盛出版公司）、《兩個月亮》（1992台中晨星出版社）、《愛情與激情》（1993台中晨星出版社）、《等夢的女人》（1994台中晨星出版社）、《浪漫愛情探險》（1995台中晨星出版社）等。

姬小苔（1954-），原名何永怡，祖籍南京市，生於台灣。復興美工畢業，曾任故宮陶瓷廠技術部主任、淡江瓷器廠廠長、蓬萊景觀公司設計師、《電影沙龍》主編等。專長寫通俗長篇社會言情小說，產量眾多，主要有《奔放的青春》（1980台北漢麟出版社）、《愛的輪轉》（1980台北漢麟出版社）、《閃電》（1981台北漢麟出版社）、《愛情遊戲》（1983台北萬盛出版公司）、《夕陽如歌》（1988台北萬盛出版公司）、《且伴薔薇》（1988台中晨星出版社）、《野百合》（1989台北萬盛出版公司）、《情歸何處》（1992台北萬盛出版公司）、《鬼迷茱麗葉》（1994台中晨星出版社）等。

吳淡如（1964-），台灣省宜蘭縣人。台灣大學法律系畢業，同校中文研究所碩士，曾任《自由時報副刊》、《時報週刊》、《中央日報》編輯、空中大學講師，並曾主持電視節目。寫作以言情小說為主，兼及散文，曾獲全國學生文學

散文佳作獎、台大文學獎、台灣省文藝創作獎。小說作品繁多，主要有短篇集《淡如清風》（1987台北希代書版公司）、《人淡如菊》（1988台北希代書版公司）、《尋找初戀情人》（1991台北希代書版公司）、《其實還是很在意》（1997台北皇冠文化出版公司）、長篇《牯嶺街少年殺人事件》（1991台北遠流出版公司）、《愛從來沒有理由》（1992台中晨星出版社）、《我們離婚好嗎》（1992台北皇冠文化出版公司）、《六人晚宴》（1993台北希代書版公司）、《三千年女王》（1994台中晨星出版社）、《吳淡如紅樓夢》（1995台北麥田出版公司）、《誰都會說我愛你》（1998台北皇冠文化出版公司）等。

杜修蘭（1966-），原籍湖南省慈利縣，生於台灣省桃園縣。台灣中興大學合作經濟系肄業，從事營造工程。致力於大眾通俗小說寫作，曾獲皇冠大眾小說首獎。作品有長篇《逆女》（1996台北皇冠文化出版公司）、《別在生日時哭泣》（1997台北皇冠文化出版公司）、《默》（1998台北聯經出版公司）、《聰明蠢女人》（1998台北皇冠文化出版公司）。

五、從現代到後現代

小說到了二十世紀八〇年代，似乎已不再是專以情節和人物取勝的文體了。意識流和魔幻寫實從內外兩方面擊潰了情節用以取信於人的架構邏輯，荒謬小說（存在主義影響下的荒謬劇的孿生姊妹）摧毀了寫真式的人物肖像，後設小說則嘲弄著敘述的一本正經，乾脆標明了虛構之為虛構、遊戲之為遊戲的無須故為矯飾的坦誠。看來這解構後的自由，在小說的園地裡似乎可以為所欲為了。其實不然，真實反映人生的迷思一旦戳破，讀者對作者的信心盡失，更容易看穿作者羅織設計的居心，因此就不能不迫使小說作家在文字的藝術上和創境上多做磨練，以便用更為服人的藝術來攫取讀者的心。

在早期的作家中，七等生是從現代走入後現代的關鍵人物，他的作品與同代的作家（譬如王文興）相比，至少超前了十年。一個作家對處身環境的觀察和對時代的感受，很難有客觀的標準，並非外文系出身也未嘗出國的七等生所掌

握的西方資訊不可能超過外文系畢業或留學歐美的作家，但他的作品卻表現出超前的徵候。同在二度西潮的衝擊下，感覺銳敏的走在時代的前端，首先靠的是個人的敏感度，其次才是環境與經驗，這也正是藝術家不同於常人之處。七等生以外，直到1985年後出現的作家越來越多感染到後現代的影響，出現了反中心、解構、斷裂、夢幻、荒謬、互文、後設的種種徵象，以及本處邊緣地帶的女性主義、同志文學等開始振臂而起，贏得文壇以及廣大讀者的注目。然而原有的現代主義，甚至更爲傳統的寫實主義並未因此而斂跡，遂呈眾聲喧譁的現象，正如詹明信所言在第三世界各種不同的時代風格是交叉並存的（詹明信1987：5）。其實何止是第三世界，即使在歐美，各種時代的風格也是並存的，因此哈金比較寫實的小說在當代的美國仍可以獲得文學創作的大獎。

七等生（1939-），原名劉武雄，祖籍台灣省苗栗縣，生於台中縣通霄鎮。台北師範學校藝術科畢業，曾任國小教師，退休後專事寫作。1966年參與《文學季刊》創辦，1983年應邀赴美國愛荷華大學「國際作家工作坊」訪問五個月。創作以小說爲主，深受二度西潮所帶來的現代主義藝術及存在主義思想之影響，語言與形式均極富獨創性，彰顯現代主義「內視小說」的特色，同時開台灣後現代小說之先河。曾獲台灣文學獎、聯合報小說獎、中國時報文學推薦獎、吳三連文藝獎、國家文藝獎等，多部作品因其藝術魅力被搬上銀幕。作品有短篇集《僵局》（1969台北林白出版社）、《精神病患》（1970台北大林出版社）、《巨蟹集》（1972台南新風出版社）、《來到小鎮的亞茲別》（1976台北遠行出版社）、《我愛黑眼珠》（1976台北遠行出版社）、《隱遁者》（1976台北遠行出版社）、《白馬》（1977台北遠景出版社）、《散步去黑

七等生（1939-）（左一）

《我愛黑眼珠》（1976台北遠行出版社）

橋》（1978台北遠景出版社）、《老婦人》（1984台北洪範書店）、中篇《沙河悲歌》（1976台北遠景出版社）、《放生鼠》（1977台北遠行出版社）、長篇《削瘦的靈魂》（1976台北遠行出版社）、《城之謎》（1977台北遠行出版社）、《譚郎的書信》（1985台北圓神出版社）、《兩種文體——阿平之死》（1991台北圓神出版社）。

　　論者常認為七等生的作品「形式怪誕，文體奇特，而且相當晦澀難懂」，高天生在評論七等生時這麼說：「這是讀過七等生小說的讀者，普遍獲得的印象。因為七等生的小說，在形式上完全放棄了傳統小說的結構模樣，他不注重『時間』、『地點』的安排，也不太管『人物』、『情節』的描寫，有時以寫散文的手法寫小說，有時則以寫詩的感情寫小說，換句話說，七等生是以自己獨特的方式寫小說。在一篇回憶性的文章〈當我年輕時〉，七等生曾以他自己第一篇對外發表的作品〈失業、撲克、炸魷魚〉中，長達三十九個字而沒有停頓標點的第一句話——（已經退役半年的透西晚上八點鐘來我的屋宇時我和音樂家正靠在燈盞下的小木方桌玩撲克。）——作為例證，而闡明自己的創作理念，他說：『在這句話裡，已經完全顯示我的各自思想的條理，清楚的描述我的世界的現象，以及呈現出語言結構的秩序。我的語言也許並不依循一般約定成俗的規則；它代表我的運思所產生的世界形象，由形象的需要所排列成的順序。它並不含糊混沌，而是解析般的清楚的陳列，就像自然所需呈現的諸種形象。……這並非故意造奇，而是表示我的胸懷的容納能量；它隨著我的思想的方向紛紛跳躍出來，不是我刻意學習的結果，而是我的性情的自然流露。』（《散步去黑橋》）」（高天生1983b）筆者認為：

　　　不像其他學院出身的作家曾經過名師的指點，七等生則似乎全靠自己的摸索。但是七等生好像天賦有一種對文學的敏感性，一起步就走上了正途與捷徑。像一個天賦有純粹音感的彈奏者，一開始就定準了弦，所以彈奏下去無一不是純正優美的音符。……七等生從他自己的感觸範圍開始，述寫的無不是最切身的人與事。就此而論，七等生是一個以自我為中心的作者。……在自我的

教育與學習中，七等生似乎從西方的作家中受益匪淺，在表現的技巧和對世界觀察的角度上，他吸取了很多前人的經驗，使他在走向自己藝術的路途上避免了不少曲折摸索之苦，而很自然地與前人的創造心靈取得了一定程度的溝通與默契，使得他的作品既富有個人的特點，又不失有普遍性，亦未落入狹隘的鄉俚文學的窠臼。就目前七等生已經出版的著作而論，不論在表達的方式上，或表達的內涵上，比之於當代歐美最好的小說，都毫不遜色，可說是當代中國文學中難得的一塊美玉。（馬森1997c：179）

雷驤（1939-），原籍安徽省五河縣，生於上海市。台北師範學校藝術科畢業，曾任小學教師、電視節目製作人，後來專事繪畫、寫作，並從事電視節目製作。作品以繪畫、散文爲主，兼及小說。小說在結構與語言上深具個人特色，曾獲中國時報小說推薦獎、新聞局長特別獎。作品有短篇集《矢之志》（1987台北圓神出版社）、《雷驤極短篇》（1987台北爾雅出版社）。

林懷民（1947-），台灣省嘉義縣人，國立政治大學新聞系畢業，曾在美國愛荷華大學進修，獲得碩士學位。中學時代開始寫作，六〇年代末期曾發表小說創作，寫青年人的煩惱與理想，有現代主義的氣息。可惜後來轉習現代舞蹈，並創辦「雲門舞集」，享譽國際，遂放棄文學生涯。曾出版短篇小說集《變形虹》（1968台北水牛出版社）、《蟬》（1969台北仙人掌出版社）。

黃凡（1950-），原名黃孝忠，台灣省台北市人。台灣中原大學工業工程系畢業，曾任康永食品工廠主任、台灣英文雜誌社企畫。一度隱居專心寫作，學佛。寫作以小說爲主，兼及散文，常以後現代的後設、反諷等技法寫台灣的政治及社會現象，曾獲第二屆時報文學短篇小說首獎、第三屆聯合報小說獎。主要作品有短篇集《賴索》（1980台北時報文化公司）、《都市生活》

擅寫都市生活的黃凡。
圖片提供／文訊

（1987台北聯經出版公司）、《曼娜舞蹈教室》（1987台北聯經出版公司）、中篇《大時代》（1981台北時報文化公司）、《零》（1982台北聯經出版公司）、長篇《傷心城》（1983台北自立晚報出版部）、《反對者》（1984台北自立晚報出版部）、《財閥》（1990台北希代書版公司）、《躁鬱的國家》（2003台北聯合文學出版社）、《大學之賊》（2004台北聯合文學出版社）。

　　台灣的發展越來越都市化，過去的鄉野不是變成城鎮，就是形成城鎮的郊區。七〇年代的鄉土作家無鄉土可寫了，像七等生、王禎和、黃春明等後來都轉而寫城市。新起的作家寫的也都是城市了，朱天文、朱天心、張大春、黃凡皆如此。黃凡甚至有《都市生活》之作。王德威認為黃凡是專重寫都市生活的作家，他說黃凡「初試啼聲的〈賴索〉及而後的許多作品，早已沿著此一方向有所發揮。但對作者及此間小說界來說，本書（指《都市生活》）的出現仍有深義。自七〇年代末期鄉土文學式微以來，繼起作家著眼城市活動者不在少數。這不僅意味文壇趣味的又一起落，也尤其顯示植根傳統寫實美學的作家如何受到政經變遷的直接影響。準此，黃凡並不能自外於這一潮流。但與眾不同的是，在捕捉都市舞台的片段風貌之餘，他也企圖賦予心目中的『都市』（台北？）一個視景、一種氛圍。……然而指出黃凡構思的過人處，並非表示他的小說完全成功。黃凡的篇幅有限，角度籠統，如果說意在都市風情的即景抽樣，則篇篇皆是力作；如果說他要藉此展現大台北的風雲變換，則全書顯得太單薄了些。」（王德威1991：61）作為一個具有批判性的作家，高天生認為：

　　　黃凡的小說，表面上看起來批判力十足，處處都刀來槍往，可是深入探究，
　　卻遍尋不著一個肯定點或否定點，致一切的批判，都因缺乏立足點，而顯得零
　　碎、尖銳和架空！這即是黃凡雖自認立場堅定，卻給人一種曖昧、缺乏明顯目
　　標，卻又時刻戰鬥不懈感覺的主要原因。（高天生 1984）

　　舞鶴（1951-），原名陳國城，祖籍台灣省台南市，生於嘉義市。台灣成功大學中文系畢業，台灣師範大學國文研究所、東華大學創英所肄業。1981年退伍

後隱居淡水長達十年，專事寫作，以小說爲主，以後現代前衛的技法寫鄉土的題材，頗具特色，嘗自言：「邪魔的產物，都有愛神的質地」（舞鶴1997）。曾獲吳濁流文學獎、賴和文學獎、中國時報文學獎等。評論家王德威認爲論二十一世紀台灣文學，必須以舞鶴始，並言：「他所呈現的『異質』的本土現代主義風格，已爲日益僵化的主流敘述注入另類聲音。」（王德威2000：27）出版小說有中、短篇集《拾骨》（1995高雄春暉出版社）、《詩小說》（1995台南縣立文化中心）、《十七歲之海》（1997台北元尊文化公司）、長篇《思索阿邦·卡露斯》（1997台北元尊文化公司）、《餘生》（1999台北麥田出版公司）、《悲傷》（2001台北麥田出版公司）、《亂迷》（2007台北麥田出版公司）。

黃克全（1952-），筆名金沙寒、黃啓歡、黃頎、黃盡歡，福建省金門縣人。輔仁大學中文系畢業，曾任《書評書目》雜誌社編輯，寫作以小說爲主，多寫金門故鄉故事，有存在主義的意味。曾獲國軍新文藝短篇小說銀像獎。作品有短篇小說集《玻璃牙齒的狼》（1986台中晨星出版社）、《太人性的小鎭》（1992台中晨星出版社）、《夜戲》（1994台北爾雅出版社）。

黃有德（1952-），原名李性芝，祖籍四川省榮縣，生於台灣省台中市。台北醫學院藥學系畢業，國防醫學院生化研究所藥化組碩士，曾任三軍總醫院藥學研究室研究員，以少校退役。小說作品有短篇集《異教徒之戀》（1990台北聯經出版公司）。黃有德以寫情欲而在文壇獨樹一格，她對性事處理的態度，「第一，把性看作是生命力的同義語，正符合現代心理學對libido的釋義；第二，不再像早期的寫實小說，有意無意地對性隱含一種罪惡的感覺；第三，處理人物因性的需要而拋棄家庭，採取個人主義的人道立場，不受傳統的集體主義的道德意識束縛。」（馬森1997d）

王定國（1954-），台灣省彰化縣人。台中市僑光商業專科學校畢業，曾任建設公司企畫、地檢處書記官。十七八歲開始寫作，並曾獲1980年中國時報小說獎及1982年聯合報小說獎。但後來長期投身建築業，出任國唐建設公司董事長，封筆二十年。到2013年重出文壇，以短篇小說集《那麼熱，那麼冷》獲

2013年開卷年度十大好書獎、同年《亞洲週刊》十大好書獎及2014年台北國際書展大獎。寫作以小說爲主，兼及散文，多描寫人間的幻滅與絕望的悲情。出版有短篇小說集《離鄉遺事》（1982台北蘭亭書店）、《宣讀之日》（1985台北五千年出版社）、《那麼熱，那麼冷》（2013台北印刻出版公司）、散文集《細雨菊花天》（1982台北采風出版社）、《隔水問相思》（1988台中晨星出版社）等。

　　吳繼文（1955-），台灣省南投縣人。東吳大學中文系畢業，日本國立廣島大學中國哲學研究所碩士，曾任《聯合報副刊》編輯、時報文化出版公司文學主編、叢書部總編輯、台灣商務印書館副總編輯。作品以小說爲主，涉及性別曖昧與同志情懷，文筆婉約、寓意深遠，頗受文壇重視。作品有長篇《世紀末少年愛讀本》（1996台北時報文化公司）、《天河撩亂》（1998台北時報文化公司）。前者根據晚清陳森的小說《品花寶鑑》改寫，該作並非出色的作品，王德威因此認爲吳繼文改寫並不容易，但「吳的

《天河撩亂》（1998台北時報文化公司）

文筆細膩，考證翔實，在敘事言情的方法上，多少嫌呆板些。他有意在單雙章節經營不同敘述聲音，卻不能有效區隔睹物觀人的角度。凡此都是基本工夫不足之處。小說最後一反陳森大團圓的公式，而以繁華褪盡，情愛成空作結，顯然是回到曹雪芹的路數。《世紀末少年愛讀本》是吳繼文初試啼聲之作，選擇這一寫作姿態，懺情傷逝的感觸，想來深在其中。而他沉思緣與孽後的空寂，其極致處，是把小說也當作是一種方便法門，一種訴說色相無常的『讀本』。出入風月鑑、懺悔錄與宏法書間，吳繼文的小說堪稱別具一格，未來的作品值得拭目以待。」（王德威 1998：109）兩年後，吳的《天河撩亂》問世，結構嚴整，人物具有深度，在性別意識上有細膩的分析，可視爲同志小說中的一本傑作。

　　林蒼鬱（1955-），原名林滄淯，台灣省台南縣人。高中畢業，曾任森林詩社社長，《潑墨季刊》主編及社長，《東海岸評論》社長，除寫作外，並從事美

術設計工作。作品以短篇小說為主，文字頗富詩意，曾獲香港青年文學獎小說首獎、時報文學推薦獎、新聞局優良電影劇本獎。出版有短篇集《月光遍照》（1978台北龍田出版社）、《離訣》（1980台北東大圖書公司）、《孤獨國》（1980台北東大圖書公司）、《尋找野甜菊》（1989台北遠流出版公司）、《彷彿穿過林子便是海》（1990台北遠流出版公司）。高天生認為：

> 　　在年輕一代的小說創作者當中，林蒼鬱可以說是個特異的存在。這種特異一方面可以從他的作品來討論，一方面也可從他的生活方式和創作態度來探討。林蒼鬱的小說意象的繁富、隱喻的豐潤以及字裡行間充塞的那股霾鬱氛圍，都給人「特異」的感覺，而他小說內容那種纏綿不絕的人性糾結、自刑自省，以及堅持「必能從自身探知一切風雨興衰以及真理」、「寧願拒絕可啟示的書本經典而以全般的氣力勇猛對待思省的搗打」等，不管是在形式或內容的運作上，都表現出超拔當代文學潮流的氣象，而在小說裡塑造出特異的、屬於自己的風格。其次，從高中畢業後，即開始多次離家浪遊，足跡遍及全省，但以東部花蓮一帶為根據地，並寄居寺廟，參與晨昏定省，掙扎於「出家」與「入世」之間。（高天生 1985：203-204）

　　郭箏（1955-），原名陶德三，筆名應天魚，祖籍湖北省黃岡縣，生於台灣省台北市。世界新聞專科學校肄業，曾任《聯合報》電腦房技工、《大人物》雜誌副總編輯、社會大學出版部總編輯。寫作以小說、電影劇本為主，多寫叛逆少年、歷史人物，顛覆武俠說部，語言貼近青年一代的流行語。作品有長篇《少林英雄傳》（1987台北聯經出版公司）、《龍虎山水寨》（1990台中晨星出版社）、《如煙消逝的高祖皇帝》（1994台北食貨出版社）、《見鬼的閏八月》（1995台北食貨出版社）、《鬼啊！師父》（1997台北時報文化公司）、短篇集《好個翹課天》（1989台北遠流出版公司）、《上帝的骰子》（1993台北食貨出版社）。彼岸學者朱雙一說：

郭箏小說的奇特，除了語言的詼諧幽默，充滿特殊人群的口語行話外，還因他致力於描寫所謂「痞子階級」的奇行異狀。郭箏在〈最後文告〉一作中曾寫道：「遊俠與幫派人物是中國傳統裡最奇特的品種」，而他們也就成為郭箏小說中的主要人物。（朱雙一 1999：478）

張國立（1955-）

　　張國立（1955-），原籍江蘇省金壇縣，生於台灣省台北市。輔仁大學日文系畢業，曾任業務員、外銷部經理、《中華日報》記者、《時報週刊》總編輯。作品以小說為主，曾獲第四屆、第七屆時報小說佳作獎、推薦獎、皇冠百萬大眾小說獎。其作品集荒謬、幽默與超現實之大成，超出通俗小說的侷限。主要作品有短篇集《小鎮罪刑》（1987台北時報文化公司）、《保衛蒙古人》（1989台北遠流出版公司）、《都市男女兵法》（1991台北遠流出版公司）、《小五的時代》（1996台北聯合文學出版社）、長篇《陰陽法王》（1992台北皇冠文化出版公司）、《佔領龐克希爾號》（1996台北皇冠文化出版公司）、《匈奴》（1997台北皇冠文化出版公司）。

　　苦苓（1955-，生平見第三十二章）是多面手，小說寫得俏皮，立意譁眾，篇幅極短，不是短篇，就是極短篇，例如短篇集《禁與愛》（1985台北林白出版社）、《外省故鄉》（1988台北希代書版公司）、《永遠的四人幫》（1994台中晨星出版社）、《男人背叛》（1995台北聯合文學出版社）、《激樂園》（1998台北皇冠文化出版公司）、極短篇《小小江山》（1987台北希代書版公司）、《情色極短篇》（1994台北希代書版公司）等。

　　孫瑋芒（1955-），原籍四川省富順縣，生於台灣。台灣政治大學新聞系畢業，曾任《聯合報》編輯。寫作以小說為主，多寫城市中產者的生活，文筆抒情，時有嘲諷，兼及散文與詩作。小說作品有短篇集《龍門之前》（1977台北

聯經出版公司）、《感情事件》（1993台北爾雅出版社）、長篇《卡門在台灣》（1995台北九歌出版社）。

王宣一（1955-），浙江省海鹽縣人。東吳大學中文系畢業，曾任《時報週刊》編輯。寫作以小說為主，兼及兒童文學，曾獲聯合報文學獎。作品有短篇集《旅行》（1991台北遠流出版公司）、《蜘蛛之夜》（1998台北麥田出版公司）、長篇《少年之城》（1993台北麥田出版公司）、《懺情錄》（1995台北皇冠文化出版公司）。

朱天文（1956-），原籍山東省臨朐縣，生於台灣省高雄縣鳳山鎮。為軍人小說家朱西甯之女，師承胡蘭成。淡江大學英文系畢業，曾創辦《三三集刊》及「三三書坊」，專事寫作，並曾為電影導演侯孝賢、陳坤厚等編劇。作品以小說為主，兼及電影劇本與散文，為台灣當代後現代文學的代表作家，曾獲中國時報第五屆

朱天文（1956-）　攝影／姚宏易

文學獎、第一屆時報百萬小說獎。主要作品有短篇集《喬太守新記》（1977台北皇冠文化出版公司）、《傳說》（1981台北三三書坊）、《最想念的季節》（1984台北三三書坊）、《炎夏之都》（1987台北時報文化公司）、《世紀末的華麗》（1990台北三三書坊）、《花憶前身》（1996台北麥田出版公司）、長篇《荒人手記》（1994台北時報文化公司）、《巫言》（2007台北印刻出版公司）。朱天文在九〇年代是極受注目的一位作家，不但屢獲文學大獎，而且被視為後現代小說的代表人物，且看小說評論家王德威如何評介她的《世紀末的華麗》一書：

　　朱天文的《世紀末的華麗》堪稱是她個人創作路程的里程碑。這本小說集收有七個短篇，雖非絕無瑕疵，但篇篇觸及台北都會世紀末症候群的一端，頗見

《世紀末的華麗》（2008
台北印刻出版公司）

朱犀利的時代感。她眼中八〇年代末的台北是這樣的光怪陸離，卻又這樣的飄忽憊懶。那個反共抗俄殺朱拔毛莊敬自強處驚不變的年代，可真是漸行漸遠了。新台北人一方面精刮犬儒得玲瓏剔透，一方面「如此無知覺簡直天真無邪近乎無恥」（〈紅玫瑰呼叫你〉）。在後現代的聲光色影裡，感官與幻想的經驗合而為一，又不斷分裂為似真似夢的片段映象。落翅仔做著三千年不醒的尼羅河大夢，公司紅唇族絕望地與漫畫裡的王子談戀愛；老牌青年導師給著一場又一場「聖靈布道會」也似的演講秀，玻璃圈的「菩薩」疲倦地繼續肉身布施；氣功師顫顫悠悠地與女病人「推心置腹」，模特兒脫脫換換地淨耗青春。就在這些欲望與絕望的遊戲間，世紀末的幽靈遽然降臨。（王德威 1991：91-92）

　　林宜澐（1956-），台灣省花蓮縣人。台灣政治大學哲學系畢業，輔仁大學哲學研究所碩士，曾任《中國時報‧人間副刊》編輯、慈濟護理專科學校講師、大漢工商專校副教授。寫作以小說為主，文筆嘲諷、戲謔，有獨特的觀察社會的角度。作品有短篇集《人人愛讀喜劇》（1990台北遠流出版公司）、《藍色玫瑰》（1993台北麥田出版公司）、《惡魚》（1997台北麥田出版公司）、長篇《夏日鋼琴》（1998台北麥田出版公司）。

　　張大春（1957-），原籍山東省濟南市，生於台灣省台北市。輔仁大學中文研究所碩士，曾任《中國時報‧人間副刊》、《時報週刊》編輯、《中時晚報》副刊主編、中國文化大學、輔仁大學中文系講師。創作以小說為主，兼及散文與論述。小說作品變化多端，常以魔幻寫實或反諷社會現實的手段、犀利的語言表達其

張大春（1957-）攝影／陳建仲

對台灣社會現象的觀察。主要作品有短篇小說集《雞翎圖》（1980台北時報文化公司）、《公寓導遊》（1986台北時報文化公司）、《四喜憂國》（1988台北遠流出版公司）、《歡喜賊》（1989台北皇冠文化出版公司）、《病變》（1990台北時報文化公司）、《本事》（1998台北聯合文學出版社）、長篇《大說謊家》（1989台北遠流出版公司）、《少年大頭春的生活週記》（1992台北聯合文學出版社）、《我妹妹》（1993台北聯合文學出版社）、《沒人寫信給上校》（1994台北聯合文學出版社）、《撒謊的信徒》（1996台北聯合文學出版社）、《野孩子》（1996台北聯合文學出版社）等。齊邦媛評張大春說：

張大春《沒人寫信給上校》

> 自《雞翎圖》出版後，這位「迎風長獠牙的鬼才」（司馬中原序《歡喜賊》語），已遊戲於熱筆冷墨之間十年。他自己說：「在我尋找答案的生命裡，新的小說語言，新的語言遊戲，新的遊戲規則以及新的規則殘骸正在不斷地醞釀、呈現、破滅。」（《公寓導遊》自序）這句話具體地說明了他的寫作態度，因此他書中人物與動作都各自成峰，突兀站立，而甚少綿延之勢。（齊邦媛1998：329-330）

劉克襄（1957-），本名劉資愧、李鹽冰，台灣省台中縣人。中國文化大學新聞系畢業，曾任《台灣日報》副刊編輯、《中國時報》美洲版副刊主編、《中國時報·人間副刊》編輯、自立報系藝文組主任。對台灣郊野長期從事自然觀察、攝影、描繪，探索歷史古蹟，所寫均與自然誌紀錄有關。寫作主要為散文與詩，兼及小說。所作動、植物小說活潑動人，計有《風鳥皮諾查》（1991台北遠流出版公司）、《座頭鯨赫連麼麼》（1993台北遠流出版公司）、長篇《扁豆森林》（1997台北時報文化公司）、《小鳥飛行》（1997台北時報文化公司）、《草原鬼雨》（1997台北時報文化公司）。

夏曼・藍波安（1957-），漢名施努來，台灣省台東縣蘭嶼達悟族人。淡江大學法文系畢業，台灣清華大學人類學碩士，曾任國小、國中代課老師。寫作以散文為主，兼及小說，關懷原住民的處境及如何延續原住民的固有文化與精神。作有小說《八代灣的神話》（1992台中晨星出版社）、《黑色的翅膀》（2009台北聯經出版公司）、《天空的眼睛》（2012台北聯經出版公司）。彼岸學者朱雙一肯定夏曼的成就說：

> 夏曼・藍波安不僅通過整理民間傳說傳達出高山族緣於地理自然環境及代代相傳的生活形態而造就的「自然世界觀」，而且通過自己的小說創作加以正面表現。（朱雙一 1999：158）

莊華堂（1957-），台灣省桃園縣人，台北市職業學校畢業，曾任耕莘寫作會總幹事、優劇場行政總監、鬥熱鬧劇場藝術總監、社區大學講師，創辦採茶文化工作室，並從事舞台劇編導、紀錄片製作等。寫作以小說為主，曾獲中央日報短篇小說首獎、南投縣文學獎小說類正獎、吳濁流短篇小說獎、台北縣文學獎短篇與長篇雙首獎。出版有短篇集《土地公廟》（1990台北聯經出版公司）、客家小說選《大水柴》、長篇歷史小說《吳大老以及他的三個女人》（2006）、原住民歷史小說《巴賽風雲》（2007）及《慾望草原》（2008）等。

朱天心（1958-），原籍山東省臨朐縣，生於台灣省高雄縣鳳山鎮。為軍人小說家朱西甯之女，當代小說家朱天文之妹，也師承胡蘭成。台灣大學歷史系畢業，參與創辦《三三集刊》，專事寫作，以小說、散文為主，曾獲聯合報小說佳作獎、中國時報文學獎等。出版小說作品有短篇集《方舟上的日子》（1977台北時報文化公司）、《昨日當我年輕時》（1980台北三三書坊）、《台大學生關琳的日記》（1984台北

朱天心（1958-）

三三書坊）、《我記得》（1989台北遠流出版公司）、《想我眷村的兄弟們》（1992台北麥田出版公司）、《古都》（1997台北麥田出版公司）、中篇《未了》（1982台北聯合報社）、《初夏荷花時期的愛情》（2010台北印刻出版公司）。朱天心是善於拆解政治神話的作家，譬如《我記得》「之所以是本值得注意的政治小說，」王德威這樣告訴我們：「不只在於朱對目前政治人物或事件的醜化，而在於其強烈的（自我）顛覆性。此一顛覆性可以見諸作者於同一書內風格急遽的逆轉，對一般政治小說寫作守則的蔑視，對敏感話題的撫弄，對性格分裂角色的興趣，乃至對好事讀者牛肉秀式的挑逗與挑撥。終使書內的危機延伸到書外，而朱的原始意圖為何，已不堪聞問──就像〈佛滅〉中的英雄人物一樣。」（王德威 1991：69）

張瀛太（1958-），台灣省台南縣人。台灣大學中文研究所碩、博士，曾任中國青年寫作協會祕書長、輔仁大學中文系及暨南國際大學中文系教職，現任台灣科技大學教授。創作以小說為主，曾獲中國時報小說首獎、聯合報小說首獎、中央日報小說首獎、台灣文學獎、教育部文藝創作獎等。出版作品有短篇集《巢渡》（1996台北遠流出版公司）、《西藏愛人》（2000台北九歌出版社）、《熊兒悄聲對我說》（2007台北九歌出版社）、《古國琴人》（2008台北九歌出版社）、《春光關不住》（2009台北九歌出版社）等。

霍斯陸曼・伐伐（1958-），台灣省台東縣布農族巒社群人，漢名王新民。屏東師範教育學院數理教育系畢業，曾任國小教師、主任。寫作以小說為主，曾獲吳濁流文學獎、第二屆台灣文學獎。作品有口傳神話《玉山的生命精靈》（1997台中晨星出版社）、短篇集《那年我們祭拜祖靈》（1997台中晨星出版社）、《玉山魂》（2006台北印刻出版公司）。

歐銀釧（1960-），台灣省澎湖縣人。東海大學中文系畢業，曾任《皇冠》雜誌編輯、《民生報》記者。寫作有短篇小說和散文，出版短篇集有《思春的麵包》（1991台北探索文化公司）、《遇見一朵雞冠花》（1992台北希代書版公司）、《誰撿到我的扣子了？》（1993台北皇冠文化出版公司）、《夏天裡的十二月》（1994台北皇冠文化出版公司）、《對街的一百朵玫瑰》（1995澎湖

縣立文化中心）、《城市傳奇》（1996台北躍昇文化公司）。

　　田雅各（1960-），原名拓拔斯‧搭瑪匹瑪，南投縣人，布農族。高雄醫學院畢業，曾加入高醫阿米巴詩社。畢業後曾在台東縣蘭嶼鄉、省立花蓮醫院、高雄縣那瑪夏鄉、桃源鄉、台東縣長濱鄉等地服務。1983年因發表自傳體小說《拓拔斯‧搭瑪匹瑪》而成名，同時開啟了原住民文學創作之路。以後又出版《最後的獵人》（1987）、《情人和妓女》（1992）及散文集《蘭嶼行醫記》等，對布農族人的生活及生產方式、文化傳統以及心理狀態都有細膩的描寫。1986年獲吳濁流文學獎，1991年獲賴和醫療文學獎。

　　葉姿麟（1960-），台灣省屏東縣人。台灣大學動物系畢業，曾任台大動物系、台大醫院臨床醫學研究所研究助理、《台北評論》執行編輯、《自立晚報》新象書坊、遠流出版社編輯、紅色文化公司總編輯。創作以短篇小說為主，出版有《都市的雲》（1987台北時報文化公司）、《曙光中走來》（1989台北遠流出版公司）、《陸上的魚》（1992台北遠流出版公司）、《暗戀桃花源》（1992台北遠流出版公司）、《她最愛的季節》（1993台北皇冠文化出版公司）。

　　張啟疆（1961-），原籍安徽省桐城縣，生於台灣。台灣大學商學系畢業，曾任《自立早報》、《自由時報》主編、雜誌編輯、報社記者等。寫作以散文與短篇小說為主，曾獲全國學生文學獎散文獎、聯合報小說獎、國軍新文藝金像獎、梁實秋文學獎、中國時報文學獎等。出版短篇小說有《如花初綻的容顏》（1991台北聯合文學出版社）、《小說、小說家和他的太太》（1993台北聯合文學出版社）、《消失的□□》（1997台北九歌出版社）、《導盲者》（1997台北聯合文學出版社）、《俄羅斯娃娃》（1998台北九歌出版社）、《一直說不的男人》（1998台北皇冠文化出版公司）。筆者認為「他的風格跟上一代的小說作家截然不同。在他的小說中，沒有引人入勝的情節發展，也沒有面目清晰、個性明顯的人物，但是你不能不為他文字的魅力和奇詭的景觀所吸引。像『瞳尖分岔』、『腹鱗與腹鱗敲擊著堅硬的金屬冷片』、『童年的夢航是一道封埋待勘的冰河』、『凝讀窗外遠走的飛鳥和花慘慘的陽光』、『新傷是又一

次吻別的牙痕，舊愛則釀成自焚的毒腺』之類的詞句，已接近錘鍊精湛的詩的語言。在語言層面下所呈現的景觀，……所顯示的不忍卒睹的景象，應該屬於亞里斯多德所說的『不愉快的快感』的領域。在現實中的汙穢和悽慘的景象，本是人們避之唯恐不及的對象，但經藝術家的處理以後，也會成爲『快感』的來源。……如就主題而言，則『愛欲』與『死亡』這兩個人間最重大的課題形成了主調。……爲什麼作者如此執迷於『愛欲』與『死亡』？二者之間存有何等的關係？應該是頗值得玩味的一個現代的題目。在張啓疆這些小說中，都是屬於都市的天空，田園生活完全不見蹤影。這可能說明了台灣的生存環境在這一代人中已經起了根本的變化，都市的工商業文明和工商業所帶來的諸般問題已成爲今後新生代小說家描寫的主要對象。愛欲和死亡，在工商社會的盛景中，也許正是使物欲昇華的兩個不可避免的管道吧！由此觀之，張啓疆的小說對今日台灣的社會倒頗具有象徵的意義。」（馬森 1991）

蔡素芬（1961-），台灣省台南縣人。淡江大學中文系畢業，曾任《國語日報》編輯、《國文天地》、《自由時報》副刊主編。寫作以小說爲主，取材自台灣鄉土，曾獲聯合文學小說新人獎、聯合報長篇小說獎。作品有短篇集《六分之一劇》（1989台北希代書版公司）、《告別孤寂》（1992台中晨星出版社）、長篇《鹽田兒女》（1994台北聯經出版公司）、《姊妹書》（1996台北聯合文學出版社）、《橄欖樹》（1998台北聯經出版公司）。彼岸學者朱雙一的評語是：

對典型環境和具體細節的並重，加上作爲一個年輕女作家的特殊經驗，使蔡素芬承續了「大時代兒女情」的傳統寫作模式，在對芸芸眾生的人生刻寫中，盡其所能的折射出時代的演變、歷史的進程。她注重人物性格的刻畫，主要人物常有來自現實生活的模特兒，而後注入自身經歷和時代環境的光影，並加以具體的形象思維，因此顯得格外生動。（朱雙一 1999：54）

林燿德（1962-96，生平見第三十二章），後現代的代表作家之一，極富才

華，可惜英年早逝。所作小說常採取科幻、歷史小說的形式，結構、行文均企圖突破傳統，另出新意。出版有短篇集《惡地形》（1988台北希代書版公司）、《大東區》（1995台北聯合文學出版社）、長篇《解謎人》（1989台北希代書版公司）、《一九四七・高砂百合》（1990台北聯合文學出版社）、《大日如來》（1991台北希代書版公司）、《時間龍》（1997台北聯合文學出版社）。

曾陽晴（1962-），台灣省基隆市人。台灣大學中文研究所碩士、台灣清華大學中文研究所博士，曾任《中時晚報》編輯、奧美廣告公司創意文案、天下文化出版編輯、《漢聲》雜誌編輯等。寫作以小說為主，有《謀殺愛情的人》（1990台北遠流出版公司）、《母親的情人是女兒的情人》（1992台北遠流出版公司）、《抖腳的男人》（1995台北平氏出版公司）、《裸體上班族》（1995台北平氏出版公司）、《遺失的那一個祕密》（1998台北元尊文化公司）。王德威認為「曾的作品可謂是目前花樣最怪的情色文字實驗，也最具挑釁我們創作、閱讀尺度的野心。但我要『調戲』他雖色膽包天，但文字裝備不夠精良；花樣沒有玩完，就一洩如注。」（王德威 1998：258）

巴代（1962-）

巴代（1962-），漢名林二郎，台灣省台東縣卑南鄉人，出身卑南族。台南大學文化研究所碩士，曾任職業軍人、軍事教官。與同年代的作家比較，起步甚晚，二十一世紀初才開始寫作。多書寫台灣卑南族歷史小說，出版有長篇小說《笛鸛：大巴六九部落之大正年間》（2007台北麥田出版公司）、《檳榔、陶珠、小女巫：斯卡羅人》（2009台北耶魯國際文化公司）、《走過：一個台籍原住民老兵的故事》（2010台北印刻出版公司）、《白鹿之愛》（2012台北印刻出版公司）、《巫旅》（2014台北印刻出版公司）及短篇小說集《薑路》（2009台北山海文化雜誌社）等。作品凸顯了台灣卑南族的歷史傳承及文化風貌，壯大了

原著民文學的聲勢。曾獲「山海文學獎」短篇小說首獎、報導文學獎首獎、全球華文星雲獎歷史小說三獎、吳三連文學獎、2008年金鼎獎最佳著作人獎、台灣文學獎圖書類長篇小說金典獎等。

林裕翼（1963-），台灣中山大學中文系畢業，曾任傳播公司創意文案、報社編輯。所寫小說曾獲聯合文學小說新人獎、中央日報文學獎、聯合報小說獎。出版有短篇集《我愛張愛玲》（1992台北聯合文學出版社）、《愛情生活》（1992台北太雅出版公司）、《人間男女》（1995台北平氏出版公司）、長篇《今生已惘然》（1996台北皇冠文化出版公司）、中篇《在山上演奏的星子們》（1998台北聯合文學出版社）。筆者曾評其處女作《我愛張愛玲》說：

> 林裕翼在這本處女作中顯示出來他已經漸漸掌握到自己的風格和方向。其中除了〈分道揚鑣〉一篇的語言仍有些前人的遺味外，其他各篇的語言都十分清新，使人嗅得到當代「新人類」的口吻與氣氛。特別是〈我愛張愛玲〉一篇中的幽默與風趣，更可以呈現出作者獨有的風情。其中既充滿了自嘲，也可當作一篇為今日擬張之作的解讀來看待。藉著諧仿張愛玲，林裕翼走出了張愛玲的影子。（馬森1997g：235-236）

陳輝龍（1963-），原籍北平市，生於台灣省基隆市。專科畢業，長久從事文化工作，曾任《我們的》、《漢聲》、《戶外生活》等雜誌美編、《中國時報》、《自立晚報》新象版及自立報系美術主編、倉頡工房藝術總監、年代影視公司企畫經理、樸實綜合公司創意總監等。寫作以小說、散文為主，小說多寫都市人及都市生活。作品有短篇集《單人翹翹板》（1988台北爾雅出版社）、《情緒化的情節》（1989台北圓神出版社）、《那些人，那些事，那些季節》（1993台北時報文化公司）、《南方旅館》（1994台北時報文化公司）、《雨中的咖啡館》（1995台北平氏出版公司）等。

鄭麗娥（1963-），筆名鄭栗兒，台灣省基隆市人。台灣中興大學合作經濟系畢業，曾任錦繡文化出版公司編輯、人類文化出版公司主編、華威葛瑞廣告

公司文案、太平洋太聯廣告公司文案指導、時報出版公司文學主編。寫作有小說、散文，兼及兒童文學。小說有長篇《尋找星星小鎮》（1993台北時報文化公司）、《重返星星海濱》（1998台北時報文化公司）、中篇《宇宙流浪人》（1997台中三久出版社）、短篇集《澡堂女人》（1994台北時報文化公司）、《遇見過去的風箏》（1997台中三久出版社）。

楊明（1964-），原籍山東省濟南市，生於台灣省台中市，小說家楊念慈之女。東海大學中文系畢業，佛光大學文學碩士，四川大學文學博士。曾任《文訊》雜誌、《台灣日報》、《自由時報》、《中央日報》編輯，現在杭州傳播學院任教。作品以小說、散文爲主，出版小說有短篇集《風箏上的日子》（1987台北希代書版公司）、《薄荷心事》（1988台北希代書版公司）、《我的溫柔你不懂》（1990台北希代書版公司）、長篇《碧海情天》（1991台北和光文化公司）、《雁行千里》（1994台北麥田出版公司）、《衣櫥裡的翅膀》（1998台北麥田出版公司）等。

凌煙（1965-），原名莊淑貞，台灣省台南縣人。高雄市高工畢業。幼小的時候癡迷歌仔戲，立志做一名歌仔戲的野台演員，遭到父母反對。高中畢業後，離家出走，投入歌仔戲班，走鄉過鎮，巡迴演出，半年後，因感覺野台戲變質而離開。憑這一段生活經驗，寫了《失聲畫眉》一書，側面寫出台灣在走向資本主義的經濟變革中，農村中的節慶儀式發生了根本的改變，就如畫眉的失聲。戲台上的全女性表演，造成同性戀的溫床，其中赤裸的描寫，極爲震撼。她以悲憫的心懷，寫出眞實的社會現象，使她獲得一九九〇年自立

《失聲畫眉》（1990台北自立晚報出版部）

報系百萬小說大獎，也說明了文壇對同性戀議題的包容。在此前後，凌煙的小說著作不少，計有短篇集《憤怒的杜鵑》（1986高雄葫蘆出版社）、《泡沫情人》（1988台北希代書版公司）、《蓮花化身》（1989台北希代書版公司）、《養蘭女子》（1991高雄派色文化出版社）及長篇《失聲畫眉》（1990台北自立晚報出版部）、《愛情夏威夷》（1991高雄派色文化出版社）、《寄生奇

緣》（1992台北希代書版公司）、《柴頭新娘》（1994台北躍昇文化公司）。
對《失聲畫眉》，擔任評審的姚一葦評說：

> 作者將範圍控制在這樣一個小世界中，實際上卻反映了整個大社會的變化和
> 畸形。我們的社會在經濟發展下，帶來了無可救藥的墮落和頹廢，而舊文化遭
> 到完全的破壞，新文化卻無法建立起來。人除了追求金錢之外，可以說是一無
> 所有。（姚一葦 1990：262）

朱少麟（1966- ），原籍湖北省孝感市，生於台灣省嘉
義市。輔仁大學法文系畢業，曾任威肯政治公關公司經
理。二十八歲開始寫作，二十九歲完成第一部長篇小說
《傷心咖啡店之歌》（1996台北九歌出版社），立刻成為
暢銷書，遂成為專業作家，後又繼續出版《燕子》（1999
台北九歌出版社）、《地底三萬呎》（2005台北九歌出
版社），均甚暢銷。《傷心咖啡店之歌》是部「寫人的小
說，情節只是隨性，有時使人覺得太過偶然，像海安的車

暢銷小說《傷心咖啡店之歌》

禍、馬蒂的死等等。英國小說家安東尼・布爾蓋斯（Antony Burgess）生前在他
的《最佳英文小說導讀》一書的序言中，把小說區分為藝術小說和通俗小說兩
種，他說前者主要在寫人，後者主要在寫情節。無疑，朱少麟企圖努力把《傷
心咖啡店之歌》寫成一部寫人的藝術小說。雖然作者並無多少寫作經驗，但她
對文字的駕馭能力、對人物塑造的掌控、對場景的烘托、對思想的釐析與辯
難，都不能不令人驚歎，足以證明作者是天生作家的一類。」（馬森 1996a）
袁哲生（1966-2004），原籍江西省瑞金縣，生於台灣省高雄市。中國文化
大學英文系畢業，淡江大學西洋語文研究所碩士。曾任《自由時報副刊》編
輯、《FHM男人幫》雜誌主編。三十八歲時因憂鬱症自殺身亡。所作小說曾獲
時報文學獎、聯合報文學獎、中央日報小小說獎。遺作有短篇集《靜止在樹上
的羊》（1995台北觀音山出版社）、《寂寞的遊戲》（1999台北聯合文學出版

社）、《秀才的手錶》（2000台北聯合文學出版社）。

　　鍾文音（1966-），台灣省雲林縣人。淡江大學大眾傳播系畢業，曾任電影劇照師、場記。也做過《聯合報》美術記者、《自由時報》旅遊版記者、電影評論等。寫作以小說爲主，曾獲聯合文學小說新人獎、聯合報文學獎、台北文學獎、長榮旅行文學獎、時報文學獎。出版有短篇集《一天兩個人》（1998台北探索文化公司）、長篇《女島紀行》（1998台北探索文化公司）、《在河左岸》（2003台北大田出版公司）、《愛別離》（2004台北大田出版公司）。

　　駱以軍（1967-），原籍安徽省無爲縣，生於台灣省台北市。中國文化大學中文系文藝創作組、國立藝術學院戲劇研究所畢業，曾任文化大學中文系文藝創作組、台北市立師範學院講師、出版社編輯。寫作以小說爲主，曾獲台灣省巡迴文藝營短篇小說首獎、明道文藝大專學生文學獎、聯合文學小說新人獎、時報文學獎小說首獎。他是最早寫作後設小說的作家之一，曾受當代作家張大春、朱天文等的影響，但後來自成風格。他曾自言自己的寫作經驗：「我感興趣的，或者是局部的探索——某種懸置、焦慮的情緒處理；

後現代作家駱以軍（1967-）

或者是嘗試將時間座標拆卸後失序飄浮的人心；或是一些模糊遙遠的傳言——我喜歡從這些開始，譬如時間可由迴廊或是壓扁成字元單元的敘述來處理，這些應被允許是『未完成』或『仍在摸索』吧。我並沒有很清楚地意會或選擇了『後現代』的敘事策略，而只是在這種『局部』的冒險中去體會我們這一代確確實實『被造成』的歷史失重感、蒙太奇式的身世切割、獨白式的聲音氾濫了替代的敘事主體。」（陳義芝 1993：261）作品有短篇集《紅字團》（1993台北聯合文學出版社）、《我們自夜闇的酒館離開》（1993台北皇冠文化出版公司）、《妻夢狗》（1998台北元尊文化公司）、《遣悲懷》（2001台北麥田出版公司）、長篇《第三個舞者》（1999台北聯合文學出版社）、《月球姓氏》（2000台北聯合文學出版社）、《西夏旅館》二冊（2008台北印刻出版公司）

等。對晚生代傑出的駱以軍的作品，陳芳明確切地指出：

他上承現代主義與後現代主義的傳統，吸收王文興與七等生的精華，又接續張大春挑戰謊言與真理的文字技巧，開啟往後浮華、繁瑣、跳躍、斷裂的敘事方式。……他的文字結構，無論如何盤根錯節，卻都有高度的內在邏輯連結起來。故事的主軸與旁支，隨時可以放出去又收回來。伸縮自如的敘事技巧，在現實社會中沒有具體的參照，而完全由作者本人自編自導自演。他的小說之所以迷人，就暗藏在喋喋不休的反覆敘述，也嵌入顛三倒四的文字藝術裡。他的文字難懂，故事更難懂，但如果找到特定的開關，叩門進去，便可看到華麗、開闊、無限的世界。……

《西夏旅館》（2008台北印刻出版公司）

駱以軍的腔調在1990年代就已經確立，沿著家族的故事脈絡，從上一代的顛沛流離，到這一代的尋找身分，念茲在茲，為的是使生命得到安頓。他的小說就是環環相扣的家族連鎖，父親、母親、妻子、兒子、親戚朋友都無法躲開被故事化、文本化。故事中不斷注入電玩、歷史、城市、死亡。……在怪誕的小說《西夏旅館》出現了兩個魔術師，便是影射李登輝與陳水扁，現代政治與歷史事件的交錯演出，使小說既貼近現實又疏離現實。他從來不會奢談正義、公平、道德，他的責任在於使文字超越淋漓盡致的極限。在現實社會，他從未遺忘作為「外省第二代」的身分，這種自我邊緣化的位置，使他永遠冷眼旁觀台灣社會光怪陸離的現象。他的小說就是小說，故事就是故事，不多也不少。（陳芳明 2011：782-785）

徐錦成（1967-），台灣省彰化縣人。淡江大學中文系畢業，台東師範學院兒童文學研究所碩士，佛光大學文學所博士，現任高雄科技大學副教授。出版小說有短篇集《快樂之家》（1994台北時報文化公司）、中篇《方紅葉之

江湖閒話》（2000台北花田文化出版公司）、《私の杜麗珍》（2001台北圓神出版社）、《如風往事》（2007彰化縣文化局）及兒童文學繪本《黑暗中的小矮人》（2011高雄春暉出版社）。另有學術專著《台灣兒童詩理論批評史》（2003彰化縣文化局）、《鄭清文童話現象研究——台灣文學史的思考》（2007台北秀威資訊公司）。他的作品清新、自然，是有潛力的小說作者。

歐崇敬（1967-），台灣省台南市人，為台灣早期文人林芳年外孫。輔仁大學日文系畢業，1995年政治大學人類學碩士，1999年中國文化大學哲學博士，曾任卓越雜誌社總編輯、唐山出版社總編輯、佛光大學未來學研究所助理教授、南華大學中日思想研究中心主任、環球科技大學副教授。著有短篇小說集《暗處裡‧他們‧牠們》（1986台北唐山出版社）、長篇《來自聖國》（1987台北唐山出版社）。另有哲學史及其他學術著作多部。具有獨特的才華與視野的作者，自稱所寫的敘述文字為「哲文體」，採用了交響樂的形式書寫，但因為視覺與聽覺的差別，而難以達成視覺的交響作用。

成英姝（1968-），原籍江蘇省興化縣，生於台灣省台北市。台灣清華大學化工系畢業，曾任電視節目主持人。作品以小說為主，有短篇集《公主徹夜未眠》（1994台北聯合文學出版社）、《好女孩不做》（1998台北聯合文學出版社）、《恐怖偶像劇》（2002台北印刻出版公司）、長篇《人類不宜飛行》（1997台北聯合文學出版社）、《無伴奏安魂曲》（2000台北時報文化公司）、《似笑那樣遠，如吻這樣近》（2005台北印刻出版公司）、《地獄門》（2006台北皇冠文化出版公司）、《男姐》（2007台北聯合文學出版社）。廖炳惠說她的作品：

成英姝的小說《無伴奏安魂曲》（2000台北時報文化公司）

　　往往將流行的西方論述題目加以轉化，如〈公主徹夜未眠〉是出自普契尼的《杜蘭朵》，但又落實在台灣的社會脈絡中，描述「生命中不能承受之失憶」及落寞或詭異（uncanny）的感受，對語言與人物塑造均有相當成熟的表現，較

精明而獨到之處是拿西洋已被接受的意義架構加以發展，在故事之上又添一層後設反省的用心。（廖炳惠 1995：140）

　　陳裕盛（1968-），台灣省台北市人。中國工商專業學校畢業，曾任中華民國青年寫作協會祕書長。小說常帶暴力美學，富實驗性，曾獲春暉青年文藝獎助金、聯合文學新人獎評審推薦獎、幼獅文藝世界華人成長小說獎。作品有短篇集《騙局》（1988台北光復書局）、《杜撰的愛情藝術》（1990台北尚書文化出版社）、《慾望號捷運》（1995台北羚傑企業公司出版部）、《條碼藍調》（1997台北探索文化公司）、長篇《實驗報告》（1989台北光復書局）、《羅非凡的愛情事件簿》（1997台北文帝出版社）。朱雙一說：

　　陳裕盛被視為最充分展現了「新人類」的各種特質的作家之一，其作品大膽、叛逆，充斥著暴力、激情和血腥，宣稱「將中國人諱言的性愛提升到暴力美學的層次」，也成為1990年前後台灣文壇最受爭議的作家之一。（朱雙一 1999：396）

郝譽翔（1969-）
圖片提供／文訊

　　郝譽翔（1969-），原籍山東省平度縣，生於台灣省高雄市。台灣大學中文系碩、博士，曾任東華大學中文系助理教授、副教授，現任教於嘉義中正大學台文所。所作小說被歸類為都市女性文學，曾獲中央日報文學新人獎、聯合文學小說新人獎、時報文學獎、台北文學獎等。出版有短篇集《洗》（1998台北聯合文學出版社）、長篇《上海教父一九二〇》（1991台北允晨文化公司）、《逆旅》（2000台北聯合文學出版社）、《初戀安妮》（2003台北聯合文學出版社）、《那年夏天，最

寧靜的海》（2005台北聯合文學出版社）、《幽冥物語》（2007台北聯合文學出版社）、《溫泉洗去我們的憂傷：追憶逝水空間》（2011台北聯合文學出版社）。陳芳明說：

> 　　她的文字之所以迷人，是她敢於揭露最私密的家族生活。她的正面凝視，其實是要治療從童年以來所造成的傷口。她所受到的傷害，潰爛至今，最後逼迫她寫出《溫泉洗去我們的憂傷》，她以最細膩的文字寫出最危險的尋父過程，她一方面尋父，一方面弒父；對著茫茫天地喊出最深層的痛，卻反而使生命得到安頓。整個成長歲月的扭曲、混亂、挫敗，就像燒陶那樣加溫加熱，使變形的記憶燒出一份傑出的作品。（陳芳明2011：772-773）

　　張經宏（1969-），台灣省台中市人。台灣大學哲學系畢業，台大中文研究所碩士，現於台中一中執教。為近年突起的小說家，以怪異荒誕的方式表現日常生活，曾獲教育部文藝獎、聯合文學小說新人獎、時報文學獎、倪匡科幻小說首獎等。以長篇小說《摩鐵路之城》（2011台北九歌出版社）獲得九歌兩百萬小說獎首獎。另有短篇小說集《出不來的遊戲》（2011台北九歌出版社）。

　　林明謙（1970-），台灣省高雄市人。台灣大學哲學系畢業，台北藝術學院戲劇研究所碩士，曾任PC Office雜誌產業編輯。所作小說曾獲聯合文學小說新人獎：《掛鐘‧小羊與父親》（1997台北皇冠文化出版公司）。筆者的看法是：「在這個集子裡，不管用的是獨白，還是敘述，作者都能夠直剖人物的內心，而且文字準確，使我們可以感受到人物的體膚之親，聽得到他們心房的跳動，聞得到他們呼吸的氣味。其中的人物或是遭受過嚴重的童年挫傷，或是成年後情感無法穩定，看不出生活的意義，隱含著相當的悲觀情緒，頗有六○年代存在主義小說的風味。如果我們探知作者不過是一個生於1970年的新新人類，我們不免會訝異作者的人生經驗怎會像中年人一般的老練？」（馬森1996b）

　　陳雪（1970-），台灣省台中縣人。台灣中央大學中文系畢業，專事書寫女同性戀的愛欲與在不被認同的社會中的種種遭遇與感受，筆法後現代，文字

感染力很強，有的作品改編爲電影。已出版作品有短篇集《惡女書》（1995台北平氏出版公司）、《夢遊一九九四》（1996台北遠流出版公司）、《鬼手》（2003台北麥田出版公司）、長篇《惡魔的女兒》（2000台北聯合文學出版社）、《愛情酒店》（2002台北麥田出版公司）、《橋上的孩子》（2004台北印刻出版公司）、《陳春天》（2005台北印刻出版公司）、《無人知曉我》（2006台北印刻出版公司）、《附魔者》（2009台北印刻出版公司）、《迷宮中的戀人》（2012台北聯合文學出版社）。陳雪是寫作很

陳雪（1970-）
攝影／陳昭旨

勤的作家，常以女同性戀爲書寫的主題，她「不迴避寫『色』，然而在『色』中總蘊含了大量的『情』，使『色』不致流爲純然的色情文學。她所使用的一些粗俗大膽的字眼，可能會冒犯一些讀者的感受，其實嵌在上下文之間並不落實，與其說是感官的，不如說是想像的，就像面對一個專說粗話的小女孩，使人無法對她的言詞認眞。她的長處在有能力營造一種富有張力的情感結構，像在〈尋找天使遺失的翅膀〉中的主人翁草草對母親的愛恨交織，足以令人動容。她的陷阱在有時因過度自憐，任情感自行膨脹，未免流於濫情。如何使書寫的作者與作品中的人物保持一種距離，如何在情色間求取平衡，既能彰顯女同性戀的特異感受，又不失人類情感的共性，該是值得作者用心拿捏的一種分寸。」（馬森1997e：268-269）

黃國峻（1971-2003），原籍台灣省宜蘭縣，生於台北市，小說家黃春明之子。淡江中學畢業，極富才情，但2003年通不過情關，自縊身亡，至爲可惜。曾獲聯合文學新人小說推薦獎，遺有小說數本，計有短篇集《度外》（2000台北聯合文學出版社）、《盲目的注視》（2002台北聯合文學出版社）、《是或一點也不》（2003台北聯合文學出版社）、長篇《水門的洞口》（2003台北聯合文學出版社）。

吳明益（1971-），台灣省桃園縣人。台灣輔仁大學大眾傳播系廣告組畢業，

台灣中央大學中文系博士，曾任《音樂時代》、《廣告》雜誌專欄主筆、生態關懷協會常務理事、黑潮海洋文教基金會董事、中興大學人文中心研究員、東華大學華文文學系教授。寫作以小說與散文為主，曾獲全國學生文學獎、聯合文學小說新人獎、梁實秋文學獎。小說有短篇集《本日公休》（1997台北九歌出版社）、《虎爺》（2003台北九歌出版社）、《睡眠的航線》（2007台北二魚文化出版公司）、《複眼人》（2011台北夏日出版社）、《天橋上的魔術師》（2011台北夏日出版社）。

　　郭映君（1972-），台灣省台北市人。東海大學哲學系畢業，曾任小學教師，現在金氏世界集團王品事業部任職。專攻小說，以長篇為主，多涉及非常的愛欲關係，計有《不可告人的愛情紀事》（1997台北九歌出版社）、《愛上秋衣裳》（1997台北皇冠文化出版公司）、《和你在京都看煙火》（1998台北九歌出版社）、《寧靜的春天》（1998台北皇冠文化出版公司）、《雨停前決定愛不愛你》（1998台北皇冠文化出版公司）。她的代表作《不可告人的愛情紀事》是一本不易消化的作品，「書中充滿了背叛、凌虐、亂倫、死亡和各種腐朽的氣息。但是，同時也是本令人震撼的書，具有希臘悲劇以降偉大作品的那種足以引起讀者恐懼與憐憫情緒的特質。」（馬森1997f：278）

　　以上的分類除了敘述的方便外，主要乃著眼二度西潮衝擊下台灣小說發展的脈絡以及凸顯各小說作家的特色。但是各類之間難免有灰色及重疊地帶，以致有的作家也可歸入另一類別，譬如七等生既展現了現代主義的鄉土，又開啟了後現代主義的眾聲喧譁，也可歸入其中任何一類；司馬中原既是軍中作家，其作品又可歸入通俗小說之林；張系國的科幻小說也應歸入通俗小說一類；其他不少女作家的作品也是既有女性的特色，又有通俗小說的特色，在分類上都是可左可右的。藝術小說雖然受到學院和批評家的青睞，但常常曲高和寡，流為小眾文學；通俗小說通俗易懂，娛樂性強，受到大眾的歡迎，對社會的貢獻不容忽視。特別是藝術小說與通俗小說之間，也並非涇渭分明，所以這種區別並非截然地劃分，重點乃在顯示給讀者小說有種種不同的寫法，尤其是到了所謂的後現代眾聲喧譁的時期，更加五花八門各行其是了。

引用資料

中文：

《中國現代文學辭典》，1990，上海辭書出版社。

文訊雜誌社編，1999：《中華民國作家作品目錄》，台北行政院文化建設委員會。

王德威，1991：《閱讀當代小說》，台北遠流出版公司。

王德威，1993：〈原鄉神話的追逐者——沈從文、宋澤萊、莫言、李永平〉，《小說中國——晚清到當代的中文小說》，台北麥田出版公司，頁249-277。

王德威，1998：〈跨世紀的禁色之戀——從《品花寶鑑》到《世紀末少年愛讀本》〉，《如何現代，怎樣文學？——十九、二十世紀中文小說新論》，台北麥田出版公司，頁101-109。

王德威，2000：〈拾骨者舞鶴〉，舞鶴《餘生》，台北麥田出版公司，頁7-40。

白先勇，2008：〈知音何處——康芸薇心中的山山水水〉，隱地編《白先勇書話》，台北爾雅出版社，頁19-27。

朱雙一，1999：《近二十年台灣文學流脈——「戰後新世代」文學論》，廈門大學出版社。

呂正惠，1995：〈七、八十年代台灣鄉土文學的源流與變遷——政治、社會及思想背景的探討〉，張寶琴、邵玉銘、瘂弦主編《四十年來中國文學》，台北聯合文學出版社，頁147-161。

詹明信著，唐小兵譯，1987：《後現代主義與文化理論》，西安陝西大學出版社。

佛克馬、伯頓斯編著，王寧等譯，1991：《走向後現代主義》，北京大學出版社。

阿盛，1986：〈人間到處有碼頭——看張曼娟的小說〉，10月《文訊》第26期，頁190-193。

姚一葦，1990：〈第四次百萬小說徵文決審過程紀錄（姚一葦的發言）〉，凌煙《失聲畫眉》，台北自立晚報出版部。

范銘如，2003：〈從強種到雜種——女性小說一世紀〉，李瑞騰主編《中華現代文學大系評論卷（二）：臺灣1989-2003》，台北九歌出版社，頁1215-1238。

馬　森，1991：〈序《如花初綻的容顏》〉，張啟疆《如花初綻的容顏》，台北聯合文學出版社。

馬　森，1996a：〈序——遇到了一位天生的作家〉，朱少麟《傷心咖啡店之歌》，台北九歌出版社。

馬　森，1996b：〈序——自剖與獨白〉，林明謙《掛鐘・小羊與父親》，台北皇冠文化出版公司。

馬　森，1997a：〈在社會變遷中小人物的悲喜劇——黃春明的《溺死一隻老貓及其他》〉，《燦爛的星空：現當代小說的主潮》，台北聯合文學出版社，頁156-159。

馬　森，1997b：〈電影對小說的影響——蕭颯的《小鎮醫生的愛情》〉，《燦爛的星空：現當代小說的主潮》，台北聯合文學出版社，頁190-198。

馬　森，1997c：〈三論七等生〉，《燦爛的星空：現當代小說的主潮》，台北聯合文學出版社，頁166-189。

馬　森，1997d：〈女性與性——黃有德的情欲小說〉，《燦爛的星空：現當代小說的主潮》，台北聯合文學出版社，頁221-226。

馬　森，1997e：〈邊陲的反撲——三本「新感官小說」〉，《燦爛的星空：現當代小說的主潮》，台北聯合文學出版社，頁264-270。

馬　森，1997f：〈文學不是為道德修補罅隙——《不可告人的愛情紀事》〉，《燦爛的星空：現當代小說的主潮》，台北聯合文學出版社，頁278-280。

馬　森，1997g：〈新人類的感情世界——林裕翼的《我愛張愛玲》〉，《燦爛的星空：現當代小說的主潮》，台北聯合文學出版社，頁232-236。

馬　森，2003：〈小說卷序〉，《中華現代文學大系小說卷：台灣1989-2003》，台北九歌出版社，頁1-21。

高天生，1982：〈關懷現實的漁村子弟王拓〉，7月《暖流》第2卷第1期。

高天生，1983a：〈新生代的里程碑——論宋澤萊的小說〉，7月21-22日《自立副刊》。

高天生，1983b：〈在火獄中自焚的七等生〉，4月《文學界》第6期。

高天生，1984：〈曖昧的戰鬥──論黃凡的小說〉，4月17-18日《自立晚報副刊》。

高天生，1985：〈孤獨園掠影──試論林蒼鬱的小說〉，《台灣小說與小說家》，台北前衛出版社，頁203-314。

尉天驄編，1978：《鄉土文學討論集》，台北遠景出版社。

尉天驄，2011：〈寂寞的打鑼人──黃春明的鄉土歷程〉，9月《文訊》第311期。

張子樟，2003：〈發現台灣人──試論李潼關於花蓮的三本成長小說〉，《中華現代文學大系評論卷（一）:1989-2003》，頁135-161。

張贛生，1991：〈通俗小說辯〉，《民國通俗小說論稿》，重慶出版社，頁3-13。

陳芳明，2011：《台灣新文學史》上、下，台北聯經出版公司。

陳明成，2002：《陳芳明現象及其國族認同研究》，國立成功大學歷史學研究所碩士論文。

陳義芝編，1993：《八十二年短篇小說選》，台北爾雅出版社。

葉石濤，1987：《台灣文學史綱》，高雄春暉出版社。

葉石濤，1990：〈評汪笨湖的《嬲》〉，《走向台灣文學》，台北自立晚報社文化出版部，頁233-235。

葉石濤，1992a：〈獻給洪醒夫的花環〉，《台灣文學的困境》，高雄派色文化出版社，頁167-169。

葉石濤，1992b：〈農村婦女哀史──評《轉燭》〉，《台灣文學的困境》，高雄派色文化出版社，頁127-136。

葉石濤，1992c：〈從《泥河》到《燃燒的天》〉，《台灣文學的困境》，高雄派色文化出版社，頁137-141。

齊邦媛，1985：〈閨怨之外〉，3月《聯合文學》第1卷第5期，頁6-19。

齊邦媛，1998：〈江河匯集成海的六〇年代小說〉，《霧漸漸散的時候──台灣文學五十年》，台北九歌出版社。

廖炳惠，1995：〈沃土與果實──鳥瞰一九九四年文學創作〉，1月《聯合文學》第11卷第3期，頁138-140。

廖輝英，1986：〈嚴肅與通俗之間〉，10月《文訊》第26期，頁94-97。

劉春城，1987：《黃春明前傳》，台北圓神出版社。

劉登翰、莊明萱、黃重添、林承璜主編，1991-93：《台灣文學史》上下卷，福州海峽文藝出版社。

舞　鶴，1997：〈後記〉，《十七歲之海》，台北元尊文化公司。

龍應台，1985：〈盲目的懷舊病──評《千江有水千江月》〉，《龍應台評小說》，台北爾雅出版社，頁157-166。

蘇　綾記錄，1986：〈文學良心與市場流行──「通俗文學討論會」〉，10月《文訊》第26期，頁70-93。

龔鵬程，1986：〈文學與歷史的交會──論蕭颯的《我兒漢生》〉，11月《當代》雜誌第7期。

外文：

Burgess, Anthony,1984: *Ninety-Nine Novels: The Best in English since 1939*, London, Allison & Busby.

Eysteinsson, Astradur, 1990: *The Concept of Modernism*, Ithaca and London, Cornell University Press.

第三十五章　台灣的現代與後現代戲劇

一、台灣的新戲劇：現代主義與後現代主義戲劇的濫觴

六〇年代的台灣文化氛圍已明顯地趨向歐美的自由與民主，文學、藝術上則不由自主地走向現代主義。1960年台大外文系的學生創辦《現代文學》，揭開了台灣文學現代主義的帷幕。1965年，一批台灣留法同學創辦了《歐洲雜誌》。同年，另一批熱中戲劇與電影的台灣青年創辦了《劇場》。這三份雜誌對西方的現代主義和存在主義的介紹都不遺餘力。歐美戰後的戲劇新潮流諸如史詩劇場、殘酷劇場、存在主義戲劇、荒謬劇場、生活劇場等從此就漸漸地傳入台灣，擴大了年輕一代劇作家的視野。這種現象，筆者稱之謂「中國現代戲劇的兩度西潮」（馬森 1989）。在第二度西潮的影響下，台灣產生了不同於既往的新戲劇。所為「新戲劇」，是相對於五四以來的傳統話劇而言。它之所謂新，一方面是在形式上不再

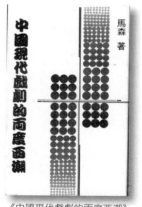

《中國現代戲劇的兩度西潮》

拘泥於傳統話劇「擬寫實」的狀貌（馬森 1985：347-369），另一方面是在內容上擺脫過去過度政治化的狹隘視野，擴及到人類心理、人際關係、愛、恨、生、死等大問題上。新戲劇的萌發並不是獨立現象，而是與台灣政治、經濟的資本主義化與社會的現代化有著密不可分的關係。台灣踏著西方的腳步走上資本主義的道路，自然也就同時迎來了「現代主義」的美學思潮。如果說詩和小說在1949年前的大陸和台灣都已經多少開始了現代主義的芽苗，唯有戲劇中從未見現代主義的痕跡，台灣新戲劇的重要性正在為海峽兩岸的戲劇開出一片新的天地。

第二度西潮的來臨，並不像第一度西潮時那麼被動，而多半是由台灣的知識份子主動爭取而來的。有感於話劇運動的形式化以及無法扎根於民間，劇作家李曼瑰（1907-75）赴歐美考察戲劇於1960年返國後大力提倡「小劇場運動」，成立了「三一戲劇藝術研究社」，舉辦話劇欣賞會。後來又成立了「小劇場運動推行委員會」，鼓勵民間、學校組織小劇場，擴大戲劇活動的範圍。1962年，教育部社教司成立「話劇欣賞演出委員會」，在李曼瑰主持下繼續以政府的財力推展小劇場運動。在這一個基礎上，李氏又於1967年創立了民間的戲劇機構「中國戲劇藝術中心」，從事戲劇組訓、聯絡、出版等活動。並配合「話劇欣賞會」，以學校劇團為基礎，舉辦「世界劇展」（1967年開始，演出原文或翻譯的外國名劇）與「青年劇展」（1968年開始，演出國內作家的劇作）。李曼瑰於1975年去世後，菲律賓華僑蘇子和劇人賈亦棣相繼接續了李氏未竟的工作。

在這一個時期的劇作主題逐漸超越了反共抗俄的公式。劇作者的編劇技巧也日漸純熟，產生了不少富有人情味的佳作及頗具氣魄的歷史劇。叢靜文在1973年評論了十二個重要劇作家，其中有：李曼瑰、鄧綏甯、鍾雷、姚一葦、吳若、何顏、陳文泉、趙琦彬、趙之誠、劉碩夫、徐天榮和張永祥（叢靜文 1973）。李曼瑰、鄧綏甯、鍾雷、吳若、何顏、陳文泉、趙之誠、劉碩夫、徐天榮的生平已見於本書第二十七章，姚一葦將於下文特別介紹。

趙琦彬（1929-92），山東省蓬萊縣人。1949年隨流亡學生團經廣州、澎湖

來台灣。政戰學校影劇科第一期及淡江大學中文系畢業，美國夏威夷大學戲劇系研究。返國後曾擔任軍中教官、康樂隊長、編導及中央電影公司企畫部經理、中國話劇欣賞演出委員會總幹事。創作以劇作爲主，舞台劇外，也作有廣播劇與電視劇，曾獲國軍文康競賽戲劇獎、中國文藝協會最佳編劇獎、教育部徵選劇本獎、中山文藝獎等。舞台劇作有《文謹圖》（1954台北天視出版社）、《這一代》（1955台北天視出版社）、《幾番風雨》（1958台北天視出版社）、《春花秋實》（1960台北天視出版社）、《芳草天涯》（1961台北教育部）、《翠竹蒼松》（1962台北正中書局）、《天外恩仇》（1962台北教育部）、《山河歲月》（1962台北文學思潮雜誌社）、《避風港》（1963台北康樂月刊社）、《壩》（1967台北國軍新文藝運動委員會）、《歸去來兮》（1968台北中國戲劇藝術中心）、《生命線傳奇》（與貢敏、張永祥合作，1984台北文建會）。

張永祥（1929-），山東省煙台市人。政工幹校影劇組畢業，曾任軍中康樂隊員、教官、編導官、政戰學校影劇系主任、《新文藝》月刊主編、中華電視節目部經理。作品以劇作爲主，但多半爲電影、電視及廣播劇本，也有少數舞台劇作，曾獲亞洲影展最佳編劇獎、國軍新文藝銀像獎、金馬獎、金鐘獎等。舞台劇作有《風雨故人來》（1963）、《悲歡歲月》（1963）、《蕉園樂》（1965）、《青青的草原》（1966）等，皆有反共宣導意義。

其實在這十二個人之外，像王紹清、王慰誠、王方曙、王生善、呂訴上、朱白水、古軍、金馬、彭行才、張英、雷亨利、上官予、高前、丁衣、姜龍昭、貢敏、魯稚子等也都有豐碩的成績。這個時期的劇作多收在1971年中國戲劇藝術中心出版的十輯《中華戲劇集》中。以上諸人除姜龍昭、貢敏與魯稚子外，都已見於本書第二十七章。

姜龍昭（1928-2008），筆名雷耳，江蘇省吳縣人。政戰學校畢業，曾任軍中報社記者、編輯、台灣電視公司編審、中國電視公司製作人、輔仁大學副教授、中華民國編劇協會理事長。作品以劇作爲主，兼及散文與小說。劇作包括舞台劇、電視劇、廣播劇，曾獲中國文藝協會電視編劇文藝獎章、中華文藝獎

章、教育部戲劇文藝獎章、國軍新文藝電影劇本金像獎、柏康戲劇獎。舞台劇作有獨幕劇《烽火戀歌》（1952台北總政戰部）、《奔向自由》（1953台北總政戰部）、《父與子》（1967台北僑聯出版社）、《紅寶石》（1971台北中國戲劇藝術中心）、多幕劇《孤星淚》（1970台北僑聯出版社）、《吐魯番風雲》（1976台北台灣商務印書館）、《眼》（1976台北台灣商務印書館）、《一隻古瓶》（1984台北漢欣文化公司）、《金色的陽光》（1984台北文建會）、《母親的淚》（1985台北教育部）、《淚水的沉思》（1988台北教育部）、《飛機失事以後》（中英對照，1992台北文史哲出版社）、《泣血煙花》（中英對照，1992台北文史哲出版社）、《李商隱之戀》（中英對照，1995台北文史哲出版社）及歌舞劇《金蘋果》（1978台北中國戲劇藝術中心）。

貢敏（1930-），字獻之，筆名弓之的、金聖不嘆，南京市人。政戰學校影劇系畢業，曾任該校影劇系教官、華視及中視節目製作人、編導、國光劇團藝術總監、台灣藝術學院戲劇系副教授。作品以劇作為主，包括舞台劇、電視劇及廣播劇，數量眾多，曾獲國家文藝獎、中山文藝獎、電影金馬獎、國軍文藝金像獎、文協編劇獎、編協魁星獎等。舞台劇作有《待字閨中》（1960台北菲律賓劇藝出版社）、《一夜鄉心五處同》（1970台北藝工總隊）、《生命線傳奇》（與趙琦彬、張永祥合著，1984台北文建會）、《蝴蝶蘭》（1986台北教育部）、《新釵頭鳳》（1986台北漢聲劇團）、《財神曾經來過》（1990台北藝工總隊）、《春風又綠江南岸》（1991台北藝工總隊）等。

魯稚子（1936-），原名饒曉明，祖籍廣東省潮安縣，生於香港。台灣藝專編導科畢業，日本富士電視學院節目製作科結業，美國奧克蘭加州大學大眾傳播系研究。曾任輔仁、中國文化、藝專等校副教授、台灣省電影製片廠廠長、台影公司總經理、中國電視公司副總經理、中國文藝協會理事長等職。主要從事電影工作，也有少數劇作，曾獲青年文藝戲劇獎、最佳編劇金馬獎、最佳節目製作金鐘獎、中山文藝電視劇本獎、中國編劇協會劇本魁星獎。劇作有《海宇春回》（1984台北文建會）、《石破天驚》（1985台北文建會）。

以上所述的劇作家雖時有感人的佳作，但形式上大體仍沿襲早期話劇的傳統，在美學導向上屬於「寫實」或「擬寫實」的範疇，可以說尚未接觸到或甚少接觸現代主義的作品。最先脫出傳統擬寫實劇窠臼的是姚一葦的作品，自此以後台灣的現代戲劇才開出一片新的天地，進入另一個時期。

　　姚一葦（1922-97），原名姚公偉，江西省南昌縣人，生於鄱陽。十六歲入吉安高中，因戰事隨校遷遂川，從此未再回家。1941年無故被捕，獲釋後考入廈門大學電機工程系，後轉入銀行系，開始寫劇本及參與戲劇活動。1946年大學畢業後赴台灣，進入台灣銀行工作。1951年又因不明原因被捕，囚禁半年後獲釋。熱中戲劇，勤於自修，1957年受台灣藝術專科學校之聘講授「戲劇原理」、「現代戲劇」、「劇場藝術」課程。1964年應文化學院之聘，在戲劇系及藝術研究所任教。1971年參加美國愛荷華大學「國際寫作計畫」。1982年自銀行提前退休，參與國立藝術學院創校籌備，隨即出任戲劇系主任及教務長，在藝術學院執教至逝世為止。他的劇作，1963年寫的《來自鳳凰鎮的人》（台北現代文學社）仍然不脫老話劇的形式。但是到了《孫飛虎搶親》（1965台北現代文學社）和《碾玉觀音》（1967台北文學季刊社），運用了誦唱的敘述，顯然受了布雷赫特史詩劇場的啟發（姚一葦 1978：7），而且加入了我國古典戲劇的技巧，有意擺脫傳統話劇中擬寫實的表現手法。他的《紅鼻子》（1969）和《申生》（1971）兩劇具有了儀式劇的形式，對後者作者更襲取希臘悲劇的場面，安排了歌隊。等到他遊美歸來後寫的《一口箱子》（1973）和《我們一同走走看》（1979），又添加了荒謬劇的意味。以姚一葦的年紀，這樣的求新求變，委實難能可貴。以上所述《來自鳳凰鎮的人》、《孫飛虎搶親》、《碾玉觀音》、《紅鼻子》、《申生》、《一口箱子》六劇都收在《姚一葦戲劇六種》（1975台北華欣文化中心）中。以後又出版《傅青主》（1978台北遠景出版社）、《我們一同走走看》（收《我們一同走走看》、《左伯桃》、《訪客》、《大樹神傳奇》、《馬嵬驛》五劇，1987台北書林

姚一葦（1922-97）

出版公司）、《X小姐‧重新開始》（收《X小姐》、《重新開始》二劇，1994台北麥田出版公司）。筆者綜合姚一葦一生的劇作，對他的歷史評價如下：

《姚一葦戲劇六種》

> 姚一葦可說是海峽兩岸打破擬寫實風格話劇的第一人。當然，他對早期的話劇也有所繼承，他對後來的中國現代戲劇更有所開拓，是他開啟了1965至80年間台灣新戲劇的風潮，以及80年以後小劇場的實驗精神。（馬森 2007a：17-18）

以下是繼續開拓台灣新戲劇的幾位劇作家：

北京演出《花與劍》劇照

馬森歌舞劇《蛙戲》劇照

　　馬森（1932-，生平見第三十三章）在大學時代是師大劇社的中堅分子，已開始嘗試劇作，但真正開始發表劇作則始自1967年寫的《蒼蠅和蚊子》和《一碗涼粥》，該等劇是受了西方當代劇場影響以後的作品，裡面有荒謬劇的影子和存在主義的一些觀念，再加上其實驗的「腳色集中」、「腳色濃縮」、「腳色反射」、「腳色錯亂」、「腳色簡約」等技法（馬森1987:1-33），為的是解構傳統的戲劇人物，同時帶有精神分裂的象徵，不但有意識地跳脫出傳統話劇的形貌，其實也超前了現代主義戲劇（諸如象徵主義、表現主義、史詩劇場以及存在主義戲劇等）的表達方式。1969年

發表的《獅子》一劇採用了「魔幻寫實」，並加入了一段電影，無非也具有企圖擴大已有舞台劇表現形式和開拓主題意蘊的用心。1970年，又一連發表了《弱者》、《蛙戲》、《野鵓鴿》、《朝聖者》等劇，無一不表現了反寫實劇的風格。《在大蟒的肚裡》（1976）表現人在時空以外的孤絕處境。《花與劍》（1976）在技術上不限演員的人數（二至五人均可），並企圖解構演出時角色必須具有性別的常規，進一部挖掘人物的潛在意識，是演出最多的一齣。這些劇作成為七、八〇年代校園劇場時常演出的作品。以上九劇收入《馬森獨幕劇集》（1978台北聯經出版公司）中。後來加上1980年寫成的獨幕劇《腳色》和1982年寫成的《進城》二劇，出版《腳色》（1987台北聯經出版公司）一書，其中作者提出了「腳色式的人物」的理論。1990年完成十二場歌劇《美麗華酒女救風塵》，1995年完成十場喜劇《我們都是金光黨》，收在《我們都是金光黨／美麗華酒女救風塵》（1997台北書林出版公司）中。2001年完成二場魔幻心理劇《陽台》和四圖景劇《窗外風景》，2002年完成十場歌舞劇《蛙戲》，2007年寫成無關政治的政治喜劇《雞腳與鴨掌》，收在《馬森戲劇精選集》（2010台北新地出版社）中。2011年出版《花與劍》（中英對照版，台北秀威資訊公司）與《蛙戲》（話劇、歌劇共同版，台北秀威資訊公司）的單行本。

《花與劍》

《腳色》

馬森對新戲劇的貢獻，第一是擴大了戲劇的題旨，不再拘泥於反映社會或教育觀眾；第二是在形式和技巧上揉荒謬、超現實、斷裂、拼貼、反敘事等各種現代及後現代手法於一體；第三是在荒謬劇「符號式的人物」後，創出「腳色式的人物」。有的評者曾論他的獨幕劇說：

　　馬森的獨幕劇取消了傳統寫實主義戲劇所強調的對客觀生活場景的逼真模

擬，突破舞台時空關係中所謂「第四堵牆」的種種束縛，淡化舞台時空場景與客觀生活形態的一一對立關係，堅持從戲劇的假定性特點出發，摒棄寫實劇中慣有的情節故事的完整性，和建立在這一完整性之上的戲劇動作的統一性，不再侷限於用一個經過濃縮、具有主導性的現實矛盾關係來營造外在的戲劇性衝突效果，而是以某種觀念為先導，將一些看似零散紛亂的生活片段，有時甚至是作者夢境或下意識中的虛幻意象連綴起來，使之構成一個意向性很強、而且充滿主觀色彩的複合整體。由於社會生活的外部客觀形態在馬森的作品中已被消解，所以這些作品很少限定事件發生的時間、地點，從不設置寫實的舞台布景去誘發觀眾的所謂真實性的幻覺，人物也往往連姓名、年齡、職業甚至性別都沒有。作者借助一些觀眾的形式把寫實舞台變成一個具有高度虛擬性和象徵性的藝術空間，使觀眾能透過現實世界中種種具體表象而直接面對一些生活中更為內在的問題，從而達到與劇作家的感悟相交會、相融合的獨特境界。（徐學／孔多 1994）

七〇年代以後，擅長寫散文的張曉風發表了一系列劇作：《畫愛》（1971台北校園出版社）、《第五牆》（1972台北基督教文藝社）、《武陵人》（1972台北基督教文藝社）、《自烹》（1973）、《和氏璧》（1974自印）、《第三害》（1975）、《嚴子與妻》（1976）和《位子》（1977）。

張曉風（1941- ），筆名桑科、可叵，原籍江蘇省銅山縣，生於浙江省金華。東吳大學中文系畢業，曾任教於東吳大學、香港浸信會學院、台北陽明醫學院，並曾主編《論壇報》副刊、《中國現代文學大系·散文》（1989）及《中華現代文學大系·散文卷》（2003）。身為虔誠的基督徒，因為熱心環保問題，晚年當選立法委員。作品以散文、劇作為主，出版《曉風戲劇集》（收《第五牆》、《武陵人》、《自烹》、《和氏璧》、《第三害》，1976台北道聲出版社）及新版

散文兼劇作家張曉風（1941- ）

《曉風戲劇集》（收《自烹》、《和氏璧》、《武陵人》、《嚴子與妻》、《第五牆》、《第三害》、《一匹馬的故事》、《猩猩的故事》、《位子》九劇，2007台北九歌出版社）。

她的劇作除向歷史尋找素材外，都富於宗教情懷，以基督教「藝術團契」的名義演出後，相當受到注意。她步姚一葦之後，也多半採取了史詩劇場的手法，在有些劇中甚至聲明是史詩劇場的，對話有美化的傾向，不追求口語，因此與傳統話劇的擬寫實有別。筆者對曉風劇作的評語是：

張曉風《自烹》劇照

> （她的戲）我覺得都是接近「史詩劇場」的戲劇，雖然與布雷赫特一樣曉風運用的語言也是白話，但場景、氣氛與對話中的遣詞用字卻是詩意的。……所追求的都不是對人間世相的具體模擬，而是抽離了生活中繁瑣末節後的精鍊了的共相。表現的方法是詩的，表現的情境是詩劇的。（馬森2007b）

另一位採用新技法的劇作者是黃美序（1930-2013），浙江省樂清縣人。淡江文理學院英語系畢業，台灣師範大學英語研究所碩士，英國倫敦大學研究，美國佛羅里達大學戲劇博士。曾任淡江大學、台灣師範大學、東吳大學、中國文化大學、政治大學副教授、淡江大學西洋語文研究所教授、中國文化大學戲劇系主任等。他的劇作曾獲吳三連文藝獎。

他在七〇年代初期翻譯了一系列愛爾蘭劇作家葉慈的作品。1973年，他採取民間故事寫了《傻女婿》，1977、78年間又寫了《蛇與鬼》、《自殺者的獨白》、《南柯後人》幾個短劇，都帶有荒謬劇的意味。他較晚於1983年發表於《中外文學》的《楊世人

黃美序（1930-2013）

的喜劇》（序幕、三場＋尾聲），由中世紀英國道德劇《凡人》（*Everyman*）改編而來，作者建議在演出時以攙和「表現主義」與「超寫實主義」的表現方法為宜。其實全劇的風味更接近荒謬劇，雖然並未有存在主義的思想內涵。出版劇作有《獨幕劇選粹》（1987台北淡江大學出版中心）、《楊世人的喜劇》（1988台北書林出版公司）。

　　從劇作上看，六○年代中期到七○年代初期是台灣「新戲劇」發軔的關鍵時期。從此以後，雖然傳統的話劇仍然不絕如縷，但年輕的一代戲劇愛好者和參與者顯然越來越背棄了傳統話劇書寫及演出的方式。六○年中期開始的「新戲劇」可以說一舉突破了「擬寫實主義」的虛假的寫實作風，走向重視個人心理及個人視境的現代主義與後現代主義的多元美學，譬如前述姚一葦與張曉風的大多數作品乃有意對布雷赫特的「史詩劇場」風格的習仿，其特點是利用一個敘述者展開故事，夾唱（或誦）夾敘，顯現以戲為戲的企圖心與疏離感，自然打破了寫實主義所奉行的「以假為真」的幻覺（illusion），反倒接近了我國傳統戲曲的風格。鍾明德在《從寫實主義到後現代主義》一書中既然宣稱布雷赫特的作品屬於「上承寫實主義，下開後現代主義」的「現代主義戲劇」（鍾明德 1995：104），邏輯上便沒有理由把擬仿「史詩劇場」的姚一葦和張曉風的劇作排除在「現代主義戲劇」之外。所以筆者以為鍾書所言直到1980年後在台灣才有所謂的「現代主義戲劇」（鍾明德 1995：249），是不能成立的。如果說姚一葦寫於1965年的《孫飛虎搶親》已經進入「現代主義」，馬森和黃美序的劇作更超前了現代主義，那麼我們沒有理由不宣稱六○年代中期是台灣「現代主義戲劇」、六○年代末期是「後現代主義戲劇」的濫觴。

二、從「現代主義」到「後現代主義」美學的商榷

　　在戲劇美學上，六○年代後期開始的「新戲劇」不但一舉突破了「擬寫實主義」的虛假及市儈作風，走向重視個人心理及個人視境的「現代主義」的多元美學，而且已具有超越「現代主義」美學，走向「後現代」的傾向，如果在未

來的日子裡「後現代」美學漸次明朗化起來的時候。

對「後現代主義」劇場最有興趣也最有主張的鍾明德先生曾經把「寫實主義」、「現代主義」和「後現代主義」視作現代藝術演變中的三種潮流（鍾明德 1995：9）。這種論點在戲劇美學的領域內容易引生誤解，尚有值得商榷的餘地（馬森 2002）。首先，「寫實主義」劇作在西方一向被稱爲「現代戲劇」，此「現代戲劇」有別於「現代主義戲劇」，因此「現代主義戲劇」絕對不可簡稱「現代戲劇」。「現代主義小說」卻可簡稱「現代小說」，因爲「寫實主義」小說沒有「現代小說」之名。其次，「寫實主義」一般均被視爲先於「現代主義」的美學潮流。第三，「後現代主義」內涵爲何，到今日尚無共識。

藝術與文學批評詞彙的使用自然晚於一時的美學風尚。「現代主義」一詞首先出現於四〇年代末期英美語系的學者著作中，眞正在西方世界中通用而具有約莫相似的意涵則晚到七〇年代了（Eysteinsson 1990）。一般均認爲「現代主義」一詞乃針對「寫實主義」而來。如果說「寫實主義」乃奠基於哲學上的實證主義，採取「模擬」（mimesis）的手段從事藝術創作，那麼「現代主義」則是在佛洛伊德與馬克思等的交互影響下的新思維與觀察世界的新方式；表現的藝術手段，可以是象徵主義的、表現主義的、夢幻的或意識流的等等。正如詹明信所言，「寫實主義」後來成爲「現代主義」攻擊的靶子與突破的舊套（詹明信 1976:233），那麼「現代主義」作家在從事創作時自然不會採取「寫實主義」作家用過的手段。但這也並不意味著當「現代主義」美學已經在西方世界風行的時候，「寫實主義」的美學就完全絕滅了。我們知道在東方世界，特別是在過去社會主義集團內，「寫實主義」以「現實主義」之名直到七〇年代仍被認爲是藝術與文學創作的最高法則。在台灣也只有到了六〇年代以後，在第二度西潮的影響下才眞正具體地接觸到西方的「現代主義」。那也就難怪直到六〇年代的台灣的「現代戲劇」仍以「擬寫實主義」的姿態企圖向「寫實主義」的美學靠攏。但是在台灣也並非如鍾所言直到1980年才有所謂的「現代主義戲劇」（鍾明德 1995：249）。擬仿「史詩劇場」的姚一葦和張曉風的劇作

既然如上文所言應該歸屬「現代主義戲劇」，姚一葦寫於1965年的《孫飛虎搶親》就已經進入「現代主義」了，那麼我們便沒有理由不宣稱六〇年代中期是台灣「現代主義戲劇」的濫觴。

至於「後現代主義」以及「後現代主義戲劇」，雖然鍾明德曾經大力宣揚，倒的確是個尚難以釐清的範疇。「後現代」這個詞彙進入文學批評的篇章中大概不會早於六〇年代後期（Eysteinsson 1990）。開始的時候具有兩種意指：一指科幻小說中所描寫的「後現代」時期，二指具有「自覺意識」（self-concious）的文學，如「後設文學」（metaliterature）。「後現代主義」雖然從此在西方學術界時常出現，但對其界定、含義以及所概括的時域都未嘗建立共識（Jameson 1984, Eagleton 1985, Newman 1985, Kroker & Cook 1986, Hutcheon 1988）。鍾明德在論到「後現代主義戲劇」時，聲稱即使在1986年的美國尚無定論，仍是個模糊的名詞（鍾明德 1994：111）。可是同時他又參考布羅凱特（O. G. Brockett）和芬得理（Robert R. Findlay）在《創新世紀》（Century of Innovation）一書中的話說：

> 布羅凱特和芬得理認為史詩劇場、表現主義劇場、超現實主義劇場等等劇場上的現代主義，大體上都服膺某一套有系統的藝術理念，一以貫之，自成一個完整的藝術品，在藝術型類（音樂、舞蹈、美術等）、時代風格（古典、浪漫、現代等）和文化區隔（高級文化、通俗文化等）諸方面，都維持相當清楚的界線，不容混淆。相對的，後現代劇場則明顯地打破了藝術型類、時代風格、劇場形式、文化區隔等方面的界限，作品本身並不追求一個封閉性的、自主性的、有機性的整體。（鍾明德 1995：213-214）

如果說「後現代劇場」的特徵是打破「藝術型類」，等於說不同型類的音樂、美術、戲劇、舞蹈等失去了差別性，只剩下籠統的「後現代藝術」，豈能再有「後現代戲劇」呢？如果連「時代風格」（古典、浪漫、現代等）美學規範也不見了，哪裡還會有所謂的「後現代」美學風格呢？豈不是把「後現代戲

劇」和作爲一種特有風格的「後現代主義」都一概否定了嗎？也許鍾明德沒有發現這種矛盾吧？他還要捻出「反敘事」和「拼貼整合」作爲「後現代主義劇場」的特徵，不是白費唇舌嗎？在《從寫實主義到後現代主義》一書中，鍾明德把「象徵主義」戲劇、「史詩劇場」、「殘酷劇場」、「荒謬劇場」、「貧窮劇場」、「環境劇場」、「偶發演出」等等一概都劃入「現代主義劇場」，只舉出理查・福曼（Richard Foreman）、羅伯・威爾遜（Robert Wilson）及作曲家菲力普・葛拉斯（Philip Glass）等作爲「後現代劇場」的代表。這些人當然都尚在探索的階段，他們做的當然不是戲劇，因爲已經打破了藝術的類型，他們當然也不能有美學風格，否則又豈能稱爲「後現代主義」？在既無戲劇，又無風格的情形下，他們怎能「到了1980年代，儼然成了前衛藝術界的主流——後現代主義劇場」（鍾明德 1995：212）呢？

倘若說「後現代主義」在西方文藝批評界尚停留在不明確的階段，「現代主義」美學卻是比較明確的，時間上通常定在1890（象徵主義開始）到1945（二次大戰結束）之間，而以二〇與三〇年代爲其昌盛期，在1922年喬伊斯出版《尤里西斯》，艾略特出版《荒原》（Wasteland），尤具代表意義（Childers & Hentzi 1995）。「現代主義」在形式上盡量擺脫「模擬」，特別是外貌的仿造，在主題上則傾向「疏離」（alienation）與「孤絕」（isolation）（請參閱第三十一章第二節），就戲劇而言，寫實主義時代的史特林堡（August Strindberg）已有「現代主義」風味的作品問世。象徵主義的梅特林克（Maurioce Maeterlinck）、葉慈、辛格、表現主義的凱塞（Georg Kaiser）、皮藍德婁（Luigi Pirandello）、倡導「疏離效果」的史詩戲劇家布雷赫特、以及雖有部分寫實卻更重心理透視的心理寫實劇作家米勒（Arthur Miller）、維廉斯（Tennessee Williams）等都應屬於「現代主義」的劇作家。至於「後現代主義」既然大概自二次大戰後繼「現代主義」而興，其主題又不脫「疏離」與「荒謬」，那麼實在無法不把「荒謬劇」作家尤乃斯庫和貝克特歸入行列。此外，「殘酷劇場」、「貧窮劇場」、「生活劇場」、「環境劇場」、「形式主義劇場」等等，也都不宜納入「現代主義劇場」的範圍。鍾明德所引的佛列

德‧馬克凌就認為「後現代主義劇場」由阿赫都在1930年代開始，阿赫都以後的「荒謬戲劇」理所當然屬於「後現代戲劇」了。瓊‧席路德則「斷然宣稱後現代劇場在1952年隨著荒謬劇場一起出現」（Schlueter 1984）。二者都有充足的理由如此劃分。阿赫都可視為「後現代主義劇場」的代表人物，因為不但他的殘酷主題和「整體劇場」的觀念影響著當代劇場，他的反文學劇本以及倡導集體即興創作的方式，也為當代自稱為「後現代主義」劇場的眾多戲劇從業者所取法，一直影響到今日的台灣。「荒謬劇場」雖然在思想上奠基於存在主義，但表現方式卻與沙特或卡繆的存在主義劇作大異其趣。「荒謬劇場」所用的無主題、無情節、符號式的人物、非邏輯的語言在「現代主義」美學後自成一種美學系統，較之任何不成系統的「後現代主義劇場」更有資格代表「現代主義」以後的一個新時代。可是鍾明德偏偏採用羅伯‧柯瑞根（Robert Corrigan）的說法，把「後現代主義劇場」定在六、七〇年代之交。殊不知柯瑞根的說法除了無法交代從1945到1960這一段空白之外，六、七〇年代在戲劇美學上也沒有形成任何具有代表性的潮流。

我同意鍾明德所說「不能因為『後現代主義劇場』在歐美尚未獲得普遍的認同，就不可以稱台灣某些演出為『後現代主義劇場』」，但是我不同意他所說在台灣直到1986年後的前衛小劇場出現才有「後現代主義劇場」的影子（鍾明德 1999：129）。

「後現代主義」並非一種榮譽，當然也不是一種貶抑，不過是文藝評論者便於分別文藝美學風格的一種術語而已。由於兩度西潮的衝擊，我們已無法自外於歐美文藝美學的風潮與系統，西方有「現代主義」美學，我們也無法捨棄「現代主義」美學的概念；西方暢談「後現代主義」美學，我們勢必也要跟上來。如果設定姚一葦與張曉風的劇作為「現代主義」的，那麼馬森和黃美序的劇作，就其所呈現的美學肌理，應該屬於「現代主義」以後的。透過校園劇場的頻繁演出，跟八〇年代以後的小劇場絕對有聲氣相通的線索可尋，就不是鍾明德認為的「筆記、環虛、河左岸這些小劇場就是想『仿冒』歐美的後現代劇場，事實上，也沒有現成的範例可以學習」（鍾明德 1999a：129）了。在美學

風格的傳承上，任何歷史的腳蹤，都有其或明或暗的因果關係。

三、八〇年代的小劇場運動及實驗劇

七〇年代以後，在西方學戲劇的學者陸續回國，開始從事教學，並參加小劇場運動，自然會把西方當代劇場的技法帶回國內，使戲劇的演出不再墨守成規。特別是「實驗劇場」的觀念，雖然在第一度西潮的二、三〇年代，已經被我國的劇人以「愛美的戲劇」的名義大事奉行過，但後來有很長的一段時間似乎被遺忘了。其實西方的小劇場，不管是紐約的off-Broadway、off-off-Broadway劇場，英國的fringe theatre，還是法國的théâtre de poche，都一直保持著實驗劇的精神。由西方取經歸來的戲劇學者，既然提倡小劇場運動，其實也正是在提倡實驗劇場。黃美序、司徒芝萍、汪其楣都在教學中進行過不同程度的實驗。其中比較引起注意且有紀錄可查的是1979年汪其楣領導文化大學藝術研究所戲劇組的學生在5月5-6日及18-19日分兩個梯次演出的八個實驗劇，計：黃春明的《魚》、王禎和的《春姨》、馬森的《獅子》、朱西甯的《橋》、叢甦的《車站》、康芸薇的《凡人》、馬森的《一碗涼粥》和陳若曦的《女友艾芬》。其中除了《春姨》、《獅子》和《一碗涼粥》是原創劇本外，其他都是由學生根據小說原作改編的。這一方面說明當時前衛性的劇作還不多見，另一方面也說明了這次劇展一意求新求變的努力和企圖。這次劇展，後來被姚一葦稱作是「一個實驗劇場的誕生」（姚一葦 1979）。可能由於這次實驗劇的鼓舞，第二年就展開了一個全島性一連五年的「實驗劇展」。

六、七〇年代可以說是台灣現代戲劇主動吸收西方當代劇場的經驗，加以醞釀、消化、昇華，不但在戲劇創作上有所突破，在演出上也盡力打破過去的成規，為八〇年代多采多姿的小劇場運動做了鋪路的工作。

1980年7月15到31日，在剛接任「中國話劇欣賞委員會」主任委員姚一葦的主催下，舉行了第一屆「實驗劇展」，推出了五個劇目：

（1）7月15日—《包袱》：集體編劇，金士傑導演；《荷珠新配》：金士傑

編導（蘭陵劇坊演出）；

（2）7月16-17日－《我們一同走走看》：姚一葦編劇，牛川海導演；

（3）7月28-29日－《凡人》：黃建業編導；

（4）7月30-31日－《傻女婿》：黃美序編劇，黃瓊華導演。

　　其中金士傑編導的《荷珠新配》在第一屆實驗劇展中大放異彩，獲得傳播媒體的青睞和觀眾的熱烈掌聲；演出《荷珠新配》的蘭陵劇坊也因此聲名大噪。1976年台北耕莘文教院成立了「耕莘實驗劇團」，於1980年改名蘭陵劇坊，得力於曾在紐約拉瑪瑪實驗劇場（La Mama Experimental Theater Club）實習歸來的心理學者吳靜吉的協助，採用了西方現代劇場肢體語言的訓練方法，才使蘭陵在眾多的小劇場中閃出耀眼的火花（吳靜吉 1982），對八〇年代後台灣的小劇場運動起到了帶動的作用。可見「實驗劇」這個名詞及概念，早已深入現代戲劇工作者的意識中。

　　金士傑（1951-），在劇場中別名金寶，原籍安徽省合肥縣，生於台灣省屏東縣。屏東農業專科學校畜牧科畢業，當完兵，又養了一年多的豬後，北上投入小劇場運動，參與創辦蘭陵劇坊。是一個傑出的演員，有經驗的導演，同時也是一個劇作家。他的處女作《演出》寫於1978年。引起注目的《荷珠新配》（1980）乃根據京劇《荷珠配》的骨架改寫而成，作者掌握了原劇中諷譏世人

演員兼劇作家金士傑（1951-）

強調身分地位的主題用以反映現代社會中人們的行為模式。作者利用了京劇中的一些素材，例如定型的角色、時空的自由等，巧妙地融在話劇中，給人一種推陳出新的喜悅。後來他又一連寫了《懸絲人》（1982）、《今生今世》（1985）、《家家酒》（1986）、《明天空中再見》（1988）、《螢火》（1989）、《永遠的微笑》（2002）等，都是頗具匠心之作，賴聲川稱他為「台灣現代劇場的開拓者及代表人物」（賴聲川 2003）。2003年他把這些劇作輯成三冊《金士傑劇本I、II、III》（台北

遠流出版公司）出版。

《荷珠新配》爲什麼在衆多的實驗劇中獨領風騷？因爲編導不但實驗，而是完成了一次成功的實驗。筆者曾經提出其成功的三項原因：

> 第一是劇作者掌握住了京戲《荷珠配》與現代社會規範中的相契點，也就是說《荷珠配》中諷譏世人重視身分地位的主題在改編以後恰恰可以反映了現代社會爲人所熟知的行爲模式。
>
> 第二，與其說是改編，不如說是借原劇的骨架與靈感遵守話劇規格的再創作，劇作者應用了現代的語言，表現了現代的生活，並不受原作歷史性的侷限。
>
> 第三，劇作者適宜地採用了京戲中的某些素材，很巧妙地融在話劇中。（馬森1980）

多半的實驗常常都是失敗的，事過境遷之後就被人遺忘了。但是其中也或有成功的機會，不然何須強調實驗呢？《荷珠新配》人物是熟悉的，含義是易懂的，但是架構的方式與表演的姿態卻是前人未曾用過的，使得其中既有熟悉的成分，也有意外的驚奇，故深深地挑起了觀者的興趣。

另一個使此劇實驗成功的因素，是演員的表現。中國演員最大的缺點就是長於表現個人的技藝，短在人際的肢體溝通。經過吳靜吉採取拉瑪瑪實驗劇場的肢體訓練方法之後，肢體語言確是能夠收放自如，揮灑有致。其中的主要演員後來都成爲台灣當代劇壇的重要腳色，例如劉靜敏後來創立了「優劇場」，李國修創立了「屏風表演班」而其本身的演技也日益精進，李天柱成爲電視紅星，卓明成爲各小劇場的戲劇導師。

因爲《荷珠新配》的傑出，不免掩蓋了這次實驗劇展其他作品的光輝，《包袱》、《我們一同走走看》、

李國修、劉靜敏演出金士傑的《荷珠新配》

《凡人》、《傻女婿》都各有其實驗的特點，《包袱》呈現了蘭陵劇坊訓練演員的過程，《我們一同走走看》是姚一葦走向荒謬劇的初步實驗，《凡人》是前次實驗劇的重演，而《傻女婿》也是企圖新舊合璧的一次實驗，總之第一屆的實驗劇展成功地為以後數年的實驗劇展打下了堅實的基礎。

1981年6月30-7月14日第二屆「實驗劇展」：

（1）6月30-7月2日—《家庭作業》：黃承晃編導；《公雞與公寓》：金士會編導（蘭陵劇坊演出）；

（2）7月4-6日—《木板床與席夢思》：黃美序編劇，司徒芝萍導演；

（3）7月8-10日—《早餐》：黃建業編導；《嫁粧一牛車》：王禎和原作小說，張素玲編導；《救風塵》：吳亞梅編劇，吳家璧導演；

（4）7月12-14日—《群盲》：梅特林克原作，侯啟平導演；《六個尋找作家的劇中人物》：皮藍德婁原作，楊金榜導演。

這一屆沒有特別突出的作品，除了《群盲》和《六個尋找作家的劇中人物》是西方的名劇搬演之外，《早餐》也是改編自奧尼爾的短劇《早餐以前》。本來實驗劇展不應該搬演名劇，但據說是因為當時自創的作品不足所致（鍾明德1999a：74）。

1982年8月15至25日第三屆「實驗劇展」：

（1）8月15-17日—《八仙做場》：陳玲玲編導（方圓劇場演出）；

（2）8月19-21日—《金大班的最後一夜》：白先勇原作小說，李文惠編劇，張新發導演；《看不見的手》：陳榮顯編導（藝專影劇科：大觀劇場演出）；

（3）8月23-25日—《速食炸醬麵》：蔡明亮編導；《九重葛》：劉玫、王友輝、張國祥編導（小塢劇場演出）。

這次實驗劇展凸顯了三個有才華的編導：陳玲玲原是做小劇場出身，是文化大學時代姚一葦的學生，後來在今日的台北藝術大學任教，如今已承擔戲劇系主任的重任；蔡明亮後來轉進電影界，是第二位贏得威尼斯金獅獎的台灣導演；王友輝也是姚一葦的高足，是年輕一代富有才華的劇作家，如今在佛光大

學教授戲劇。

1983年7月18-8月3日第四屆「實驗劇展」：

（1）7月18-19日—《當西風走過》：集體創作，李光弼導演（文化大學戲劇系影劇組華岡劇團演出）；

（2）7月21-22日—《周臘梅成親》：陳玲玲編導（方圓劇場演出）；

（3）7月24-25日—《黑暗裡一扇打不開的門》：蔡明亮編導；《素描》：王友輝編導（小塢劇場演出）；

（4）7月27-28日—《貓的天堂》：卓明編導；《冷板凳》：金士傑編導（蘭陵劇坊演出）；

（5）8月2-3日—《百分生涯》：陳榮顯編劇，張新發導演；《救命的謊言》：毛建秋編劇，李文惠導演（大觀劇場演出）。

這一屆中的李光弼、陳玲玲、蔡明亮、王友輝、卓明和金士傑都是實驗劇的老手，而後來都有所成就。

1984年7月8-24日第五屆「實驗劇展」：

（1）7月8-9日—《回家記》：李光弼編導；《黃金時段》：集體創作，李光弼導演（文化大學戲劇系影劇組華岡劇團演出）；

（2）7月11-12日—《她們的故事：敘》：李文惠編導；《她們的故事：情何以堪》：張詠蓮編導；《她們的故事：檔案七十五》：林呈炬編導（大觀劇場演出）；

（3）7月14-15日—《我們都是這樣長大的》：集體創作，賴聲川導演（藝術學院戲劇系工作劇團演出）；

（4）7月17-18日—《房間裡的衣櫃》：蔡明亮編導（小塢劇場演出）；

（5）7月20-21日—《什麼》：洪祖瓊編劇，陳玲玲、洪祖瓊導演（方圓劇場演出）；

（6）7月23-24日—《交叉地帶》：蔡秀女編劇，金美美、蔡秀女導演；《乾燥花》：金蘭蕙編導（文化大學藝術研究所戲劇組人間世劇場演出）。

其中賴聲川導演的《我們都是這樣長大的》一劇，原來是賴在藝術學院戲

劇系教授表演課程時帶學生集體創作的作品，實驗的性質很強。也正是由於這次的實驗成就，增強了賴聲川集體創作的信心，使他成立了「表演工作坊」以後，進行了一連串集體創作的嘗試，像《那一夜我們說相聲》、《暗戀桃花源》、《紅色的天空》等，都成為今後商業劇場經常演出的劇目。

　　五年下來，因為姚一葦受不了教育部的官僚作風而辭去「中國話劇欣賞委員會」主委，實驗劇展也就從此結束；雖然第二年又舉行了一次「鑼聲定目」的劇展，但演出的作品已失去了實驗的精神，也就一屆而終了。鍾明德在他的《台灣小劇場運動史》中總結這五加一總共六年的實驗劇展的經驗說：

> 　　實驗劇展有兩個最大的成就：首先，實驗劇展帶動了小劇團的產生，鼓勵大專院校的戲劇科系師生走出象牙塔，使得中國現代戲劇再度在台灣的土壤上「出生入死」。……其次，實驗劇展推展了從「現代」、「中國」的立足點去融會傳統和西方戲劇，創造屬於我們此時此地的戲劇藝術的風潮。……這些新作所共有的編、導、演、設計形式──「實驗劇」──取代了話劇，成為八〇年代台灣／中國現代戲劇的新苗。
>
> 　　可是，實驗劇展也有它的侷限──這些也是第一代小劇場共享的藝術／政治論述場域：首先，在藝術行政上只開了小劇場演出的風氣而已，並沒有深入面對、解決跟整個劇運有關的場地、經費、資訊和人員訓練等問題。六年下來，實驗劇展依然只能鼓勵小劇場誕生，卻無力給它們準備一個好好活下去的環境。（鍾明德 1999a：83）

　　一般實驗劇，不論中外，主要都採取小劇場的規模，因其在沒有美學的把握及票房的保證之前，沒有人敢於在大劇場中嘗試。小劇場一詞也來自西方，是 little theatre 的中譯。反傳統的小型劇院可以上溯到十九世紀末法國安托（André Antoine）的「自由劇院」（Théâtre Libre）。到了二十世紀初，在英美兩國發展的小型劇場，不但因規模小而稱「小劇場」，同時也真有小型的劇場以 little theatre 為名，例如 1910 年倫敦的 little theatre 只有三百五十個座位，1912 年在

美國紐約也有家小戲院以little theatre之名開幕。後來凡是業餘的小劇團均概稱「小劇場」，形成一個運動，而且曾組成同業工會，1946年在英國就有九個加盟業餘小劇團成立的「英國小劇場同業公會」，後來小劇場運動影響到其他國家與地區，包括海峽兩岸。（馬森 1996：19-21）中國話劇初期的「愛美的劇」就來自小劇場的觀念，後來漸被人遺忘，小劇場運動的再度復活可說又是第二度西潮促成的。

　　五屆「實驗劇展」不但造就了不少編、導、演的戲劇人才，也帶動了此後小劇場的蓬勃發展。由於實驗劇的風行以及「蘭陵」成功的刺激，小劇場像雨後春筍般地冒生出來。據1987年10月31日成立的「台北劇場聯誼會」的紀錄，台北一地參加聯誼會的小劇場就有：屏風表演班、魔奇兒童劇團、果陀劇場、蘭陵劇坊、冬青劇團、九歌兒童劇團、方圓劇團、媛劇團、隨意工作坊、一元布偶劇團、染色體劇社、水磨曲集劇團、京華曲藝團、龍說唱藝術實驗群、相聲瓦舍、外一章藝術劇坊、鞋子兒童劇團、當代傳奇劇場、銅鑼劇團等十九個團體。當時未參加「台北劇聯」的劇團則有杯子兒童劇團、糖果屋劇團、真善美劇團、中華漢聲劇團、零場一二一二五劇團、中華文化劇團、表演工作坊、優劇團、環墟劇團、河左岸劇團、臨界點劇象錄、蒲公英劇團、溫馨劇團、人子劇團、人間世劇團等十五個組織。「台北劇聯」未曾記錄的至少尚有結構生活表演劇場、故事工作坊、四二五環境劇場、幾何劇場、小塢劇場、湯匙劇團。後二者那時已經停止活動。至於在台北以外，除了高雄市早於1982年就成立的薪傳劇場、台南市於1987年成立的華燈劇團（後改名台南人劇團），台中成立了觀點劇坊，台東成立了公教劇團（後改名台東劇團）。1989年屏風表演班在高雄成立了分團，但是過了幾年又結束了。九〇年代初，高雄又成立了南風劇團、息壤劇團、狂徒劇團等，現在似乎只有南風仍在活動。台南又成立了那個劇團和台灣唯一的老人劇團魅登峰，台中成立了頑石劇團，新竹成立了玉米田劇團。1995年，以部分魅登峰演員做班底，彭雅玲在台北又成立了第二個老人劇團歡喜扮戲團，基隆成立了島嶼劇坊，台南成立了青竹瓦舍，屏東成立了黑珍珠表演工作室。此外，也出現了宗教性的戲劇團體，像金色蓮花表演坊，專

演《廣欽傳》、《敦煌寶卷》、《密勒日巴尊者傳》等佛教劇。如今台灣全省的小劇場，隨時都會有新團體誕生，老劇團可以分裂成新劇團，但隨時也會失去蹤跡，生生滅滅，難以統計了。就連富有聲譽的蘭陵劇坊也沒有熬過九〇年代，團員分別加入了其他團體。

四、前衛劇場

小劇團易於實驗，因為求新，實驗劇便常常帶有前衛的色彩，但實驗劇不等同於前衛劇。前衛劇場（avant-garde theatre）主要表現在反傳統、創新意上，例如荒謬劇剛出現的時候，便被人目為前衛劇。前衛不一定都有意義，但缺乏前衛，什麼藝術都將成一汪死水，人類的生活也會停滯不前了。

實驗劇重在實驗，理論上不前衛的也可拿來實驗，雖說實際上多半的實驗劇總都帶有些前衛劇的色彩。在台灣，有些小劇場，例如環墟、河左岸、臨界點劇象錄等劇團所製作的作品，極力發揮青年人的想像力，不太重視票房的價值，常常既是實驗的，也是前衛的。另外有些小劇場，像「當代傳奇」劇場把希臘悲劇及莎劇京劇化，意圖迎合年輕一代觀眾的口味，同時補救傳統戲曲文本的粗疏，也可說是種大膽的實驗，但是並不前衛。

其他剛成立的小劇場，其反體制的前衛性就更加明顯，甚至隱約中形成了一種理念的共識，以致在1994年的「人間劇展」時發生抗議「收編」的事件。因為「人間劇展」是由官方的文建會與中國時報合辦的，有人不免擔心，一旦小劇場接受了官方的資助，難免會損傷其反體制的性向。臨界點劇象錄導演田啓元對這一點曾提出反駁（田啓元 1996）。我們要指出的是小劇場參與者的這種疑慮，似乎沒有出現在八〇年代，那時候大多數的小劇場都不會以接受官方的資助為忤（「實驗劇展」不就是官方資助的嗎？），這至少表現出第二代的小劇場與第一代的確有些不同。

八〇年代中期所出現的小劇場的分裂現象，可以詮釋為一部分小劇場之所以為小劇場，只是因為規模小而已，其實他們無時無刻不在努力奮鬥以期走向

職業劇場的道路；而另一部分小劇場則是在意識形態和個人理念上甘心停留在另類劇場（Alternative Theatre）的地位，表現出在政治上和觀念上反體制的傾向。此一姿態開啓了我國政治劇場的先河，例如1989年3月環墟劇團、零場一二一二五劇團、河左岸劇團和臨界點劇象錄都參加了「搶救森林行動」大遊行，並在街頭演出，吸引了大批行人圍觀。優劇團推出的《重審魏京生》、環墟劇團演出的《五二○事件》和《事件三一五、六○八、七二九》、臨界點劇象錄演出的《割功送德——四十里長鞭》等都含有政治劇場的因素。

小劇場的活力表現在他們不計票房價值的頻繁演出上。多半的小劇場傾向於實驗性的前衛劇的演出，例如環墟劇團、河左岸劇團、優劇場、臨界點劇象錄等，他們不但堅持不懈，而且卓有成就。

由淡江大學學生組織的河左岸劇團和台大學生組成的環墟劇場創作力特別旺盛，在八○年代的短短幾年中，前者演出了《我要吃我的皮鞋》（1985年6月）、《闖入者》（1986年4月）、《拾月——在廢墟十月看海的獨白》（1987年3月）、《兀自照耀的太陽I》（1987年5月）、《兀自照耀的太陽II》（1987年7月）、《無座標島嶼——「迷走地圖」序》（1988年10月）及《在此地注視容納逝者之域》（1989年7月）。河左岸的靈魂人物爲黎煥雄。

黎煥雄（1962-），台灣省苗栗縣人。淡江大學中文系畢業，曾任EMI唱片公司國外處資深經理、元智大學資傳系戲劇講師、河左岸及創作社劇團創始團員與核心編導，現任銀翼文化藝術總監。戲劇作品被稱爲具後現代風格，有《闖入者》（1986）、《兀自照耀的太陽Ⅰ》（1987）、《兀自照耀的太陽II》（1987）、《星之暗湧》（1991）、《彎曲海岸長著一棵綠橡樹（河左岸的契訶夫）》（2003）、《燃燒的地圖》（2004）。

環墟劇場演出了《永生咒》（1985年7月）、《十五號半島：以及之後》（1986年2月）、《舞台傾斜》（1986年8月）、《家中無老鼠》（1987年2月）、《流動的圖象構成》（1987年5月）、《對於關係的印象》（1987年6月）、《奔赴落日而顯現狼》（1987年7月）、《被繩子欺騙的慾望》（1987年9月）、《拾月——丁卯紀事本末》（1987年10月）、《星期五／童話世界

／躲貓貓》（1987年12月）、《零時６１分》（1988年10月）、《我醒著而又睡去》（1989年2月）、《木樨香》（1989年2月）、《方塊舞》（1989年2月）、《搶救台灣森林》（1989年3月）、《五二》（1989年5月）。這兩個團體的創作力都是非常驚人的，可惜進入九〇年代他們未能繼續活動。

環墟劇場的主導者為李永萍（1964-），原籍廣東省從化縣，生於台灣。台灣大學外文系畢業，大四時與同學許乃威創辦環墟劇場，並獲台大十大才藝青年戲劇獎。畢業後公費赴美，入紐約州立大學新聞系就讀。因結識民進黨人陳文茜，返國後從政任民進黨婦女部主任。後因與民進黨的兩岸政策與族群意識相左，改入親民黨，擔任該黨立法院黨團主任。繼而高票當選兩屆立法委員，因不滿親民黨主席宋楚瑜與民進黨總統陳水扁會面而改投國民黨，2009年出任國民黨執政的台北市副市長兼文化局長。為台灣媒體稱為「變色龍」。李永萍一帆風順的從政之路掩蓋了她過去在戲劇上的成績，她其實也是台灣後現代戲劇的代表人物之一，作品有《奔赴落日而顯現狼》（1987）、《被繩子欺騙的慾望》（1987）等。

優劇場為蘭陵演員劉靜敏所創，採用貧窮劇場的方法特重演員身心的訓練。演出的劇目有《地下室手記浮士德》（1988）、《那年沒有夏天》（1988）、《重審魏京生》（1989）、《溯──鍾馗系列第一部：鍾馗之死》（1989）、《溯──鍾馗系列第二部：鍾馗返鄉探親記──中國民間儺堂戲、地戲大展》（1990）。以後轉攻擊鼓訓練，離開戲劇的領域。

劉靜敏（1956-），又名劉若瑀，台灣省人。中國文化學院戲劇系國劇組畢業，曾參與蘭陵劇坊。1982年赴美就讀紐約大學，獲戲劇碩士學位，1985年參加貧窮劇場創始人波蘭導演果托夫斯基（Grotowski）的工作坊，返台後於1988年創立優劇場，並在台北木柵山上建立老泉山劇場，實踐果托夫斯基個人修鍊的戲劇理論，做苦行僧般的訓練。1994年將優劇場轉化為優人神鼓，苦練擊鼓技藝。2004年再度改名為優人劇團，融會劇場與擊鼓，並自改名字為劉若瑀，戲劇作品有《地下室手記浮士德》（1988）、《重審魏京生》（1989）、《鍾馗之死》（1989）、《老虎進士》（1991）、《山月記》（1992）、《種花》

（1996）等。

臨界點劇象錄是由田啓元領導的小劇團，建團的宗旨是「藉由劇場出發，從事自我建設和對社會空間的反省創造，藉由表演的形式傳達出另一種聲音。」該團是當日小劇場中最前衛的劇團。在他去世後其他演員仍然一本田的前衛風格繼續經營。演出的劇目有《毛屍》（1987）、《夜浪拍岸》（1988）、《亡芭彈予魏京生》（1989）、《割功送德──四十里長鞭》（1989）、《搶救台灣森林》（1989）、《目連戲》（1993）、《一個少尉軍官與他的二十二道金牌》（1993）、《白水》（1993）、《謝氏阿女──隱藏在歷史背後的台灣女人》（1994）、《瑪麗‧瑪蓮》（1995）、《日蓮：喃喃自語的島》（1996）等。

田啓元（1964-96），台灣省台北縣板橋人。台灣師範大學藝術系設計組畢業。參加師大劇社，曾獲全國大專院校話劇比賽導演獎。畢業後曾任台中私立嘉陽高中廣告設計科主任、三采廣告公司企畫部主任，1988年成立臨界點劇象錄劇團，擔任藝術總監，由是編導多部作品，如上所述。他是特別重視舞台語言音樂性的一位編導。1996年死於後天免疫不全症候群。

諸如此類演出多半沒有劇本，全靠團員之間的彼此切磋，演過即逝，偶爾有書寫資料存留下來。至於他們創作的靈感泉源和戲劇理念，多半受到西方當代劇場諸如「殘酷劇場」、「貧窮劇場」、「環境劇場」等的啓發和影響。其前衛性可說是西方一些前衛劇場衝擊的餘波蕩漾，譬如拋棄文學劇本、「反敘事結構」、強調肢體語言及聲響、意象符號等，都是西方的前衛劇場實驗過的事物。這些演出，從創新的眼光看來未嘗沒有意義，但因實驗性太強，無法為一般觀眾所接受，以致少有票房價值，當團員的精力和財力都無能為繼的時候，劇團也就自然解體了。

五、傳統的遺緒及社區劇團

在八〇年代的小劇場運動之外，仍然不時有傳統話劇的演出，例如眞善

美劇團演出的吳若的《金錢與愛情》（1980）、劉碩夫的《爸爸回家時》
（1981）、金馬的《千萬家產》（1981）、李曼瑰的《時代插曲》（1983）、
吳若的《夢裡乾坤》（1983）、姜龍昭的《一隻古瓶》（1984）、姜龍昭、
衣風露、蔣子安的《青春四鳳》（1984）、丁衣、高前、張珊的《台北二重
奏》（1985）、施以寬的《我心深處》（1986）、熊式一的《樑上佳人》
（1987）；中國戲劇藝術中心演出的王生善的《長白山上》（1980）、鍾雷、
魯稚子的《石破天驚》（1984）；星星實驗劇團演出的大陸劇作家蘇叔陽的
《左鄰右舍》（1983）、美劇作家林德塞（H. Lindsay）的《偉大的薛巴斯坦》
（1984）；中華漢聲劇團演出的孫維新改編的王藍小說《藍與黑》（1985）、
貢敏的《新釵頭鳳》（1985）等。進入九○年代，則越來越少見傳統話劇的演
出了。

　　以上的演出有些是配合台北市政府舉辦的戲劇季或行政院文化建設委員會主
辦的文藝季製作的。政府機構主動地來舉辦文藝季或戲劇季，表示了政府對人
民文化生活的重視。特別是文建會的設立，對八○年代台灣劇運的推動助力不
小。

　　除了傳統話劇的演出外，文建會也常支援國家劇院的實驗劇場來辦實驗劇
展，並曾跟報業媒體合作辦過劇展，使台北的小劇場多一些演出的機會。1992
至94年間，文建會慷慨地針對各別劇團每年拿出兩百萬的資金，連續兩年資助
過台北以外的小劇場發展社區劇場的功能。高雄的薪傳和南風、台南的華燈、
台中的觀點、台東的公教等劇團都曾先後接受過資助，使劇運一直不夠發達的
中南部和東部地區受益非淺。不幸的是這些劇團本來只是地方劇團，不是社區
劇團，一旦資助停止，就又回復地方劇團的性質。社區劇團應該是某一社區的
居民業餘組織的消閒性的戲劇團體，後來成團的魅登峰倒是比較近似。

　　台北的民心劇團本來有意辦成一個社區劇團，只可惜當地的居民並不熱心參
與，使主持的人在無能使力之餘，也未能繼續。看來這個舶來的觀念一時尚無
法在此扎根，至少在商業劇團未能通行之前，談社區劇團可能為時尚早。

六、商業劇場的嘗試

　　七○年代以後，台灣的經濟條件漸入佳境，民間企業也大有施展身手的餘地。許博允於八○年代初期獨力創辦新象藝術中心，專門引進國外的演藝節目，同時對促進國內的演出事業也不遺餘力。在新象的策畫下，曾推出三次大規模的戲劇演出。第一次是1982年白先勇小說改編的舞台劇《遊園驚夢》，第二次是1986年奚淞編劇，胡金銓導演的《蝴蝶夢》，第三次是1987年根據張系

1987年歌舞劇《棋王》劇照

國小說改編的歌舞劇《棋王》。這三次演出都脫出了傳統話劇的形式，可以說是紐約百老匯商業劇場影響下的產物。在劇藝上的成就，三次演出雖各有不同的評價（註1），它們的共同點是宣傳上的成功，每一次都掀起了舞台劇的熱潮，吸引了大批觀眾走進劇場，使一般人覺得舞台劇不都是一群年輕人湊在一起搞出來的一種讓人莫測高深的玩藝，可以說對八○年代以來台灣現代劇的發展是大有裨益的。

1982年《遊園驚夢》演出相關報導

　　八○年代以後的台灣，有錢，有人，有創力，按理說在戲劇上不該毫無成就。事實上，雖然到現在，令人不明所以的，仍然沒有一個完整的職業劇團，但是幾個不太完整的半職業劇團竟也能把台灣的現代劇壇渲染得有聲有色。從1985到95，這十年間，最活躍，也最能贏得觀眾口碑的是一批比較認同大眾口味且善於經營的小劇團，

註1：參閱黃美序〈評舞台劇《遊園驚夢》──不只長錯一根骨頭〉，1982年12月《中外文學》第11卷第7期，頁84-104；鍾明德〈赤裸無助的觀眾，渴望被強暴的觀眾──寫在《棋王》演出之後〉，載自《在後現代的雜音中》，1989台北書林出版公司，頁155-159；黃、鍾對台灣的商業劇場都做了比較苛刻的批評。

賴聲川（1954-）

漸漸從小劇團升格爲半職業性的中劇團，遂成爲今日台灣現代戲劇演藝界的中堅。

首先要說的是在1984年11月賴聲川成立的表演工作坊。

賴聲川（1954-），原籍江西省，生於台灣。在獲得美國加州柏克萊大學的戲劇博士之後，即返台投入戲劇教學及劇場運動。1985年3月推出了第一個劇目《那一夜，我們說相聲》。該劇利用傳統的民間技藝包裝起現代生活的內涵，獲得意外的成功，連演十二場，打破了多年來舞台劇連續演出的紀錄，使導演賴聲川和兩位主演的演員李立群和李國修都因此聲名大噪。接下去，表演工作坊每年都有新戲上演，計：《暗戀桃花源》（1986）、《圓環物語》（1987）、《今之昔》（1987）、《西遊記》（1987）、《開放配偶（非常開放！）》（1988）、《回頭是彼岸》（1989）、《這一夜，誰來說相聲？》（1989）、《非要住院》（1990）、《如果在多夜一個旅人》（1990）、《來，大家一起來跳舞》（1990）、《台灣怪譚》（1991）、《推銷商之死》（1992）、《廚房鬧劇》（1993）、《戀馬狂》（1994）、《紅色的天空》（1994）、《一夫二主》（1995）、《意外死亡（非常意外！）》（1995）、《新世紀，天使隱藏人間》（1996）、《運將、黑道、狗和他的老婆們》（1997）、《又一夜他們說相聲》（1997）、《先生開個門》（1998）、《我和我和他和他》（1998）。其中有的是西方名劇的翻譯或改編，有的是即興的集體創作，多半是喜劇，都能維持一定的水平，贏得了觀眾的信任，所以每演都會達到相當高的上座率。可惜台灣目前的觀眾群畢竟有限，像西方那樣連演竟月或數月的盛況是不可能的。

在表演工作坊演出的劇本中，《那一夜，我們說相聲》、《暗戀桃花源》、《圓環物語》、《回頭是彼岸》、《這一夜，誰來說相聲？》都能聯繫今日的台灣現況，在形式上頗能推陳出新，富有創意。例如《暗戀桃花源》中兩個劇

團利用同一舞台的排戲時間撞期，在相持不下後同意分割舞台。一個劇團演的是追憶失去舊情的時裝通俗劇，另一個劇團演的是追尋世外桃源的古裝喜劇，兩兩對比下造成了意想不到的喜劇效果。其中有關桃源及舊情的隱喻，也會給觀者帶來一些政治性的聯想。1999年出版《賴聲川：劇場》四冊（台北元尊文化公司）。針對《那一夜，我們說相聲》，鍾明德曾評論說：

賴聲川指導集體創作的《暗戀桃花源》

　　毫無疑問地，賴聲川以集體即興的創作過程，將雙李（李國修與李立群）身上的「大眾文化」最活潑的生命抽取出來，再以他「精緻文化」的拼貼結構，將這個生命封存下來。在這種「過程」和「結構」的互動過程中，「大眾文化」和「精緻文化」都發生了變化，來自美國學院的劇場觀念在捕捉台北現象和民俗曲藝過程中。自己也被台北同化了。這種集體創作的過程，一方面最容易集思廣益，使作品能迅速反映出時代潮流變遷，另一方面，也最適合將西方的形式融為中國／台灣戲劇傳統的一部分，而不只是純以西方當代形式來掠取中國的過去、塑造台灣的未來而已。（鍾明德 1999b：454-455）

　　其次要說的是屏風表演班。該班為李國修創立於1986年。

　　李國修（1955-2013），原籍山東省萊陽縣，生於台灣省台北市，父親為製作國劇手工戲靴的藝師。世新專科學校廣電科畢業，參與蘭陵劇坊，也一度參加過表演工作坊，本身是一位成功的喜劇演員，也具有編導的潛力。1986年自創屏風表演班，擔任藝術總監，並曾兼任台北藝術大學劇本創作研究所副教授，2010年任雲林科技大學駐校作家，可惜英年早逝。創團作品為

李國修（1955-2013）

《京戲啟示錄》劇照

《一八一二與某種演出》和《婚前信行為》，一開始就走喜鬧劇的路線。同年又推出《三人行不行》及演唱會形式的《娃娃丘丘臉》，首開餐廳劇的先例。以後一連串的劇作有：《傳與本紀》（1987）、《民國76備忘錄》（1987）、《西出陽關》（1988）、《沒有「我」的戲》（1988）、《三人行不行II —— 城市之慌》（1988）、《變種玫瑰》（1989）、《半里長城》（1989）、《愛人同志》（1989）、《民國78備忘錄》（1989）、《從此以後，她們不再去那家coffee shop》（1900）、《港都又落雨》（1990）、《異人館事件》（1990）、《從此以後，我們不再去那家pub（男人版）》（1990）、《救國株式會社》（1991）、《鬆緊地帶》（1991）、《我的三個男朋友》（1991）、《蟬》（1991）、《東城故事》（1992）、《莎姆雷特》（1992）、《三人行不行III —— Oh！三岔口》（1993）、《徵婚啓事》（1993）、《西出陽關》（新版，1994）、《太平天國》（1995）、《半里長城》（新版，1995）、《莎姆雷特》（新版，1996）、《黑夜白賊》（1996）、《京戲啓示錄》（1996）、《未曾相識》（1997）、《女兒紅》（2003）、《六義幫》（2008）。以上的戲過半數出自李國修之手，幾乎全是喜鬧劇。李國修喜歡用戲中戲的手法，在架構情節時隨時予以解構，譬如《半里長城》、《莎姆雷特》、《太平天國》、《京戲啓示錄》等劇，都暴露出扮演的過程，帶有後設劇場的意味。《西出陽關》在喜鬧中透露著感傷，令人低迴。有些戲，像《救國株式會社》等，則帶出直刺社會時事的辛辣味，切中時代的脈搏，故常能激起觀者的共鳴。

1988年成立的果陀劇場是另一個成功的例子。創團的梁志民畢業於國立藝術學院戲劇系，在校時已經顯露了他導演的才華。他執導的畢業作《動物園的故事》後來就成為他的創團作品。以後接續推出了《兩世姻緣》（1988）、《淡

水小鎮》（1989）、《燈光九秒請準備》（1989）、《台灣第一》（1989）、《雙頭鷹之死》（1990）、《愚人愚愛》（1991）、《隨心所慾》（1992）、《火車起站》（1992）、《晚安！我親愛的媽媽》（1992）、《城市之心》（1992）、重演《淡水小鎮》（1993）、《新馴（尋）悍（漢）記（計）》（1994）、《台北動物人》（1994）、《大鼻子情聖》（1995）、《完全幸福手冊》（1995）、《天龍八部之喬峰》（1996）、《開錯門中門》（1997）。果陀演出的多半都是翻譯的世界名劇，因此曾被期許為台灣「一扇開向世界劇壇的窗」，就其近年的演出看來，並沒有令人失望。

七、政治劇場的出現

除了上述的三個劇團以外，台灣有太多個時演時輟或雖然堅持卻難以開展觀眾群的小劇團，有的自力更生，有的靠向文建會申請一點津貼舉行活動，使台灣的劇場看起來相當熱鬧，其中有的大有開風氣之先突破禁域的企圖心。像「臨界點劇象錄」在近年政治劇場日漸活躍的趨勢下，於1989年演出了《亡芭彈予魏京生》和《割功送德 —— 四十里長鞭》等政治劇。1994年4月又演出了《謝氏阿女 —— 隱藏在歷史背後的台灣女人》，表現共產黨員謝雪紅的一生，十分敏感。這齣戲在戲劇藝術上可說乏善可陳，但在政治問題上卻表現得十分大膽。當舞台上降下了「蔣中正出賣台灣人」和「打倒美國帝國主義」的大條幅，並嘲弄著國民黨旗和美國國旗時，觀眾不能不為之動容，因為那時候台灣畢竟還是國民黨掌權的地方（李登輝時代）。到了台上顯出一片紅光，中共的國歌《東方紅》唱起，以及隨之而來的「毛主席萬歲」的呼聲充盈舞台，幾使觀眾錯以為自己身在北京。

但是有許多敏感的話題，到了九○年代都可以公開地經過反對黨之口說出來，無需小劇場來旁敲側擊。像臨界點劇象錄的《謝氏阿女》的演出在過去簡直是不可思議的事，但在李登輝當政的時代在台灣不但公開演出了，而且並未引起觀眾的驚奇或議論。政治問題既然可以直接訴諸民意代表之口，何需戲

劇？因此第二代的小劇場在失去了政治劇場的誘發力之後，轉向爲反叛而反叛的驚世駭俗以及擁抱弱勢團體的方向發展。

此外，像環墟劇場演出的《搶救台灣森林》和《五二〇》、優劇場演出的《重審魏京生》（1989）、果陀劇場演出的《台灣第一》都是具有批判意識的政治劇場。政治劇場、前衛劇場或另種表演，在西方一向都具有突破某種禁域的企圖心，中國戲劇界過去是沒有的，這應該說是二度西潮的結果。政治劇場不同於政治宣傳劇，後者是爲執政掌權的人講話的，前者呼喊出的則是反對或批判的聲音。所以政治劇場的出現標誌著政治的比較民主及社會的趨向多元。

八、兒童劇場

兒童劇場是近年來發展頗佳的另一股戲劇力量。台北已有幾個比較固定的兒童劇團，像九歌兒童劇團、鞋子兒童劇團、一元布偶劇團、杯子劇團、水芹菜兒童劇團、魔奇兒童劇團、蒲公英兒童劇團、萬象兒童實驗劇團、快樂兒童劇團、亞東兒童劇團、熱氣球兒童劇團、故事工廠兒童劇團、紙風車兒童劇團等。其他各地比較知名的尚有如果兒童劇團、豆子兒童劇團、偶偶偶劇團、小青蛙劇團、小茶壺劇團、不倒翁劇團、迷思魔幻劇團、夢想小丑劇團、童顏劇團、大腳丫劇團、戲偶子劇團、海波兒童劇團、SHOW影劇團、壹貳參戲劇團、逗點創意劇團、山宛然劇團、火焰蟲客家說演團、皮皮兒童表演藝術團、偶寶貝劇團、漢霖魔兒說唱團等。各城市每年都會舉行兒童表演藝術節一類的活動，因此各兒童劇團不乏演出的機會；到了兒童節，更是熱鬧非凡（謝鴻文2012）。

兒童劇場有兩種：一種是成人演給兒童看的，一種是兒童自己來演的。以上的兒童劇團都屬於前者。可惜到如今在偌大的一個台北市還沒有一個固定的兒童劇場。其他城市更不用說了。不過話說回來，在還沒有全職業劇團和固定的現代劇場之前，欠缺固定的兒童劇場，並不足怪。

在兒童劇作方面，嘗試的人很多，各地舉行兒童表演活動時也會徵選優良兒

童劇作給予獎勵，但獲得出版機會的劇本卻不多，其中王友輝於2001年由天行文化公司出版過多部兒童劇作，例如《銀河之畔》（1980）、《我們都要長大》（1983）、《會笑的星星》（1984）、《木偶奇遇記》（1985）和《快樂王子》。小說家黃春明也組織過黃大魚兒童劇團，寫過兒童劇，例如《小麻雀‧稻草人》、《愛吃糖的皇帝》、《短鼻象》、《小駝背》、《我是貓也》等五本撕畫童話（台北皇冠文化出版公司）。

九、多元美學的競進

九〇年代起，台灣又出現了一批所謂第二代的小劇場，諸如民心劇團、台灣渥克、戲班子劇團、莎士比亞的妹妹劇團、天打那實驗體、劇場工作室、進行式劇團、原形劇團、浮生演出組、比特工作群、綠光劇團、向日葵劇團、左右漆黑、狀態實驗劇場、普普劇場、變色龍劇團、耕莘實驗劇團（非七〇年代的耕莘劇團）、混沌劇團、絲瓜棚演劇社、密獵者、大大小小藝人館、獨角社表演工作室、零與聲、嚇嚇叫劇團等。這批小劇場都多少帶有後現代的前衛與另類的氣味。其中綠光劇團也嘗試走商業劇場的道路，而頗有斬獲。後來綠光與吳念真合作，推出一系列具有本土性的舞台劇。

九〇年代，台灣有太多個時演時輟或雖然堅持卻難以開展觀眾群的小劇團，有的自力更生，有的靠向文建會申請一點津貼舉行活動，使台灣的劇場看起來相當熱鬧。其中有的也具有開風氣之先突破禁域的企圖心。像臨界點劇象錄早就有以同性戀的主題訴之於眾的紀錄，1995年3月臨界點又推出了一齣女演員上空的《瑪麗‧瑪蓮》（改編自羅蘭‧巴特的《戀人絮語》），大有在女性主義思維主導下打破傳統性禁忌的企圖。當然事出非關色情，因為真正以色情為號召的牛肉場脫衣秀在台灣是早就公開存在的。有的則以另類劇場的姿態出現，從甜蜜蜜1994、95年9月兩次「台北破爛生活節」的演出看來，不但帶有暴力及SM的傾向，而且也有意在搞怪。餿水事件讓波及的觀眾無法釋懷，豈不是正達到了搞怪的目的？小劇場的這種發展，西方早有先驅。在鼓勵人民個性肆意

發展的資本主義世界中，永遠存在著不能或不願進入主流體制的邊緣心態，這種心態自然也永遠在尋求另類戲劇、另類文學、另類藝術作為發洩的出口。就整體社會的健康而言，未嘗不是一件好事。因此我們可以說在西方的「前衛劇場」或「另種表演」，一向具有突破某種禁域的企圖心，國內戲劇界過去是從來沒有過的，這應該說是第二度西潮的最佳驗證。

甜蜜蜜換手成為台灣渥克的咖啡劇場。1995年5月到9月推出了「四流巨星藝術節」，十六個週末演出了十六個小劇場作品，共演五十九場，觀眾達二一八四人次。這樣的觀眾人次，比起代表主流的半職業劇場來自然微不足道，但就過去小劇場的紀錄而言，已經是甚為可觀了。「四流巨星藝術節」所演出的劇目，諸如《桌子椅子賴子沒奶子》、《野草閒花》、《帶我到它方》、《愛死》、《幸福擁抱我》、《在愛／不愛之間，我們》、《青蛙王子的三個女朋友》等，其中同性戀有之，女性主義有之，裸體登場有之，的確是實現了擁抱弱勢團體，表露出從邊緣向中心反撲的態勢。以上的主題八○年代已經有限度地出現過（譬如臨界點劇象錄的《毛屍》、《夜浪拍岸》等），不過到了九○年代，表現得更為張揚、大膽。

其中的代表人物應該舉台灣渥克的藝術總監陳梅毛（1967-），政治大學哲學系畢業。1987年起開始另類劇場的活動，參加組織「零場121、25劇團」，並參與環墟劇團的演出，1992年成立台灣渥克劇團，並開設台灣渥克咖啡劇場，舉辦另類的「四流巨星藝術節」，以玩笑俗豔的姿態造成台北小劇場的熱潮。除劇場外，也關心社會文化的生態問題。編導作品有二十來齣，均以後現代的形式和反成俗的內涵出現，重要的有《於四月七日誕生》、《重金屬秩序》、《幹！一次只能爽一下》、《奶瓶在公園座椅上發酸》、《我的光頭校園》、《阿彌陀佛——從雷鋒日記談起》、《沒義氣又怕痛》等。

過去在日據時代台灣民間除了歌仔戲外，曾發展出一種「胡撇仔戲」的形式。胡撇仔是日語opera一字的諧音，這種戲具有綜藝節目的特質，著重象徵手法及意象劇場的表演方式，多有拼貼、胡謅之處。（謝筱玫 2002）九○年代的現代劇場也冒出後現代式的胡撇仔的傳人王榮裕（1960-）他是歌仔戲知名小生

謝月霞之子，曾受蘭陵劇坊的培訓，也曾參加優劇場及雲門舞集的演出，1993年成立金枝演社，在現代劇的模式中傳承了胡撇仔戲的特性，發揮出民間廟會式的俗美學。代表作品有《台灣女俠白小蘭》、《群蝶》、《可愛冤仇人》、《祭特洛伊》、《山海經》、《浮浪貢開花》、《大國民進行曲》等。

《大國民進行曲》演出相關報導

　　這種多姿多采的創新、搞怪、五花八門新舊並存的現象，是過去未嘗見過的，形成了九〇年代多元美學的競進。正如外外百老匯繼外百老匯的趨向主流而出現，小劇場也會分化出更小與更為邊緣的小小劇場來。最小的小小劇場可以小到只有一個人，於1995年6月出現在台南市的鄭政平，在《尋找馬克思》中集編、導、演於一身。馬克思這樣的主題在目前的台灣當然仍是邊緣的邊緣，嚇壞了台南市政府的官員，因而封殺了鄭政平在台南市府前廣場演出的嘗試。

十、戲劇與文學

　　八〇年代以後的演出熱潮似乎與劇本的創作各行其是，雖然演出的劇團並不熱心搬演既成的劇本，倒也並不一定必然造成劇作家書寫的阻力。九〇年代，台灣舞台劇的演出雖然相當熱鬧，但能否也帶動戲劇文學的書寫呢？筆者的看法是比較樂觀的。上一代的劇作家並沒有停筆，例如姚一葦、馬森、黃美序等。這些由個別作家創作的文學劇本，形式上仍然是第二度西潮之後的新戲劇，內容方面可能多一些人文的關懷和思想的深度，與時下流行只為演出而作的集體創作有別。至於擬寫實主義的傳統話劇，到了八〇年代以後已經少有人染指了。

　　年輕的一代在教育部和文建會每年獎勵佳作的鼓勵下，不斷有新作出現。雖

然當代的潮流並不靠文學劇本來帶動演出，然而也並不一定必然造成劇作家書寫的阻力。例如汪其楣、黃英雄、紀蔚然、石光生、王友輝、許瑞芳、郭強生等都寫出了各具特色的劇作。問題是我們的文學市場不習慣推銷劇作，我們的讀者連看演出都不過正在起步，真不容易企望他們一時之間改變閱讀的習慣，把劇本也看作是可以獲益的文學讀物。因此劇本獲得出版的機會就倍感困難。每年獲獎的作品，還可以靠著公家的慷慨，不愁印製成書，個人的創作就不那麼容易了；即使是成名的劇作家也不例外。1989年九歌出版社出版了一套《中華現代文學大系》，其中有兩卷專收劇作，但所收劇本也十分有限（註2）。2003年九歌出版社繼續出版第二套《中華現代文學大系》，劇作只剩一卷，其中所收作品更加少得可憐（註3）。鑑於近年各劇團演出過的腳本已為數不少（如果每次演出都有腳本的話，那就更多了），任其時久流失委實可惜，熱心的汪其楣於是挺身而出，爭取到周凱劇場基金會和文建會的協助，在1993年一口氣出版了二十五冊「戲劇交流道」劇本叢書。其中也出現了台語劇本。因為台語的書寫尚未取得共識，作為書寫的文本，閱讀及流傳恐怕都不容易。1995年繼續出版了第二批。在賴聲川主導下「表坊」的集體創作也順利出版，接著汪其楣、黃英雄、紀蔚然、石光生、王友輝、許瑞芳、郭強生等的劇本也都一一出版了。看來值得留存的劇作今後不致輕易流失了。

汪其楣（1946-），安徽省歙縣人。台灣大學中文系畢業，美國奧勒岡大學戲劇碩士，曾任教於中國文化大學、政戰學校、台北藝術學院、成功大學，現已退休。她是一位編、導、演全才的劇人，八〇年代後活躍於台灣劇壇，曾創立「聾劇團」，演出聾人主演，聽人配音的手語劇，

汪其楣的劇作《人間孤兒》
（1989 台北遠流出版公司）

註2：台北九歌出版社1989年出版的《中華現代文學大系》只選了十個劇作家的十部作品，所以只能算是取樣。

註3：九歌2003年出版的《中華現代文學大系》戲劇卷，與小說、散文、評論卷很為不同，選得意外粗略，只選有六人的六本劇作，實在全不能代表那個時段的台灣劇作成就。紀蔚然的作品固然有代表性，所以能夠入選乃因自己是主編者之一。其他具有代表性的劇作家都付諸闕如了。

也編輯過「戲劇交流道——劇本系列二十五種」（周凱劇場基金會），曾獲國家文藝導演獎、吳三連劇作獎、賴和文學獎等。劇作有《人間孤兒》（1989台北遠流出版公司）、《大地之子》（1990台北東華書局）、《海山傳說・環》（1994）、《記得香港》（1997）、《複製新娘》（1998）等。

黃英雄（1948-），台灣省嘉義市人。美國波特蘭州立大學戲劇系畢業，專職編劇、導演。曾任耕莘實驗劇團藝術總監、耕莘青年寫作協會理事長、東吳大學及警察專科學校戲劇指導。寫作以舞台劇本為主，兼及小說。曾獲教育部文藝創作獎、新聞局優良劇本獎、文建會優良舞台劇本獎、佛光山文學獎等。出版劇作有《婚禮》（1988台北文建會）、《夜戲》（1991台北文建會）、《急診室風波》（1991台北文建會）、《明天是新年》（1991台北文建會）、《艾莉絲夢遊記》（1992台北文建會）、《獨家報導》（1995台北文建會）、《請摘下你的墨鏡》（1995台北文建會）。

紀蔚然（1954-），台灣省基隆市人。台灣輔仁大學英語系畢業，美國堪薩斯大學戲劇碩士、愛荷華大學英美文學博士。曾任教於政治大學、台灣師範大學，現任台灣大學戲劇系教授兼系主任。1997年，與友人共組創作社劇團。他是一位兼有創作的戲劇學者，學生時代寫過《愚公移山》，曾在台北市戲劇季代表大專院校話劇社演出。後來的劇作有《黑夜白賊》（1996）、《夜夜夜麻》（1997）、《也無風也無雨》（1998）、《一張床四人睡》（1999）、《無可奉告》（2001）、《烏托邦Ltd.》（2001）、《驚異派對》（2003）、《好久不見》（2004）、《嬉戲：Who-Ga-Sha-Ga》（2004）、《影癡謀殺》（2005）、《倒數計時》（2007）等劇作。

紀蔚然的劇作不避髒話、廢話，盡量模仿時代流行的口語、下流話，頗具特色。主要寫家

紀蔚然（1954-）
攝影／陳建仲

庭成員間的心理糾葛和中年人的人生危機，在思考人的毀滅與救贖的可能中帶有憤世嫉俗的色彩。他是世紀末在台灣上演率最高的劇作家。

石光生（1954-），原籍安徽省宿松縣，生於台灣省高雄縣。東海大學外文系畢業，中國文化大學藝術研究所碩士、美國愛荷華大學戲劇碩士、加州大學洛杉磯分校戲劇博士。曾任教於嘉義中正大學外文系、台南成功大學藝術研究所及高雄中山大學戲劇系教授及主任，現任教於台灣藝術大學戲劇系。除研究外，創作以劇作爲主，曾獲高雄市文藝獎戲劇類首獎。作品有《X山豬的故事》（1994台北書林出版公司）、《小兵之死》（1995台北書林出版公司）、《台灣人間（兼）神》（1996台北書林出版公司）、《福爾摩SARSs／2003——我們不是這樣長大的／2002》（2004台北書林出版公司）。

劇作家石光生（1954-）

王友輝（1960-），台灣省台北市人。中國文化大學影劇系畢業，台北藝術學院戲劇研究所碩士，曾任台北藝術學院戲劇系講師、政戰學校藝術系戲劇組主任、台南大學戲劇創作及應用學系及佛光大學藝術研究所副教授。寫有《九重葛》（1982）、《素描》（1983）、《風景I》（1984）、《白鷺鷥》（1986）、《四郎探母》（1987）《風景II》（1991）、《促織悲秋》（1992）、《兩個女人》（1992）、《悲愴》（1993）、《青春球夢》（1993）、《愛情遊戲》（1993）、《青春謝幕》（1994）、《電話情人》（1995）、《台北動物人》（1995）、《終極幻想2000》（1999）等劇。此外尚有兒童劇作及地方戲曲。多次在教育部及文建會的劇作徵文中獲獎，2001年出版有《王友輝劇作選輯——獨角馬與蝙蝠的對話》四冊（台北天行文化公司）。

許瑞芳（1961-），台灣省台南市人。淡江大學中文系畢業，台北藝術大學戲劇研究所碩士，曾任文藻外語學院講師，現任台南大學戲劇創作及應用系助教授。1987年在台南天主教華燈藝術中心紀寒竹神父推動下創辦華燈劇團，1994年任華燈劇團藝術總監，開始編導工作，並赴美進修。1997年華燈劇團脫離

華燈藝術中心，改名台南人劇團，接受文建會補助發展社區劇場，以培養地方戲劇人才及具有本土色彩的戲劇爲目標，是台灣少數的台語現代劇團。劇作有《非國民》（1994台北文建會）、《鳳凰花開了》（1995台北文建會）、《帶我去看魚》（1995台北文建會）、《風鳥之旅》（1999台北文建會）。

郭強生（1964-，生平見第三十三章）返國後，於2003年在台北成立「有戲製作館」，第一部自編自導的戲是《慾可慾非常慾》，以後又導過美劇作家維廉斯的《慾望街車》。劇作有《給我一顆星星》（1992台北文建會）、《非關男女》（1992台北皇冠文化出版公司）、《KTV不打烊》（1994台北文建會）、《在美國》（2003台北九歌出版社）。

在現當代戲劇研究方面，戲劇學者正在努力開拓，戲劇史、戲劇理論及戲劇批評各方面均有成果表現（註4）。如今文化大學、台灣大學、台北藝術大學、台灣藝術大學、中山大學、台南大學等都設立了戲劇研究

劇作家兼小說家郭強生（1964-）

所，戲劇學者的陣容自會日漸擴大。多年前國立中正文化中心兩廳院斥資創辦了一份《表演藝術》雜誌，提供了有關戲劇文章發表的園地，同時又可積貯有關的資料，台灣大學、台北藝術大學也都發行戲劇學刊。其他的文學或學術雜誌，像《聯合文學》、《中外文學》等，有時也會出版戲劇專號，所以八、九〇年代的現代戲劇，不再像五、六〇年代那麼受到漠視與忽視了。

註4：在台灣出版的戲劇史方面，計有呂訴上《台灣電影戲劇史》（1961）、吳若、賈亦棣《中國話劇史》（1985）、焦桐《台灣戰後初期的戲劇》（1990）、馬森《中國現代戲劇的兩度西潮》（1991）、《西潮下的中國現代戲劇》（1994，《中國現代戲劇的兩度西潮》的新版）、邱坤良《日治時代台灣戲劇之研究──舊劇與新劇（1895-1945）》（1992）、鍾明德《從寫實主義到後現代主義》（1995）；戲劇理論方面有姚一葦《戲劇原理》（1992）；戲劇批評方面有黃美序《幕前幕後台上台下》（1980）、胡耀恆《在梅花聲裡》（1981）、吳靜吉《蘭陵劇坊的初步實驗》（1982）、姚一葦《戲劇與文學》（1984）、馬森《馬森戲劇論集》（1985）、鍾明德《從馬哈／薩德到馬哈台北》（1988）、《在後現代主義的雜音中》（1989）、王墨林《都市劇場與身體》（1990）、馬森《當代戲劇》（1991）、《東方戲劇‧西方戲劇》（1992）等。

十一、戲劇的交流

　　台灣的政治到了九〇年代中期，從兩黨的對立演化到兩黨以上的政治角逐，在民主的進程上似乎又朝前邁進了一步，但實質上台灣的社會是非常脆弱的，禁不起一點風吹草動。一地的一個小小的信合社，像台北的十信或彰化的四信，發生弊端，就會引起一場金融風暴。中共的飛彈試射，也會立刻導致台灣的股市暴落，台幣貶值，資金外流，人心浮動。台灣不管多麼富有，實在太小了，面對隔岸的強敵，如沒有足夠的智慧，謹慎適應，前途實在堪憂。在過去冷戰的時代，台灣還可以依賴他人的戰略部署，受到美國的保護和支援。如今國際情勢丕變，美國急欲與中共修好，台灣只有自求多福。處於這種國際及國內情勢下，不論哪個政黨當政，都不能忽視中國大陸的存在，更不能不謀求和平相處之道。先是工商貿易、旅遊，繼之則是文化及學術的交流，戲劇的交流也成爲其中的一環。台灣的現代戲劇首先登陸大陸，且發生了一些反響（註5）。大陸的戲劇對台灣則姍姍來遲。首先是由台灣的劇團搬演幾齣大陸劇作家早期的劇作，像曹禺的《雷雨》、吳祖光的《風雪夜歸人》，表示開禁。直到1993年，北京的人民藝術劇院和青年藝術劇院才得來台演出《天下第一樓》和《關漢卿》，翌年人藝又爲台北帶來了《鳥人》，使台灣的觀眾真正領略到「京味兒」話劇和大陸話劇的氣派。大陸現代劇場的專業化以及技術的完美，遠爲台灣劇場所不及，唯獨劇中所表達的意識形態及政治傾向，令頭腦太過自由的觀眾不易下嚥，所以這幾次演出只能造成數日的話題，卻難以發生實質的影響。

　　除了意識形態的問題以外，傳統話劇的形式固然仍具有相當的藝術魅力，但卻難以震撼或激發創造的心靈，聲名卓著的莫斯科藝術劇院來台演出契訶夫的名劇《海鷗》，也遭到同樣的問題，反不如理查‧謝喜納（Richard Schechner）所帶來的環境劇場的理念及彼得‧舒曼（Peter Schumann）來台弄

註5：參閱林克歡〈大陸舞台上的台灣話劇〉一文，1995年2月《表演藝術》第28期，頁53-58。

出來的「麵包傀儡劇場」（註6）受到青年人的歡迎。無他，只因此二人的東西比較新穎，雖然粗糙，卻更具有活力。

舒曼（Peter Schumann）「麵包傀儡劇場」

雖則如此說，然而海峽兩岸的正常交流毋寧是更重要的。問題不在劇藝，而在政治，在文化，在未來的前途。戲劇是人民心聲的反映，要達到彼此的瞭解，也要靠點戲劇才行。在1993年末，香港中文大學召開一次「當代華文戲劇創作國際研討會」，第一次為兩岸三地及海外的華文劇作家和戲劇學者製造了見面的機會，第二年大陸的劇作家就組團訪問了台灣（台灣的劇作家訪問大陸，不管是個人的，還是團體的，早已是很平常的事）。這應該只是一個開始，將來需要互相學習、彼此觀摩的地方一定很多。其實大陸上也開始了前衛性的小劇場運動（張仲年 2009），不過在政治體制的箝制下，再加上今日商業體制的衝擊，比起台灣小劇場的處境要艱難百倍。

回顧五十年來台灣現代戲劇的發展，自然與台灣的政經變革緊密結合，同一步趨。台灣的政治從一黨專政、個人獨裁，走向多黨競逐、議會民主的局面；經濟則從控制的農業經濟轉化到今日比較自由的工商業體制。現代戲劇在這一個大潮流下自然也從政治宣傳的官方話語走向個人心志的自由表達。從話劇的誕生到今日，中國的劇作家及演出者第一次得以小劇場的形式，表達出個人的私密情懷，而不再是一種為集體所制約的公眾的聲音，這非但是中國戲劇史上的一件大事，也是中國文化的一種再生的契機。如果說台灣的政經變革乃借鑑西方的他山之石，現代戲劇何獨例外？台灣當代劇場的二度西潮遂成為台灣這五十年來戲劇發展的重要動因和主要借鑑。在人類的歷史上，文化的傳播與擴散向來就是自然的水到渠成，最後無不成為一個民族自身創發的沃土。如是觀，就知道台灣這五十年的醞釀學習，不過是將來開花結果必經的過程。

註6：參閱鍾明德主編《補天──麵包傀儡劇場在台灣》，1994年台北425環境劇場出版。

引用資料

中文：

中國戲劇藝術中心編，1971：《中華戲劇集》十輯，台北中國戲劇藝術中心。

台北劇場聯誼會，1989：《台北劇場》雜誌創刊號，4月1日試刊，頁19。

田啟元，1996：〈給劇場同志的一封公開信〉，2月《表演藝術》雜誌。

吳靜吉，1982：《蘭陵劇坊的初步實驗》，台北遠流出版公司。

林克歡，1995：〈大陸舞台上的台灣話劇〉，2月《表演藝術》第28期，頁53-58。

姚一葦，1978：《傅青主》，台北遠景出版社。

姚一葦，1979：〈一個實驗劇場的誕生〉，8月《現代文學》復刊第8期，頁239-244。

馬　森，1980：〈話劇的既往與未來──從《荷珠新配》談起〉，10月《時報雜誌》第46期。

馬　森，1985：〈中國現代小說與戲劇中的「擬寫實主義」〉，《馬森戲劇論集》，台北爾雅出版社，頁347-369。

馬　森，1987：《腳色》，台北聯經出版公司（1996台北書林出版公司）。

馬　森，1989：〈中國現代戲劇的兩度西潮〉，9月號《當代》第41期，頁38-47。

馬　森，1996：〈八〇年以來的台灣小劇場運動〉，5月《中外文學》第24卷第12期。

馬　森，2002：〈從現代主義到後現代主義──台灣「新戲劇」以來的美學商榷〉，《臺灣戲劇：從現代到後現代》，佛光人文社會學院。

馬　森，2007a：〈突破你寫實主義的先鋒：論姚一葦劇作的戲劇史意義〉，7月號《戲劇學刊》第6期，頁7-19。

馬　森，2007b：〈序《曉風戲劇集》〉，張曉風《曉風戲劇集》，台北九歌出版社。

徐　學／孔　多，1994：〈論馬森獨幕劇觀念核心與形式獨創〉，1月號廈門《台灣研究集刊》。

張仲年主編，2009：《中國實驗戲劇》，上海人民出版社。

黃美序，1982：〈評舞台劇《遊園驚夢》──不只長錯一根骨頭〉，12月《中外文學》第11卷第7期，頁84-104。

賴聲川，2003：〈如金寶之寶〉，金士傑《金士傑劇本I》，台北遠流出版公司，頁12-14。

鍾明德，1989：〈赤裸無助的觀眾，渴望被強暴的觀眾──寫在《棋王》演出之後〉，《在後現代的雜音中》，台北書林出版公司，頁155-159。

鍾明德，1994：〈抵拒性後現代主義或對後現代主義的抵拒：台灣第二代小劇場的出現和後現代劇場的轉折〉，《中外文學》第26期，頁106-135。

鍾明德主編，1994：《補天──麵包傀儡劇場在台灣》，台北425環境劇場。

鍾明德，1995：《從寫實主義到後現代主義》，台北書林出版公司。

鍾明德，1999a：《台灣小劇場運動史》，台北書林出版公司。

鍾明德，1999b：〈那一夜，我們在相聲中相遇──論賴聲川等《那一夜，我們說相聲》〉，陳義芝主編《台灣文學經典研討會論文集》，台北聯經出版公司，頁443-459。

謝筱玫，2002：〈胡撇仔及其歷史源由〉，5月《中外文學》。

謝鴻文，2012：〈2011台灣兒童劇場觀察〉，2月《表演藝術》。

叢靜文，1973：《當代中國劇作家論》，台北台灣商務印書館。

外文：

Childers, Joseph and Hentzi, Gary, 1995: *The Columbia Dictionary of Modern Literary and Cultural Criticism*, New York, Columbia University Press.

Eagleton, Terry, 1985: "Capitalism, Modernism and Postmodernism", *New Left Review* 152:60-73.

Eysteinsson, Astradur, 1990: *The Concept of Modernism*, Ithaca and London, Cornell University Press.

Hutcheon, Linda, 1988: *A Poetics of Postmodernism, History, Theory, Fiction*, New York and London, Routledge.

Jameson, Fredric,1976: "The Ideology of the Text", *Salmagundi*, 31-32:204-46.

Jameson, Fredric,1984: "Postmodernism, or the Cultural Logic of Late Capitalism", *New Left Review* 146:53-2.

Kroke, Arthur and Cook, David, 1986: *The Postmodern Scene: Excremental Cultural and Hyper-Aesthetics*, Montreal, New World Perspectives.

Newman, Charles,1985: *The Post-Modern Aura: The Act of Fiction in An Age of Inflation*, Evanston ILL, North Western University Press.

Schlueter, June, 1984: "Theater", in Stanley Trachtenberg (ed.): *The Postmodern Moment: A Handbook of Contemporary Innovation in the Arts*, Westport and London, Greenwood Press, pp.209-228.

第三十六章　台灣的當代散文

　　在台灣二十世紀後期，散文異常興盛，不但寫的人多，喜愛讀散文的讀者也遍及各階層。1984年10月《文訊》雜誌出過一期專門討論「當代散文」的專號，其中有一篇「散文類型的再探討座談會」的紀錄，邀請了那時的散文名家及有關學者再探討散文的類型及定義，也許有助於本書文學分類的釐清。其中有幾位學者的發言可以引用作爲參考。顏崑陽教授提出散文的三項消極條件和三項積極條件，前者爲：「一、現代散文雖可用來敘事，但不以『情節』及『對話』爲必要條件。……二、現代散文雖可用來抒情，有時也講求意象及節奏，但是，它不以分行、協韻爲必要條件。……三、現代散文雖可用來說理，但不以傳達客觀理性的組織爲目的。」後者爲：「一、藝術不能缺少美，不能缺少感悟。因此，美與感悟，可視爲文學性散文最根本的條件。……二、藝術必須是一種創造。……三、藝術除了內容，也不離形式。就文學作品而言，形式指的是語言媒介的安排，包括字句的鍛鍊及篇章的結構設計。」沈謙教授也提出散文定義的三個層面：「一、廣泛的意義：舉凡非韻文或非詩的作品，皆稱作廣義的散文，甚至小說、戲劇所用的文字，都是散文的文字。二、折衷的意義：文學的類型可分爲詩歌、散文、戲劇、小說四大文類，所謂折衷的散文

就是，除了詩歌、戲劇、小說之外的非韻文作品。三、狹義的意義：指的是相當的小品文，比較具有情韻的純文學作品。」（何聖芬 1984：36-39）本書所收、所論的散文指的是「除了詩歌、戲劇、小說之外的非韻文作品」。同時，本書也將「雜文」納入「散文」中，跟小品文、幽默文、報告文學（或報導文學）、遊記、日記、書函等，都視為散文的「次文類」。

散文並不需要像詩那麼精鍊及注意韻律，也不像小說似的虛擬情境與人物，更不像戲劇受到時空及衝突轉折的章法所限，只需面對讀者，把一己的所見、所感、所思用一般的口語書寫下來即可，因此散文常常成為一個作者入手的文類，似乎沒有一個詩人、小說家或劇作家不曾同時寫過散文的。也正因為這個緣故，散文可說是最易於暴露一個作者內心世界的文類。遇到政治環境嚴苛的社會，或個人自由得不到尊重的時代，暴露一己內心的世界遂成為一件危險的事情，這樣的環境便不適合散文的發展了。

台灣在五○年代，為了求存與自保，不得不採取一些嚴厲的政治手段，以防範左派思想的滲透。按道理說，當日的情況應該使散文日漸委頓。但是國民黨在組織上畢竟不夠嚴密，政策的執行又不夠徹底，除了消極的防範外，並沒有積極的制裁，所以反倒促生一些無關政治思想與國家大事但有關私人小我的散文興起，其中尤以女作家最為突出，像張秀亞、琦君、徐鍾珮、鍾梅音、艾雯、林海音、羅蘭等，都以女性纖細的心思、溫存的感情敘述身邊瑣事，形成一股陰性、柔性的文風。當政治口號滿天飛，社會被刻板嚴肅的氣氛所籠罩，官方習於呼喊言不由衷的大話的時候，人們更需要真情與溫情的撫慰，哪怕無關宏旨的瑣碎小事，於是女性的散文在那時就像一縷縷穿破陰霾的驕陽，為人們帶來一絲體己的溫暖。

在國民政府遷台初期，也有幾位在大陸時早已成名的散文家渡海來台，譬如蘇雪林與梁實秋，都是五四時期已經成名的作家，來台以後雖少有新作，但過去的舊作仍然風行一時，梁實秋的《雅舍小品》至今仍是眾多讀者的案頭之書。蘇、梁的散文素來無涉政治，故通行無礙。其他幾位較年長的渡海作家，像吳魯芹、唐魯孫、陳之藩等，有的寫異國情調，有的寫食慾菜譜，當然無礙

反共大業，也可暢行無阻。但是也有些人不信邪，只管繼承魯迅入世的傳統，發揮魯式冷嘲熱諷的風格，非但批判社會，對政治也不留情，像柏楊與李敖，都曾因文字觸怒當政者而坐牢。但是他們罪不及死，數年後出獄，竟成為人民心目中的偶像與英雄。何凡的報章專欄「玻璃墊上」一寫數十年，雖未招惹政治是非，對社會現象卻多所針砭，並未受到干擾。

以上所言的批評式散文，素稱「雜文」，應算散文的旁枝。若論純散文，應以抒情、敘事為主，其詞藻華麗、用字精鍊、富有韻味者，當推詩人的手筆，其中尤以余光中、席慕蓉、蔣勳、楊牧等最著。至若王鼎鈞、張曉風、亮軒、林清玄、簡媜、阿盛等人則專以散文名家，各具文采風流，在此文類中，堪稱暢銷作家。黃永武、黃碧端、林文月、龔鵬程，身兼學者教授，學富五車，非但文筆優雅，且常引經據典，文采之外兼具人文素養，另開學者散文一派。在抗日戰爭時流行的報導文學，又因環保意識的抬頭而重新受到重視，如劉克襄的寫自然景觀及鳥、獸、蟲、魚的報導、馬以工的自然環保報導。田園本為傳統散文的一支，受環保意識影響，更引動作者專就自然保育落筆，斐然成章，如陳冠學、孟東籬的散文。此外，伴隨經濟富庶而興起的旅遊業也帶動一股旅遊散文的風潮如梁丹丰、雷驤、舒國治的遊記。有的散文作者專以專欄名家，像以前介紹過的何凡及現在要介紹的子敏、彭歌、薇薇夫人等。飲食也越來越受到重視，專就此一項書寫的前有唐魯孫，後有逯耀東、焦桐、韓良露等。甚至也有以散文從事資料紀錄者。

若論觸及社會文化，揭露人間缺失，出之於犀利的筆鋒與無礙的辯才，又能引領風騷，造成轟動，則首推龍應台的文化評論散文。其「野火集」一出，在八〇年代的台灣形成一股強有力的龍捲風。論者嘗謂龍應台適逢其時，如若早些年，恐難免柏楊與李敖的劫數。野火集出現的時候，恰逢台灣解嚴，宣稱實行民主政治，因言而賈禍的時代終成過去。雖則如此，當時讀者的反應也是褒貶參半。今天龍應台的言論早已受到肯定，旋風也吹到大陸和港澳，讀者越來越多，影響力非同小可。

香港學者梁錫華曾言台灣「散文的數量，可以說，是中文地區範圍內最可觀

的。在那邊，散文的華冠，歸於純文學或接近純文學的作品。換句話說，台灣相當重視散文的文學性，那邊創作和欣賞的水平夠高。」（梁錫華 1989）這是因為過去數十年，當散文作家在大陸上噤聲的時候，在台灣仍然能夠不絕如縷，也算是台灣的讀者之幸，中國的文學之幸。如今情勢轉變，保障言論自由漸成共識，於是海峽三岸眾聲喧譁，散文的豐收可期了。

上承古文的傳統，散文在華文圈中一向受到重視，擁有廣大的讀者群；而且任何其他文類的作家都有散文、隨筆之作，故人數特別眾多，雖然易寫難工，卻總維持住最叫座的文類。

一、柔性散文

光復後的散文作家中女性不少，像在第二十七章中介紹過的蘇雪林、謝冰瑩、葉曼、琦君、徐鍾珮、張秀亞、劉枋、羅蘭等都作品豐盛，各自擁有一片天。三○年代左右及以後出生的女性作家顯得更多。

小民（1929-），原名劉長民，祖籍北平市，生於吉林省長春市，高中畢業，曾在嘉義機場工程處工作，後來專事寫作，以散文為主，主題多為家庭兒女，並與善畫的夫婿喜樂合作，發表一系列「故都鄉情」。曾獲中國文藝協會散文獎章。出版散文集甚多，主要有《紫色的毛線衣》（1973香港道聲出版社）、《多兒的故事》（1973香港道聲出版社）、《多兒的世界》（1975台北道聲出版社）、《小民散文自選集》（1979台北水芙蓉出版社）、《全家福》（1979台北文豪出版社）、《故都鄉情》（1983台北大地出版社）、《故園夢》（1988台北九歌出版社）、《桂花月月香》（1998台北九歌出版社）等。

張漱菡（1930-，生平見第三十四章），除言情小說外，她的散文集有《風城畫》（1953高雄大業書店）、《青春頌》（1959台北力行書局）、《漱菡小品》（1978台北水芙蓉出版社）、《永遠的橄欖枝》（1990台北漢藝色研文化公司），另有《胡秋原傳──直心巨筆一書生》兩冊（1988台北皇冠文化出版公司）。

趙淑俠（1931-，生平見第三十三章）除小說外，也撰寫不少散文，主要寫海外遊子對故土的懷念，主要作品有《紫楓園隨筆》（1979台北道聲出版社）、《異鄉情懷》（1981台北九歌出版社）、《故土與家園》（1983台北九歌出版社）、《童年·生活·鄉愁》（1986台北時代文藝出版社）、《文學女人的情關》（1992台北九歌出版社）、《天涯長青》（1994台北三民書局）等。

趙雲（1933-2014），原籍廣東省南海縣，生於越南。台灣師範大學社會教育系新聞組畢業，曾在台南師範學院任教，已退休。寫作以兒童文學與散文爲主，站在教育者的地位書寫人生，出版散文集有《沉下去的月亮》（1966台北文星書店）、《零時，台北》（1975台北大江出版社）、《男孩女孩和花》（1979台北九歌出版社）、《心靈之旅》（1988台北文經出版社）、《寄情：台北》（1988台北大地出版社）、《歲月流程》（1996台南市立文化中心）。

趙淑敏（1935-，生平見第三十四章）除小說外，散文以關懷人生的態度成文不少，主要作品有《屬於我的音符》（1973台北台灣商務印書館）、《心海的迴行》（1976台北眾成出版社）、《多情樹》（1979台北文豪出版社）、《乘著歌聲的翅膀》（1984台北九歌出版社）、《短歌行》（1986台北道聲出版社）等。

張香華（1939-，生平見第三十二章）在詩作外也兼及散文寫作，出版散文集有《星湖散記》（1988台北林白出版社）、《早締良緣》（1989台北漢藝色研文化公司）、《咖啡時間》（1989台北漢藝色研文化公司）、《秋水無塵》（1991台北健行文化出版公司）、《茶，不說話》（有聲書，1995台北遠流出版公司）、《小鳥啁啾而過》（1996西安人民出版社）、《我們的和絃》（1996南京江蘇文藝出版社）。

朵思（1939-，生平見第三十二章）在詩之外，散文作品有《斜月遲遲紫》（1982台北黎明文化公司）、《驚悟》（1987台北敦理出版社）兩種。

劉靜娟（1940-），筆名寧靜圈、白千層，台灣省彰化縣人。彰化女商畢業，曾任《台灣新生報》副刊編輯、主編、該報主筆等。寫作以散文爲主，多寫親情、友情以及身邊瑣事。作品不少，主要有《載走的和載不走的》（1966台

北文星書店)、《響自小徑那頭》（1970台北大江出版社）、《眼眸深處》（1980台北大地出版社）、《因爲愛》（1985台北九歌出版社）、《咱們公開來偷聽》（1993台北九歌出版社）、《采集陽光與閒情》（1995台北麥田出版公司）、《被一隻狗撿到》（1998台北九歌出版社）等。

邱秀芷（1940-），原名邱淑女，台北市人。世界新聞專校編採科畢業，曾任豐原中學教師、行政院新聞局國內處顧問。寫作以散文爲主，兼及小說。曾獲中國文藝協會獎章、自強文藝獎章、中興文藝獎章等。散文集有《小白鴿》（1970台南明山書局）、《綠野寂寥》（1975台北水芙蓉出版社）、《悲歡歲月》（1982台北大地出版社）、《留白天地寬》（1987台北光復書局）及傳記《剖雲行日──丘逢甲傳》（1979台北近代中國出版社）、《大愛──證嚴法師與慈濟世界》（1996台北天下文化出版公司）等。

張曉風（1941-，生平見第三十五章）是這一代散文的多面手，既能寫婉約纏綿的抒情文，也能寫條分縷析的說理文，有時幽默，有時辛辣，不拘一格，其風格難以界定。曾獲救國團青年學藝散文獎、中山文藝散文獎、國家文藝散文獎、時報文學散文推薦獎、吳三連散文獎。出版散文集將近三十本，主要有《地毯的那一端》（1966台北文星書店）、《給你‧瑩瑩》（1968台北台灣商務印書館）、《曉風創作集》（1976台北道聲出版社）、《曉風散文集》（1977台北道聲出版社）、《步下紅毯之後》（1979台北九歌出版社）、《桑科有話要說》（1980台北時報文化公司）、《再生緣》（1982台北爾雅出版社）、《我在》（1984台北爾雅出版社）、《從你美麗的流域》（1988台北爾雅出版社）、《玉想》（1990台北九歌出版社）、《你的側影好美》（1997台北九歌出版社）、《常常，我想起那座山》（1997天津百花文藝出版社）、《張曉風精選集》（2004台北九歌出版社）等。對於張曉風的散文成就，評者甚多，齊邦媛曾說：「曉風常被稱爲善變的作家，因爲她除了擅寫抒情散文外，也曾用別的文體，來表

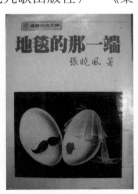

張曉風的處女作《地毯的那一端》（1988台北道聲出版社）

達她對人生的意見。……對曉風而言，無論用什麼文體，『說些什麼』是最重要的事，她也一向是有意見的，有話要說的人。……到目前為止，曉風的創作水源灌注最豐沛的仍是抒情散文。在取材、布局、文字方面處處可見藝術的勝利。每篇都充滿了精采的例子，卻又不能單獨挑出來，因為曉風定稿前（甚至下筆前）似已把沉悶、鬆懈、重複的部分淘汰了。我們讀到的是結構圓融、環節隱祕的作品。」（齊邦媛1998：296-298）詩人瘂弦曾評論說：

> 　若問這些年來漢語文壇最重要的美文作家有誰，張曉風肯定名列其中。在我的印象裡，張曉風雖然沒有強調過她是個美文的經營者，但是她作品所呈現唯美的傾向以及詩的特質，確實在散文界產生了強烈的影響，她所建構的詩學，我們姑且稱為散文的詩學，更是具有引領與創發的意義。（瘂弦2004a）

　林貴真（1941-），台灣省台北市人。政治大學教育系畢業，曾任台北市南門國中教師、出版社編輯等。作品以散文為主，曾為《中華日報》副刊、《中央日報・信愛望週刊》、《聯合報・萬象版》撰寫專欄。主要散文作品有《我見我思》（1978台北爾雅出版社）、《愛的絲帶》（1980台北爾雅出版社）、《兩岸》（與隱地合著，1984台北爾雅出版社）、《浮生》（1990台北爾雅出版社）、《好一個年輕的下午》（1993台北爾雅出版社）、《喜歡自己的人生》（1996台北爾雅出版社）等。

　杏林子（1942-2003），原名劉俠，陝西省湖風縣人。十二歲時罹患類風濕關節炎，以致身上關節逐一壞死，行動不便，十六歲時信奉基督教重獲生存的信心。台北市北投國小畢業，曾創辦伊甸殘障福利基金會，任董事長，又曾任教育部特殊教育委員會委員、中華民國殘障聯盟理事長。1980年當選十大傑出女青年，1983年獲國家文藝獎。寫作以散文為主，表現其對人間關愛之情。作品眾多，主要有《喜樂年年》（1976台北中國主日學會）、《生之歌》（1977台北星光出版社）、《杏林小記》（1978台北九歌出版社）、《另一種愛情》（1982台北九歌出版社）、《杏林子作品精選》（1986香港宣道出版社）、

《感謝玫瑰有刺》（1989台北九歌出版社）、《現代寓言》（1994台北九歌出版社）、《生命之歌》（有聲書，1998台北圓神出版社）等。

曹又方（1942-2009，生平見第三十三章）在小說以外的散文作品繁多，擅長寫兩性問題及女性在當前社會的地位與遭遇，主要作品有《愛的妙方》（1977台北聯亞出版社）、《女性的開放》（1979台北皇冠文化出版公司）、《寫給永恆的戀人》（1989台北圓神出版社）、《走過愛情》（1991台北圓神出版社）、《做個全面成功的女人》（1993台北方智出版社）、《活出真情自我》（1995台北方智出版社）、《愛情EQ》（1996台北圓神出版社）、《越來越會愛》（1998台北圓神出版社）等，

三毛（1943-91），原名陳平，祖籍浙江省定海縣，生於四川省重慶市。曾在中國文化大學哲學系旁聽。1967年赴西班牙，繼而赴德、美、法等國遊學。1973年與西班牙人結婚，定居於西屬撒哈拉加納利群島。以西文所寫之小說曾獲西班牙塞萬提斯文學獎。回國後在中國文化大學中文系文藝組任教。1984年

三毛（1943-91）　圖片提供／文訊

以健康原因辭職休息，以寫作、演講維生。1991年因病在醫院自盡。三毛以其浪跡天涯的經驗、銳敏的感覺、充沛的情感筆之成文，多采多姿，虛實相間，跨越散文與小說的藩籬，令讀者傾倒，造成一時的轟動、暢銷現象。出版作品甚多，主要有《撒哈拉的故事》（1976台北皇冠文化出版公司）、《哭泣的駱駝》（1977台北皇冠文化出版公司）、《夢裡花落知多少》（1981台北皇冠文化出版公司）、《傾城》（1985台北皇冠文化出版公司）、《我的寶貝》（1987台北皇冠文化出版公司）、《鬧學記》（1988台北皇冠文化出版公司）、《親愛的三毛》（1991台北皇冠文化出版公司）、《高原的百合花》（1993台北皇冠文化出版公

《撒哈拉的故事》
（1991台北皇冠文化出版公司）

司）等。三毛不只是一個作家，在台灣曾形成過「三毛旋風」，每逢她做公開演講，都是萬人空巷，她有一種獨特的個人魅力。瘂弦在他紀念三毛的文章中曾說：

> 三毛在中國文學史上，以一個寫作的人，不是政治家，也不是歌星，只是一個拿筆桿子寫文章的人，能引起這麼大的注意，產生這麼大的回響，恐怕從五四以後，沒有第二個人。（瘂弦 1993）

席慕蓉（1943-，生平見第三十二章）在詩畫之外，更勤寫散文，不論抒情、敘事，均有自己的境界，出版作品甚多，主要有《成長的痕跡》（1982台北爾雅出版社）、《畫出心中的彩虹——寫給年輕母親的信》（1982台北爾雅出版社）、《有一首歌》（1983台北洪範書店）、《寫給幸福》（1985台北爾雅出版社）、《我的家在高原上》（1990台北圓神出版社）、《江山有待》（1991台北洪範書店）、《大雁之歌》（1997台北皇冠文化出版公司）、《生命的滋味》（1997上海文藝出版社）等。席慕蓉是畫家、詩人，兼寫散文，同是詩人的瘂弦的評語：

> 席慕蓉散文的最大特色就是抒情風格，這可能是因為也寫詩的關係，文字敏感細膩，與其說是畫家的散文，不如說是詩人的散文。她的題材雖呈多樣性，卻統攝在一個基調之中，充滿溫馨同情，是一個愛者的世界。（瘂弦 1983）

楊小雲（1943-，生平見第三十四章）除言情小說外，也出版有眾多散文集，主題在女性的自我肯定，主要有《圓內圓外》（1985台北九歌出版社）、《人情緣》（1989台北九歌出版社）、《活出自己的味道來》（1991台北健行文化出版公司）、《欣賞自己肯定別人》（1994台北健行文化出版公司）、《享受生命享受愛》（1996台北健行文化出版公司）、《發現自己的最美》（1997台北健行文化出版公司）、《多給自己一點掌聲》（1998台北健行文化出版公

司）等。

謝霜天（1943-，生平見第三十四章）在小說外還有相當數量的散文作品，其自言所寫乃關懷社會、表現鄉土。主要有《綠樹》（1974台北智燕出版社）、《霜天小品》（1982台北文開出版社）、《青山的邀約》（1987台北智燕出版社）、《鄉土情懷》（1987台北智燕出版社）、《泥中有情》（1987台北智燕出版社）等。

蔣芸（1944-，生平見第三十三章）在小說外，還有不少描寫在香港生活的點滴以及人間關係的散文，主要有《香島隨筆》（1970台北仙人掌出版社）、《低眉集》（1981台北遠景出版公司）、《一百二十個女人》（1981台北遠景出版公司）、《港都夜雨》（1981台北遠景出版公司）、《從前月光》（1992台北遠景出版公司）等。

愛亞（1945-，生平見第三十四章）散文作品多以青年讀者為對象，主要有《喜歡》（1984台北爾雅出版社）、《給年輕的你》（1986台北爾雅出版社）、《十二樓憑窗情事》（1991台北爾雅出版社）、《夢的繞行》（1995台北爾雅出版社）、《走看法蘭西》（1996台北麥田出版公司）、《秋涼出走》（2000台北爾雅出版社）、《想念》（2000台北爾雅出版社）、《暖調子》（2002台北爾雅出版社）等。

施寄青（1946-2015），原籍陝西省華縣，生於青島市。台灣政治大學中文系畢業，曾任長安國中教師、婦女新知基金會董事、晚晴協會創辦人及理事長。她是著名的女性運動活動家，所寫散文當然以女性的自覺、自主為主題，主要有《公關手冊》（1989台北遠流出版公司）、《走過婚姻》（1989台北皇冠文化出版公司）、《婚姻終結者》（1993台北皇冠文化出版公司）、《女人桃花緣》（1997台北張老師出版社）、《好命操作手冊》（1997台北張老師出版社）等。

溫小平（1948-，生平見第三十四章）的散文集眾多，主題多圍繞婚姻及青少年問題，文筆風趣。主要作品有《今夜有風》（1973台北彩虹出版社）、《浪花明月情》（1980台北開元出版社）、《台北我喜歡》（1992台北市教

育局）、《開開心心做女人》（1993台北號角出版社）、《好妻子妙老婆》（1994台北培根文化公司）、《給孩子需要的愛》（1995台北健行文化出版公司）、《新女人眞性情》（1997台北太雅出版公司）、《輕鬆當上人氣王》（1998台北方智出版社）等。

栞涵（1949-），原名鄭頻，廣東省潮陽縣人。中國文化大學中文系畢業，台灣師範大學國文研究所結業，曾任台北縣海山國中教師。寫作以勵志散文爲主，爲一般讀者所喜，故數量眾多。計三十餘冊，主要有《生命之愛》（1982台北水芙蓉出版社）、《清音》（1987台南金安出版社）、《向陽光多處行》（1989台北華欣文化中心）、《天天天晴》（1992台北正中書局）、《一顆最美的心》（1994台北健行文化出版公司）、《愛，正是陽光》（1996台北文經出版社）、《像蓮花的心》（1997台北漢藝色研文化公司）、《心情不下雨》（1998台北文經出版社）等。

廖玉蕙（1950-）
攝影／蔡含文

廖玉蕙（1950-），筆名唐笙、柳映堤，台灣省台中縣人。東吳大學中文系學士、中文研究所博士，曾任《幼獅文藝》編輯、中正理工學院、東吳大學、台北師範學院、世新大學副教授，現任台北教育大學語言與創作學系教授。寫作以散文爲主，曾獲中山文藝散文獎、中興文藝獎章、吳魯芹散文獎。主要作品有《閒情》（1986台北圓神出版社）、《今生緣會》（1987台北圓神出版社）、《不信溫柔喚不回》（1994台北九歌出版社）、《嫵媚》（1997台北九歌出版社）、《與春光嬉戲》（1998台北健行文化出版公司）等。

陳艾妮（1950-），原名陳蓮涓，另有筆名老艾、艾姐，祖籍上海市，生於台北市。台灣大學社會系畢業，除在商界任職外，曾任《藝術家》雜誌主編、華視「早安今天」主持人、台視「妙語如珠」主持人、《婦女文摘》及《家庭與婦女》雜誌發行人兼總編輯，並成立「愛誠書道館」、「陳艾妮工作室」。她是社會工作者，關心女性的權利及社會福利，曾

發起「把愛找回來」公益活動。散文寫作外也擅長繪畫。她的散文集多達四十多冊，可說是大眾散文或通俗散文的寫作者，主要有《四季女人》（1988台北皇冠文化出版公司）、《女子兵法》（1989台北聲寶文教基金會）、《婚姻契約》（1990台北皇冠文化出版公司）、《戀愛美學》（1994台北陳艾妮工作室）、《誰是好男人》（1995台北陳艾妮工作室）、《天龍八部父母恩》上、中、下（1996台北陳艾妮工作室）、《外遇病理學》（1997台北陳艾妮工作室）、《離婚免疫學》（1998台北陳艾妮工作室）等。

應平書（1952-），原籍浙江省慈谿縣，生於台灣省台北市。台灣大學中文系畢業，曾任《中華日報》記者、副刊主編、藝文中心主任、專欄組主任。寫作以散文及兒童文學為主，散文有訪問、報導、紀實、感想等，合乎一個報章記者的身分，主要有《學人風範》（報導，1980台北中華日報社）、《你一定會瘦》（1988台北健行文化出版公司）、《做孩子的親密朋友》（1995台北九歌出版社）、《不能在教室問的問題》（1998台北健行文化出版公司）等。

陳幸蕙（1953-），原籍湖北省漢口市，生於台灣省台中縣清水鎮。台灣大學中文系學士、中文研究所碩士，曾任教於台北第一女子中學、國防管理學院、台北師範學院、清華大學中文系等。並曾主編九歌版《年度散文選》、爾雅版《年度文學批評選》。寫作以散文為主，兼及小說與論述，曾獲幼獅文藝散文獎、文豪小說獎、中山文藝獎、中國文藝協會文藝獎章、時報文學獎、中央日報文學獎、梁實秋文學獎。出版散文集甚多，主要有《閒情逸趣》（1975台北長橋出版社）、《群樹之歌》（1979台北九歌出版社）、《把愛情還諸天地》（1982台北九歌出版社）、《黎明心情》（1988台北爾雅出版社）、《與你深情相遇》（1992台北爾雅出版社）、《現代女性的四個大夢》（1992台北爾雅出版社）、《青少年的四個大夢》四集（1992-95台北爾雅出版社）、《法蘭西巧克力的早晨》（1998台北幼獅文化公司）等。余光中在為她《黎明心情》一書所寫的序言裡細數陳幸蕙的成就：

六年來她不但出了三本散文集，三度獲得散文獎，更主編了九歌版的

《七十二年散文選》與《七十五年散文選》，對散文，可謂用情頗專了。可是陳幸蕙的文學生命並不限於散文。早在六年前，她已經出版過短篇小說集《昨夜晨星》。在文學批評方面，她也出過兩本專著，而從七十三年起，更一連為爾雅版主編年度文學批評選以迄於今。……無論陳幸蕙寫的是哪一類小品，她的心情總是滿溢著喜悅與感激。她俯仰天地，親近鄉土，流連市井，投入生活，對一切都坦坦蕩蕩，呼吸著一個全無敵亦不須戒心的世界。從早餐桌上的黎明心情到書房燈下的深夜工作，她似乎永遠在享受生活。（余光中 1996：211-214）

　　封德屏（1953-），原籍廣西省容縣，生於台灣省屏東縣。淡江文理學院中文系夜間部畢業，南華管理學院出版學研究所碩士，淡江大學中文系博士。曾任《女性世界》雜誌、《愛書人》雜誌編輯、出版家文化公司主編，並任教於淡江大學中文系。從1984年起長期從事《文訊》月刊的主編工作，企畫主持全國性的青年文學會議，多次主持《台灣文學年鑑》、《中華民國作家作品目錄》等工具書，及企畫「台灣現當代作家評論資料目錄」等編纂計畫，對台灣文學出版與史料的保存頗有貢獻。曾獲中興文藝獎、中國文藝協會文藝工作獎、新聞局編輯金鼎獎。寫作以散文為主，著有散文集《美麗的負荷》（1994台北三民書局）。

周芬伶（1955-）

　　周芬伶（1955-），筆名沈靜，台灣省屏東縣人。台灣政治大學中文系畢業，東海大學中研所碩士，現任東海大學中文系副教授。寫作以散文為主，圍繞著家人、朋友，多寫女性的心理變化，曾獲聯合報散文獎、中山文藝散文獎、中國文藝協會散文獎章。作品有《絕美》（1985台北前衛出版社）、《花房之歌》（1989台北九歌出版社）、《閣樓上的女子》（1992台北九歌出版社）、《熱夜》（1996台北遠流出版公司）、《汝色》（2002台北九歌出版

社)、《紫蓮之歌》（2006台北九歌出版社）、《蘭花辭》（2010台北二魚文化出版公司）等。

張讓（1956-，生平見第三十三章）的散文作品有《當風吹過想像的平原》（1991台北爾雅出版社）、《斷水的人》（1995台北爾雅出版社）、《時光之河》（1997台北麥田出版公司）、《空間流》（2001台北大田出版社）、《急凍的瞬間》（2002台北大田出版社）、《飛馬的翅膀》（2003台北大田出版社）、《和閱讀跳探戈》（2003台北大田出版社）、《當世界越老越年輕》（2003台北大田出版社）、《一天零一天》（2011台北聯合文學出版社）等。

黃寶蓮（1956-），台灣省桃園縣人。中國文化大學中文系畢業，曾任雜誌社編輯及報社特約撰述。常住香港，喜好旅行寫作，也有報導文學，作品有：《流氓治國》（1989台北圓神出版社）、《渡河無船》（1981台北堯舜出版社）、《我們市民歌手》（報導，1982台北博文堂出版社）、《愛情帳單》（1991台北圓神出版社）、《簡單的地址》（1995台北聯合文學出版社）、《未竟之藍》（2001台北圓神出版社）、《仰天45度角：一個女子的生活史》（2002台北聯合文學出版社）、《無國境世代》（2004台北九歌出版社）、《芝麻米粒說》（2005台北二魚文化出版公司）、《56種看世界的方法》（2010台北聯合文學出版社）。

鄭寶娟（1957-，生平見第三十三章）的散文關心女性的處境，以女性的觀點觀察世界，作品有《本城的女人》（1988台北希代書版公司）、《巴黎屋簷下》（1991台北漢藝色研文化公司）、《有人怕飛》（1991台北漢藝色研文化公司）、《一生中的一週時光》（1991台北洪範書店）、《媽媽們的舌頭》（1994台北健行文化出版公司）、《遠方的戰爭》（1996台北三民書局）。

陳玉慧（1957-，生平見第三十三章）除小說、劇作外，也有散文作品，因為有周遊多國、進出多種文化的經驗，風格獨特，出版有《失火》（1987台北三三書坊）、《徵婚啟事——我與42個男人》（1992台北大眾讀物出版社）、《我的靈魂感到巨大的餓》（1997台北聯合文學出版社）。

楊錦郁（1958-），台灣省彰化縣人。台灣中國文化大學中文系文學組畢業，

淡江大學博士班研究生。曾任名人出版社編輯、泰國《世界日報》副刊編輯，《聯合報》副刊組。寫作以散文為主，有抒情散文集人物報導，曾獲中興文藝獎章、中山文藝創作獎。出版有散文集《深情》（與李瑞騰合著，1990台北九歌出版社）、《嚴肅的遊戲》（1994台北三民書局）、《用心演出人生》（1995彰化縣立文化中心）、《溫馨家庭快樂多》（1996台北健行文化出版公司）、《記憶雪花》、《遠方有光》、《穿過一樹的夜光》等。

簡媜（1961-），原名簡敏媜，台灣省宜蘭縣人。台灣大學中文系畢業，曾任廣告公司撰文、《聯合文學》編輯、大雁書店創辦人、遠流出版公司大眾讀物叢書副總編輯、實學社編輯總監。寫作以抒情散文為主，曾獲全國學生文學獎、梁實秋文學獎、時報文學獎、吳魯芹文學獎、國家文藝獎。主要作品有《水問》（1985台北洪範書店）、《只緣身在此山中》（1986台北洪範書店）、《月娘照眠床》（1987台北洪範書店）、《七個季節》（1987台北時報文化公司）、《私房書》（1988台北洪範書店）、《夢遊書》（1991台北大雁書店）、《空靈》（1991台北漢藝色研文化公司）、《女兒紅》（1996台北洪範書店）、《紅嬰仔：一個女人與她的育嬰史》（1999台北聯合文學出版

簡媜（1961-）
攝影／Hohotai

社）、《天涯海角：福爾摩沙抒情誌》（2002台北聯合文學出版社）、《老師的十二種見面禮》（2007台北印刻出版公司）、《誰在銀閃閃的地方，等你：老年書寫與凋零幻想》（2013台北印刻出版公司）。陳芳明評論說：

《水問》（1985台北洪範書店）

從第一本散文《水問》，就轟動文壇。被視為經典散文家的她，長期致力於文字的鍛鍊，遣詞用字似乎都經過深思熟慮。她的態度是，一個字一個字找到安放的位置。帶著佛學的慈

悲，她以寬厚面對人間俗事，隨後完成的作品《只緣身在此山中》、《月娘照眠床》，可能是她對年少青春的最後回眸。之後她完成的文集《七個季節》、《私房書》、《空靈》，從古典文學中汲取詩情，卻又與外在現實極為貼近。使她的文字技巧開始轉變，當推《女兒紅》與《紅嬰仔：一個女人與她的育嬰史》。那是她跨入婚姻生活的人生轉捩點，她寫出一部育嬰完全手冊，把作為人母的喜悅與痛苦糅雜在字裡行間。……《天涯海角：福爾摩沙抒情誌》是她介入歷史書寫的里程碑，唐山過台灣的移民史，往往是由男性來撰寫。她以溫婉的筆觸及台灣的族群議題，強烈暗示這個海島才是所有移民的終極關懷。……她的文字功力持續燃燒，那種熱情在台灣散文家中頗為希罕。（陳芳明2011b：767-768）

　　張曼娟（1961-，生平見第三十四章）小說以外的散文作品有《緣起不滅》（1988台北皇冠文化出版公司）、《百年相思》（1990台北皇冠文化出版公司）、《人間煙火》（1993台北皇冠文化出版公司）；《風月書》（1994台北皇冠文化出版公司）、《夏天赤著腳走來》（1998台北皇冠文化出版公司）、《青春》（2001台北皇冠文化出版公司）、

《風月書》（1994台北皇冠文化出版公司）

《黃魚聽雷》（2004台北皇冠文化出版公司）、《不說話只作伴》（2005台北皇冠文化出版公司）、《你是我生命的缺口》（2007台北皇冠文化出版公司）、《那些美好時光》（2010台北大眾國際書局）等。

　　張小虹（1961-），原籍安徽省合肥縣，生於台灣省台北市。台灣大學外文系學士、碩士，美國密西根大學英文系博士。曾任台灣女性學會理事長、中華民國比較文學學會副理事長，現任台大外文系教授。她是台灣著名女性主義作家，著有《後現代女人：權力、慾望與性別表演》（1993台北時報文化公司）、《性別越界：女性主義文學理論與批評》（1995台北聯合文學出版社）、《自戀女人》（1996台北聯合文學出版社）、《慾望新地圖：性別·同

志學》（1996台北聯合文學出版社）、《情欲微物論》（1999台北大田出版社）、《絕對衣性戀》（2001台北聯合文學出版社）、《穿衣與不穿衣的城市》（2007台北聯合文學出版社）等。

鄭麗娥（1963-，生平見第三十四章）的散文集有《我是懶的》（1990台北躍昇文化公司）、《閣樓小壁虎》（1991台北漢藝色研文化公司）、《被月亮鉤掉的翅膀》（1991台北漢藝色研文化公司）、《癩蛤蟆王國》（1991台北漢藝色研文化公司）、《在海洋城市》（1991台北漢藝色研文化公司）、《秋天裡的愛情》（1991台北漢藝色研文化公司）、《三種風情》（1997台北時報文化公司）等。

吳淡如（1964-，生平見第三十四章）的散文作品有《昨日精靈》（1989台北希代書版公司）、《校園戀愛學分》（1995台北方智出版社）、《認真玩個愛情遊戲》（1995台北方智出版社）、《張開眼睛談戀愛》（1997台北希代書版公司）、《成長是唯一的希望》（1997台北大田出版社）等。

楊明（1964-，生平見第三十四章）的散文集有《我把憂傷藏在口袋裡》（1991台北皇冠文化出版公司）、《她的寂寞她知道》（1992台北九歌出版社）、《飛俠阿達》（1994台北皇冠文化出版公司）、《八月黃》（1994台北皇冠文化出版公司）、《現代愛情趨勢》（1995台北幼獅文化公司）、《有人怕結婚》（1998台北元尊文化公司）等。

顏艾琳（1968-，生平見第三十二章）的散文集有《顏艾琳的祕密口袋》（1992台北石頭出版公司）、《已經》（1997台北歡喜文化公司）、《畫月出現的時刻》（1998台北探索文化公司）、《跟你同一國》（1998台北探索文化公司）。

鍾怡雯（1969-），原籍廣東省梅縣，生於馬來西亞怡保。台灣師範大學國文系畢業，國文研究所碩士、博士，曾任《國文天地》主編，現任元智大學中文系教授。寫作以散文為主，出手不凡，曾獲中國時報散文獎、聯合報散文獎、九歌年度散文獎、新加坡金獅散文獎、星洲日報花蹤文學散文推薦獎、梁實秋文學獎、中央日報文學獎、華航旅行文學獎等。作品有《河宴》（1995台

北三民書局）、《垂釣睡眠》（1998台北九歌出版社）、《聽說》（2000台北九歌出版社）、《我和我豢養的宇宙》（2002台北聯合文學出版社）、《漂浮書房》（2005台北九歌出版社）、《野半島》（2007台北聯合文學出版社）、《陽光如此明媚》（2008台北九歌出版社）。

　　張惠菁（1971-），台灣省宜蘭縣人。台灣大學歷史系畢業，考取公費赴英國愛丁堡大學留學，獲碩士學位。攻讀博士學位期間，放棄所學，從事文學創作。在故宮博物院擔任機要祕書期間，捲入故宮南院圖利案，獲判無罪後去上海工作多年，於2013年返回台灣。寫作以散文為主，兼及小說。感覺銳敏，文筆細膩，張瑞芬評論她的作品說：「張惠菁猶如一株台灣世紀末的奇花異卉，秀麗冷豔，辨識度高，是亮色系帶異國風的未來小子。」（張瑞芬 2013）她的同輩散文寫家鍾文音則說：「我過往對張愛玲的《張看》散文集甚是喜愛，認識與讀張惠菁的散文之後，心裡常有個聲音是：『另一個《張看》上身還魂了。』惠菁有著一雙奇異看世界的眼睛，還有一顆敏銳通透的微觀之心，任何事物（即使只是一丁點事）到了她的眼皮，都有機會長成另一個我們看不見的樣子，好像她幫我們指認了未被命名的事物。」（鍾文音 2013）張愛玲的陰魂在台灣徘徊到二十一世紀了。她出版有散文集《流浪在海綿城市》（1998台北新新聞出版社）、《閉上眼睛數到十》（2001台北大田出版公司）、《活得像一句廢話》（2001台北大田出版公司）、《告別》（2003台北洪範書店）、《你不相信的事》（2005台北大塊文化出版公司）、《給冥王星》（2008台北大塊文化出版公司）、《步行書》（2008台北遠流出版公司）、《一千年夜宴》（2009上海書店出版社）、《雙城通訊〔台北〕》（2013台北聯合文學出版社）、《雙城通訊〔上海〕》（2013台北聯合文學出版社）、小說集《惡寒》（1999台北聯經出版公司）、《末日早晨》（2000台北大田出版公司）。

二、剛性散文

　　此處指的是男性的散文，當然男性也可寫出柔性的散文，反之亦然。不過大

體上除了生理的區別外，男女所受的家庭及學校教育迥然有別，在社會上的處境也不相同，由於這種種的社會、生理及心理的原因，男女作家筆下就有所區別了，所以於此把男性散文家另列一類。

趙滋蕃（1924-86，生平見第二十七章）除小說外，散文作品也很多，也有報導文學，但主要是以議論性的散文爲大宗，主要有《藝文短笛》（1968台北台灣商務印書館）、《談文論藝》（1969台北三民書局）、《文學與藝術》（1970台北三民書局）、《十大建設速寫》（報導，1979台北中央日報社）、《流浪漢哲學》（1980台北水芙蓉出版社）、《生活大師》（1986台北李白出版社）、《創作大師》（1987台北李白出版社）、《自由大師》（1987台北李白出版社）等。

季薇（1924-2011），原名胡兆奇，浙江省臨安縣人。浙江之江大學肄業，台灣革命實踐研究院第五期結業，曾任《警光》雜誌主編、《中國時報》通訊組副主任。晚年遷居美國。寫作以散文爲主，兼及論述。散文集有《藍燕》（1955高雄大業書店）、《淡紫的秋》（1968台北立志出版社）、《水鄉的雲》（1969台北立志出版社）、《薔薇頰》（1970台北大江出版社）、《白茶小品》（1974台北巨流圖書公司）、《荷風》（1976台北水芙蓉出版社）。

王鼎鈞（1925-）
圖片提供／文訊

王鼎鈞（1925-），筆名方以直，山東省臨沂縣人。抗戰末期輟學從軍，1949年來台後曾任中廣公司編審、中國電視公司編審組長、《中國時報》主筆、《人間副刊》主編。退休後定居美國紐約，繼續寫作。作品眾多，以散文爲主，主要有《人生觀察》（1965台北文星書店）、《開放的人生》（1975台北爾雅出版社）、《人生試金石》（1975自印）、《我們現代人》（1976自印）、《碎琉璃》（1978台北九歌出版社）、《海水天涯中國人》（1982台北爾雅出版社）、《左心房漩渦》（1988台北爾雅出版社）、

《昨天的雲》（1992自印）、《怒目少年》（1995自印）、《隨緣破密》（1997台北爾雅出版社）、《心靈分享》（1998台北爾雅出版社）等。陳芳明推崇其作品說：

《開放的人生》（1975台北爾雅出版社）

> 他的散文開始廣泛傳播，則始於《開放的人生》，這冊作品的書名對於即將走向開放的台灣社會帶來強烈的暗示，不僅是民主運動開始萌芽，鄉土文學運動也正要崛起，社會風氣正在釀造不同於封閉年代的憧憬與期待。從此以後，他的書寫不再受到時代的限制，幾乎每冊作品都吸引讀者的矚目。

> 他的風格自有一種寬容，對於各種不同的價值、觀念能夠兼容並蓄；對於歷史與現實，也同時能夠關照並對照。這位曾經受到白色恐怖傷害的知識份子，並沒有因為經過離亂、經過壓抑，而蓄積怨氣或憤懣。恰恰就是承受政治的重量、社會的擠壓，他反而把人生看得非常明白。他的散文，就是一個寬闊的容器，世間不同的格調與情調，都轉化成為文字的美感與質感。他不崇尚任何流派，寫出來的字字句句，都是他個人所創造。抒情與說理，伸縮自如，井然有序。凡是經過閱讀，無不受他說服。他的文體，有時讀起來舒展如小說，有時則濃縮成為高度的詩意。前後五十餘年的文學生涯，寫出四十餘本作品，那種不悔不倦的追求，確是令人動容。（陳芳明2011b：573-574）

公孫嬿（1925-，生平見第三十四章）的散文集有《依砲集》（1956台北遠東圖書公司）、《中東采風》上下冊（1981台北堯舜出版社）、《春風寒舍花》（1983台北黎明文化公司）、《港》（報導文學，1988台北文建會）等。

馬各（1926-），原名駱學良，另有筆名南鄉子，福建省南平縣人。中央幹部學校畢業，曾任福建南平《南方日報》、上海浦東《南匯報》編輯。來台後曾先後任《中華日報》南部版《新文藝週刊》主編、《聯合報副刊》主編、編輯主任、副總編輯、《民生報》執行副總編輯，並曾創辦新創作出版社。寫作以

散文為主，計有《野祭》（1948上海南極出版社）、《提燈的人》（1953高雄新創作出版社）、《遲春花》（1955高雄大業書店）、《斗笠貝、板機魨及其他》（1981台北聯經出版公司）、《孩子與我》（1983台北正中書局）、《春到七美》（1984台北聯經出版公司）。

　　澎湃（1926-，生平見第三十四章）在小說以外的散文集有《焚餘集》（1961台北紙業新聞社）、《生命的散章》（1970台北哲志出版社）、《澎湃雜文集》（1976台北水芙蓉出版社）、《澎湃心聲集》（1977台北大林出版社）、《澎湃沉思集》（1978台北地球出版社）、《澎湃自選集》（1978台北黎明文化公司）、《澎湃叱咤集》（1979台北中華日報社）等。

張拓蕪(1928-)　　圖片提供／文訊

　　張拓蕪（1928-），原名張時雄，另有筆名沈甸、左殘、沈犁，安徽省涇縣人。十六歲從軍來台，1973年退役，專事寫作，以自傳性質的散文為主，記其早年的故鄉及軍旅生活，曾獲國軍新文藝金像獎、文復會第二屆散文金筆獎、中山文藝散文獎、國家文藝獎等。代表作為《代馬輸卒手記》（1976台北爾雅出版社）、《代馬輸卒續記》（1978台北爾雅出版社）、《代馬輸卒餘記》（1978台北爾雅出版社）、《代馬輸卒補記》（1979台北爾雅出版社）、《代馬輸卒外記》（1981台北爾雅出版社），另有《左殘閒話》（1983台北洪範書店）、《坎坷歲月》（1985台北九歌出版社）、《何祇感激二字》（1998台北九歌出版社）等。陳芳明評說：

《代馬輸卒手記》（1976台北爾雅出版社）

　　　　他寫出的第一本作品，就是《代馬輸卒手記》。當時他已經中風，以困難的身體寫出動人的文集，幾乎每一

個字都是以血淚、以生命所換取。被一個大時代所犧牲的士兵，可能被視為社會的邊緣人，或歷史的畸零人。但他從未輕言放棄，挺起一枝勇敢的筆，對著茫茫的原鄉，對著落拓的命運，寫出他蜿蜒曲折的流浪過程。正是他留下這些文字，使許多讀者看見未曾發現的世界。在那裡，人被損害、被羞辱、被欺負，而那樣的閱歷反而使得他的文字更加乾淨利落。文學成為一種救贖，把即將沉沒的生命又撈上岸來。從戰爭時期開始，一直到國共內戰，而終於安身立命於台灣，那可能是每個外省族群必經的道路。但張拓蕪所寫的是另外一種漂泊的途徑，他看盡生死，也經歷民族衝突。（陳芳明2011b：574）

歸人（1928-2012），原名黃守誠，另有筆名黎芹、康稔，河南省湯陰縣人。河南私立嵩華學院畢業，來台後曾任中學教師、雜誌社社長、《中華文藝》、《筆匯》、《正聲兒童》等雜誌主編、花蓮師範學院副教授。寫作以散文為主，曾獲中國文藝協會獎章。主要作品有《懷念集》（1957台中光啟出版社）、《夢華集》（1963台中光啟出版社）、《風雨集》（1966台中光啟出版社）、《短歌行》（1969台中光啟出版社）、《歸人自選集》（1978台北黎明文化公司）、《鍾情與摯愛》（1994台北健行文化出版公司）等，另有《劉真傳》（1998台北三民書局）。

管管（1929-，生平見第三十二章）在詩作外散文寫得更多，跟他的詩作一致，也是富有童趣、筆調詼諧的作品，計有：《請坐月亮請坐》（1969高雄大業書店）、《管管散文集》（1976台北中華文藝月刊社）、《春天坐著花轎來》（1981台北爾雅出版社）、《早安，鳥聲》（1982台北九歌出版社）。

方祖燊（1929-），福建省福州市人。台灣省立師範學院畢業，曾任《國語日報》、《古今文選》編輯、《中國現代文學理論季刊》主編、台灣師範大學助教、講師、副教授、教授、教育電視台大學國文科製作人兼主講人、中國語文學會祕書長。研究外亦時有散文作品：《春雨中的鳥聲》（1979台北益智書局）、《說夢》（1986台北文豪出版社）、《生活藝術》（1990台北台灣書店）等。

郭楓（1930-，生平見第三十二章）是把文學看作生命的人，在詩之外，也是散文大家，主要作品有《早春花束》（1953台北文藝生活出版社）、《九月的眸光》（1984台北帕米爾書店）、《老家的樹》（1985台北新地出版社）、《山與谷》（1989香港三聯書店）、《尋求一窗燈火》（1989北京友誼出版公司）、《郭楓散文選》（1991天津百花文藝出版社）、《空山鳥語》（1992廣州花城出版社）、《郭楓散文精選集》（2010台北新地出版社）。王晉民主編的《台灣當代文學史》評論他的散文說：

　　　　這個熱情的冷面人，在本質上是詩人，所以他的作品流露著真摯的良心和濃郁的詩情。郭楓散文的思想藝術特點：一、濃郁的情思美：郭楓散文無論寫景狀物，還是敘事議理都洋溢著一種濃郁的情思美，這種情思美首先來源於作家獨特而深刻的識見，也即郭楓對政治風雲、民族興衰、道德倫理、人生價值以及自然現象等等的現代認識，它體現了作家的哲學觀、政治觀、人生觀和美學觀。……二、和諧的節奏美：在郭楓輕捷靈活的散文筆調中，鳥鳴、泉湧、日升月落、風飄雨灑以及世態變更、人情冷暖無不自有其節奏。……三、精巧的結構美：郭楓散文講求章法，篇篇結構精巧、勻稱，又各殊其異。（王晉民1994：750-753）

　　大荒（1930-，生平見第三十二章）在詩作與小說以外，也出版有散文集：《在誤點的小站》（1978台北天華出版社）、《春華秋葉》（1979台北采風出版社）、《山水大地》（1986台北爾雅出版社）、《巨人的行李》（1991台北華欣文化中心）。

　　張放（1932-2013，生平見第三十四章），閱讀廣泛，博文強記，文筆明暢易讀，是故除小說外，散文作品也很多，主要有《下場》（1980台北青年戰士報社）、《早安，濟南》（1981台北水芙蓉出版社）、《旅途隨筆》（1985台北黎明文化公司）、《望山樓隨筆》（1980台北台灣商務印書館）、《三更燈火》（1987台北台灣商務印書館）、《浮生隨筆》（1996台北文史哲出版

社）、《拾荒隨記》（1997台北獨家出版社）、《沿著蘇祿海岸》（1998台北獨家出版社）等。

王祿松（1932-，生平見第三十二章），除詩作外，亦有散文作品，主要有《飛向海湄》（1974台北水芙蓉出版社）、《生命的投影》（1977台北水芙蓉出版社）、《須彌芥子》（1981台北水芙蓉出版社）、《吉光片羽》（1984台北水芙蓉出版社）等。

周嘯虹（1932-），江蘇省江都縣人。從軍來台，退役後從事新聞工作，並曾經商。曾任高雄市文藝協會理事長。寫作以散文為主，兼及小說。出版散文集有《周嘯虹自選集》（1983台北黎明出版公司）、《三十功名塵與土》（1984台北爾雅出版社）、《屐痕》（1986台北采風出版社）、《歸鄉拾夢》（1994高雄市立文化中心）。

莊因（1933-），筆名桑雨，北平市人。台灣大學中文系學士、中文研究所碩士。1964年赴澳洲墨爾本大學任教，繼赴美國史丹福大學亞洲語文系任教。寫作以散文為主，多寫海外華人漂泊異域的心態，作品有《杏莊小品》（1979台北洪範書店）、《八千里路雲和月》（1982台北純文學出版社）、《山木風來草木香》（1984台北洪範書店）、《午後多陽》（1988香港三聯書店）、《紅塵一夢》（1993台北九歌出版社）、《詩情與俠骨》（1995台北三民書局）、《漂泊的愛》（1998台北三民書局）。

司馬中原（1933-，生平見第三十四章），除小說外，也出版不少散文集，主要有《雲上的聲音》（1976台北源成文化圖書供應社）、《鄉思井》（1977台北皇冠文化出版公司）、《精神之劍》（1983台北九歌出版社）、《無弦琴》（1986台北皇冠文化出版公司）、《寄望昇歌》（1992台北皇冠文化出版公司）等。

邵僩（1934-，生平見第三十三章）也是小說外兼寫散文的作者，主要散文集有《鄉戀》（1956自印）、《白泉》（1975台北水芙蓉出版社）、《跨出的腳步》（1980台北水芙蓉出版社）、《都要有愛》（1985台中晨星出版社）、《汗水的啟示》（1989台北林白出版社）、《為心著色》（1998新竹縣立文化

中心）、《拿粉筆的日子》（2011台北印刻出版公司）等。

孟東籬（1937-2009），原名孟祥森，河北省定興縣人。台灣大學哲學系畢業，台灣輔仁大學哲學碩士。曾於台灣大學、世界新專、東海大學、花蓮師專任教，但多半時間隱居花蓮海濱從事翻譯西方文、史、心理、宗教等書籍。寫作以散文為主，對生命與自然表現了極大的關懷。出版有散文集《萬蟬集》（1978台北遠景出版公司）、《秀姑巒溪的幽情》（1983台東社教館）、《濱海茅屋札記》（1985台北洪範書店）、《愛生哲學》（1985台北爾雅出版社）、《野地百合》（1985台北洪範書店）、《素面相見》（1986台北爾雅出版社）、《念流》（1988台北漢藝色研文化公司）、《人間素美》（1996台北圓神出版社）。

白先勇（1937-，生平見第三十三章）在小說外也有散文作品，其散文雖不及他的小說那麼聲勢奪人，但記錄了文壇事蹟，發揮了個人情懷，亦十分文雅可讀。計有《驀然回首》（1978台北爾雅出版社）、《明星咖啡館》（1984台北皇冠文化出版公司）、《第六隻手指》（1995台北爾雅出版社）。

隱地（1937-，生平見第三十二章）中年以後開始寫詩，居然也寫出成績，但他的主要作品還以散文為主，又寫專欄，又寫遊記，又有抒情，又有思悟，面貌繁多，難以歸類。主要作品有《反芻集》（1970台北大林出版社）、《快樂的讀書人》（1975台北爾雅出版社）、《歐遊隨筆》（1976台北爾雅出版社）、《心的掙扎》（1984台北爾雅出版社）、《作家與書的故事》（1985台北爾雅出版社）、《人啊人》（1987台北爾雅出版社）、《愛喝咖啡的人》（1992台北爾雅出版社）、《出版心事》（1996台北爾雅出版社）、《盪著鞦韆喝咖啡》（1998台北爾雅出版社）等。白先勇說：

隱地（1937-）
圖片提供／文訊

隱地寫得最多的其實是散文，「人情練達即文章」用在隱地這些散文上最合適。他的「人性三書」、《翻轉的年代》，還有兩本「咖啡」書：《愛喝咖啡的人》、《溫著鞦韆喝咖啡》，都是隱地看透世情、摸透人性之後寫出的文章。這些文章有一個特點，無論寫人情冷暖、世態炎涼或是白雲蒼狗、世事無常，作者多半冷眼旁觀，隔著一段距離來講評人世間種種光怪陸離的現象，而且作者的態度又是出奇的包容，荒謬人生，見慣不怪，有調侃，有嘲諷，但絕無重話傷人。因此隱地的散文給人一貫的印象是溫文爾雅，雲淡風清，他自己曾經說過：「散文，最要緊的就是平順。」平順，就是隱地的散文風格。（白先勇 2008a：39-40）

劉大任（1939-，生平見第三十三章）除小說外，散文作品常針對思想、文學、政治等加以檢討，晚年也發表一些有關運動的散文，作品有《煮酒話人生》（1992台北業強出版社）、《薩伐旅》（1992台北麥田出版公司）、《神話的破滅》（1992台北洪範書店）、《走過蛻變的中國》（1993台北麥田出版公司）、《強悍而美麗》（1995台北麥田出版公司）、《無夢時代》（1996台北皇冠文化出版公司）、《閱世如看花》（2011台北洪範書店）。

林佛兒（1941-，生平見第三十四章）在推理小說外，也出版散文集，計有《南方的果樹園》（1966台北林白出版社）、《腳印：台北》（1976台北林白出版社）、《風箏與童年》（1977台北林白出版社）、《尋找香格里拉》（台北林白出版社）。

林綠（1941-，生平見第三十二章）在詩作外，另有散文集《西海岸戀歌》（1961香港藝美出版社）、《薔薇花》（1963香港崇明出版社）、《森林與鳥》（1972台北阿波羅出版社）。

亮軒（1942-），原名馬國光，祖籍遼寧省金縣，生於四川省北碚。台灣藝術專科學校影劇科畢業，美國紐約市立大學廣電研究所進修，曾任中廣公司主持人、製作人、史丹福語文中心及師大語文中心教員、藝專廣電科主任、世新大學傳播系講師。寫作以散文為主，思路清晰、主知性，曾獲中山文藝散文獎。

主要作品有《一個讀書的故事》（1974台北書評書目雜誌社）、《亮軒的秋毫之見》（1976台北聯亞出版社）、《在時間裡》（1976台北領導出版社）、《筆硯船》（1979台北爾雅出版社）、《書鄉細語》（1984台北皇冠文化出版公司）、《定風波》（1989台北黎明文化公司）、《不是借題發揮》（1991台北黎明文化公司）等。亮軒是一個筆快手勤的作家，以散文中的時評見長，看他自己怎麼說吧：

> 僅就寫作經驗而論，自己寫的最多的應該是時評了，多的時候可以每天在不同的報刊上發表一篇文章，一個月就要寫上三十多篇，這還不能算是最高的紀錄。三十年來寫過的時評應該在兩千篇上下。看看這個數字，倒一點都不覺得高興，心裡老有一個念頭：難道就這麼樣的寫下去了嗎？真對國家有什麼幫助？而且，對自己又有什麼長進呢？不如自己讀讀書，多花點時間到處走走看看，有多好！（亮軒 1998：1-2）

羅龍治（1942-），台灣省苗栗縣人。台灣大學歷史研究所碩士、博士，曾任輔仁大學歷史系、台灣工業技術學院、台灣科技大學副教授，現已退休。論述外有散文創作，以討論歷史與文學為主，出版作品有《似水情懷》（1974台北幼獅文化公司）、《狂飆英雄的悲劇》（1976台北言心出版社）、《露泣蒼茫》（1978台北時報文化公司）、《歷史的藥鋤》（1983台北時報文化公司）、《雲水之緣》（1985台北遠景出版公司）、《紫色之夢》（1987台北時報文化公司）。

趙寧（1943-2008），原籍浙江省杭州市，生於陝西省西安市。台灣大學政治系畢業，美國威斯康辛大學視聽傳播碩士、明尼蘇達大學博士。曾任美國密西根暨明州視聽中心主任、紐約州立大學副教授、《中國時報》主筆、台灣師範大學圖文傳播系教授兼視聽教育館長、佛光人文社會學院、德霖技術學院校長。趙寧擅長漫畫，為人詼諧，常以趙茶房自居，所作散文猶如漫畫風格，充滿玩笑與詼諧的語言，主要作品有《趙寧留美記》（1976台北皇冠文化出版公

司）、《趙寧留美續記》（1981台北皇冠文化出版公司）、《心事誰人知》（1985台北皇冠文化出版公司）、《君子動口又動手》（1986台北皇冠文化出版公司）、《找一個字代替》（1991台北皇冠文化出版公司）、《趙寧上台一鞠躬》（1997台北皇冠文化出版公司）等。

蔣勳（1947-，生平見第三十二章）素以講解美學著稱，除豐富的藝術論述外，其散文長於抒情而詩意濃，作品有《萍水相逢》（1985台北爾雅出版社）、《歡喜讚嘆》（1987台北林白出版社）、《大度山》（1987台北爾雅出版社）、《多情應笑我》（1989台北爾雅出版社）、《今宵酒醒何處》（1990台北爾雅出版社）、《人與地》（1995台北東潤出版社）、《島嶼獨白》（1997台北聯合文學出版社）、《情不自禁》（2000台北聯合文學出版社）、《寫給Ly's M──1999》（2000台北聯合文學出版社）、《蔣勳精選集》（2002台北九歌出版社）、《只為一次無憾的春天》（2005台北圓神出版社）。陳芳明評論蔣勳的散文說：

楚戈、馬森、龍應台、蔣勳（由左至右）

　　他的抒情作品或藝術論述，都是以精緻的文字堆疊而成。受到美術專業的訓練，在看待歷史與社會時，往往獨具慧眼，說出一般人無法言喻的美。他即使是寫小說，也還是絕美的散文。他的文體接近詩，卻又超越詩，揭示他幽微的心靈的視覺與觸覺。他能夠借用佛學來表現個人的貪欲與喜捨，既接近世俗，又遠離庸俗。在字裡行間總是靈光一閃，讓讀者驚見美的存在。（陳芳明2011b：579）

奚淞（1947-），上海市人。台灣藝專美術科畢業，法國巴黎美術學院研究，曾任《漢聲》雜誌編輯、《雄獅美術》月刊主編，現為專業畫家。除繪畫外，

也具有一枝抒情散文的彩筆，作品有《姆媽，看這片繁花》（1987台北爾雅出版社）、《給川川的札記》（1990台北皇冠文化出版公司）、《三十三堂札記》（1991台北雄獅圖書公司）、《自在容顏》（含畫冊，1991台北雄獅圖書公司）。

蕭蕭（1947-，生平見第三十二章）除詩作與詩論以外，抒情散文爲數甚多，其主要者有《流水印象》（1976台北大昇出版社）、《美的激動》（1981台北蓬萊出版社）、《感性蕭蕭》（1987台北希代書版公司）、《忘憂草》（1992台北九歌出版社）、《禪與心的對話》（1995台北九歌出版社）、《心中升起一輪明月》（1996台北九歌出版社）等。

羅青（1948-，生平見第三十二章）的散文不多，但也富含詩意，計有《羅青散文集》（1976台北洪範書店）、《七葉樹》（1989台北五四書店）、《水墨之美》（1991台北幼獅文化公司）。

劉墉（1949-），原名劉鏞，號夢然，北平市人。台灣師範大學藝術系畢業，美國聖若望大學及紐約哥倫比亞大學研究，曾任中視駐美記者、美國丹維爾美術館駐館藝術家、美國聖若望大學駐校藝術家，並創辦「水雲齋文化事業公司」。除繪畫外，撰寫流行散文、雜文，暢銷海峽兩岸，受到廣大讀者的歡迎，故而作品眾多，將近四十冊，主要有《螢窗小語》六冊（1973-79自印）、《小生大蓋》（1984台北皇冠文化出版公司）、《超越自己》（1989自印）、《肯定自己》（1991台北水雲齋文化公司）、《衝破人生的冰河》（1994台北水雲齋文化公司）、《我不是教你詐》三冊（1995-98台北水雲齋文化公司）、《創造雙贏的溝通》（1997台北水雲齋文化公司）、《攀上心中的顛峰》（1998台北水雲齋文化公司）、《對錯都是爲了愛》（1998台北水雲齋文化公司）等。

高大鵬（1949-），筆名高達，原籍山東省臨朐縣，生於台灣省基隆市。台灣大學中文系畢業，東吳大學中文研究所碩士，政治大學中研所博士，曾任《聯合文學》總編輯、台北師專教授。寫作以散文爲主，兼及詩作。散文多自敘自我身世及心情，作品有《追尋》（1989台北聯合文學出版社）、《知風草》

（1989台北黎明文化公司）、《移山集》（1989台北黎明文化公司）、《吹不散的人影》（1995台北三民書局）、《永遠的媽媽山》（1995台北九歌出版社）。

陳曉林（1949-），原籍陝西省沔縣，生於南京市。台灣大學電機系畢業，美國哈佛大學碩士，曾任教於台灣大學、台灣師範大學、東海大學，並曾任《中國時報》人間副刊主編、《民生報》總主筆、《聯合報》兼任主筆。因個人志趣，由理工轉向文史，潛心於近代中西思想史，寫作以散文為主，發揮個人情懷，作品有《青青子衿》（1976台北時報文化公司）、《輕生一劍知》（1976台北領導出版社）、《浪莽少年行》（1978台北四季出版公司）、《吟罷江山》（1990台北時報文化公司）、《劍氣簫心》（1990台北時報文化公司）、《壯歲旄旗》（1990台北時報文化公司）。

阿盛（1950-），原名楊敏盛，台灣省台南縣人。東吳大學中文系畢業，曾任《中國時報》人間副刊編輯、生活版、綜藝版主編、《時報週刊》海外版編輯主任，創辦碩人出版社及「文學小鎮——寫作私淑班」。寫作以關懷本土散文為主，出版散文集甚多，主要有《唱起唐山謠》（1981台北蓬萊出版社）、《散文阿盛》（1986台北希代書版公司）、《阿盛別裁》（1987台北希代書版公司）、《阿盛講義》（1989台北時報文化公司）、《心情兩紀年》（1991台北聯合文學出版社）、《風流龍溪水》（1997天津百花文藝出版社）等。陳芳明評論說：

阿盛（1950-）
圖片提供／文訊

> 他的散文是典型的成長與啟蒙過程的見證，也是台灣歷史與社會轉型的紀
> 錄。如此貼近現實的創作，有時會犧牲審美原則，遷就客觀環境。阿盛在落筆
> 之際，非常警覺現實與藝術之間的分野，他文字運用爐火純青，有時也可以供

作朗讀。（陳芳明2011b：641）

　　林雙不（1950-，生平見第三十四章）在小說外也有以本土為主題的大量散文作品出版，主要有《山中歸路》（1970嘉義大江出版社）、《綠遍天涯樹》（1974台北水芙蓉出版社）、《碧竹散文自選集》（1978台北水芙蓉出版社）、《鋼盔書簡》（1980台北水芙蓉出版社）、《台灣人短論》（1988台北前衛出版社）、《大聲講出愛台灣》（演講集，1989台北前衛出版社）、《聲聲句句為台灣》（1991台北自立報系出版部）、《回家的路》（報導，1998台北前衛出版社）等。1984年中期，林雙不已經出版了十本散文集，他感慨地說：

> 　　開始寫作散文到現在，二十年了。二十年，寫白了多少黑色的頭髮，寫掉了多少寂寞的夜晚；沒有節日，沒有假期；缺乏娛樂，缺乏休閒，不停地想想想，不停地寫寫寫，在散文的領域裡，終於割捨掉該割捨的，留下了該留下的，這是多麼完整的感覺！但願從這樣一個完整的感覺再度起步，往後是全新的開始。（林雙不1984：248）

　　王溢嘉（1950-），台灣省台中市人。台灣大學醫學院畢業，習醫不久，因志趣關係投身文化工作，創辦野鵝出版社，出任社長，曾主編《心靈》雜誌，繼又擔任《健康世界》雜誌總編輯。利用醫學、心理學、民俗學等的知識從事文學評論，並發表不少散文創作，主要散文集有《實習醫師手記》（1978自印）、《悲劇的誘惑》（1982台北野鵝出版社）、《性、文明與荒謬》（1990台北野鵝出版社）、《說女人》（1991台北野鵝出版社）、《一隻暗光鳥的人生備忘錄》（1998台北野鵝出版社）、《世說心語：100個生命的啟示》（1993台北野鵝出版社）等。

　　黃武忠（1950-2005），台灣省台南縣人。世界新聞專校編採科、東吳大學中文系畢業，曾任《幼獅文藝》編輯、《幼獅月刊》主編、《文學家》雜誌策

畫、中國青年寫作協會副祕書長、文建會第二處科長、文化資產保存研究中心籌備處祕書。因公事之便，從事日據時期台灣文學家研究，並做採訪及田野調查，完成《日據時代台灣新文學作家小傳》（1980台北時報文化公司）資料著作。同時他也從事散文創作，出版有《現實人生》（1984台北號角出版社）、《台灣作家印象記》（1984台北眾文出版社）、《做人難》（1995台北號角出版社）、《人間有味是清歡》（1998台北九歌出版社）等。

暢銷散文作家小野（1951-）
圖片提供／文訊

小野（1951-，生平見第三十三章）雖然以從事電影推廣工作而聞名，但同時也是一位暢銷的散文作家，出版通俗散文將近三十冊，主要有《生煙井》（1978台北文豪出版社）、《一個運動的開始》（1986台北時報文化公司）、《尋找台灣生命力》（1990台北天下文化出版公司）、《可愛的女人》（1994台北麥田出版公司）、《小野之家》（1995台北麥田出版公司）、《酸辣世代》（1996台北皇冠文化出版公司）、《我還是原來的我》（1996台北麥田出版公司）、《我跳，我跳，我跳跳跳》（1997台北元尊文化公司）等。

愚庵（1951-），原名洪博學，台灣省高雄市人。輔仁大學社會系畢業，曾任台灣省政府衛生處高雄心理中心心理治療員、《台灣時報》編輯、《民眾日報》專欄作者、《台灣新聞報》編譯、《太平洋日報》副刊主編、專欄組主任、總編輯、國際公關公司處長等職。寫作以散文為主，兼及小說及報導文學，作品主要有《一分鐘哲學》（1975高雄春暉出版社）、《孤島百合》（1988高雄中途之家出版社）、《愛與寂寞》（1992新竹毅力書局）、《國共恩仇錄》（報導，高雄三源圖書出版公司）、《最後一季的蟬音》（1995台北張老師文化公司）等。

林清玄（1953-），筆名秦情、林漓、林大悲，台灣省高雄市人。世界新聞專科學校電影技術科畢業，曾任《中國時報》海外版編輯、《工商時報》經濟

《迷路的雲》（1985台北九歌出版社）

記者、《時報雜誌》主編。專攻散文寫作，是台灣少數的暢銷作家之一，曾獲時報散文優等獎、吳三連文藝獎、國家文藝獎。他的散文非常多樣化，有抒情、敘事、報導，特別傳釋佛理者卷帙眾多，受到廣大佛教徒的喜愛。現出版者已有七十餘冊，看來將來會突破百冊大關。主要者有《蓮花開落》（1976高雄勝夫出版社）、《蝴蝶無鬚》（1978台北皇冠文化出版公司）、《長在手上的刀》（報導，1978台北時報文化公司）、《傳燈》（1979台北九歌出版社）、《在暗夜中迎曦》（報導，1980台北時報文化公司）、《溫一壺月下酒》（1981台北九歌出版社）、《在刀口上》（報導，1982台北時報文化公司）、《迷路的雲》（1985台北九歌出版社）、《星月菩提》（1987台北九歌出版社）、《流動星光》（1988台北皇冠文化出版公司）、《拈花菩提》（1988台北九歌出版社）、《寶瓶菩提》（1989台北九歌出版社）、《隨喜菩提》（1991台北九歌出版社）、《歡喜心過生活》（1993台北圓神出版社）、《宛如雲水》（1994台北皇冠文化出版公司）、《柔軟心無掛礙》（1996台北圓神出版社）、《生命中的龍捲風》（1998台北圓神出版社）等。彼岸學者對林清玄的觀察是：

早期林清玄散文和報導文學並重的創作呈現如下特徵：

其一，具有濃郁的鄉土情懷，又具有特殊的文化關注。⋯⋯

其二，表現出深厚的傳統情懷和民族意識。⋯⋯

其三，顯示作者對於「傳統」和「現代」關係的辯證把握。⋯⋯

其四，顯示林清玄深刻體會了人與自然的密切關係。⋯⋯

最後，林清玄早期作品，就已表現出格外濃郁的宗教情懷，或者說，林清玄文學關照人生和探尋生活智慧的核心內容和主要特徵，在此已露端倪。⋯⋯

八〇年代中期以後，林清玄主要經營其「菩提」系列散文集，並使之成為台灣有史以來最暢銷的圖書之一。這些作品主要是佛經的詮釋，「企圖用文學的語言，表達一些開啟時空智慧的概念，以及表達一個人應該如何捨棄和實踐，

才能走上智慧的道路。」（朱雙一1999：112-117）

　　林文義（1953-），台灣省台北市人。台灣藝術專科學校廣電科畢業，曾任《書評書目》、《文學家》雜誌社總編輯、自立報系政治經濟研究室研究員兼記者、《自立晚報》副刊組主編、新台灣研究文化基金會執行長。長期耕耘散文，有抒情，也有對本土的關懷，出版二十多冊，主要有《諦聽那潮聲》（1974台北水芙蓉出版社）、《天瓶手記》（1976台北水芙蓉出版社）、《千手觀音》（1981台北蓬萊出版社）、《大地之子》（1984台北號角出版社）、《無言歌》（1988台北九歌出版社）、《關於一座島嶼》（1991台北台原出版社）、《港，是情人的追憶》（1995台北九歌出版社）、《少年情愛初旅》（1998台北探索文化公司）等。陳芳明評論說：

　　　逆著社會潮流，他定位在被政治怒濤所席捲，自己反而回轉身軀，專注於散
　　文形式的塑造。文學世界是林文義構築起來的堅強城堡，坐在城牆上，冷眼觀
　　察詭譎的風雲變換。每一時期的文字，似乎都是一面鏡子，倒映著政治氣候的
　　名字與流動。柔軟是一種書寫策略，有時近乎濫情，卻足以使內心的憤怒與抑
　　鬱獲得沉澱。也使混雜的情緒，過濾淨盡。（陳芳明2011b：642）

　　林文義的散文節奏與用詞均鍛鍊成詩一樣的語言，二十世紀中國的抒情美文，到了他的筆下，可說歎爲觀止了。
　　李潼（1953-2004，生平見第三十四章）在兒童文學及短中篇小說外，也出版有關於鄉土的散文集，如《迷信狀元》（1990台中晨星出版社）、《這就是我的個性》（1992台北民生報社）、《敲鐘》（1995台北幼獅文化公司）、《蔚藍的太平洋日記》（1997台北民生報社）及傳記《林獻堂傳》（1991台北近代中國出版社）等。
　　渡也（1953-，生平見第三十二章）在詩作與論述之外，亦兼寫散文，但數量不多，計有《歷山手記》（1977台北洪範書店）、《永遠的蝴蝶》（1980台

北聯合報社）、《夢魂不到關山難》（1988台北漢光文化公司）、《台灣的傷口》（1995台北月房子出版社）。

履彊（1953-，生平見第三十四章）在小說之外的散文作品多表現軍中的生活經驗，此外也有傳記作品，計有《紛飛》（1978台北德馨室出版社）、《驚艷》（1982台北采風出版社）、《讓愛自由》（1991台北業強出版社）及傳記《風骨嶙峋——台灣反抗運動先驅蔡培火傳》（1991台北近代中國出版社）、《百戰英雄》（1994台北幼獅文化公司）。

溫瑞安（1954-，生平見第三十二章）在詩與小說之外，也有少數的散文作品，正如他一貫的文風，豪邁而激昂，一者抒發他的大中國情懷，一者表現他的俠客姿態，如這樣的文集《狂旗》（1977新竹楓城出版社）、《龍哭千里》（1977台北言心出版社）、《天下人》（1979台北皇冠文化出版公司）、《神州人》（1979台北常弓出版社）、《中國人》（1980台北皇冠文化出版公司）。

陳寧貴（1954-，生平見第三十二章）的散文作品比詩作要多，主要有《孤鴻踏雪泥》（1979台北水芙蓉出版社）、《晚安小品》（1987台北傳燈出版社）、《天涯與故鄉》（1989台北殿堂出版社）、《心地花糧》（1989台北殿堂出版社）、《心中的亮光》（1995台北文經出版社）等。

苦苓（1955-，生平見第三十二章）的散文對社會有所批評與諷刺，對讀者亦有所奉迎，走暢銷的路線，出版將近四十冊，主要有《只能帶你到海邊》（1982台北蘭亭書店）、《少年心事》（1985台中晨星出版社）、《苦苓狂想曲》（1985台北五千年出版社）、《消遣名人》（1989台北自立報系出版部）、《苦苓開砲》（1985台北自立報系出版部）、《苦苓神話》（1991台北自立報系出版部）、《苦苓大放送》（1991台北自立報系出版部）、《誰要相信政府？》（1993台北自立報系出版部）、《不敢說出來》（1995台中晨星出版社）、《閒情散散》（1998台北元尊文化公司）等。

蔡詩萍（1958-），原籍湖北省應山縣，生於台灣。台灣大學政治系畢業，政治研究所碩士，曾任《論壇》月刊總編輯、《聯合晚報》總主筆、綜藝新聞中

心主任，並曾主持電視談話節目，任教於世新大學新聞系及輔仁大學中文系。寫作以散文爲主，強調男性觀點，作品有《不夜城市手記》（1990台北聯合文學出版社）、《三十男人手記》（1991台北聯合文學出版社）、《男回歸線》（1998台北聯合文學出版社）。作爲一個當代年輕知識份子的蔡詩萍，在散文的寫作上自有其特色。他沒有魯迅的犀利，沒有朱自清的淺白，也沒有梁實秋或林語堂的幽默，他所表現的在語法上是今日台北的知識份子使用的字彙和言談的聲腔，加上他個人獨有的委婉和細膩，讀來也同樣產生出如見其人的親切與眞實。（馬森1991）

侯吉諒（1958-），台灣省嘉義縣人。台灣中興大學食品科學系畢業，曾任《時報週刊》及《聯合報副刊》編輯、《創世紀》詩刊執行主編、明日工作室副總經理，並創立有聲文字工作坊。寫作以散文與詩爲主，曾獲第五屆時報現代詩優等獎、國軍新文藝金像獎、全國優秀詩人獎。出版散文集有《江湖滿地》（1987台北漢光文化公司）、《不是蓋的》（1991台北皇冠文化出版公司）、《會心一笑》（1994台北東潤出版社）等。

吳鳴（1959-），原名彭明輝，台灣省花蓮縣人。東海大學歷史系畢業，台灣政治大學歷史研究所碩士、博士，曾任《聯合文學》執行主編、叢書主任、《聯合報》編輯、台灣體育學院講師、政治大學歷史系副教授。寫作以散文爲主，曾獲時報散文首獎、國軍新文藝金像獎、中國文藝協會獎章。散文含有歷史學者的知識與關注，計有《湖邊的沉思》（1984台北九歌出版社）、《心路》（1986台中晨星出版社）、《長堤向晚》（1987台北九歌出版社）、《結愛》（1988台北圓神出版社）、《晚香玉的淨土》（1988台北九歌出版社）、《素描的留白》（1990台北漢藝色研文化公司）、《我們在這裡分手》（1992台北聯合文學出版社）。

高大威（1959-），原籍山東省臨朐縣，生於台灣省台北市。台灣政治大學中文研究所博士，曾任淡江大學、銘傳管理學院副教授、暨南大學中文系主任、學務長。常寫書評，散文作品有《永恆的叮嚀》（1990台北中央日報社）、《築夢的人——大學生涯的自我實現》（1992台北遠流出版公司）、《儒家四

重奏》（1993台北書泉出版社）。

陳克華（1961-，生平見第三十二章）作為出櫃的同志詩人，他的散文有其獨特的意義。作品不多，但用詞尖銳、特別，諸如《愛人》（1986台北漢光文化公司）、《給從前的愛》（1989台北圓神出版社）、《無醫村手記》（1993台北圓神出版社）、《惡聲》（電影筆記，含劇本〈毛髮〉，1994台北皇冠文化出版公司）、《在城市中迷失的地圖》（1998台北元尊文化公司）、《顛覆之煙》（1998台北九歌出版社）。

瓦歷斯・諾幹（1961-）　攝影／微光普普

瓦歷斯・諾幹（1961-），漢名吳俊傑，筆名柳翱，台灣省泰雅族人。台中師專畢業，任教於國民小學。致力於台灣原住民文化的推廣，曾創辦《獵人文化》雜誌，成立「台灣原住民文化研究中心」。寫作以散文為主，批判在資本主義金權至上的風氣下，對自然人性所造成的傷害，悲嘆原住民文化的式微。作品有《永遠的部落》（1990台中晨星出版社）、《荒野的呼喚》（1992台中晨星出版社）、《番刀出鞘》（1992台北稻香出版社）、《泰雅孩子・台灣心》（1993台中原住民人文研究中心）、《想念族人》（1994台中晨星出版社）、《山是一座學校》（1994台中縣立文化中心）、《戴墨鏡的飛鼠》（1997台中晨星出版社）。

吳若權（1962-），原籍福建省詔安縣，生於台灣省台北市。台灣政治大學企業管理系畢業，曾任台灣微軟公司產品行銷經理、飛碟唱片董事長特別助理、惠普科技公司企畫部專員、IBM公司行銷專員、自在人生顧問公司企畫總監。寫作以散文為主，兼及小說。散文的主題不離愛情，主要有《愛是一生的功課》（1997台北希代書版公司）、《愛來愛去》（1997台北方智出版社）、《多情男人愛流浪》（1998台北皇冠文化出版公司）、《愛是要有點乖有點

壞》（1998台北皇冠文化出版公司）、《誰能讓男人付出眞心》（1998台北方智出版社）等。

　　蔡康永（1962-），原籍浙江省寧波縣，生於台灣省台北市。東海大學外文系畢業，美國加州大學洛杉磯分校電影電視製作碩士，曾任世新大學講師、電影編劇、電視節目主持人。寫作以散文爲主，思想前衛，常欲顛覆傳統觀念，作品有《再錯也要談戀愛》（1995台北聯合文學出版社）、《你睡不著，我受不了》（1995台北平氏出版公司）、《不乖蔡康永，同情我可以親我》（1996台北商周文化公司）、《耍色冠軍》（1998台北商周文化公司）、《痛快日記》（1998台北皇冠文化出版公司）。

　　徐望雲（1962-），原名徐嘉銘，祖籍廣東省蕉嶺縣，生於台灣省嘉義縣。台灣輔仁大學中文系畢業，曾任中廣台灣台節目製作人、台中明道中學教師、《環球日報》藝文版編輯、《民生報》影劇版編輯、《聯合文學》編輯、新陸現代詩社社長、《時報週刊》編輯、《勁報》影劇休閒新聞中心副主任兼體育戶外組長。寫作以散文爲主，兼及詩。散文集有《如果有人問起》（1990台北合森文化公司）、《好吃鬼小銘的搞怪日記》（1992台北耀文圖書公司）、《傾訴》（1994台北業強出版社）、《搞笑共和國》（1996台北三思堂文化公司）、《決戰禁區》（1997台北健行文化出版公司）。

　　楊樹清（1962-），筆名燕南山，原籍湖南省武岡縣，生於福建省金門縣。金門高職肄業，曾任《台中一周》及《書櫃雜誌》主編、澎湖《建國日報》記者、洪建全教育文化基金會出版部企畫、《未來》及《新未來》雜誌總編輯、文殊機構綜合企畫經理、總編輯、《金門導報》社長。寫作以散文爲主，曾獲新聞局服務金鼎獎、聯合報報導文學獎、中國時報文學獎、梁實秋文學獎，散文作品有《少年組曲》（1983台北水芙蓉出版社）、《渡》（1986台北駿馬文化公司）、《上班族筆記》（1990台北尖端出版公司）、《演出自己》（1990台北合森文化公司）、《給想法年輕的人》（1991台北大村出版社）等。

　　楊照（1963-，生平見第三十三章）除小說外，也有散文作品，多寫一己的人生經驗，諸如《軍旅札記》（1987台北圓神出版社）、《星星的末裔》（1994

台北聯合文學出版社）、《飲酒時你總不在身邊》（1994台北皇冠文化出版公司）、《迷路的詩》（1996台北聯合文學出版社）、《Café Monday》（1997台北聯合文學出版社）。

吳鈞堯（1967-）在小說外也有散文作品，如《十分眞相》（1996台北探索文化公司）、《夢的原色》（1997台北探索文化公司）、《我愛搖滾》（1997台北健行文化出版公司）、《跟你同一國》（1998台北探索文化公司）、《龍的憂鬱》（1998台北九歌出版社）。

王盛弘（1970-），台灣省彰化縣人。畢業於大榮國小、和美國中、彰化高中、輔仁大學大傳系廣電組，台北教育大學台灣文化研究所肄業。長期服務於媒體，喜愛琦君和三島由紀夫的作品。曾獲時報文學獎、梁實秋文學獎、教育部文藝創作獎、副刊編輯金鼎獎等。散文作品有《桃花盛開》（1998台北爾雅出版社）、《草本記事》（2000台北智慧事業體出版社）、《假面與素顏》（2000台北九歌出版社）、《一隻男人》（2001台北爾雅出版社）、《帶我去吧，月光》（2003台北一方出版社）、《慢慢走》（2006台北二魚文化出版公司）、《關鍵字：台北》（2008台北馬可孛羅出版社）、《十三座城市》（2010台北馬可孛羅出版社）、《大風吹：台灣童年》（2013台北聯經出版公司）。白先勇評論說：「在散文界裡，因爲他修鍊出自己的風格，所以能另樹一幟。他的早期作品《桃花盛開》、《假面與素顏》便已透露他是一個心思極爲敏感細緻的作家，他自稱對琦君的散文情有獨鍾，琦君散文溫文爾雅、直書性情的風格，可能對他的早期作品有啓示作用。那兩本散文，一些童年往事，寫得眞情畢露，下筆流暢，根基扎實。《草本記事》（後改名爲《都市園丁》）及《一隻男人》因爲題材特殊，文風也就各異。前者是一本植物百科，但作者對於花花草草的一些超級感應才是這本書最可讀的地方：陽明山上晚間茶花落地的聲音，作者也有特殊感觸。而後者則是一本無所保留的懺情書了，在台灣的同志書寫中恐怕還是首創。」（白先勇 2008b：137-138）

三、學者散文

　　學者的散文所以另列一類者，因其多少具有學院氣或學究氣，為文較典雅，常愛旁徵博引，而且特惜羽毛，不動粗口，並非言其不如以上所舉的散文高手。柔性、剛性皆有高手，學院派亦然。

　　陳之藩（1925-2012），字範生，河北省霸縣人。北洋大學電機系畢業，美國普林斯敦大學碩士、英國劍橋大學博士，曾在國立編譯館任職，後來一直在國內外大學教授電機工程，先後任教於美國普林斯敦大學、波士頓大學、香港中文大學、台灣成功大學等校。著有電機工程論文百餘篇，《系統導論》及《人工智慧語言》專書兩冊。散文創作兼有科學家的思維和文學家的藝術，於六、七〇年代曾風行台灣，受到讀者的歡迎，並選入教科書中。作品有《旅美小簡》（1957台北明華書局）、《在春風裡》（1962台北文星書店）、《劍河倒影》（1970台北仙人掌出版社）、《蔚藍的天》（1977台北遠景出版公司）、《一星如月》（1985台北遠東圖書公司）、《陳之藩散文集》（1986台北遠東圖書公司）。陳昌明針對《劍河倒影》一書，曾比較陳之藩與同樣寫過劍橋的徐志摩的不同說：「陳之藩與徐志摩不僅寫作的筆法不同，心態上也有頗大的差異，徐志摩當年到劍橋，是帶著夫人張幼儀在康橋附近租下幾間小屋住下，一副富家子弟行徑，宜乎吟風弄月，書寫山川。陳之藩到劍橋時，雖是透過電機系到控制部門任訪問學人（學生），然而其骨子裡仍有著流亡學生的悲苦心境，『失根蘭花』的心結隱藏其中，他筆下積極探索的問題是如何為悲苦的土地與民眾立命立心，為中國的未來尋找出路。」（陳昌明 1999：364）筆者以為：

陳之藩（1925-2012）
圖片提供／文訊

《劍河倒影》（1970台北仙人掌出版社）

在我們這一輩的人中間，有的人繼承了五四所開創的新文學，有的人繼承了五四所提倡的科學，但是同時能夠繼承文學與科學這兩個方面的，在我所認識的人士之中只有陳之藩教授一人而已。陳教授很不同尋常地集感性與理性於一身，一手寫感人的散文，一手做理性的科學研究，都能得手應心。他的散文作品，像〈失根的蘭花〉、〈謝天〉等早就選在中學的課本裡面，他的文筆清澈如寒泉，澄明如秋月，而極富節奏之美。……他的散文集《旅美小簡》、《在春風裡》、《劍河倒影》、《一星如月》、《散步》、《時空之海》等等也都膾炙人口，暢銷海內外。（馬森 2012）

余光中（1928-，生平見第三十二章）是左手寫詩、右手寫散文的人，散文作品甚多，語多機鋒，且顯示其博識，主要有《左手的繆思》（1963台北文星書店）、《逍遙遊》（1965台北文星書店）、《望鄉的牧神》（1968台北純文學出版社）、《焚鶴人》（1972台北純文學出版社）、《聽聽那冷雨》（1974台北純文學出版社）、《記憶鐵軌一樣長》（1987台北洪範書店）、《隔水呼渡》（1990台北九歌出版社）、《日不落家》（1998台北九歌出版社）等。劉登翰等主編的《台灣文學史》稱讚余光中的散文有氣勢說：

他散文鏡頭喜好對準海潮、山風、大漠、巨石，如猛獸狂奔的車和生命力強勁的人，重彩濃墨地揮灑出一幅幅遒勁剛健的畫幅。他在繪景狀物時多採用俯視的角度，即所謂「憑空視遠，如君而朝萬眾」，為的是攝出闊大的場景，造成一種更為廣闊與深遠的美感，一如氣吞日月，包羅四海之氣概與胸襟。他行文注重氣勢，不事細節修飾而潑墨淋漓，在一種粗輪廓的整體形象的飛揚流動中，表現出力量、速度、運動的磅礡浩蕩。（劉登翰等 1993：447）

許倬雲（1930-），原籍江蘇省無錫縣，生於福建省廈門市。台灣大學歷史系、歷史研究所畢業，美國芝加哥大學哲學博士。曾任中央研究院歷史語言研

究所助理研究員、研究員、台大歷史系教授、系主任、美國匹茲堡大學歷史系教授，中研院院士。專業為中國上古史及社會史，除學術著作外，所寫散文特具歷史宏觀視野，對現實問題多所關懷，作品有《心路歷程》（1964台北文星書店）、《關心集》（1982台北時報文化公司）、《挑戰與更新——許倬雲文集》（1988台北時報文化公司）、《剎那與永恆——許倬雲文集》（1988台北時報文化公司）、《風雨江山——許倬雲的天下事》（1991台北天下文化出版公司）。

莊稼（1931-2011），原名賈福相，山東省壽光縣人。台灣師範大學生物系畢業，美國華盛頓大學生物學博士，曾任加拿大亞伯達大學動物系教授、系主任、研究院院長、香港科技大學教授、台北海洋生活館館長。除本業研究外，亦有關懷自然環境、人與自然互動思考的篇章，出版有《獨飲也風流》（1991台北林白出版社）、《吹在風裡》（1994台北林白出版社）。

馬森（1932-，生平見第三十三章）除小說與劇作外，也有富哲理性的隨筆與知性的散文、遊記等，出版有《在樹林裡放風箏（或愛的學習）》（1986台北爾雅出版社）、《墨西哥憶往》（1987台北圓神出版社）、《大陸啊！我的困惑》（1988台北聯經出版公司）、《追尋時光的根》（1999台北九歌出版社）、《東亞的泥土與歐洲的天空》（2006台北聯合文學出版社）、《維城四紀》（2007台北聯合文學出版社）、《旅者的心情》（2009上海人民出版社）、《台灣啊！我的困惑》（2011台北秀威資訊科技公司）。瘂弦稱「馬森的文字，描寫的功力很強，樸樸素素地寫，就能準確地交代出人物與場景；同時他的筆法似乎是首重記事次在行文（指文字的華麗、雕琢），卻又能在不經意的傾談裡自然展現筆下的情趣與才華。」（瘂弦 2004b：48-49）對馬森的散文，香港學者黃維樑曾評道：

　　馬森奇在小說、戲劇，平在、正在散文。在文壇上他穿梭縱橫於各種文體，成為出色的「全才」；正如他穿梭上下於人間和天堂各種地方，成為「全人」——全面體驗豐盛人生的人。他的散文不屬於拉納姆（R. A. Lanham）所說

的「高格」（high style）或「低格」（low style），而屬於「中格」（middle style），是散文這文類的當行本色，是司空圖《二十四詩品》所形容的「自然」、「流動」，而我們讀之「如逢花開，如瞻歲新」，自受其感動，自得其情趣。（黃維樑 2009）

顏元叔（1933-2012），原籍湖南省茶陵縣，生於南京市。台灣大學外文系畢業，美國馬克大學英美文學碩士、威斯康辛大學英美文學博士。曾任教於美國密西根大學，並曾任台灣大學外文系主任，創辦《中外文學》、《淡江評論》、《英文報章雜誌助讀月刊》等刊物。除文學批評、英美文學研究著述外，也有數量甚多的隨筆與幽默散文問世，主要有《鳥呼風》（1971台北時報文化公司）、《顏元叔自選集》（1975台北黎明文化公司）、《玉生煙》（1976台北皇冠文化出版公司）、《草木深》（1978台北皇冠文化出版公司）、《憤慨的梅花》（1984台北正中書局）、《五十回首》（1985台北九歌出版社）、《台北狂想曲》（1986台北九歌出版社）等。顏元叔的散文水準參差不齊，頗富爭議性，黃克全的評論，較為中肯：

　　顏元叔的散文，依他自己之意，叫作「雜文」，這當然有點自謙的意思，不過以其筆意的蕪雜而言，稱之為雜文倒很貼切。我認為顏文的體例庶幾近乎廚川白村所說的「隨筆」（essay）。顏元叔有幾篇隨筆——如被葉維廉稱頌足以在文學史上記上一筆的〈曬太陽記〉——堪稱這類體裁的極品；可惜他其餘的作品參差不齊。但由於行文當中總難以掩抑著一絲自認優越的味道，我們在林語堂的文字裡也常察覺到這層橫阻，他們略嫌造作的幽默反證了其自覺的優越性的姿態；顏元叔最好的作品如〈曬太陽記〉者，沒有這份優容姿態是一大緣故。（黃克全 1985：227-228）

林文月（1933-），原籍台灣省彰化縣，生於上海市。台灣大學中文系畢業，中文研究所碩士、日本京都大學人文科學研究所研究，曾任台灣大學中

文系講師、副教授、教授、美國華盛頓大學中文系客座教授、史丹福大學客座教授。長於書寫有關學院人物及生活的散文，文筆樸實、平淡中顯出細膩，帶有書卷氣，是典型的學者散文。她對中、日文學均有深厚的認識，曾獲中興文藝獎章、時報散文推薦獎、吳魯芹散文獎、國家文藝獎。作品主要有《京都一年》（1971台北純文學出版社）、《午後書房》（1986台北洪範書店）、《作品》（1993台北九歌出版社）、《飲酒及與飲酒相關的記憶》（1996台北洪範書店）等。何寄澎論到林文月散文中的生命關照時說：

林文月（1933-）
圖片提供／文訊

> 　　林氏的生命關照，在感懷上，類於陶淵明；在體悟上，同於蘇東坡。所以我們讀其抒發無常幻化之感的作品，如讀淵明〈形影神〉、〈歸園田居〉等詩；而她不斷強調人生如夢，由此轉出積極與珍惜，又全是東坡格調。由是可知，其生命關照亦有得於學養者，這恐怕與她在大學講授陶謝詩不無密切關係。（何寄澎1987）

　　漢寶德（1934-2014），筆名也行，山東省日照縣人。台南成功大學建築系畢業，美國哈佛大學建築碩士、普林斯頓大學藝術碩士、英國倫敦大學研究，曾任東海大學建築系主任、中興大學理工學院院長、自然科學博物館館長、台南藝術學院校長。除專業論述外，也有評述園林、建築的散文以及遊記，表現出其廣博的藝術知識。主要有《龍套的哲學》（1975台北時報文化公司）、《化外的靈手》（1977台北遠景出版公司）、《城市的幻影》（1983台北天下文化出版公司）、《科學與美感》（1996台北九歌出版社）、《認識中國建築》（1997台北聯經出版公司）、《風水與環境》（1998台北聯經出版公司）等。

　　尉天驄（1935-），江蘇省碭山縣人。台灣政治大學中文系畢業，曾任同校中文系教授，現已退休。一生熱心參與文學活動，曾主編《筆匯》月刊、《文

學季刊》、《文季》、《中國論壇》等刊物。作品以文學評論為主，亦有散文、雜文及隨筆。出版散文集有《天窗集》（1976台中藍燈出版社）、《眾神》（1976台北遠行出版社），論述有《文學札記》（1971台南新風出版社）、《路不是一個人走出來的》（1976台北聯經出版公司）、《民族與鄉土》（1979台中慧龍出版社）、《理想的追尋》（1985台北錦德圖書公司）、《荊棘中的探索》（1986台北錦德圖書公司）、《回首我們的時代》（2011台北印刻出版公司）。

尉天驄（1935-）
攝影／陳建仲

　　莊信正（1935-），原籍山東省即墨縣。台灣大學外文系畢業，美國印第安那大學比較文學博士，曾任教於堪薩斯大學、南加大及印第安那大學，任職於聯合國，現已退休。出版散文集有《異鄉人語》（1986台北洪範書店）、《海天集》（1991台北三民書局）、《流光拋影》（1993台北九歌出版社）。楊照評論他的《異鄉人語》說：

> 　　現代文壇上幾個以能寫純正乾淨、韻味幽遠的中文散文著稱的好手，似乎或多或少，在英文（或說西洋文學）上下過相當的工夫。莊信正（楊笠）該算是這一群裡新來的一個。讀《異鄉人語》，讓人不禁想起前兩年甫過世的吳魯芹以及最近以獨具異體的「知性散文」風靡文壇的董橋，莊信正的文風約莫在吳、董二位之間。（李明駿 1986：63）

　　高希均（1936-），南京市人。台灣中興大學畢業，美國南達柯塔州立大學碩士、密西根州立大學博士，曾任美國威斯康辛大學河城校區經濟系主任、明德基金會生活素質研究中心主任、威斯康辛大學太平洋地區研究中心主任、《天下》、《遠見》雜誌及天下文化出版公司創辦人及社長。所寫散文涵蓋政、經、社會各方面，有批評，有期望，數量甚多，主要有《雲山萬里》（1971台

北莘莘出版社）、《一個知識份子的感受與期望》（1975台北學生書局）等。

黃永武（1936-），筆名詠武，浙江省嘉善縣人。台灣東吳大學中文系畢業，台灣師範大學國文研究所博士，曾任高雄師範學院國文系主任、教務長、中興大學文學院長、成功大學文學院長兼歷史語言研究所所長、台北市立師範學院教授。退休後隱居加拿大維多利亞城。他的主要成就在詩學的研究，在豐厚的詩學論著外，也長於散文寫作，曾同時爲報章撰寫四種散文專欄，出版文集甚多，主要有《載愛飛行》（1985台北九歌出版社）、《愛廬小品》四冊（1992台北洪範書店）、《生活美學》四冊（1997台北洪範書店）。文筆優雅，常會旁徵博引，顯示學者散文的本色。朱嘉雯曾評說：

詩學及散文家黃永武
（1936-）

　　黃永武教授以學問爲散文的基石，下筆處情深心細，筆端自然流露深厚的歷史省思與哲理思維，成爲獨樹一幟的行文風貌。用詞遣字古風中帶有強烈的新意，比一般感性敘事文體，更添知性與理性之美，往往信筆拈來便將古典詩詞與中國文化中鮮爲人知的精妙之處，古今中外的奇聞逸事，融會在深入淺出文學世界裡，流露出豐富雅致的情韻。（朱嘉雯2012）

朱炎（1936-2012），山東省安丘縣人。台灣大學外文系畢業，西班牙馬德里大學博士，美國加州克萊蒙學院研究美國文學。曾任中研院美國文化研究所所長、台灣大學外文系教授、文學院長、國科會副主委、中華民國筆會會長等職。所寫散文多記錄過去的苦難生活，亦有小說及少量論述。散文集有《苦澀的成長》（1978台北爾雅出版社）、《我和你在一起》（1989台北九歌出版社）、《此時有聲勝無聲》（1993台北九歌出版社）、《情繫文心》（1998台北九歌出版社）。

葉維廉（1937-，生平見第三十二章）是一手寫詩一手寫散文的學者，他的散文飽涵詩意，主要有《萬里風煙》（1980台北時報文化公司）、《憂鬱的鐵

路》（1984台北正中書局）、《歐羅巴的蘆笛》（1987台北東大圖書公司）、
《一個中國的海》（1987台北東大圖書公司）、《山水的約定》（1994台北東
大圖書公司）、《紅葉的追尋》（1997台北東大圖書公司）等。在《一個中國
的海》出版時王德威曾為文評論說：

> 　　葉維廉教授向以詩集藝文評論見知文壇，相形之下，他的散文則較不為讀者
> 注意。事實上葉以詩人之筆談情說理，往往靈機自抒，別成一格。《一個中國
> 的海》恰可為一佳例。這本選集蒐錄了葉氏八〇年代前後的作品二十七篇，
> 分為五輯。其中部分作品文字的佳妙處，已由王文興教授以「散文詩」一詞
> 延伸討論（見「附錄」），毋須在此贅述。我所關懷的是綿延書內的鄉愁主
> 題。……
> 　　我所謂的鄉愁須從寬定義。鄉愁不只代表一種寫作的內容，更是一種寫作的
> 姿態。在是類文字中，作者或緬懷故里風物，或追念童年往事，或懬思故舊親
> 朋；隱於其下的，則是時移事往的感傷，近鄉情怯的尷尬，以及一種盛年不再
> 的隱憂。時空的移轉是構成鄉愁情懷的要素。今昔的對比新舊的衝突，在在體
> 現了時間消磨的力量；另一方面，情牽萬里，夢斷關山，己身的飄零放逐也引
> 生了空間的懸宕感觸。然而在回顧文學史上浩浩蕩蕩的鄉愁式作品時，我們也
> 不禁得莞爾承認，鄉愁自有其寫作的傳統與方式，也預期讀者應有的情緒反
> 應。作者所思念的人或事早已渺然難尋，思念人事的作者（即作品）反而成為
> 我們注意的目標。究其極，鄉愁的歸宿不再是那去而不返的故人故里，而實在
> 是敷衍這一切的回憶想像，以及其發皇於外的文字符號。（王德威 1991：279-
> 280）

　　李歐梵（1939-），河南省太康縣人。台灣大學外文系畢業，美國哈佛大學文
學博士，曾任教於美國達特茅斯學院、普林斯頓大學、印第安那大學、芝加哥
大學、加州大學洛杉磯分校、香港中文大學、哈佛大學東亞語文學系，並當選
為台灣中研院院士。著作以評論為主，並有散文作品，常以匯通中西文化為主

題，如《西潮的彼岸》（1975台北時報文化公司）、《狐狸洞話語》（1993香港牛津大學出版社）、《世紀末囈語》（2001香港牛津大學出版社）、《都市漫遊者：文化觀察》（2002香港牛津大學出版社）、《我的哈佛歲月》（2005香港牛津大學出版社）、《上海摩登——一種新都市文化在中國 1930-1945（增訂版）》（2006香港牛津大學出版社）、《人文文本》（2009香港牛津大學出版社）等。

李家同（1939-），原籍安徽省合肥市，生於上海市。台灣大學電機系畢業，美國加州大學柏克萊分校電機碩士、電機及計算機系博士，曾任清華大學教授、靜宜大學校長、暨南國際大學校長。因係虔誠的基督徒，所寫散文皆帶宗教或教化色彩，作有《讓高牆倒下吧》（1995台北聯經出版公司）、《陌生人》（1998台北聯經出版公司）、《幕永不落下》（2000台北未來書城）、《鐘聲又再響起》（2002台北聯經出版公司）、《一切從基本做起》（2004台北圓神出版社）、《孩子，一個都不放棄》（2008台北圓神出版社）等。

張健（1939-，生平見第三十二章）是多產的學者、作家，出版散文集三十多種，主要有《哭與笑》（1967台北水牛出版社）、《春風與寒泉》（1968台北仙人掌出版社）、《年輕的鼓聲》（1978台北牧童出版社）、《早晨的夢境》（1982台北九歌出版社）、《天才的宴會》（1984台北鳳凰城圖書公司）、《九○年代心情》（1992台北漢光文化公司）、《人間煙雲》（1995台北文史哲出版社）、《人生廣場》（1998北京友誼出版公司）等。

許達然（1940-），原名許文雄，台灣省台南市人。東海大學歷史系畢業，美國哈佛大學碩士、芝加哥大學歷史博士，英國牛津大學社會經濟史研究，任教於美國西北大學。在學術著作外，擅長散文，鎔鑄歷史的冷靜與人間關懷的熱情，曾獲第一屆全國青年散文獎、文復會金筆獎、吳濁流新詩獎。散文作品主要有《含淚的微笑》（1961台北野風出版社）、《土》（1979台北遠景出版公司）、《水邊》（1984台北洪範書店）、《遠近集》（1989北京友誼出版社）、《同情的理解》（1991台北新地出版社）等。應鳳凰評論說：

許達然散文帶著鮮明的「台灣性」——除了讓大家看到台灣土地的傷痕，他更為原住民、農民等弱勢族群發聲，檢討現代文明對這個海島的殘酷踐踏。（應鳳凰 2008）

楊牧（1940-，生平見第三十二章葉珊）是一手寫詩一手寫散文的作家，因為兼通中西文學，可以吸取中國古典和西方文學的技法融入作品中，這也是學院派的特色之一。作品繁多，主要有《葉珊散文集》（1968台北文星書店）、《柏克萊精神》（1977台北洪範書店）、《楊牧自選集》（1977台北黎明文化公司）、《搜索者》（1982台北洪範書店）、《年輪》（1986台北四季出版社）、《山風海雨》（1987台北洪範書店）、《一首詩的完成》（1989台北洪範書店）、《疑神》（1993台北洪範書店）、《星圖》（1995台北洪範書店）、《亭午之鷹》（1996台北洪範書店）、《昔我往矣》（1997台北洪範書店）等。針對《搜索者》，有評論謂：

> 搜索是這本散文的主題，然而搜索亦是一種象徵的說法。在行文上，敘述者的語氣顯得遲疑，一再出現的「也許」、「彷彿」、「可能」、「不知道」等等，使得一個搜索者的徬徨形象昭然若揭；在行動上，這個搜索者躑躅猶豫，反覆思索，甚至連出發也是在一種莫名所以的狀況下，是沒有目標的，反覆強調是被一絲細微而強大的召喚，神祕卻又無比真實的聲音所牽引，沒有理由回頭。於是我們可以說，所謂的「神祕召喚」、「出發」等都是象徵的說法。作者所思索的問題，不外乎生命與學術的關係、科學與人文的調和、真實與虛偽的思辨等等。要而言之，這些對於宇宙人生的關懷，最後都要歸結到創作上的變與不變，他稱之為「葉慈的問題」。（鍾怡雯 1999：377）

王邦雄（1941-），台灣省雲林縣人。台灣師範大學國文系畢業，中國文化大學哲學研究所博士，曾任中、小學教師、文化大學哲學系教授、淡江大學、中央大學哲學研究所教授兼所長、《鵝湖》月刊社社長。曾受教於牟宗三先生，

沉潛於中華道統，以哲學論述爲主，也有眾多有關人生修養的散文作品，主要有《大塊噫氣》（1978台北大人出版社）、《緣與命》（1985台北漢光文化公司）、《當代人心靈的歸鄉》（1989台北漢光文化公司）、《做個出色的人》（1991台北漢藝色研文化公司）、《活出自己的風格來》（1993台北幼獅文化公司）、《人生是一條不歸路》（1995台北聯經出版公司）、《世道》（1997台北力緒文化公司）、《一生好看》（1998台北幼獅文化公司）等。

何懷碩（1941-），廣東省人。台灣師範大學藝術系畢業，美國紐約聖約翰大學藝術碩士，曾任中國文化大學、藝術專科學校、世界新聞專科學校、台北藝術大學美術系教授。身爲畫家，兼作藝術（主要爲繪畫）評論，時亦有散文作品。其實，他的藝術評論亦可視爲學術性的散文。出版有《苦澀的美感》（1974台北大地出版社）、《域外郵稿》（1977台北大地出版社）、《藝術、文學與人生》（1979台北大地出版社）、《風格的誕生》（1981台北大地出版社）、《煮石集》（1986台北圓神出版社）、《藝術與關懷》（1987台北聯經出版公司）、《何懷碩文集》（1993天津百花文藝出版社）等。

周志文（1942-），筆名周東野，浙江省鄞縣人。東吳大學中文系畢業，台灣大學中文研究所碩、博士。曾任教於淡江大學中文系，並曾任《中國時報》與《中時晚報》主筆。現任教於台灣大學中文系。作品以散文爲主，計有《在我們的時代》（1990台北三民書局）、《瞬間》（1992台北三民書局）、《三個貝多芬》（1995台北九歌出版社）、《冷熱》（1997台北爾雅出版社）、《同學少年》（2009台北印刻出版公司）等。

曾昭旭（1943-），筆名明曦，廣東省大埔縣人。台灣師範大學國文研究所博士，曾任建國中學教師、淡江大學中文系講師、高雄師範學院國文研究所所長、中央大學中文系教授，並曾主編《鵝湖月刊》，成立鵝湖出版社、鵝湖文化講座，標舉自由講學，延續傳統聖哲學脈。在學術論述外，也有散文作品，嘗試以傳統哲學、現代眼光析理人生與愛情，作品有《性情與文化》（1980台北時報文化公司）、《情與理之間》（1982台北漢光文化公司）、《人生書簡》（1982台北漢光文化公司）、《且聽一首樵歌》（1984台北漢光文化公

司）、《酒色財氣不礙菩薩路》（1990台北漢光文化公司）、《喜歡和愛》（1995台北幼獅文化公司）、《解情書》（1996台北聯合文學出版社）、《愛情四季》（1996台北躍昇文化公司）。曾昭旭的散文儘管所寫對象駁雜，但有一貫的理論內涵，龔鵬程評說：

> 　　如花間的閒談，如月下的清話，隨意點染，觸發成趣，雖不成為一篇嚴凝完整的文章，卻也能讓讀者曉得他的宗旨，品啜它的滋味。（龔鵬程 1985：182）

黃碧端（1945-）圖片提供／文訊

　　黃碧端（1945-），福建省惠安縣人。台灣大學政治系畢業、政治研究所碩士、美國威斯康辛大學文學博士，曾任美國印第安那大學助理教授、台灣中山大學外文系主任、中正文化中心副主任兼《表演藝術》總編輯、暨南國際大學語文教學中心、外國語文學系主任、教育部高教司長、台南藝術大學校長、文建會主委等職。長期在《聯合報》撰寫專欄，以其豐富的閱歷與學養，對時事提出中肯的看法與批評。作品有《有風初起》（1988台北洪範書店）、《記取還是忘卻》（1989台北漢光文化公司）、《在現實中驚夢》（1991台北漢光文化公司）、《沒有了英雄》（1993台北九歌出版社）、《書鄉長短調》（1993台北三民書局）、《期待一個城市》（1996台北天下文化出版公司）、《下一步就是現在》（2000台北九歌出版社）、《當真實的世界模擬虛構世界》（2000台北九歌出版社）。陳芳明說她：

> 　　文字不卑不亢，進退有度，是知性散文的典範。她敢於批評社會與政治，也勇於論斷文學的得失，完全實踐她自己所說的「寫情要不落入濫情，寫事要不

流於歧蔓」。整篇文字結構嚴謹，在節制中帶著奔放。（陳芳明2011a）

　　鍾玲（1945-，生平見第三十二章）除學術論述、詩及小說外，也有散文作品問世，主要書寫對古玉的欣賞與愛悅，計有《山客集》（1979台北遠景出版公司）、《愛玉的人》（1991台北聯經出版公司）、《玉緣──古玉與好緣》（1993台北藝術圖書公司）、《如玉──愛玉的故事》（1993台北藝術圖書公司）。

　　方瑜（1945-），江蘇省儀徵縣人。台灣大學中文系畢業，中文研究所碩士。現任該系教授。久居學院，作品典雅，兼具知性與感性，亦時有精緻的意象。作品有《交響的聲音》（1977台北水牛出版社）、《昨夜微霜》（1980台北九歌出版社）、《回首》（1985台北遠景出版公司）、《陶杯秋色》（1992台北正中書局）。

　　陳芳明（1947-），筆名陳嘉農、宋冬陽、施敏輝，台灣省高雄市人。輔仁大學歷史系畢業，台灣大學歷史研究所碩士，美國西雅圖華盛頓大學歷史系博士候選。曾任美國《台灣文化》總編輯、民主進步黨文宣部主任、靜宜大學中文系、暨南大學中文系教授、政治大學台文系主任。以著作台灣文學史著名，認為台灣光復後的國民黨時代為再次殖民。曾與陳映真為台灣文學的意識形態而筆戰。除學術論著外，主要寫作以理性散文為主，思路清晰，文字富含詩意，作品有《受傷的蘆葦》

陳芳明（1947-）

（1988台北林白出版社）、《風中蘆葦》（1998台北聯合文學出版社）、《夢的終點》（1998台北聯合文學出版社）、《時間長巷》（1998台北聯合文學出版社）、《掌中地圖》（1998台北聯合文學出版社）。

　　顏崑陽（1948-），別號夢白，台灣省嘉義縣人。淡江大學中文系畢業，台灣師範大學國文研究所博士，曾任教於花蓮女中、台北華興中學、高雄師範學院、淡江大學、中央大學及東華大學，並任文學院長。在學術著作外，也長於

散文寫作，多注目家庭倫理關係，作品主要有《秋風之外》（1976台北香草山出版社）、《傳燈者》（1983台北皇冠文化出版公司）、《手拿奶瓶的男人》（1989台北漢藝色研文化公司）、《人生因夢而真實》（1992台北漢藝色研文化公司）等。

鄭明娳（1949-），原籍湖北省漢陽縣，生於台灣省新竹市。台灣師範大學國文系畢業，國研所碩、博士，曾任教於蘭陽女中、北一女中、淡江大學、台灣師範大學、玄奘大學等。寫作以學術論述為主，專業為散文的理論及創作研究，兼及散文的寫作，出版文集有《葫蘆，再見》（1975台北東大圖書公司）、《教授的底牌》（1992台北聯合文學出版社）、《撩撥的琴弦》（1997天津百花文藝出版社）。

傅佩榮（1950-），筆名傅華、傅軒，原籍上海市，生於台灣省高雄市。輔仁大學哲學系畢業，台灣大學哲學研究所碩士，美國耶魯大學宗教哲學博士，曾任台灣大學哲學系助教、講師、副教授、教授、《哲學與文化》月刊主編、比利時魯汶大學客座教授、黎明文化公司總編輯、《哲學》雜誌總編輯。哲學論述四十餘部，深入淺出，對傳統哲學普及化頗有貢獻。在學術著述外，也長於以散文的方式討論人生哲學，甚受一般群眾歡迎，而成暢銷作家，出版散文集多達三十餘冊，主要有《成功人生》（1985台北時報文化公司）、《我看哲學》（1985台北業強出版社）、《走向成功人生》（1989台北業強出版社）、《人生取向》（1992台北九歌出版社）、《智慧的魅力》（1994台北業強出版社）、《創意人生》（1996台北業強出版社）、《不同季節的讀書方法》（1996台北九歌出版社）、《文化的視野》（1997台北立緒文化公司）、《人生需要幾座燈塔》（1998台北九歌出版社）等。

李瑞騰（1952-），筆名牧子、李庸，台灣省南投縣人。中國文化大學中文系文學組畢業，中文研究所碩士、博士。曾任《工商日報副刊》主編、《文訊》雜誌總編輯、淡江大學中文系副教授、中央大學中文系教授、系主任、文學院長、國家文學館館長。寫作以學術論述為主，兼及散文。出版散文集有《深情：台北》（與楊錦郁合著，1990台北九歌出版社）、《文學尖端對話》

（1994台北九歌出版社）、《累積人生經驗、開創文學空間》（1998台北九歌出版社）。

保眞（1955-，生平見第三十三章）的散文作品有《歸心》（1980台北九歌出版社）、《孤獨的旅人》（1986台北純文學出版社）、《生命旅途中》（1992台北九歌出版社）、《醒來，仍在江上》（1997台北九歌出版社）等。

龔鵬程（1956-），原籍江西省吉安縣，生於台灣省台中市。淡江大學中文系畢業，台灣師範大學國文研究所博士，曾任《國文天地》雜誌總編輯、《中國晨報》總主筆、中國古典文學研究會理事長、學生書局總編輯、淡江大學中文系主任、文學院長、中華道教學院教務長、副院長、國際佛學研究中心主任、行政院大陸委員會文教處長、中正大學歷史研究所教授、南華管理學院校長、佛光大學校長、北京師範大學及北京大學教授。他爲行政幹才，學術著作豐富，此外亦擅長散文，思維清晰敏銳、知識面廣博，曾獲中山文藝理論獎、中興文藝獎、行政院傑出研究獎。散文集有《少年遊》（1984台北時報文化公司）、《我們都是稻草人》（1987台北久大文化公司）、《時代邊緣之聲》（1991台北三民書局）、《豪賭者》（1991台北大村文化公司）、《走出銅像國》（1992台北三民書局）、《猶把書燈照寶刀》（1993台北小報文化公司）、《四十自述》（1996台北金楓出版社）。龔鵬程涉獵廣博，文筆犀利，態度誠懇，如評者謂其散文集《少年遊》一書：

> 四十一篇文章中，有嚴謹者，也有較鬆散者。有因對人生做深入的刻畫，足夠成為散文中之奇葩，而可能流傳百世者；也有近乎應景，瞬間即將被淘汰者。但是，不管好或不好，這些文章具有一個共同的特色，那就是它們處處流露出真誠的感情，也或多或少地流露出些許哀傷與無奈，其為一感情豐富的文人，殆無可議。（林德政 1985：114）

童元方（1960-），原籍河北省宣化縣，生於台灣省屏東縣。台灣大學中文系畢業，美國哈佛大學文學博士，曾任教於哈佛大學、奧立岡大學、香港中文

大學、東華學院。九〇年代與科學教授、散文名家陳之藩結爲連理，陪陳氏走完中風後的人生道路。散文風格深受陳之藩影響，理性中透露洗練與風華，著有《一樣花開——哈佛十年散記》（1996台北爾雅出版社）、《水流花靜——科學與詩的對話》（2003台北天下文化出版公司）、《愛因斯坦的感情世界》（2005台北天下文化出版公司）、《爲彼此的鄉愁》（2005香港牛津大學出版社）。

四、文化社會評論

這一類人數不多，但聲音很大，因爲文筆犀利，有爲而發，言之有物，有的放矢，無論褒貶，總會令人側目，直接對社會、人群有所貢獻。

張作錦（1932-），筆名金刀，江蘇省銅山縣人。1949年隨流亡學校來台，旋從軍，繼而考取政工幹校新聞系，畢業後再入政治大學新聞系。歷任《聯合報》記者、採訪主任、總編輯、美國《世界日報》社長、《聯合晚報》社長兼香港《聯合報》社長、台灣《聯合報》社長等職。專寫時事評論，知識廣博，文筆犀利，計有《一個新聞記者的諍言》（1977台北聯經出版公司）、《牛肉在哪裡》（1988台北天下文化出版公司）、《第四勢力》（1993台北天下文化出版公司）、《誰在乎媒體》（1996台北天下文化出版公司）、《試爲媒體說短長》（1997台北天下文化出版公司）、《史家能有幾張選票》（1997台北九歌出版社）。

李敖（1935-），原籍山東省濰縣，生於東北哈爾濱市。1949年來台，以同等學力考取台灣大學歷史系，並於1962年考入台大歷史研究所。1961年在《文星》雜誌發表〈老年人和棒子〉一文，引起社會的震撼與注目。以後擔任《文星》雜誌主編，大事批評中國傳統文化及權威人士，主張全盤西化，出口成箭，傷人無數，終於七〇年代初以「叛亂罪」判刑八年。晚年當選立法委員，並曾出馬競選總統，終於主持電視節目，成爲名嘴中的名嘴，繼續放言高論，評騭時事。作品以評論爲主，數量繁多，主要有《傳統下的獨白》（1963台北

文星書店）、《歷史與人像》（1964台北文星書店）、《上下古今談》（1965台北文星書店）、《李敖文存》（1979台北四季出版公司）、《李敖的情書》（1982台北遠景出版公司）、《愛情的祕密》（1990台北文星書店）、《世論新語》（1994台北桂冠圖書公司）、《中國性研究》（1995台北桂冠圖書公司）、《中國命研究》（1995台北桂冠圖書公司）、《冷眼看台灣》（1995台北桂冠圖書公司）、《自由的滋味》（1995台北桂冠圖書公司）、《李敖回憶錄》（1997台北商業周刊出版公司）、《李敖快意恩仇錄》（1998台北商業周刊出版公司）等。

南方朔（1946- ），原名王杏慶，祖籍江蘇省無錫縣，生於台灣省台南市。台南一中畢業，台灣大學森林系學士、森林研究所碩士、中國文化大學實業計畫研究所博士班肄業。台美斷交時他放棄了申請到的留美獎學金，不願赴美，改行做新聞記者。與王健壯、司馬文武等創辦《新新聞》週刊，任主筆，並曾任職香港《亞洲週刊》。寫作大量政論、文學評論及在報章撰寫專欄。他的政治批評針對國民黨與民進黨雙方，有比較持平與客觀的見解，受到知識界的重視。曾獲中國文藝協會文學評論獎。出版文集甚多，主要有《文化啟示錄》（1993台北三民書局）、《語言是我們的居所》（1998台北大田出版公司）、《自由主義的反思批判》（1994台北風雲時代出版公司）、《新野蠻時代》、《李登輝時代的批判》（2006台北聯合文學出版社）、《台灣政治的深層批判》（1994台北風雲時代出版公司）、《笨蛋！問題在領導》（2010台北有鹿出版社）等。

龍應台（1952- ），原籍湖南省衡陽縣，生於台灣省高雄縣。台灣成功大學外文系畢業，美國堪薩斯州立大學英美文學博士，曾任教於美國紐約州立大學、梅西學院。1983年返台後任教於中央大學英文系及淡江大學美國研究所。1986年旅居瑞士及德國，從事寫作。1999年返台出任台北

龍應台（1952- ）

市文化局長，卸任後赴港，任教於香港大學。2012年出任行政院文建會主委，旋文建會改組爲文化部，出任首任文化部長。1985年她在《中國時報・人間副刊》開闢「野火集」專欄，大批台灣社會的弊端，詞鋒犀利，引起各方正、負兩極的反應，轟動一時，被稱爲「龍捲風」。此外，並撰寫《龍應台評小說》（1985台北爾雅出版社）一書，運用美國新批評的方法，批評了多位台灣當時著名的小說家的作品，同樣引發學界的注目。她的散文集除辛辣的社會文化批評外，也有抒情、敘事之作，文筆生

颳起龍應台龍捲風的《野火集》(1985台北圓神出版社)

動，但極富理性思辨。主要有《野火集》（1985台北圓神出版社）、《野火集外集》（1987台北圓神出版社）、《人在歐洲》（1988台北時報文化公司）、《寫給台灣的信》（1992台北圓神出版社）、《看世紀末向你走來》（1994台北時報文化公司）、《美麗的權利》（1994台北圓神出版社）、《我的不安》（1997台北時報文化公司）、《未完成的革命：戊戌百年記》（1998台北台灣商務印書館）、《百年思索》（1999台北時報文化公司）、《目送》（2008台北時報文化公司）、《大江大海一九四九》（2009台北天下雜誌社）等。龍應台對社會犀利的批評，八○年代後期在台所引起的「龍捲風」現象也波及到海峽的其他兩岸，且看彼岸的評論：

　　綜觀龍應台的雜文，無一不是緣起於具體事物，有感而發；但無一僅僅侷限於某一事物，就事論事。始終著眼於觀念的探討——作者和讀者，肯定意見和批評意見，都十分明瞭這一點。

　　龍應台認爲人和烏龜一樣，背著巨大的殼，即觀念上的框框。他的雜文警策人們重新審視背上那習以爲常、見怪不怪的觀念的殼，「⋯⋯每一篇大致都在設法傳播一種開放、自由、容忍與理性的對事態度」。（楊際嵐1990：224）

INK

姓名 : _____ 性別：□男 □女

郵遞區號 : _____

地址 : _____

電話 : (日) _____ (夜) _____

傳真 : _____

e-mail : _____

請寄回服務部

印刻文學生活雜誌出版有限公司　收
新北市中和區建一路249號8樓
235-53

請沿虛線「摺」、「剪」下寄

讀者服務卡

您買的書是：＿＿＿＿＿＿＿＿＿＿＿＿＿＿＿＿＿＿＿＿＿＿＿＿＿

生日：　　　年　　　月　　　日

學歷：□國中　　□高中　　□大專　　□研究所（含以上）

職業：□學生　　□軍警公教　□服務業

　　　　□工　　　　□商　　　□大眾傳播

　　　　□SOHO族　　　　□學生　　□其他 ＿＿＿＿＿＿＿＿

購書方式：□門市＿＿＿書店　□網路書店　□親友贈送　□其他 ＿＿

購書原因：□題材吸引　□價格實在　□力挺作者　□設計新穎

　　　　　□就愛印刻　□其他 ＿＿＿＿＿＿＿＿＿　（可複選）

購買日期：＿＿＿＿年＿＿＿＿＿月＿＿＿＿日

你從哪裡得知本書：□書店　□報紙　　□雜誌　□網路　□親友介紹

　　　　　　　　　□DM傳單　□廣播　□電視　　□其他

你對本書的評價：（請填代號　1.非常滿意　2.滿意　3.普通　4.不滿意）

　　　　　　　書名＿＿＿＿　內容＿＿＿＿封面設計＿＿＿＿版面設計＿＿＿＿

讀完本書後您覺得：

1.□非常喜歡　2.□喜歡　3.□普通　4.□不喜歡　5.□非常不喜歡

　您對於本書建議：

感謝您的惠顧，為了提供更好的服務，請填妥各欄資料，將讀者服務卡直接寄回或
傳真本社，我們將隨時提供最新的出版、活動等相關訊息。
讀者服務專線：（02）2228-1626　讀者傳真專線：（02）2228-1598

五、報導散文

報導文學（抗戰時稱「報告文學」）在抗日戰爭前後甚爲流行，如應未遲的報導文章就寫在抗戰時期。到五、六〇年代的台灣反倒沉寂下去。後來在七〇年代高信疆主持《中國時報·人間副刊》時大力提倡，並設立報導文學獎，正好趕上環保意識抬頭，遂風行一時，寫作者眾。

司馬桑敦（1918-81），原名王光逖，筆名金明、淳于清、范叔寒，遼寧省金縣人。日本東京大學社會科學碩士。早年曾參加抗日活動，主編哈爾濱《大北新報·文藝副刊》及長春《星期論壇》。1954年出任《聯合報》駐日特派員。晚年移民美國。所作報導文學有《扶桑漫步》（1964台北文星書店）、《江戶十年》（1964台北聯合報社）、《從日本到台灣》（1970台北雲天出版社）、《中日關係二十五年》（1978台北聯經出版公司），另有《張學良傳》（1986美國長青文化公司）及《人生行腳》（1988台北聯經出版公司）。

應未遲（1922-），原名袁暌九，湖南省寧鄉縣人。中央陸軍官校第十六期政治科及中央訓練團新聞科第一期畢業，1942年任中央社貴陽分社記者。來台後曾任記者、編輯、主筆、社長、台長等。寫作散雜文以報導、社論、專欄爲主，曾出版文集《南京受降記》（報導，1946貴陽民報社）、《匕首集》（1955台北聯合報社）、《我和我家》（1971台南聞道出版社）、《藝文人物》（1972台北空中雜誌社）、《旅路》（報導，1973台北驚聲文物供應公司）、《輕塵集》（1976台北水芙蓉出版社）。

施翠峰（1925-），原名施振樞，台灣省彰化縣人。台灣師範大學美術系畢業，曾於藝專、台灣師範大學、中國文化大學任教。除美術教育外，也涉及民俗學，寫作以美術論述及報導散文爲主，曾獲扶輪社文學獎、中國文藝協會文藝獎章。出版散文集主要有《風土與生活》（民俗，1966台中中央書局）、《日、韓、琉之旅》（報導，1967台北大華晚報社）、《南海遊蹤》（報導，1972台北三民書局）、《思古幽情集》二冊（報導，1975台北時報出版社）、《南海展痕》二冊（1977台北時報文化公司）、《縱橫美國尋幽情》（報導，

1985台北中國文化大學出版部)、《扶桑拾穗》(1989台北漢光文化公司)。

殷允芃(1941-),山東省滕縣人。台灣成功大學外文系畢業,美國愛荷華大學新聞碩士,曾任美國《費城詢問報》、《紐約時報》、合眾國際社駐華記者、亞洲《華爾街日報》駐華特派員,並曾在政大新聞系任教。現任《天下》雜誌發行人兼總編輯及《康健》雜誌發行人。由於在新聞界的傑出表現,曾當選第六屆十大傑出女青年,獲得兩度新聞局最佳雜誌主編金鼎獎、1987年麥格塞塞新聞、文學與傳播藝術獎。在新聞、編輯工作外,寫作報導性質的散文,計有《中國人的光輝及其他》(報導,1971台北志文出版社)、《新起的一代》(1974台北書評書目雜誌社)、《決策者》(1982台北經濟與生活出版公司)、《太平洋世紀的主人》(1985台北經濟與生活出版公司)、《點燈的人》(1992台北天下文化出版公司)、《敬天愛人》(1996台北天下文化出版公司)。

徐仁修(1946-),台灣省新竹縣人。屏東農專畢業,曾任台灣省農林廳技士、駐尼加拉瓜農技團技師,多次深入東南亞及中南美洲探險,所寫散文均為與探險有關的報導文學。主要作品有《月落蠻荒》(報導,1977台北遠流出版社)、《叢林之王》(報導,1980台北遠流出版社)、《家在九芎林》(報導,1980台北遠流出版社)、《叢林夜雨》(報導,1983台北皇冠文化出版公司)、《金三角鴉片之旅》(報導,1984台北皇冠文化出版公司)、《不要跟我說再見台灣》(報導,1987台北錦繡出版社)、《罌粟邊城》(報導,1993台北大樹文化公司)、《赤道無風》(報導,1993台北大樹文化公司)、《荒地有情》(報導,1993台北大樹文化公司)等。

夏祖麗(1947-),原籍江蘇省江寧縣,生於北平市,為林海音之女。實踐管理學院畢業,曾任《婦女雜誌》編輯、純文學出版社總編輯、《純文學》季刊發行人。現旅居澳洲。寫作以報導文學為主,出版有《她們的世界》(報導,1973台北純文學出版社)、《年輕》(報導,1976台北純文學出版社)、《握筆的人》(報導,1977台北純文學出版社)、《人間的感情》(報導,1982台北純文學出版社)、《異鄉人‧異鄉情》(1991台北九歌出版社)、《南天下

的鈴島》（1994台北正中書局）。

馬以工（1948-），南京市人。中原大學建築系畢業，美國新澤西大學都市與區域計畫碩士，曾任中原大學建築系副教授、文建會兼任研究員、《大自然》季刊總編輯、東海大學景觀系副教授、監察委員等職。因爲從事保護生態自然環境工作，寫作以報導自然環境爲主，曾獲兩屆中國時報報導文學獎、新聞局圖書金鼎獎、吳三連報導文學獎。主要作品有《尋找老台灣》（報導，1979台北時報文化公司）、《大家來保護紅樹林》（報導，1981台北交通部觀光局）、《我們只有一個地球》（與韓韓合作，報導，1983台北九歌出版社）、《自然之美》（報導，1983台北文建會）、《歷史建築》（報導，1983台北北屋出版社）、《幾番踏出阡陌路》（報導，1985台北時報文化公司）、《一步也不讓》（報導，1987台北大地出版社）、《中國人傳承的歲時》（報導，1990台北十竹書屋）等。

韓韓（1948-），原名駱元元，祖籍江西省贛縣，生於北平。台灣政治大學中文系肄業。婚後隨夫赴美國，十年後於1980年返台灣，參與台灣的環保工作，曾任《大自然》雜誌總編輯、副社長、新聞局顧問等職。後來旅居大陸。寫作以報導環保問題爲主，曾獲新聞局金鼎獎、中興文藝寶島文學獎章。作品有《有女懷鄉》（1980台北時報文化公司）、《我們只有一個地球》（與馬以工合作，報導，1983台北九歌出版社）、《在我們土地上》（1985台北自立晚報社）、《我們只有一條長江》（1993台北遠流出版公司）。

心岱（1949-，生平見第三十四章）的散文以報導文學爲主，尤喜寫貓，曾獲時報報導文學獎。作品繁多，主要有《金門行》（報導，1969金門文獻委員會）、《一把風采》（報導，1978台北皇冠文化出版公司）、《大地反撲》（報導，1983台北時報文化公司）、《千種風情說蓮荷》（報導，1983台北皇冠文化出版公司）、《回首大地》（報導，1989台北躍昇文化公司）、《夢土或淨土》（報導，1990台北社會大學文教基金會）、《山裡的女人》（報導，1990台北聯經出版公司）、《貓事件》（1992台北皇冠文化出版公司）、《恆春半島的故事》（1993台中台灣省教育廳）、《人間圖像》（報導，1994彰

化縣立文化中心）、《家有寵貓》（1997台中台灣省教育廳）、《發現綠光》（報導，1997台北時報文化公司）等。

　　桂文亞（1949-），原籍安徽省池縣，生於台北市。世界新聞專科學校編採科畢業，曾任世界新專講師、《聯合報》記者、副刊編輯、美國《世界日報》少年兒童版主編、《民生報》少年兒童組主任。寫作文類有兒童文學及報導散文，後者作品甚多，主要有《裁冰集》（1970台北哲志出版社）、《煙塵小札》（1975台北皇冠文化出版公司）、《橄欖的滋味》（1977台北皇冠文化出版公司）、《仙人掌花》（報導，1981台北百科文化出版社）、《春暉與春天》（報導，1981台北遠流出版社）、《兩代情》（報導，1984台北九歌出版社）、《長著翅膀遊英國》（1993台北民生報社）、《馬五比丘組曲》（1998台北民生報社）等。

　　邱坤良（1949-），台灣省宜蘭縣人。中國文化大學歷史系畢業，歷史研究所碩士，法國巴黎第七大學文學博士，曾任美國加州大學柏克萊校區「大眾文化研究計畫」研究員、中國文化大學戲劇系、藝術學院戲劇系教授、藝術學院校長、文建會主委。因為對民俗曲藝有深入研究，所寫報導散文多與此有關，文筆生動，思維清晰，作品有《民間戲曲散記》（報導，1979台北時報文化公司）、《野台高歌——台灣戲曲參與》（報導，1980台北皇冠文化出版公司）、《民族藝術的維護》（報導，1983台北文建會）、《昨日海上來——許常惠的生命之歌》（傳記，1997台北時報文化公司）。

　　古蒙仁（1951-）以撰寫報導文學而知名，對環保問題、原住民以及城鄉發展多所用心，主要作品有《黑色的部落》（報導，1978台北時報文化公司）、《失去的水平線》（報導，1980台北時報文化公司）、《蓬萊之旅》（報導，1982台北時報文化公司）、《天竺之旅》（報導，1982台北時報文化公司）、《台灣社會檔案》（報導，1983台北九歌出版社）、《台灣城鄉小調》（報導，1983台北蘭亭書店）、《小樓何日再東風》（1990台北九歌出版社）、《同心公園》（1996台北九歌出版社）等。大陸台灣文學研究學者朱雙一說：

古蒙仁的報導文學作品無一不是現實關照的產物。他認定：報導文學其實是用腳寫出來的。為此他毅然走出書齋，跑遍台灣的山山水水、社會的每一個角落，親臨現場，蒐集原始資料，與工人農民同吃同住同勞動，從而瞭解底層民眾的真實生活情形，發現社會存在的緊迫問題。這樣的報導文學，就能為時代、歷史做見證，也表現作者實證的科學態度及現實主義精神。（朱雙一1999：63）

陳銘磻（1951-），筆名沈芸生，台灣省新竹市人。世界新聞專科學校夜間部廣電科肄業。曾任國小教師、廣播電台主持人、電影編劇、《老爺財富》月刊編輯、《佳佳》月刊主編、《愛書人》雜誌社長兼主編、《出版街》雜誌社社長、號角出版社及旺角出版社發行人、耕莘寫作會主任導師。所寫以報導文學為主，曾獲中國時報報導文學優等獎。報導文學作品主要有《賣血人》（1979台北遠流出版社）、《現場目擊》（1982台北遠流出版社）、《悲泣的愛神》（1982台北號角出版社）、《掌燈人》（1987台北文建會）及其他散文集《新人類宣言》（1990台北方智出版社）、《活在恐懼與不安中》（1995台北號角出版社）、《個性決定命運》（1998台北號角出版社）等。

楊憲宏（1953-），台灣省彰化縣人。台北醫學院牙醫學系畢業，台灣大學醫學院生理學碩士、美國柏克萊加州大學公共衛生碩士，曾任《聯合報》、《中時晚報》記者、《人間》雜誌總編輯、環球電視台總經理。因曾受專業訓練，對生態環境、汙染公害等有深切的瞭解與關注，所寫報導文學多對此而發，曾獲吳三連報導文學獎。作品有《走過傷心地》（報導，1986台北圓神出版社）、《受傷的土地》（報導，1987台北圓神出版社）、《我們不是天竺鼠》（1987台北久大文化公司）、《另一個公害現場》（1987台北久大文化公司）、《公害政治學》（1989台北合志文化公司）、《變法1992》（1992台北不二出版公司）。

鍾喬（1956-），原名鍾政瑩，台灣省苗栗縣人。台灣中興大學外文系畢業，中國文化大學藝術研究所戲劇碩士，曾任《人間》雜誌主編、跨界文教基金會

董事長、差事劇團團長。寫作以報導散文爲主，兼及其他文類。散文作品有《宛若昨日》（1988台北希代書版公司）、《回到人間的現場》（1990台北時報文化公司）、《城市邊緣》（報導，1992台北張老師文化公司）、《亞洲的吶喊》（報導，1994台北書林出版公司）、《邊緣檔案》（報導，1995台北揚智文化公司）。

劉克襄（1957-）

劉克襄（1957-，生平見第三十四章）熱愛自然，細心觀察自然界的鳥獸生態，並加以研究，然後以報導文學的形式書之成文，形成很特殊的自然書寫，對台灣的歷史人文與自然生態的交互關係有深入的探討。作品眾多，主要有《旅次札記》（報導，1982台北時報文化公司）、《旅鳥的驛站——淡水河下游四季水鳥觀察》（報導，1984台北大自然出版社）、《隨鳥走天涯》（報導，1985台北洪範書店）、《消失中的亞熱帶》（報導，1986台中晨星出版社）、《荒野之心》（報導，1986台北前衛出版社）、《橫越福爾摩沙——外國人在台灣的探險與旅行》（報導，1989台北自立報系出版部）、《台灣鳥木刻紀實》（報導，1990台北劉開工作室）、《小綠山之舞》（1995台北時報文化公司）、《小綠山之歌》（1995台北時報文化公司）、《快樂綠背包》（報導，1998台中晨星出版社）等。朱雙一說：

　　劉克襄以「鳥人」、「漂鳥詩人」等稱號聞名於台灣文壇。這是因為他選擇了一條與一般作家不同的道路，十年如一日地遍歷台灣的山山水水，從事鳥類的觀察、攝影和報導。如〈沙岸〉一文，乃作者選擇淡水河下游，歷盡千辛萬苦從事一年的鳥類調查的產物。作者十分詳細地分別記下沙岸冬春夏秋四季中各種鳥類的遷徙、繁衍和活動情景，字裡行間透露出一絲不苟的科學態度和鍥而不捨地從事這一工作的各種甘苦，如有所發現的樂趣和遭受挫折的苦惱。近

年來的《小綠山札記》則如日記般逐日寫下了觀察各種動植物的收穫和心得。這些紀錄，不僅巨細靡遺，聲色俱全，有如科學著作的細緻，而且充滿了與自然生物融合交感的欣慰和樂趣。（朱雙一 1999：68-69）

廖鴻基（1957-），筆名沈見智，台灣省花蓮縣人。高中畢業，原以捕魚為業，以後成為鯨類生態觀察員，曾參與台灣尋鯨小組，擔任黑潮海洋文教基金會負責人。寫作以海洋生態報導為主，曾獲時報散文評審獎、吳濁流小說獎、聯合報讀書人最佳書獎。作品有《環保花蓮》（報導，1995花蓮洄瀾文教基金會）、《討海人》（1996台中晨星出版社）、《鯨生鯨世》（報導，1997台中晨星出版社）、《漂流監獄》（1998台中晨星出版社）。

劉還月（1958-），原名劉魏銘，台灣省新竹縣人。幼年因家貧失學，做過學徒、小工等，全靠自己努力自學。後來受到藝術家粟耘的指導而有所精進。曾任《自立晚報》生活版主編、協和藝術文化基金會總幹事、台原出版社總編輯、台灣常民文化協會理事長、常民文化事業有限公司發行人。1984年開始專事台灣民俗、器物的田野調查，所寫論述、報導散文與兒童文學均與此有關，曾獲時報文學獎、聯合報報導文學獎、梁實秋文學獎、吳三連文學獎。出版報導散文集甚多，主要有《台灣民俗誌》（報導，1986台北洛城出版社）、《回首看台灣》（報導，1987台北漢光文化公司）、《台灣土地傳》（報導，1989台北台原出版社）、《變遷中的台灣戲曲與文化》（報導，1990台北台原出版社）、《台灣的歲節祭祀》（報導，1991台北自立報系出版部）、《南瀛平埔誌》（報導，1994台南縣立文化中心）、《台灣鄉土誌》（1997台北常民文化公司）、《台灣產業誌》（1997台北常民文化公司）等。

眭澔平（1959-），原籍江蘇省丹陽縣，生於台灣省台北市。台灣大學歷史系畢業、美國康乃爾大學亞洲研究碩士、英國里茲大學社會經濟學博士，曾任電視記者、主播、節目製作人及輔仁大學講師。以記者的身分上山下海，多寫報導散文，是位多產作家，曾獲金鐘獎、美國亞洲協會專題研究獎。主要作品有《金孀婆玩股票》（報導，1989台北中央日報社）、《看天田——我站在天

安門前》（報導，1989台北仕女出版社）、《睦澔平與你談心》（1991台北張
老師出版社）、《尋找台灣的線索》（報導，1992台北皇冠文化出版公司）、
《戰勝自己》（1993台北希代書版公司）、《做TV的主人——睦澔平跑新聞》
（1995台北希代書版公司）、《世界十大節慶奇觀》（1998台北百通圖書公
司）。

張典婉（1959-），台灣省苗栗縣人。中國文化大學戲劇系畢業，曾任「華
視新聞雜誌」執行製作、《台灣日報副刊》編輯、《民生報》記者、寶泉客家
電台經理。寫作以報導散文為主，曾獲聯合報報導文學獎。作品有《土地人情
深》（1993苗栗縣立文化中心）、《福爾摩沙的女兒》（1993台北張老師出版
社）、《家有多多龍》（1996台北九儀出版社）、《郊居歲月》（1996台北圓
神出版社）。

藍博洲（1960-），台灣省苗栗縣人。輔仁大學法
文系畢業，曾任《南方》、《人間》雜誌、《自由時
報》及創造出版社編輯，現自由寫作。深受陳映真的
影響，為台灣知識界的左翼人物。所寫以報導文學為
主，兼及小說，曾獲時報小說評審獎、洪醒夫小說
獎。報導散文有《沉屍‧流亡‧二二八》（報導，
1991台北時報文化公司）、《幌馬車之歌》（報導，
1991台北時報文化公司）、《尋訪被湮滅的台灣史與
台灣人》（報導，1994台北時報文化公司）。朱雙一
從社會主義的觀點認為：

藍博洲（1960-）
攝影／陳建仲

1987年進入陳映真創辦的《人間》，是藍博洲創作的一個轉折點。他從此開
始了對終戰前後台灣左翼革命者事跡和五〇年代台灣白色恐怖史的田野調查和
紀實報導。他的這類創作具有如下特點：
其一，藍博洲真實地揭示了當時台灣社會的主要矛盾，乃是統治、剝削階級
和被統治被剝削階級之間的「階級矛盾」，而非所謂「省籍矛盾」。……

其二，<u>藍博洲</u>通過史實有力地揭示：當時社會運動和革命鬥爭的目標和理想，是消除欺壓、剝削等社會弊端，追求民主、自治和國家的統一，而非某些人所說的「台灣獨立」。……

其三，<u>藍博洲</u>注重人物形象塑造，努力再現當年蒙難左翼人士的英雄形象和光輝人格。……（朱雙一 1999：87-89）

六、專欄散文

專欄是台灣報紙副刊必備的，其他刊物也多有專欄，成為散、雜文作者固定發表文章的園地。以上所舉的散文家也多半都寫過專欄，像黃永武有一度同時在不同的報章上寫三四個專欄，但是他們似乎還不能稱為專欄作家。以下的專欄作家多少要像何凡一樣，作品主要的是專欄集成的文集。

楊子（1921-2011），原名楊選堂，廣東省梅縣人，幼年時僑居印尼。上海暨南大學商學系畢業，來台後歷任《中國時報》、《新生報》、《民族晚報》主筆、台灣大學講師、中興大學副教授、台灣省政府編譯室主任、行政院參事兼編譯室主任、《聯合報》副社長兼總主筆、《經濟日報》總主筆、聯合報系副董事長。長期經營專欄，故散文成集者眾多，主要有《雜花生樹》（1976台北皇冠文化出版公司）、《感情的花季》（1976台北聯經出版公司）、《楊子雜談》（1977台北皇冠文化出版公司）、《楊子自選集》（1980台北中國文化大學出版部）、《男人的誕生》（1985台北聯經出版公司）、《驚喜》（1986台北九歌出版社）、《回首擁抱那人》（1991台北聯經出版公司）等。

子敏（1924-），原名林良，祖籍福建省同安縣，生於廈門市。台灣師範大學國語科及淡江大學英文系畢業。曾任台灣師範大學兼任講師、教育廳《小學生》半月刊主編、《國語日報》編輯、編譯主任、出版部經理、發行人兼董事長。寫作以兒童文學及專欄散文為主，是兒童文學的暢銷作家，曾獲國家文藝獎。散文集有《茶話》十冊（1966-71台北國語日報社）、《小太陽》（1972

台北純文學出版社）、《和諧人生》（1973台北純文學出版社）、《陌生的引力》（1981台北純文學出版社）、《鄉情》（1982台北好書出版社）、《豐富人生》（1985台北好書出版社）、《現代爸爸》（1990台北好書出版社）、《無盡的愛》（1997台北幼獅文化公司）等。

彭歌（1926-，生平見第三十三章）服務報界多年，長期撰寫報章專欄，評書、論人、議事，故散文集多達四十餘本，其主要者有《書香》（1968台北仙人掌出版社）、《書味》（1969台北三民書局）、《暢銷書》（1970台北三民書局）、《雙月樓說書》（1973台北學生書局）、《自信與自知》（1974台北三民書局）、《彭歌自選集》（1975台北黎明文化公司）、《成熟的時代》（1975台北聯合報社）、《作家的童心》（1979台北聯經出版公司）、《生命與創作》（1986台北中央日報社）、《三三草》（1994台北聯經出版公司）、《說故事的人》（1998台北三民書局）等。

薇薇夫人（1932-），原名樂茝軍，祖籍安徽省含山縣，生於南京市。中國新聞專科學校畢業，先後任職於台大醫院社會服務部、華視「今天」節目主持人、《世界日報》編輯、《中華日報》、《聯合報》專欄作家、《國語日報》文化中心主任、社長等。所寫專欄多關涉男女之愛、兒女之情，受到讀者的歡迎。由專欄文章集成的文集繁多，主要有《短言集》（1970台北皇冠文化出版公司）、《啣泥集》（1970台北皇冠文化出版公司）、《男人背後的女人》（1975台北拓荒者出版社）、《感情，感情？感情！》（1979台北聯經出版公司）、《愛的問題》（1982台北大地出版社）、《一個女人的成長》（1985台北大地出版社）、《心中有愛》（1990台北一葦公司出版部）、《做個熱愛生命的女人》（有聲書，1998台北探索文化公司）等。

謝鵬雄（1933-），筆名南有洲，台灣省台南市人。台灣大學外文系畢業，曾任台灣電視公司編審組長、駐日代表、台視公司企畫。他是專欄作家，觸覺銳敏，言鋒諷刺，曾獲中國文藝協會雜文類文藝獎章。散文集甚多，主要者有《花非花》（1984台北時報文化公司）、《女性新像》（1986台北九歌出版社）、《未完成的女人》（1989台北方智出版社）、《文學中的女人》（1990

台北九歌出版社）、《文學中的男人》（1992台北九歌出版社）、《人情與事情的眞相》（1994台北方智出版社）、《書緣不滅》（1996台北九歌出版社）、《男人的美學》（1998台北方智出版社）等。

　　嶺月（1934-98，生平見第三十四章）曾是《聯合報》、《中華日報》、《大華晚報》的專欄作家，所寫多有關世道人心、家庭問題、親子教育、青少年勞工等，頗受一般讀者歡迎。出版有《且聽我說》（1988台北文經出版社）、《和年輕媽媽聊天兒》（1982台北信誼基金會）、《做個內行的媽媽》（1986台北大地出版社）、《跟主婦朋友談天》（1987台北書評書目雜誌社）、《快樂的家庭》（1988台北國立編譯館）、《跟小學生的媽媽談天》（1989台北國語日報社）、《老闆與我——跟青少年勞工朋友談天》（1991台北國立編譯館）。

　　鄭羽書（1953-，生平見第三十四章）是專欄作家，其散文作品多爲專欄文章的結集，計有：《愛火——揭開女大學生的私生活》（1976台北巨龍文化公司）、《時髦的行業》（1977台北時報文化公司）、《我見我思話東瀛》（1978台北時報文化公司）、《醫生太太的祕密》（1978台北巨龍文化公司）、《誰來關心我》（1979台北時報文化公司）、《女人眼中的世界》（1991台北黎明文化公司）。

　　黃明堅（1955-），原籍浙江省麗水縣，生於台灣。台灣大學商學系畢業，美國伊利諾大學企管碩士，曾任《經濟日報》撰述委員、《統領》雜誌及《卓越》雜誌總編輯、中國生產力中心顧問。寫作以專欄文章爲主，曾獲經濟日報徵文第一名。出版文集主要有《新游牧族》（1989台北皇冠文化出版公司）、《青春筆記》（1990台北皇冠文化出版公司）、《簡簡單單過日子》（1992台北皇冠文化出版公司）、《女人也想出人頭地》（1995台北皇冠文化出版公司）、《輕輕鬆鬆過日子》（1995台北皇冠文化出版公司）、《迷迷糊糊過日子》（1996台北皇冠文化出版公司）、《單身，好好》（有聲書，1998台北皇冠文化出版公司）等。

　　莊裕安（1959-），原籍台灣省彰化縣，生於台北縣。中國醫藥學院醫學系

畢業，現爲內科執業醫生。酷愛古典音樂，故常爲報章撰寫音樂專欄，積而成集，遂成樂評式的散文，主要有《音樂狂歡節》（1990台北大呂出版社）、《寄居在莫札特的壁爐》（1991台北大呂出版社）、《巴爾札克在家嗎？》（1993台北大呂出版社）、《爵士樂》（1993台北大呂出版社）、《天方樂譚》（1994台北大呂出版社）、《會唱歌的螺旋槳》（1994台北大呂出版社）、《曉夢迷碟》（1998台北大呂出版社）等。

七、旅遊散文

遊記也是散文家常寫的一類，此處所列是主要作品爲旅遊的一類，或者以遊記名家者。

陳景容（1934-），筆名影榕，台灣省南投縣人。台灣師範大學美術系畢業，日本東京藝術大學壁畫研究所碩士，曾在藝術專科學校、中國文化學院美術系及師範大學美術系任教。多次於世界各地舉行畫展，曾獲中國畫學會金爵獎、吳三連文藝獎。因爲時常至世界各地旅遊，故所寫以遊記爲主，計有《東京畫訊》（1971台北天同出版社）、《歐美日美術巡禮》（1977台北玉豐出版社）、《繪畫隨筆》（1978台北東大圖書公司）、《藝術之旅》（1982台北時報文化公司）、《歐遊畫訊》（1982台北藝術家出版社）、《畫餘趣事》（1983台北武陵出版社）、《印度、尼泊爾之旅》（1985台北武陵出版社）、《奈良的古寺》（1994台北靈鷲山出版社）。

梁丹丰（1935-），廣東省順德縣人。生長在畫家的家庭，自幼酷愛繪事，兼擅中西畫技，尤善寫生。1964年起先後任教於藝專、中國文化大學、銘傳商專、師大美術社、紐約聖約翰大學、銘傳大學等，並數度赴歐美講學、個展，曾獲中國文藝協會繪畫獎章、教育部文藝獎。1988年遍遊中國大陸，留下畫作與遊記。繪畫之外，寫作散文亦具成績，多爲遊歷的見聞，主要有《畫跡屐痕》（1975台北水芙蓉出版社）、《北極圈之旅》（1977台北北屋出版社）、《穿越大峽谷》（1984台北大地出版社）、《天方夜談之旅》（1984台北林白

出版社）、《吾鄉・他鄉》（1984台北純文學出版社）、《金鷹行》（1986台北大地出版社）、《走過中國大地》（1989台北聯經出版公司）、《絲路上的梵歌》（1997台北佛光文化公司）、《海闊天空》（1998台北元氣齋出版公司）等。

程明琤（1936-），原籍江西省貴溪縣，生於法國。台灣大學中文系畢業，中文研究所碩士，美國耶魯大學遠東語文碩士，曾執教於馬里蘭大學及華府喬治華盛頓大學。寫作以遊記散文為主，出版有《羇旅遊思》（1979台北水牛出版社）、《海角天涯華夏》（1983台北時報文化公司）、《煙波兩岸》（1985台北江山出版社）、《歲月邊緣》（1987台北李白出版社）、《走過千秋》（1989台北聯經出版公司）、《長江的憂鬱》（1994台北時報文化公司）、《嗚咽海》（1997台北三民書局）。

雷驤（1939-，生平見第三十四章）的小說很少，但散文很多，主要寫他旅遊及長途跋涉拍攝紀錄片的所見所聞，再加上他獨有的素描工夫，形成可觀的紀錄。作品有《青春》（1985台北圓神出版社）、《映象之旅》（1986台北林白出版社）、《單色風情》（1992台北時報文化公司）、《悲情布拉姆斯》（1993台北麥田出版公司）、《島嶼殘念》（1995台北林白出版社）、《黑暗中的風景》（1996台北爾雅出版社）、《逆旅印象》（1997台北皇冠文化出版公司）、《流動的盛宴》（1997台北皇冠文化出版公司）、《裸掌》（1997台北皇冠文化出版公司）、《地貌的背後》（1998台北元尊文化公司）。

雷驤（1939-）　圖片提供／文訊

黃光男（1944-），台灣省高雄縣人。高雄師範大學國文系畢業、台灣師範大學美術研究所碩士、高雄師範大學國文研究所博士，曾任屏東師院副教授、台北市立美術館長、歷史博物館長、台灣藝術大學校長。因工作的需要經常出國遊歷，故所作散文多記遊歷所見所聞，特別有關各地風光、文物者，作品有

《美的溫度》（1992台北皇冠文化出版公司）、《走過那一季》（1974台北皇冠文化出版公司）、《文化採光》（1995台北聯合文學出版社）、《舊時相識》（1997台北聯合文學出版社）、《靜默的真實》（1998台北皇冠文化出版公司）等。

陳列（1946- ），原名陳瑞麟，台灣省嘉義縣人。淡江大學英文系畢業，曾任國中教師、國大代表。以寫作遊記性質散文為主，曾獲時報散文首獎及推薦獎。作品有《地上歲月》（1989台北漢藝色研文化公司）、《永遠的山》（1991南投玉山國家公園管理處）、《玉山行》（1998台北玉山社）、《躊躇之歌》（2013台北印刻出版公司）。

舒國治（1952- ），筆名舍或之、步于塵、屠松郊、裘敬野，原籍浙江省，生於台灣。世界新聞專科學校電影編導組畢業，曾任藝楓廣告製片公司企畫、國泰鍵業廣告公司撰文、紀錄片編劇，主要自由寫作，以旅遊散文為主，曾獲時報文學獎、華航旅行文學首獎、長榮旅行文學首獎。著作有《「生活筆記1977」中的「人名索引」》（傳記，1976台北景象出版社）、《台灣重遊》（1997台北遠流出版公司）、《讀金庸偶得》（1997台北遠流出版公司）、《縱橫天下》（1998台北聯合文學出版社）、《理想的下午——關於旅遊也關於晃蕩》（2000台北遠流出版公司）、《門外漢的京都》（2006台北遠流出版公司）、《流浪集及走路、喝茶與睡覺》（2006台北大塊文化出版公司）、《台北小吃札記》（2007台北皇冠文化出版公司）、《理想的下午》（2008台北遠流出版公司）、《窮中談吃》（2008台北聯合文學出版社）、《水城台北》（2010台北皇冠文化出版公司）。

鍾文音（1966- ，生平見第三十四章）在小說外，也有不少散文集，包括有關旅遊者，諸如《從今而後》（2000台北大田出版公司）、《昨日重現》（2001台北大田出版公司）、《永遠的橄欖樹》（2002台北大田出版公司）、《寫給你的日記》（2003北京中國戲劇出版社）、《美麗的痛苦》（2004台北大田出版公司）、《奢華的時光：上海的華麗與蒼涼》（2005上海中國旅遊出版社）、《巴黎情人：尋訪杜拉斯、卡米耶‧西蒙波伏瓦》（2005上海中國旅遊

出版社）、《最美的旅程》（2007安徽文藝出版社）、《百年物語三部曲：艷歌行、短歌行、傷歌行》（2010台北大田出版公司）等。

褚士瑩（1971-）喜愛旅遊，足跡遍及世界各國，所作散文以遊記爲主，作品甚多，主要有《黃色太平洋》（1992台北正中書局）、《旅人隨身書——女性自助旅遊手冊》（1995台北方智出版社）、《奔向尼羅河》（1995台北平氏出版公司）、《飛入加德滿都》（1995台北皇冠文化出版公司）、《愛跟人聊天的國度》（1996台北皇冠文化出版公司）、《趁著年輕去旅行》（1997台北圓神出版社）、《哈佛沒有教的事》（1998台北圓神出版社）、《Always想出去玩》（1998台北探索文化公司）等。

八、田園、環保與自然散文

包括詩與散文在內的山水文學，本是我國久遠的傳統，今日加上環保意識的興起，逐形成與環保有關的自然書寫。

盧克彰（1923-76，生平見第二十七章），生前曾一度在花蓮山區墾荒五年，寫下不少寄情大自然、墾荒生活的散文，計有《墾荒散記》（1965台中光啓出版社）、《自然的樂章》（1971台北三民書局）、《擷雲小記》（1976台北水芙蓉出版社）。

蕭白（1925-2013，生平見第三十四章）的散文甚富詩意與哲理，晚年雖封筆，但數量仍然可觀，主要有《多色河畔》（1965台北新亞出版社）、《山鳥集》（1968台北哲志出版社）、《葉笛》（1970台北清流出版社）、《弦外集》（1974台北水芙蓉出版社）、《蕭白散文選集》（1978台北源成圖書供應社）、《當時正年少》（1982台北文鏡文化公司）、《石級上的歲月》（1984台北文鏡文化公司）、《白屋手記》（1986台北九歌出版社）、

蕭白（1925-2013）　攝影／陳文發

《風吹響一樹葉子》（1989廣州花城出版社）等。彼岸評者對蕭白的散文有以下的評語：

> 蕭白的散文有一個集中的命題：飄渺的世界和孤寂的靈魂。杜少陵詩曰：「此身飲罷無歸處，獨立蒼茫自詠歌」。蕭白在經歷了血與火的戰爭洗禮之後，便退避於大自然的懷抱，通過描摹大自然來書寫自己的心靈。天上的晨星雲彩，地上的山水花木，百鳥婉轉，四季更換，風雨綢繆，都在他的筆觸所及之中。他遠遠地避開塵世的喧囂，不屑於擷取人間的繁華，一心一意地沉溺在大自然寂靜和純樸之中。他與星星對話，與草木耳語，在靜夜的「純黑」裡獨坐，傾聽天籟的和美之聲。……他對自然的觀察細密到無以復加，而由此引起的聯想令人瞠目結舌。看到連綿的春雨，他想到這是「一個夜扭不乾的長髮」，「絞盡了夜晚又糾纏著白晝」；而活潑的三月，竟「坐著鵓鴣鳥連續叫唱」，「沿著街巷叫賣，兜售著諸般顏色」。讀他的作品，常常令人疑心作家是否就是童話中那個會解鳥語的農夫。（韋休文 1990：226-227）

張騰蛟（1930-），筆名魯蛟，山東省高密縣人。1949年從軍來台，曾加入紀弦的現代詩派，並與友人共同創辦《桂冠詩刊》。退役後曾任編輯、行政院新聞局主任祕書。寫作以散文為主，主要作品有《一串浪花》（1971台南東海出版社）、《鄉景》（1976台北水芙蓉出版社）、《我愛山林我愛原野》（1977台北聯亞出版社）、《鄉野小集》（1980台北林白出版社）、《原野之歌》（1981台北聯亞出版社）、《走在風景裡》（1984台北水芙蓉出版社）、《綠野飛花》（1988台北黎明文化公司）、《溪頭的竹子》（1989台北文經出版社）等。

陳冠學（1934-2011），原名陳英俊，台灣省屏東縣人。台灣師範大學國文系畢業，曾任國中、高中、專校教師，並曾主持高雄三信出版社。1980年辭去教職，隱居高雄澄清湖畔，82年遷回屏東潮州新埤故宅度過晚年。寫作以散文為主，以寫田園風光著稱，曾獲時報文學散文推薦獎、吳三連文學獎。作品有

《田園之秋》（1983台北前衛出版社）、《父女對話》（1987台北圓神出版社）、《藍色的斷想》（1988台北前衛出版社）。《訪草》二卷（1994台北三民書局）、《字翁婆心集》（2006台北前衛出版社）、《陳冠學隨筆：夢與現實》（2008台北前衛出版社），另有小說《第三者》（2006高雄草根出版公司）。在世紀末「台灣文學經典研討會」上評論者對《田園之秋》的意見如下：

《田園之秋》（1984台北前衛出版社）

陳冠學（1934-2011）
攝影／陳文發

> 整個田園看似無限開闊，卻像反鎖的房間，作者安坐其間，耽思旁訊，以文字構築一個理想世界，有自然而無社會。惟其如此，當他縱論本體，每多高遠懇切之論；一旦落實為具體主張，輒覺迂闊難守。（唐捐1999：392）

孟東籬（1937-2009），原名孟祥森，河北省定興縣人。台灣大學哲學系畢業，輔仁大學哲學碩士，曾任教於台灣大學、世界新專、東海大學、花蓮師專，長期隱居花蓮海岸，從事翻譯與寫作。作品以散文為主，多寫隱居的田園之趣與個人的感悟，作品有《萬蟬集》（1978台北遠景出版公司）、《秀姑巒溪的幽情》（1983台東社教館）、《濱海茅屋札記》（1985台北洪範書店）、《愛生哲學》（1985台北爾雅出版社）、《野地百合》（1985台北洪範書店）、《素面相見》（1986台北爾雅出版社）、《念流》（1988台北漢藝色研文化公司）、《人間素美》（1996台北圓神出版社）。

粟耘（1945-2006），原名粟照雄，台灣省台北市人。教育、經歷不詳，喜繪畫、寫作，因羨慕簡單、幽靜的生活，長期隱居山林。曾獲新聞局圖書金鼎獎、台灣省新聞處優良文藝作品獎。作品皆為散文，表現隱居者的所見、所

感、所思，數量眾多，主要有《空山雲影》（1984台北林白出版社）、《月之譜》（1985台北九歌出版社）、《我的歸去來》（1987台北漢光文化公司）、《鄉園與夢國》（1989台北漢光文化公司）、《寸園隨筆》（1990台北皇冠文化出版公司）、《糊塗歲月・簡單生活》（1996台北橘子出版公司）、《樹香》（1996台北張老師文化公司）、《鐵筆拙心》（1998台北躍昇文化公司）等。

葉海煙（1951-），台灣省嘉義縣人。輔仁大學哲學研究所碩、博士，曾任高中教師、文藻外語專科學校講師、副教授、輔仁大學中西文化研究中心研究員、東吳大學哲學系教授兼系主任，現任成功大學中文系教授。寫作包括對老莊思想的論述及田園風光的抒情散文，散文作品有《斷羽》（1973台北先知出版社）、《水族的祕密》（1976台中光啓出版社）、《種子落地》（1986台北東大圖書公司）、《意義的火把》（1987台北業強出版社）、《向未來交卷》（1988台北東大圖書公司）、《人文之旅》（1996台北三民書局）、《人生來時路》（1997高雄派色文化出版社）、《貓也會思考》（1997高雄派色文化出版社）。

陳煌（1954-），原名陳輝煌，台灣省高雄縣人。世界新專夜間部廣電科畢業，曾任《愛書人》雜誌編輯、《陽光小集》創辦人之一、百科文化公司《龍龍》月刊主編、《風尚》月刊總編輯、《行遍天下》總編輯、《工商時報》副刊主編、東佑出版社總編輯。現旅居北京，任北京新華在線高級顧問。寫作以描寫大自然的散文為主，曾獲中國時報新詩獎、吳魯芹散文獎、吳三連文學獎等。出版文集不少，主要有《夜・走遍小鎮》（1978台北水牛出版社）、《陽關千唱》（1980台北東大圖書公司）、《大地沉思錄》（1986台北皇冠文化出版公司）、《人鳥之間・夏秋篇》（1988台北光復書局）、《人鳥之間・冬春篇》（1989台北光復書局）、《大自然的歌手》（報導，1997台中晨星出版社）等。

夏曼・藍波安（1957-，生平見第三十四章）的散文也都是有關海洋、有關自然環境與人類關係的紀錄。散文集有《冷海情深》（1997台北聯合文學出版

社）、《海浪的記憶》（2002台北聯合文學出版社）、《航海家的臉》（2007台北印刻出版公司）、《老海人》（2009台北印刻出版公司）。

吳明益（1971-，生平見第三十四章）在小說外，也寫有關自然與環保的散文，對蝴蝶的生態觀察，特別具有心得。有散文集《迷蝶誌》（2000台北麥田出版公司）、《蝶道》（2003台北二魚文化出版公司）、《家離水邊那麼近》（2007台北二魚文化出版公司）。

九、飲食散文

食色，人之大欲存焉。對色，國人有所忌諱；對食，可就侃侃而談，興味無窮，形成所謂的「飲食文化」。

逯耀東（1933-2006），原籍江蘇省豐縣。台灣大學歷史系畢業，歷史研究所博士，曾任教於香港中文大學歷史系、台灣大學歷史系。專業學術著作外，亦擅長散文，尤以飲食散文著稱，曾獲1977年散文金筆獎。作品有《異鄉人手記》（1977台北皇冠文化出版公司）、《丈夫有淚不輕彈》（1977台北皇冠文化出版公司）、《那漢子》（1986台北圓神出版社）、《只剩下蛋炒飯》（1987台北圓神出版社）、《已非舊時味》（1992台北圓神出版社）、《窗外有棵相思樹》（1998台北東大圖書公司）等。

焦桐（1956-，生平見第三十二章）因為熱心飲食文學而創辦了《飲食》雜誌，故在詩集《完全壯陽食譜》之外也編撰有關飲食的散文，散文集有《愛的小故事》（1989台北時報文化公司）、《童年的夢》（1993台北時報文化公司）、《最後的圓舞場》（1993台北皇冠文化出版公司）、《在世界的邊緣》（1995台北九歌出版社）、《台灣飲食文選》（2005台北二魚文化出版公司）、《台灣醫療文選》（2005台北二魚文化出版公司）、《台灣肚皮》（2012台北二魚文化出版公司）等。

韓良露（1958-），原籍江蘇省東台縣，生於台灣省高雄市。曾從事電視編劇及新聞節目製作。旅居倫敦五年，並暢遊世界各國，現任網路基因科技公司

總經理。寫作範圍包括美食、旅遊、影評等。出版有《美味之戀》、《微醺之戀》、《食在有意思》、《狗日子、貓時間——韓良露倫敦旅札》。

　　蔡珠兒（1961-），台灣省南投縣人。台灣大學中文系畢業，英國伯明罕大學文化研究所肄業，曾任《中國時報》編輯、專題記者、研究員。寫作以散文為主，早期以花草植物為題材，後來專寫飲食，曾獲第二十屆吳魯芹散文獎。自封為專業的家庭主婦，全職的自然及社會觀察員。作品有《花叢腹語》（1995台北聯合文學出版社）、《南方降雪》（2002台北聯合文學出版社）、《雲吞城市》（2003台北聯合文學出版社）、《紅燜廚娘》（2005台北聯合文學出版社）、《饕餮書》（2006台北聯合文學出版社）、《種地書》（2012台北有鹿文化出版社）。

十、資料性散文

　　資料性的紀錄、書寫，通常納入學術的範圍，但有時作者特別加意修飾，以致成為可讀的散文形式，故在散文類中也納入此一項。

　　莊永明（1942-），筆名也寐，台灣省台北市人。台灣藝術專科學校美工科畢業，曾任職台灣通訊公司。退休後，自行研究台灣史、民俗、台灣語文、歌謠等。所寫散文數量甚多，皆為資料性的紀錄與心得。主要作品有《台灣第一》二冊（報導，1972、74台北文經出版社、文鏡文化公司）、《台諺淺釋》十冊（1987-93台北時報文化公司）、《台灣名人小札》二冊（1989台北自立晚報出版部）、《台灣紀事》上下冊（1989台北時報文化公司）、《台灣歌謠鄉土情》（1994孫德銘）、《台灣鳥瞰》（1996台北遠流出版公司）、《紅田嬰——台灣傳統兒歌集》（1998台北信誼基金出版社）等。

　　秦賢次（1943-），筆名石彬室，台灣省台北縣人。台灣政治大學西語系畢業，1987年與友人成立「當代文學史料研究社」，出任召集人，現任明台產物保險公司海上保險部經理。自從初中時代即對中國現代文學發生興趣，長期蒐集新文學史料，終成為一位民間的中國現代文學研究者。著有《環球獵奇》、

《世界大思想家列傳》、《世界密聞》、《台灣文化菁英年表集》、《台北人物誌》、《現代文壇繽紛錄》，編有《郁達夫南洋隨筆》、《郁達夫抗戰文錄》、《張我軍評論集》等。

莊伯和（1947-），原籍福建省晉江縣，生於台灣省高雄市。台灣師範大學美術系及中國文化大學美術研究所畢業，曾赴日本京都大學研究，返國除在銀行任職外，並曾兼任輔仁大學講師。對中國民俗藝術特具心得，所寫散文也常以民俗藝術為題材，作品甚多，主要有《中國藝術札記》（1976台北聯經出版公司）、《中國美術之旅》（1980台北雄獅圖書公司）、《民間美術巡禮》（1980台北雄獅圖書公司）、《中國的民俗》（1991台北台灣省教育廳）、《台灣民藝造型》（1994台北藝術家出版社）、《花燈與燈具之聯想》（1998台北國立傳統藝術中心籌備處）等。

陳信元（1953-），筆名陸以霖，台灣省台中縣人。中國文化大學中文系文學組畢業，曾任故鄉、蓬萊、蘭亭、業強等出版社總編輯、總策畫、總經理及發行人、南華大學編譯中心主任、出版所所長、佛光大學副教授等職務。著有《從台灣看大陸當代文學》（1989台北業強出版社）、《中國現代散文初探》（1990台中縣立文化中心）、《大陸新時期散文概述》（1996台北文建會）、《大陸新時期報告文學概述》（1996台北文建會）、《梁實秋研究評述》（主編，2011台南國立台灣文學館）、《出版與文學——見證二十年海峽兩岸文化交流》（2004台北揚智出版公司）等。

孫大川（1953-），筆名海若，台灣省台東縣人，卑南族原住民。台灣大學中文系畢業，輔仁大學哲學研究所碩士，比利時魯汶大學研究。曾任行政院原住民委員會副主委、主委、東華大學民族發展研究所所長，現任政治大學台灣文學研究所教授。身為原住民，最關切者均為原住民的歷史、文化、語言、信仰及生存環境種種，特別對原住民的資料編輯用心至深。著有《久久酒一次》（1991台北張老師出版社）、《神話之美——台

孫大川（1953-）
圖片提供／山海文化雜誌社

灣原住民的想像世界》（1997台北文建會）、《山海世界——台灣原住民心靈世界的摹寫》（2000）、《夾縫中的族群建構：台灣原住民的語言、文化與政治》（2000）、《Baliwakes，跨時代傳唱的部落音符：卑南族音樂靈魂陸森寶》（2007）以及與Robin J. Winkler合編的中英對照本《台灣原住民的神話與傳說》十冊（2002台北新自然主義公司）、自編《台灣原住民族漢語文學選集》七冊（2003台北印刻出版公司）。站在原住民的立場，毫無疑問，孫大川對台灣的現況與發展具有十足的發言權。陳芳明就曾說：

> 對於1980年以後的統獨論戰，或殖民與後殖民的爭論，他總是能夠站在一個超越的角度冷眼看待。當漢人不斷割開血管，訴說殖民傷害時，他選擇站在一個冷眼旁觀的位置。從他的文字可以深深感受，殖民史好像只是貫穿漢人移民史，原住民的文化完全遭到遺忘。他深深警覺，漢人遭到多少殖民經驗，原住民就經歷多少。然而，漢人受害者總是忘記，強勢的漢人霸權凌駕在原住民部落，許多學者往往視而不見，在外部殖民之外，原住民又承受另一種內部殖民。……他一直認為，台灣文化並沒有任何本質的存在，而是在時間遞換的過程中慢慢建構起來。他的文化建構論，遠遠勝過本土運動的本質論。由於是採取建構的觀點，他能夠以寬容的態度看待島上各個族群的文化及其生成與演化。（陳芳明2011b：637-638）

蔡登山（1954-），筆名尤新仁，台灣省台南縣人。淡江大學中文系畢業，曾任高職教師、電視台編劇、年代及春暉電影公司企畫經理、行銷經理、「作家身影」紀錄片製作人、電影製片人等。個人志趣在蒐集電影及中國現代文學史料，著有《人間四月天》（2001台北里仁書局）、《傳奇未完——張愛玲》（2003台北天下文化出版公司）、《魯迅愛過的人》（2007台北秀威資訊公司）、《另眼看作家》（2007台北秀威資訊公司）、散文集《往事已蒼老》（2006台北秀威資訊公司）（1998台北元尊文化出版公司），並編有《徐志摩情書集》、《柔情裏著我的心——徐志摩的情詩與情話》、《消逝的虹影——

王世瑛文集》。

　　李赫（1955-，生平見第三十四章）的散文多資料性的紀錄、傳釋與研究心得，爲數甚多，主要有《找個星期天》（1985台北號角出版社）、《有計畫的大學生活》（1991台北稻田出版社）、《台語的趣味》（1992台北稻田出版社）、《台語的智慧》八冊（1995台北稻田出版社）、《社會也是一所大學》（1992台北稻田出版社）、《老狐狸格言之人性解讀》（1996台北稻田出版社）等。

引用資料

王晉民主編，1994：《台灣當代文學史》，南寧廣西人民出版社。

王德威，1991：〈鄉愁的歸宿──評葉維廉的《一個中國的海》〉，《閱讀當代小說》，台北遠流出版公司。

白先勇，2008a：〈克難歲月──隱地的《漲潮日》〉，隱地編《白先勇書話》，台北爾雅出版社，頁37-40。

白先勇，2008b：〈歡樂台北〉，隱地編《白先勇書話》，台北爾雅出版社，頁137-142。

朱嘉雯，2012：〈專訪黃永武：勇闖天涯〉，8月《文訊》第322期，頁41-50。

朱雙一，1999：〈近二十年台灣文學流脈──「戰後新世代」文學論〉，《井然有序》，頁211-226。

余光中，1996：〈銀匙勺海的世間女子──序陳幸蕙的《黎明心情》〉，10月《文訊》第14期，頁30-54。

何聖芬記錄整理，1984：〈座談──散文類型的再探討〉，7月《國文天地》。

何寄澎，1987：〈真幻之際，物我之間──林文月散文中的生命關照及胞與情懷〉，7月《國文天地》。

李明駿（楊照），1986：〈樂見有人這樣寫散文──莊信正《異鄉人語》〉，12月《文訊》第27期，頁63-64。

林德政，1985：〈評介龔鵬程著《少年遊》〉，4月《文訊》第17期，頁114-117。

林雙不，1984：〈二十年來十本書──散文集《每次一想到他》出版說明〉，6月《文訊》第12期，頁245-248。

亮　軒，1998：〈自序〉，《亮軒極短篇》，台北爾雅出版社，頁1-10。

唐　捐，1999：〈《田園之秋》的辭與物──論陳冠學《田園之秋》〉，陳義芝主編，《台灣文學經典研討會論文集》，台北聯經出版公司，頁389-397。

馬　森，1991：〈序《三十男人手記》〉，蔡詩萍《三十男人手記》，台北聯合文學出版社。

馬　森，2012：〈文學與科學──五四精神的繼承與傳遞〉（陳之藩教授國際學術研討會專題演講），陳昌明主編，《花開的樹──陳之藩先生學術研討會論文集》，台北里仁書局。

韋休文，1990：〈蕭白筆下的隔離世界〉，《台灣文學的走向》，福州海峽文藝出版社，頁226-233。

梁錫華，1989：《己見集‧多角鏡的散文》，香港中國學社。

張瑞芬，2013：〈往事的勝訴──論張惠菁兼及《雙城通訊》〉，5月《聯合文學》第29卷第7期，頁48-53。

陳芳明，2011a：〈從漂泊旅行到自我定位的女性散文〉，9月《文訊》第311期，頁18-24。

陳芳明，2011b：《台灣新文學史》上下，台北聯經出版公司。

陳昌明，1999：〈智者的故鄉──論陳之藩《劍河倒影》〉，陳義芝主編《台灣文學經典研討會論文集》，台北聯經出版公司，頁362-372。

黃克全，1985：〈顏元叔《五十回首》及其他〉，10月《文訊》第20期，頁227-233。

黃維樑，2009：〈穿梭在人間與天堂──序《旅者的心情》〉，馬森《旅者的心情》，上海人民出版社。

楊際嵐，1990：〈「龍應台現象」觀察〉，《台灣文學的走向》，福州海峽文藝出版社，頁217-225。

瘂　弦，1983：〈序〉，席慕蓉《有一首歌》，台北洪範書店。

瘂　弦，1993：〈《高原的百合花》序〉，三毛《高原的百合花》，台北皇冠文化出版公司。

瘂　弦，2004a：〈序〉，《張曉風精選集》，台北九歌出版社。

瘂　弦，2004b：〈三面馬森──文學批評、戲劇小說與散文〉，《聚繖花序》II，台北洪範書店，頁47-51。

劉登翰、莊明萱、黃重添、林承璜主編，1993：《台灣文學史》下卷，福州海峽文藝出版社。

鍾文音，2013：〈妳做了我的夢〉，5月《聯合文學》第29卷第7期，頁64-65。

鍾怡雯，1999：〈無盡的搜尋──論楊牧《搜索者》〉，陳義芝主編《台灣文學經典研討會論文集》，台北聯經出版公司，頁372-386。

應鳳凰，2008：〈論許達然散文的藝術性與台灣性〉，3月《新地文學》第3期，頁25-52。

龔鵬程，1985：〈試評《文學的哲思》〉，2月《文訊》第16期，頁181-184。

第三十七章 台灣的文學理論與批評

一、第二度西潮中西方文學理論的衝擊

在第一度西潮下崛起的五四一代的作家，多半都傾向於創作，很少有像朱光潛一類的學院派的文學理論家及批評家，那是因為文學理論在中國的學院中正在起步，尚未受到重視。即使在西方，文學理論在學院中的地位也是漸進的，在啓蒙運動之後，出現了社會革命家馬克思、心理醫學家佛洛伊德、榮格（Carl Gustav Jung, 1875-1961）、語言學家索緒爾（Ferdinand de Saussure, 1857-1913）、維根斯坦（Ludwig Wittgenstein, 1884-1951）、哲學家胡塞爾（Edmund Husserl,1859-1938）、克羅齊（Benedetto Croce, 1866-1952）、海德格（Martin Heideggar, 1889-1976）、班雅明（Water Benjamin,1892-1940）、尹格爾頓（Roman Ingarden, 1893-1970）、馬爾庫塞（Herbert Marcuse,1898-1979）、作家兼文學理論家福斯特、艾略特、文學理論家盧卡奇（Georg Lukács, 1885-1971）、李察茲（I.A. Richards, 1893-1979）等這些學院大家以後，學院的氣勢高漲，越來越重視理論人才的培養

了。過去在十九世紀中期到二十世紀初期，西方流行著第一流人才從事創作，第二流人才從事評論的說法，到了二次大戰前後，毋寧顛倒過來了，第一流人才才能躋身高級學府，像高達美（Hans-Georg Gadamer, 1900-2002）、拉岡（Jacques-Marie Lacan, 1901-81）、維勒克（René Wellek, 1903-）、沙特、布魯克斯（Cleanth Brooks, 1906-）、艾普森（William Empson, 1906-84）、李維史陀（Claude Lévi-Strauss, 1908-2009）、西蒙‧波娃（Simone de Beauvoir, 1908-86）、亞伯拉姆斯（M.H. Abrams, 1912-）、佛萊（Northrop Frye, 1912-91）、羅蘭‧巴特、德曼、布思（Wayne C. Booth, 1921-）、威廉斯（Raymond Williams, 1921-88）、李歐塔、傅科（Michel Foucault, 1926-84）、伊塞爾（Wolfgang Iser, 1926-2007）、喬姆斯基（Noam Avram Chomsky, 1928-）、德希達、簡奈特（Gérard Genette, 1930-）、布魯姆（Harold Bloom, 1930-）、布迪厄（Pierre Félix Bourdieu, 1930-）、艾科（Umberto Eco, 1932-）、薩伊德（Edward W. Said, 1935-）、費許（Stanley Fish, 1938-）、托多洛夫、伊格頓（Terry Eagleton, 1941-）等一長串理論和批評大家的名字都是學院中的飽學之士，也都各有洞識和創見，對西方當代的文學家產生了巨大的影響，誰敢說他們不是第一流的人才呢？其實評論一流、二流人才的說法，毋寧是事後諸葛的見解，是根據人們以後的成就說的。十九世紀前使人感覺第一流人才從事創作，那主要是因為學術研究靠的是師承、資料、累積，那時候西方的學院受到教會的控制和影響，有太大的侷限，難以自由馳騁；相反的，創作靠的卻是天分，又在教會以外，反而容易發揮。但是啟蒙運動以後，學院漸漸擺脫教會而獨立，自然也就逐漸成為培養人才的搖籃。何況理論、批評，文筆好的也等同創作，我國古代文學理論與批評著作，諸如曹丕的〈典論論文〉、鍾嶸的《詩品》、劉勰的《文心雕龍》，誰能說不是創作？其實二十世紀的文學理論與批評已漸脫離廣義的哲學與美學領域，成為學院中更為專業的學門，如今西方的文評家也在尋求「批評活動的獨立自主。以批評家為詩文小說戲劇以外的第五類的創作者。」（李奭學 1995）

西方近代學術如此昌盛自然有其歷史與地理的原因。首先西方的文藝復興

既然拜各國航海交通頻繁及彼此競爭之賜，學術的突飛猛進也與此有關，因為各國有各自獨立的思想和文化系統，不必勉力求同，反倒能夠彼此刺激、衝撞出新思維出來。試以文學理論與批評而論，二十世紀可說從五個大系統蔓延生發出眾多新穎的見解。第一個系統是誕生在第一次大戰期間的俄國的形式主義（formalism）（Eranlich 1975），是在瑞士語言學家索緒爾的影響下，主張「文學性」乃在日常語言中突出詩語言的特性（或曰「文學性」），也就是說，從改造日常語言使之「陌生化」（defamiliarization）而來（Eagleton 1983）。可惜於三〇年代被俄共的專制扼殺，但後來傳到西方其他國家，下開布拉格學派，波及到海德格的存在主義及美國的新批評（Thompson 1971）。其主要大將之一的羅曼·傑克布森（Roman Jakobson, 1896-1982）從俄國逃到捷克的布拉格，形成布拉格學派，從布拉格到瑞典，最後輾轉來到美國，一路把起源於俄國的形式主義傳播開來。第二個系統也是從索緒爾的語言分析開始，發展成後來的結構主義（structuralism）、神話批評、符號學（semiotics）（Hawkes 1977）及後結構主義與解構主義（Culler 1982）。伊格頓曾說：「傳統的文學批評時常把文學作品當成是作者暴露心理的窗口，結構主義卻似乎把它看成是宇宙意識的窗口。」（Eagleton 1983:112）對結構主義者，重要的是作品深層的結構，而非表層的呈現。神話批評就是「分析神話故事，更確切地說，要分析任何故事意義中固有的『故事中的故事』。讀者有一個神話世界，作品亦然。其方法分為三個步驟：『找出神話題材』，找出熔人物與氛圍於一爐的情景，最後將神話的寓意與『特定時代或特定文化空間』的其他神話相比較。」（塔迪埃 1998：136）符號學（semiotics）在國內有不同的譯名，古添洪譯為「記號學」（古添洪 1984），高辛勇譯為「形名學」（高辛勇 1987），但是

索緒爾（Ferdinand de Saussure, 1857-1913）

西方文學理論的重要源泉：索緒爾的《語言學教程》

「符號學」一詞最廣爲人知。符號學有兩個先驅者，其一當然也是索緒爾，另一個是美國學者皮爾斯（Charles S. Peirce, 1839-1914）。前者提出了語言乃一「符號系統」（sign-system）的概念，並且認爲每一個語言符號皆具有二元的結構：符徵（signifiant，或譯爲能指）和符旨（signifié，或譯爲所指），意義的產生全賴於符徵之間的類同或差別的交相作用。後者進一步將符號系統擴而大之，涵括所有表意的事物，分作三類：肖像（icon）、索引（index）和象徵（symbol）。肖像取決於符號與所指涉事物的肖似性，如照片、雕像等；索引取決於符號與所指涉事物之間的關聯性，如煙代表火，川、海代表水等；象徵取決於人們觀念的約定俗成，譬如白鴿象徵和平、玫瑰象徵愛情等。皮爾斯的分類與後來戲劇符號學（theatrical semiotics）有較密切的關係。符號學在法國，經李維史陀、羅蘭‧巴特等加以發揮，應用在文化藝術各領域。隨後結構主義出現的最引人注目的當然是德希達的解構主義，他杜撰了一個無法翻譯的法文字différence（Derrida 1968），用以對抗理性中心主義（logocentrism），他不但解構了結構主義的基本立論，而且也解構了形式主義對文學的觀點（Jefferson 1986）。第三個系統是在奧地利的心理學家佛洛伊德影響下所衍生的心理分析學派，他的性壓抑理論，包括性壓抑的病理分析、圖騰的意義、釋夢、潛意識、戀母情結等，開啓了以後的精神分析學派（Freud 1933;Clancier 1973; Milner 1980）以及榮格的原型及無意識等理論（Jung 1963）。佛洛伊德的影響當然不限於文學理論與批評，而是觸及到整體人類文化以及其他的藝術領域。除了榮格以外，弗洛姆（Erich Fromm, 1900-80）、拉岡等也都是心理分析學派的傳人（Lacan 1966,1971）。後現代的女性主義也多受益於佛洛伊德的理論（Mitchell 2000）。第四個系統是起自德國經院詮釋學（hermeneutics）、胡塞爾的現象學（phenomenology），

佛洛伊德（Sigmund Freud, 1856-1939）

榮格（Carl Gustav Jung, 1875-1961）

下開接受美學（reception theory）、讀者反應論（reader-response theories）以及海德格和沙特的存在主義與影響巨大的荒謬主義文學（Blackham 1952）。讀者在文學研究中一向是一個被忽略的因素，但是接受美學及讀者反應論發掘出讀者在文本的意義詮釋中扮演了重要的角色，譬如馬克思主義的讀者或評者會從文本中窺見階級意識，女性主義的讀者或評者又可從文本中讀出性別的偏見來。又如孫述宇雖非女性主義者，也在《水滸傳》中讀出了「強人」的大男人主義來（孫述宇 1981），這恐怕是《水滸傳》的原作者

胡塞爾（Edmund Husserl, 1859-1938）

沒有意料到的意涵。因此文本的意義並非全由作者賦予，讀者的歷史時段、文化背景、意識形態、個人心理都會起到重要的作用（Maclean 1986）。荒謬主義文學一反過去對人生、世界的具有意義的視境，揭示出其無意義與荒謬的一面，在表達上當然也一反傳統的形式結構與敘述模式。第五個系統是馬克思的社會思想，影響了後來眾多的文學的社會學和社會學的文學各流派（Eagleton 1976）。這一學派著眼在文學作品與社會之間的相互關係以及作家的意識形態及所受到的社會制約等。馬克思以前，法國文學批評家史達爾夫人（Madame de Staël, 1766-1817）、德國哲學家黑格爾（Georg Wilhelm Friedrich Hegel, 1770-1831）及法國文學史家泰納（Hippolyte Taine, 1828-93）等也都有過類似的看法。把此一文學理論發揚光大的當然是匈牙利的文學理論家盧卡奇了，是他借鑑了黑格爾歷史觀點創建了文學體裁的辯證法和寫實小說的理論（Lukács 1974, 1979, 1988），使文學批評為歷史唯物主義而服務，對蘇俄和中國大陸的文學批評與創作影響至巨（Heller 1983）。繼盧卡奇後，法國

馬克思（Karl Marx, 1818-1883）

盧卡奇（Georg Lukács, 1885-1971）

的社會學家戈德曼（Lucian Goldman, 1913-70）在他的《小說社會學》中重申了社會集體對文學作品創作的重要性，不過他也承認社會學的分析法無法窮盡作品的含義，卻是一條闡釋作品的不可或缺的路徑（Goldman 1964）。

以上的五個系統並非完全涇渭分明，既然這群理論家約莫生存在同一個大時代裡，呼吸著大同小異的時代氣息，雖然各有獨特的觀察角度和思維方向，但卻無法避免彼此的影響與啓迪，因此其間存在著千絲萬縷的交互關係，要之，在各說各話之間，似乎各行其是，水火難容，其實有時也存在著某些或隱或顯的默契。正如人間的其他理論與學說，文學理論也沒有放之四海而皆準的眞理，都是對未來敞開，可以發展、修正甚或加以否定的學說。

歐洲學院的漢學研究本以語言文字與古典的文史爲主，殊未涉及中國的現當代文學。對五四以來的現代文學的介紹應以在中國傳教的法國神父善秉仁（Joseph Schyns）與中國學者於1948年合編的《當代中國小說戲劇一千五百種提要》（*1500 Modern Chinese Novels & Plays*）爲始，又過了四十年才有瑞典漢學家馬悅然（Göran Malmqvist）推動，歐洲科學基金會（European Science Foundation）出資，分別由韋琳格若娃（Milena Dolezelova-Velinrova）、司魯普斯基（Zbigniew Slupski）、哈夫特（Lloyd Haft）和伊伯斯坦（Bernd Eberstein）主編的包括長、短篇小說、新詩和劇作的四大本《中國現代文學選本導讀》（*A Selective Guide to Chinese Literature 1900-1949*, E.J. Brill, 1988-1990）問世。參與撰寫評論的歐美漢學家有一百多人，每本書前都有詳盡冗長的導論，成爲西方學者進入中國現代文學領域的基礎參考資料。

馬悅然推動的《中國現代文學選本導讀》爲當代研究中國現代文學的學者開了一扇方便之門。

正如科技與經濟發展，到了二十世紀美國起而取代了西歐的絕對優勢，學院的發展也是如此，文藝復興以來從寺院形成的重要學府如巴黎大學、劍橋、牛津等學院漸漸不能獨霸西方的知識界，而爲美國後起的哈佛、耶魯等常春藤大學所凌越。凡美國的重點大學，在社會人

文學科中都不會輕忽中國文化和中國文學的探索與研究，因而使西方的「漢學」也橫渡大西洋移足於新大陸，從二次世界大戰後歐陸所重的古典漢學逐漸轉移為美國的現代漢學。既然二十世紀是由學院來引領知識界的風騷，美國大學每年都會培養出幾名專攻中國文學的博士生，他們的論文就是在西方各種文學理論的基礎上所做的對中國現當代文學的研究，未出版的碩博士論文眾多。其中有不少已經出版，且是針對個別作家的研究，諸如研究中國家庭制度的郎女士（Olga Lang）寫的巴金研究（Lang 1967）、夏濟安、萊爾（William Lyell）、李歐梵的魯迅研究（Hsia 1968; Lyell 1976; Lee 1987）、饒伊（David Tod Roy）的郭沫若研究（Roy 1971）、聶華苓等的沈從文研究（Nieh 1972）、伍拉（Ranbir Vohra）的老舍研究（Vohra 1974）、葛浩文（Howard Goldblatt）的蕭紅研究（Goldblatt 1976）、胡特斯（Theodore Huters）的錢鍾書研究（Huters 1982）、梅貽慈（Yi-tsi Mei Feurwerker）的丁玲研究（Fererwerker 1983）、金介甫（Jeffrey Kinkley）的沈從文研究（Kinkley 1985）等都有一定的參考價值。歐陸也有俄國漢學家索若金（V.F. Sorokin）的茅盾研究（Sorokin 1962）、捷克漢學家司魯普斯基（Zbigniew Slupski）的老舍研究（Slupski 1966）、德國漢學家葛如耐爾（Fritz Gruner）和葛立克（Marian Galik）各自的茅盾研究（Gruner 1967; Galik 1968）、斯洛伐克漢學家朵勒茲洛娃（Anna Dolezalová）的郁達夫研究（Dolezalová 1971）、英國漢學家卜立德（David Pollard）的周作人研究（Pollard 1973）、法國漢學家居里安（François Julian）和德國漢學家顧賓（Wolfgang Kubin）的魯迅研究（Julian 1979; Gubin 1979）等，在數量上不及新大陸。新加坡也出過一本孟若（S. R. Munro）的老舍研究（Munro 1977）。此外，西方經常召開的有關中國現當代文學（包括海峽兩岸）學術會議也蒐集了眾多頗具洞見的散篇論文。至於專題研究，像周策縱的《五四運動史》（*The May Fourth Movement: Intelectual Revolution in Modern China,* 1960）、夏志清的《中國現代小說史》（*A History of Modern Chinese Fiction*, 1961）、李歐梵的《中國作家浪漫的一代》（*The Romantic Generation of Modern Chinese Writers*, 1973）、普魯塞克

（Jaroslav Průšek）的《抒情的和史詩的》（*The Lyrical and the Epic*,1980）、關德華（Edward Gunn）的《不受歡迎的繆斯：上海和北京的中國文學，1937-1945》（*The Unwelcome Muse: Chinese Literature in Shanghai and Peking,1937-1945*, 1980）、林培瑞（Perry Link）的《鴛鴦蝴蝶派：二十世紀前半期中國城市的通俗小說》（*Mandarin Ducks and Butterflies: Popular Fiction in Early Twentieth Century Chinese Cities*, 1981）、金介甫的《後毛時代：中國的文學和社會》（*After Mao: Chinese Literature and Society, 1978-1981*, 1985）、杜邁克（Michael Duke）的《鳴與放：後毛時代的中國文學》（*Blooming and Contending: Chinese Literature in the Post-Mao Era*, 1985）及《現代中國女作家：批評研究》（*Modern Chinese Woman Writers: Critical Approaches*, 1989）、安敏成（Marston Anderson）的《寫實的侷限：革命時期的中國小說》（*The Limits of Realism: Chinese Fiction in the Revolutionary Period*, 1990）、拉爾森（Wendy Larson）的《權威與現代中國作家的自傳》（*Authority and the Modern Chinese Writer: Ambivalence and Autobiography*, 1992）、王德威的《二十世紀中國虛構的寫實主義：茅盾、老舍、沈從文》（*Fictional Realism in 20th-Century China: Mao Dun, Lao She and Shen Congwen*, 1992）等，都在嘗試樹立中國現代文學的一家之言。歐陸也有司考特（A. C. Scott）的《二十世紀中國的文學與藝術》（*Literature and the Arts in Twentieth Century China*, 1965）、普魯塞克的《中國文學三論》（*Three Sketches of Chinese Literature*, 1969）、李克曼（Simon Leys）的《毛主席的新衣》（*Les habits neufs du président Mao*, 1971）和《焚燒的森林》（*La forêt en feu*, 1985），暢論現代文學與社會、政治之間的關係。澳洲有白傑明（Geremie R. Barmé）的《赤字：當代中國文化論》（*In the Red: On Contemporary Chinese Culture*, 1999）批判了大陸開放後的文化現象。德國有個名顧賓的漢學家膽子忒大，雖然認為49年後的中國文學都是垃圾，居然也寫了一部《二十世紀中國文學史》（顧賓 2008），可使中國的作家們提高警惕了。

西方這種學院風，也會跟隨第二度西潮吹到台灣，連作家們都希望到學院中

鍍鍍金，那麼文學理論與文學批評不必說也跟著在學院中活躍起來了。在第一度西潮的時候，沒有受過正規教育但寫作有成的作家像沈從文照樣可以在大學中擔任教授的職務，評論家也還要依靠作家的提攜才能博取知名度；到了第二度西潮，沒有學位的作家卻只能徘徊在學院的門牆之外，不得其門而入了。譬如張愛玲，在香港要靠宋淇，到美國要靠夏志清的提攜，仍然無緣進入學府。但是研究張愛玲的夏志清卻高踞教授的寶座。這正是在西風感染下重視理論研究的結果。有的作家努力一生，只因缺乏學位，雖然貢獻卓著，也只能教教小學，像葉石濤，到了晚年成功大學額外頒發一項榮譽博士學位，就感到無限滿足與光榮了。甚至已成名的作家有的也要擠進所謂的大學研究所，聆聽比自己年輕十幾歲的後生晚輩學者的教訓。但在第一度西潮時代的作家們之所以受到尊崇，像魯迅、茅盾、巴金、老舍等等，沒有一個是依靠學院所頒學位的。這是兩度西潮下兩種極不相同的社會現象。

二、台灣的文學理論與批評

1949年後的中國大陸很可惜在馬列思想的籠罩下，知識界受到極大的壓抑和侷限；特別是後來毛澤東權威獨霸的時代，完全窒息了流為臭老九的知識份子的任何創發的幼苗，因而在文學理論與批評上可說難有建樹。幸而這種嚴苛的氛圍未波及到台灣與海外，從五〇年代起，台灣在留學至上的風氣下，赴歐美的留學生眾多，良性競爭的優勝者應該算是第一流的人才吧？雖然以學理工的為大宗，但其中也不乏攻讀中西文學者，特別是在國內外文系出身的學生，到了歐美為了易於競爭起見，也有些轉而攻讀中國文學，例如余光中、劉紹銘、李歐梵、葉維廉、白先勇、胡耀恆、鍾明德、王德威等。即使沒有正式攻讀中國文學，外文系的師生也常會將其所學實現在對中國當代文學的評論上，例如夏志清、齊邦媛、顏元叔、洛夫、孫述宇、黃美序、龍應台、簡政珍等。其中也偶有非外文系出身的學者對當代中國文學的理論或批評有所貢獻，例如姚一葦、葉石濤、馬森、黃永武、施淑、陳芳明、呂正惠、鄭明娳、龔鵬程、孟樊

等。

　有人說二十世紀是文學理論與批評的時代。由於二十世紀學院的發達，傑出之士常廁身學院從事研究而求取學位，是以文學理論及批評人才輩出，諸如現代文學研究的重要理論：形式主義、心理分析、結構主義、解構主義、新批評、接受美學、讀者反應論等等，皆出於歐美學院中人。二度西潮帶給台灣文學界的，除了創作上的美學技法，更重要的則是歐美的文學理論與批評，不但影響到台灣作家的創作方式，也啓發了這一代台灣評論者的理論思維。以下將介紹對當前文學理論與批評具有創見及貢獻的學者及學者兼作家。

　王夢鷗（1907-2002），筆名梁宗之，福建省長樂縣人。廈門大學中文系及日本早稻田大學文學研究所畢業。曾先後任教於廈門大學、重慶中央政治學校、日本廣島大學、台灣政治大學。曾從事電影工作，1949年來台後參與中央電影公司的製作，擔任編劇委員，並曾一度出任中央研究院總幹事。作品以文藝理論、文學批評爲主，曾獲五四文學貢獻獎、中山文藝創作獎。著有《文藝技巧論》（1959台北重光文藝出版社）、《文學概論》（1964台北帕米爾書店）、《文藝美學》（1971台北新風出版社）、《古典文學論探索》（1984台北正中書局）、《傳統文學論衡》（1987台北時報文化出版公司）、《中國文學理論與實踐》（1995台北時報文化出版公司）。

王夢鷗（1907-2002）
攝影／陳文發

　王氏長期在政治大學中文系任教，對中國古典及現代文學理論均有所論述，同時在戰後的台灣他是介紹西方美學與文學理論最早的人士之一。所著《文學概論》及《文藝美學》，對那一代的文學研究生頗具影響。林明德在「台灣文學經典研討會」上表揚王夢鷗的學術成就說：

　　王先生的學術世界，大概建構於日本經驗、歐美經驗與中國經驗。他對日本

的漢學研究相當熟稔，先後與多位漢學大師切磋對話；於歐美文學特別留意美學、文學思潮與批評；在中國則沉潛禮學、《文心雕龍》、唐人小說、中國文學批評，兼攝儒釋道，斟酌雅俗之際，苦心孤詣七十年，成果斐然。他的學域寬廣，著作不斷，包括散論百篇、專著三十種。就性質言可歸納為五類，即：（一）禮學研究、（二）《文心雕龍》研究、（三）美學、文學理論與文學批評研究、（四）唐人小說研究、（五）小學、創作與翻譯。（林明德 1999：465）

夏志清（1921-2013）

夏志清（1921-2013），原籍江蘇省吳縣，生於上海市。上海滬江大學英語系畢業，美國耶魯大學英美文學系碩士、博士。曾先後任教於北京大學外文系、美國密西根大學、紐約州立大學、賓州匹茲堡大學、哥倫比亞大學東亞語言文化系等。曾多次來台。1991年退休，長住紐約。2006年當選中研院院士。專攻文學、小說理論。著有 *A History of Modern Chinese Fiction*（New Haven, Yale University Press, 1961，中譯版《中國現代小說史》〔劉紹銘等譯，1979香港友聯出版社〕）、*The Classic Chinese Novel-A Critical Introduction*（New York, Columbia University Press, 1968，中譯版《中國古典小說導論》〔1988合肥安徽文藝出版社〕）、《愛情・社會・小說》（1970台北純文學出版社）、《文學的前途》（1974台北純文學出版社）、《人的文學》（1977台北純文學出版社）、《新文學的傳統》（1977台北時報文化出版公司）、《印象組合》（1981香港文學研究社）、《夏志清文學評論集》（1987台北聯合文學出版社）。

夏志清的主要貢獻乃在其對中國現代小說的評論，提出「感時憂國」以概括五四以降中國小說的特殊關懷。特別是當中國大陸上的文學史與文學評論籠罩在馬克思主義和毛

《中國現代小說史》

澤東觀點的煙霧中的時候，夏氏具有西方文學批評基礎的文學鑑賞力和冷靜客觀的態度無寧穿透了盲目追隨意識形態的迷霧，揭露出不少現代中國小說的眞相。如他對茅盾《子夜》的評論，就抓住了要害，一掃過去專從政治宣傳上著眼或人云亦云的膨風誇大，看出了該作的侷限性與缺失。又如其對張愛玲與錢鍾書作品的賞析，從純文學的技巧與感染力著眼，也是獨具隻眼的批評。特別是對長久埋沒於政治偏見下的張愛玲，等於把一位優秀作家從塵封的密室中解救出來，重見天日，扮演了救醒睡美人的白馬王子的角色，致使重新評價的張愛玲後來成爲台港女作家們爭相模仿的偶像，影響不容小覷。其弟子王德威特別爲文強調夏氏《中國現代小說史》的重要性說：

> 在《中國現代小說史》初版問世近五十年後的今天，此書仍與當代的批評議題息息相關。世紀末的學者治現代中國文學時，也許碰觸許多夏當年無從預見的理論與材料，但少有人能在另起爐灶前，不參照、辯難，或反思夏著的觀點，由於像《中國現代小說史》這樣的論述，使我們對中國文學現代化的看法，有了典範性的改變；後之來者必須在充分吸收，辯駁夏氏的觀點後，才能推陳出新，另創不同的典範。（王德威 2010：105）

姚一葦（1922-97，生平見第三十五章），學術著作有《詩學箋註》（1966台北台灣中華書局）、《藝術的奧祕》（1968台北台灣開明書局）、《戲劇論集》（1969台北台灣開明書局）、《美的範疇論》（1978台北台灣開明書局）、《戲劇原理》（1992台北書林出版公司）、《審美三論》（1993台北台灣開明書局）、《藝術批評》（1996台北三民書局）等。

姚氏乃銀行系畢業，長期在銀行服務，其對戲劇理論與美學的造詣全靠自學而成。他的《戲劇原理》一書融會西方的戲劇理論，條分縷析而成一家之言，對台灣的戲劇教育頗有影響。他的美學論述，奠基於亞里士多德的《詩

姚一葦的《詩學箋註》

學》，參考西方的美學著作，上承朱光潛，而自有見地。自言著作目的「係將理論與實用相結合，目的在除可供閱讀或研究外，亦可供應用，不僅對從事理論或批評的工作者可用，對從事創作者亦可應用。」（《藝術的奧祕》自序）綜合其美學著作，使他成為此一領域的代表人物。由於他的著述（《戲劇原理》與《藝術批評》二書之成書曾經其門生王友輝的記錄與整理），在台灣他是不依靠學位而為教育部特組審查委員會通過教授資格的人士。

齊邦媛（1924-），遼寧省鐵嶺縣人。武漢大學外文系畢業，美國印第安那大學研究。1947年來台後，曾任台灣大學外文系助教、講師、教授、中興大學教授、美國舊金山加州大學訪問教授、德國柏林自由大學客座教授等。1988年自台大退休後任榮譽教授。曾獲中國文藝協會文藝獎章及五四文學交流獎。以外文系的資歷從事翻譯及評論台灣當代文學，頗具成績。著有《千年之淚》（1990台北爾雅出版社）及《霧漸漸散的時候：台灣文學五十年》（1998台北九歌出版社）。她以對西方文學的知識轉而研究當代的台灣小說，常具有個人的洞

齊邦媛（1924-）
攝影／陳建仲

見，並盡力把台灣當代小說推向國際。出版《千年之淚》時，她的門生王德威特別為文介紹說：「本書主要範疇是1949年以來的台灣文學。由五○年代的反共到八○年代的女性文學，由留學生到鄉土小說，均有專文觸及。如前所述，作者用心最深處，是『詩』與『史』間的互動關係。面對數十年來擾攘動盪的中國政治社會，任何有心創作的作家，不能、也不忍無動於衷。發為文章，或激憤、或沉鬱、或感傷，往往情溢乎辭，辭勝於理。識者或謂之粗陋，但作家所自膺生命不可承受之『重』擔，實有其道德邏輯之必然。前此夏志清教授曾以『感時憂國』一詞，來描述五四文人的歷史負擔。夏文發表於六○年代初期，對1949年後的文學現象，僅點到為止。四十年倏爾已過，而國事紊亂，似仍未有盡時；齊書於此時此地引導我們回顧49年後的台灣文學、歷史因緣，除了呼應夏的『感時憂國』傳統外，更多了份獨立蒼茫的感慨。」（王德威

1991：285-286）齊邦媛的文學評論有其特殊的品味與堅持，偏愛司馬中原式的作品，難以接受新生代有色的書寫，譬如陳雪、紀大偉、駱以軍等的作品就不在她的關照之列了。

葉石濤（1925-2008，生平見第二十六章），也是一位自學成功的學者，曾潛心研究台灣現代文學，從台灣遭受長期殖民的觀點，認爲台灣文學有其獨立自主發展的歷史，而自成一家言。著有《台灣文學史綱》（1987高雄春暉出版社）、《葉石濤評論集》（1968台北蘭開出版社）、《台灣鄉土作家論集》（1979台北遠景出版社）、《走向台灣文學》（1990台北自立晚報社文化出版部）、《台灣文學的困境》（1992高雄派色文化出版社）等，特別強調本土意識，對台灣文學中的本土意識派影響巨大。大陸出版的《現代台灣文學史》，也對葉石濤有肯定的評價：

> 葉石濤是台灣鄉土文學理論批評方面的傑出代表作家。首先，他對日據時期台灣新文學作家的思想和藝術成就，持續不斷地進行了大量研究、總結和闡釋工作，充分肯定了他們的歷史貢獻和光榮傳統。論文〈台灣的鄉土文學〉是在現代主義文學思潮支配台灣文壇的背景下，對台灣鄉土文學的現實主義優良傳統的再認識和再發揚；也是在台灣許多鄉土作家受到壓抑和埋沒的長期困境中，給予他們熱情洋溢的再評價和再肯定。（白少帆等 1987：808）

但是由於葉石濤的本土意識過強，也造成了對他認爲在台灣的非本土作家的偏見與排斥，故有論者指出：

> 葉石濤對省籍作家的偏愛，由其評論對象即見分明，他評析日據時代台灣新文學的作家群，因為當時文壇全是台灣人，並無省籍之分，這固無可議之處。但四〇至七〇年代，他仍堅持以省籍作家為主要評論對象，則有待商榷。論作家的專文，他涉及戰後第一代的鍾肇政、鍾理和，第二代的七等生、李喬、鄭清文，第三代的黃春明、陳映真，第四代的楊青矗、洪醒夫，以他們代表了四

○至七○年代的文學，對於外省籍作家則完全略而不論。

　　到七、八○年代之交，葉石濤編選年度小說代表作時，省籍之分更加明顯；1979年所選的有王禎和、鍾鐵民、鍾延豪、袁瓊瓊、吳念真、宋澤萊等十一位。1980年有陳若曦、陳映真、施明正、黃凡等八位。1982年為林芳年、陳千武、李喬、七等生、廖輝英等十位。其中外省籍作家不到六分之一，葉石濤用「鄉土寫實」的標準來篩選小說，很自然地把外省籍作家摒於門外。因為他們的家鄉不在這裡，因語言、生活習慣的隔閡，無法熱愛這塊土地，並和民眾生活打成一片，所以葉石濤認為他們大都缺乏台灣意識，寫不出真正屬於台灣的文學。……

　　葉石濤評論的矛盾可能在此，他以「台灣意識」詮釋台灣文學，很可能竟是一種非文學的外緣因素，如省籍、政治、文化等。以至於他對文學的考量根本失去了「文學性」。（余昭玟 1991）

　　洛夫（1928-，生平見第三十二章）是台灣著名的超現實派詩人，他的詩作特色獨具，向有詩魔之稱。創作外，也從事詩的評論，著有《詩人之鏡》（1969高雄大業書店）、《洛夫論詩選集》（1977台北開源出版公司）、《孤寂中的迴響》（1981台北東大圖書公司）、《詩的邊緣》（1986台北漢光文化公司）。洛夫一向被視為台灣現代詩及超現實主義的代表人物，其實隨著時間的流逝，他的詩論（或文學論）的觀點，也發生了極大的變化，下面所引他自己的一段話，足以說明這種改變：

　　當時我與一群台灣年輕詩人，是如何在西方現代主義、存在主義等思潮的影響下，狂熱地追求中國新詩現代化的極端傾向。但此後四十年來，我這一思想傾向已逐步做了大幅度的修正，而調和這一極端思路的關鍵性契機，即在於我對傳統文化，尤其是古典詩歌美學中具有永恆性因素的新發現、新認識。（洛夫 2012：2）

余光中（1928-，生平見第三十二章），雖然本身也可說是西化派，但另一方面也吸取古典文學以求取平衡，對現代文學語言的西化傾向多所批評。長久不歇的創作和對詩作的評論，對台灣後生詩人影響甚大。作有《掌上雨》（1964台北文星書店）、《分水嶺上》（1981台北純文學出版社）、《從徐霞客到梵谷》（1994台北九歌出版社）、《井然有序》（1996台北九歌出版社）、《藍墨水的下游》（1998台北九歌出版社）。

郭楓（1930-，生平見第三十二章），一生鍾情於文學，除詩文創作外，戮力推動文學事業，並從事評論工作，多從民族主義與社會公義的立場出發，言人所未言。著有《知識份子的覺醒》（1983台中藍燈出版社）、《民族文學論文集》（1987台北新地出版社）、《美麗島文學評論集》（2001台北縣立文化中心）、《美麗島文學評論續集》（2003台北縣立文化中心）、《台灣現代詩史論》三冊（初稿草就、修訂中）。郭楓秉持社會責任的立場，強調文學的社會性，因此在文學評論上有他獨特的觀點。

瘂弦（1932-，生平見第三十二章）的詩作數量寡而品質佳。長年從事編輯工作，審閱稿件，自然對當代作家的風格以及作品的品質極富心得，因此對新詩與散文多所評論，著有《中國新詩研究》（1981台北洪範書店）及序評《聚繖花序》二冊（2004台北洪範書店）。

馬森（1932-，生平見第三十三章）在理論與評論方面的著作有《馬森戲劇論集》（1985台北爾雅出版社）、《文化‧社會‧生活——馬森文論一集》（1986台北圓神出版社；2011台北秀威資訊公司）、《東西看——馬森文論二集》（1986台北圓神出版社；2014台北秀威資訊公司）、《中國民主政制的前途——馬森文論三集》（1988台北圓神出版社；2014台北秀威資訊公司）、《繭式文化與文化突破——馬森文論四集》（1990台北聯經出版公司；2014台北秀威資訊公司）、《中國現代戲劇的兩度西潮》（1991台南文化生活新知出版社；1994台北書林出版公司；2006台北聯合文學出版社）、《當代戲劇》（1991台北時報文化公司）、《東方戲劇‧西方戲劇》（1992台南文化生活新知出版社）、《燦爛的星空——現當代小說的主潮》（1997台北聯合文學出版

社）、《戲劇──造夢的藝術──馬森文論五集》（2000
台北麥田出版公司；2010台北秀威資訊公司）、《文學
的魅惑──馬森文論六集》（2002台北麥田出版公司；
2010台北秀威資訊公司）、《台灣戲劇──從現代到後
現代》（2002宜蘭佛光人文社會學院；2010台北秀威資
訊公司）、《文學筆記》（2010台北秀威資訊公司）、
《與錢穆先生的對話》（2011台北秀威資訊公司）、《中
國文化的基層架構》（2012台北聯經出版公司）、《世
界華文新文學史──中國現代文學的兩度西潮》（2015
台北印刻出版公司）等。曾獲第一屆五四文學評論獎及府
城文學特殊貢獻獎。

馬森的《中國文化的基層架構》

　　馬森的主要貢獻在現代中國文學和戲劇研究上提出兩度西潮的理論，並認為
第一度西潮時中國模擬西方的寫實主義的作品未能達到寫實主義的美學要求，
而稱其為「擬寫實主義」；第二度西潮則帶來了現代主義與後現代主義。他提
出中西戲劇的三個比較標準：演員劇場與作家劇場、道德人與情緒人、劇詩與
詩劇。在戲劇創作上，他提出「腳色式的人物」用以區別過去「類別式的人
物」、「典型式的人物」、「個性式的人物」、「心理
式的人物」和「符號式的人物」。在廣義的文化層
次，他提出「老人文化」及「繭式文化」作為瞭解
中國文化的核心和闡釋一般文化發展的門徑。

　　顏元叔（1933-2012，生平見第三十六章），在
台大外文系系主任任內改革外文系課程結構，成
立比較文學博士班。1972年創辦《中外文學》及
《淡江評論》雜誌。他是台灣著名的英語教育家，
編有《時代英英英漢雙解大辭典》、《萬人現代漢
英辭典》、《萬人通用英漢辭典》、《萬人最新英
漢辭典》、《西洋文學辭典》、《英文字彙用法字

顏元叔（1933-2012）
圖片提供／顏學誠

典》、《英文閱讀精選》、《西洋文學導讀》、《即解英文法手冊》、《90年代英美澳俗俚語手冊》、《英文文法手冊》、《漢譯英美諺語手冊》、《新世紀英文文法手冊》、《生活美語會話一把罩》、《實戰新聞英語閱讀文法》、《實戰商用英語閱讀文法》、《實戰大學英語閱讀文法》、《實戰高中英語閱讀文法》、《實戰國中英語閱讀文法》、《字源趣談》、《家庭美語手冊》、《家庭美語情境會話》、《生活美語會話e點靈》、《高中英語模範作文》等數十種。有關文學論述有《文學的玄思》（1969台北驚聲文物供應社）、《文學批評散論》（1970台北驚聲文物供應社）、《文學經驗》（1972台北志文出版社）、《談民族文學》（1973台北台灣學生書局）、《何謂文學》（1976台北台灣學生書局）、《文學的史與評》（1976台北四季出版公司）、《社會寫實文學及其他》（1978台北巨流圖書公司）等。

　　顏元叔是第一位把美國的新批評引入台灣的學者，並運用新批評的原則和觀點進行一些古典及現代詩和現代小說的評論。後因詮釋古典詩出了紕漏，受到學術界的批判，特別是與夏志清的爭論，被夏氏一篇〈勸學篇〉攻得啞口無言，從此在台灣的學術界及文壇都失去了蹤跡，據說遷居大陸，一反過去的擁美自重，改倡「民族主義」了。七○年代引進美國的新批評和迻譯西方文學理論著作是他最大的貢獻，但也有人對顏元叔引進的新批評有所批評，譬如游喚的〈顏元叔新批評之商榷〉一文所言：

　　　大略檢視顏元叔式的新批評有三點特色：其一精細的分析性，其二專業的術語，以及由此而引生的一致性、標準性。其三辯證斟酌的反應描述，並在其描述過程中歸結到新批評標準，藉此導向所謂的客觀要求。……總結說，新批評在顏元叔的運用，是導向技術性的，尤其是語言設計上的判斷，並且以判斷為唯一的評價，所進行的分析也僅停留在要素或術語的遵守，大大地萎縮了新批評的真精神，簡化了新批評的策略，使得詩淪為語言技巧的分析，淪為文類約制的評判，違背了詩之形上本質，不能深入詩之為無可名狀之本心，與詩之充沛的意義網絡，這才是顏元叔詩評的問題所在。（游喚1990）

孫述宇（1934-），原籍廣東省中山縣，生於廣州市。原在大陸主修自然科學，後赴香港就讀新亞書院文科，畢業後赴美，在耶魯大學獲得英美文學博士學位。曾任美國愛荷華大學遠東系副教授、香港中文大學英文及翻譯系教授、台灣成功大學外文系教授。著有《金瓶梅的藝術》（1978台北時報文化出版公司）及《水滸傳的來歷、心態與藝術》（1981台北時報文化出版公司）兩書。主要貢獻乃在指出《金瓶梅》的寫實成就對後來白話說部的影響及辨明《水滸傳》來自南宋岳飛軍隊中「強人說給強人聽的故事」。此後一說法是孫述宇的創見，其所引用的資料及推理的方法很具說服力。

黃永武（1936-，生平見第三十六章），出版古詩理論四卷《中國詩學：設計篇》（1976台北巨流圖書公司）、《中國詩學：鑑賞篇》（1976台北巨流圖書公司）、《中國詩學：考據篇》（1977台北巨流圖書公司）、《中國詩學：思想篇》（1979台北巨流圖書公司）、《詩心》（1971台北三民書局）、詩論《詩與美》（1984台北洪範書店）、《敦煌的唐詩》（1987台北洪範書店）、《敦煌的唐詩續編》（1989台北文史哲出版社）、《詩林散步》（1989台北九歌出版社）、《詩香谷》一、二集（1992台北健行文化出版公司）、《愛廬談諺詩》（1998台北三民書局）、《詩與情》（1998台北三民書局）以及修辭與文字學《字句鍛鍊法》（1969台北台灣商務印書館）、《許慎之經學》二冊（1972台北中華書局）、《形聲多兼會意考》（1976台北文史哲出版社）等。除對古典詩的研究、評論外，同時對當代散文亦提出有益後學的意見。

葉維廉（1937-，生平見第三十二章），除詩與散文外，其文學理論著作有《現象·經驗·表現》（1969香港文藝書屋）、《中國現代小說的風貌》（1970台北晨鐘出

黃永武《中國詩學：鑑賞篇》（1976台北巨流圖書公司）

葉維廉的《比較詩學》（1983台北東大圖書公司）

版社）、《秩序的生長》（1971台北志文出版社）、《飲之太和》（1980台北時報文化出版公司）、《比較詩學》（1983台北東大圖書公司）、《尋求跨中西文化的共同文學規律》（1987北京大學出版社）、《與當代藝術家的對話》（1987台北東大圖書公司）、《歷史‧傳釋與美學》（1988台北東大圖書公司）、《中國詩學》（1992北京三聯書店）、《解讀現代、後現代》（1992台北東大圖書公司）、《從現象到表現》（1994台北東大圖書公司）、《道家美學與西方文化》（2002北京北京大學出版社）。

葉維廉是引進西方現代美學與比較詩學的重要學者，對新詩批評及文學理論貢獻卓著。劉登翰等主編的《台灣文學史》肯定葉維廉在台灣詩論的地位說：

> 葉維廉學殖深厚，貫通中西，是台灣詩學理論的重鎮。其八〇年代的詩學理論主要集中在《比較文學》（東大圖書公司1983年版）、《中國詩學》（三聯書店1992年北京版）這兩本專著中。葉維廉的文學、詩學的批評原則具有綜合新批評派和社會歷史學派的趨勢：既重視作品內在自足的美學結構的闡析，也注意對作品各層面的歷史衍化緣由與過程的追溯。如果說他七〇年代的詩學論文，就中國古典詩與英美現代詩，從語法與表現、美感意識與傳達媒體等方面進行比較，尚側重於分析作品的美學結構的話；那麼他八〇年代的詩學論文，在注意前者的同時，則側重於對作品的歷史衍生態的探尋。（劉登翰等 1993：877）

施淑（1940-），原名施淑女，台灣省彰化縣人。淡江大學中文系畢業，台灣大學中文研究所碩士，加拿大英屬哥倫比亞大學亞洲研究系研究。曾任淡江大學中文系教授，現已退休。研究範圍包括文學理論與批評、海峽兩岸的現當代文學，特別注意五四運動後中國作家的思想分化，以及國際思潮對左翼作家的影響。她是台灣少數研究大陸現當代作家的學者之一。曾獲巫永福文學評論獎。有關論著有《理想主義者的剪影》（1990台北新地出版社）、《大陸新時期文學概觀》（1995台北新地出版社）、《兩岸文學論集》（1997台北新地出

版社）。

陳芳明（1947-，生平見第三十六章）研究、寫作的主
要領域，除文學評論及散文創作外，尚有對台灣現當代文
學史的鑽研。其論述及史作有《鏡子和影子》（1974台北
志文出版社）、《詩與現實》（1977台北洪範書店）、
《放膽文章拚命酒》（1988台北林白出版社）、《鞭傷
之島》（1989台北自立報系出版部）、《謝雪紅評傳》
（1991台北前衛出版社）、《探索台灣史觀》（1992
台北自立報系出版部）、《荊棘的閘門》（1992台北自
立報系出版社）、《典範的追求》（1994台北聯合文學出版社）、《危樓夜
讀》（1996台北聯合文學出版社）、《左翼台灣──殖民地文學運動史論》
（1998台北麥田出版公司）及《台灣新文學史》上、下冊（2011台北聯經出
版公司）。特別是後者，作者提出殖民與後殖民的理論作爲主要論述的根據，
本無可厚非，但是由此推論出台灣「沒有殖民統治的歷史，就沒有新文學的誕
生，也就沒有寫實主義與左翼文學的批評精神。」（陳芳明2013）這推論實在
令人錯愕，中國五四前後的新文學雖來自西潮東漸，但並非由於殖民統治，台
灣何以例外？台灣新文學的誕生，受益於五四影響甚多，即使沒有日本的殖民
統治，恐無礙於台灣新文學以及寫實主義與左翼文學的批
判精神的誕生。當然陳作在其他方面有其獨特的見地，超
越了以前有關台灣現代文學的史論。可惜的是作爲一部文
學史，不知何故在文學的四大文類中竟獨缺戲劇文學這一
大板塊，好像一張三條腿的八仙桌，站得不夠穩固了。而
且遺忘了許多台灣作家中不該遺忘的名字（隱地2012：
17），對並不是台灣作家的張愛玲卻用了五頁的篇幅大書
特書。其中當然也免不了史料的差錯（古遠清2013）。

呂正惠（1948-），台灣省嘉義縣人。台灣大學中文研
究所文學碩士、東吳大學中國文學博士，曾任台灣清華

陳芳明的《台灣新文學史》
（2011台北聯經出版公司）

呂正惠的《小說與社會》

大學、淡江大學等校中文系教授、系主任。主要著述爲現代文學評論，兼及古典文學。著有《小說與社會》（1988台北聯經出版公司）、《抒情傳統與政治現實》（1989台北大安出版社）、《戰後台灣文學經驗》（1992台北新地出版社）、《文學經典與文化認同》（1995台北九歌出版社）等。大陸台灣文學學者朱雙一認爲：

> 　學院派所專擅的「新批評」在他身上留下了明顯的刻痕。但從八〇年代中期開始，他卻如一匹黑馬出現於當代文學批評領域，所著《小說與社會》、《戰後台灣文學經驗》等書給台灣文壇以強勁的衝力。究其原因和特色，主要在於他的文學評論標舉「現實主義」的鮮明立場，在對台灣文壇自身的反省和批判中表現出敢想敢說、不留情面的批評銳氣。當「現代主義」在台灣似乎日漸式微之際，他卻勇敢地宣稱自己是「一個無可救藥的寫實主義的擁護者」，不僅成爲台灣文學現實主義脈流在理論批評界的承續者，而且相對於前行者而言，糾正和彌補了原有的某些偏向和弱點，使現實主義的理論和批評，得到了明顯的開拓和發展。（朱雙一 1999：213-214）

在這裡，朱先生可能也把「寫實主義」與「現實主義」混爲一談了。

鄭明娳（1949-，生平見第三十六章）從事散文研究及評論多年，其論述有《現代散文欣賞》（1978台北東大圖書公司）、《現代散文縱橫論》（1986台北長安出版社）、《現代散文類型論》（1987台北大安出版社）、《現代散文構成論》（1989台北大安出版社）、《現代散文現象論》（1992台北大安出版社）以及《古典小說藝術新探》（1987台北時報文化出版公司）、《當代文學氣象》（1988台北光復書局）、《通俗文學》（1993台北揚智文化出版公司）。論者認爲鄭明娳對台灣散文理論與評論的貢獻如下：

鄭明娳的《現代散文構成論》

台灣近十年來散文創作的綜觀與趨勢、成就和隱患都做過長篇的論述。她的這些論述突破了台灣散文批評停滯不前的僵局，使台灣的散文批評提升到一個新的階段。……

在鄭明娳的系列散文論中，最具有學術價值的是《現代散文構成論》，此書分為散文修辭論、散文意象論、散文描寫論、散文敘述論、散文結構論及結論六章。作者在書中將符號學、心理學、敘事學、讀者反應理論及後結構主義引進到散文理論中來，為散文創作與散文研究者打開了一個新的境界。（劉登翰等 1993：869-872）

簡政珍（1950-，生平見第三十二章）是繼葉維廉之後，用心從事文學理論與批評及詩論的一位學者，曾與林燿德合編《新世代詩人大系》。主要論述有《語言與文學空間》（1989台北漢光文化公司）、《詩的瞬間狂喜》（1991台北時報文化出版公司）、《電影閱讀美學》（1993台北書林出版公司）。大陸學者朱雙一認為簡政珍努力站在「文學思想家」的行列中，所以說：

簡政珍（1950- ）
圖片提供／文訊

簡政珍作為「文學思想家」的特徵，一是建立了一個比較完整的詩論體系。它既包括詩的本體論，也包括詩的創作論和讀者閱讀（鑑賞）理論。而這幾部分並非相互游離，而是有著一以貫之的文學理念加以連接，從而形成一個環環相扣、自圓自足的有機體。二是方法論上也有其貫穿始終的特色，這就是辯證的特徵。從本體論的詩與現實的辯證，到批評論的理論與創作的辯證，再到創作論的「沉默」、「空隙」與豐富的內涵的辯證、騰空自我和書寫真我的辯證……「辯證」充斥於簡政珍整個理論體系。其三，這一體系以現象學為基石，擷取了包括存在主義、讀者接受理論、語言學、符號學、解構學、新批評……等諸多現代文藝流派的因素，加以創造性的梳理、融合、發揮而構成，具有極飽滿的理論思辨的質地。甚至在

他各於量而精於質的實際批評文字中，也處處閃爍著對詩的本質體認和思想。（朱雙一 1999：503-504）

龍應台（1952-，生平見第三十六章）著有小說評論《龍應台評小說》（1985 台北爾雅出版社）。龍應台是繼顏元叔之後另一位以美國新批評的方法評鑑台灣當代小說的學者。她的《龍應台評小說》一書以新批評細讀文本的方式評論了十二位台灣當代的小說家，在台灣過去很少見到這類屬於專業的實用的文學批評，因此銷路甚好，也引起不少反響。龍應台自言：

> 我寫批評的目的，在打破中國人溫柔敦厚、人事不分的鄉愿習慣，把文學作品赤裸裸地呈現出來，用我的方式進行解剖，希望因此而提高讀者的鑑賞，刺激作者的自覺，活動評者的交流。我只是悄悄地放一把火，希望把實用批評在文壇中點燃、燒熱，期待我談文學理論、做密密麻麻的註腳、找全面性的資料等等，實在是錯失了實用批評的目標。（龍應台 1985）

鍾明德（1953-），台灣省屏東縣人。台灣大學外文系畢業，紐約大學戲劇碩士、表演研究博士，曾任台灣省電影製片廠編導、台北藝術大學戲劇系教授，主任、戲劇學院院長、中美亞洲基金會祕書長。所著戲劇論述表現出其投身現當代台灣戲劇研究的熱情和成績，已出版有《從馬哈／薩德到馬哈台北》（1988台北書林出版公司）、《在後現代主義的雜音中》（1989台北書林出版公司）、《補天——麵包傀儡劇場在台灣》（1994台北書林出版公司）、《從寫實主義到後現代主義》（1995台北書林出版公司）、《繼續前衛——尋找整體藝術和當代台北文化》（1996台北書林出版公司）、《台灣小劇場運動史》（1999台北書林出版公司）。特別是《台灣小劇場運動史》一書，對八〇年代稍縱即逝的台灣小劇場運動做了詳實的記錄和評價。

王德威（1954-），原籍遼寧省長嶺縣，生於台灣。台灣大學外文系畢業，美國威斯康辛大學比較文學碩士、博士。曾任台灣大學副教授、美國哈佛大學東

亞研究所助理教授、哥倫比亞大學東亞系及比較文學研
究所教授、蔣經國國際學術交流基金會文化及制度史中
心主任、哈佛大學東亞語言及文明學系教授。中央研院
院士，曾獲五四文學評論獎。專攻小說評論，著有《從
劉鶚到王禎和——中國現代寫實小說散論》（1986台北
時報文化出版公司）、《眾聲喧譁——三〇與八〇年代
的中國小說》（1988台北遠流出版公司）、《閱讀當代
小說》（1991台北遠流出版公司）、*Fictional Realism
in Twentieth-Century China*: *Mao Dun, Lao She, and
Shen Congwen*（New York, Columbia University Press,
1992）、《小說中國——晚清到當代的中文小說》
（1993台北麥田出版公司）、*Fin-de-siecle Splendor-
Repressed Modernities of Late Qing Fiction, 1849-1911*
（California, Stanford University Press, 1997）、《如
何現代，怎樣文學？——十九、二十世紀中文小說新
論》（1998台北麥田出版公司）、《想像中國的方法：
歷史、小說、敘事》（1998北京三聯書局）、《眾聲喧
譁以後——點評當代中文小說》（2001台北麥田出版公
司）、《跨世紀風華——當代小說二十家》（2002台北麥田出版公司）、《被
壓抑的現代性——晚清小說新論》（宋偉杰譯，2003台北麥田出版公司）、
《現代小說十講》（2003上海復旦大學出版社）、*The Monster That Is History-
History, Violence and Fictional Writing in Twentieth-Century China*（Berkeley,
University of California Press, 2004）。

陳芳明認為：

　　他對台灣文學研究的重要影響極為深遠，其專書《被壓抑的現代性——晚清
　　小說新論》，使國內學界開始對晚清時期的文學現象頻頻回顧，簡直要成為另

王德威著作《從劉鶚到王禎
和》

《小說中國——晚清到當代的
中文小說》

一種顯學。最主要原因，晚清是中國傳統文化的最後回眸，也是接受現代文化的全新視野。……他嚴謹的治學態度，豐富的閱讀能量，使他站在相當特殊的位置，可以兼顧東方與西方的文學差異，也可以看到現代與傳統的鍛接，並且更可以發現海島與大陸文學的斷裂與縫合。這種會通的理解，其實相當符合薩依德（Edward W. Said）所說的「對位式的閱讀」（contrapuntal reading）。他的另一本書《如何現代，怎樣文學？——十九、二十世紀中文小說新論》，以並置（juxtaposition）的方法同時關照中國、台灣、香港的文學作品，開啟王氏比較文學的書寫計畫。（陳芳明 2011：778）

但是也有人認為王德威過分引用西方理論的缺失，譬如周春塘就批評說：「不論王德威如何欣賞巴赫汀的哲學，把巴赫汀的哲學放在我們的社會裡，顯然方枘圓鑿，格格不入。」（周春塘 2014）

龔鵬程（1956-，生平見第三十六章）長期從事行政工作及文學理論、批評的教學與研究，曾獲中山文藝理論獎、中興文藝獎章、行政院傑出研究獎。學術論著豐碩，重要者有《文學與美學》（1986台北業強出版社）、《思想與文化》（1986台北業強出版社）、《文化、文學與美學》（1988台北時報文化公司）、《傳統、現代、未來——五四後文化的省思》（1989台北金楓出版社）、《文學批評的視野》（1990台北大安出版社）、《文化符號學》（1992台北台灣學生書局）、《台灣文學在台灣》（1997台北駱駝出版社）等。

龔鵬程思路清晰、言詞犀利，對古典與現代中國文學均有其宏觀與獨特的看法。

孟樊（1959-，生平見第三十二章）的論述有《後現代併發症》（1989台北桂冠圖書公司）、《台灣世紀末觀察》（1992台北皇冠文化出版公司）、《台灣文學輕批評》（1994台北揚智文化公司）、《當代台灣新詩理論》（1995台北揚智文化公司）。朱雙一說：

他稱自己的書為「輕批評」，正表明它乃有別於學院式的長篇大論，是作者

對之高喊「偉哉」、「美哉」的Essay──結構上是非連續的、斷裂的，提供的是關於當代台灣文學的「說法」和「意見」，而非自成完整體系的理論著作。然而它又「輕中帶重」，絕非目前流行的供人消遣娛樂的「輕文學」一類的東西，因它裡面處處鎔鑄著深刻的理論和思想。（朱雙一 1999：511 -512）

引用資料

中文：

王夢鷗，1959：《文藝技巧論》，台北重光文藝出版社。

王夢鷗，1964：《文學概論》，台北帕米爾書店。

王夢鷗，1971：《文藝美學》，台北新風出版社。

王夢鷗，1984：《古典文學論探索》，台北正中書局。

王夢鷗，1987：《傳統文學論衡》，台北時報文化出版公司。

王夢鷗，1995：《中國文學理論與實踐》，台北時報文化出版公司。

王德威，1986：《從劉鶚到王禛和——中國現代寫實小說散論》，台北時報文化出版公司。

王德威，1988：《眾聲喧嘩——三〇與八〇年代的中國小說》，台北遠流出版公司。

王德威，1991：《閱讀當代小說》，台北遠流出版公司。

王德威，1993：《小說中國——晚清到當代的中文小說》，台北麥田出版公司。

王德威，1998：《如何現代，怎樣文學？——十九、二十世紀中文小說新論》，台北麥田出版公司。

王德威，1998：《想像中國的方法：歷史、小說、敘事》，北京三聯書局。

王德威，2001：《眾聲喧嘩以後——點評當代中文小說》，台北麥田出版公司。

王德威，2002：《跨世紀風華——當代小說二十家》，台北麥田出版公司。

王德威著，宋偉杰譯，2003：《被壓抑的現代性——晚清小說新論》，台北麥田出版公司。

王德威，2003：《現代小說十講》，上海復旦大學出版社。

王德威，2010：〈《中國現代小說史》的意義〉，王德威主編《中國現代小說的史與學——向夏志清先生致敬》，台北聯經出版公司。

古添洪，1984：《記號詩學》，台北東大圖書公司。

古遠清，2013：〈陳芳明的《台灣新文學史》及其十種史料差錯〉，6月《新地》第24期，頁111-122。

白少帆、王玉斌、張恆春、武治純主編，1987：《現代台灣文學史》，瀋陽遼寧大學出版社。

朱雙一，1999：《近二十年台灣文學流脈——「戰後新世代」文學論》，廈門廈門大學出版社。

余光中，1964：《掌上雨》，台北文星書店。

余光中，1981：《分水嶺上》，台北純文學出版社。

余光中，1994：《從徐霞客到梵谷》，台北九歌出版社。

余光中，1996：《井然有序》，台北九歌出版社。

余光中，1998：《藍墨水的下游》，台北九歌出版社。

余昭玟，1991：〈瞭解與再思——評葉石濤對台灣文學的評論〉，2月《新地文學》第1卷第6期，頁6-23。

呂正惠，1988：《小說與社會》，台北聯經出版公司。

呂正惠，1989：《抒情傳統與政治現實》，台北大安出版社。

呂正惠，1992：《戰後台灣文學經驗》，台北新地出版社。

呂正惠，1995：《文學經典與文化認同》，台北九歌出版社。

李奭學，1995：〈台灣文學的批評家及其問題〉，4月《誠品閱讀》第21期。

孟 樊，1989：《後現代併發症》，台北桂冠圖書公司。

孟 樊，1992：《台灣世紀末觀察》，台北皇冠文化出版公司。

孟 樊，1994：《台灣文學輕批評》，台北揚智文化公司。

孟 樊，1995：《當代台灣新詩理論》，台北揚智文化公司。

周春塘，2014：〈記憶與遺忘——論王德威現代華文文學史的困境〉，3月《新地文學》第27期，頁6-18。

林明德，1999：〈斟酌古今中外——論王夢鷗《文藝美學》〉，陳義芝主編《台灣文學經典研討會論文集》，台北聯經出版公司，頁464-471。

姚一葦，1966：《詩學箋註》，台北中華書局。

姚一葦，1966：《藝術的奧祕》，台北台灣開明書局。

姚一葦，1969：《戲劇論集》，台北台灣開明書局。

姚一葦，1978：《美的範疇論》，台北台灣開明書局。

姚一葦，1992：《戲劇原理》，台北書林出版公司。

姚一葦，1993：《審美三論》，台北台灣開明書局。

姚一葦，1996：《藝術批評》，台北三民書局。

洛　夫，1969：《詩人之鏡》，高雄大業書店。

洛　夫，1977：《洛夫論詩選集》，台北開源出版公司。

洛　夫，1981：《孤寂中的迴響》，台北東大圖書公司。

洛　夫，1986：《詩的邊緣》，台北漢光文化公司。

洛　夫，2012：〈鏡中之象的背後——自序〉，《洛夫詩選》，北京九州出版社，頁1-7。

施　淑，1990：《理想主義者的剪影》，台北新地出版社。

施　淑，1995：《大陸新時期文學概觀》，台北新地出版社。

施　淑，1997：《兩岸文學論集》，台北新地出版社。

夏志清，1970：《愛情‧社會‧小說》，台北純文學出版社。

夏志清，1974：《文學的前途》，台北純文學出版社。

夏志清，1977：《人的文學》，台北純文學出版社。

夏志清，1977：《新文學的傳統》，台北時報文化出版公司。

夏志清著，劉紹銘等譯，1979：《中國現代小說史》，香港友聯出版社。

夏志清，1981：《印象組合》，香港文學研究社。

夏志清，1987：《夏志清文學評論集》，台北聯合文學出版社。

夏志清，1988：《中國古典小說導論》，合肥安徽文藝出版社。

馬　森，1985：《馬森戲劇論集》，台北爾雅出版社。

馬　森，1986：《文化‧社會‧生活——馬森文論一集》，台北圓神出版社（2011台北秀威資訊公司）。

馬　森，1986：《東西看——馬森文論二集》，台北圓神出版社（2011台北秀威資訊公司）。

馬　森，1988：《中國民主政制的前途——馬森文論三集》，台北圓神出版社（2011台北秀威資訊公司）。

馬　森，1990：《繭式文化與文化突破——馬森文論四集》，台北聯經出版公司（2011台北秀威資訊公司）。

馬　森，1991：《中國現代戲劇的兩度西潮》，台南文化生活新知出版社（1994台北書林出版公司；2006台北聯合文學出版社）。

馬　森，1991：《當代戲劇》，台北時報文化公司（2010台北秀威資訊公司）。

馬　森，1992：《東方戲劇‧西方戲劇》，台南文化生活新知出版社。

馬　森，1997：《燦爛的星空——現當代小說的主潮》，台北聯合文學出版社。

馬　森，2000：《戲劇——造夢的藝術——馬森文論五集》，台北麥田出版公司（2010台北秀威資訊公司）。

馬　森，2002：《文學的魅惑——馬森文論六集》，台北麥田出版公司（2010台北秀威資訊公司）。

馬　森，2002：《台灣戲劇——從現代到後現代》，宜蘭佛光人文社會學院（2010台北秀威資訊公司）。

馬　森，2010：《文學筆記》，台北秀威資訊公司。

馬　森，2011：《與錢穆先生的對話》，台北秀威資訊公司。

馬　森，2012：《中國文化的基層架構》，台北聯經出版公司。

高辛勇，1987：《形名學與敘事理論——結構主義的小說分析法》，台北聯經出版公司。

孫述宇，1978：《金瓶梅的藝術》，台北時報文化出版公司。

孫述宇，1981：《水滸傳的來歷、心態與藝術》，台北時報文化出版公司。

郭　楓，1983：《知識份子的覺醒》，台中藍燈出版社。

郭　楓，1987：《民族文學論文集》，台北新地出版社。

郭　楓，2001：《美麗島文學評論集》，台北縣立文化中心。

郭　楓，2003：《美麗島文學評論續集》，台北縣立文化中心。
郭　楓：《台灣現代詩史論》三冊（初稿草就、修訂中）。
陳芳明，1974：《鏡子和影子》，台北志文出版社。
陳芳明，1977：《詩與現實》，台北洪範書店。
陳芳明，1988：《放膽文章拚命酒》，台北林白出版社。
陳芳明，1989：《鞭傷之島》，台北自立報系出版部。
陳芳明，1991：《謝雪紅評傳》，台北前衛出版社。
陳芳明，1992：《探索台灣史觀》，台北自立報系出版部。
陳芳明，1992：《荊棘的鬧門》，台北自立報系出版部。
陳芳明，1994：《典範的追求》，台北聯合文學出版社。
陳芳明，1996：《危樓夜讀》，台北聯合文學出版社。
陳芳明，1998：《左翼台灣——殖民地文學運動史論》，台北麥田出版公司。
陳芳明，2011：《台灣新文學史》上、下冊，台北聯經出版公司。
陳芳明，2013：〈薩依德與後殖民史觀〉，8月《文訊》第334期，頁8-11。
黃永武，1971：《詩心》，台北三民書局。
黃永武，1976：《中國詩學：設計篇》，台北巨流圖書公司。
黃永武，1976：《中國詩學：鑑賞篇》，台北巨流圖書公司。
黃永武，1977：《中國詩學：考據篇》，台北巨流圖書公司。
黃永武，1979：《中國詩學：思想篇》，台北巨流圖書公司。
黃永武，1984：《詩與美》，台北洪範書店。
黃永武，1987：《敦煌的唐詩》，台北洪範書店。
黃永武，1989：《敦煌的唐詩續編》，台北文史哲出版社。
黃永武，1989：《詩林散步》，台北九歌出版社。
黃永武，1992：《詩香谷》一、二集，台北健行文化出版公司。
黃永武，1998：《愛廬談諺詩》，台北三民書局。
黃永武，1998：《詩與情》，台北三民書局。
游　喚，1990：〈顏元叔新批評之商榷〉，9月《台灣文學觀察》雜誌第2期。
瘂　弦，1981：《中國新詩研究》，台北洪範書店。
瘂　弦，2004：《聚繖花序》二冊，台北洪範書店。
塔迪埃，讓－伊夫著，史忠義譯，1998：《20世紀的文學批評》，天津百花文藝出版社。
葉石濤，1968：《葉石濤評論集》，台北蘭開出版社。
葉石濤，1979：《台灣鄉土作家論集》，台北遠景出版社。
葉石濤，1987：《台灣文學史綱》，高雄春暉出版社。
葉石濤，1990：《走向台灣文學》，台北自立晚報社文化出版部。
葉石濤，1992：《台灣文學的困境》，高雄派色文化出版社。
葉維廉，1969：《現象·經驗·表現》，香港文藝書屋。
葉維廉，1970：《中國現代小說的風貌》，台北晨鐘出版社。
葉維廉，1971：《秩序的生長》，台北志文出版社。
葉維廉，1980：《飲之太和》，台北時報文化出版公司。
葉維廉，1983：《比較詩學》，台北東大圖書公司。
葉維廉，1987：《尋求跨中西文化的共同文學規律》，北京北京大學出版社。
葉維廉，1987：《與當代藝術家的對話》，台北東大圖書公司。
葉維廉，1988：《歷史·傳釋與美學》，台北東大圖書公司。
葉維廉，1992：《中國詩學》，北京三聯書店。
葉維廉，1992：《解讀現代、後現代》，台北東大圖書公司。

葉維廉，1994：《從現象到表現》，台北東大圖書公司。

葉維廉，2002：《道家美學與西方文化》，北京北京大學出版社。

齊邦媛，1990：《千年之淚》，台北爾雅出版社。

齊邦媛，1998：《霧漸漸散的時候：台灣文學五十年》，台北九歌出版社。

鄭明娳，1978：《現代散文欣賞》，台北東大圖書公司。

鄭明娳，1986：《現代散文縱橫論》，台北長安出版社。

鄭明娳，1987：《現代散文類型論》，台北大安出版社。

鄭明娳，1987：《古典小說藝術新探》，台北時報文化出版公司。

鄭明娳，1988：《當代文學氣象》，台北光復書局。

鄭明娳，1989：《現代散文構成論》，台北大安出版社。

鄭明娳，1992：《現代散文現象論》，台北大安出版社。

鄭明娳，1993：《通俗文學》，台北揚智文化出版公司。

劉登翰、莊明萱、黃重添、林承璜主編，1993：《台灣文學史》上下卷，福州海峽文藝出版社。

簡政珍，1989：《語言與文學空間》，台北漢光文化公司。

簡政珍，1991：《詩的瞬間狂喜》，台北時報文化出版公司。

簡政珍，1993：《電影閱讀美學》，台北書林出版公司。

隱　地，2012：〈一棟獨立的台灣房屋〉，《一棟獨立的台灣房屋及其他》，台北爾雅出版社，頁11-21。

鍾明德，1988：《從馬哈／薩德到馬哈台北》，台北書林出版公司。

鍾明德，1989：《在後現代主義的雜音中》，台北書林出版公司。

鍾明德，1994：《補天——麵包傀儡劇場在台灣》，台北書林出版公司。

鍾明德，1995：《從寫實主義到後現代主義》，台北書林出版公司。

鍾明德，1996：《繼續前衛——尋找整體藝術和當代台北文化》，台北書林出版公司。

鍾明德，1999：《台灣小劇場運動史》，台北書林出版公司。

顏元叔，1969：《文學的玄思》，台北驚聲文物供應社。

顏元叔，1970：《文學批評散論》，台北驚聲文物供應社。

顏元叔，1972：《文學經驗》，台北志文出版社。

顏元叔，1973：《談民族文學》，台北台灣學生書局。

顏元叔，1976：《何謂文學》，台北台灣學生書局。

顏元叔，1976：《文學的史與評》，台北四季出版公司。

顏元叔，1978：《社會寫實文學及其他》，台北巨流圖書公司。

龍應台，1985：《龍應台評小說》，台北爾雅出版社。

龍應台，1985：〈只是一塊粗磚〉，10月《文訊》月刊第20期，頁168-170。

顧　賓著，范勁等譯，2008：《二十世紀中國文學史》（*Die Chinesische Literatur Im20. Jahrhundert*），上海華東師範大學出版社。

龔鵬程，1986：《文學與美學》，台北業強出版社。

龔鵬程，1986：《思想與文化》，台北業強出版社

龔鵬程，1988：《文化、文學與美學》，台北時報文化公司。

龔鵬程，1989：《傳統、現代、未來——五四後文化的省思》，台北金楓出版社。

龔鵬程，1990：《文學批評的視野》，台北大安出版社。

龔鵬程，1992：《文化符號學》，台北台灣學生書局。

龔鵬程，1997：《台灣文學在台灣》，台北駱駝出版社。

外文：

Anderson, Marston, 1990: *The Limits of Realism: Chinese Fiction in the Revolutionary Period*, Berkeley, University of California Press.

Blackham, Harold J., 1952: *Six Existentialist Thinkers*, London, Routledge.

Brill, E.J.,1988-90: *A Selective Guide to Chinese Literature, 1900-1949*, 4 volumes, Leiden, E.J.Brill.

Chow, Tse-Tsung, 1960: *The May Fourth Movement. Intellectual Revolution in Modern China* , Cambridge/Mass, Harvard University Press.

Clancier, A., 1973: *Psychanalyse et Critique littéraire*, Paris, Privat.

Culler, Jonathan,1982: *On Deconstruction: Theory and Criticism after Structuralism,* Ithaca: Cornell University Press.

Derrida, Jacques, 1968: "La différence", *Théorie d'ensmble*, Paris.

Dolezalová, Anna, 1971: *Yu Da-fu:Specific Traits of His Literary Creation,* Bratislava, Publishing House of the Slovak Academy of Sciences.

Duke, Michael, 1985: *Blooming and Contending: Chinese Literature in the Post-Mao Era*, Bloomington, Indiana University Press.

Duke, Michael, 1989: *Modern Chinese Woman Writers: Critical Approaches*, New York, M. E. Sharpe.

Eagleton, Terry, 1976: *Marxism and Literary Criticism*, London.

Eagleton, Terry, 1983: *Literary Theory: An Introduction,* Oxford, Basil Blackwell.

Eranlich, V.,1975: *Twentieth-Century Russian Literary Criticism*, New Haven, Yale University Press.

Feurwerker, Yi-tsi Mei, 1983: *Ding Ling's Fiction:Ideology and Narrative in Modern Chinese Literature,* Cambridge, Harvard University Press.

Freud, Sigmund,1933: *Essais de psychanalyse appliquée,* Paris, Gallimard.

Galik, Marian, 1968:*Mao Dun and Modern Chinese Literary Critism,* Wiesbaden, Franz Steiner Verlag.

Goldblatt, Howard, 1976: *Hsiao Hung*, Boston, Twayne Publishers.

Goldman, Lucian, 1964: *Pour une sociologie du roman*, Paris, Gallimard.

Gruner, Fritz,1967: *Der literarisch-künstlerische Beitrag Mao Dun zur Entwicklung des Realismus in der neuen chinesischen Literatur*, Habilschrift, Leipzig.

Gunn, Edward, 1980: *The Unwelcome Muse: Chinese Literature in Shanghai and Peking, 1937-1945*, New York, Columbia University Press.

Hawkes, Terence, 1977: *Structuralism and Semiotics*, University of California Press.

Heller, Agnes (Edit.),1983: *Lukács Revalued*, Oxford, Basil Blackwell.

Hsia, C.T.,1961: *A History of Modern Chinese Fiction,* New Haven, Yale University Press.

Hsia, C. T., 1968: *The Classic Chinese Novel-A Critical Introduction,* New York, Columbia University Press.

Hsia, T. A., 1968: *The Gate of Darkness*, Seattle, University of Washington Press.

Huters, Theodore, 1982: *Qian Zhongshu*, Boston, Twayne Publishers.

Jefferson, Ann, 1986: "Structuralism and Post-structuralism", in Jefferson and Robey (eds.): *Modern Literary Theory: A Comparative Introduction*, London, B.T. Batsford Ltd, pp.92-121.

Julian, François, 1979: *Lu Xun: Ecriture et revolution,* Paris, Pressses de l'Ecole Normale Supérieure.

Jung, Carl, 1963: *L'Homme à la découverte de son âme*, Paris, Payot.

Kinkley, Jeffrey, 1985: *After Mao: Chinese Literature and Society*, 1978-1981, Cambridge, Harvard University Press.

Kinkley, Jeffrey, 1987: *The Odyssey of Shen Congwen*, Stanford, Stanford University Press.

Kubin, Wolfgang, 1979: *Lu Xun: Die Methode wilde Tiere abzurichten,* Berlin, Oberbaum.

Lacan, Jacques, 1966: *Ecrits I*, Paris, Editions du Seuil.

Lacan, Jacques, 1971: *Ecrits II*, Paris, Editions du Seuil.

Lang, Olga,1967: *Pa Chin and His Writings*: *Chinese Youth Between Two Revolutions*, Cambridge, Harvard East Asian Series.

Larson, Wendy,1992:*Authority and the Modern Chinese Writer: Ambivalence and Autobiography*, Durham, Duke

University Press.

Lee, Leo Ou-fan, 1973: *The Romantic Generation of Modern Chinese Writers*, Cambridge, Harvard East Asian Series.

Lee, Leo Ou-fan, 1987: *Voices from the Iron House: A Study of Lu Xun*, Bloomington, Indiana University Press.

Leys, Simon, 1971: *Les habits neufs du président Mao*, Paris, Edition Champ Libre.

Leys, Simon, 1985: *La forêt en feu*, Paris, Hermann.

Link, Perry, 1981: *Mandarin Ducks and Butterflies: Popular Fiction in Early Twentieth Century Chinese Cities*, Berkeley, Los Angles, London, University of California Press.

Lukács, Georg, 1974: *Soul and Form*, London, Merlin Press.

Lukács, Georg, 1979: *The Meaning of Contemporarty Realism*, London, Merlin Press.

Lukács, Georg, 1988: *The Theory of the Novel*, London, Merlin Press.

Lyell, William, 1976: *Lu Xun's Vision of Reality*, Berkley, University of California Press.

Maclean, Ian, 1986: "Reading and Interpretation", in Jefferson and Robey (eds.): *Modern Literary Theory*, London, B.T. Batsford Ltd., pp.122-144.

Milner, M.,1980: *Freud et l'interprétation de la literature*, Paris, Sedes.

Mitchell, Juliet, 2000: *Psychoanalysis and Feminism: A Radical Reassessment of Freudian Psychoanalysis*, Basic Books.

Munro, S.R., 1977: *The Function of Satire in the Works of Lao She*, Singapore, Chinese Language Center, Nanyang University.

Nieh, Hua-ling, 1972: *Shen Ts'ung-wen*, New York, Twayne Publishers.

Pollard, David,1973: *A Chinese Look at Literature-The Literary Values of Chou Tso-jen in Relation to the Tradition*, Berkeley, University of California Press.

Prüšek, Jaroslav, 1969: *Three Sketches of Chinese Literature*, Prague, Academia.

Prüšek, Jaroslav, 1980: *The Lyrical and the Epic: Studies of Modern Chinese Literature*, Bloomington, Indiana University Press.

Roy, David Tod,1971: *Kuo Mo-jo: The Early Years*, Cambridge, Harvard University Press.

Schyns, Joseph and Others, 1948: *1500 Modern Chinese Novels and Plays*, Peiping, Hong Kong, Lung Men Bookstore,1966.

Scott, A. C., 1965: *Literature and the Arts in Twentieth Century China*, London, George Allen & Unwin.

Slupski, Zbigniew, 1966: *The Evolution of a Modern Chinese Writer: An Analysis of Lao She's Fiction,* Prague, Academia.

Sorokin, V.F., 1962: *Tvorceskij put's Mao Dunja* (The Creative Road of Mao Dun), Moscw.

Thompson, Eva M.,1971: *Russian Formalism and Anglo-American New Critcism: A Comparative Study*, The Hague, Mouton.

Vohra, Ranbir, 1974: *Lao She and the Chinese Revolution*, Cambridge, Harvard East Asian Series.

Wang, David Der-Wei, 1992: *Fictional Realism in Twentieth-Century China: Mao Dun, Lao She, and Shen Congwen,* New York, Columbia University Press.

Wang, David Der-Wei,1997: *Fin-de-siecle Splendor-Repressed Modernities of Late Qing Fiction, 1849-1911*, California, Stanford University Press.

Wang, David Der-Wei, 2004:*The Monster That Is History-History, Violence and Fictional Writing in Twentieth-Century China*, Berkeley, University of California Press.

參考文獻：
馬　森〈台灣文學的地位〉（1993年5月）

【參考文獻】

台灣文學的地位

馬森

多聲部的言談

見於學術著作及報章雜誌的「台灣文學」一詞,正如「香港文學」或「港澳文學」,主要標幟的是文學的地域性。其實任何文學作品,都可以用地域來標舉。過去所以未曾把魯迅的作品稱作「浙江文學」、巴金的作品稱作「四川文學」或老舍的作品稱作「北京文學」(雖然仔細檢查他們的作品都多少染有地區的色彩),主要因為這些作家並不只活動在他們出身的省區,而且這些省區除了作為中國的一種行政區分外,也並未凸顯出個別的政治的或經濟的特殊意義。

台灣今日的處境,顯然與上述的地區大為不同,就客觀的歷史經驗而言,台灣從1895年以《馬關條約》割讓給日本以後,脫離大陸母體長達五十年之久。這是當時的台灣人民並不甘願的,因此才產生「亞細亞孤兒」的感覺。二次大戰結束,日本戰敗,台灣得以於1945年重歸「祖國的懷抱」,不幸時值國共內戰,海峽兩岸的交往並不暢通。而且這種依附大陸的關係只維持了短短的四年,到了1949年,又開始跟大陸陷入彼此隔絕的狀態,直到今日仍不曾直接通航。在這將近一百年的時光中,台灣和大陸各省形成兩個各自為政的地區。政治上,兩地不相統轄,經濟上兩地獨立發展,結果形成兩地不同的生活水平和不同的生活方式。

就主觀的意識形態而言,在日治時代的後期,由於日人禁絕漢文及大力推行「皇民化運動」(註1),使部分的台灣居民不由自主地向日本文化與政體認同。1949年後,國民政府又大力推行反共教育,稱大陸為「匪區」,養成了台灣新生代對大陸懷抱著恐懼與疏離的心理,自然不大可能跟大陸的土地及政體認同。

在這樣的客觀環境和主觀意識的雙重影響下所產生的文學作品,不同於大陸的文學,

註1:日本政府於1937年中日戰爭爆發的前夕下令禁止台灣報刊使用漢文。同年開始推行「皇民化運動」,提倡「國語」(日語)家庭,鼓勵台灣居民改漢姓為日姓。

自也是意料中的事。因此把台灣地區的文學稱作「台灣文學」，並不為過。

　　然而問題並非如此簡單。因為海峽兩岸的人士在運用這一個名詞的時候，常常攙雜了各自的政治觀以及自覺或不自覺的心理因素，以致使「台灣文學」一詞涵蓋著不同的範圍，甚至具有不同的意指。

　　首先，在台灣的人士運用「台灣文學」一詞時的含義，有一段歷史發展的過程。

　　遠在日治時候，就有人倡導「建設台灣的新文學」（註2）。那時指的是「拿台灣的風景為舞台，台灣的人情為材料」的文學。這種提倡具有地方色彩的文學的意圖，毋寧是針對當日殖民者的日本文學而發的。到了台灣光復後，二二八事件以後的一年間（1937-38），又有人圍繞著「如何建立台灣文學」的主題發表了一系列的文章（註3）。這次則是針對大陸的文學，討論是否應該建立富於自主性的「台灣文學」。

　　在這次的討論中，顯現了省籍的區別。外省籍的作家主張「台灣文學」是「中國文學」不可分割的一環。有些台灣籍的作家則不贊成用「中國意識」來涵蓋「台灣文學」的一切，他們強調台灣歷史、社會結構和生活方式的特殊性，希望建立自主的「台灣文學」（註4）。

　　文學本身其實並沒有自主與否的問題，只有政治、經濟才有自主的問題。這種藉文學的討論所透露的訊息和願望是政治性的，只因為在早期台灣的政治高壓氣氛中，政治自主的願望無法直接表達出來，才會透過文學來抒發所謂「本土意識」。

　　到了1977至79年間的「鄉土文學」之爭，「本土意識」中所涵蘊的政治性就益發明顯了。一方面台灣的「鄉土文學」呼應了大陸上的「工農兵文學」，另一方面也有意排除「中國意識」，一力地激發出對本土認同的強烈願望（註5）。當時台灣的「鄉土文學」所具有的這種兩面性，常常為研究者所忽略了（註6）。

　　「本土意識」的極度發展，不可避免地走上「台灣結」與「中國結」對立的道路。

註2：參閱莊永明《台灣紀事》下冊〈文學要表現地方色彩〉一文，台北時報文化出版社，1989年10月，頁832。
註3：參閱葉石濤《走向台灣文學》中〈接續祖國臍帶之後〉一文，台北自立晚報社，1990年3月，頁33-34。
註4：葉石濤在〈接續祖國臍帶之後〉一文中說：「然而台灣作家卻不贊成以『中國意識』來涵蓋台灣文學的一切。台灣作家總是認為台灣有其歷史性遭遇，有其特殊的社會結構和大陸截然不同的生活模式，他們希望建立富於自主性的台灣文學。」（同前註）
註5：參閱馬森〈台灣文學的中國結與台灣結〉，《聯合文學》1992年第8卷第5期，頁172-193。
註6：例如大陸對台灣文學的研究者只注意到「鄉土文學」傾向寫實主義及呼應了「工農兵文學」的一面。

在外省籍作家拋不開「中國結」的情形下，大多數的本省籍作家益發覺得有堅持「台灣結」的必要。這種認同上的分裂，到了後蔣經國時代，政治的高壓一旦解除，便從文學走向了政治的抗爭。一方面「本土意識」和「台灣獨立」的追求不必再隱藏在文學的外衣之下，可以直接成為反對黨訴求的口號；另一方面原來一些假借文學以言志的作家，這時厭棄了文學的迂曲與隱晦，乾脆直接跳入政治鬥爭的激流（註7）。

在台灣的「本土意識」越來越高漲的潮流中，「台灣文學」也越來越成為追求政治獨立的一面旗幟。到了八〇年代，為了廓清「台灣文學」一詞的含義，台灣的本土作家紛紛起來根據自己的認知與意願界定「台灣文學」。葉石濤說：

由於台灣海峽兩岸中國人的政治體制、經濟、社會結構不同，同時台灣的自然景觀和民性風俗也跟大陸不完全相同，所以台灣文學自有其濃厚的地方色彩和特有的創作使命。（註8）

宋澤萊說：

台灣文學自日據以來，就是人權運動的一部分，所以台灣的文學就是人權文學。（註9）

李喬說：

台灣文學的定義是：站在台灣人的立場，寫台灣經驗的作品便是。（註10）

許水綠說：

註7：例如王拓、楊青矗加入民進黨，直接從事政治活動，已無暇顧及文學了。
註8：見葉石濤《台灣文學史綱》，高雄文學界雜誌社，1987年2月，頁172。
註9：見宋澤萊《台灣人的自我追尋》，台北前衛出版社，1988年5月，頁177。
註10：見李喬〈寬廣的語言大道──對台灣語文的思考〉，1991年9月29日《自立晚報副刊》。

台灣文學是胸懷台灣本土，放眼第三世界，開拓自主性及台灣意識的文學。（註11）

彭瑞金的定義則是：

只要在作品裡真誠地反映在台灣這個地域上人民生活的歷史與現實，是根植於這塊土地的作品，我們便可以稱之為台灣文學。（註12）

但是他馬上又下一個反定義說：

反之，有人生於斯，長於斯，在意識上並不認同這塊土地，並不關愛這裡的人民，自行隔絕於這塊土地人民的生息之外，即使台灣文學具有最朗廓的胸懷也包容不了他。（註13）

由上所舉的例子，可見對「台灣文學」的界定，在台灣形成多聲部言談的局面。每個人都按照自己的認知和意願來界定「台灣文學」。急於為「台灣文學」下界說的人士，大致有兩種傾向：一是傾向於台灣的「本土性」，二則是傾向於台灣的「獨立性」；前者重文化意義，後者重政治意義。特別是在追求台灣獨立的政治訴求中，「台灣文學」一詞也會成為「台灣獨立」的一面文化旗幟（註14）。向陽曾針對這個問題說：

主張台灣文學具有獨異的台灣性格之作家，扛起了「台灣文學」的鮮明旗幟，反對者則從「中國文學」的角度抨擊台灣文學為反祖國、反民族利益的政治文化學。（註15）

文學創作本是種孤獨的個人行為，作品發表以後，猶如落葉離枝，不再受作者的控

註11：見許水綠〈台灣文學的界說與方向〉，1983年9月《生根》第17期，頁42-43。
註12：見彭瑞金〈台灣文學應以本土化為首要課題〉，1982年4月《文學界》第2集，頁1。
註13：同前註，頁3。
註14：參閱宋冬陽（陳芳明）〈現階段台灣文學本土化的問題〉，載施敏輝編《台灣意識論戰選集》，台北前衛出版社，1990，頁207-249。
註15：見向陽〈可被撕扯可被搖撼，不可自我迷走！──台灣作家應以創作台灣文學為榮〉，1990年9月《台灣文學觀察雜誌》第2期，頁7。

馭，是存是亡，或歸入何家何派，也只能聽天由命，非作者本人所可左右。今日台灣文學界卻異乎此，常常由作家自己說出來表明立場，呼朋引類，形成壁壘，各貼標籤，黨同伐異，庶幾使自己站穩一方天地。在這種情形下，「台灣文學」竟成為各家攻防的旗幟。

相對地，中國大陸上的學者在應用「台灣文學」一詞時卻具有完全不同的含義。初期大陸上所謂的「台灣文學」，包含了由大陸赴台的外省籍作家、台灣的本土作家以及由台移居海外的所有作家的作品在內。如此廣義的台灣文學，特別是把過去在大陸早有成就的作家，如梁實秋、謝冰瑩、臺靜農等也置於台灣作家之林，顯然出之政治考慮。大陸學者劉登翰在〈大陸台灣文學研究十年〉一文中說：

> 在初期，這一研究便不能不蘊寓著一定的政治意味，使它有超乎研究自身以外的其他價值和意義。……這種潛蘊的政治價值，使最初的台灣文學研究一定程度上受制於彼時的政治環境和氣候，在價值取向上難以擺脫特定的政治尺度的影響。（註16）

因為有政治的取向，初期大陸對台灣文學的研究者，多看重傾向於現實主義的「鄉土文學」作者，有意地貶抑或忽略傾向於自由主義的現代派作家；也由於政治的取向，而把凡是不曾與大陸政權認同的作家，不管是否在大陸度過了大半生，曾留下重要的文學作品，或早已身居海外，並已取得了他國國籍，統統排在「中國文學」之外，而概稱之謂「台灣作家」。

在大陸研究者的眼裡，「台灣文學」是1949年遷徙至台灣的大陸各省籍作家、台灣本土作家以及與台灣有某種因緣聯繫的海外作家的作品的概稱，並不含有鼓勵台灣本土意識和台灣獨立運動的意圖在內。然而由於在他們的研究著作裡運用了太多當日自詡鄉土或傾向本土意識的作家的言論和觀點，使人覺得他們的觀點好像與台灣追求獨立自主的傾向是殊途而同歸（註17）。

至於在台的大陸省籍作家，在以上的界定與認知中處於一種尷尬的地位。他們的作品被大陸的研究者歸為「台灣文學」之內，同時又被土生土長的省籍作家劃出「台灣文學」之外。他們的身分證上明明註了他們的省籍是江蘇、浙江、山東、河南、湖南、福

註16：見劉登翰〈大陸台灣文學研究十年〉，1990年6月《台灣文學觀察雜誌》第1期，頁60。
註17：大陸出版的「台灣文學史」常常採用葉石濤等人的「本土意識」為基調的「台灣文學」觀點。

建、廣東……叫他們自稱為「台灣作家」，也委實有些名不正而言不順。他們只好對此沉默不語。

嘗試為台灣文學定位

文化的觀點

　　文學是一種文化現象，也是組成一個族群的文化的重要一環。如果說文化為一個族群所共有，並不一定受到國別的限制，那麼文學也應該如此。譬如說盎格魯撒克遜的文化並不限於英國，那麼英語文學也並不限於英國文學。反之，像瑞士這樣的國家，由數個不同的族群和文化所組成，那麼一國之內便有法語文學、德語文學、義大利語文學等。中國的情況比較特殊。歷史上的中國指的是漢族活動的領域，中國文化也就是漢人的文化，所以中國文學也就等同於漢語文學。

　　文學既然是文字的藝術，自應取決於語言文字。在文化的意義上，只問用以表達的文字，而不問作者的出身血統和所寫的內容。例如波蘭血統的康拉德（Joseph Conrad, 1857-1924）所寫的非洲故事，只因所用的語言是英語，便成為英語文學的一部分了（註18）。出生在愛爾蘭的貝克特（Samuel Beckett, 1906-89），後來用法文寫作，他的作品也進入了法語文學之林（註19）。從香港到英國的毛翔青（Timothy Mao）和從中國大陸到英國的張戎，雖然都有中國血統，但是都用英文寫作，如果他們的作品經得住時間的考驗，自會成為英語文學的一部分。

　　同理，滿族血統的老舍和蒙古族血統的蕭乾，都用漢語寫作，那麼他們的作品自屬漢語文學。老舍以北京為背景的《駱駝祥子》自然是漢語小說，就是以倫敦為背景的《二馬》，也是漢語小說，因為用的是漢語。以香港為背景的毛翔青的小說和以中國為背景的張戎小說，因為用的是英語，則不能算是漢語小說。將來如果譯成漢文，那也只算是翻譯小說。正如寫中國和中國人的賽珍珠的小說，譯成中文以後，仍然是英語小說的中

註18：英國小說家康拉德，原是波裔俄人，生於烏克蘭共和國，二十一歲時登英國商船工作，二十七歲時入英籍，三十七歲棄航海而從事小說寫作，終成英國的小說重鎮。
註19：貝克特生於南愛爾蘭都柏林（Dublin），二十二歲時赴巴黎讀書，不久即返英，三十三歲時始定居巴黎，嘗試以法文寫作，成為法國著名的劇作家和小說家。

譯，而不是漢語小說。

　　以上的認知來自約定俗成的共認，並沒有法律條文的規定。然而這種共認，非一日所形成，早已根深柢固地印在世人的腦海中，幾乎成為一種常識了。

　　以此來檢驗在台灣的作家所寫的文學作品的屬性，不管是外省籍的作家，還是本省籍的作家，不論所寫的地理背景是否在中國的範圍之內，也不論所寫的人物是否是漢人，只要用的是漢語漢文，其作品自屬漢語文學。

　　倒是日治時代有些台灣作家用日文寫的作品成為一個難以歸類的問題。例如張文環的〈父の顏〉，曾得到日本雜誌《中央公論》的創作獎，龍瑛宗的〈パパィメのある街〉獲得《改造》的文學獎，楊逵的〈新聞配達夫〉得到《文學評論》的創作獎（註20），可見當時日本人是把這些作品當作日語文學來評鑑的。後來楊逵的〈新聞配達夫〉被胡風譯成中文，收入《朝鮮臺灣短篇小說集》中，在中國大陸出版（註21），也是當作外語的翻譯小說看待。如果我們習慣上把中國人在英美用英文所寫的作品看作是英語文學，自然沒有理由把中國人用日文寫的作品看作是漢語文學。

　　在中日戰爭爆發的1937年，日本政府下令在台灣的報刊禁止使用漢文，馬上大力推行「皇民化運動」。為了配合此一運動，日本人創辦了《文藝台灣》，提倡「皇民文學」，主要是為了贏取台灣作家向日本認同，向日本效忠。對台灣作家而言，自然會產生認同的危機和內心的掙扎。不過那時候日本在台灣已經殖民四十年，有許多台灣作家是在日本文化的薰陶下成長的，正如在英國文化薰陶下成長的香港人，自然不能完全與殖民者的文化站在對立的立場。大多數台灣作家使用日文來寫作，也是順理成章的事。為了鼓勵台灣作家認同與效忠，日本皇民奉公會更於1942年設立了「台灣文學賞」。第一屆「台灣文學賞」的受獎人，除了日本人西川滿和濱田隼雄以外，還有台灣人張文環（註22）。無庸諱言，張文環當時是以日語作家的資格受獎的。

　　對此，《中華民國文藝史》的作者曾語重心長地說：

　　關於日本當局禁刊中文作品一事，我們平心而論，本來當時日當局的政策已使台灣與
　　祖國隔絕，以中文寫作的文藝工作者已無法再接受祖國的文化，缺乏刺激和營養，從

註20：參閱陳少廷《台灣新文學運動簡史》，香港文化出版社，頁136。
註21：楊逵的〈新聞配達夫〉，被胡風譯作〈送報伕〉，與楊華的〈薄命〉和呂赫若〈牛車〉同被選入
　　　《山靈──朝鮮臺灣短篇小說集》，上海文化生活出版社譯文叢書，1936年4月出版。
註22：同註21，頁146。

而已患著嚴重的貧血症。何況日本教育普及，日本文化已漸浸透台灣社會的每一個角落，台灣文學中的日文作品，不但量漸多，質也好，所以長此以往，中文作品勢將衰老自滅。（註23）

本文企圖拋開民族感情，純就學術觀點來論文學的歸屬性。作為一個作家，他（她）有向任何一種文化認同的自由。康拉德不用波蘭文或俄文寫作，而使用英文，自然是向盎格魯撒克遜文化認同的表現。毛翔青和張戎也是一樣。貝克特使用法文而不用英文寫作，也足見他有意地向高盧文化認同。至於這種認同是出於自願抑或為環境所迫，恐怕是連作家自己都難以正確分析的問題。重要的是結果：今日英語文學中有康拉德一席之地，法語文學中也有貝克特一席之地，原因是他們對英語和法語文學分別做出了重要的貢獻。如果張文環、龍瑛宗、楊逵以及其他使用日文的台灣作家對日語文學做出了重要的貢獻，他們自會在日本文學中佔有一席之地。但若只憑日文的作品，而稱其為漢語作家，則未免有違於我們習慣的認知了。稱其為漢語作家，則只能憑他們的漢文作品。目前許多撰寫台灣文學史的人，都沒有辨別這樣一個文化和語言上的問題（註24），實在是令人覺得十分遺憾的一件事。

政治的觀點

從政治觀點來為文學定位，自然有別於文化的觀點。今日世界上的政治圈與文化圈並不等同。區劃政治勢力範圍的是「國」，與代表文化的語言、風俗、宗教的擴散範圍大相懸殊。譬如說盎格魯撒克遜的英語文化並不限於英國，主要由英國移民組成的美國、加拿大、澳洲、紐西蘭、南非等國都是。甚至於連並非以英國移民為主體的印度和新加坡等也使用英語，自然也可部分地劃入英語文化的範圍。同理，使用西班牙語的中南美洲國家，可與西班牙劃入同一個文化圈，卻分屬不同的政治領域。

世人的身分通常是以國籍來定位的。取得國籍的條件，除了本是父祖之國的自然取得外，也有因出生在某國或在某國居住到一定的期限後宣誓加入的。所以必須要宣誓，就

註23：見《中華民國文藝史》附錄（一）〈台省光復前的文藝概況〉，台北正中書局，1975年6月。
註24：葉石濤的《台灣文學史綱》，因為強調本土作家的承襲，固然忽略了文化和語言的問題，大陸上的同類著作，例如遼寧大學出版的《現代台灣文學史》，因為襲取了葉書的觀點，所以也忽略了這樣的問題。

是因為有認同與效忠的問題存在。美籍的中國人若遇到中美戰爭，如果恪遵他的誓言，效忠的應該是美國而不是中國。人的身分既以國別來定位，就政治觀點看作家的屬性，自然也以國別為準。同樣以英語寫作的作家，有英國作家、美國作家、加拿大作家、澳洲作家、紐西蘭作家、南非作家、印度作家等的區別。同樣以西班牙語寫作的作家，也分屬於各自的國家。

作家既以國別而區分，文學也是如此。英語文學中有英國文學，也有美國文學、加拿大文學等。但是有些國家使用兩種或兩種以上的語文，譬如加拿大的文學，就包括英語和法語兩種文學。以前所舉的瑞士，則至少有三種語文的文學。中國的情形是自秦統一文字之後，方言固然很多；文字卻只有一種，即書寫的漢文。兩千年來世代承襲，並無歧出。其間雖數經異族統治，卻只見異族的漢化，未見中國語文的異化，所以基本上中國文學指的只是漢語文學。進入民國，雖稱五族共和，其實少數民族很多。由於漢族佔有絕對的大多數，漢語文的歷史久遠，勢力龐大，他族作家寧捨本族語文而取漢語文作為文學創作的媒介（註25），所以中國文學仍然基本只指漢語文學而言。

五四新文化運動，棄文言而取白話，本來是各地方言各自為政的一個大好時機，但是根深柢固的大一統觀念及歷史的風雲際會仍使各省作家捨方言而取「國語」作為文學創作的媒介，所以五四以來的白話文學基本上是用「國語」書寫的文學。中國的現代文學指的就是這種各省人均可讀可解的「國語」文學。因此，就政治觀點而論，目前海峽兩岸既然宣稱只有「一個中國」，而非「一中一台」，「台灣文學」又以「國語」書寫的文學，那麼「台灣文學」豈不就如海峽彼岸的大陸文學一樣，也是「中國文學」嗎？

依此而論，日治時代，台灣為日本的殖民地，並非中國領土，那時的台灣人也沒有中國國籍，日籍的台灣人用漢語文寫作的作品，算是哪國的文學呢？今日用漢語文寫作的美籍華人也大有人在，他們的作品又算是哪一國的文學呢？

如果日本像加拿大一樣是雙語文國家，除了日語以外也使用漢語，日治時代的台灣作家的漢文作品，自然可以納入日本文學中。可惜日本不是雙語文國家，容不下漢語文學，要是中國文學不予接納，那一部分文學作品就無所歸屬了。同理，美籍華人的漢語文學作品，也因為美國境內並不使用漢語，無法歸入美國文學之列，如果中國文學不予接納，也成為無所歸屬的了。這雖然可能是未來寫中國文學史的人必須面對的取捨之間

註25：例如有苗族血統的沈從文、滿族的老舍、藏族的扎西達娃、維吾爾族的鐵衣甫江・艾里耶夫、鄂溫克族的烏熱圖爾、蒙族的蕭乾、席慕蓉、瑪拉沁夫等都用漢文寫作。

的頭疼問題，但今日也不妨先提出一個建議：未來的中國文學史，不妨另立一章「域外的漢語或華語文學」，來容納所有非中國境內以及非中國籍作家的漢語文學作品，就如法國文學史中有時也兼及瑞士、比利時等國的法語文學一般。

由以上的分析，可知就國別為基準，今日的「台灣文學」似應歸入中國文學之列。為什麼今日台灣仍有「中國結」和「台灣結」的紛爭（註26）？為什麼對「台灣文學」形成多聲部界說紛紜的局面？說穿了，就是因為台灣在政治上有「統」、「獨」兩種取向。統一既然如此遙遠，獨立卻是眼前的現實，原本主張台灣文學是中國文學不可分離之一環的作家，目前也越來越強調「台灣文學」的本土性和特殊性。在年輕的一代終於發展成「台灣人不要中國意識」的言論（註27），甚至有人提出台灣人在血統上異於漢人的「台灣民族論」（註28）。台灣人如果不是漢族，台灣文化依理也就不是漢文化，所以「台灣鄉土文學」作家宋澤萊可以理直氣壯地說：

事實上台灣文學本來就不是中國文學，台灣文學自古以來就自成系統。（註29）

然而「台灣文學」至今主要仍是以漢語漢文書寫的，這一點卻是誰也無法抹殺的事實。為了追求「台灣文學」獨立自主的形式和本土的性格，於是產生以「台灣話文」創作的倡議和實踐。

台灣話文與未來「台灣文學」的走向

台灣除了通行的以北京話為基礎的「國語」外，普通使用的方言有閩南語、客家話和多種原住民所使用的所謂「山地話」。由閩南遷台的移民佔了絕對的大多數，所以閩南語（又稱福佬話）是在台灣最通行的方言。一般所說的「台灣話」，指的是在台灣的閩

註26：同註5。
註27：參閱《台灣年代》雜誌〈台灣人不要中國意識〉，收入施敏輝編《台灣意識論戰選集》，台北前衛出版社，1990年3月，頁115-117。
註28：首倡「台灣民族論」的是廖文毅，他返台後不再說了。以後主張「台灣民族論」的有在日本的史明和民進黨主席許信良。雖然歷史證據不夠充足，但影響很大，有些台籍作家，如宋澤萊也是信服「台灣民族論」的。
註29：見宋澤萊〈從人權文學到獨立文學〉中「台灣文學不是中國文學」一節，《台灣人的自我追尋》，頁179。

南語；「台語文學」，指的台灣的閩南方言文學（註30）。

遠在日治時代，就有過是否應該使用台灣話來從事文學創作的討論。當時有兩種不同的主張：一是由張我軍代表的「台灣語言改造」論，主張把台灣話按照國語的模式改進為有文字的語言，也就是希望使台語統一於國語（註31）；二是以鄭坤五、黃石輝、郭秋生為代表的「台灣話文運動」，主張把台灣話文字化，以代替當日所使用的日文及漢語文和白話文（註32）。張我軍的主張，在光復後推行國語運動的進程中，可以說逐步地實現了。至於「台灣話文」，到了八〇年代以後，隨著台灣「本土意識」的高漲和「獨立運動」的抬頭，又成為廣泛討論的題目。

把台灣話轉化為文字有兩種方式：一是外國傳教士用以翻譯聖經的羅馬字，二是用漢文來書寫。前者等於把台語變成拼音文字，困難甚多（註33），目前在台灣主張「台灣話文」的作家多主張後者。他們不但大力提倡「台灣話文」，而且身體力行地寫出了不少詩歌、小說、甚至論文（註34）。如果將來用「台灣話文」來寫作的人越來越多，自然會成為另外一種獨特的文學，不依賴翻譯，中國其他省分的讀者不可能看懂了。

過去本來也有以方言書寫的文學作品，例如韓邦慶以吳語撰寫的《海上花列傳》，三蘇以粵語撰寫的雜文，都曾經名噪一時。但是他們的讀者畢竟是有限的；一出吳語及粵語的區域，他們的作品就不能通行了。是否大多數的作家都甘願接受這樣的侷限，是一個問題。

就中國文學的立場來看，使用方言書寫的文學作品，稱之謂「方言文學」，未始不可組成中國文學的一個旁枝。但是在台灣提倡「台灣語文」的作者似乎並不願把「台灣話文」的作品定位在「方言文學」的位置上，而是期望在台灣獨立的前提下，「台灣話文」可以升格為台灣的「國文」，到了那時候，「台灣文學」一詞當然又得要重新定義了。

其實「台灣話文」的熱烈倡導者，除了具有潛在的台灣獨立的傾向以外，也出於對

註30：參閱李瑞騰〈閩南方言在台灣文學作品中的運用——以現代新詩為例〉一文，1990年6月《台灣文學觀察雜誌》第1期，頁95。
註31：1925年8月張我軍在《台灣民報》五週年紀念號提出「白話文學的建設，台灣語言的改造」，主張把台灣話改進為合理的、有文字的「中國的國語」。參閱陳少廷《台灣新文學運動簡史》，頁20。
註32：參閱陳少廷《台灣新文學運動簡史》，頁65-77。
註33：參閱鄭良偉《走向標準化的台灣話文》，台北自立晚報社，1989年2月。
註34：譬如洪惟仁、向陽、柯旗化的台灣話文詩，宋澤萊的台灣話文小說以及鄭穗影、林宗源、林央敏、許水綠等人用台灣話文寫的文章。

「台灣文學」未來是否會只流於「中國文學」的一個旁枝末節或流於「邊疆文學」地位的焦慮與隱憂（註35）。若是台灣的作家不管多麼努力，總脫不了附庸或被蔑視的地位，為什麼不自行追求一種獨立的格調呢？

台灣作家的這種憂慮，是至今大陸上研究台灣文學的學者所未能透徹體會的。

結語

探討「台灣文學」的地位，必須先釐清什麼是「台灣文學」。對這個問題，海峽兩岸因持有不同的政治立場，便有不同的定義和不同的範圍。台灣本島的人士，也因為有不同的政治立場，而有各自的定義。總括而言，「台灣文學」大概有五種不同的含義：（一）跟台灣有關係的華人作者所寫的非社會主義的文學（大陸研究者的觀點）；（二）台灣的所有作家所創作的中國文學（在台的外省籍作家及小部分具有統派思想的本省籍作家的觀點）；（三）站在台灣人立場寫台灣經驗的文學（大多數本省籍作家的觀點）；（四）反抗外來勢力（包括荷蘭、日本和中國大陸）追求民族自決的人權文學（具有獨派思想的作家的觀點）；（五）以「台灣話文」寫作的文學（具有獨派思想或強烈的本土意識的未來前瞻性的觀點）。

目前對「台灣文學」的定義既然如此渾沌不清，相對於大陸的文學來釐定「台灣文學」的地位就是一件相當困難的事。就現有的資料觀察，「台灣文學」確是相當特殊，因為至今還沒有一部談論當代中國文學的書，把台灣和大陸的文學混為一談。大陸的文學研究者對二者的分際更是涇渭分明，談現當代的中國文學，通常都把台灣文學排除在外；談台灣文學則必冠「台灣」的標籤；不然則與大陸以外的華人文學合稱「台、港、澳及海外華人文學」。大陸文學研究者界定「台灣文學」的態度主要仍從政治著眼，但與「中國統一」的前瞻立場卻存在著矛盾，難怪有些台灣作家擔心在未來的中國文學史中，台灣作家幾十年的努力，難免只落得一條「邊疆文學」的附筆（註36）。

然而就文學發展的歷史長流來看，文學作品的地位自有文化承傳上的規律，也不會為

註35：1981年1月《書評書目》載有一篇詹宏志的文章〈兩種文學心靈──評兩篇聯合報小説獎得獎作品〉，提出了他對台灣文學未來恐怕會流於「邊疆文學」的憂慮。這種憂慮所以會引起廣大的反響，正因為這是大多數台灣作家心中的暗影。
註36：大陸的台灣文學研究者對待台灣文學的態度更加深了台灣作家對台灣文學前途的憂慮。

一時的政治立場所左右。屈原出身於當時中原邊疆地帶的楚，他的作品未曾流於「邊疆文學」，老舍、蕭乾也不會因出身少數民族而失其光彩。台灣的漢語文學，經過時間的淘洗，其菁華自會在中國文學的主流中閃光，除非是台灣有一天成為另外一個國家，像今日的新加坡。該不該把新加坡的漢語文學納入中國文學之內，倒的確是一件頗費斟酌的事了（註37）。

附記：本文為1993年5月26至30日香港中文大學主辦之「兩岸及港澳文學交流研討會」上發表之論文。
　　　原刊1993年9月《當代》雜誌第89期，並收入李魁賢等主編《台灣文學選1993》（1994年2月台北前衛出版社）

註37：北京中國國際廣播出版社1992年出版秦元宗主編的《二十世紀中華文學辭典》中雖然把台灣作家另列，卻把新加坡作家編入中國作家中，亦足見大陸上對此問題認知之混亂。

第三十八章　港澳的文學

一、港澳的特殊性

　　香港是一個特殊的地區，從1842年鴉片戰爭失敗割讓給英國以後，直到1997年重歸中國懷抱，長達一百五十多年都是英國在東方的殖民地。其間英國人加意經營，把一個原來名不見經傳的荒涼漁村，建設成世界上第一等的大都市，其摩天的現代建築、商務貿易的繁盛、金融財貨的豐盈，早已凌駕上海，足可與紐約、倫敦媲美，故號稱英女王皇冠上的一顆明珠。作爲一個自由貿易商港，除了英國的官員及外來商賈外，絕大多數的居民仍是說粵語的廣東人，因此粵語與英語、中文與英文同樣通行，成爲一個雙語文的地區。因爲香港本質上是一個以工商業爲主的城市，藝文相形顯得十分薄弱，所以過去常有「文化沙漠」之稱。香港詩人馬朗在他爲《創世紀》雜誌所編的〈八十年代香港現代詩特輯〉中說：

　　　香港是文化沙漠，是機械文明最發達的地方。它不但充滿荒謬和奇異，像一

個新的卡薩布蘭加，也是資本社會風尚和遁世哲學交流的匯點。另一方面，它是民主櫥窗，也走在時代的最尖端，最先反映著中西文化混雜以及各種制度的影響，中國以外最大的一個中國社會。（馬朗 1984）

　　但是香港這彈丸之地，居然有中文報章五十多家、中英文期刊數百種，因此在地有的學者並不同意這種說法，認爲「香港是世界第三大金融中心，有全球第二大繁忙的貨櫃碼頭。……香港的電視製作水準，僅次於美國而榮獲全球亞軍。假如文化可以輕易分爲物質文化、精神文化、大眾文化的話，則香港的物質文化和大眾文化，其成就有目共睹，香港怎會是沙漠呢？」（黃維樑 1988：1-2）不錯，稱香港爲「文化沙漠」，未免過甚其詞了。香港的大眾文化以及通俗文學（或稱大眾文學）諸如娛樂性的電影、電視節目，流行時裝、武俠、言情小說等常常領先台灣，甚至亞洲。但是另一方面，香港多半的嚴肅作家的成名（受到讀者的欣賞）及出書常在台灣，西西如此，也斯如此，金兆、楊明顯、辛其氏、鍾曉陽、董啓章也無不如此，雖然他們都並不居住在台灣（甚至沒到過台灣）。劉紹銘說：「我認識（楊明顯的）〈姚大媽〉還是由於（台灣）《聯合報》的推介，正如我後來認識金兆和鍾曉陽的作品一樣。」（劉紹銘 1985）這一事實也說明了對嚴肅的文學藝術，香港不具有足夠的欣賞者，其實是受到了工商業過度膨脹以致以市場爲導向的侷限了。劉紹銘又說：「香港文學先天不足，後天也失調」（劉紹銘 1985），指的正是嚴肅文學，如論武俠、科幻、言情小說，香港讀者之眾、作家作品之多、收入之豐，海峽兩岸無人可及，也許只有台灣的瓊瑤差堪比擬吧！

　　至於澳門，雖然本爲葡萄牙的殖民地，但只有賭場這一種特殊的行業作爲經濟資源，規模與繁榮都遠不及香港，形同香港的一個衛星城市，其文化活動唯香港馬首是瞻，所以港澳並稱，談香港，澳門也就包括在內了。

　　港澳是歐西國家的殖民地，應該是華人地區唯一沒有西潮中斷的問題，但是正如以上所言的「文化沙漠」，在文藝貧瘠的地帶，西潮有無並不發生作用，所以第一度西潮時香港尚無文學可言，第二度西潮時，香港也未表現出在現代

主義或後現代主義領先的潮流。曾任台灣文學館館長的李瑞騰多年前在台灣《文訊》雜誌編輯「香港文學特輯」時，認為香港在地文學是從1949年後才開始的。他說：

戴望舒以及筆名落華生的文學研究會會員許地山等文人，在往後的數年之間，由於他們的工作與名氣，對香港本地的文學發展，起了一定程度的作用。然而這些南來的作家，大部分皆抱著過客心態，少有生根打算，本土意識不易形成，所以從抗戰前後一直到四〇年代的末期，香港的文學基本上還是五四以後一直在中國發展的所謂新文學，沒有形成它特殊的品質與風貌。

香港的文學真正開始擁有獨自發展的條件，是在1949年之後，那是一個驚天動地的時代，對於香港來說，整個人事起了結構性的轉變，大批愛自由的文人逃離赤色魔掌抵達香港，許多左派文人或對中共認識不清的知識份子離開香港北上投向紅色王朝，隔著一條深圳河，自由與奴隸，成了強烈的對比。在自由的環境裡，可以預見的是，香港將會發展出具有香港精神的文學形態。

在香港的中國文學之發展，無可避免地要受到海峽兩岸文學的影響，尤其是台灣，假如有人說：「台灣文學整體而言，對香港文學有積極的影響。」相信不至於引起太激烈的反對。（李瑞騰 1985：79）

討論香港的文學與作家並不容易，因為香港是一個自由港，人們來來往往，並不穩定，在抗日與內戰期間就曾有很多知名的文人在此暫居，譬如蔡元培、鄒韜奮、陶行知、柳亞子、歐陽予倩、茅盾、夏衍、鄭振鐸、臧克家、郭沫若、馮乃超、蕭紅、端木蕻良、戴望舒、蔡楚生、于伶、章泯、姚克、巴人、聶紺弩、胡風、孟超、黃藥眠、周而復、吳祖光、司馬文森、廖沫沙等都曾來此避難。後來有些作家一忽兒香港，一忽兒台灣，一忽兒美國，很難確定他們到底算是哪裡的作家了。譬如張愛玲，生長於上海，曾在香港求學與避禍，晚年又隱居美國，對台灣的作家影響至大，算不算香港作家呢？又如蔡思果，久居香港，作品多在台、港兩地發表，已歸入台灣作家之林，晚年長居美國，到

底算不算是香港作家呢？這樣的例子太多了。我們現在參考香港學者黃維樑教授（他中年後在台灣執教，居住深圳，現又轉往澳門大學，已不是單純的香港學者）對香港作家的定義，他說：

> 香港作家的種類，和香港文學的體裁一樣多元化。大體而言，有下面四種類型：第一，土生土長，在本港寫作，本港成名的；第二，外地生本土長，在本港寫作，本港成名的；第三，外地生外地長，在本港寫作，本港成名的；第四，外地生外地長，在外地已經開始寫作，甚至已經成名，然後旅居或定居本港，繼續寫作的。（黃維樑 1988：16）

這定義採取了最寬鬆的標準，如果這四種類型都算是香港作家，凡在香港居留過的都可入列。然而以上的定義又似乎以繼續留在香港為準，這樣一來很多人中途離開了香港，又難合定義了。因此這個定義只能作為參考，原則上我們認為香港作家應該是土生土長，或久居香港，在何處成名就不計較了，所以西西、董啟章等雖在台灣成名，仍算香港作家。當然在台灣成名的作家不只西西和董啟章兩人，有的在台灣就學並工作與台灣淵源甚深，像劉紹銘、鄭樹森；有的跟台灣原來並無淵源，像梁錫華、黃維樑、黃國彬，在台灣的聲名也很響亮。不過像西西這樣的非通俗作家，她的作品在香港的純商業市場中難有銷路，因此她除了在香港的《素葉文學》一類的同仁雜誌上發表外，多半的作品都是在台灣發表出版的。顯然，另外一位也甚有才華的香港女作家辛其氏就沒有西西這樣的幸運，無他，辛其氏在台灣發表的作品太少，也沒有獲得同樣的鼓勵。相對的，台灣生產的通俗文學如瓊瑤的言情、古龍的武俠，也曾在香港暢銷，古龍小說改編的電影也多半都在香港製作。由此可見，過去台港兩地文化上唇齒相依的關係。

有些香港作家，已被列入大陸或台灣作家之林者，僅在此章提其姓名，就不另加介紹了。

二、戰後初期的香港作家

以時間為序，早期香港的作家多半都是因避紅禍，由大陸來此暫居的。其中一部分後來去了台灣或歐美，但也有一部分因為種種原因不願或不能去台灣，又無能去歐美，於是在香港從暫居而成為久居了，有的甚至埋骨於此，像蕭紅、包天笑、葉靈鳳、李輝英等。早期的作家，除侶倫、李援華、舒巷城是生於香港的以外，徐訏、曹聚仁、卜少夫、劉以鬯、司馬長風、黃思騁、徐速、南宮博、趙滋蕃、林適存（南郭）等都是外來者。徐訏、曹聚仁、南宮博、趙滋蕃、林適存已列入大陸和台灣作家之林，前已述及，就不再介紹了。較晚的作家如王敬羲、逯耀東、蔣芸、程步達（鄭培凱）、方娥真、黃寶蓮、童元方等也都身兼台灣作家的身分，也不在此重複。以下的作家不管是外來的，還是香港本土的，都長居香港，算是香港的作家。

卜少夫（1909-2000），原名卜寶源，筆名邵芙、龐舞陽，江蘇省江都縣人，為小說家無名氏的二哥。1937年畢業於日本明治大學新聞科，曾任重慶《中央日報》副總編輯、南京《中央日報》總編輯、上海《申報》副總編輯、《新聞天地》社長。著有論述及散文集數種：《無名氏生死下落》（1976台北遠景出版社）、《經過陣痛》（1976台北遠景出版社）、《龍蛇走筆》（1978台北遠景出版社）、《我思我見》（1979台北遠景出版社）、《人在江湖》（1979台北遠景出版社）、《空手天涯》（1979台北遠景出版社）、《無梯樓雜筆》（1980台北遠景出版社）、《人間躑躅》（1981台北遠景出版社）。

侶倫（1911-88），原名李霖，筆名李林風，又名林風、林下風，祖籍廣東省豐順縣，生於香港九龍。1919年入小學，未畢業改入英文學校，又因家貧輟學。1926年開始寫作，為香港文學的拓荒者。1927年赴廣東參加國民革命軍，旋返港。1929年創辦文藝刊物《島上》，1931年任香港《南華日報》副刊《勁草》主任編輯，1935年參與創辦《時代風景》，1937年進入香港大觀聲片影片公司擔任編劇，1938-41年任香港南洋影片公司編劇，前後編寫電影劇本十餘部。1942年香港淪陷後逃往廣東惠陽教小學維生。1945年勝利後返港，任《華

僑日報・文藝週刊》主編，1955年創辦香港采風通訊社，1984年退休。寫作以小說、散文爲主，兼及電影劇作。小說有中短篇《黑麗拉》（1941上海中國圖書出版公司）、《無盡的愛》（1947香港虹運出版社）、《仉儷》（1951香港萬國書社）、《彩夢》（1951香港太平洋圖書公司）、《殘渣》（1952香港星榮出版社）、《佳期》（1953香港星榮出版社）、《暗算》（1953香港星榮出版社）、《舊根》（1953香港星榮出版社）、《寒士之秋》（1954香港星榮出版社）、《錯誤的傳奇》（1956香港文偉書店）、《不再來的春天》（1957香港偉青書店）、《愛名譽的人》（1960香港上海書局）、《阿美的奇遇——侶倫短篇小說選》（1984北京友誼出版社）、長篇《窮巷》上下冊（1952香港文苑書店）、《戀曲二重奏》（1956香港藝美圖書公司）、散文集《紅茶》（1935香港島上社）、《無名草》（1949香港虹運出版社）、《侶倫隨筆》（1952香港太平洋圖書公司）、《落花》（1953香港星榮出版社）、《紫色的感情》（1953出版社不詳）、《香水屋筆語》（1985香港三聯書店）等。

李援華（1916-），原籍廣東省番禺縣，生於香港。1934年中學畢業後入廣州中山大學。1938年廣州淪陷後回港。1939年就讀羅富國教育學院，1941年畢業。香港淪陷後遠走內地，戰後返港。從1946年起，受聘於羅富國教育學院，多次爲市政局及各大院校、社團的話劇活動擔任演出顧問與比賽評判，同時是第一位在香港一些大學的校外課程開設戲劇科目的講師。1954-55年，曾赴英國學習一年。從事戲劇工作逾五十年，作有長、短劇五十多齣，已出版劇本有《李援華獨幕劇集》、《曹禺與中國》、《好兒童劇集》、《李援華作品選第一集》、《李援華作品選第二集》等多種。

劉以鬯（1918-），原名劉同繹，字昌年，祖籍浙江省寧波縣，生於上海市，1941年畢業於上海聖約翰大學，曾任《國民公報》副刊編輯，1942年赴重慶，任《掃蕩報》副刊編輯。1946年勝利後返上海，創辦《和平日報》副刊，成立懷正文化社。1948年來香港，先後任《香港時報》、《星島晚報》、《快報》副刊編輯，《西點》雜誌主編。1953年赴吉隆坡，任《聯邦日報》總編輯。返港後於1985年創辦《香港文學》，擔任總編輯到2000年。2001年

香港特區政府頒發榮譽勳章表彰其對香港文學事業的貢獻，並當選爲香港作家聯會會長、香港公開大學榮譽教授。2011年獲香港特區政府銅紫荊星章。寫作以小說爲主，兼及散文與評論。小說有短篇集《天堂與地獄》（1951香港海濱書屋）、《寺內》（1977台北幼獅文化公司）、《一九九七》（1984台北遠景出版公司）、《春雨》（1985香港華漢文化公司）、《黑色裡的白色 白色裡的黑色》（1994香港獲益出版公司）、《劉以鬯的實驗小說》（1994北京人民大學出版社）、長篇《酒徒》

劉以鬯《酒徒》（1963 香港海濱圖書公司）

（1963香港海濱圖書公司）、《陶瓷》（1979香港文學研究社）、《島與半島》（1993香港獲益出版公司）、《他有一把鋒利的小刀》（1995香港獲益出版公司）、散文集《看樹看林》（1982香港書畫屋圖書公司）、《見蝦集》（1997瀋陽遼寧教育出版社）等。

其中《酒徒》藉酗酒的失意作家的囈語，寫出香港大都市的種種迷亂印象，曾經搬上銀幕，且被視爲最早使用意識流的現代主義的中文小說。其現代主義的意味，在於其已脫離寫實主義所隱含的教訓意義，正如香港年輕作家董啓章認爲此作「不是道德教育的反面教材，反而是一個重新組合都市感官和體味都市存在的範例。」（董啓章 1996：206）

黃思騁（1919-84），曾任《人人文學》主編及任教於香港樹仁學院。寫作以小說爲主，著有《靜靜的嫩溪》（1950香港環球合記）、《不速之客》（1959台中光啓出版社）、《私衷》（1975台北皇冠文化出版公司）、《情賊》（1974香港高原出版社）、《漩渦》（1975台北皇冠文化出版公司）、《長夢》（1977香港高原出版社）、《我的足跡》（1985台北林白出版社）。

司馬長風（1920-80），原名胡欣平，又名胡永祥，別號若谷、靈雨，筆名嚴靜文、司馬長風，祖籍遼寧省

黃思騁（1919-84）

瀋陽市，生於黑龍江省哈爾濱市。1945年畢業於國立西北大學歷史系。1949年到香港，與友人創辦友聯出版社，主編《祖國週刊》、《東西風》、《大學生活》、《中國學生週刊》、《兒童樂園》等。並曾任《明報月刊》主編，執教於香港樹仁及浸會學院。1980年赴美省親，病逝於紐約。主要著作有《中國新文學史》、《文革始末》、《中國現代史綱》、《毛澤東評傳》、《周恩來評傳》及長篇小說《鸝歌》、《海茫茫》、散文集《花弄影》（1967台北皇冠文化出版公司）、《濡沫集》（1975台北華欣文化中心）、《夢與醒的邊緣》（1976台北時報文化公司）、《吉卜賽的鄉愁》（1976台北遠行出版社）、《唯情論者的獨語》（1976台北遠行出版社）、《愛的源泉》（1976台北四季出版公司）、《舊夢新痕》（1976台北遠行出版社）、《司馬長風散文集》（1976台北景象出版社）、《綠窗隨筆》（1977台北遠行出版社）、《文藝風雲》（1977台北時報文化公司）。所作《中國新文學史》是一本「痛感五十年來政治對文學的橫暴干涉，以及先驅作家們盲目模仿歐美文學所致積重難返的附庸意識」，為了力挽上述兩大時弊的一部著作。

舒巷城（1921-99），原名王深泉，筆名眾多，計有秦西寧、邱江海、舒文朗、王思暢、向於回、於燕泥、陸思魚、石流金、尤加多、方維、秦可、秦城洛、秦楚深、香港仔、方永等，祖籍廣東省惠陽縣，生於香港，在西灣河、筲箕灣一帶長大。兆榮漢文學校肄業，然後就讀育才書社及華仁書院。在抗戰時期就讀英文書院時，受了朋友及南來作家的影響開始投稿。1941年太平洋戰爭爆發後他離開淪陷的香港赴桂林，在印刷廠做過校對。1944年湘桂大撤退，輾轉到了昆明，在美軍機構中任文員，也當譯員。戰後數年先後在越南、台灣、上海、東北、北平、南京等地工作，直至1948年底返港與家人團聚。回港後先後任職於洋行或商行、建築公司、教育機構等，業餘從事寫作，以不同筆名發表了大量的小說、散文、新詩等作品，並結集出版。其中短篇小說《鯉魚門的霧》一文更被人全文抄襲兩次，在徵文比賽中得獎，傳為美談（或醜談）。舒巷城喜歡接觸不同社會階層的人物，積累生活素材。他膾炙人口的小說（例如《太陽下山了》和《鯉魚門的霧》）及都市詩完全來自香港土生土長的真實體

驗。1977年應美國愛荷華大學「國際寫作計畫」之邀，赴美參加文學活動，然後遊歷美東西各地及日本東京。出版作品有長篇小說《再來的時候》（1960香港新月出版社）、《太陽下山了》（1962香港南洋出版社）、《白蘭花》（1964香港海濱圖書公司）、《巴黎兩岸》（1971香港中流出版社）、《艱苦的行程：一位香港青年在抗戰期間的生活見證》（1972香港七十年代雜誌社）、短篇集《山上山下》（1953香港聯發書店）、《霧香港》（1956香港中南出版社）、《曲巷恩仇》（1956香港中南出版社）、《倫敦的八月》（1967香港伴侶雜誌社）、《玻璃窗下》（2000香港花千樹出版有限公司）、詩集《我的抒情詩 My Poems》（1956香港伴侶雜誌社）、《回聲集》（1970香港中流出版社）、《都市詩鈔》（1973香港七十年代月刊社）、散文集《拜倫與愛情》（1957香港新月出版社）、《燈下拾零》（1974香港萬葉出版社）、《夜闌瑣記》（1997香港天地圖書有限公司）。

岳騫（1922-），原名何家驊，字越千，筆名方劍雲、鐵嶺遺民，安徽省渦陽縣人。1949年赴台灣，創辦《掌故》雜誌。五〇年代抵香港，曾任月刊主編、香港中國筆會會長。寫作以通俗歷史小說為主，取材自民國以來流傳民間的傳奇故事，曾獲台灣中國文藝協會文藝獎章。出版有《瘟君前夢》（1975台北黎明文化公司）、《瘟君夢》三冊（1976台北黎明文化公司）、《瘟君殘夢》（1976台北明雄出版社）、《妖姬恨》（1976台北黎明文化公司）、《滿宮春夢》三冊（1980台北黎明文化公司）、《抗日戰爭通俗演義》八冊（1982台北黎明文化公司）、《丹心照汗青》（1985台北黎明文化公司）。

徐速（1924-81），原名徐斌，又名徐直平，江蘇省宿縣人。抗戰時期於中央陸軍官校第七分校第十九期畢業，擔任過參謀軍職。勝利後，隨軍進駐北平，曾在北大中文系旁聽，創辦《新大陸》月刊。1950年由成都赴香港，任自由出版社編輯，同時創辦高原出版社，而於1955年刊行《海瀾》與《少年》兩種雜誌。翌年，創辦《當代文藝》月刊，維持十四年，培育不少青年作家，對香港文學頗有貢獻。1969至71年間，曾任香港珠海學院文學系教授。寫作以小說為主，亦有散文。作品有長篇小說《清明時節》（1954香港自由出版社）、《星

星之火》（1958香港高原出版社）、《星星、月亮、太陽》（1958香港高原出版社）、《櫻子姑娘》（1959香港高原出版社）、《疑團》（1963香港高原出版社）、短篇集《第一片落葉》（1958香港高原出版社）、散文《一得集》（1961香港高原出版社）、《心窗集》（1972香港高原出版社）等。其中最受到讀者歡迎的是《星星、月亮、太陽》，而且被搬上銀幕，可惜在香港竟沒有人發現這部作品是襲自姚雪垠抗戰時期的小說《春暖花開的時候》（1944），三個被形容作星星、月亮和太陽的人物和情節都是類似的，此亦足見香港讀者對過去大陸的文學作品有多麼陌生了。

三、香港當代的通俗（大眾）作家

香港的嚴肅文學雖然至爲稀薄，大眾文學（或稱流行文學）卻獨步華文文壇，特別是武俠、科幻與言情三類，堪稱當代華文通俗文學之冠。香港的李焯雄曾分析說：「撇開價值判斷不論，『流行文學』指的就是銷量高的非實用性作品。在香港SRH市場調查公司一項調查中銷量名列榜首的倪匡（衛斯理），他的作品有稱每種可年銷逾三萬本，以香港每版慣例印刷二千或三千本計，銷量超過十版。另阿寬的《小男人週記》全盛期每集銷量更據稱可達五萬本以上。香港過去二十年來的流行文學如按文類劃分，大致可分爲下列九個主要類別，各有重點作者：言情（或稱文藝類：亦舒、嚴沁、岑凱倫、李碧華、林燕妮、西茜凰）、科幻（倪匡、黃易、張君默）、武俠（金庸、梁羽生、溫瑞安）、財經（商場加豪門恩怨：梁鳳儀）、靈異（張宇、余過、馬雲）、不文（主要爲性笑話雜文：黃霑、蔡瀾；近年亦有小說：李默）、小人物自述（阿寬）、校園幽默（畢華流）及歷史（南宮博、高旅、金東方）等。」（李焯雄1992）

梁羽生（1924-2009），原名陳文統，廣西省蒙山縣人。在廣西就讀桂林中學，嶺南大學經濟系畢業，曾任香港《大公報》及《新晚報》編輯。1949年起定居香港，1987年遷居澳大利亞雪梨。他被認爲是香港新武俠小說的開山

者，一生撰寫武俠小說從1954年的《龍虎鬥京華》到1983年的《武當一劍》有三十五部之多，其代表作自認為是《萍蹤俠影錄》、《女帝奇英傳》及《雲海玉弓緣》三書，被認為在正統的武俠小說中滲入了更多中國傳統文化藝術，諸如穿插中國傳統詩文、聯語等，迎合了中國傳統文化的審美觀。另有散文作品如《梁羽生散文》（2008台北遠流出版公司）。他的作品多次被改編成電影或電視劇，2009年獲澳大利亞華人團體協會所頒澳大利亞華人文學終身成就獎。

金庸（1924-），原名查良鏞，浙江省海寧縣人。上海東吳大學法學士，英國劍橋大學歷史學碩、博士。1946年在上海《大公報》擔任國際電訊翻譯，1948年調往香港分社。1950年赴北京求職，不滿中共政策而重回《大公報》。1952年調《新晚報》任副刊編輯，並寫電影劇本，結識梁羽生，在總編輯羅孚慫恿下與梁羽生同寫副刊連載武俠小說，開始以金庸筆名撰寫《書劍恩仇錄》，引起轟動。1959年創辦《明報》系報刊（包括《明報晚報》、《明報月刊》、《明報週刊》及馬來西亞《新明日報》），並成立明報出版社、明窗出版社。續寫連載武俠說部，蜚聲海內外，而以此成名。他在《明報》撰寫社評二十餘年，對中共政權多有諍言，人稱其為左手寫社評、右手寫小說的奇才。七〇年代出任香港廉政公署市民諮詢委員會召集人、法律改革委員會委員。於1985年出任香港特別行政區基本法起草委員會委員，並與海峽兩岸的政治領導人蔣經國、鄧小平、胡耀邦、江澤民等都有所接觸，受到當政者的重視。1991年註冊成立明報企業有限公司，遂在香港聯合交易所上市，成為年營利一億元的大公司，個人也進入香港的億萬富豪榜。於是退出報業管理層，遊歷、研究、教書、靜修，盡情享受人生了。1993年辭卸明報企業董事局主席，改任名譽主席，將明報集團出售，宣布全面退休。1996年任中華人民共和國全國人大常委香港籌備會委員。2006

香港武俠泰斗金庸（1924-）
攝影／陳建仲

金庸的暢銷武俠小說《射雕英雄傳》（1990台北遠流出版公司）

年始完成劍橋大學碩士論文，又四年完成博士論文，已高齡八十六歲矣！2009年出任中國作家協會第七屆全國委員會名譽副主席。一生獲頒多項榮銜，計有1981年大英帝國官佐勳章、1998年香港市政局文學創作終身成就獎、香港藝術協會當代文豪金龍獎、2000年香港政府最高榮譽大紫荊勳章、2001年國際天文學會命名北京天文台發現編號110930 的小行星為金庸星、2003年澳門文化會館開設金庸圖書館、2004年法國文化部頒法國藝術及文學司令勳銜以及台灣政治大學、香港大學、香港理工大學、香港公開大學、加拿大英屬哥倫比亞大學、英國劍橋大學等校紛紛頒贈名譽博士學位、英國牛津大學、劍橋大學、新加坡東亞研究所頒贈榮譽院士、日本創價大學、香港大學、北京大學、南開大學、浙江大學、廣州中山大學、四川大學、華東師範大學、蘇州大學、清華大學、吉林大學等校聘為名譽教授、浙江大學人文學院聘為名譽院長及終身教授等。此一現象一方面說明富豪文人（非窮酸文人）所受的隆寵，另一方面也顯示人間多麼喜愛錦上添花啊！金庸作品以小說為主，兼有政論及散文。從1955年《書劍恩仇錄》始，到1972年《鹿鼎記》封筆，共創作十五部長、中、短篇武俠小說，計有《碧血劍》（1956）、《射雕英雄傳》（1957）、《雪山飛狐》（1959）、《神雕俠侶》（1959）、《飛狐外傳》（1960）、《倚天屠龍記》（1961）、《白馬嘯西風》（1961）、《鴛鴦刀》（1961）、《連城訣》（1963）、《天龍八部》（1963）、《俠客行》（1965）、《笑傲江湖》（1967），受到香港、海外、台灣以及後來的大陸華文讀者的熱烈歡迎。除了文筆酣暢、學養豐富外，金庸打破了傳統武俠小說正邪分明的人物塑造及善惡有報的教化觀，另賦以更深一層的歷史與心理的意義。以上作品大都曾多次改編為電影、電視連續劇，甚至廣播劇、舞台劇、漫畫、動畫、電腦遊戲等，抄襲與仿作也隨之出現，成為二十世紀後半期以來華人世界的熱門娛樂，可說自有武俠小說始從未有過的現象。近年來因有眾多文人對金庸的說部及其個人加以研究，而有類似「紅學」之稱的「金學」一說出現，可說伸張了多年來受到政治迫害、淪為政客工具的臭老九的聲勢。大陸出版的《中國現代漢語文學史》對金庸的成就有極正面的評價：

金庸小說最突出的特點是蘊含其間的氛圍和意象：五岳的山山水水，宋明的村鎮酒肆，這些傳統的美學意蘊都在作品中表現得酣暢淋漓；上至儒、道、釋的哲學倫理，下至民風民俗，無不活潑地呈現在讀者面前。與傳統武俠小說相比，金庸的新武俠小說在塑造人物時，注重心理深度，注重人物性格的多面性和豐富性。從陳家洛、袁承志、胡斐、郭靖到楊過、張無忌、喬峰、令狐沖、石中玉再到韋小寶，人物一個比一個深刻、複雜。從英雄到無賴，從大俠到反俠，從理想人格到現實人格，從文化頌揚到文化批判，反映了金庸對世界、人生的認識過程。就思想而言，金庸作品表現出強烈的現代意識，例如對「快意恩仇」觀的否定，對狹隘民族主義的否定，對個性獨立的肯定，對人道主義的頌揚。這些都使小說充滿強烈的「現代色彩」。在語言層面上，金庸小說也有特殊的意義，他一方面繼承明清小說的語言傳統，另一方面又融合「五四」新武俠的語言質素，在「現代」與「古典」的交融上，在文學語言的「中國化」上，無疑是一新收穫。（曹萬生 2010：737）

三蘇（?-1981）是原名高雄的筆名之一，以在報章寫嬉笑怒罵針砭時事的「三蘇怪論」而出名。所用文體文白夾雜，外加廣東話，人稱「三及第」文體。此文體據說在三蘇以前已有人用過，三蘇以後有哈公等，但已難與三蘇並肩。1975年香港的「作家書屋」將三蘇一些怪論文章輯成《三蘇怪論選》。

哈公（1933-1987），原名許國，又名許子賓，福建省潮州人，一說閩南泉州人。曾擔任電影編導，並於1987年創辦《開放》雜誌，自任社長。他在香港的長城電影公司工作期間曾與金庸共事，金庸創辦《明報》後，他應邀擔任明報出版部經理，並固定撰寫怪論專欄，早期叫作「滾古堂怪論」，後期改名為「哈公怪論」，針砭時弊，結集為《哈公怪論》、《哈公語錄》等書。

倪匡（1935-），原名倪聰，字亦明，筆名衛斯理、沙翁、岳川、魏力、依其、洪新、危龍，祖籍浙江省鎮海縣，生於上海市。1951年輟學離家，進入華東人民革命大學受訓，然後參加人民解放軍和公安幹警，也參加過土地改革和

治理淮河的工程，後又去內蒙古墾荒。漸漸意識到共產黨的種種反人文、反人道的政策與行為，且因故被打成反革命，逐於1957年歷盡艱險逃亡到澳門，再偷渡到香港。開始在工廠做雜工，晚上在大專院校進修，後因向報章投稿得以任校對、助理編輯、記者、政論專欄作家。1958年開始寫武俠小說，1962年用衛斯理筆名寫科幻小說，先在《明報》副刊連載，後出書達一百四十多冊。在七〇年代香港武俠片興起之時，於十年間編寫電影劇本近四百部，曾獲2012年第三十一屆香港電影終身成就金像獎。他可寫各種文類，在創作高峰期，每天寫二萬字，同時在十二份報章闢有專欄，年收入稿費、版稅超過兩百萬港幣。1992年移居美國舊金山，2007年重返香港。主要寫作科幻小

倪匡的科幻小説《衛斯理系列》（1995台北風雲時代出版公司）

說，也有少量武俠與怪異小說，包括《衛斯理系列》、《原振俠系列》、《女黑俠木蘭花系列》等。在台灣經營出版社同時也是推理小說作家的林佛兒曾形容倪匡說：

> 倪匡的作品在香港、台灣及東南亞所受歡迎的程度，中文創作的作家沒有幾個可以比得上的，台灣嘗以為作家的一稿兩投，所謂的一魚兩吃，已經不得了，對倪匡來說，倪大師一稿十投也沒什麼了不起，稿費收入之豐，也真讓人歆羨。（林佛兒1985：39）

亦舒（1946-），原名倪亦舒，另有筆名衣莎貝，祖籍浙江省鎮海縣，生於上海市，為科幻小說家倪匡之妹。1951年隨家人從上海到香港定居，1964年何東女子官立中學預科畢業，1973年在英國曼徹斯特荷令斯學院攻讀酒店及食物管理，曾任《明報》記者、電影雜誌採訪及編輯。1977年與午馬在台灣合組電影公司，後任台灣圓山飯店女侍應總管。1978年任職香港中環富麗華酒店公關部，不久至佳視擔任編劇。又出任香港政府新聞處新聞官七年，後移民加拿大

溫哥華定居。她是通俗愛情小說的多產作家，先後出版長篇小說將近三百部，簡直像是寫作的機器。以數量而論海峽兩岸的通俗小說作家均難望其項背，此已代表了作爲商業城市的香港讀者的文學口味。主要作品有《玫瑰的故事》、《珍珠》、《寶貝》、《香雪海》、《舊歡如夢》、《雨花》、《拍案驚奇》、《迷迭香》、《藍色都市》、《代尋失去時光》等兩百八十餘部，此外尚有散文集多冊，均爲香港天地圖書公司出版。

同時代還有一位專寫通俗言情小說的依達（原名葉敏爾），雖身爲男性，刻畫的卻多爲女性的心理，同樣是多產暢銷的作家。

林燕妮（1948-），生於香港。香港眞光中學畢業，美國柏克萊大學遺傳學學士、香港大學中國文學碩士。曾與李小龍之兄李忠琛結婚，有一子。並曾與塡詞人黃霑相戀，共組「黃與林廣告公司」。曾在新城電台主持「XO三女將」及「粉紅色的枕頭」節目。1974年開始寫作，以散文爲主，兼及小說，此外且在《明報》、《明報週刊》、《壹週刊》、《香港蘋果日報》、《新報》等開有專欄，是多產的通俗作家，有的作品改編成電影。1981至2003年出版有博益系列作品五十餘冊。

梁鳳儀（1949-），生於香港。香港中文大學歷史系及歷史研究所畢業，1972年赴倫敦修圖書館學，兩年後赴美國威斯康辛大學研究。1975年返港任佳藝電視編劇。1977年成立碧利菲傭公司，首創引入菲律賓傭工。數年後任新鴻基公關廣告部主管，1983年任跨國公關公司奧美高級顧問，1985年負責香港聯合交易所國際事務部，並開始爲《明報》撰寫專欄。1989年出版第一部財經小說《盡在不言中》，引起注意。1995年成立「勤＋緣」媒體服務，進行電視節目製作、公關、廣告三線同進。出版財經小說《精打細算》（1990）、《勝者爲王》（1991）、《在商言商》（1992）、《商場致勝法寶》（1993）、《大家族》（1994）、《是是非非》（1995）、《如何戰勝自己》（1996）、《創意經營》（1997）、《奮鬥人生》（1998）等多達百部，轟動效果傳至大陸，形成一陣梁鳳儀旋風。

黃易（1952-），原名黃祖強，香港人。香港中文大學藝術系畢業，專攻中

國國畫，曾獲翁靈宇藝術獎。曾任香港藝術館助理館長。寫作通俗小說，結合科幻與武俠，開創玄幻武俠系列，大受讀者歡迎，遂於1989年辭職隱居香港大嶼山專事寫作。作品有博益出版集團公司出版之《月魔》、《上帝之謎》等（1987-1995）十二種及黃易出版社出版之《超級戰士》兩卷、《幽靈船》、《大唐雙龍傳》二十卷等（1991-2013）十八種。

李碧華（1959-），原名李白，原籍廣東省台山縣，生於香港。香港眞光中學畢業，曾任小學教師、人物專訪記者、電視編劇、電影編劇及舞劇策畫。先後在刊物撰寫專欄及小說。所寫小說有《胭脂扣》、《潘金蓮之前世今生》、《秦俑》、《川島芳子》、《霸王別姬》、《青蛇》、《誘僧》等二十多種。其中《胭脂扣》、《霸王別姬》、《青蛇》等都親自改編成電影劇本，搬上銀幕，廣受好評。

《霸王別姬》（1992台北皇冠文化出版公司）

嚴沁（？），原名未透露，只知爲過去台灣空軍司令的女兒，祖籍浙江省杭州市，生於上海。在台灣長大，台灣大學外文系畢業，婚後定居香港。六〇年代後期開始寫作，第一部長篇小說《綠色山莊》出版後暢銷，迅速成爲通俗言情名家，已出版小說六十餘部，有些改編爲電影及電視劇。人稱「前有瓊瑤，後有嚴沁。」主要作品有《一往情深》（1975台北小說創作社）、《水雲》（1975台北小說創作社）、《波心夕陽》（1981台北創作月刊）、《星光》（1982台北瑞德出版社）、《默默誰語》（1983台北林白出版社）、《斯人獨憔悴》（1984台北林白出版社）、《星星的碎片》（1985台北林白出版社）等。

有人認爲像金庸、倪匡、亦舒、林燕妮等是香港特有的怪現象，在其他國家或地區都沒發生過，舉例說：「有幾位『多面手』的成名作家，他們每個人在各大小報上佔據了十幾個『地盤』，每天最高的產量共達兩萬字！其類別有長短篇小說、諷刺時弊的『怪論』、風花雪月的雜文、飲食徵逐的隨筆和科幻小說、武俠小說、奇情香豔小說、社會百態的每天完短篇小說等等。除此之外，更有兩三位還兼寫播音劇本和電影劇本；而他們竟還有時間應酬娛樂，和做些

自己喜愛的嗜好！這種多面手的天才，我不相信還能在別的地方可以找到一位，而香港竟然有八、九位，他們簡直可以代表香港的『精靈』人物！」（孫寶玲 1985）

香港的通俗作家人數眾多，以上僅舉具有代表性者。大多數的通俗作家，因為產量龐大，都可靠此為生。有的甚至可躋身於富豪的行列，像金庸、倪匡、亦舒、林燕妮等，這也是香港獨有的特殊現象。

四、香港當代的嚴肅作家

香港的嚴肅作家有些是學院中人，並非職業作家，數目並不少，也非常努力，只是作品少（比起通俗家動輒上百部來可說望塵莫及），讀者少（需要靠台灣的讀者支援），收入更少（無法靠此為生），那麼在氣勢、聲望上便比不過通俗作家了，以至於好像成為香港通俗文壇的點綴而已。

馬朗（1933-），原名馬博良，廣東省中山縣人。出生在華僑家庭，上海聖約翰大學畢業，弱冠即出任《自由論壇報》編輯和《文潮月刊》主編，出版詩集和小說集《第一理想樹》。五〇年代初來香港，1956年創辦並主編《文藝新潮》雜誌，倡導現代主義思潮。六〇年代移民美國，入喬治城大學深造，開始其美國外交官生涯，晚年返香港。著作有詩集《第一理想樹》（1947上海正風文化出版社）、《美洲三十絃》（1976台北創世紀詩社）、《焚琴的浪子》（1982香港素葉出版社）、《江山夢雨》（2007香港麥穗）。

劉紹銘（1934-），筆名二殘、袁無名，廣東省會陽縣人。台灣大學外文系畢業，美國印第安那大學比較文學博士，曾任教於香港中文大學、新加坡大學、夏威夷大學、美國威斯康辛大學、香港嶺南大學。善議論、批評，嘗以二殘筆名寫小說，以本名寫散文。小說主要有長篇《二殘遊記》（1976台北四季出版公司）、《二殘遊記（續）》（1977台北洪範書店）、《九七香港浪遊記》（1986台北時報文化公司）、《二殘遊記新篇》（1987台北時報文化公司）、《靈魂的按摩》（1993台北三民書局）、《偷窺天國》（1995台北三民書局）

等。散文集有《吃馬鈴薯的日子》（1970台北晨鐘出版社）、《靈台書簡》（1972台北三民書局）、《風簷展書讀》（1981台北九歌出版社）、《心中的長城》（1988台北時報文化公司）、《細微的一炷香》（1990台北三民書局）等。

金兆（1934-），原名梁鈺文，幼年來香港，高中畢業後赴北平，直到1976年再度回港，執教於香港理工學院。曾獲1979及1980年聯合報小說獎。出版有小說《芒果的滋味》（1980台北聯經出版公司）、《大將軍》（1981台北洪範書店）、《真假方玲》（1982台北聯經出版公司）及散文集《五四廣場》（1986台北大地出版社）、《師友篇》（1987台北聯合報社）。台灣《聯合報副刊》前主編瘂弦曾介紹金兆說：

> 在大陸傷痕文學出現之前，以大陸生活為題材而最早為大家熟知的是陳若曦，緊接著就是金兆與楊明顯了。在他們的筆下，大陸生活中的「暴力經驗」與「壓力經驗」帶給大家的震撼，直到今天恐怕還有不少人記憶猶新。這三位作家的背景都不一樣：陳若曦在台灣成長後赴美留學，由於對社會主義的嚮往而「回歸」大陸，經歷多年，才又回到國外；金兆原籍廣東，在殖民地香港高中畢業後，帶著理想主義的熱情到北京讀大學、教書，在他的青壯年時代，親歷各種運動，之後才又回到香港；楊明顯則是生在北京的滿族人，在北京的大雜院中長大，後來也離開了大陸。因而，三位背景迥異的作家所展現的生活經驗也就大大不同，對讀者而言，正好可以從三種不同的角度來透視大陸的真相。（瘂弦 1987）

楊明顯（1935-），生於東北，滿族人。曾就讀河南大學中文系，1976年隨夫婿金兆來香港。曾用東北方言寫過一篇〈完達山傳奇〉，又以北平大雜院為背景撰寫具有京味的中、短篇小說，於《聯合報副刊》發表後引起注意。曾獲香港中文文學獎小說組冠軍、中國時報報導文學優秀獎、聯合報短篇小說推薦獎。著有小說集《姚大媽》（1981台北聯經出版公司）、《冰潔》（1989台

北聯經出版公司）、散文集《城門與胡同》（1982台北純文學出版社）及童話《長白山下的童話》（莊因插畫，1987台北純文學出版社）。

戴天（1937-），原名戴成義，祖籍廣東省大埔縣，生於模里西斯。台灣大學外文系畢業，美國愛荷華大學碩士。曾參與台灣《現代文學》、香港《盤古》雜誌的創刊，曾任文化生活出版社、今日世界出版社總編輯、《讀者文摘》高級編輯。1969年與古蒼梧創辦「詩作坊」，開民間教研新詩的先河，並為《香港信報》開「乘遊錄」專欄。著有散文集《無名集》、《渡渡這種鳥》、詩集《岣嶁山論辯》及《石頭的研究》。

西西（1938-），原名張彥，又名張愛倫，祖籍廣東省中山縣，生於上海市。1950年定居香港，就讀協恩中學中文部，中四後轉入英文部，同時開始寫作。後來畢業於葛量洪教育學院，曾任教於公立小學。在寫作上，勇於嘗試各種文類、各種題材，對小說、散文、詩、童話等均有所涉獵。小說有長篇《我城》（1979香港素葉出版社）、《哨鹿》（1982香港素葉出版社）、《美麗大廈》（1990台北洪範書店）、《候鳥》（1991台北洪範書店）、《飛氈》（1993香港素葉出版社）、《哀悼乳房》（1995台北洪範書店）、中篇《東城故事》（1966香港明明出版社）、《象是笨蛋》（1991台北洪範書店）、短篇集《春望》（1982 香港素葉出版社）、《像我這樣的一個女子》（1984台北洪範書店）、《鬍子有臉》（1986台北洪範書店）、《手卷》（1988台北洪範書店）、《母魚》（1990 台北洪範書店）、《故事裡的故事》（1998台北洪範書店）、《白髮阿娥及其他》（2006台北洪範書店）、《我的喬治亞》（2008台北洪範書店）、散文集《交河》（1982香港文學研究社）、《像我這樣的一個讀者》（1986台北洪範書店）、《花木蘭》（1990台北洪範書店）、《美麗大廈》（1990台北洪範書店）、《剪貼冊》（1991台北洪範書店）、《耳目書》（1991台北洪範

西西（1938-）
圖片提供／鄭樹森

西西的名作《飛氈》
（1996台北洪範書店）

書店）、《畫／話本》（1993台北洪範書店）、《傳聲筒》（1995台北洪範書店）、《旋轉木馬》（2001台北洪範書店）、《拼圖遊戲》（2001台北洪範書店）、《看房子——西西的奇趣建築之旅Ⅰ》（2008台北洪範書店）、《縫熊志》（2009台北洪範書店）、詩集《石磬》（1982香港素葉出版社）、《西西詩集》（2000台北洪範書店）。

　　西西是香港傑出的小說家，長久受到台灣的評者和讀者的注目（香港政府出版的1991年年鑑竟將西西誤植爲台灣作家），台灣小說評論家王德威就寫過多篇對西西的評論，譬如他評西西《美麗大廈》一書說：「作者西西是我們熟悉的名字。她對人生百態的獨特觀察，以及對文字形式的多樣實驗，一向受到矚目。《美麗大廈》寫七〇年代的香港，但書中所傳達的那種悸動複雜的『都市』氛圍，對九〇年代的台灣（或台北？）讀者，應該不會陌生。在『都市文學』風行一時的今天，《美麗大廈》這樣的『舊』作（1977年寫成），實可視爲黃凡的《都市生活》或張大春的《公寓導遊》之類作品的前驅。……讀《美麗大廈》不能不使人想到西西另一部以城市爲背景的小說——《我城》。《我城》較《美麗大廈》早完成，實驗性也更強些。兩作寫的都是香港，照西西自己的說法，《我城》『屬於開放式』，而《美麗大廈》『近乎封閉式』（〈後記〉）。的確，《我城》遊移於不同的時空情境，連綴香港城即景而不爲『城』的地理界限所圍，往往使人有意外的驚喜。批評家何福仁將《我城》比擬爲文字構成的『清明上河圖』，更凸顯了該書的視覺效果。但《我城》過於執著所謂『移動式敘述』，每見易放不易收的瑕疵。西西汲汲追求富有童趣的詩化意象，亦時有故作天眞之虞。究其極，《我城》的『我』越益膨脹，終於遮蔽了『城』的光彩。」（王德威 1991：240-241）又說：「在以往評西西的文字裡，我曾讚美她對敘事風格的講求，對濫情公式的迴避，爲當代小說的喧囂，注入一種理性的聲音。但閱讀更多西西的作品後，我懷疑她的矜持也許有其幽黯面；她清涼遒勁的風格，也許遙指一種自我壓抑而非超脫的境界。」（王德威1991：244）西西有掉書袋的習慣，雖非大病，卻時常形成閱讀的阻礙，試以《飛氈》一書爲例：

作者對肥土鎮的描寫巨細靡遺，固然是一項長處，其過度地沉湎於掉書袋，卻可能形成一種累贅。除了對「甗」、「毯」二字的考證，表現了作者的博學以外，書中幾乎無時不在顯示作者對學問的興趣。談飛行，作者可以談出一大串飛行的原理；談地毯的製造和保存，作者的知識絕對當得起一個地毯專家；談昆蟲，作者忍不住露一手對昆蟲學的知識；談植物，好像作者教過植物學；談到廚藝，作者像一個頭等的廚師；講到貨幣與商品，當然又有一套經濟學的道理；論到宗教呢，不論是佛教、耶教或回教，作者都能詳述其中的禮儀細節……而且這許多陳述，並不是出於情節的需要，而是當成一種學問來講解。如此陳述，正如作者自況的「抄書」一語，並非一件難事，有一本百科全書就可以辦到，委實應該適可而止。小說的讀者真正感興趣的仍在人物的生動、文字的魔力以及文字背後所蘊含的意義。（馬森1997：215）

董橋（1942-），原名董存爵，福建省泉州人，印尼華僑。台灣成功大學外文系畢業，英國倫敦大學亞非學院研究，曾任《今日世界》叢書部編輯、香港美國新聞處編輯、英國廣播公司節目製作、《讀者文摘》中文版總編輯、香港公開大學中國語文顧問、香港中文大學出版組主任、《明報月刊》與《明報》總編輯。自2003年出任《壹傳媒》董事，並為香港《蘋果日報》社長。撰寫文化思想評論及散文多年，曾獲第七屆香港中文文學雙年獎（散文組）。出版文集有《這一代的事》（1986台北圓神出版社；2010香港牛津大學出版社）、《跟中國的夢賽跑》（1987台北圓神出版社）、《鄉愁的理念》（1991北京三聯書店）、《書城黃昏即事》（1996瀋陽遼寧教育出版社）、《沒有童謠的年代》（1999香港牛津大學出版社）、《保住那一髮青山》（2000香港牛津大學出版社）、《回家的感覺真好》（2001香港牛津大學出版社）、《倫敦的夏天等你

董橋（1942-）
圖片提供／成功大學校刊社

來》（2002香港牛津大學出版社）、《品味歷程》（2002香港天地圖書公司）、《舊情解構》（2002香港天地圖書公司）、《從前》（2002香港牛津大學出版社）、《小風景》（2003香港牛津大學出版社）、《白描》（200香港牛津大學出版社）、《甲申年紀事》（2004香港牛津大學出版社）、《記憶的腳註》（2005香港牛津大學出版社）、《故事》（2006香港牛津大學出版社）、《今朝風日好》（2007香港牛津大學出版社；2012廣西師範大學出版社）、《絕色》（2008香港牛津大學出版社）、《青玉案》（2009香港牛津大學出版社）、《記得》（2010香港牛津大學出版社）、《景泰藍之夜》（2010香港牛津大學出版社）、《橄欖香》（2011香港牛津大學出版社）、《清白家風》（2011香港牛津大學出版社）、《舊日紅》（2012中華書局）、《立春前後》（2012香港牛津大學出版社）。《中國現代漢語文學史》對董橋評論說：

> 董橋屬學者型作家，他的散文談名家軼事、琴棋書畫，縱論社會、生活、人生，在文化的演示與追求中感悟生命和人生。……董橋在中西文學中獲得豐富的營養，他旁徵博引，將中西文學運用得出神入化靈活自如，濃郁的書卷氣，儒雅的文化精神，英國紳士式的幽默，構成獨特的「董橋風格」。（曹萬生2010：736-737）

對董橋的散文也有不同的聲音，楊照就說：

> 董橋的散文亦含藏著濃厚文化貴族的階級意識。……董橋組織文章的手法亦是很高傲的，他文章中最愛引用古今中外的故事，難免有點掉書袋的嫌疑；他的故事與接下來的文句往往沒有什麼直接的邏輯關係，他的因果意識是超出日常文法邏輯以外的，而他個個不同的故事，引文間又常教人摸不清真正的用意所在。董橋是先假定了他的讀者都有能力能自行從事和他一般複雜的聯想與推理！這種強烈風格的作者總不免有點自我中心。不只如此，董橋的文字夾雜極為濃厚的文言色彩。很難有哪一篇文章中找得出純粹白話「我手寫我口」的句

子，他的〈春日即事〉竟至全篇沒用一個「的」字！（李明駿1986：60）

　　何福仁（1946-），筆名方沙，原籍廣東省中山縣，出生於香港。聖保羅書院和香港大學畢業，主修中國文學及比較文學。曾任《素葉文學》、《大拇指周報》及《羅盤詩刊》編輯、聖保羅書院中文科主任，並教授中國歷史和中國文學科，於2010年退休。著有詩集《龍的訪問》、《如果落向牛頓腦袋的不是蘋果》、《飛行的禱告》、散文集《再生樹》、《書面旅遊》、《上帝的角度》、評論《時間的話題》、《浮城1.2.3——西西小說新析》。

　　黃國彬（1946-），原籍廣東省新興縣，生於香港。1971年香港大學英文系畢業，1976年同校碩士，1992年加拿大多倫多大學東亞系博士，並曾在義大利佛羅倫斯大學進修義大利文及研究但丁。先後任教於香港中文大學英文系、香港大學英文與比較文學系、加拿大約克大學語言文學系、香港嶺南大學翻譯系、香港中文大學翻譯系。寫作以詩與散文爲主，出版有《攀月桂的孩子》（1975）、《指環》（1976）、《地劫》（1977）、《華山夏水》（1979）、《息壤歌》（1980）、《三峽、蜀道、峨眉》（1982）、《吐露港日月》（1983）、《翡冷翠的冬天》（1983）、《宛在水中央》（1984）、《琥珀光》（1992）、《航向星宿海》（1993）、《披髮跣足》（1993）、《微茫秒忽》（1993）、《臨江仙》（1993）、《楓香》（1994）、《禁止說話》（1996）、《雪魄》（1998）、《秋分點》（2004）、《逃逸速度》（2005）。並耗時二十餘年由義大利文譯成三韻體中文全譯本的但丁·阿利格耶里（Dante Alighieri）原著《神曲》（La Divina Commedia, 2003）。

黃國彬耗時二十餘年，以義大利文譯成三韻體中文全譯本的但丁·阿利格耶里（Dante Alighieri）原著《神曲》（La Divina Commedia, 2003）

　　梁錫華（1947-），原名梁崔蘿，廣東省順德縣人，幼年到香港。後移民加拿大，曾就讀英屬哥倫比亞大學，英國倫敦大學博士。曾任香港中文大學高級講師、嶺南學院文學院院長，退休後定居加拿大。寫作以散文爲主，兼及小說，

散文集有《四八集》（1985台北遠東圖書公司）、《我爲山狂》（1989香港香江出版公司）、《八仙之戀》（1996上海上海人民出版社）、《今夜月圓》（1997北京人民日報出版社）、《學人說夢》（1997天津百花文藝出版社）、《梁錫華散文》（2000杭州浙江文藝出版社）等，小說有《獨立蒼茫》（1985台北時報文化出版公司）、《頭上一片雲》（1985台北遠東圖書公司）、《香港大學生》（1994北京文聯出版社）等。梁錫華的小說，譬如《獨立蒼茫》等，人稱「文人小說」，可與錢鍾書的《圍城》歸爲一類（魯岫 1985：86-91）。對於他的散文，他在香港中文大學多年的同事余光中說：「初讀，偶讀，覺得滑稽佻達，多讀之後，回味之餘，乃感其世界之寂寞蒼涼，字裡行間，依稀可聞他輕喟的回聲。」（余光中 1996：191）《中國現代漢語文學史》對梁錫華作品的意見：

梁錫華（1947-）

> 梁錫華的散文取材廣泛，內容鮮明，既有對山水、人物的深情描繪，也有對社會、人生文化的獨到剖析。其中最具影響力的是反映社會世態的雜感。……梁錫華的小說大都取材他熟悉的社會生活和親身經歷，其特點是善於構築作品的意境，情節設置合乎邏輯，文字雋永幽默，雖有濃厚的學院氣息，但可讀性很高。（曹萬生 2010：739）

黃維樑（1947-），原籍廣東省澄海縣，1955年全家移民香港。香港中文大學中文系畢業，留美獲得奧克拉荷馬大學大眾傳播碩士、俄亥俄州立大學東亞語文博士，曾任香港中文大學中文系高級講師、台灣中山大學客座教授、台灣佛光大學文學所教授，現任澳門大學教授。爲余光中研究專家，除學術著作外，也在港報撰寫專欄。著有《中

黃維樑（1947-）

國詩學縱橫論》（1977台北洪範書店）、《清通與多姿
——中文語法修辭論集》（1981香港香港文化公司）、
《怎樣讀新詩》（1982香港學津出版社）、《突然，一朵
蓮花》（1983香港山邊社）、《香港文學初探》（1985
香港華漢出版公司）、《中國文學縱橫論》（1988台北東
大圖書公司）、《古詩今讀》（1992香港中文大學出版
社）、《黃維樑散文選》（1995香港作家出版社）、《中
國古典文論新探》（1996北京大學出版社）、《香港文
學再探》（1996香港香江出版社）、《期待文學強人》

黃維樑的《香港文學初探》

（2004香港當代文藝出版社）。編有《火浴的鳳凰——余光中作品評論集》
（1979台北純文學出版社）、《中國現代中短篇小說選》（與劉紹銘合編，
1984香港友聯出版公司）。張曉風曾評論黃維樑和梁錫華說：

> 黃維樑是眾作者中的「港仔」，他和後來為文甚勤的梁錫華都是「港食港
> 宿」而在台發表文章的作家，其中黃篤實而梁俏皮，黃如樟樹，巨大質直中透
> 露學院香氣；梁則如懸崖倒松，奇絕變化中不失勁節。（張曉風1983）

　　也斯（1948-2013），原名梁秉鈞，廣東省新會縣
人，1949年來香港，在此長大。香港浸信會學院外文系
畢業，曾任職報社及擔任中學教師。七〇年代參與編輯
《中國學生週報》。1978年赴美，1984年獲加州大學聖
地牙哥分校比較文學博士，任教於香港大學英文及比較
文學系及香港嶺南大學中文系教授。曾獲《大拇指》詩
獎及「藝盟」香港作家年獎。詩集《半途——梁秉鈞詩
選》曾獲中文文學雙年獎。著有散文集《灰鴿子早晨的
話》（1973台北幼獅出版公司）、《神話午餐》（1978
台北洪範書店）、《山水人物》（1981香港香港文學

也斯（1948-2013）
攝影／陳文發

研究社），詩集《雷聲與蟬鳴》（1978香港大拇指半月刊）、《游離的詩》、《博物館》、《衣想》，小說集《養龍人師門》（1979高雄民眾日報社）、《島與大陸》、《剪紙》（1982香港素葉出版社）、《記憶的城市‧虛構的城市》、論述《香港文化空間與文學》（1996香港青文書屋）及攝影集《也斯的香港》等。也斯逝後應鳳凰所寫的幾句追念的話：

> 也斯是道道地地的香港作家，廣東新會人，襁褓中便來到香港，在這裡定居、成長、讀大學。赴美獲博士學位後回到香港教書、發表文章，除了各類創作、旅行，也為後世留下滿門桃李。而這些只是外緣條件，對一個作家而言，更重要的是寫作主題與風格特色。也斯創作文類多樣，不論新詩、小說，皆與香港這座城市緊密關連，這才是他身為「香港作家」最突出的地方——從創作到論述，他對香港文化主體意識一直有深刻自覺。也斯去世後，新聞媒體說他具備「多重文化身分」，既是詩人、小說家、文化評論家，也是比較文學教授。較少被提起的是：他與台灣文壇的密切關係。1970年代他在台灣報刊發表文章，除了來台旅行，也接交台灣文人朋友。此一特殊經歷，只要打開其作品目錄立即展現出來——他第一本散文集、第一本小說集、第一部翻譯作品，全在台灣出版。（應鳳凰 2013：77）

鄭樹森（1948-），原籍福建省廈門市，生於香港。1971年台灣政治大學外文系畢業，1977年美國加州大學聖地牙哥校區比較文學博士。曾任美國加州大學聖地牙哥校區文學研究所所長、國際比較文學學會執行委員、香港中文大學比較文學中心主任、台北《聯合文學》月刊總編輯、香港科技大學人文社會科學院院長等職，於2009年退休。長於採編、評論，出版有論述《從諾貝爾到張愛玲》、《小說地圖》、《縱目傳聲》、《電影類型與類型電影》、《現象學與文學批評》、《文化批評與華語電

鄭樹森（1948-）

影》等多種。編有《國際文壇八家》、《國際文壇十家》、《二十世紀文學紀事》、《世界文學大師選》選本二十多種。此外尚有譯作多種。

潘耀明（1948-），筆名彥火、艾火，福建省南安縣人。1983年赴美，在愛荷華大學語言系進修，翌年轉入紐約大學修出版課程，獲碩士學位。曾任三聯書店編輯，現任《明報月刊》總編輯兼總經理，並任香港作家協會執行會長、香港藝術發展局顧問及中國作家協會會員。作品以遊記與隨筆為主，著有《中國名勝紀遊》、《楓樺集》、《大地馳筆》、《醉人的旅程》、《那一程山水》、《愛荷華心影》、《海外華人作家掠影》、《曠古的印記》、《人生情》、《苔綠──彥火散文選》等。

辛其氏（1950-），原籍廣東省順德縣，生於香港，並在港接受教育。現任文職，公餘從事文學創作。早年投稿《中國學生週報》；近作散見於《星島日報》、《大拇指週報》，著有《青色的月牙》（1986台北洪範書店）。辛其氏的作品雖少，卻有超水平的成績，台灣的文評者黃克全就曾評論說：

> 敘述的速率、節奏的制約，亦即對諸多細微的戲劇性癥結和場面作繪畫式的敘述或直線式的敘述，比例的取捨，辛其氏都頗為用心，甚至，她時而更進一步，將繪畫式的敘述化入直線式的敘述，關於這點，《青色的月牙》內文有幾段做了最佳的示範。例如主角初抵非洲，在友人傑克夫陪同下，旅遊位於東非高原盆地中部的維多利亞湖時，目擊了魚鷹捕魚的實景。諸如這幕繪畫式敘述，隨著故事情節進展，讀者很快就會發覺這段描繪原來是推動情節──那匯聚眾多致使主角對人生有了更深一層認識的啟悟因素之一。我十分讚賞哪一位學者說過的下面這句極其精闢的話，他說結構其實就是為什麼會寫這篇小說的啟始動機，而這份動機理應包含有敘述的方法在內。我們是不是可以進一步這樣說：敘述方法與結構動機互為因果？從辛其氏這本集子裡幾篇作品看來，答案顯然是肯定的，採用敘述法，極可能源於壓不住那敘述主體內心鬱結的隱藏。（黃克全 1986：57-58）

黃碧雲（1961-），生於香港，香港中文大學新聞系畢業，香港大學社會學系犯罪學碩士。曾任香港英文《虎報》記者、議員助理，且開過服飾店。所作小說主要描寫社會與人性的黑暗與複雜，用詞強烈，有時不免令讀者震驚。曾獲1994年第三屆香港中文文學雙年獎小說獎、1966年第四屆香港中文文學雙年獎散文獎、1999年台灣中國時報開卷十大好書獎、2000年花蹤文學獎第一屆世界華文小說首獎、同年香港中文文學雙年獎小說獎、2001年台灣聯合報讀書人最佳書獎、2003年台灣聯合報讀書人最佳書獎。出版作品有小說《小城無故事》（1990香港創建文庫）、《其後》（1991香港天地圖書公司）、《溫柔與暴烈》（1994香港天地圖書公司）、《七種靜默》（1997香港天地圖書公司）、《七宗罪》（1997台北大田出版公司）、《突然我記起你的臉》（1998台北大田出版公司）、《烈女圖》（1999香港天地圖書公司）、《媚行者》（2000香港天地圖書公司，台灣大田出版公司）、《十二女色》（2000台北麥田出版公司）、《無愛紀》（2001台北大田出版公司）、《血卡門》（2002台北大田出版公司，香港明窗出版社）、《沉默‧暗啞‧微小》（2004香港天地圖書公司，台北大田出版公司）、《末日酒店》（2011香港天地圖書公司，台北大田出版公司）、《烈佬傳》（2012香港天地圖書公司，台北大田出版公司）及散文集《揚眉女子》（1987香港博益出版社）、《我們如此很好》（1996香港清文書屋）、《又喊又笑——阿婆口述歷史》（合寫，1998香港新婦女協進會）、《後殖民誌》（2003台北大田出版公司，2004香港天地圖書公司）。

　　鍾曉陽（1963-），原籍廣東省梅縣，生於廣州市，襁褓中隨父母逃至香港。香港瑪利諾書院、美國密西根大學電影系畢業。十三、四歲開始寫作，深受張愛玲、瓊瑤及《紅樓夢》的影響，文筆細緻典雅、集世俗與嚴肅於一身。曾獲台灣聯合報小說獎，因而結交台灣女作家朱天文、天心姐妹，與台灣的《三三集刊》結緣。2000年前的作品多發表於《香港時報》、《當代文藝》、《大拇指》半月刊、《素葉文學》及台灣《三三集刊》、《聯合報》等。從小說《遺恨傳奇》出版後，鍾曉陽移民澳洲，封筆十年，於2007年再度在香港報章上發表散文作品。曾獲1978年第七屆青年文學散文優異獎、1979年第八屆青年散

文獎第一名及第二屆香港中文文學散文獎第一名、1981年第三屆聯合報小說獎。出版有小說《停車暫借問》（1982台北三三書坊）、《流年》（1983台北洪範書店）、《哀歌》（1988香港天地圖書出版公司）、《愛妻》（1988香港天地圖書出版公司）、《普通的生活》（1992台北洪範書店）、《燃燒之後》（1992香港天地圖書出版公司）、《細說》（1993台北三三書坊）、《遺恨傳奇》（1996香港天地圖書出版公司）、詩集《槁木死灰集》（1997香港三人出版社）、散文集《春在綠蕪中》（1988香港天地圖書出版公司）。王德威認爲鍾是張愛玲的傳人之一，他說：

《停車暫借問》（1982台北三三書坊）

> 八〇年代初，香港少女鍾曉陽以一部《停車暫借問》震動讀者。鍾年紀雖小，卻寫出本老辣滄桑的世情小說。烽火離亂，因緣聚散；這不啻是當年張愛玲二十出頭，就寫出〈金鎖記〉的翻版。鍾以後的作品，皆能維持水準，卻似乎難有突破。八〇年代中期的《愛妻》、九〇年代初的《燃燒之後》（皆爲選集），以及九〇年代中的長篇《遺恨傳奇》，都有類似問題。《燃》書中的中篇〈腐朽的期待〉是篇力作，但非傑作。這裡張的陰魂不散，從〈金鎖記〉到《半生緣》、從〈紅鸞禧〉到〈創世紀〉，都有案可考。全作講的是個時移事往、兩代情緣未了的故事。那種春夢了無痕的遺憾，以及遺憾以後的清明，是鍾全力要鋪陳的。平心而論，〈腐朽的期待〉並不比《停車暫借問》差，只是鍾已過十餘載的修爲，我們的期待自然要高於彼時。（王德威 1998：328-329）

董啓章（1967-），生於香港。香港大學比較文學系碩士，曾任中學教師，也在香港中文大學從事寫作教學。1992年開始發表文章，現從事寫作。1994年同時以〈安卓珍尼〉及〈少年神農〉分別獲得聯合文學小說新人獎中篇小說首獎及短篇小說推薦獎，1995年《雙身》獲聯合報文學獎長篇小說特別獎、1996年《小冬校園》獲第四屆香港中文文學雙年獎兒童文學組推薦獎，1997年獲第

一屆香港藝術發展局新秀獎，2005年以《天工開物·栩栩如眞》獲聯合報讀書人文學類最佳書獎、中國時報中文創作類十大好書、亞洲週刊中文十大好書，2006年又以《天工開物·栩栩如眞》獲首屆紅樓夢獎評審團獎，2008年以《時間繁史·啞瓷之光》獲第二屆紅樓夢獎評審團獎，2009年獲「2008香港藝術發展獎」年度最佳文學藝術家獎，2011年再以《天工開物·栩栩如眞》獲首屆施耐庵文學獎。

董啟章（1967- ）
圖片提供／香港書展

《天工開物·栩栩如眞》其實是一部書寫失戀的小說，卻透過家史和個人成長的歷程架構烘托出來。在形式上又採取虛實二聲部交互穿插，產生意想不到的懸疑及趣味。利用平常的器物，如收音機、電報、電話、車床、縫紉機、電視機、汽車、遊戲機、錶、打字機、照相機、錄音機等作爲時代和人物成長的標記，眞是聰明的手法，也是所謂「後現代主義」的章法。

出版作品有《紀念冊》（1995香港突破出版社）、《小冬校園》（1996香港突破出版社）、《家課冊》（1996香港突破出版社）、《安卓珍尼》（1996台北聯合文學出版社）、《地圖集》（1997台北聯合文學出版社）、《雙身》（1997台北聯經出版公司）、《名字的玫瑰》（1997香港普普叢書）、《說書人》（1997香港香江出版社）、《同代人》（1998香港三人出版社）、《V城繁勝錄》（1998香港藝術中心）、《貝貝的文字冒險——植物咒語的奧祕》（2000香港進一步出版社）、《衣魚簡史》（2002台北聯合文學出版社）、《體育時期》（2003香港蟻窩出版社）、《東京·豐饒之海·奧多摩》（2004台北高談文化公司）、《第一千零二夜——說故事的故事》（2005香港突破出版社）、《對角藝術》（2005台北高談文化

《雙身》（1997 台北聯經出版公司）

公司）、《天工開物・栩栩如眞》（2005台北麥田出版公司）、《時間繁史・
啞瓷之光》（2007台北麥田出版公司）、《致同代人》（2009香港明報月刊出
版）、《物種源始・貝貝重生之學習年代》（2010台北麥田出版公司）、《在
世界中寫作，爲世界而寫》（2011台北聯經出版公司）、《夢華錄》（原《The
Catalog》，2011台北聯經出版公司）、《繁勝錄》（原《V城繁勝錄》2012台
北聯經出版公司）、《博物誌》（2012台北聯經出版公司）。

五、香港當代的劇作家

　　香港的武俠、言情小說如此發達，相對的嚴肅的文學卻要靠台灣的讀者支
持。但是在現代戲劇方面卻表現不俗，1952年成立職業性的中英劇團，1966
年起香港專上學生聯會每年都會舉辦「大專戲劇節」，1977年政府成立了公營
的香港話劇團，民間也有好幾個職業劇團，業餘劇團就更多了。1978年開始，
每年都由市政局組織各劇團舉行匯演，加上大陸的、歐美的劇團來港演出，每
年演出的劇目不下百餘齣。1982年又成立了香港演藝學院，直接培養戲劇演藝
人才。語言方面，除了演出粵語、英語劇外，也偶爾會有國語劇的演出。在頻
繁的演出中自然促生了劇本的寫作，每年總有些新作出現，而且很重視香港本
土，雖然出版的機會較少，但演出的機會卻多，據統計僅1990一年創作劇演出
的劇目就超過百齣（陳麗音 1992：
92），以一個單獨的城市而論，其盛
況可能超過台灣和大陸了。

　　杜國威（1946-），原籍廣東省番
禺縣，生於香港。先後畢業於香港大
學地理系及香港中文大學教育系，曾
任教於香港可立中學，熱心推廣學校
劇運。1979年應邀參與香港話劇團
編導工作，1992年起任駐團編劇。

杜國威劇作《我和春天有個約會》

主要劇作有《虎度門》（1982）、《我係香港人》（1985）、《人間友情》（1986）、《遍地芳菲》（1988）、《聊齋新誌》（1989）、《我和春天有個約會》（1992）、《南海十三郎》（1993）、《城寨風情》（1994）、《播音情人》（1995）等。

袁立勛（1950-），原籍廣東省東莞縣，生於香港。曾獲戲劇碩士，曾任香港市政總署社區文娛中心總經理。在香港大學讀書期間爲大學戲劇社的骨幹，並熱心推展中學生戲劇活動。與同學林大慶（1950-）合作編寫了《多眠》、《半部戲》、《塵》、《六分一》等劇。又自編《阿滿的一家》及《叛逆之女》。留美歸來後從事香港演藝行政管理，任職於香港大會堂、話劇團、舞劇團、文化中心等處，並成立「生活劇社」。八〇年代繼續與留英歸來的林大慶合作《命運交響曲》和《狂歌李杜》兩劇。又自行創作《天遠夕陽多》、《啓航，討海號！》及與曾柱昭（1947-）合作《逝海》等劇。

陳敢權（1953-），生於香港。中學時代就熱心參與校園戲劇活動。美國科羅拉多州立大學戲劇碩士，1989年起曾任香港演藝學院導演及編劇系主任、香港話劇團藝術總監。他也是實驗劇的探索者，原創、翻譯及改編劇本五十餘齣，主要有《世界末日的婚禮》（1973）、《星光下的蛻變》（1986）、《大屋》（1990）、《白蘭呼喚》（1997）、《周門家事》（2000）以及《香港心連心》、《女媧》、《情危生命線》、《頂頭錘》、《從世界末日開始》、《星光延續》、《苗銳常菁》、《打工皇帝》、《困獸》、《遍地芳菲》等。曾獲得多個舞台獎項，包括1991香港藝術家年獎、1994劇協十年傑出成就獎等。

潘惠森（1958-），生於香港。台灣東吳大學外文系畢業，赴美國攻讀戲劇。返港後先後任職於香港沙田話劇團、新城劇團。爲香港前衛劇及實驗劇的探索者，主要劇作有《廢墟中環》、《三姊妹與哥哥和一隻蟋蟀》、《榕樹蔭下的森林》（1985）、《哭泣週末》（1989）、《彷彿在沙上跳舞》（1992）、《馬路英雄傳》（1997）、《螞蟻上樹》（1998）、《螳螂捕蟬》（2000）等昆蟲系列。南京大學戲劇學者胡星亮認爲「他的戲注重寫人，注重表現人，尤其是普通人的生存狀態和生命體驗。他還注意營造意象，經營語言以傳達內

容。」（董健、胡星亮 2008：672）

　　除了小說與劇作外，香港的作家還都是雜文的能手，這就沒有通俗與嚴肅之分了。因爲香港報章的副刊多闢有眾多短小的雜文專欄，以供忙碌的商業社會讀者在短促的舟車中閱讀，遂使香港的作家們人人都訓練成寫短文的高手，黃維樑曾說：「不談香港文學則已，要談的話，必須包括香港的雜文。香港雜文數量之多、篇幅之短、內容之百家爭鳴，在中國文學史上可說獨一無二。」（黃維樑 1988：176）

　　香港文學相對於大陸和台灣文學的地位，正如鄭樹森所言：「台灣文壇及文化界在面對開放後的大陸新局，常有中原與邊陲關係之討論。但對香港來說，無論語言、文化傳承、地理環境及生存條件，香港都無法自外於『中原』，但客觀情況又注定香港要扮演『邊陲』角色（絕無可能另謀發展），而且往往大陸與台灣皆視之爲邊陲。但香港作家遊移出入於兩大華文地區，又流動遷徙於歐美外國，其實也正是這個國際性小島城市在文化發展上的一個特色。」（鄭樹森 1992）

六、澳門的文學

　　澳門，作爲香港的衛星城市，本地華文報紙不多，而且作者常在港澳之間來來往往，所以早期很難說有獨立的文學發展。直到八〇年代初，《澳門日報》才創辦了第一份文藝副刊。1987年澳門筆會成立，從此加強了與台灣及大陸的文學交流，澳門的作者開始浮現，以寫作聞名的有余君慧、高戈、江思揚、汪浩瀚、韓牧、懿靈等。（曹萬生 2010：739-740）不過除了余君慧、韓牧、懿靈爲土生者外，其他多爲外來者。韓牧後來遷居香港，而後又移民加拿大去了。

　　余君慧（1928-），號行心，原籍廣東省台山縣，生於澳門。廣東國民大學文學院畢業，曾在香港創辦晨窗出版社，並曾任香港報刊、雜誌編輯、採訪主任、總編輯等。五〇年代跟隨嶺南畫家高劍父弟子司徒奇學畫，爲嶺南畫派第

二代傳人。曾任永富利貿易行總經理、中山冰廠有限公司總經理、毓英工程公司董事長、澳門政府文化委員會委員、澳門筆會祕書長、澳門基本法諮詢委員會委員等。1990年獲澳門政府頒發文化功績勳章。文學作品有詩、散文及小說，多在香港發表。出版有畫冊《余君慧回顧展》及《不二居藏印集》。其文名常爲其畫名所掩。

高戈（1941-），原名黃曉峰，籍貫不詳，爲由大陸遷居澳門者。六○年代開始寫詩，於八○年代在澳門發表，作品既有強烈的民族意識，也有憤世嫉俗的色彩，著有詩集《夢回情天》。

江思揚（1949-），原名李江，詩作受大陸社會主義詩人郭小川、李瑛等的影響，注重社會現實，著有詩集《向晚的感覺》。

汪浩瀚（1950-），原名汪雲峰，廣東省中山縣人。六○年代常在香港刊物及《澳門日報》發表詩作。八○年代遷居澳門，經營餐館及房地產。爲澳門五月詩社創社會員，曾任澳門筆會理事。著有新詩合集《五月詩侶》。

懿靈（1961-），原名鄭妙珊，是澳門土生土長的女士，受到現代主義與後現代主義的影響，形式上有新的嘗試。一部分作品寫個人的情感生活，呈現出新生代的愛情觀，另一部分也關心大陸上的變化及澳門的社會現狀。著有詩集《流動島》、《集體遊戲》和《集體死亡》。

澳門的小說家有魯茂、周桐、林中英、長爭、寂然、陶里等。

魯茂（1932-），原名丘子維，祖籍江西省臨川縣，生於廣東省佛山。青年時代住在香港，曾爲香港的《文匯報》寫小說、影評等。六○年代遷居澳門，在《澳門日報》發表長篇連載小說《百靈鳥又唱了》、《蒲公英之戀》、《白狼》等，主要描繪了澳門的景色，寫出了發生在澳門的人和事。並有散文集《望洋小品》爲少數譯成葡萄牙文發行的作品。

周桐（1949-），原名陳艷華，另有筆名沈實、沈尙青，祖籍廣東省新會縣，生於澳門。她是標準的澳門作家，受教育、工作均在澳門。1968年開始寫作，主要在《澳門日報》及《華僑報》發表。從七○年代到九○年代共創作長篇小說十三部，代表作爲《錯愛》（1988澳門星光出版社），寫主人翁意外出軌帶

來的私生子徹底破壞了他美滿的家庭和一生的幸福。她寫的雖然是通俗小說，卻帶有勵志的意義。

林中英（1949-），原名湯梅笑，廣東省新會縣人。長期從事報刊編輯工作，曾任《澳門日報》副刊副主任。1970年開始創作，多寫澳門人的都市生活，著有短篇小說集《雲和月》、兒童文學《愛心樹》和散文集《人生大笑能幾回》。

陶里（1937-），原名危亦健，廣東省花縣人，曾旅居中南半島各國多年，從事教育和貿易，是業餘的寫作者。出版有小說《百慕她的誘惑》和散文集《寂靜的延續》（1985北京友誼出版公司）。此外尚有長爭的《萬木春報》，寫澳門爆竹工人的悲慘命運。寂然《月黑風高》和陶里的《百慕她的誘惑》都受西方現代主義的影響，在表現的技法上有所創新。（曹萬生 2010：741）

澳門的現代戲劇開始以演出外來的劇本為主，到了七○年代中期曉角話劇研進社創立，接著又有海燕劇社、澳門劇社的誕生。不久，中華教育會話劇組共同舉辦了「澳門話劇匯演」，可以看作是澳門話劇的新生。從此才開始重視劇本的寫作。其發展的過程猶如台、港兩地，開始繼續中國傳統話劇「擬寫實主義」的路線，譬如周樹利的《我的女兒》、《紅色康乃馨》、李宇樑的《虛名鎮》、《怒民》、趙天亮的《法庭內的小故事》、麥發強的《萍水相逢》等，後來接受現代和後現代主義的影響，如周樹利的《好媽媽、好媽媽》、李宇樑的《亞當＆夏娃的意外》、許國權的《九個半夢》等，不過為時較晚，要到八○年代末期了。澳門由1991到2000年舉辦過十屆「全澳話劇匯演」，參加匯演的團體有二十多個，匯演的劇目多達七十三部，其中很多是澳門本地的作品，包括帶有探索性的實驗戲劇。（宋寶珍、穆欣欣 2004：126）

周樹利（1938-），原籍廣東省中山縣，生於澳門。美國伊利諾州立大學戲劇教育系碩士、英國戲劇協會文憑教師。曾任師範學校教師、澳門基本法諮詢委員。現任澳門文化司演藝學院戲劇教師，主持澳門電台「英語漫談」，並任澳門藝穗會主席。多年來推動澳門話劇活動，並經常擔任話劇比賽、劇本創作比賽的評審委員及培訓班「故事講演工作坊」導師。出版有《簡陋劇場劇集》。

他的作品多強調教育功能，激發人的善性，他自言在「利用戲劇媒介進行社會活動。」（周樹利 1999）

李宇樑（1955-），原籍廣東省，生於澳門。曾居加拿大，重回澳門後於1975年創建曉角劇社，一直參與澳門的話劇活動，曾兩次赴葡萄牙進修戲劇。現任澳門文化藝術總監。主要劇作有《倒數十八的男孩》、《紅顏未老》（澳門2006年藝術節公演作品）、《人間世》、《澳門特產》、《李宇樑劇作選》（1999澳門澳門日報出版社）、《李宇樑長劇選》、《滅諦》等。其中《澳門特產》一劇演的是澳門人、澳門事，澳門劇評者穆凡中說：「透過這些場面的『澳門事』，對『澳門人』的生態、心態的描寫表達作者對澳門歷史和沉澱在歷史中的人性的反思。」（穆凡中 1997：106）

李宇樑劇作《澳門特產》演出劇照

許國權（？），筆名大鳥，澳門人。澳門東亞大學畢業，澳門市政廳文化康樂部高級技術員、曉角話劇研進社外務總監。編、導、演全能，曾獲最佳演員及優異劇作獎。作品有《九個半夢》、《我系阿媽》等。

澳門也不缺少寫散文的人，有傳統的，也有較前衛的，代表作家有李鵬翥、凌棱、玉文、沙蒙等。

李鵬翥（1934-），筆名梅萼華、濠上叟，原籍廣東省梅縣，生於澳門。1949年曾參加革命工作。歷任澳門中華學生聯合總會主席、《澳門學生報》主編、澳門商訓中學副教導主任、《澳門日報》記者、副刊主任、採訪主任、總編輯。並任澳門基本法諮詢委員會常委、廣東省澳門區人民代表、澳門筆會會長，為中國作家協會會員。著有《澳門古今》、《濠江文譚》、《濠江文譚新編》、《磨盤拾翠》等。

凌棱（1939-），原名李艷芳，筆名李心言、林蕙，祖籍廣東省新會縣，生於澳門。曾任教師、記者及《華僑報》副刊《同真》及《校園》主編。與人合辦

油印文藝雜誌《紅豆》。散文作品反映出澳門發展的過程，有散文集《有情天地》、《北窗內外》、《七星篇》等。

　　年輕的一代尚有玉文、沙蒙等。

　　澳門的文人其實也多半在香港的報刊發表作品，與香港的作家語言一致、文化背景一致，有相當的類同之處。

引用資料

王德威，1998：〈從「海派」到「張派」──張愛玲小說的淵源與傳承〉，《如何現代，怎樣文學？──
　　十九、二十世紀中文小說新論》，台北麥田出版公司，頁319-335。

李明駿（楊照），1986：〈憾事外一章──讀董橋散文集《這一代的事》〉，10月《文訊》第26期，頁58-
　　61。

李焯雄，1992：〈流行文學〉（香港文學專號），8月《聯合文學》第8卷第10期，33-34。

李瑞騰，1985：〈寫在「香港文學特輯」之前〉，10月《文訊》第20期（香港文學特輯），頁18-21。

余光中，1996：《井然有序》，台北九歌出版社。

宋寶珍、穆欣欣，2004：《走回夢境──澳門戲劇》，北京文化藝術出版社。

周樹利，1999：〈1991年5月25日在「澳門話劇座談會」上的發言〉，《澳門戲劇史稿‧附錄》，南京江蘇
　　教育出版社。

林佛兒，1985：〈我印象最深的香港作家〉，10月《文訊》第20期（香港文學特輯），頁38-40。

馬　森，1997：〈掉書袋的寓言小說──西西的《飛氈》〉，《燦爛的星空：現當代小說的主潮》，台北聯
　　合文學出版社，頁212-216。

馬　朗，1984：〈八十年代香港現代詩特輯〉，10月《創世紀》第65期。

孫寶玲，1985：〈香港文藝外一章〉，10月《文訊》第20期（香港文學特輯），頁45-49。

張曉風，1983：〈「回首」的回首──讀聯副三十年文學大系散文卷文之一《回首故園》小記〉，8月30日
　　《聯合報副刊》。

曹萬生主編，2010：《中國現代漢語文學史》，北京中國人民大學出版社。

陳麗音，1992：〈香港創作劇研究所面對的困難〉，方梓勳、蔡錫昌編《香港話劇論文集》，香港中天製作
　　有限公司。

黃克全，1986：〈敘述與鬱結──辛其氏《青色的月牙》二題〉，12月《文訊》第27期，頁56-59。

黃維樑，1988：《香港文學初探》，香港華漢文化事業公司。

瘂　弦，1987：〈中國知識份子的沉痛碑記──寫在金兆著《師友篇》卷前〉，金兆《師友篇》，台北聯經
　　出版公司。

董啟章，1996：〈城市的現實經驗與文本經驗──閱讀《酒徒》、《我城》和《剪紙》〉，董啟章編《說書
　　人：閱讀與評論合集》，香港香江出版社，頁204-208。

董健、胡星亮，2008：《中國當代戲劇史稿：1949-2000》，北京中國戲劇出版社。

劉紹銘，1985：〈香港文學的轉生〉，10月《文訊》第20期（香港文學特輯），頁41-42。

鄭樹森，1992：〈香港文學專號前言〉，8月《聯合文學》第8卷第10期，頁16-17。

魯　岫，1985：〈節奏與引喻──梁錫華《獨立蒼茫》二題〉，8月《文訊》第19期，頁86-91。

穆凡中，1997：〈談劇本《澳門特產》〉，《澳門戲劇過眼錄》，澳門日報出版社，頁106-110。

應鳳凰，2013：〈從也斯第一本書看見他與台灣的關係〉，2月《文訊》第328期，頁77-78。

第三十九章　大陸對外開放與盛放的敘事
文學（1977- ）

一、政治與意識形態的鬆綁

　　1976年9月9日毛澤東死亡，10月6日汪東興夥同華國鋒、葉劍英在釣魚台賓館逮捕了四人幫。四人幫一垮台，萬惡歸之，共產黨人把十年文革的苦難都一股腦推到四人幫的身上，卻忘了文革以前及以後的苦難應該誰歸！革命本來就是一種暴力行動，在人類的歷史上，所有以暴力行動獲得勝利的革命政權毫無例外地都是暴力組織，如不經過另一次民主的洗禮，暴力的本質不會自動消失。大家也都心知肚明，大陸人民的苦難並不是四人幫幾個人的問題，只不過暫時藉著聲討四人幫的風潮使人民吐一口心中的怨氣而已。

　　四人幫垮台後，華國鋒的領導只是一個過渡階段，文革中被整肅的老幹部醞釀回朝。劉少奇死後，鄧小平成為老幹部的當然領導人，在眾望所歸的情形下終於在1977年5月6日復出，到同年7月16日中共中央第十屆三中全會正式通過

「關於恢復鄧小平同志職務的決定」，又恢復了鄧小平的中共中央委員、中央政治局委員、常委、中共中央副主席、國務院副總理、中國人民解放軍參謀總長等重要職務，從此鄧小平又集大權於一身，而華國鋒則逐漸淡出政治舞台。

鄧小平當權後，對內首先為文革中被迫害的老幹部平反，強調經濟掛帥，對外實行開放政策，援引國外的資本與技術，加強經濟建設，所以鄧小平的時代被稱為「改革開放時期」。如果說馬克思的下層社會架構決定上層意識形態的話有幾分真實性，鄧小平當政後，大陸人民的意識形態不可避免地在逐漸向資本主義蛻變。等到蘇聯與東歐的共產政權幾乎在一夜間全盤崩潰，對中國大陸更產生了巨大的震撼，所以八○年代以降，中共表面上雖然繼續維持社會主義的名義，實質上已大幅度地向資本主義傾斜。如果說過去的革命行動是為了解放人性，消除個人主義，實現集體主義的共產烏托邦，不幸的是在遭受到重大的犧牲後，烏托邦確實只是烏托邦而已，沒有實現的可能，不得不回過頭來走回個人主義，重拾私有財產，再度解放已經解放了的思想。

1979年召開全國第四次文代會的時候，鄧小平宣布：「不再要求文學藝術從屬於臨時的、具體的、直接的政治任務，而是根據文學藝術的特徵和發展規律促使文學藝術健康發展。」（曹萬生 2010：518）文革時砸爛的中國文聯、作協等又重新恢復活動，但已改變性質，無法像過去似地對作家全面掌控。在文學領域，毛澤東〈在延安文藝座談會上的講話〉所建立起來的文藝路線也跟著發霉，已經不能發揮原有的功能，文藝創作因而獲得了一線生機，才稍稍實現了過去中共只在口頭上宣稱的「百花齊放」的政策。

為了鼓勵創作，中國作家協會舉辦各種文學獎，有全國優秀短篇小說獎、中篇小說獎，還有長篇小說的茅盾文學獎、各種文學形式的魯迅文學獎、戲劇有曹禺獎、電影有夏衍電影文學獎等。各省市還有其他不同類型的獎項。與台灣不同的是，台灣的重要文學獎多為民間的報刊所主辦，沒有官方的意識形態，影響到官方的獎項也不可能有意識形態的侷限；大陸這些官方的文學獎還不能完全擺脫官方意識形態的框框。但是畢竟與過去毛澤東時代把刀子架在作家的脖子上（胡風語）大為不同了。看以後獲獎的作品，就知道這種改變的幅度已

經是前所未見的。

　　從文學獎的獎項可以看出來，最多的是小說獎，這當然是由於從事敘事文體的作家眾多，同時小說也一向是讀者最歡迎的文類，以致使敘事文學在改革開放後呈現出盛放的現象，諸如傷痕文學、反思文學、尋根文學、先鋒文學、新寫實文學、女性主義文學，以致通俗文學，多半都是指小說文類而言。官方對文學的檢查上，似乎也沒有像對戲劇與電影等控制得那麼嚴格，有些在大眾傳播上認爲有礙社會主義意識形態的地方，在小說中都可蒙混過關。

二、第二度西潮的衝擊

　　鄧小平的改革開放政策揭開關閉了長達三十年之久的鐵幕，又對外在世界有限度地開放了。開放的對象，除了西方國家和日本外，也包括台、港在內。開放的目的主要是爲了經濟建設，自然以資本、技術爲主，然而卻也無法防止文藝思潮以及文藝作品趁機溜了進來。正如曹文軒所言：「七〇年代末，八〇年代初，文學否定了過去閉關自守的方針和夜郎自大的態度，而面向世界，大膽地開始了建國以來從未有過的大規模的橫向交流和橫向接受。」（曹文軒1988：238）特別是先受現代西方影響的台、港兩地，因具有同文之便，更易於向大陸滲透，遂形成了一次遲來的二度西潮（馬森 1991a）。

　　正像過去台灣一樣，現代主義與存在主義同時衝擊到大陸，文人可以公開地討論現代主義，不再是禁域。（陳焜 1981）上海譯文出版社從1979到1983年接連出版了《西方文論選》和《現代西方文論選》（由伍蠡甫等編譯），其中所選主要就是有關現代主義的文章。繼之上海文藝出版社也出版了《外國現代派文學作品選》。其他的文學刊物紛紛跟進，掀起介紹和翻譯西方現代派文學的高潮。同樣，八〇年代也是引介存在主義的高峰，特別是法國的沙特的存在主義更成爲注目的焦點，中國社會科學出版社於1981年出版了《沙特研究》一書。他的《存在與虛無》（*L'être et le néant*, 1943）、《詞語》（*Les mots*, 1964）以及《沙特文論選》相繼出版。甚至上海譯文出版社於1988年出版了他

那本《存在主義是一種人道主義》的書，一反過去對存在主義的看法。

沙特的《存在與虛無》（L'être et le néant, 2000台北貓頭鷹出版公司）

在這種開放的氛圍中，《外國文學研究》季刊首先發動對西方現代主義的討論，從1980年第四期到1982年第一期，先後發表了三十多篇有關的文章。1981年，高行健出版了《現代小說技巧初探》一書，在文學界引起了廣泛的討論。《上海文學》於同年8月號刊出劉心武、李陀、馮驥才有關現代派的通訊。高行健那時擔任北京人民藝術劇院的編劇，除了劇作外，也寫小說。劉心武和馮驥才都是青年小說家。李陀寫過小說，也寫電影劇本。他們都對現代主義表現出濃厚的興趣。10月至12月間，全國文聯協同《文藝報》針對西方現代派文藝和中國現實主義的文藝召開了多次座談會。1983年《當代文藝思潮》雜誌繼續把此等討論推到高潮（韋實 1988）。所謂西方的「現代主義」以及「後現代主義」，一般指的是十九世紀末至二次大戰後半個多世紀以來發生在歐美的不寫實和反寫實的種種流派，諸如象徵主義、表現主義、超現實主義、史詩劇場、意識流、未來主義、達達主義、抽象派、印象派、存在主義、荒謬文學、魔幻寫實、新小說、女性主義、同志文學、後設文學等。以上這些流派，在閉關時期一向被大陸上的官方理論家視為洪水猛獸或資本主義沒落的徵候，如今在公開的討論中當然仍有正反兩方面的意見，然而這些流派既然發生在西方資本主義和工業社會的背景中，中國大陸像台、港一樣一旦走上了資本主義和工業生產的路線，跟西方社會越來越具有同質性，自然無可避免地會繼台、港而後受到現代主義和後現代主義文藝的衝擊，反對的聲音徒顯其蒼白乏力而已。是故八〇年代以降，年輕一代的作家不但捨棄過去視為標竿的現實主義的文風，而且也背離了毛澤東所強調的立場。在李陀與閻連科的一次對談中，李陀就直言：「八〇年代的寫作不只是文學對文學的反叛，它還是對左翼和革命的寫作傳統的反叛，這種反叛性質，帶有很複雜的後果，其中之一，就是一批有才華也有影響的作家，不僅在寫作形式的層面上對抗左翼文

學，而且在寫作立場上也進行對抗。」閻連科的意見是：「在當下寫作中，現實主義已經成了一個垃圾桶，再也沒有了它的莊重、嚴肅和深刻。而與此相對應的生活現實，卻越來越複雜，越來越令人難以把握。任何一種主義、一種思想，都無法概括我們的生活現實和社會現狀。一切現有的傳統文學手段，在勞苦大眾面前，都顯得簡單、概念、教條，甚至庸俗。今天，我們的一切寫作經驗，都沒有生活本身更豐富、更深刻、更令人不可思議。一切寫實都無法表達生活的內涵，無法概括『受苦人的絕境』。使用任何狂放、細膩、周全的寫實手法，所表現的所謂寫實，都顯得簡單、粗淺、小家子氣，使寫作者感到力不從心。所以，我想我們不能不借用非寫實的手法，不能不借用超現實的寫作方法。只有用非寫實、超現實的方法，才能夠接近現實的核心，才有可能揭示生活的內心。」（李陀、閻連科 2003）

繼台港而後，第二度西潮的衝擊是絕對龐大的，其影響難以估計，而且仍然在繼續中。大陸學者張韌從經濟轉變的立場著眼認為「中國不但正在結束幾千年的封建小農經濟形態，還告別了大一統的計畫經濟時代，開始轉型為社會主義市場經濟。……多元形態的市場經濟催化了億萬大軍競相前行，激活了個體與個性、自信與創造力。」（張韌 1998：181）從高行健開始，八〇年代以降，出現了如此眾多擺脫了枷鎖的叛逆文才，他們的成就猶如盛春的繁花，爭艷怒放，蓋過了灰色慘澹的社會革命年代，甚至也遠遠超出了三、四〇年代第一度西潮所結成的華美的果實。到了九〇年代，陳思和甚至以「碎片的世界」來形容在繁花盛景中所呈現的紛亂雜陳的現象，他說：「作家們站在不同的立場上寫作：有的繼續堅持傳統的菁英立場；有的乾脆表示要去認同市場經濟發展中出現的大眾消費文化；有的在思考如何從民間的立場上重新發揚知識份子對社會的責任；或者還有人轉向極端化的個人世界，勾畫出形色各異的私人生活……無論這種『無名』狀態初看上去多麼陌生，多麼混亂，但它畢竟使文學擺脫了時代『共名』的制約，在社會文化中發出了獨立存在的聲音。作家們在相對自由輕鬆的環境裡，逐漸成熟了屬於自己的創作風格，寫出了越來越多優秀的作品，諸如王安憶的《叔叔的故事》、史鐵生的《我與地壇》、張承志的

《心靈史》、張煒的《九月寓言》、余華的《許三觀賣血記》、韓少功的《馬橋辭典》等，都堪稱是中國二十世紀最後十年文學界的重要收穫。（陳思和 2001：29）

我們現在就先從高行健說起吧！

高行健（1940-），江蘇省泰州人。幼年就讀南京市第十中學，並曾習畫。1962年畢業於北京外語學院法語系，在中國國際書店擔任翻譯工作。1970年下放農村勞動，1975年回北京，任《中國建設》雜誌社法文組組長。1977年後在中國作家協會對外聯絡委員會工作，1979年擔任巴金訪法時的翻譯。1981年調往北京人民藝術劇院從事編劇工作。1982年創作獨幕劇《絕對信號》，開創中國的先鋒劇運動。1985

高行健與作者於牛津大學合影

年應邀赴歐洲五國（德、法、英、奧、丹）訪問，在柏林舉行的畫展獲得意外成功。1987年再次應邀赴德，翌年轉往法國，在巴黎定居。（流亡法國後的事蹟，請參閱第四十一章）此階段主要作品有《現代小說技巧初探》（1981廣州花城出版社）、《高行健戲劇集》（1985北京群眾出版社）、中篇小說《有隻鴿子叫紅唇》（1985北京北京出版社）。

劉心武（1942-），筆名劉瀏，四川省成都市人。1958年開始文學創作。1961年畢業於北京師範專科學校，到北京第十三中學任語文教師。1976年調北京人民出版社任《十月》文藝叢刊編輯。1977年11月在《人民文學》發表短篇小說〈班主任〉，揭露文革所造成的青少年嚴重的精神創傷，是最早的傷痕文學之一。1987年任《人民文學》主編。作品多寫城市人的生活，主要小說有短篇集《班主任》（1979北京中國青年出版社）、《綠葉與黃金》（1980廣州廣東人民出版社）、《劉心武短篇小說選》（1980北京人民出版社）、中篇小說《睜大你的眼睛》（1975北京人民出版社）、《大眼貓》（1981杭州浙江人民出版

社）、《如意》（1982北京出版社）、《嘉陵江流進血管》（1985西安陝西人民出版社）、《都會詠歎調》（1986北京作家出版社）、中短篇集《到遠處去發信》（1984成都四川人民出版社）、《我可不怕十三歲》（1985新世紀出版社）、《日程緊迫》（1985北京群眾出版社）、《立體交叉橋》（1986北京人民文學出版社）、長篇《鐘鼓樓》（1985北京人民文學出版社）等。

李陀（1939-），原名孟克勤，筆名杜雨、孟輝，達斡爾族，內蒙自治區呼和浩特人。1958年畢業於北京一○一中學後到第二通用機械廠工作。文革期間任《北京工人報》編輯，1980年調作協北京分會從事創作，並任《北京文學》副主編。作品兼有小說及電影劇本，曾獲首屆全國優秀短篇小說獎。主要出版有短篇小說《李陀短篇小說選》（北京出版社）及電影劇本《李四光》、《沙鷗》、文學評論等。

馮驥才（1942-），原籍浙江省慈溪縣，生於天津。中學畢業後參加天津市籃球隊。擅長國畫，曾在天津市書畫社工作。1974年在天津工藝美術工人大學任教，開始文學創作。文革中受到打擊，文革後重拾文筆、畫筆。1982年當選天津作協副主席。現任中國民間文藝家協會主席、文聯副主席、中國小說學會主席、《文學自由談》、《藝術家》雜誌主編等職。小說作品有長篇《義和拳》（與李定興合作，1977北京人民文學出版社）、《神燈》（1979北京人民文學出版社）、《神燈前傳》（1981北京人民文學出版社）、《情牽意連》（1982廣州廣東人民出版社）、《三寸金蓮》（1986《收穫》第三期）、中篇《鋪花的歧路》（1979北京人民文學出版社）、《啊》（1981天津百花文藝出版社）、《雕花煙斗》（1981廣州廣東人民出版社）、《馮驥才中短篇小說集》（1981北京中國青年出版社）、《愛之上》（1981《收穫》第六期）、《霧中人》（1982天津百花文藝出版社）、《走進暴風雨》（1983北京中國青年出版社）、《高女人和她的矮丈夫》（1983上海文藝出版社）、《神鞭》（1984北京人民文學出版社）、短篇集《義大利小提琴》（1982天津百花文藝出版社）等。

八○年代後期，中國社會科學院文學研究所的官方文學理論刊物《文學評

論》在劉再復主持下，大量介紹西方的現當代文學理論，對過去的文藝政策諸多明言暗喻的批評，開始提倡作家主體化、作品本體化美學。到了九〇年代，又發生有關「人文精神」的討論，一反文革時代所推崇的「金光大道」式的高大全，反倒倡議反對崇高，躲避崇高（王蒙 1993）。「一方面用原生態的瑣碎生活與充滿折磨的生存處境來消解崇高；一方面視文學如『玩』，如『遊戲』，對於崇高結晶素的眞善美不屑一瞥，用戲謔與調侃去褻瀆崇高。」（張韌 1998：184）在毛澤東時代小說中充斥的「英雄」與「英雄崇拜」（Hsia 1963），這時都消失不見了，所出現的人物竟一變而爲醜怪的畸零人。王德威觀察到此點，加以論述說：「翻開現代的中國文學史，我們實在還找不出一個時期，曾出現如此多量的怪誕角色，並賦予其如此繁複的意義象徵。新一輩的大陸作家由瞎子啞巴寫到瘸子駝子；由性無能寫到小腳癖，由軟骨症寫到活死人，更不用說瘋子白癡神經病。前輩作家如楊沫、浩然等歌之頌之的『社會主義新中國』，竟成爲殘敝奇詭的淵藪，充塞著無數肢體或心神變異的靈魂。……此一嶄新的創作姿態擴大了作品及讀者的視野，其政治頡頏的用意更不容忽視。以現實及想像的醜怪對抗毛記『太虛幻境』的僞美，誰曰不宜？」（王德威 1988）這現象正契合了後現代主義的解構思想。

其實隨著復燃的現代主義，後現代主義也悄悄地進入大陸。當1983年研究後現代現象的美國學者伊哈布‧哈三到山東大學講學的時候，多數人還沒注意到他的背景，又過了兩年另一位美國學者詹明信駕臨北京大學專論後現代主義，而且講稿又出版成《後現代主義與文化理論》（詹明信 1987）一書，中國的知識份子要不注意也難了。1987年第三位研究後現代主義的荷蘭學者佛克馬（Douwe Fokkema）接踵而至，到南京大學和南京師範大學暢論現代和後現代主義。所以說繼台灣而後，中國大陸的第二度西潮同樣也湧來了現代與後現代主義。大陸學者張韌也說：「當新時期文學發現人的侷限時，需要現代主義與後現代主義文學；西方現代派與後現代文學的輸入，又爲新時期文學第二次人的發現而推波助瀾。」（張韌 1998：23）

在後現代主義的潮流中女性主義也隨之而至，這些都與過去的台灣經驗相

同，不同的是台灣在後現代潮流下興起的同志文學，在大陸則付之闕如，可見大陸過去黨八股的教條仍有其潛在餘威。相反的，在台灣未曾發生的所謂「身體寫作」，像衛慧、棉棉這樣大膽抒寫性與女體的美女作家卻未在台灣的市場經濟潮流中出現，這也是個值得研究的社會現象。年輕一代的作家們也像六、七〇年代台灣的年輕作家一樣，群起效法形式主義者所重視的「陌生化」（defamiliarization），努力擺脫社會主義的現實主義窠臼，紛紛向西方的現代主義和後現代主義作品尋求借鑑。從現實主義走來，這一代的小說家特別傾心魔幻寫實、後設與荒誕，陳忠實、莫言、殘雪、余華、蘇童、賈平凹、閻連科等無不如此。而且，經過土改、三反、五反、文革的殘酷鬥爭的經驗與陶冶，寫性與暴力，也成為這一代凸顯的特點，其剜眼、斷肢、活剝人皮的場面，令人難以卒讀。這種殘暴的美學，遠離了中國固有的溫柔敦厚的詩教，反倒貼近希臘的悲劇精神與西方殘酷劇場的美學。也許這種轉變，容易使中國的敘事文學進入世界文學的主流，也可以促使中國的讀者獲得心理的治療與情緒的昇華。總之，如果說五四一代的中國新文學是第一度西潮的浪漫主義和寫實主義衝擊下的產物，毛澤東時代是閉鎖的工農兵文學，那麼八〇和九〇年代大陸的新文學毋寧就是第二度西潮的現代主義及後現代主義衝擊後的產物了。

三、傷痕與反思小說

1978年8月11日上海《文匯報》發表的盧新華的短篇小說《傷痕》，具有代表性的意義（註1）。同一個時期的小說，例如劉心武的《班主任》、張賢亮的《靈與肉》與《綠化樹》、諶容的《人到中年》、張潔的《沉重的翅膀》、戴厚英的《人啊，人！》、蔣子龍的《喬廠長上任記》、古華的《芙蓉鎮》、韓少功的《月蘭》、莫應豐的《將軍吟》等，無不都在揭露過去由於執政者的殘暴無道所造成的人民的傷痛。但是從這些作品中我們所領略到的似乎人間的痛苦不過是出於幾個領導人的不德或一時政策的錯誤，殊未觸及到整個社會制

註1：1978年8月22日，《文匯報》曾組織對小說《傷痕》的討論。

度及人性的問題。正如夏衍所稱中共中央的號召「在思想上堅決衝破長期存在的教條主義和個人崇拜的嚴重束縛，重新確立馬克思主義的實事求是的思想路線」（夏衍 1992），等於呼籲破除教條主義和個人崇拜的嚴重束縛的同時卻訓令不可超越馬克思思想路線的框框。可見在當前的政局下，要想完全擺脫政治與意識形態的統轄幾乎是不可能的。

盧新華（1954-），江蘇省如皋縣人。中學畢業後趕上下放潮，到農村插隊務農。1972年應徵入伍成為解放軍戰士。後又擔任過《文匯報》記者，開始寫作。文革後1978年8月11日他在《文匯報》發表短篇小說《傷痕》，一舉成名，那時他是復旦大學中文系大一的新生。這篇小說成為控訴文革的代表作，「傷痕文學」一詞也成為涵蓋此後一系列揭露文革摧殘一代青年人的文學作品的總稱。他於1982年復旦大學畢業後沒有繼續文學生涯，卻赴深圳下海經商。1986年赴美後曾以踩三輪車維生，又曾在拉斯維加斯的賭場擔任發牌的工作。但始終未忘情文學，後又有小說《森林之夢》及《紫禁女》兩作問世。

《傷痕》一文發表後，《文匯報》曾刊登讀者來信，希望引起廣泛的討論。上海《文藝報》也舉行過多次座談會進行討論，有正反兩面的意見。效果總結為：「這場討論在文學界也造成了一種讓人們正視歷史，正視現實，掃除盲從，更新觀念的氣氛和環境，從這個意義上說，我們完全可以把這場爭鳴看作是文藝界思想解放運動的先聲，它對於『傷痕文學』的創作和理論探討，更有一種直接的推動作用。」（於可訓等 1989：68）

張賢亮（1936-），江蘇省南京市人。中學畢業後任甘肅省委幹部學校教員。1958年下放到寧夏農場勞動。1976年起擔任農場學校教師。1979年任《朔方》雜誌編輯，開始小說創作，多寫知識份子在文革中的悲慘遭遇和所受到的肉體、心靈的雙重創傷。1981年起在寧夏文聯專事創作，後出任寧夏文聯和作協分會主席。主要作品有中篇小說《土牢情話》（1981《十月》第一期）、《靈與肉》（1981天津百花文藝出版社）、《龍種》（1982天津百花文藝出版社）、《河的子孫》（1983天津百花文藝出版社）、《蕭爾布拉克》（1984天津百花文藝出版社）、《綠化樹》（1984北京十月文藝出版社）、《浪漫的黑

炮》（1984《文學家》第二期）、《男人的一半是女人》（1985北京中國文聯出版公司）、《感情的歷程》（1986北京人民文學出版社）、《張賢亮中篇小說集》（1986福州海峽文藝出版社）及長篇小說《男人的風格》（1983天津百花文藝出版社）等。台灣文學評論家蔡源煌對張賢亮的作品有很高的評價，他說：

張賢亮的代表作《綠化樹》
（1989台北新地出版社）

> 大陸「現代派」作家對中共歷史現實的批判，連帶涉及他們對「社會主義的現實主義」之徹底質疑。這一點在張賢亮的《綠化樹》表現得更是具體而微。這部長篇小說寫一個「知青」詩人在勞改後發配到一個農場去「勞動」。這部小說寫得很美，很感人；故事是以男主角章永璘和青海少婦馬櫻花的感情發展為經，以章永璘對勞苦人民的體會省思為緯。張賢亮不僅以杜思妥也夫斯基的《罪與罰》的理念描寫章永璘的意識演變，而且敘事文中還穿插了許多西方文學的掌故。《綠化樹》算得上是一部很有功力的文學小說（literary novel），書中毫不避諱地運用西方文學典故，顯然一開始便立意為高水準的讀者而寫。我覺得，現階段的大陸作品若有值得傳世之作，《綠化樹》無疑是其中之首。（蔡源煌1988）

諶容（1936-），原名陳德容，四川省巫山縣人。1954年入北京俄語學院，畢業後任中央人民廣播事業局音樂編輯和俄語翻譯。1973年後在北京第五中學任教。1980年發表《人到中年》，獲該年小說一等獎，調任作協北京分會專事寫作。作品敢於揭露社會中的矛盾，善於塑造婦女形象，語言幽默、明快，但格調深沉。主要作品有長篇小說《萬年青》（1975北京人民文學出版社）、《光明與黑暗》（1978北京人民文學出版社）、《楊月月與薩特之研究》（1984北京中國文聯出版公司）、中篇小說《永遠是春天》（1980北京人民文學出版社）、《人到中年》（1980天津百花文藝出版社）、《白雪》（1980《十月》第四期）、《眞眞假假》（1983上海文藝出版社）、《讚歌》（1983成都四川

人民出版社）、《太子村的祕密》（1983北京人民文學出版社）、《諶容中篇小說選》（1983長沙湖南人民出版社）及《諶容小說選》（1981北京出版社）等。

張潔（1937-），遼寧省撫順縣人。抗戰時期遷居桂林，1954年回撫順，1960年畢業於中國人民大學計畫統計系，在機械設備成套總局工作。1978年開始創作，短篇小說〈從森林裡來的孩子〉、〈誰生活得更美好〉分別獲得1978和1979全國優秀短篇小說獎。1981年出版中國第一部反映改革的小說《沉重的翅膀》。善於從友情、愛情表現人的精神面貌。作品有小說與散文集《愛是不能忘記的》（1980廣州廣東人民出版社）、中篇《方舟》（1983北京出版社）、

張潔（1937-）

《祖母綠》（1984北京中國文聯出版公司）、長篇《沉重的翅膀》（1981北京人民文學出版社）。陳思和評論張潔的作品說：

> 在敘述結構和敘述方式上，都有著鮮明的特色。作者善於將人物放在理想與現實的衝突交點之上，把多種情感交織在一起，支撐或撕扯著人物的內心，使心理描寫富於戲劇性和抒情意味。為了直接切入人物心理，作品的敘述改變了通常的固定視點，每一個章節大體由一個人物視角敘述，人物視角的交叉變化，使每個主要人物都能直接表露自己的感情。大量的內心獨白，頻繁的隨感式議論，使敘事、抒情和議論，達到了和諧與統一。（陳思和2001：218）

戴厚英（1938-），安徽省穎上縣人。1956年阜陽第一中學畢業，入上海華東師範大學中文系，1960年到作協上海分會文學研究所研究文藝理論。1979年起在復旦大學及復旦分校中文系任教。1980年發表反思的長篇小說《人啊，人！》（廣州廣東人民出版社）引起注意。此外作品有長篇《詩人之死》（1982福州福建人民出版社）、《空中的足音》（1986廣州花城出版社）及中

篇集《鎖鍊，是柔軟的》（1982廣州花城出版社）。她是一個能夠開放自我反省的作家，她曾說：

> 　　終於，我認識到，我一直是以喜劇的形式扮演著一個悲劇的角色：一個已經被剝奪思想自由卻又自以為是最自由的人；一個把精神枷鎖當作美麗的項圈去炫耀的人；一個活了大半輩子還沒有認識自己，找到自己的人。我走出了角色，發現了自己，原來我是一個有血有肉、有愛有憎、有七情六欲和思維能力的人。我應該有自己的人的價值，並不應該被貶抑，自甘墮落為馴服的工具。
> （戴厚英 1980：353）

　　莫應丰（1938-），湖南省益陽縣人。1961年湖北藝術學院肄業，參加解放軍，在文工團從事音樂和劇本創作。1970年復員，在長沙市文化工作室任文學組長。文革後1978年轉任瀟湘電影製片廠編劇，後任作協湖南分會副主席。所作長篇小說《將軍吟》（1980北京人民文學出版社）獲1982年首屆茅盾文學獎。此外尚有長篇小說《小兵闖大山》（1976上海人民出版社）、《風》（1980長沙湖南人民出版社）、《美神》（1984上海人民出版社）、《桃源夢》（1986《當代》長篇小說叢刊創刊號）、短篇小說集《迷糊外傳》（1982長沙湖南人民出版社）、中篇《莫應丰中篇小說集》（1983北京人民文學出版社）。

　　蔣子龍（1941-），河北省滄縣人。1955年在天津第四十中學就讀，1958年入天津重型機器廠技工學校學習。1960年參加解放軍，任製圖員，並開始寫作。1965年退伍，到天津重型機器廠當工人，後任廠長辦公室祕書及黨支副書記、車間副主任等職。1979年發表《喬廠長上任記》觸及文革的問題，受到注目。後來的作品以四個現代化為背景，披露經濟生活的弊端，歌頌改革者，成為文革後的正確路線。1985年後任作協天津分會副主席。主要作品有短篇小說集《愛的權利》（1980成都四川人民出版社）、《蔣子龍短篇小說集》（1984天津百花文藝出版社）、中篇小說《開拓者》（1981北京中國青年出版社）、

《一個工廠祕書的日記》（1982廣州花城出版社）、《蔣子龍中篇小說集》（1982長沙湖南人民出版社）、《鍋碗瓢盆交響曲》（1983天津百花文藝出版社）、《燕趙悲歌》（1984北京人民文學出版社）、《拜年》（1985上海文藝出版社）、長篇《蛇神》（1986天津百花文藝出版社）及《蔣子龍創作精選集》（1986時代文藝出版社）等。朱棟霖等主編的《中國現代文學史》對蔣子龍的評論是：

> 從美學風格上來講，蔣子龍所體現的主要是陽剛之美。他的藝術風格粗獷剛健，充滿激情。在謀篇布局上，他善於高屋建瓴，俯覽全局，使作品具有宏大氣勢和邃遠視野；在敘述方法上，他一般少做細描和心理活動刻畫，而是營設波瀾壯闊的劇烈矛盾衝突，將人物置身於漩渦中，著重從人物行為和語言上表現人物；在語言上，他崇尚氣勢的雄渾和雄辯力，與工廠生活語言也較為切近。這使他的作品具有較強的藝術感染力和強烈的生活氣息，但也存在著較為粗疏匆促的缺失，並且議論過多，人物類型化也是他許多作品的弊病。（朱棟霖等 1999：103）

古華（1942-），原名羅紅玉，湖南省嘉禾縣人。1961年就讀於郴州農業專科學校，後在農業科學研究所當技術員。1962年起發表短、中篇小說。1975年在郴州地區歌舞團任創作員。1979年在郴州文聯專事創作。1981年發表長篇小說《芙蓉鎮》揭露文革的乖謬及知識份子的創傷，獲第一屆茅盾文學獎。八〇年代移民加拿大，繼續以京夫子的筆名撰寫暴露中共領導階層的內幕紀實通俗小說（請參閱第四十一章）。主要作品有長篇小說《山川呼嘯》（1976長沙湖南人民出版社）、《芙蓉鎮》（1981《當代》第一期）、《儒林園》（1990台北海風出版社、1991香港天地圖書公司）、中篇小說《前邊才是夔門》（1981《百花洲》）、《浮屠

古華的代表作《芙蓉鎮》
（1988 台北遠流出版公司）

嶺》（1982《當代》第二期）、《古華中篇小說集》（1982長沙湖南人民出版社）、《姐姐寨》（1983《收穫》第一期）、《「九十九堆」禮俗》（1983《人民文學》第九期）、《雲煙街夜話》（1983《鍾山》）、《古華中篇小說集》（1984長沙湖南文藝出版社）、《相思女子客店》（1984《長江》第一期）、《蒲葉溪磨房》（1984《崑崙》第一期）、《貞女》（1986《花城》第一期）、短篇小說集《莽川歌》（1978長沙湖南人民出版社）、《古華獲獎小說集》（1984廣州花城出版社）及《古華小說選》（1986成都四川文藝出版社）等。

在共產黨一黨專政的制度下進行全盤政治及社會制度的討論既然不被容許，但對人性的討論倒是有限度地開放了。1979及80兩年中大陸上有二十多種報刊選登了八十多篇討論人性的文章，討論的主題包括什麼是人性、人性與人的本質、人性與自然、共同人性與階級性、馬克思理論與人性、文藝與人性、人道主義等（何西來 1980）。陳思和主編的《當代大陸文學史教程：1949-1999》說：「七〇年代末到八〇年代初，在中國盛行的人道主義思潮，首先是一個廣泛的社會思潮，它波及了這個時期社會生活的各個方面，在政治思想、哲學、歷史和文學藝術的許多領域，都有不同程度的反映，甚至影響了經濟和科學技術領域。當時思想理論界對人道主義的討論相當熱烈。自1980年起，在之後的四五年內，人性論和人道主義一直是學術界關注的議題，涉及了哲學、文藝學、心理學和倫理學等許多學科，對人性的概念內涵、人性與階級性、馬克思主義與人道主義、人道主義與新時期文學等問題展開了討論。儘管這場討論，後來在政治因素的干預下沒有進一步深入，但思想理論界的聲音對文學創作也有一定的啟發作用。」（陳思和 2001：210）從此遂引生了所謂的「反思文學」。除了反思人道主義以及人與歷史社會的關係外，自然也會反思政治與人民間的關係，主要在於批判極左路線，因為「極左的社會政治環境泯滅了人和人性。」（張韌 1998：38）像王蒙的《活動變人形》、張賢亮的《男人的一半是女人》、古華的《我這個女無產階級》、馮驥才的《啊！》等都足以引起人的反思。這一代類同的小說家還有高曉聲、李國文、從維熙、張潔、戴厚英、

鄭萬隆等。反思的文學不一定寫傷痕，但傷痕文學一定會具有反思的作用。

　　高曉聲（1928-），江蘇省武進縣人。1947年常州劍明中學畢業，翌年入上海法學院經濟系，1950年發表處女作短篇小說〈收田財〉，隨即在蘇南文聯從事創作及編輯工作，繼續發表作品。文革中受到衝擊，文革後平反，任作協江蘇省分會副主席，1985年當選中國作協理事。過去所發表的短篇小說〈李順大造屋〉、〈陳奐生上城〉分別獲得1979和1980全國優秀短篇小說獎。以後又繼續寫出陳奐生的故事及農村的系列小說，展現中國農村在文革後的種種變化。文筆淺白，近似趙樹理的風格。主要作品皆系列式的短篇小說，有《高曉聲1979年小說集》（1980南京江蘇人民出版社）、《高曉聲1980年小說集》（1981北京人民文學出版社）、《高曉聲1981年小說集》（1982北京人民文學出版社）、《高曉聲1982年小說集》（1983成都四川人民出版社）、《高曉聲小說選》（1983北京人民文學出版社）、《陳奐生》（1983廣州花城出版社）、《高曉聲1983年小說集》（1984北京中國文聯出版公司）、《高曉聲1984年小說集》（1985北京中國文聯出版公司）、《高曉聲1985年小說集》（1986北京中國文聯出版公司）及散文集《生活・思考・創作》（1986上海文藝出版社）。以下是朱棟霖等主編的《中國現代文學史》對高曉聲的評論：

　　　　高曉聲的小說創作堅持了現實主義的美學原則，以深刻的「探求者」的眼
　　　光，塑造了一大批被稱為「中國人民的靈魂」的人物形象。他們有著中國人民
　　　善良、樸實、忠厚的傳統美德，也有數千年的歷史傳統所積澱下來的民族「劣
　　　根性」。在李順大（〈李順大造屋〉）身上，我們可以發現柳青的《創業史》
　　　中梁三老漢一樣的以「造屋」作為自己的最高理想並且為其奮鬥終身的辛酸與
　　　苦難，在某種意義上，〈李順大造屋〉正是對於柳青《創業史》的重新改寫。
　　　而其筆下的陳奐生形象，則更有著鮮明生動的性格特點和深厚的歷史內涵。
　　　（朱棟霖等 1999：99）

　　李國文（1930-），江蘇省鹽城縣人。少年時代生活在蘇北解放區，抗戰勝

利後入南京劇專，49年後入華北革命大學。1950年起曾任天津鐵路文工團創作員、中國人民志願軍某部文工團創作組長、全國鐵路總工會宣傳部文藝編輯。1957年開始發表小說，而後長期在鐵路工地勞動。文革後任鐵路文工團編劇。寫作以小說為主，勇於表現生活中的問題，曾獲全國優秀短篇小說獎，其長篇《冬天裡的春天》（1981北京人民文學出版社）獲首屆茅盾文學獎。其他作品尚有長篇小說《花園街五號》（1983《十月》第四期）及短篇集《第一杯苦酒》（1982北京人民文學出版社）。

從維熙（1933-），河北省玉田縣人。1953年就讀北京師範學校，畢業後在北京青龍橋小學任教，不久調北京日報社任記者。1955年出版處女作，表現華北農村的新人新事，頗富生活氣息。文革受到嚴重打擊，文革後重拾文筆，1985年出任作家出版社總編輯。所寫反思小說曾獲全國優秀中篇小說獎。作品有短中篇小說《曙光升起的早晨》（1956上海新文藝出版社）、《從維熙小說選》（1980北京出版社）、《從維熙中篇小說集》（1980北京中國青年出版社）、《遺落在海灘的腳印》（1982廣州花城出版社）、長篇《南河春曉》（1957石家莊河北人民出版社）。

鄭萬隆（1944-），河北省安次縣人。幼年生活在黑龍江省，1963年北京化工學校畢業，到北京農藥一廠工作。1974年轉業到北京出版社，從事編輯工作，1985年調《十月》雜誌副主編。寫作以小說為主，計有長篇小說《響水灣》（1976北京人民出版社）、《同齡人》（1983瀋陽春風文藝出版社）、中篇小說《年輕的朋友們》（1981天津百花文藝出版社）、《鄭萬隆小說選》（1982北京出版社）、《顫抖的山》（1983石家莊河北人民出版社）、《紅葉，在山那邊》（1983成都四川人民出版社）、《當代青年三部曲》（1985北京人民文學出版社）、《明天行動》（1985北京工人出版社）、《生命的圖騰》（1986北京中國文聯出版公司）、《有人敲門》（1986瀋陽春風文藝出版社）。

李存葆（1946-），山東省五蓮縣人。1961年初中畢業後回鄉務農，1964年參加人民解放軍，1965年開始文學創作。1970年調濟南軍區前衛文工團創作室，所作報告文學獲全軍對越自衛還擊戰創作一等獎。1982年發表中篇小說《高山

下的花環》（1983北京出版社），獲1981-82年度全國優秀中篇小說獎。1984年再以《山中，那十九座墳塋》（1984《崑崙》第四期）獲1983-84年度全國優秀中篇小說獎。同年入中國人民解放軍藝術學院文學系學習。1985年當選中國作家協會理事，翌年重返濟南軍區文化部創作室工作。除以上小說外尚有詩作。

柯雲路（1946-），原名鮑國路，北京人。1968年高中畢業後到山西農村插隊落戶，1972年到榆次市當工人。因為愛好寫作，成為作協山西分會專業作家。1980年發表處女作〈三千萬〉，獲該年全國優秀短篇小說獎。1984年發表描寫改革生活的長篇小說《新星》，被搬上銀幕。作品有中短篇小說《耿耿難眠》（與雪珂合集，1984北京人民文學出版社）、《歷史將證明》（與雪珂合著，1984太原山西人民出版社）、長篇《新星》（1985北京人民文學出版社）、《夜與書》（1986北京人民文學出版社）、《孤島》（1985山西北嶽文藝出版社）、《汾城軼聞》（1987北京人民文學出版社）。

陳建功（1949-），廣西省北海市人。1956年跟隨父母來到北京，1973年開始寫作，1977年考入北京大學中文系。1982年畢業後在北京市文聯從事創作，曾任中國作協書記處書記、中國作協副主席。善寫文革後北京市民的眾生相，曾獲1980年及1981年全國優秀短篇小說獎。作有短篇小說集《迷亂的星空》（1981天津百花文藝出版社）、《陳建功小說選》（1985北京出版社）、中篇小說《找樂》（1984《鍾山》第四期）、《鬈毛》（1986《十月》第三期）及長篇《皇城根》（與趙大年合作，1992北京作家出版社）。

路遙（1949-1992），原名王衛國，陝西省清澗縣人。幼年家貧，備嘗窮苦的辛酸。1966年中學畢業，1969年返鄉勞動，曾任小學教員。1973年入延安大學中文系，開始寫作。1976年後先後在陝西省文藝創作研究室、《陝西文藝》編輯部和《延河》雜誌編輯部工作。作品有短篇小說集《當代紀事》、《姐姐的愛情》、《路遙小說選》、中篇小說《驚心動魄的一幕》（1980《當代》第三期）、《人生》（1982北京中國青年出版社）及描寫城鄉變革的大長篇《平凡的世界》三冊（1988）。善寫在變動的社會中人物命運的變化，曾獲1977-1980及1981-1982全國優秀中篇小說獎，《平凡的世界》獲第三屆茅盾文學獎。陳思

和評論說：

> 　　路遙的小說敘述，樸實、深沉、厚重、蘊藉，其中的人物大都元氣充沛……
> 作者始終認為，文學的現實主義創作方法在以後相當長的時間內，仍然會有蓬
> 勃的生命力。這樣的自信力在《人生》中已經得到了證明，在他的長篇遺作
> 《平凡的世界》裡體現得更加有力。（陳思和2001：229）

四、知青與尋根小說

　　八○年代中期文化問題一度成為作家們論辯的熱門話題，有的人認為五四一代以西方為師的新文化運動造成了傳統民族文化的斷裂，後來的文化大革命更變本加厲地斲喪了民族文化的元氣，有的人認為抗戰以來不僅與傳統文化斷裂，同時也與當代的世界文化斷裂（註2）。以上的議論其實是從小說創作中展現的文化尋根現象所引發的。1979年汪曾祺的短篇小說〈受戒〉觸及到對民族文化的思考，開尋根小說之端倪。

　　汪曾祺（1920-97），江蘇省高郵縣人。1939年就讀於西南聯大，1940年開始發表小說創作。1946年到上海，繼續寫作，風格受到其師沈從文的影響，並於1948年出版第一本小說集。1949年參加人民解放軍南下工作團，不久回北京先後任《北京文藝》、《說說唱唱》及《民間文學》等雜誌編輯。1957年下放農村勞動，至1962年始回北京在北京京劇院任編劇。文革時受到打擊，至文革後重拾文筆，1981年以《大淖記事》獲全國優秀短篇小說獎。以散文筆法寫小說，文字清淡但有韻味。作品有短篇小說集《邂逅集》（1948上海文化生活出版社）、《汪曾祺短篇小說選》（1982北京出版社）、《晚飯花集》（1985北京人民文學出版社）及兒童小說集《羊舍的夜晚》（1963北京少年兒童出版

註2：參閱韋實《新10年文化理論討論概觀》，頁334-355。

社）。汪曾祺的小說被稱作「文化小說」，《中國現代文學史》如此說：

汪曾祺的文化小說，往往在濃郁的鄉土風俗畫的描寫之中滲透著作者傳統的哲學意識和審美態度。他筆下的人物總是暗合傳統的真善美，並在與假惡醜的對立中獲得美的昇華。同時，老莊的那種超凡脫俗、回歸自然的哲學意念又成為他筆下人物無力反抗黑暗現實，在痛苦中尋求精神解脫的思想手段。這成為汪曾祺文化小說創作的基本審美態度和道德尺度。作者既重視小說創作的潛移默化的認識作用，同時又欣賞和玩味順乎自然、超脫功利的人生境界。這種「入世」和「出世」的相反相成的審美態度，使他的小說蒙上了一層朦朧的霧靄，釋放出一種多義的主題內涵。（朱棟霖等 1999：108）

關於「尋根」，「《作家》1984年4月號，發表了韓少功的〈文學的『根』〉一文，《上海文學》1985年5月號，發表了鄭萬隆的〈我的『根』〉一文，《文藝報》改成報紙的創刊號上發表了阿城的大有高屋建瓴氣勢的〈文化制約著人類〉一文，緊接著《文藝報》又開闢專欄展開了『關於文學尋「根」的問題』的專門討論。這樣，所謂尋『根』便從創作實踐上升為理論問題而突兀出來，它又迅捷地反作用於創作實踐。於是，中國文壇出現了一股眾說紛紜、莫衷一是的尋『根』熱。」（曹文軒 1988：234）四〇年代中期出生的青年，到文革開始時正好十五、六歲，都被趕到偏遠的農村或邊疆去插隊落戶，沒有機會繼續接受教育，但是在艱困的環境中卻獲得了在正常的生活中難有的人生經驗，學到如何奮鬥求生的本領，如果沒有倒下去，反倒變得更為堅強了。在這一批下放的知青中，後來產生了一大群優秀的小說家。其中有些作品關涉到被共產黨唾棄及破壞了的中國固有文化，或有意追尋地方的民間文化、信仰、習俗等，後來被稱作「尋根」的一派。尋根無疑是對文化大革命破壞固有文化的一次反動與反抗，進而企圖重建歷史與倫理及為人生存之道（李慶西 1988），故這一派的成就特別突出。像鄭義的《老井》、張承志的《北方的河》、鍾阿城的《棋王》、《樹王》、《孩子王》、李銳的「呂梁山故事」、韓少功的《爸

爸爸》、《女女女》、賈平凹的「商州」系列、鄭萬隆的「異鄉異聞」系列、
莫言的《紅高粱家族》、張煒的《古船》、李杭育的「葛川江」系列、閻連科
的鄉土小說等，都顯示了追尋文化之根的傾向。有的是尋儒家文化之根，有的
是尋道家文化之根，有的以地區為主，追尋中原的周文化之根，或關西的秦文
化之根，或兩湖的楚文化之根，以及東北或西南的少數民族文化之根。也有的
在歷史與當代生活圖景的交會中塑造著民族史與社會史，而成就最大的當屬陳
忠實，他的《白鹿原》規模宏偉，建基在民間的思想上，籠括了共產革命前後
數十年的社會變革及人事興衰，號稱史詩性的小說，而且對人物的行為及心理
動機均有細緻而客觀的分析，其中的超現實現象都具有民間信仰的背景，可說
是吸取二度西潮魔幻寫實技法的作品中最成功的例子。

　　陳忠實（1942-），陝西省西安市東郊灞橋區西蔣村
人。1965年開始發表作品，1979年參加中國作家協會。
1993年以《白鹿原》（北京人民文學出版社）一書獲陝
西雙五文學獎，一舉成名，並獲第四屆茅盾文學獎。現任
陝西省作家協會主席、中國作協副主席。《白鹿原》是一
部描寫渭河流域大平原近代五十年社會變動的史詩小說，
也是以魔幻寫實的手法所完成的最成功的作品，至今發行
量已超過一百六十萬冊，被改編成秦腔、話劇、舞劇、
連環圖畫、電影和電視劇等多種藝術形式，且為國家教

陳忠實的詩史巨構《白鹿原》

育部列入「大學生必讀」系列，被評為「百年百種優秀中國文學圖書」（1900-
1999）。此外，尚有短篇小說集《鄉村》、《到老白楊樹背後去》、中篇小說
集《初夏》、《四妹子》及《陳忠實小說自選集》三卷（1996華夏出版社），
《陳忠實文集》五卷，散文集《告別白鴿》、《氣笛·布鞋·紅腰帶》、《忠
誠與瀟灑》、《晶瑩的淚珠》等。《中國現代漢語文學史》對陳忠實的《白鹿
原》有很高的評價：

　　　　《白鹿原》最初發表於《當代》1992年末、1993年初兩期，是「陝軍東征」

中最具影響的作品，也是九〇年代文學最具影響的作品之一。作者以巴爾札克的話「小說被認為是一個民族的祕史」作為題記表達了自己的追求品格，《白鹿原》正以其內容和人物的豐富、文化意蘊的深廣、結構與主題的宏大而廣受好評。小說以渭河平原上的一個小村落白鹿村為支點，以白、鹿兩家的宗法族權鬥爭為線索，從民間視角將半個世紀以來中國社會的歷史變遷與人物命運浮沉盡收眼底，既有對中國農業社會狀貌的全景式、史詩式展現，又有對民族文化深層特徵的深入發掘，構成「民族靈魂的祕史」。（曹萬生 2010：652）

　　鄭義（1947-），四川省重慶市人。1957年到北京讀書，1966年畢業於清華大學附中。1968年到山西太行山區插隊落戶。1974年起在呂梁山區當煤礦工人。1977年入晉中師範專科學校中文系。1979年發表短篇小說《楓》，描寫中學生在文革中武鬥的悲劇。1981年大學畢業後從事創作，曾任《黃河》雜誌副主編。中篇小說《遠村》（1986北京人民文學出版社）極富藝術魅力，獲1983-84年度全國優秀中篇小說獎。1985年中篇小說《老井》（1985《當代》第二期）調子深沉，引起文壇注目，且搬上銀幕。

　　張承志（1948-），山東省濟南市人。1967年畢業於清華大學附中，翌年赴蒙古草原做農民，直到1972年才得入北京大學歷史系就讀。畢業後分發到中國歷史博物館工作，1978年考入中國社會科學院研究生院，習北方民族及蒙古族史。1981年分發到中國社會科學院民族研究所。1987年參加人民解放軍海軍。所作中篇小說《黑駿馬》（1982《十月》第六期）獲1981-82年度全國優秀中篇小說獎。此外尚作有短篇小說集《老橋》（1983北京出版社）、中篇小說《北方的河》（1987北京十月文藝出版社）、長篇《金牧場》（1987《崑崙》第二期）。在他的小說中，常常描寫探詢生命意義，尋找精神家園的人物，其作品特點：

　　　　張承志的小說洋溢著理想主義的光彩。一方面，他把對祖國和人民命運的關注作為自己創作的母題與基調；另一方面，他的作品還滲透著濃重的歷史感和

浪漫主義精神，給人以深邃的思考和熱烈的情思。（朱棟霖等1999：126）

鍾阿城（1949-），四川省江津縣人。1969年高中肄業，從北京到山西插隊落戶，然後又到蒙古插隊落戶，再到雲南農場勞動。文革後於1979年回北京，曾在中國圖書進出口公司當工人。1984年發表中篇小說《棋王》（1985北京作家出版社），對代表中國文化的棋藝有深入的剖析，獲1983-84全國優秀中篇小說獎，為文壇眾所矚目，隨即於1985年應邀到深圳影業公司當編劇，後又繼續發表《樹王》、《孩子王》、《遍地風流》等小說，然後赴美未歸。阿城作品的出現，帶給台灣的讀者意外的驚喜，因為終於看到大陸的作者寫出未受政治教條汙染的小說。台灣的小說評論家王德威首先予以肯定說：

鍾阿城《遍地風流》（2002台北麥田出版公司）

　　阿城的作品來得分外使人興奮。「傷痕文學」的發展，亦因此有了更寬廣的餘地。阿城的作品哀而不怨、斂放有致，對文字的斟酌尤其婉約素樸，已為方家屢屢論及。在風格上，他呼應葉紹鈞、沈從文等所代表那種沉謐敬謹的胸襟，但感懷之深、視界之廣，恐猶有更勝前人之處。《棋王》中藉傳統棋局的象徵，延伸出盛衰成敗、世事如棋的感喟，以及仁人君子守成達變

《棋王、樹王、孩子王》（1999台北新地文學出版社）

的艱辛，的確烘托出一悠遠的歷史視野，引人深思。《樹王》中的伐木濫墾、斲喪天然的暴行，與《孩子王》中的教育淪落，而百廢待此一舉的憂慮，恰又形成另一對照，為十年樹木、百年樹人的老話，提供最怵目驚心的實例。同書中另有兩則較不為人道的短篇〈會餐〉及〈樹樁〉，寫得也是各有特色。尤其〈會餐〉寫農場因陋就簡的歡宴，幾無情節可言，但阿城以白描方式營造一極具印象主義式的喧鬧場景，化平淡為神奇，是全書最具詩意的一作。（王德威

1991：136-137）

葉辛（1949- ），原名葉晨熹，上海市人。1966年在上海九江中學畢業後被下放到貴州修文縣農村插隊落戶。1977年開始寫作，受到注意，遂於1979年到作協貴州分會從事創作。小說作品以下放知青的生活遭遇為題材，作品有中篇小說《高高的苗嶺》（1977上海人民出版社）、《峽谷烽煙》（1980北京人民文學出版社）、《帶露的玫瑰》（1984重慶出版社）、《家教》（1985《十月》第六期）、《閒靜河谷的桃色新聞》（1985《小說家》第一期）、《恩怨債》（1985成都四川文藝出版社）、長篇小說《我們這一代年輕人》（1980北京中國青年出版社）、《蹉跎歲月》（1980《收穫》第五至六期）、《綠蔭晨曦》（1983北京人民文學出版社）、《轟鳴的電機》（1985《小說界》第一期）、《三年五載》三部曲（1984-85北京人民文學出版社）、《在醒來的土地上》（1985北京十月文藝出版社）等。

李銳（1950- ），原名李平九，祖籍四川省自貢縣人，生於北京。1966年中學畢業，1969年赴山西呂梁山插隊落戶。1974年開始寫作，1975年到山西林汾鋼鐵廠做工，1977年調《山西文學》編輯部，歷任編輯、編輯部主任、副主編，1984年畢業於遼寧大學函授部，後來成為作協專業作家。1998年當選山西作協副主席，2003年辭職，並退出中國作家協會。2004年獲法國政府頒發藝術與文學騎士勳章，繼莫言後獲香港公開大學榮譽文學博士學位。對中國文化及社會有所反思，文筆洗練，對呂梁山一代的環境、民俗多所著墨，曾獲1985、86年全國優秀短篇小說獎、1989年台灣中國時報文學獎。作品有系列小說《厚土——呂梁山印象》（1988台北洪範書店）、長篇《舊址》（1993台北洪範書店）、《無風之樹》（1996南京江蘇文藝出版社）、《萬里無雲》（1997北京中國青年出版社）、《銀城故事》（2002台北麥田出版公司）、中短篇集

《厚土——呂梁山印象》
（1988台北洪範書店）

《丟失的長命鎖》（1985山西北嶽文藝出版社）、《紅房子》（1988北京人民文學出版社）、《傳說之死》（1994武漢長江文藝出版社）、散文集《拒絕合唱》（1996上海人民文學出版社）、《不是因爲自信》（1999長沙湖南文藝出版社）等。「李銳於文革期間赴山西呂梁山區邸家河村插隊落戶，」王德威評論說：

李銳《無風之樹》（1998台北麥田出版公司）

　　艱困的農村生活使他頓悟政治憧憬的不可恃，荒涼的黃土、粗鄙的農民亦重新淬煉他對生活與命運的敬謹看法。誠如李所言，他的作品既不奢求微言大義，也不耽溺人道高調。「人之爲人是一種悲劇，也是一種幸運，乃出於一個同樣的東西──就是一種不甘。」而作家所能做的，無非是把呈現其中的「驚歎與錯愕」略表一二而已。（王德威 1991：149）

　　韓少功（1953-），湖南省長沙市人。1969年被下放湖南汨羅縣農村插隊落戶，五年後於1974年調縣文化館工作，開始發表作品。1977年入湖南師範學院中文系，畢業後被派到湖南省總工會做編輯。先後發表短、中篇小說〈七月洪鋒〉、〈夜宿青江鋪〉、〈月蘭〉、〈回聲〉、〈風吹嗩吶聲〉等。短篇小說〈西望茅草地〉和〈飛過藍天〉分獲1980及1981全國優秀短篇小說獎。1985年到武漢大學英文系進修，隨後任湖南省作家協會專業作家，並當選中國作協理事。1988年調往海南省，擔任《海南紀實》雜誌主編，1995年任《天涯》雜誌社長，1996年出任海南省作家協會主席，2000年任海南省文聯主席，曾兼任省政協委員、常委和省人大代表等職。他現在過著半世俗半隱居的生活，一半

北京大學出版的韓少功的文學創作研究專著

時間生活在汨羅農村，一半時間生活在城市中。他的作品主要以文革時的有關經歷為素材。八〇年代他首倡尋根文學，作品曾獲1998年上海中長篇小說大獎、台灣最佳圖書獎，2000年長篇小說《馬橋詞典》入選「二十世紀中文小說一百強」，2002年獲法國文化部法蘭西文藝騎士獎章，小說《暗示》獲第二屆華語文學傳媒大獎。寫作以小說為主，兼及散文與翻譯。出版有中短篇小說集《月蘭》（1980廣州廣東人民出版社）、《飛過藍天》（1983長沙湖南人民出版社）、《誘惑》（1986長沙湖南文藝出版社），中短篇小說〈空城〉（1988）、〈謀

韓少功長篇小說《馬橋詞典》（1997台北時報出版公司）

殺〉（1989）、〈爸爸爸〉（1993）、〈北門口預言〉（1994）、〈報告政府〉（2005），長篇小說《馬橋詞典》（1996）、《暗示》（2002）。韓少功是當日尋根小說家最有成就、也最受到重視的一人，王德威認為：

> 他的作品雖出入於鄉土風物之間，卻能不為一時一地的感傷或追念所囿。自早期以文革人事為背景的〈藍蓋子〉、〈歸去來〉等起，韓即展露其經營場景、鋪陳象徵的才具。〈爸爸爸〉及〈女女女〉等作則融合其對鄉俚滄桑的歷史認知，以及根植「楚」文化傳統的神話想像，交織出一幕幕亦幻亦真的人間悲喜劇。除此，韓少功對鄉土以外的素材亦勇於探索，如〈火宅〉等，嬉笑怒罵，極富批判精神，亦足見其人創作力之深廣。（王德威 1991：143-144）

其長篇《馬橋詞典》的形式雖非首創，但在中文文學中尚無前例，能以詞條式的結構娓娓道來，引人入勝，實屬難得。《中國現代漢語文學史》對韓少功的評語是：

> 韓少功以現代意識、理性精神來發掘和批判民族文化的劣根，在藝術手法上

借鑑拉美魔幻現實主義，推動時代文學從意識到形式的發展邁出重要一步，但強烈的主題先行、觀念大於形象等弊病中也隱藏著尋根文學的危機。（曹萬生2010：551）

賈平凹（1953-），原名賈平娃，陝西省丹鳳縣人。1972年入西北大學中文系，開始寫作。畢業後曾任陝西人民出版社及《長安》雜誌編輯。1985年當選中國作協理事，以後出任西安市文聯副主席、主席、陝西省作協主席等。作品善用方言俚語，極富地方色彩，曾獲1978年全國優秀短篇小說獎、1983-84年度全國優秀中篇小說獎、第七屆茅盾文學獎、1997年法國費米娜文學獎、2006年香港浸會大學紅樓夢華文長篇小說獎等。作品以小說為主，

《秦腔》（2006台北麥田出版公司）

兼及散文，有中短篇小說集《兵娃》（1977中國少年兒童出版社）、《姐妹本紀》（1978合肥安徽人民出版社）、《山地筆記》（1980上海文藝出版社）、《早晨的歌》（1980西安陝西人民出版社）、《賈平凹新作集》（1981北京中國青年出版社）、《野火集》（1982西安陝西人民出版社）、《臘月・正月》（1984北京人民文學出版社）、《小月前本》（1985廣州花城出版社）、《遠山野情》（1985《中國作家》第一期）、《冰炭》（1985《中國》第二期）、《天狗》（1986北京作家出版社）、長篇《商周》（1984《文學家》第五期）、《廢都》（1993北京出版社）、《浮躁》（1999武漢長江文藝出版社）、《土門》（1999武漢長江文藝出版社）、《秦腔》（2006台北麥田出版公司）、《古爐》（2011台北麥田出版公司）等。《中國現代漢語文學史》十分重視賈平凹的作品，其中評論說：

賈平凹的創作對於現代漢語文學具有獨特意義。在思想資源上，他一方面繼承中國傳統文化的儒、道觀念、民間的神祕文化，又將之與強烈的現代意識相結合，表現彼此間的衝盪交會；在創作方法上，一方面是現實主義的世相描

摹，一方面又吸收現代主義的象徵，尤其魔幻現實主義的手法；在行文上，吸收中國傳統文學中古典小說的敘事技巧，如明清筆記小說風格、話本誌異風格等，語言精鍊深沉，樸拙自然，有如其所推崇的「醜石」、「臥虎」風格。從語言美學到文體、創作方法，從社會生活到哲學思考，都既是歷史的，又是現代的，既是地域的、民族的，又是世界的，賈平凹小說為這種既土又洋的結合提供了獨具魅力的例子，也為中國文學的出路探索提供了值得深入開掘的路向。（曹萬生 2010：561）

陳村（1954-），原名楊遺華，回族，生於上海。1968年進上海延安中學，畢業後於1971年赴安徽省吳維縣農村插隊落戶。1975年回上海，在街道工廠勞動。1978年考入上海師範學院政教系，開始寫作。1980年到上海市政二公司工作。因寫作得以於1985年到作協上海分會從事專業創作。所作也是屬於知青的一代。作品有長篇《從前》（1985《百花洲》第三期）、《住讀生》（1986《百花洲》第四期）、中篇《少男少女，一共七個》（1985《文學月報》第四期）、《美女島》（1985《鍾山》第五期）、《歌星》（1985《清明》第六期）、《他們》（1986《收穫》第三期）、《李莊談心公司》（1986《小說界》第五期）、《走通大渡河》（1986上海文藝出版社）等。

莫言（1955-），原名管謨業，山東省高密縣人。文革中輟學在家務農，後入縣棉油廠做臨時工。1976年參加人民解放軍，經歷戰士、副班長、政治理論教員、宣傳幹事等職位。1984年入解放軍藝術學院文學系，開始寫作。1986年後任解放軍總參謀部政治部幹事。1997年退役到報社工作。考入北京師範大學魯迅文學院，並獲文藝學碩士學位。自發表《紅高粱》後受到廣泛注目，並改編成電影。所作有關其故鄉高密的傳奇小說襲取魔幻寫實的技法，天馬行空，光怪陸離，自成一種風格，有人稱他為恐怖的文字暴

尋根小說家莫言（1955-）

徒。2011年獲第八屆茅盾文學獎及香港公開大學榮譽文學博士學位。2012年獲得諾貝爾文學獎，是繼高行健後第二位獲此獎的中文作家。作品有中篇小說集《透明的紅蘿蔔》（1986北京作家出版社）、《歡樂十三章》（1989北京作家出版社）、《白棉花》（1991北京華藝出版社）、《懷抱鮮花的女人》（1993北京社科出版社）、《長安大道上的騎驢美人》（1999深圳海天出版社）、長篇小說《紅高粱家族》（1987北京解放軍文藝出版社）、《天堂蒜苔之歌》（1988北京作家出版社）、《十三步》（1988北京作家出版社）、《酒國》（1993長沙湖南文藝出版社）、《食草家族》（1993北京華藝出版社）、《豐乳肥臀》（1995北京作家出版社）、《紅樹林》（1999深圳海天出版社）、《檀香刑》（2001台北麥田出版公司）、《生死疲勞》（2006北京作家出版社）、《蛙》（2009台北麥田出版公司）等。莫言出手不凡，台灣的小說評論家王德威予以肯定說：

《豐乳肥臀》（1996台北洪範書店）

> 　　以《紅高粱》系列作品而廣受重視的莫言，筆觸敏銳，意象華麗。其風格之繁複多姿，與另一作家阿城之恬淡簡約恰成強烈對比，而同為運用現代中文之能手。莫言自鄉土出發，以略帶自傳性質之《紅高粱》、〈狗道〉、〈紅蝗〉等作，重為中國農民、土地營建譜系，視野龐大，關懷深切。此外，莫言亦對知識份子與農民間的往還，有獨到體會。如〈白狗鞦韆架〉、〈爆炸〉等作，無疑上承魯迅等二、三〇年代作家的人道精神，而能另抒新機，點出其間的矛盾齟齬，予讀者無限低迴之餘地。（王德威 1991：141-142）

　　莫言的文學才華無可否認，惟可惜寫得太快、太多，不易達到精深的境界，像他獲得諾貝爾文學獎的主要作品《生死疲勞》，架構宏大、人物、動物的描寫均稱生動，又扣緊了政經、社會變革的幾個階段，具有歷史縱深，堪稱用心良苦。但其中語言平庸，意涵俗套；唯有生死輪迴的運用，對中國讀者雖了無

新意，對西方讀者（特別是對東方文化認識粗淺的諾獎評審委員）則可能覺得新奇。就其作品總體表現而論，虛實相間，藝出多端，多有炫人眼眸之處。其中尤以《豐乳肥臀》最爲特出，主要人物爲一瑞典牧師與高密婦女的混血兒，歷經反右鬥爭、三年飢荒、十年文革等種種苦難，恰如墮入人間地獄，飽受肉體和心靈的多重淬煉，所表現的歷史感及繁複的社會場域，無不絲絲入扣，且有史詩性的架構與豐饒的文字。有舊俄小說的深沉文思與多餘人的影子，可謂血肉充盈，體魂俱備，是現代說部中少見的圓形式的人物。但是他也常寫有出人意表的殘酷場面，例如《食草家族》中的剜眼、割喉、斷人手腳，至於槍斃、砍頭，更屢見不鮮；甚至有紅燒嬰兒的名菜上桌（《酒國》），使人不忍卒讀，余華的殘酷書寫，難以望其項背。至於他所常用的魔幻寫實及後設手法，論者指出乃受益二度西潮，「師法福克納、馬奎斯及西方後現代小說之技法處」彰彰甚明也。（溪清、呂方 1988）

張煒（1956-），原籍山東省棲霞縣，生於龍口市。1973年在葡萄園及農場勞動。1976年畢業於黃縣第七中學，回棲霞縣蠶山區務農。1978年考進煙台師範專科學校中文系，兩年後到山東省委辦公廳工作。1981年開始發表小說，獲1982及84年全國優秀短篇小說獎。1984年起在山東省文聯創作室從事專業文學創作。曾任山東省作協副主席、山東師範大學兼任教授。作品有短篇集《蘆青河告訴我》（1982濟南山東人民出版社）、中篇《秋天的思索》（1984《青年文學》第十期）、《浪漫的夜》（1985北京中國青年出版社）、《你好！本林同志》（1985《收穫》第三期）、《秋天的憤怒》（1986北京人民文學出版社）、長篇《古船》（1986《當代》第五期，1987北京人民文學出版社）、《九月寓言》（1993上海文藝出版社）、《柏慧》（1994北京十月文藝出版社）、《外省書》（2000北京作家出版社）、《醜行或浪漫》（2003昆明雲南人民出版社）及超過大河小說的大長篇《你在高原》（包括十部

張煒（1956-）

各自獨立的小說：1.家族、2.橡樹路、3.海客談瀛洲、4.鹿眼、5.憶阿雅、6.我的田園、7.人的雜誌、8.曙光與暮色、9.荒原紀事、10.無邊的遊蕩，2010北京作家出版社）等。張煒的小說融紀實與寓言於一體，他常採取民間故事的形式，寫出既有地域性又有普遍意義的作品。陳思和評論說：

> 張煒的長篇小說《九月寓言》可以說是二十世紀中國文學的殿軍之作，他所描寫的是一組發生在田野裡的故事，具有極其濃厚的民間色彩。小說寫了一個「小村」從五〇年代到七〇年代的歷史，它由三類故事所組成：一類是傳說中的小村故事，一類是民間口頭創作的故事，還有一類是現實中的小村故事。⋯⋯
>
> 小村歷史本身就是一則寓言。作家將敘述時間的起點置於十幾年後的某一天，村姑肥和丈夫重回小村遺址，面對著一片燃燒的荒草和遊蕩的鼫鼠，面對著小村遺留下的廢棄碾盤，肥成了小村故事的唯一見證人，其他一切都消失殆盡。⋯⋯作家作為一個獨立的敘事者，正式插入故事場景，由回憶帶來的真實感，逐漸為寓言的虛擬性所取代。（陳思和2001：350）

李杭育（1957-），原籍山東省乳山縣，生於浙江省杭州市。1974年在杭州初中畢業後到浙江省蕭山縣插隊落戶，兩年後到杭州屏風山療養院當工人。1978年考入杭州大學中文系，1982年畢業後到富陽縣廣播站工作。因寫作有成，於1984年起在杭州市文聯專事寫作，曾獲1983年全國優秀短篇小說獎。作有關於葛川江的系列小說，被稱作尋根派的作家。作品有中篇《白櫟樹沙沙響》（1980《鍾山》第四期）、《船長》（1984《鍾山》第四期）、《土地與神》（1984《人民文學》第四期）、《紅嘴相思鳥》（1984《文匯月刊》第十二期）、《最後一個漁佬兒》（1985北京人民文學出版社）、《老魚吹浪》（1986《花城》第二期）、長篇《沙上人》（1987《當代》第一期）。張韌對他的批評是：

李杭育的成功，原來在於他從吳越文化演變中發現了社會現實生活的時代投影，但他一方面接受了某些評論文章的影響，一方面連他本人也誤解了，只重所謂的文化意識，只強調到「非規範」的吳越的幽默中尋根，反而輕擲了現實生活土壤和時代的精神。（張韌1998：99）

　　閻連科（1958-），河南省嵩縣人。1978年入伍當兵，1981年考入河南大學政教系，畢業後又入解放軍藝術學院文學系，1991年畢業。2004年由解放軍二炮創作室調任爲北京作家協會專業作家。主要作品有長篇小說《情感獄》、《最後一個女知青》、《丁莊夢》（2006上海文藝出版社）、《受活》（2007台北麥田出版公司）、《風雅頌》（2008台北麥田出版公司）、《堅硬如水》（2009台北麥田出版公司）、《日光流年》（2010台北麥田出版公司）、《四書》（2011台北麥田出版公司）、《炸裂志》（2013台北麥田出版公司）、中篇《年日月》、《杷耬天歌》、《爲人民服務》（2005台北麥田出版公司）、《我與父輩》（2009台北印刻出版公司；2012南京江蘇人民出版社）。曾獲魯迅文學獎、老舍文學獎、第二屆鼎鈞雙年文學獎。作品運用河南方言，具有明顯的地方色彩，且有厚實的思想深度，成就可期。社會科學院前文學所所長劉再復稱閻連科的《受活》爲一部奇小說，他說：「我一路讀下來，也一路笑個沒完沒了，然而掩卷之後，卻只想落淚。……說《受活》把荒誕推向極致，便

《受活》（2007台北麥田　　閻連科（1958-）
出版公司）

是說它充滿奇詭地把席捲中國的非理性的、撕心裂肺的激情推到喜劇高峰，令人震撼。」（劉再復 2004），王德威則認為「閻連科的近作之所以可觀，還是來自他對自身所經歷的共和國歷史，提供了一個新的想像——和反省——的角度。」又說：

> 傳統革命歷史敘事打造了一群群出生入死、不食人間煙火的工農兵英雄，閻連科卻要將他們請下神壇，重新體驗人生。他筆下的農村既沒有艷陽天下的山鄉巨變，也不在金光大道上往前躍進。那是一個封閉絕望的所在，生者含怨，死者不甘。他以軍人生活為主題的「和平軍人」系列則在思考沒有戰爭的年代裡，英雄還有什麼用武之地？
>
> 閻連科不僅要讓他的農民和軍人血肉化，還更要情欲化。在後革命、後社會主義時代，他有意重返歷史現場，審視那巨大的傷痛所在——無論那傷痛的本源是時空的斷裂、肉身的苦難，還是死亡的永劫回歸。他的世界鬼影幢幢，冤氣瀰漫。不可思議的是，閻連科看出這傷痛中所潛藏的一股原欲力量。這欲望混混沌沌，兀自以信仰、以革命、以性愛、以好生惡死等形式找尋出口，卻百難排遣。死亡成為欲望終結，或失落的最後歸宿。
>
> 論者每每強調閻連科作品中強烈的土地情結和生命意識。的確，從《日光流年》以來，他渲染身體的堅韌力量，由犧牲到再生，已經有神話的意義。《堅硬如水》、《為人民服務》寫革命語言的誘惑與革命身體的狂歡，極盡露骨之能事；而《受活》則不妨是一場又一場身體變形、扭曲的嘉年華會串。就此閻連科的作品充滿激情與涕笑，堪稱有聲有色。（王德威 2006）

閻連科自稱是「現實主義的不孝之子」，在2011年的一篇文學議論〈發現小說〉（《當代作家評論》第二期）中，他提出「神實主義」以取代「現實主義」，也就是說他衷心呼應第二度西潮所帶來的「魔幻」與「荒謬」的手法，以達到穿透現實內核的目的。在同輩作家中，在這方面他是表現最精采的一員。

五、知青與先鋒小說

意識流的小說在大陸也獲得相當的發展。王蒙的《夜的眼》、《春之聲》、《海的夢》、《蝴蝶》等曾引發了廣泛的討論（韋實 1988：238）。發達在中南美洲的魔幻寫實小說，在大陸正像在台灣一樣也獲得了熱烈的呼應，具有下放知青經驗的韓少功、莫言、馬原、葉兆言以及陳忠實等都是個中高手。史鐵生的新敘事結構、王小波的粗口與特殊的敘事技巧、馬原的後設小說、馬建的後現代拼貼、殘雪的超現實風格、余華的荒誕與冷靜殘酷、格非的玄奧，薛憶溈的非敘述的內心表述，再加上故意去除主題和情節而以場景取勝的篇章，例如高行健的一些作品，形成了當時的先鋒小說群。

史鐵生（1951-2010），原籍河北省琢縣，生於北京。1967年畢業於清華大學附中，1969年下放陝西省延川縣插隊落戶。因意外雙腿癱瘓，1972年返回北京，1974-81年在北新橋街道工廠做工，又因病離職。1979年開始發表小說作品，風格清新，富有哲理與幽默感，且吸收了現代主義的敘事技法，曾獲1983、1984全國優秀短篇小說獎。2002年獲華語文學傳媒大獎。曾任北京作家協會副主席。作品有中短篇小說《山頂上的傳說》（1984《十月》第四期）、《關於詹牧師的報告文學》（1984《文學家》第三期）、《我遙遠的清平灣》（1985北京十月文藝出版社）、《插隊的故事》（1986《鍾山》第一期）、長篇《務虛筆記》（1997）、《老屋小記》（1998）、《我的丁一之旅》（2006海南出版社）及散文集《我與地壇》（1991南京江蘇文藝出版社）等。王德威對史鐵生的作品相當推崇，他認為：

> 十餘年來他蝸居陋巷，勉力筆耕，時有佳作問世，題材風貌亦絕不囿於一端。像早期的〈我遙遠的清平灣〉及〈插隊的故事〉，追記文革知青遭遇，筆鋒流轉處，盡見真情。又像稍後的〈關於詹牧師的報告文學〉、〈午餐半小時〉，調理黑色幽默，笑中有怨有淚，為難得的諷世作品。86年的〈命若琴弦〉，以老少走唱瞎子的辛酸為經，一則代代相傳的治盲偏方為緯，鋪陳一撼

人心弦的故事。史以琴弦的鬆緊張弛，喻生命過程的絕
續起落，全作傳奇中見哲理，感傷中有激情，最是可
觀。（王德威 1991：146）

王小波的後現代小說《黃金
時代》（1999廣州花城出版
公司）

　　王小波（1952-97），北京人。文革時到雲南農場插隊
落戶，後來做過工人、教師。1978至82年間在中國人民大
學就讀。1984年留學美國，1988年獲匹茲堡大學碩士學
位。返國後任教於北京大學和人民大學。1992年後專業寫
作。1997年以四十五歲的壯年突然心臟病驟發逝世。王小
波的文字戲謔、敘事荒誕，但想像力豐富，自成獨特的風
格。筆者認為：

　　與其他作家不同的是他的口吻非常流氣，卻又時時透露著他的真誠，態度頗
為玩世不恭，卻也不乏智慧的言語。這種兩極化的特質，似乎正是高壓政治的
後遺症，比其他作家更能代表大陸上晚近時期的時代氣氛。（馬森1999）

　　他的小說作品有《唐人祕傳故事》（1990濟南山東文藝出版社）、《王二
風流史》（1992香港繁榮出版社）、《黃金時代》（1992台灣聯經出版公
司）、《白銀時代》（1997廣州花城出版社）、《青銅時代》（1997廣州花城
出版社）、《黑鐵時代》（1998）、《未來世界》（1995）、《地久天長》
（1998）、《紅拂夜奔》、《萬壽寺》（2006哈爾濱北方文藝出版社）及雜文
集《思維的樂趣》（1996）、《我的精神家園》（1997）、《沉默的大多數》
（1997）、《理想國與哲人王》（1997）。
　　馬原（1953-），遼寧省錦州市人。1970年中學畢業後到遼寧省錦縣農村插
隊落戶。1974年入瀋陽鐵路運輸機械學校，1976年畢業到阜新機務段當鉗工。
1978年考取遼寧大學中文系，1982年畢業後赴西藏任電台記者、群眾藝術館
編輯，開始發表作品。1989年回瀋陽，到瀋陽市文學院從事專業創作。是採

用後設敘述技法的嘗試者，爲後文革先鋒派小說家的先驅。他提出的「敘述圈套」，曾引起討論，他也是倡言「小說已死」的人。作品有《岡底斯的誘惑》（1992北京作家出版社）、《上下都很平坦》、《西海無帆船》、《虛構》等。作爲先鋒派，馬原其實借助於後設小說的技巧，其作品特點如下：

> 馬原先鋒小說的重要特點，首先在於他在小說中頻頻出現「馬原」的形象並以此來拆除真實與虛構間的界線，使得小說呈現出既非虛構亦非寫實的狀態。……其次，馬原所敘述的故事往往是缺乏邏輯聯繫的互不相關的片段，這些片段只是靠了馬原的敘述「強制性」地拼合在一篇小說之中。……再次，由於馬原將小說的敘述過程與敘述方法視爲其創造的最高目的，他的故事因此也喪失了傳統小說故事所具備的意義，他更關心他的故事形式，更關心如何處理這個故事，而不是想通過這個故事讓人們得到故事以外的某種抽象觀念。（朱棟霖等 1999：134-135）

馬建（1953-），山東省青島市人。1976年遷居北京，從事攝影和美術工作，曾任職中華全國總工會宣傳部及記者。1984年辭去記者職務，化緣流浪走遍中國。1986年移居香港，曾主辦政治文藝月刊《大趨勢》，參與創辦新世紀出版社和《文藝報》月刊，創作長篇《拉麵者》、《思惑》、《紅塵》及散文與評論。1987年《人民文學》刊出其描寫西藏風俗的後現代小說〈亮出你的舌苔或空空蕩蕩〉而聞名。1997年任職德國魯爾大學中文系，1999年移居英國。最新出版的長篇小說《肉之土》英文版 *Beijing Coma*，又名《北京植物人》，是一部講述「六四」事件的小說，將於「六四」二十週年前出版。著有長篇小說《思惑》、《拉麵者》、《九條叉路》、《紅塵》，中短篇小說集《你拉狗屎》、《怨碑》。多年前，筆者對《九條叉路》的評論如下：

馬建的後現代小說《九條叉路》

馬建最新出版的《九條叉路》，書後附了一篇〈「後現代」精神之淫〉的代跋，說明了這是一本後現代的小說，認為馬建這部作品「在當代漢語文學史上是一次光輝肇事，它意味著這位銳進的邊緣作家突破了現代主義扦格。現代主義神祇們居用的神殿和由此派生的法器、咒語、儀式、規誡等逐一被拒斥、拆除，而啟用了『後現代』，或者說剖屍取魂般地將『後現代』精神透射到一種稗史式寫作宿命中。」

　　明白一點說，馬建在這本小說中採取了「拼貼」的策略，把有關雲南省西雙版納基諾人腰子的故事與文化大革命下放到這個地區的知青的敘事交互拼貼，其間再加以昆德拉式的議論，寫成了這本夾敘夾議的《九條叉路》。……

　　當然，作者有權利創新。保守的讀者趕不上創新的作者，在過去也不乏先例。但是並不是所有與傳統的斷裂都可視之為有意義的創新，也是不言自明的道理。解構主義後所標舉的「敞放」與「多元」，並非就意指著「斷裂」與「無序」。書後〈代跋〉中同列為後現代作家的莫言與蘇童的作品，似乎並沒有片段或零碎的問題，也沒有用拼貼的手段，不知為什麼他們的作品也可被稱為「後現代」？

　　如果說拼貼用於繪畫並無礙於觀賞，那是因為視覺不受時間的限制。對受時間所限的聽覺或閱讀，拼貼一定會造成阻撓，閱讀又不同於聽覺藝術的音樂，交響樂的眾聲可以同時入耳，讀者的一雙眼睛卻無法一目十行，甚至雙行。……「片段」、「零碎」、「拼貼」都不適宜敘述體；否則跟無意中「打散了鉛字盤」又有什麼不同呢？（馬森 1997：218-219）

　　殘雪（1953-），原名鄧小華，湖南省耒陽縣人。1957年父母被劃為右派下放勞動，殘雪交由外祖母扶養，對殘雪的性格形成很有影響。1985年她發表了第一篇小說〈黃泥街〉，其獨特的表現方式展示出一個變異的夢魘世界，令人感到是一種更貼合的呈現文革時代之荒謬、醜陋與悲慘的筆法，難怪其被目為先鋒派的代表作家。作品有中短篇小說集《黃泥街》（1987台北圓神出版社）、《天堂里的對話》（1988北京作家出版社）、《蒼老的浮雲》（1989日本河出

書房新社）、《突圍表演》（1990香港青文書屋）、《種在走廊上的蘋果樹》（1990台北遠景出版社）、《布穀鳥叫的那一瞬間》（1990日本河出書房新社）、《思想彙報》（1994長沙湖南文藝出版社）、《輝煌的日子》（1995河北教育出版社）、《繡花鞋》（1997美國霍特出版社）、《殘雪文集》（四卷，1998長沙湖南文藝出版社）、《奇異的木板房》（2000昆明雲南人民出版社）、《美麗南方之夏日》（2000昆明雲南人民出版社）、《蚊子與山歌》（2001北京中國文聯出版公司）、《長發的遭遇》（2001北京華文出版社）、《五香街》（2002福州海峽文藝出版社）、《松明老師》（2002福州海峽文藝出版社）、《單身女人瑣事記實》（2004北京十月文藝出版社）、《殘雪自選集》（2004海南出版社）、《雙重的生活》（2005台北木馬文化出版社）、《天空裡的藍光》（2006美國新方向出版社）、《傳說中的寶藏》（2006瀋陽春風文藝出版社）、《暗夜》（2006北京華文出版社）、《末世愛情》（2006上海文藝出版社）、長篇《最後的情人》（2005廣州花城出版社）。《中國現代漢語文學史》對殘雪作品現代性的解釋是：

> 殘雪的小說中具有強烈的互文性，其意象系列充滿了老鼠、毒蛇、蝙蝠、蜘蛛、蜈蚣、病毒、死亡、陰謀、謀殺等，人物間的關係充滿了窺視、告密、隔閡、冷漠，人物心理充滿孤獨、陰暗、變態，所構成的整個外部世界與內部世界都是強烈的反邏輯、非理性、不可理解，充滿荒誕、變形、異化。敘述方式也如同夢囈般，經常出現「XX變成了老鼠」等類語式，具有典型的現代派小說「向內轉」、「三無」（無主題、無情節、無人物）的特徵。（曹萬生2010：553）

劉索拉（1955-），北京市人，中央音樂學院作曲系畢業。在音樂學院三年級的時候開始寫作，作品不多，只有〈藍天綠海〉、〈尋找歌王〉、〈你別無選擇〉等寥寥數篇。在〈別無選擇〉中，作者描寫了音樂學院學生的日常生活，雖然他們是具有青春活力的年紀，但生活空虛、迷惘、厭倦，看不到人生的目

標，充滿了失望的情緒。在共產制度下，寫出這樣叛逆與失落的青年形象，是很不尋常的事，立刻引起注意與回響，被稱作現代派的小說。

葉兆言（1957-），南京市人。1982年南京大學中文系畢業，1986年同校中文碩士。1980年開始發表作品，自1988年發表《棗樹的故事》後受到注意，以後曾獲1987-88年度全國優秀中篇小說獎。及首屆江蘇文學藝術獎。後為江蘇省作協專業作家。作品有長篇小說《死水》（1986南京江蘇文藝出版社）、《走進夜晚》（1994瀋陽春風文藝出版社）、《花影》（1994南京出版社）、《花煞》（1994今日中國出版社）、《一九三七年的愛情》（1996南京江蘇文藝出版社）、《別人愛情》（2001北京華藝出版社）、《沒有玻璃的花房》（2003北京作家出版社）、《我們的心多麼頑固》（2003瀋陽春風文藝出版社）、中短篇小說集《夜泊秦淮》（1991杭州浙江文藝出版社）、《艷歌》（1991台北遠流出版公司）、《棗樹的故事》（1992台北遠流出版公司）、《去影》（1992武漢長江文藝出版社）、《路邊的月亮》（1992南京江蘇文藝出版社）、《綠色陷阱》（1992台北麥田出版公司）、《五異人傳》（1993北京中國社會科學出版社）、《採紅菱》（1993北京華藝出版社）、《懸掛的綠蘋果》（1993台北遠流出版公司）、《最後一班難民車》（1993台北遠流出版公司）、《殤逝的英雄》（1993台北麥田出版公司）、《紅房子酒店》（1994台北麥田出版公司）、《愛情規則》（1995台北遠流出版公司）、《今夜星光燦爛》（1995台北麥田出版公司）、《魔方》（1998濟南山東文藝出版社）、《燭光舞會》（1998濟南泰山出版社）、《走進賽珍珠》（1999昆明雲南人民出版社）、《紀念少女樓蘭》（2000北京解放軍文藝出版社）、《五月的黃昏》（2001吉林時代文藝出版社）、《夜來香》（2003南京江蘇文藝出版社）。

孫甘露（1959-），原籍山東省榮城縣，生於上海市。1977年入郵局工作，1983年開始發表作品。1986年寫出短篇小說〈訪問夢境〉受到注目，隨後發表〈我是少年酒罈子〉及〈信使之函〉，被歸類為先鋒派作家。1989年成為上海作協的專業作家。他試圖顛覆傳統小說結構、章法，他的故事沒頭、沒尾、沒發展，夢囈般的語言隨想像書寫，企圖表現永恆的時間與瞬間的存在的哲學思

考。1988年完成的中篇小說〈請女人猜謎〉，被視爲先鋒小說的代表作。出版有長篇小說《呼吸》（1997廣州花城出版社）、《憶秦娥》（2003北京中國文聯出版公司），中篇小說集《訪問夢境》（1993武漢長江文藝出版社）及隨筆集《在天花板上跳舞》。吳亮對他評論說：

> 孫甘露很像一個語言的煉金術士，他寫的作品很難說是小說。他的文字是拼貼的、自我衍生的、反敘事的。孫甘露用他的想像作爲一扇門，對日常現實進行了退出。「進入文字」，是孫甘露寫作時的重要快樂之源，幾乎是一個誘惑性的動力之源。（吳亮 1995：354）

余華（1960-），祖籍山東省高唐縣，生於浙江省杭州市，幼年隨父母遷往海鹽縣。生在文革時期，小學和中學讀書只能讀到《毛澤東選集》和《魯迅文集》。中學畢業後，習牙醫五年，然後棄醫從文。1983年開始寫作，1987年發表《十八歲出門遠行》（《北京文學》第一期），一舉成名。作品在表達上有所突破，帶有實驗性質，爲當日先鋒派的代表作家。現定居北京從事寫作。1998年獲義大利格林札納－卡佛文學獎，2004年獲法國圖書沙龍法蘭西藝術與文學騎士勳章，2011年應聘爲杭州市文聯名譽主席。作品有長篇小說：《活著》（1993武漢長江文藝出版社，曾被張藝謀搬上銀幕）、《許三觀賣血記》、《在細雨中呼喊》、《兄弟》、《第七天》、中篇小說集：《鮮血梅花》、《現實一種》、《我膽小如鼠》、《戰慄》、《世事如煙》、《黃昏裡的男孩》，另有隨筆集及散文集。論者認爲；

先鋒小說家余華（1960-）

《許三觀賣血記》

他的作品風格多變，題材常新，而主要特色有二：一、他對歷來以寫實是尚

的中國文學，有深刻批判，並進而實驗不同的文字與敘述可能；二、他對時間及歷史運作的變換與欺惘，見解獨特，並據此發展一對話意味強烈的人生視境。此二特點，可以見諸余華對古典話本的嘲仿（〈古典愛情〉），對武俠小說的新詮（〈鮮血梅花〉），對生命暴虐面的儀式化處理（〈河邊的錯誤〉），對回憶、幻想、時間錯綜關係的敷衍（〈世事如煙〉）。綿互其下的，則是他對「敘述的欲望」，與「欲望的敘述」二者絕續分合的無限演繹。（王德威 1991：154-155）

格非（1964-），原名劉勇，江蘇省丹徒縣人。1985年華東師範大學中文系畢業後留校任教，2000年獲博士學位，現任清華大學教授。1986年開始發表作品，1987年因發表中篇小說《迷舟》成名， 1988年發表的中篇小說《褐色鳥群》更被視爲當代中國最玄祕的一篇小說，顯然受到南美作家波赫士的影響，與余華、蘇童等並列爲八○年代末九○年代初的中國先鋒派作家。其所寫歷史故事〈推背圖〉等，又爲人視作新歷史小說。2005年憑作品《人面桃花》獲第四屆華語文學傳媒大獎及第二屆鼎鈞雙年文學獎。主要作品有《格非文集》、《塞壬的歌聲》、《人面桃花》、《迷舟》（2002台北小知堂文化公司）、長篇《敵人》、《邊緣》、《欲望的旗幟》等。

薛憶溈（1964-），湖南省郴州人。1985年北京航空航太大學電腦系畢業，任職於湖南電子研究所、南方動力機械廠，後赴加拿大，獲蒙特利爾大學英語系碩士，返國後於1996年再獲廣州外語外貿大學語言學博士，曾任教於深圳大學文學院及任香港城市大學中文、翻譯和語言學系訪問學者。2002年後遷居加拿大。著有短篇小說集《流動的房間》（2006）、《通往天堂的最後那一段路程》（2006廣州花城出版社）及長篇小說《遺棄》（1989）、《白求恩的孩子們》（2012台北新地出版社）。曾獲1991年第十三屆聯合報文學獎。劉再復曾因閱讀薛憶溈的小說而狂喜，他說：

薛憶溈的傑作《白求恩的孩子們》（2012台北新地出版社）

他的基調不是講故事，也不是塑造人物性格，通篇只見濃郁之情所表述豐富的內心，表述時又是那樣充滿哲學。我閱讀中的「狂喜」，正是來自這些既有形而上意味又有數學般準確的詩化語言，不管讀哪一篇，我都感到薛憶溈小說超俗語言的魅力。（劉再復2012a）

又針對新版的長篇小說《遺棄》（2012）說：

有學者將《遺棄》與存在主義名著《惡心》和《局外人》相媲美，也有學者將《遺棄》與佩索阿的作品做比較，還有西方學者將《遺棄》與《狂人日記》建立了聯繫。這些學術研究當然肯定了《遺棄》的文學價值和普世價值。但是，我更同意何懷宏教授在序言中表達的看法：《遺棄》是一部關於當代中國的作品，它呈現的是在暴風驟雨之前的中國出現的特殊的「個人狀況」。正是因為它的這種特殊的「個性」，《遺棄》注定不會被「遺棄」。也正是因為這種特殊的「個性」，我相信，《遺棄》注定還會要走向更遠的世界。（劉再復2012b）

六、女性與女性主義小說

跟隨現代與後現代主義，女性主義也進入中國，開始並不以女性主義做標榜，像張抗抗、張辛欣的作品，只可說凸顯出女性的觀點而已。到了後來的林白、陳染等則有意把女性主義提高為作品的主題了。其中最引人注意的是王安憶的作品，不但面向眾多，不易歸類，而且敘事的技法高超，引人入勝，被視為海派作家張愛玲的傳人。

張抗抗（1950-），原籍廣東省新會縣，生於浙江省杭州市。1969年中學畢業後下放黑龍江北大荒國營農場勞動，當過農工、磚廠工人、通訊員、報導

員、創作員等。1972年開始發表作品。1977年入黑龍江藝術學校編劇班，1979年到作協黑龍江分會從事專業創作。曾獲1979-80全國優秀中篇小說獎、1981全國優秀短篇小說獎、第二屆魯迅文學獎等，所寫也多是所謂的知青小說。曾任黑龍江作家協會副主席、第十屆政協委員。作品有長篇《分界線》（1975上海人民出版社）、《隱形伴侶》（1986北京作家出版社）、《作女》（2003台北九歌出版社）、中篇《淡淡的晨霧》（1980《收穫》第三期）、《張抗抗中篇小說集》（1982北京中國青年出版社）、《北極光》（1982天津百花文藝出版社）、《塔》（1984成都四川文藝出版社）、《潮鋒出現之前》（1984上海文藝出版社）、短篇集《夏》（1981哈爾濱黑龍江人民出版社）、《紅罌粟》（1986哈爾濱北方文藝出版社）等。

張辛欣（1953-），北京人。1969年下放黑龍江生產建設兵團當農工，1971年參加人民解放軍，1973年被調往北京醫學院附屬醫院擔任護理，1978年再調到北京醫學院團委會。翌年入中央戲劇學院導演系學習，故於1985年得以任北京人民藝術劇院導演，同時進行文學創作。與桑曄合作的《北京人》（1986上海文藝出版社）是首先出現的口述紀實文學作品。其他作品尚有中篇小說《在同一地平線上》（1981《收穫》第五期）、《我們這個年紀的夢》（1982《中篇小說》第四期）、《張辛欣小說集》（19856哈爾濱北方文藝出版社）、長篇小說《封・片・連》（1986北京作家出版社）、《在路上》（1986香港三聯書店）。

王安憶（1954-），原籍福建省同安縣，生於南京，小說家茹志娟之女，1955年隨父母遷居上海。1970年初中畢業後赴安徽五河農村插隊落戶，1972年加入江蘇徐州地區文工團任大提琴手，開始寫作。1978年轉任上海《兒童時代》雜誌編輯。所作兒童故事及小說曾獲全國第二次兒童文學創作二等獎、1981年全國優秀短篇小說獎、1981-82全國優秀中篇小說獎，以《長恨歌》獲2001年第一屆星洲日報花蹤世界華文文學獎、

張愛玲後以寫上海聞名的女作家
王安憶（1954-）

2002年第五屆茅盾文學獎，以《天香》獲2012年第四屆紅樓夢獎首獎。作品有女性的細膩，也有張愛玲海派的風格。曾任上海市作協主席，也被視為知青文學、尋根文學的代表作家。作品有中短篇集《雨，沙沙沙》（1981天津百花文藝出版社）、《王安憶中短篇小說集》（1983北京中國青年出版社）、《尾聲》（1983成都四川人民出版社）、《流逝》（1983成都四川人民出版社）、《小鮑莊》（1985《中國作家》第二期）、《大劉莊》（1985《小說界》第一期）、《歷險黃龍洞》（1985《十月》第三期）、《好姆媽、謝伯伯、小妹阿姨和妮妮》（1986《收穫》第一期）、《蜀道難》（1986《小說》第四期）、《荒山之戀》（1986《十月》第四期）、《小城之戀》（1986《上海文學》第八期）、《錦繡谷之戀》（1987《鍾山》第一期）、《海上繁華夢》（1987廣州花城出版社）、長篇《69屆初中生》（1986北京中國青年出版社）、《黃河故道人》（1986成都四川文藝出版社）、《流水十三章》（1987上海文藝出版社）、《米尼》（1990南京江蘇文藝出版社）、《紀實與虛構》、《長恨歌》、《富萍》、《上種紅菱下種藕》、《遍地梟雄》、《啓蒙時代》、《天香》等。

因為王安憶在《荒山之戀》等作品中寫到「性愛」，曾引生正反方面的批評，後來論者認為「對王安憶《小城之戀》等三篇作品的討論，無疑為我們打開了探視『性愛』及『性文學』的窗口。『性』及『性文學』這個即使是在世界文學史上都令人諱莫如深的字眼，在我們這個曾遭受極左思想禁錮的國度裡，更難以啓齒。但作家王安憶及其眾多評論者的勇氣和實踐，終於消除了沉默。」（於可訓等 1989：354）王德威則認為王安憶是繼張愛玲後又一海派文學傳人，他說：

王安憶這一海派的市民的寄託，可以附會到她的修辭風格上。大抵而言，王安憶並不是出色的文體家。她的句法冗長雜沓，不夠精謹；她的意象視野流於浮露平板；她的人物造型也太易顯出傷感的傾向。這些問題，在中短篇小說裡，尤易顯現。但越看王安憶近期的作品，越令人想到她的「風格」，也許正

是她被所居住的城市所賦予的風格：誇張枝蔓、躁動不安，卻也充滿了固執的生命力。王安憶的敘事方式綿密飽滿，兼容並蓄，其極致處，可以形成重重疊疊的文字障——但也可以形成不可錯過文字的奇觀。長篇小說以其龐大的空間架構及歷史流程，豐富的人物活動訴求，真是最適合王安憶的口味。張愛玲也擅寫庸俗的、市民的上海，但她其實是抱著反諷的心情來精雕細琢。王安憶失去了張那種有貴族氣息的反諷筆鋒，卻（有意無意的）藉小說實踐了一種更實在的海派生活「形式」。……這是海派的真傳了：王安憶是屬於上海的作家。
（王德威 1998：388-389）

　　方方（1955-），原名汪芳，書香世家，祖籍江西省彭澤縣，生於南京市，成長於湖北省武漢市。1974年高中畢業後當過裝卸工人。1978年考入武漢大學中文系，畢業後到湖北電視台工作，也做過編輯和專業作家。現任湖北省作家協會主席。1987年發表以武漢市貧民區為背景的中篇小說〈風景〉，被視為新寫實派的代表作品。曾獲中國女性文學獎、湖北屈原文學獎、百花優秀中篇小說獎。著有長篇小說《落日》、《烏泥湖年譜》、《水在時間之下》、《武昌城》（2011北京人民文學出版社）、中篇小說《風景》（1989《當代作家》第三期）、《桃花燦爛》、《奔跑的火光》、《出門尋死》、《萬箭穿心》、《十八歲進行曲》、《人民的1911》（2011《上海文學》7月號）等。

　　鐵凝（1957-），原籍河北省趙縣，生於北京。1975年畢業於保定市第十一中學後去河北省博野縣插隊落戶，開始寫作，並發表短篇小說。1979年在保定地區文化局創作組從事創作，翌年轉入保定地區文聯。1984年調河北省文聯創作室，1985年後當選作協理事，河北文聯副主席、河北作協主席，2006年當選為中國作家協會主席。所作小說分別獲1982、84年全國優秀短篇小說獎、1983-84年度全國優秀中篇小說獎。作品主要寫年輕人的遭遇、生活及嚮往，有短篇小說集《夜路》（1980天津百花文藝出版社）、《四季歌》（1986天津百花文藝出版社）、中篇小說《沒有鈕釦的紅襯衫》（1984北京中國青年出版社）、《紅屋頂》（1984銀川寧夏人民出版社）、《遠城不陌生》（1984《小說家》

第一期）、《村路帶我回家》（1984《長城》第三期）、《不動聲色》（1984
《小說界》第五期）、《鐵凝小說集》（1985河北花山文藝出版社）、《麥稭
垛》（1986《收穫清明》第五期）、《閏七月》（1987《新苑》第一期）、
《木樨地》（1987《長城》第一期）及長篇小說《玫瑰門》、《無雨之城》、
《大浴女》、《笨花》等。

　　池莉（1957-），湖北省仙桃縣人。1974年高中畢業，成爲下放的知青。1976
年入冶金醫學院（現武漢科技大學醫學院）就讀，1979年畢業後在武鋼職業衛
生防預站擔任流行病醫生，開始發表作品。1983年入武漢大學中文系成人班漢
語語言文學專業，1990年調入文學院任專業作家。1995年出任武漢大學文學
院院長，2000年任武漢市文聯主席。作品多以武漢爲背景，細寫人物及生活細
節，常改編爲電影及電視劇，被稱爲新寫實小說的代表作家。曾獲全國優秀中
篇小說獎、第一屆魯迅文學獎、湖北屈原文學獎等。作品有中短篇小說集《煩
惱人生》、《不談愛情》、《水與火的纏綿》、《有了快感你就喊》、《看麥
娘》、《寫到飛的境界》、《她的城》、長篇小說《來來往往》、《小姐，你
早》及《池莉文集》七卷。張韌評論說：

> 　　寫生存狀態的小說是不勝枚舉的，池莉的《煩惱人生》可以說是這方面的代
> 表作。……如將《煩惱人生》與《人到中年》做一比較，我們不只窺見二者迥
> 異的藝術色彩，而且從中可以發現文學意識的嬗變，由展示「理想主義的精
> 神」為人生，轉向了寫「被『現世』所拖累」的煩煩惱惱的人之生存狀態。
> 《煩惱人生》還僅僅是開端，到了九〇年代，為人生被寫生存的聲浪幾乎淹沒
> 了。（張韌1998：183）

　　林白（1958-），原名林白薇，祖籍廣西省博白縣，生於廣西省北流縣。主要
作品有長篇小說《一個人的戰爭》、《青苔》、《守望空心歲月》、《說吧，
房間》、中短篇小說集《玫瑰過道》、《子彈穿過蘋果》、《同心愛者不能分
手》、《致命的飛翔》、散文集《絲綢與歲月》等。她的小說《一個人的戰

爭》具有強烈的女性主義，引起議論，被稱作女性主義文學的代表作家。

陳染（1962-），北京市人。本習音樂，十八歲轉向文學，1986年北京師範大學分校中文系畢業，做過中文教師，1991年任作家出版社編輯。曾赴澳洲及英國學習。現居北京。八〇年代初開始發表作品，以小說《世紀病》脫穎而出，作品中具有強烈的女性意識，被視爲先鋒小說作家。曾獲首屆中國當代女性文學創作獎。作品有短篇小說《紙片兒》、《嘴唇裡的陽光》、《無處告別》、《與往事乾杯》、《獨語人》、《在禁中守望》、《潛性逸事》、《站在無人的風口》、長篇小說《私人生活》、散文集《斷片殘簡》及《陳染文集》一、二、三、四卷（1996南京江蘇文藝出版社）。

遲子建（1964-），黑龍江省漠河縣人。1984年畢業於大興安嶺師範學校，繼續進西北大學中文系作家班。1987年參加北京師範大學與魯迅學院合辦之研究生院學習，於1990年畢業，到黑龍江省作家協會工作，現任該協會副主席。1983年在大興安嶺師範學校學習時開始寫作，至今已發表作品五百餘萬字，出版著作四十餘部，擅寫東北下層社會的人物風情，曾獲三屆魯迅文學獎、一屆茅盾文學獎，第三屆冰心散文獎，以及澳洲懸念句子文學獎、莊重文學獎等。主要作品有長篇小說《茫茫前程》（1991上海文藝出版社）、《晨鐘響徹黃昏》（1997南京江蘇文藝出版社）、《熱鳥》（1998濟南明天出版社）、《僞滿洲國》（2000北京作家出版社）、《樹下》（2001山西北嶽文藝出版社）、《越過雲層的晴朗》（2003上海文藝出版社）、《額爾古納河右岸》，短篇小說集《北極村童話》、《白雪的墓園》、《向著白夜旅行》以及《遲子建文集》四卷（1997南京江蘇文藝出版社）等。

七、新寫實與通俗小說

所謂新寫實，即融會了現代主義一些技法的寫實主義，其章法、結構及對人物的描寫大體上仍繼承過去的寫實主義，像李銳、孔捷生、劉恆、蘇童的作品。其實以上的作家除少數像王小波、馬原、殘雪、格非者外，其他作家不管

具有尋根的特質，還是女性主義的特質，也都同時具有新寫實的風格。

梁曉聲（1949-），山東省榮城縣人。1968年中學畢業後下放北大荒，在黑龍江生產建設兵團做農工、小學教員、指導員等職務。1974年入復旦大學中文系創作專業，畢業後在北京電影製片廠任電影文學編輯。文革後自1979年起發表數十篇中短篇小說，曾獲1982及84年全國優秀短篇小說獎、1983-84年度全國優秀中篇小說獎。作品集中描寫文革中知青上山下鄉的艱苦歷程，形象清晰，格調悲壯。作品有短篇小說集《天若有情》（1984北京出版社）、《這是一片神奇的土地》（1984天津百花文藝出版社）、《白樺樹皮燈罩》（1986哈爾濱黑龍江人民出版社）、《從復旦到北影》（1986《小說界》第三期）、《京華聞見錄》（1986《中國作家》第二期）、中篇《人間煙火》（1985貴陽貴州人民出版社）、長篇《雪城》（1986《十月》第二、三、四期）。

孔捷生（1952-），廣東省南海縣人。1968年中學畢業後到廣東高要縣插隊落戶，1970年再到海南島瓊中縣參加生產建設兵團。1974年回廣州，當鎖廠工人，開始寫作。所作小說具有朝氣與活力，曾獲1978、1979全國優秀短篇小說獎、1981-82年度全國優秀中篇小說獎。作品有中短篇小說集《追求》（1980廣州廣東人民出版社）、《南方的岸》（1982《十月》第二期）、《普通女工》（1984上海文藝出版社）、《大林莽》（1985廣州花城出版社）、《升官圖》（1986《人民文學》第十二期）等。

劉恆（1954-），原名劉冠軍，北京市人。幼年就讀於北京外語學院附屬小學及中學，1969年入伍在海軍服役。1975年退伍，進北京汽車製造廠當裝配鉗工。1977年開始發表作品，1979年調《北京文學》任小說編輯。因為寫作有成，任北京作家協會駐會作家，並兼任中國作協副主席、北京作協主席、《北京文學》主編。他是老舍以後的另一位京味兒作家，主要以北京話寫北京的人與事。「從小時候說的就是北京的方言，對北京話的

繼老舍以後的京味小說家劉恆（1954-）

掌握，自然是得心應手。寫起小說來，他只要我手寫我口，寫出來的就是京味兒小說了。」（馬森 1991b）不過，北京既然經過了天翻地覆的變化，環境、氣氛已與老舍的時代大爲不同了。他的作品寫實中有現代技法，而且特重人物心理呈現，爲八〇年代新寫實的代表作家，曾獲1985、86年全國優秀短篇小說獎。作品有的搬上銀幕，故也撰寫電影劇本，並曾獲編劇獎。有長篇小說《黑的雪》、《逍遙頌》、《蒼河白日夢》、中篇小說《白渦》、《伏羲伏羲》（改編爲張藝謀導演的電影《菊豆》）、《虛症》、《天知地知》、短篇小說集《狗日的糧食》、《小石磨》、《教育詩》、《拳聖》等。

楊志軍（1955-），祖籍河南省孟津縣，生於青海省西寧市。1981年畢業於青海師範大學中文系，曾任駐青藏高原記者。在學時開始寫作，所作長篇小說《海昨天退去》曾獲中國全國文學新人獎，《環湖崩潰》獲《當代》文學獎，紀實文學《喜瑪拉雅之謎》獲人民文學獎。2005年出版的長篇小說《藏獒》成爲暢銷書，並在2006年獲第一屆紅樓夢獎推薦獎。同年出版第一本散文集《遠去的藏獒》。

劉震雲（1958-），河南省延津縣人。十五歲參軍五年，1978年退伍，考入北京大學中文系，畢業後曾入報社工作，後又在北京師範大學取得碩士學位。小說作品以北方口語寫小市民、小單位公務員的生活瑣事，人物逼近眞實的猥瑣、奸巧、機詐、無聊，符合反崇高的潮流，繼承了魯迅對國民性的揭露及柏楊「醜陋的中國人」的視角，其中有批判與諷刺，更多的是對人生的無奈，故被歸入新寫實一類。作品有中篇集《一地雞毛》（內收〈一地雞毛〉、〈新兵連〉、〈單位〉、〈新聞〉，1996南京江蘇文藝出版社）、《劉震雲精選集》（內收〈塔鋪〉、〈口信〉、〈頭人〉等，2006北京燕山出版社）、長篇《故鄉麵和花朵》（1998北京華藝出版社）、《一腔廢話》（2009北京人民文學出版社）等。

蘇童（1963-），原名童忠貴，祖籍江蘇省揚中縣，生於蘇州市。1980年考入北京師範大學中文系，畢業後到南京工作，一度擔任《鍾山》雜誌編輯，以後成爲作協江蘇分會駐會專業作家。1983年開始發表小說。蘇童的成名作爲

1987年發表的《一九三四年的逃亡》，被批評界看成「先鋒派」（或「後新潮」）的主將。其實他是講故事的能手，文字沉著冷靜，也可歸入新寫實一派。2009年以《河岸》贏得曼氏亞洲文學獎（Man Asian Literary Prize），並獲2010年第五屆魯迅文學獎及2011年華語文學傳媒大獎。主要作品有長篇《米》（1991南京江蘇文藝出版社）、《我的帝王生涯》（1992廣州花城出版社）、《武則天》（1993南京江蘇文藝出版社）、《城北地帶》（1995北京作家出版社）、《碎瓦》（1998南京江蘇文藝出

新寫實小說家蘇童（1963- ）

版社）、《蛇為什麼會飛》（2002昆明雲南人民出版社）、《河岸》（2007北京人民文學出版社）、中篇《一九三四年的逃亡》（1988上海社會科學出版社）、《妻妾成群》（為電影導演張藝謀改編成電影《大紅燈籠高高掛》，1990台北遠流出版社）、《祭奠紅馬》（1990南京江蘇文藝出版社）、《婦女樂園》（1991杭州浙江文藝出版社）、《紅粉》（1991台北遠流出版公司）、《傷心的舞蹈》（1991台北遠流出版公司）、《南方的墮落》（1992台北遠流出版公司）、《一個朋友在路上》（1993台北麥田出版公司）、《刺青時代》（1993武漢長江文藝出版社）、《離婚指南》（1993北京華藝出版社）、《十一擊》（1994台北麥田出版公司）、《櫻桃》（1995香港天地圖書公司）、《把你的腳捆起來》（1996台北麥田出版公司）、《橋邊茶館》（1996香港天地圖書公司）、《天使的糧食》（1997台北麥田出版公司）、《楓楊樹山歌》（2001北京中國社會科學出版社）、《你丈夫是幹什麼的》（2001南寧廣西師大出版社）、《像天使一樣美麗》（2001南寧廣西師大出版社）、《一個禮拜天的早晨》（2001南寧廣西師大出版社）等。王德威拿蘇童與台灣的作家朱天文相比說：

朱天文擅寫現在，看現在如何凋零成過去；蘇童則擅寫過去，看過去如何蠢

斷、延宕現在的到來。兩人的作品實為世紀末時間觀一體之兩面。在風格上兩人都是寫實主義的信徒，對世路人情有無限好奇。但歷史的危機意識「逼」得他們加速認識表象世界的虛浮，從而撼搖了他們仍留戀不已的現實基礎。在這樣的時間與敘事、認知模式的夾縫裡，他們退縮到自我構築的小世界裡。他們有了鄉愁——不是出於對土地的懷念，而是來自對肉體銷磨、意義散失的憂懼。（王德威1991：164）

　　通俗小說在大陸本來就是一個廣受群眾歡迎的文類。傳統白話小說源自說話人的底本，後經文人修飾成書，仍然不失其通俗性。共產黨當政前的張恨水、馮玉奇的言情小說以及眾多的武俠小說都是深入農村的暢銷書。徐訏的《風蕭蕭》、無名氏的《塔裡的女人》、《北極風情畫》等則是四○年代的新文學中的通俗小說。到了共產黨當政之後，為了遵循毛澤東所定下的「為人民服務」、為「工農兵服務」的教條，嚴格地說所有的小說都成了通俗小說，因為不能講求文字藝術及思想的深刻性，只能屈就教育不高的群眾的水平及口味，不通俗也難。但是到了對外開放的時期，大量不通俗的現代派作品湧入中國，受其影響的年輕作家們又開始講究藝術了，又開始追求思想的深刻性了，這樣一來當然就不夠通俗了。於是台港兩地的通俗小說趁機而入，為廣大的群眾服務。金庸的武俠小說、瓊瑤的言情小說、梁鳳儀的財經商戰小說都大受歡迎。不但平面書籍暢銷，而且一再搬上銀幕、螢幕，成為一時重要的大眾消閒娛樂商品。更有甚者，金庸的武俠小說，除北京三聯書店隆重推出的《金庸作品集》外，文化藝術出版社還出版了評點本的《金庸武俠全集》，其他出版社的版本及盜印本不計其數，不只是大眾歡迎的通俗文學，並且很快地成為學院研究的對象，在中國現代文學十大經典作家排行榜上金庸居然擠掉了茅盾的地位（註3）。本身也是暢銷通俗作家的王朔曾在北京的《中國青年報》上痛批金庸說：「金庸的東西我原來沒看過，只知道那是一個住在香港寫武俠的浙江人。

註3：王一川的「中國現代文學十大經典作家排行榜」列入金庸，而未列茅盾，曾引起風波。（曹萬生2010：655）

按我過去傻傲傻傲的觀念，港台作家的東西都是不入流的，他們的作品只有兩大宗：言情和武俠，一個濫情幼稚，一個胡編亂造。」王朔這樣的評論，被人視為酸葡萄，當然不起作用，金庸與瓊瑤依然暢銷。大陸的作家也開始跟進，競寫通俗小說，包括歷史、武俠、言情、黑幕、戰爭、偵探、科幻等各種類型，其中尤以清宮歷史小說最為突出，二月河因此享有盛名。此外，王朔的痞子文學則是另一種類型。

　　二月河（1945-），原名凌解放，父親凌爾文曾任縣委書記，祖籍河南省南陽縣，生於山西省昔陽縣。1967年二十二歲才高中畢業，因為功課不好在小學、初、高中都曾留級，其間熟讀中國傳統說部及外國翻譯小說。1968年參軍，1969年參加共產黨，1978年轉業到河南省南陽市任市委，四十歲開始寫作，因寫清朝歷史說部成功，後任河南省作協副主席、南陽市文聯主席。他是當日的暢銷通俗作家，據統計，2006年版稅收入至少一千二百萬人民幣，在高收入中國作家中排名第二。名利雙收後，於2011年出任鄭州大學文學院院長。所著歷史小說有一百五十萬字的《康熙大帝》（1997廣州廣東經濟出版社）、一百三十萬字的《雍正皇帝》（武漢長江文藝出版社）和一百八十萬字的《乾隆皇帝》，都曾改編為高收視率的電視劇，其中《雍正皇帝》且進入「二十世紀中文小說一百強」，《乾隆皇帝》獲2003年姚雪垠長篇歷史小說獎。後有《燼火五羊城》、《光緒皇帝》及短篇小說集《匣劍帷燈》、散文集《二月河語》。

暢銷作家王朔（1958- ）

　　王朔（1958-），原籍北京市，滿族，生於南京，又遷回北京。幼年時因打架鬥毆常被抓進公安局。1976年北京市第四十四中學畢業後參加解放軍海軍。經過三個月操舵兵訓練後被派往青島部隊醫院習衛生技術，然後擔任海軍消磁船衛生員。文革後派到部隊倉庫任衛生員，開始寫作。1980年在解放軍文藝社工作數月，從部隊復員，嘗試經商失敗。雖然失敗，卻學到了市場需求的道理，寫出迎合群眾口味的作品。以

後所寫無不暢銷，而且拍成獲獎累累的電影，他編劇的電視劇也具高收視率，因此聲勢更加壯大，成為中國當代最具經濟價值的作家。王朔曾批評「港台作家的東西都是不入流的」（北京《中國青年報》），口氣十分狂妄。他以熟練的北京方言寫作，語調流氣，被稱作「痞子文學」，但不乏機智，可與金庸筆下的韋小寶媲美。2007年出版小說《我的千歲寒》，版稅每字高達美金三元，其因寫作而致富，與他所看不起的香港的金庸和台灣的瓊瑤無異。作品有《空中小姐》（1984）、《浮出海面》（1985）、《一半是火焰，一半是海水》（1986）、《橡皮人》（1986）、《千萬別把我當人》（1986）、《人莫予毒》（1987）、《頑主》（1987）、《枉然不供》（1987）、《我是狼》（1988）、《癡人》（1988）、《一點正經沒有》（1989）、《永失我愛》（1989）、《玩的就是心跳》（1989）、《誰比誰傻多少》（1991）、《我是你爸爸》（1991）、《動物凶猛》（1991，曾改編為電影《陽光燦爛的日子》）、《你不是一個俗人》（1992）、《許爺》（1992）、《過把癮就死》（1992）、《懵然無知》（1992）、《看上去很美》（1999）、《美人贈我蒙汗藥》（2000）、《無知者無畏》（2000）、《我的千歲寒》（2007）、《鳥兒問答》（2007）、《新狂人日記》（2008）等。但是王朔也有寫得不太通俗而具有「文學性」的作品，陳思和特別論道：

> 王朔發表於九〇年代初的中篇小說《動物凶猛》，在他本人的創作史上佔有非常特殊的地位。他在這部作品中唯一一次不加掩飾地展示出個體經歷中曾經有過的「陽光燦爛的日子」——他自我珍愛的純潔的青春記憶：激情湧動的少年夢想與純真爛漫的初戀情懷，並且以追憶與自我剖析的敘事方式，為這些內容帶來了濃郁迷人的個人化色彩。儘管王朔的寫作多帶有商業氣味，但《動物凶猛》卻是一個例外，至少也應該是王朔作品中最不具商業氣息的一篇。（陳思和2001：307）

文革以後出現的知青一代的小說家，像賈平凹、莫言、韓少功、王安憶、劉

恆、余華、蘇童等，大都人生經驗豐富，才分很高，如不是爲了稿費及版稅拚命多產，很可能寫出傳世的巨構來。但可惜他們都寫得太多、太匆忙了，反不如陳忠實的一本《白鹿原》來得耐讀。

引用資料

中文：

王　蒙，1993：〈躲避崇高〉，《讀書》雜誌第1期。

王德威，1988：〈畸人行——當代大陸小說的眾生「怪」相〉，3月27-28日《中國時報・人間副刊》。

王德威，1991：《閱讀當代小說》，台北遠流出版公司。

王德威，1998：〈海派文學，又見傳人——王安憶的小說〉，《如何現代，怎樣文學？——十九、二十世紀中文小說新論》，台北麥田出版公司，頁383-402。

王德威，2006：〈革命時代的愛與死——論閻連科的小說〉，閻連科《為人民服務》，台北麥田出版公司，頁5-38。

朱棟霖、丁帆、朱曉進主編，1999：《中國現代文學史：1917-1997》下，北京高等教育出版社。

何西來，1980：〈人的重新發現——論新時期的文學潮流〉，3月號《紅岩》。

李　陀、閻連科，2003：12月5日〈超現實寫作的重要嘗試——李陀與閻連科對話錄〉，閻連科《受活》，2007台北麥田出版公司，頁455-477。

李慶西，1988：〈尋根：回到事物的本身〉，《文學評論》卷四。

吳　亮，1995：〈回顧先鋒文學——兼論八十年代的寫作環境和文革記憶〉，張寶琴、邵玉銘、瘂弦主編《四十年來中國文學》，台北聯合文學出版社，頁341-356。

於可訓、吳濟時、陳美蘭主編，1989：《文學風雨四十年——中國當代文學作品爭鳴述評》，武昌武漢大學出版社。

詹明信（Fredric Jameson）著，唐小兵譯，1987：《後現代主義與文化理論》，西安陝西大學出版社。

夏　衍，1992：《中國當代著名作家新作大系・序》，北京華藝出版社。

馬　森，1991a：《中國現代戲劇的二度西潮》，台南文化生活新知出版社。

馬　森，1991b：〈《黑的雪》中的京味兒〉，2月《新地文學》第1卷第6期，頁203-205。

馬　森，1997：〈後現代在哪裡？——馬建的《九條叉路》〉，《燦爛的星空：現當代小說的主潮》，台北聯合文學出版社，頁217-220。

馬　森，1999：〈王二的傳奇——評王小波的《時代三部曲》〉，5月13日《中國時報・開卷》。

高行健，1981：《現代小說技巧初探》，廣州花城出版社。

韋　實，1988：《新10年文藝理論討論概觀》，桂林漓江出版社。

張　韌，1998：《新時期文學現象》，北京文化藝術出版社。

曹文軒，1988：《中國八十年代文學現象研究》，北京大學出版社。

曹萬生主編，2010：《中國現代漢語文學史》，北京中國人民大學出版社。

陳思和主編，2001：《當代大陸文學史教程：1949-1999》，台北聯合文學出版社。

陳思和，2001：〈緒論：中國當代文學的源流、分期和發展概況〉，陳思和主編《當代大陸文學史教程：1949-1999》，台北聯合文學出版社，頁19-29。

陳　焜，1981：〈討論現代派要解放思想，從實際出發〉，《外國文學研究》第1期。

溪　清、呂方，1988：〈當代文學中「魔幻現實主義」小說的勃起〉，《當代文學研究：資料與訊息》卷四。

劉再復，2004：〈中國出了部奇小說——讀閻連科的長篇小說《受活》〉，9月《明報月刊》第39卷第9期。

劉再復，2012a：〈閱讀薛憶溈小說的狂喜〉，3月《新地》第19期，頁38-40。

劉再復，2012b：〈推薦《遺棄》〉，12月8日《新京報》。

蔡源煌，1988：〈從大陸小說看「真實」的真諦〉，1月《聯合文學》第39期，頁41-51。

戴厚英，1980：〈後記〉，《人啊，人》，廣州花城出版社。

外文：

Hsia, T. A.,1963: "Heroes and Hero-Worship in Chinese Communist Fiction", in Cyril Birch (ed.), *Chinese Communist Literature*, New York, F. A. Pracger, pp.113-138.

第四十章　大陸對外開放以來的劇作、詩與散文（1977- ）

一、大陸開放以來的新戲劇

（一）對文革的批判

　　四人幫倒台後，被整的幹部和一般苦難的人民都一肚子怨氣，不敢批評共產黨，但可以把怒氣發在倒台的林彪和四人幫身上，這當然也是當時的決策者有意如此導向的，藉林彪和四人幫作爲人們洩憤的靶子，以便掩飾那眞正的禍首。1979年慶祝中華人民共和國建國三十週年演出了包括各種劇種的一百三十七台戲，其中有六十二台是話劇，批判林彪和四人幫的就有十七台，歌頌老革命幹部的有十六台，反映現實矛盾的十九台，歷史劇和其他的有十台。（吳雪、杜高 1987：3）最早觸及文革、批判四人幫的話劇當屬《楓葉紅了的時候》（1977）和《於無聲處》（1978），前者的作者是金振家（1927-）和王景愚（1936-），在劇中完全用善惡二分的傳統手法把四人幫寫成陰謀篡黨

奪權的狐群狗黨，極盡醜化之能事，後者的作者是宗福先，反響較大。

宗福先（1947-），江蘇省常熟縣人。1968年畢業於上海延安中學，然後到上海熱處理廠當工人。1973年開始寫作，翌年進上海工人文化宮話劇創作班學習，並加入文化宮業餘話劇團。1978年在《文匯報》發表處女作《於無聲處》，被多家報刊轉載、多家劇團搬演，因而一舉成名。其實在批判四人幫的時候，仍然不能不忠於共產黨，強調著「黨會戰勝他們的」。在結構上也是承襲三一律原則，採取《雷雨》式的起承轉合。雖然沒有什麼新意，但批判了四人幫，在那時已經使觀眾感到極大的滿足了。除《於無聲處》（1978上海文藝出版社）外，尚有《血，總是熱的》（1983北京中國戲劇出版社）。

（二）開放政策後的探索戲劇

在「傷痕小說」盛行的同時，戲劇也出現了鬆動的現象。1978年北京的青年藝術劇院首先推出了由黃佐臨與陳顒聯合導演的布雷赫特的《伽利略傳》。布雷赫特雖然是西方人，其對資本主義毒菌的免疫性難免令人起疑，但畢竟同為馬克思主義的奉行者，所以在開放後受到首批引介的寵遇。接下來對荒謬劇的介紹就並非十分順利。荒謬劇在西方世界風行幾近三十年的1980年末，上海藝文出版社才在「外國文藝叢書」中出版了《荒誕派戲劇集》一書，綜合介紹了荒謬劇的主要作家與作品。不過在該書〈前言〉中卻寫下了以下的話：

> 當前資產階級文學中，人進一步降為「非人」，如像我們在荒誕劇中所見到的。我們看到，人的形象被降到最低限度，被剝去了一切作為人的特徵，他沒有起源、沒有發展、沒有社會存在、沒有個性。他是存在主義概念中「沒有根基」的、「被拋扔到存在」的人，是「非人化」了的人。從叱吒風雲的「神」到「非人化」了的蟲，這個過程生動地說明當代資產階級已經完全失去歷史的主動性，是注定走向沒落和衰亡的階級。荒誕不經的形象反映了這一歷史趨勢，處處流露著沒落的情緒——理想破滅、失去信心、無能為力、歇斯底

里……是注定滅亡的階級在意識形態上的典型表現。（註1）

　　既然是出於「注定滅亡的階級」的一些「理想破滅、失去信心、無能爲力、歇斯底里」的囈語，按理說這樣的書介紹給中國的讀者或觀眾實在是多餘的。但事實上明眼人自然看得出來，這不過是開放初期的一種障眼法罷了。翌年筆者到北京講學時，所講的主題之一就是法國的「荒謬劇」，在幾個大學和劇院中都獲得熱烈的回應（註2），可見那時的學界和戲劇界已表現出對新事物的嚮往。由嚮往而探索，是一條自然的道路。在大陸最早引起戲劇界注意的帶有荒謬劇意味的探索劇是1980年在北京演出的《屋外有熱流》。這齣戲正像荒謬劇一樣，沒有連貫的事件，沒有完整的情節，對話是時斷時續的，劇情令人難以捉摸。該劇的作者是三個名不見經傳的年輕工人馬中駿、賈鴻源和瞿新華。也許正因爲不是職業的編劇，才更有勇於創新的精神吧！除了《屋外有熱流》，他們又寫了《戴國徽的人》、《街上流行紅裙子》、《路》等及馬中駿與秦培春合作的《紅房間、白房間、黑房間》，都曾引發劇壇的熱烈討論，開了探索劇的先河。

　　馬中駿（1957-），上海市人。本來是上海市城建局市政工程處機修廠的工人，在上海市工人文化宮學習話劇創作，因爲參與編出了上述引人注目的劇本，調到中國青年藝術劇院當編劇。賈鴻源（1951-），山東省平陰縣人。原來是上海印刷四廠的工人，1979年到上海市工人文化宮創作班學習，開始劇本創作。因《屋外有熱流》獲1980-81全國優秀話劇劇本獎，得調到上海市工人文化宮文學電視部擔任專業作家。

　　所謂探索劇，就是相對於傳統話劇而言，在形式或內容上求取革新的當代戲劇，相當於發生在六、七〇年代台灣的「新戲劇」。巧合的是兩岸的戲劇革新都是從荒謬劇開始突破。到了1982年，北京人民藝術劇院的編劇高行健發表了《絕對信號》一劇，採用電影蒙太奇的技巧以小劇場的形式演出。1983年又

註1：見《荒誕派戲劇集・前言》，1980年上海譯文出版社，頁29。
註2：筆者曾於1981年在南開、北大、南京、復旦等校及北京人藝、青藝等講法國荒謬劇。

發表了《車站》，在形式上也接受了荒謬劇的影響，雖然內涵上與西方荒謬劇的血脈不同（馬森1991）。高行健在出國以前的主要劇作有《絕對信號》、《車站》、《野人》、《彼岸》等。

1983年高行健的《車站》在北京人民藝術劇院小劇場初演

繼荒謬的探索劇之後，也有反應社會問題的探索劇，有的反映了知青的問題，有的反映了農民的問題，前者如王培公的《WM（我們）》，後者如錦雲的《狗兒爺涅槃》。王培公的《WM（我們）》發表在1985年，描寫下放知青在返城後對過去生活的回憶，在形式上突破了實景和寫實的動作，時空的運轉幾乎是隨心所欲的。但是這齣戲在「內部」彩排了三場以後，就被禁了。被禁的理由，據說是沒有寫出事物的本質，其中沒有正面人物，主題灰暗、格調不高，也沒有反映出八〇年代青年奮發進取的精神及新時期社會主義建設和改革的主流（註3）。雖然勇於探索，但不合改革開放初期的口味。王培公後來終因「六四事件」而下獄。劉樹綱的《一個死者對生者的訪問》也被評為同一類的作品。

王培公（1943-），原籍河南省太康縣，生長在湖北省的武漢市。1961年武漢二中畢業，即參加人民解放軍空軍，在服役期間學習寫作。1965年開始發表作品，1971年秋開始專業創作，並任武漢空軍政治部文工團創作組長。1979年調空軍政治部話劇團，任藝術室主任。1986年轉到中國青年藝術劇院任編劇，評為國家一級編劇。除《WM（我們）》外，尚有《這裡通向雲端》、《周郎拜帥》、《火熱的心》（與人合作）等，此外尚有多部電影劇本。

劉樹綱（1940-），河北省磁縣人。1962年中央戲劇學院表演系畢業，分發到中央實驗話劇院擔任演員。1965年開始戲劇文學創作，後為專業作家、一級編

註3：見《劇本》月刊記者〈對《WM（我們）》的批評〉，1958年《劇本》第9期。

劇。1988至89年曾擔任中央實驗話劇院院長。除獲得第三屆全國優秀劇本創作獎的《一個死者對生者的訪問》外，尚有《春風楊柳》（與人合作）、《忘我的人》（與人合作）、《南國行》、《靈與肉》（據美國電影改編）、《十五椿離婚案的調查剖析》、《都市牛仔》（與人合作）等。其中1983年《十五椿離婚案的調查剖析》在北京演出時引起轟動，連演一百五十多場，後來各省劇院繼續搬演，甚至演到美國。

王培公和劉樹綱的例子，同一部作品一面受獎，一面又發生問題成爲禁演的戲，足見那時戲劇的審查機構與頒獎機構間的矛盾，也就是官方的觀點不統一，表現出開放後意識形態的紊亂。一般戲劇的審查比書面文本嚴格，類似的內容，小說沒有問題，戲劇卻發生問題，難怪有才華的人群趨小說創作了。

錦雲是北京人藝的專業編劇。在八○年中期推出他的《狗兒爺涅槃》，雖同屬探索劇，卻未遇到阻難，而贏得掌聲。此劇利用小說意識流及電影特寫的手法，在舞台上使人鬼同台，現實與幻覺交相輝映，的確豐富了舞台的形象。其所表現的貧農與富農的對待關係，也打破了左派的教條印象，而有新的詮釋。同屬對左派的批評，何以一者被禁，而一者受到寬容？是令人不解的一件事。

錦雲（1938-），姓劉，河北省雄縣人。1958年入北大中文系，畢業後歷任中學教員、公社黨委副書記等。1979年到中共北京市委宣傳部工作，後任北京人民藝術劇院編劇。劇作有《春天的故事》（與王毅合作）、《狗兒爺涅槃》等。

錦雲劇作《狗兒爺涅槃》演出劇照

（三）批判、懷舊與創新

八○年代大陸上開放政策實施以後的劇作，雖有探索劇的出現，但沿襲傳統話劇形式的更多。呈現上雖未見革新，其所含有的批判與懷舊的情緒卻是過去所未見的。譬如沙葉新、李守成、姚明德合作的《假如我是眞的》，尖銳地諷刺了大

陸官場拍馬奉迎、走後門的種種惡習，簡直就是一齣中國版的《欽差大臣》。雖然它的批判並不徹底，殊未觸及到制度的根本問題（馬森 1992），但也曾遭到禁演的命運。

沙葉新（1939-），南京市人，回族。1957年入華東師範大學中文系，畢業後入上海戲劇學院戲劇創作研究班學習。1963年起任上海人民藝術劇院編劇，並曾任該院院長。劇作除《假如我是真的》（1979《上海戲劇》與《戲劇藝術》聯合特刊）外，尚有《陳毅市長》（1980上海文藝出版社）、《馬克思秘史》（1983《十月》第三期）、《尋找男子漢》（1986《十月》第三期）、《沙葉新劇作選》（1986南昌江西人民出版社）等。

自從老舍的《茶館》獲得舞台上的成功以後，在大陸上即出現了所謂「京味話劇」的一派。話劇自創始以來，本來就以北京話作為舞台語言，但是外地劇作家的語言只能說是普通話，而非道地的北京話。「京味話劇」指的則是生長在北京的劇作家用道地的北京話所寫的劇本，然後又用出身北京的演員演出，就像北京人藝所搬演的《茶館》一樣（馬森 1993）。後來的京味話劇當然免不了懷舊的情緒，同時卻也含有《茶館》所沒有的批判意識。像蘇叔陽的《丹心譜》、《左鄰右舍》、李雲龍的《有這樣一個小院》和《小井胡同》、何冀平的《天下第一樓》、過士行的《鳥人》等都屬於這一類。

蘇叔陽（1938-），河北省保定市人。1960年畢業於中國人民大學中共黨史系，後留校任教。1962年起任教於北京師範學院政教系。1970到72年在河北保定變壓器場和供電局工作。1972年到北京中醫學院馬列主義教研室任教。1978年起任北京電影製片廠編劇。文革後開始劇本創作．1983年成為中國筆會中心成員。曾獲文化部、全國劇協優秀劇本創作獎。劇作有《丹心譜》（也是首批批判四人幫的作品，1978北京人民文學出版社）、《左鄰右舍》（1980《收穫》第三期）、《蘇叔陽劇本選》（1983北京出版社）、《太平湖》（1986《海峽》第五期）等，亦有小說及電影劇本。

李雲龍（1948-2012），河北省河間縣，生於北京。1966年北京二十六中（今匯文中學）高中畢業，1968年到北大荒黑龍江生產建設兵團插隊，趕過馬

車，開過拖拉機，磨過豆腐。這時開始寫作。1972年在《中國文學》上發表新詩處女作〈風雨樓中的歌〉。在北大荒一待十年，文革後的1978年考入黑龍江大學中文系，寫出四幕話劇《有這樣一個小院》。該劇被中國兒童藝術劇院搬上舞台，引發爭議，為時任南京大學中文系主任的劇作家陳白塵注意到，破例錄取為南大的研究生，1981年以五幕劇《小井胡同》獲文學碩士學位。畢業後返回北京，任人民藝術劇院編劇，繼續寫出了五幕劇《這裡不遠是圓明園》（1982）、五幕劇《荒原與人》（1986）、《正紅旗下》（據老舍小說改編，1999）和《萬家燈火》。李雲龍像老舍一樣以北京話寫北京人，故人稱其為「京味話劇」的傳人。

何冀平（1952-），生於北京，中央戲劇學院戲劇文學系畢業，曾任北京人民藝術劇院編劇，1989年遷居香港。1997至2001年任香港

劇作家何冀平（1952- ）　　何冀平劇作《天下第一樓》演出劇照

話劇團駐團編劇。曾先後獲中國首屆「文華獎」、中央戲劇學院首屆學院文學獎、北京市優秀劇作獎、中國戲劇「曹禺獎」、「十月」文學獎、中國政府「五個一工程獎」及兩度獲得中國電視劇「飛天獎」及「北京市勞動模範」稱號。作品有《天下第一樓》（1987）、《好運大廈》（1989）、《德齡與慈禧》（1997），其他作品包括《開市大吉》、《煙與紅船》、《明月何曾是兩鄉》、《還魂香》及《酸酸甜甜香港地》，此外尚有電影、電視劇多部。

過士行（1952-），北京人。1969年初中畢業後到北大荒黑龍江生產建設兵團當農工，1973年回北京，在北京服務機械修造廠做技工。文革後於1979年畢業於《北京日報》新聞班，遂任《北京晚報》記者，以筆名山海客在晚報開文藝評論「聊齋」專欄。其間忽對戲劇發生興趣，於1989年完成劇作《魚人》

京味劇作家過士行（1952-）　　過士行的劇作《鳥人》演出劇照

（1997《新劇本》），受到注目，改往中央實驗話劇院任編劇，1991年完成《鳥人》（1993《新劇本》）、《棋人》（1996《新劇本》）二劇，統稱「閒人三部曲」，皆為道地的京味話劇。現任中國國家話劇院專業編劇。其他作品尚有《壞話一條街》（1998《新劇本》，1999中國國際廣播出版社）、《青蛙》和「尊嚴三部曲」：《廁所》、《活著還是死去》（又名《火葬場》）、《遺囑》等。如說京味話劇有懷舊的意識，過士行的作品卻含有創新的成分。劇評人陶子評論說：「從關注廁所到關注火葬場，其實有一個脈絡，就是把平常人覺得醜惡、與社會有種凶狠與尖銳關係的地方搬上舞台，就像對社會持批判立場的歐洲菁英知識份子，往往是『怎麼狠毒怎麼做』。過士行受這個影響很深，對他來說，用廁所、火葬場這些意象不在於這些地方被社會忽視，而在於對社會的指斥可以更凶猛一點。」（註4）這創新的源頭又是第二度西潮的結果。

　　女性意識也表現在劇作中，譬如白峰溪的「女性三部曲」：《明月初照人》、《風雨故人來》、《不知秋思在誰家》，這三齣情調浪漫的戲雖然沒有林白或陳染在小說中所表現的那種直白的女性主義姿態，卻具有一定的女性觀點和女性意識。因為《明月初照人》中寫到女兒愛上媽媽的舊情人，引起不少有關倫理的討論。論者以為「在建國以後的話劇舞台上，家庭倫理劇幾乎是一個空白，從這個意義來看，關於《明月初照人》的討論既是人們在新的時代裡

註4：資料來自2009年10月「慶祝新中國成立六十週年最有影響力文化人物網絡評選」。

對道德倫理觀念的積極思考，同時也是對新時期戲劇觀念變革的認同。……在八○年代初，話劇舞台上能出現方若明（劇中的媽媽）這樣一個對自己整個一生的生活、工作、婚姻、愛情進行自覺的痛苦反思的形象，這本身就有著深刻的時代意義。」（於可訓等 1989：403-404）

白峰溪（1934-），河北省文安縣人。1949年參加革命大學文工團，開始其舞台生涯。1954年調到青年藝術劇院擔任演員，演過很多重要的腳色，1977年開始劇本寫作，短時間創作出「女性三部曲」，因而成名。

另一種懷舊的方式是創作歷史劇，在五四以來的話劇中歷史劇本來就佔據很重要的地位，既可借古諷今，又可滿足觀者思古的情懷。開放以後當然不會失去這一個傳統，譬如姚遠的《商鞅》（1989，曾獲華東田漢戲劇獎，也曾於台北演出）、《李大釗》（1993，曾獲曹禺戲劇獎）就是很受歡迎的歷史劇。前者是以同情的眼光來重現商鞅的悲劇，後者則是為了洗刷李大釗在文革中所受的汙名。作者自言：「不僅僅是為我們民族擁有這樣的歷史自我誇耀，而是為這個民族今後的道路提供一些可資借鑑的東西。」（江宛柳 1997）

姚遠（1944-），原籍山東省濟南市，生於重慶。1964年下鄉插隊務農。1970年為高淳縣京劇團錄用為樂隊隊員。文革後1979年考取南京大學中文系戲劇專業，成為陳白塵的研究生。1981年以《下里巴人》一劇獲碩士學位。1983年入伍，在南京軍區政治部前線話劇團任創作員、編導室主任、團長等職。1991年調到南京軍區任專業作家。其劇作曾獲多項獎項，除《商鞅》與《李大釗》外，尚有與人合作的《窗口的星》（1994）、《迷人的海》（1994）、《清純涅槃》（1995）、《伐子都》（1995）等。

（四）大陸的小劇場

繼台灣而後，大陸也出現了小劇場運動。一般認為林兆華於1982年在北京人藝導演的《絕對信號》是大陸小劇場之始。以後《母親的歌》和《掛在牆上的老B》也以小劇場的方式推出。八○年中期，大陸的戲劇走向低潮，很多劇團面臨著合併或解散的命運。1985年7月，南京市話劇團在瀕臨合併的威脅下，

用小劇場來堅守陣地、爭取生存，推出了三個風格不同的獨幕劇《打麵缸》、《窗子朝著田野的房子》和台灣作家馬森的《弱者》。「希冀在一個較小的空間裡，先將觀眾中的少數知音者和國內話劇的鐵桿兒團結起來。因為，只要能演出，演出有人看，劇團就能生存。」（註5）結果，南京話劇團終於以小劇場的演出在困境中生存下來。

到了1989年，在南京舉行了小劇場戲劇節，來自各地戲院和劇團的戲劇工作者演出了十三齣小劇場劇，舉行了「小劇場戲劇藝術理論研討會」，十八個省市的代表參加了戲劇節的活動（童道明 1991：22）。北京青年藝術劇院的導演張奇虹於1987年觀摩了瑞典、挪威、蘇聯的小劇場演出後，在青藝創設了「黑匣子」小劇場，演出了《火神與秋女》。

跟台灣的前衛小劇場有別的是大陸的小劇場發展下去，多步向商業導向。譬如樂美勤（畢業於上海戲劇學院戲劇文學系，曾任上海戲劇協會副主席，現已移民到新加坡）的《留守女士》於1991年中以酒吧劇場（也是一種小劇場）演出，走的就是通俗化的路線，受到觀眾熱烈的歡迎，創下連演兩百多場的紀錄。接著，上海人民藝術劇院的《美國來的妻子》和上海青年話劇團的《大西洋電話》、《OK，股票》，也多造成轟動。另一點不同於台灣小劇場的是，大陸的小劇場自始就是大劇院的一部分，而非由業餘的戲劇愛好者發動的戲劇運動。

一直到1994年才在北京出現所謂的「獨立戲劇導演」牟森。他導了一齣叫作《與艾滋有關》的戲，在一小時又二十分鐘的演出中，觀眾只看到一群戴白帽子的廚師「在切肉、和麵、洗白菜大蔥、絞肉餡、炸丸子、燜紅燒肉、蒸包子。」（于堅 1995）另外還有兩個泥水匠在砌牆，各做各的，互不干擾，演員說的話也是支離破碎的，看得觀眾一頭霧水。這次演出造成了一次「前衛事件」，但在大陸的環境中能不能繼續呢？不得而知！牟森自己說他的戲「沒有劇本，沒有故事情節，沒有編造過的別一種生活。」（牟森 1997）這樣的演出與日常的生活無異，日常生活中到處都可看到，為什麼要進戲院呢？

註5：見1989年《劇影月報》第7期，頁12。

牟森（1963-）是少數代表後現代不照劇本，直接在舞台上創作的實驗劇先鋒。他的作品有《關於〈彼岸〉的漢語語法討論》、《零檔案》、《與艾滋有關》等。

　　一般的小劇場總不脫多元性與前衛性，這是在比較多元的社會中必然的現象。二者卻恰恰為大陸的官方所忌，因此大陸的小劇場只是規模小而已，尚未發展出多元社會的「另類劇場」的功能。像牟森的《與艾滋有關》等戲不知只是一種偶然現象，還是又一個時代的開始，讓我們拭目以待吧！

二、大陸開放以來的詩

　　專門從事現當代新詩研究的學者謝冕說：

　　　　1979年是中國當代詩歌重要的一年。這一年出現了近三十年來少有的繁榮局面。這種繁榮的構成有兩方面的因素：其一，新詩傳統的真正恢復；其二，探索的新詩潮的興起。這一年有一些膾炙人口的名篇相繼問世，例如葉文福的〈將軍，不能這樣做〉、雷抒雁的〈小草在歌唱〉、駱耕野的〈不滿〉、舒婷的〈祖國啊，我親愛的祖國〉、熊召政的〈請舉起森林般的手，制止〉、曲有源的〈關於入黨動機〉。寫這些詩的，都是當時的青年詩人，它的確傳達了這樣的信息：一代活潑而有才情的新人正向人們走來，他們不僅以自己新穎的作品，而且以自己各不相同的見解出現在人們面前。（謝冕 1999：15）

　　謝冕文中所言「一代活潑而有才情的新人」指的是當時的所謂「朦朧詩人」，然而朦朧詩出現的時候，因其意涵朦朧、隱晦，曾遭到前輩詩人的交相指責。在朦朧詩出現的同時，台灣的現代詩也引入中國大陸，其隱晦不下於大陸的朦朧詩，但對大陸的詩壇卻產生了不小的震動和影響，借用大陸學者劉登翰在其〈台灣新詩的當代出發〉一文中說：

最初引起詩壇驚異的主要還是五○年代從象徵主義到超現實主義那一系列藝術試驗和實踐的成果。這些作品幾乎和「朦朧詩」一起激起八○年代中國詩壇一場並不平靜的藝術變革，使五○年代以來在政治規範下消失了的現代主義藝術潮流在祖國大陸詩壇又萌甦起來，展示出一個迥異的藝術創造空間。（劉登翰 2007：261）

（一）朦朧詩

正像台灣的現代詩及現代戲劇具有西方現代主義的前衛性一樣，大陸上八○年代以降的同類作品被稱爲「先鋒文學」。首先引人側目的是發表在1979年3月號《詩刊》上的北島的一首〈回答〉，因爲這首詩的意義不明，與傳統一清二楚口號式的革命詩歌大異其趣。4月號《詩刊》又發表了舒婷的〈致橡樹〉，還有發表在北京一張小報《蒲公英》上的顧城的〈無名的小花〉，都具有相同的性質。嗣後這類的詩遂被冠以「朦朧詩」之名，引起了廣泛的注目與討論。開始時有人認爲令人不懂，令人氣悶（章明 1980）。但令人奇怪的是這些新出土的新鮮的幼苗，竟受到當日自身曾經深受政治迫害折磨的老詩人們的非議，譬如臧克家就斥責朦朧詩「既乏生活氣息，又無時代精神，戀曲獨唱，聲音沉湎渺茫。學外國的『殘渣』而數典忘祖，敗人胃口，引讀者入迷魂陣。」（臧克家 1981a）又說：「現在出現的所謂『朦朧詩』，是詩歌創作的一股不正之風，也是我們新時期的社會主義文藝發展中的一股逆流。」（臧克家 1981b）艾青也批評說：「他們對四周持敵對態度，他們否定一切，目空一切，只是肯定自己。」（艾青 1981）田間責問說：「『朦朧詩』能爲人民服務嗎？能爲社會主義服務嗎？社會主義要不要這個東西？」（田間 1981）甚至於連在高壓下噤聲多年的孫犁都說出「這種詩，以其短促、繁亂、淒厲的節拍，造成一種於時代、於國家都非常不祥的聲調。」（孫犁 1982）可見受虐也會成癮，嘗試從八股教條中解放出來有多麼困難！這些話都說得很重，又出自有成就的大詩人之口，當日年輕的朦朧詩人所受到的壓力可見一斑。幸而後來有些學者如劉登

翰、謝冕等予以肯定，認爲是「尋求內容和形式一致的創新」，是「尋求概括生活的新的途徑」（劉登翰 1980），是「新詩的新的崛起，是繼『五四』之後的又一次思想解放運動的產物。」（謝冕 1999：18）

朦朧詩自然也是由於二度西潮的衝擊使然，詩人徐敬亞認爲這崛起的詩群，是出於「現代傾向」的結果（徐敬亞 1983）。不幸，這些正面的意見，都湮沒在1983至84年間的「清除精神汙染運動」中，徐敬亞也被迫公開自我批判。（徐敬亞 1984）這也正說明對現代主義或多元美學的接受還是相當有限度的。

其實大陸的朦朧詩與台灣早期的現代詩很相近，都與西方的象徵主義及超現實主義具有血緣的關係，其特點就是保持詩的隱晦性和歧義性，在一向崇尙淺白的大陸文學中便帶出了先鋒的色彩。現代化既然是大勢所趨，不管如何清除，朦朧詩依然兀自朦朧。詩人已經厭煩了「爲人民」、「爲黨」、「爲毛主席」服務的種種無我的口號，如今藉著朦朧返回久已失去的自我，也是大勢所趨了，再多的大人物也擋不住歷史的洪流。

食指（1948-），原名郭路生，因其母在行軍途中分娩，故取此名，山東省朝城縣人。小學時即開始寫詩，1968年寫出代表作〈相信未來〉、〈海洋三部曲〉、〈這是四點零八分的北京〉等，被稱爲文革中新詩歌的第一人。1969年下鄉插隊，1971年在濟寧入伍當兵。1973年退伍後被診斷爲精神分裂。1975年病癒。1990年在北京第三福利院工作。1997年加入中國作家協會，《華人文化世界》雜誌以〈一代詩魂郭路生〉爲題發表了林莽、何京頡、李恆久等五人的文章，引起文壇注目。陳思和說：「食指的詩歌表現了盲目的理想、激情被現實擊碎之後，一代青年迷惘、絕望、辛酸的眞實心態，與此同時，卻仍然執拗地尋找一種肯定性的力量。」（陳思和 2001：163）

北島（1949-），原名趙振開，祖籍浙江省湖州，生於北平。北京第四中學畢業，1969年當建築

北島（1949-）

工人，以後做過翻譯、雜誌編輯。1970年開始寫作，成爲朦朧詩的代表作家之一。1978年與芒克等創辦《今天》雜誌。因聲援六四天安門學生運動而於1989年流亡海外，曾旅居歐洲多國，之後一度定居美國，曾先後任教於加州大學戴維斯分校、史丹福大學、加州大學柏克萊分校等。1994年曾經嘗試返回中國大陸，在北京機場被扣留，遣送回美國。2001年成功返國奔父之喪。2007年正式應聘赴香港中文大學任教，才結束流亡的生活，且與家人團聚。先後獲瑞典筆會文學獎、美國西部筆會中心自由寫作獎、古根漢獎學金等，並被選爲美國藝術文學院終身榮譽院士。出版詩集有：《陌生的海灘》（1978）、《北島詩選》（1986）、《在天涯》（1993）、《午夜歌手》（1995）、《零度以上的風景線》（1996）、《開鎖》（1999），其他作品有小說《波動》及英譯本（1984）、《歸來的陌生人》（1987）、《藍房子》（1999），散文集《失敗之書》（2004）、《青燈》（2008）、《城門開》（2010）。北島1976年寫的一首〈回答〉咸被視爲朦朧詩的代表作。

　　回答
　　卑鄙是卑鄙者的通行證，
　　高尚是高尚者的墓誌銘，
　　看吧，在那鍍金的天空中，
　　飄滿了死者彎曲的倒影。

　　冰川紀過去了，
　　爲什麼到處都是冰凌？
　　好望角發現了，
　　爲什麼死海裡千帆相競？

　　我來到這個世界上，
　　只帶著紙、繩索和身影，
　　爲了在審判前，

宣讀那些被判決的聲音。

告訴你吧，世界
我──不──相──信！
縱使你腳下有一千名挑戰者，
那就把我算作第一千零一名。

我不相信天是藍的，
我不相信雷的回聲，
我不相信夢是假的，
我不相信死無報應。

如果海洋注定要決堤，
就讓所有的苦水都注入我心中，
如果陸地注定要上升，
就讓人類重新選擇生存的峰頂。

新的轉機和閃閃星斗，
正在綴滿沒有遮攔的天空。
那是五千年的象形文字，
那是未來人們凝視的眼睛。

　　江河（1949-），原名于友澤，北京市人。1968年高中畢業，1980年在《上海文學》發表處女作〈星星變奏曲〉，七〇年代末期與楊煉一起提倡現代史詩，著有詩集《從這裡開始》、《太陽和他的反光》等，以現代精神重構古代的神話，是新時期朦朧詩的代表詩人之一。

　　芒克（1950-），原名姜世偉，遼寧省瀋陽市人，1956年全家遷到北京市。中學畢業後於1969年到河北省白洋淀插隊務農。文革後1978年與北島共同創辦《今天》雜誌，並出版第一本朦朧詩集《心事》。1987年與楊煉等其他詩

人組織「倖存者詩歌俱樂部」。出版《倖存者》詩集。目前留在北京。另有詩集《陽光中的向日葵》（1983年油印，1988年正式出版）、《芒克詩選》（1989）、《今天是哪一天》（2001）及長篇小說《野事》（2001）。

舒婷（1952-），原名龔佩瑜，福建省泉州市人，生活在廈門。1969年下放至福建西部太拔插隊落戶，1972年返回廈門。1979年因結識北島，開始在北島的《今天》雜誌發表詩作。1980年到福建省文聯工作，繼而專業寫作，〈致橡樹〉一詩引起注意，是朦朧詩派的代表人物。主要作品有《雙桅船》、《會唱歌的鳶尾花》、《始祖鳥》，散文集《心煙》等。

楊煉（1955-），原籍山東省，生於瑞士伯恩，六歲時回到北京。1974年高中畢業，下放到昌平縣插隊，開始寫詩，1978年後成為《今天》雜誌的主要作者。1983年以長詩〈諾日朗〉出名，並遭到政府批判。1988年，在北京與芒克、多多等創立「倖存者詩歌俱樂部」。1988年去澳洲進行學術訪問。目前居住在英國倫敦。曾獲2012年諾尼諾國際文學獎，獲獎評語：「楊煉的詩歌是中國當代思想的制高點之一，通過他的詩歌不斷提醒當代人，詩歌是我們唯一的母語。生命與詩歌的流亡，不只是從土地出走，更是將邊境推向盡頭。遊吟詩人超越了時空。」詩作有《禮魂》（1985「中國青年詩人叢書」）、《荒魂》（1986上海文藝出版社）、《黃》（1989北京人民文學出版社）、《楊煉作品1982-1997》（1998上海文藝出版社）、《楊煉新作1998-2002》（2003上海文藝出版社）、《艷詩》（2009台北傾向出版社）及散文集《鬼話》（1994台北聯經出版公司）、《月蝕的七個半夜》（2001台北聯合文學出版社）。

顧城（1956-93），原籍上海市，出生於北京。1969年跟隨父親顧工下放到山東昌宜縣一部隊農場勞動，做過搬運工、鋸木工。文革中開始寫詩。1974年返回北京，開始發表詩作，成為朦朧詩的主要代表之一。1982年加入作家協會，1983年在上海和謝燁結婚。1987年應邀出訪歐美從事文化交流、演講。1988年赴紐西蘭，講中國古典文學，受聘為奧克蘭大學亞語系研究員。後入籍紐西蘭，辭職隱居激流島。1992年重訪歐洲，獲德國學術交流中心創作年金，1993年又獲德國伯爾創作基金。同年10月回到紐西蘭激流島後，因情感糾紛殺妻謝

燁後自殺身亡。顧城的詩有童稚的趣味，被稱作唯靈的浪漫詩人。主要詩作有《黑眼睛》（1986北京人民文學出版社）、《白晝的月亮》、《舒婷、顧城抒情詩選》、《北方的孤獨者之歌》、《鐵鈴》、《北島、顧城詩選》、《顧城詩集》、《顧城童話寓言詩選》、《城》以及死後出版的與謝燁合著的長篇小說《英兒》（1994北京華藝出版社）及《顧城的詩》（1998北京人民文學出版社）。他寫於1979年的兩行小詩：

> 黑夜給了我黑色的眼睛，
> 我卻用它尋找光明。

這兩句詩概括了他在文革前後的感受，時常為論者引用。

（二）朦朧詩之後

　　繼朦朧詩之後，更年輕的一代稱作「新生代」或「第三代」詩人，表現出反叛第二代朦朧派詩人的姿態。八〇年代後半期始，寫詩成為文學青年的風氣，「全國兩千多家詩社和十倍百倍於此數字的自謂詩人，以成千上萬的詩集、詩報、詩刊與傳統施行著斷裂。……其中比較有影響的有：四川的『新傳統主義』、『整體主義』、『非非主義』、『莽漢主義』，江蘇的『他們派』，上海的『海上詩派』、『撒嬌派』，安徽的『世紀末』、『病房意識』，貴州的『生活方式派』、河南的『三腳貓』等等。1986年安徽的《詩歌報》和深圳的《深圳青年報》聯合舉辦『中國詩歌1986現代詩群體大展』，一時竟推出了60餘家詩派，100多位詩人，轟動一時。」（曹萬生 2010：581）首先他們要向北島、舒婷等告別，其次他們以後現代的姿態來反理性、反崇高、反意象，語言上又回到大眾詩時代的口語化。比較有代表性的有于堅、女詩人翟永明、韓東和青年夭折的海子。

　　于堅（1954-），雲南省昆明市人。曾經當過工人，二十歲時開始寫詩，二十五歲發表詩作。1984年畢業於雲南大學中文系。1985 年與韓東等創辦

《他們》詩刊。成名作是〈尚義街六號〉（1986），其另一首長詩〈O檔案〉（1994）被稱為現代詩歌的新里程碑。作品有《詩六十首》、《對一隻烏鴉的命名》、《一枚穿過天空的釘子》（台北）、《作為事件的詩歌》（荷蘭語版）、《飛行》（西班牙語版）及文集《棕皮手記》、《雲南這邊》。

翟永明（1955-），原籍河南省，生於四川省成都市。1974年高中畢業後下鄉插隊，後進入成都電訊工程學院就讀，畢業後到某物理研究所研究。1998年在成都開設「白夜」酒吧文化沙龍，策畫推動系列的文學、藝術活動。1981年開始發表詩作，具有明確的女性主義意識，代表作有大型組詩《女人》、《在一切玫瑰之上》、《紐約，紐約以西》等詩集及散文集十多部。其中《女人》組詩被稱為驚世駭俗，發表後引起轟動，認為是中國當代最優秀的女詩人。2007年獲「中坤國際詩歌獎」；2010年入選「中國十佳女詩人」；2011年獲「義大利國際文學獎」（Piero Bigongiari）。

王家新（1957-），湖北省丹江口市人。1978年考進武漢大學中文系，並開始詩作。1982年畢業後分發到湖北省鄖陽縣師專任教。1984年寫出組詩〈中國畫〉、〈長江組詩〉，受到注目。1985年借調北京《詩刊》，任編輯，出版詩集《告別》、《紀念》等作。1992年赴英國訪問，1994年回國後調至北京教育學院中文系任教。2006年出任中國人民大學文學院教授。論者認為他的詩作「探討的是既定的生存語境與文學的自由表達之間，在寫作的文化承諾、道義責任與個人自由意願之間的困惑和沉痛；體現的是中國當代詩歌內在的危機。」（曹萬生 2010：662）。他是九〇年代以來具有代表性的詩人。

韓東（1961-），原籍湖南省，生於南京市。1982年畢業於山東大學哲學系，開始詩歌創作。1985年與于堅等創辦詩刊《他們》，並曾與李亞偉等發起先鋒派詩歌運動。以平淡、簡約的文字企圖解構崇高與莊嚴。代表作有〈有關大雁塔〉、〈你見過大海〉等詩。

海子（1964-89），原名查海生，安徽省懷寧縣人。在農村長大，1979年以十五歲稚齡考入北京大學法律系。1982年開始詩歌創作，曾獲北大第一屆藝術節五四文學大獎特別獎、第三屆十月文學獎榮譽獎。1983年畢業後任教於中國

政法大學。1989年3月在河北省山海關臥軌自殺，年僅二十五歲。死時隨身攜帶有四本書：〈聖經〉、梭羅的《瓦爾登湖》、海涯達爾（Thor Heyerdanl）的《孤筏重洋》和《康拉德小說選》，遺書寫：「我是中國政法大學哲學教研室教師，我叫查海生，我的死與任何人無關。」他的詩曾選入高中語文課本。從1993年起，北大每年舉行詩歌節，紀念海子。主要作品有詩集《小站》（海子自印）、《河流》、《傳說》、《但是水、水》、《麥地之翁》（與西川合印）、《太陽，斷頭篇》、《太陽，天堂選幕》及長詩《土地》、《太陽，天堂合唱》。但他死後餘響不斷，除北大每年的紀念活動外，2008年海子故居被當地政府列為縣級重點文物保護單位。2009年安徽省懷寧縣政府組織一系列紀念活動，包括瞻仰海子故居，憑弔海子墓，召開「中國‧海子詩歌研討會」等。身後出版的詩集有《海子的詩》（1995北京人民文學出版社）、西川編《海子詩全編》（1997北京三聯書店）、《海子詩全集》（2009北京作家出版社）。此外尚有余徐剛的《海子傳》（2004南京江蘇文藝出版社）、崔衛平的《不死的海子》（1999北京中國文聯出版社）、高波的《解讀海子》（2003昆明雲南人民出版社）、周玉冰的《面朝大海，春暖花開——海子的詩意人生》（2005合肥安徽文藝出版公司）、胡書慶的《大地情懷與形上訴求——對海子〈太陽〉七部書的闡釋》（2007鄭州河南人民出版社）等。

（三）資深詩人

在突破社會主義文學的朦朧詩出現的同時，老一輩的詩人仍然活躍。艾青（1910-96，生平見第十八章）本是抗戰時期最活躍的詩人，經過反右、文革等的折磨，沉寂了多年，1978年又復出重拾彩筆，在去世前寫了兩百多首詩，出版了三部詩集：《歸來的歌》（1980）、《彩色的詩》（1980）、《雪蓮》（1983）及一本詩論《艾青談詩》（1983）。經過多年的痛苦遭遇，思想更為深沉，詩藝也更加圓熟，但是很難說他超越了過去已有的成績。不過因為再度出國的關係，他寫了不少國外題材的作品。

受到胡風一案牽連繫獄多年的七月派詩人，尚存的曾卓（1922-2010，生平

見第二十三章）、綠原（1922-，生平見第二十三章）、牛漢（1923-，生平見第二十三章）等都有新作問世。曾卓出版有《懸崖邊的樹》（1981）、《老水手之歌》（1983），綠原又有《人之詩》（1980）及《1986年詩抄》出版，牛漢則推出了《溫泉》（1984）、《海上蝴蝶》（1985）和《蚯蚓和羽毛》（1986）。他們都用象徵、隱喻的手法傾訴多年來所受的創傷。

1981年江蘇人民出版社出版了一冊抗戰時期的詩選集《九葉集》，包括王辛笛（1912- 2004）、陳靜容（1917-89）、杭約赫（1917-95）、杜運燮（1918-2002）、穆旦（1918-77）、鄭敏（1920-）、唐祈（1920-90）、唐湜（1920-2005）、袁可嘉（1921-2008））等九位詩人（以上詩人生平均見第二十三章），以後遂稱其為「九葉詩派」。最受注目的穆旦寫了幾首苦澀的詩後很快就去世了。陳靜容和鄭敏兩位女詩人靜默了多年後又開始探索詩的藝術，顯得更加幽深、凝重。前者出版了《陳靜容選集》（1983）、《老去的是時間》（1983）。唐祈復出後出版了一系列邊塞詩《敦煌組詩》、《西北十四行組詩》，唐湜則出版了敘事詩《海陵王》（1980）、《淚瀑》（1985）及十四行抒情詩集《幻美之旅》（1984）、《遐思——詩與美》（1987）。他們原來都是現代派詩人，但比起年輕一代的朦朧詩來，他們的作品又不那麼現代了。

至於毛澤東時代出現的詩人，像公劉（1927-2003）、白樺（1930-）、流沙河（1931-）、邵燕祥（1933-）等（以上詩人生平均見第二十九章），文革後復出，都是創作力相當旺盛的詩人。公劉在1957年就被打成了右派分子，剝奪了寫作的權利，直到文革後才獲得平反。重新寫作後，作品不少，先後出版了《尹靈芝》（1978）、《白花·紅花》（1979）、《離離原上草》（1980）、《仙人掌》（1980）、《母親——長江》（1983）、《大上海》（1984）、《南船北馬》（1986）等詩集。他的詩政治色彩甚強，不失敢言的本色。白樺復出之後，興趣轉向電影和小說方面，曾因電影劇本《苦戀》惹出麻煩，但仍有詩集《情思》（1980）和《白樺的詩》（1982）出版。流沙河除了詩作外，還熱心介紹台灣現代詩的成就，從1980年起先後出版了《鋸齒齧痕錄》（1988）、《獨唱》、《遊蹤》（1983）、《流沙河隨筆》、《流沙河詩集》

（1982）、《故園別》（1983）、《台灣中年詩人十二家》（1983）、《莊子現代版》、《Y先生語錄》（2002）、《隔海談詩》（1985）等著作。邵燕祥也是1957年被打成右派，復出後因爲正當盛年，又有話要說，所以寫作特別勤快，每年都有新作問世，計有《獻給歷史的情歌》（1980）、《含笑向七十年代告別》（1981）、《在遠方》（1982）、《爲青春作證》（1982）、《如花怒放》（1983）、《遲開的花》（1984）、《贈給十八歲的詩人》（1984）等。

三、大陸開放以來的散文

散文本來是作者直抒胸臆的文體，比較容易下筆，所以向來從事者眾。但是也就因爲其直抒胸臆的特性，容易暴露作者內心的眞情實感，在毛澤東那種作者動輒得咎的時代，大家都噤若寒蟬，除了歌功頌德以外，不敢寫暴露個人心事的散文了，所以使得社會主義的散文成爲最不起眼的一種文類。一直到了文革後實行對外開放、對內鬆綁的政策後，獲得平反的文人才敢小心翼翼地重拾鏽蝕了的文筆。這一來就像洩洪的閘門打開，積壓多年的怨氣總算找到一條出路，比起傷痕小說可就直接得多了。

（一）小說家、劇作家的散文

小說家與劇作家本來就是兼寫散文的能手，基於前述的原因連小說、劇本都不敢下筆的時代，怎能寫散文呢？開放後第一個引起注意的是小說家巴金的散文。這時候巴金（1904-2005，生平見第十五章）已經一大把年紀，也無所恐懼了，有感於過去長久在高壓的政治環境中所受的冤氣，遂以散文的形式表現出來。生前一連出版了《隨想錄》（1979香港三聯書店香港分店）、《爝火集》（1979北京人民文學出版社）、《探索集》（1981香港三聯書店香港分店）、《序跋集》（1982廣州花城出版社）、《創作回憶錄》（1982北京人民文學出版社）、《懷念集》（1982銀川寧夏人民出版社）、《眞話集》（1982北京

人民文學出版社）、《病中集》（1985香港三聯書店香港分店）、《無題集》（1986北京人民文學出版社）等多種散文集以及1987年三聯書店香港分店出版的合訂本《隨想錄》。在這些作品中直言不諱地指出那些可憎可厭的社會政治現象，正如他在合訂本《隨想錄・新記》中所言：「拿起筆來，儘管我接觸各種題目，議論各樣事情，我的思想卻始終在一個圈子裡打轉，那就是十年浩劫的『文革』。」（巴金1987）因此他做了深刻的自我檢討：為什麼一個正直的有理想的人會屈服在跋扈專橫的暴君之下？

　　劇作家陳白塵（1908-96，生平見第二十一章）也是進行反思的一位。晚年出版了《五十年集》（1982南京江蘇人民出版社）及回憶錄《雲夢斷憶》（1983香港三聯書店）、《寂寞的童年》（1985香港三聯書店）。還有劇作家吳祖光（1917-2003，生平見第二十一章），也是以敢言著稱，生前也出版了《風情小集》（1982上海文藝出版社）和《吳祖光散文選》（1982南京江蘇人民出版社）。

　　荷花淀派小說家孫犁（1913-2002，生平見第二十四章）同時也是散文家，文革時代嚇出憂鬱病來，不但不敢寫作，也不敢說話，開放以後才重新執筆，寫的主要就是散文，是飽經風霜、憂患的人生參悟，意在言外，有《晚華集》（1979天津百花文藝出版社）、《秀露集》（1981天津百花文藝出版社）、《耕堂雜錄》（1981石家莊河北人民出版社）、《書林秋草》（1983北京三聯書店）、《孫犁散文選》（1984北京人民文學出版社）。同時代的劉白羽（1916-2005，生平見第二十四章）也是身兼小說家和散文家，所不同的是他一直在黨政軍中身任要職，曾做過中國作家協會書記處書記、副主席、文化部副部長、解放軍總政治部文化部長等。寫起文章來，思想比較正確（從共黨的眼光看），他的散文作品從五〇年代以來一直未斷，像《莫斯科訪問記》（1951上海海燕書店）、《對和平宣誓》（1954北京作家出版社）、《火炬與太陽》（1956北京作家出版社）、《早晨的太陽》（1959北京作家出版社）、《紅瑪瑙集》（1962北京作家出版社）、《紅色的十月》（1978上海文藝出版社）等，看題目就猜得到內容為何了。文革後又出版了《劉白羽散文選》（1978北

京人民文學出版社）、《芳草集》（1981天津百花文藝出版社）等。他是少數心中沒有怨氣的散文家。較晚的小說家汪曾祺（1920-97，生平見第三十九章）的散文也很可觀，他的小說是散文化的，他的散文也是小說化的。文革後出版有《寂寞和溫暖》（1987台北新地出版社）、《晚翠文談》（1988杭州浙江文藝出版社）、《蒲橋集》（1989北京作家出版社）、《旅食集》（1992廣州廣東旅遊出版社）、《汪曾祺小品》（1992北京中國人民大學出版社）、《汪曾祺散文隨筆選集》（1993瀋陽出版社）、《榆樹村雜記》（1993北京中國華僑出版社）、《花草集》（1993成都出版社）、《塔上隨筆》（1993北京群眾出版社）、《老學閒抄》（1993西安陝西人民出版社）、《五味集》（1996台北幼獅文化公司）、《矮紙集》（1996武漢長江文藝出版社）、《逝水》（1996北京中國青年出版社）、《汪曾祺散文選集》（1996天津百花文藝出版社）、《獨坐小品》（1996銀川寧夏人民出版社）、《去年屬馬》（1997北京燕山出版社）。他的散文閒適、清淡，是繼承周作人、沈從文的風格的。

當代小說家王蒙（1934-，生平見第三十章）也是能寫散文的人，語言幽默而不失犀利。他雖然也曾被打成右派，但靠了個人的機智，文革時遠遠避到新疆的維吾爾族群中，沒有受到重大的創傷，而且後來又被重用，因此沒有什麼冤屈需要申訴，行文可以平和，除了散文外，還寫了不少讀書與寫作的心得，諸如《紅樓啓示錄》、《欲讀書結》、《我的人生哲學》、《當你拿起筆》、《漫談小說創作》、《王蒙談創作》、《文學的誘惑》、《創作是一種燃燒》等。他出版的散文集、遊記有《桔黃色的夢》、《我的喝酒》、《德美紀行》、《訪蘇心潮》等。其實他的三部自傳：《王蒙自傳第一部：半生多事》（2006廣州花城出版社）、《王蒙自傳第二部：大塊文章》（2007廣州花城出版社）、《王蒙自傳第三部：九命七羊》（2008廣州花城出版社）更可觀，除了自嘲、自我暴露外，也是一部現代文學外史。

《王蒙自傳第三部：九命七羊》（2008廣州花城出版社）

史鐵生（1951-2010，生平見第三十九章）的散文跟他的小說一樣，透露著人生的智慧，正因爲不能自由行動而增加了沉思的機會。生前出版的散文集有《我與地壇》、《合歡樹》、《記憶與印象》、《病隙隨筆》、《靈魂的事》、《我的丁一之旅》。他的好友陳村曾言：「史鐵生用殘缺的身體，說出最健康而豐滿的思想；他體驗到的是生命的苦難，表達出的卻是存在的明朗和歡樂；他睿智的言詞，照亮的反而是我們日益幽暗的心。」（陳村 2000）

韓少功（1953-，生平見第三十九章）不以虛構的文本爲滿足，也想藉散文的直接面對讀者的功用介入社會、人群，因此以散文的形式暢論社會與歷史、文學與文化等重大課題，出版散文及隨筆集有《面對神祕而空闊的世界》（1986）、《夜行者夢語》（1993）、《聖戰與遊戲》（1994）、《心想》（1996）、《靈魂的聲音》（1996）、《完美的假定》（2003北京崑崙出版社）、《山南水北——八溪峒筆記》（2006）等，2007年散文集《山南水北》獲第四屆全國優秀散文雜文獎。

另一位小說家賈平凹（1953-，生平見第三十九章）是多產的作家，小說作品眾多，散文也不少。散文作品有《月跡》（1983天津百花文藝出版社）、《愛的蹤跡》（1983上海文藝出版社）、《商州散記》（1983成都四川人民出版社）、《心跡》（1985成都四川文藝出版社）、《賈平凹散文自選集》（1986）、《坐佛》（1989天津百花文藝出版社）、《朋友》、《我的小桃樹》、《靜水深流》、《天氣》等。賈平凹的散文關懷民間風俗和民間信仰，與他的小說互爲表裡，例如《商州散記》便與他系列商州小說可互相註釋。他也是以小說的文筆來寫散文，故能娓娓動聽。

女作家中寫散文的也很多，像張潔等，但作品多而精的當首推王安憶（1954-，生平見第三十九章）。她是多產的作家，小說寫得極受人注目，出版的散文集也不少，計有《蒲公英》、《獨語》、《走近世紀初》、《旅德的故事》、《乘火車旅行》、《重建象牙塔》、《王安憶散文》、《街燈底下》、《窗外與窗裡》、《漂泊的語言》、《劍橋的星空》、《母女同遊美利堅》（與茹志娟合作）等。此外尚有文論數冊：《故事與講故事》、《心靈世

界》、《我讀我看》、《王安憶說》。她是創作精力異常旺盛的女作家。

其實小說家兼寫散文的很多，如莫言有《莫言散文》、《戰友重逢》，張煒有《融入野地》、《夜思》、《羞澀和溫柔》，余華有《溫暖和百感交集的旅程》、《音樂影響了我的寫作》、《沒有一條道路是重複的》、《十個詞彙裡的中國》，蘇童有《花繁千尋》、《河流的祕密》等。詩人也寫散文，像北島有《失敗之書》（2004）、《青燈》（2008）、《城門開》（2010）等。其他小說家、劇作家、詩人的散文就不勝枚舉了。

（二）學者的散文

學者從事散文創作的，在海峽兩岸都大有人在。文革後楊絳（1911-，生平見第二十一章）以學者兼劇作家的身分發表《幹校六記》（1981三聯書店）與回憶錄《記錢鍾書與〈圍城〉》（1986長沙湖南人民出版社）、《回憶兩篇》（1986長沙湖南人民出版社），婉轉地鋪陳了她與夫婿錢鍾書所遭遇的悲慘命運，可以視為當日下放牛棚者的親身見證。另有幾位學者散文家，一位是印歐古文字學者季羨林，有大量的散文作品問世，另外還有張中行、黃裳。

季羨林（1911-2009），字希逋，又字齊奘，山東省臨清縣人。1930年就讀於清華大學西洋文學系，畢業後在濟南任中學教員。1935年赴德留學，進哥廷根大學，習梵文、巴利文、吐火羅文等古代語文，1941年獲博士學位，留在該校印度研究所工作。1946年返國，任北京大學東方語言文學系教授兼系主任。49年後曾任北大副校長、中國社會科學院南亞研究所所長，長期致力於印度語言、文學的研究。1956年加入共產黨。文革初期曾參加造反派組織，後遭受迫害。1973年開始翻譯印度史詩《羅摩衍那》，1977年完成全譯本。他生前在大陸曾被奉為「國學大師」、「學界泰斗」。余英時認為「季羨林只不過是因晚年親共，且被中共力捧的學術樣板，不論在專業上或在操守上都不配稱為國學大師。」（余英時 2009）除學術譯著外，致力於散文寫作，作品豐碩，有《清塘荷韻》、《賦得永久的悔》、《留德十年》、《清華園日記》、《牛棚雜憶》、《朗潤園隨筆》（2000上海人民出版社）、《季羨林散文選集》、《人

生絮語》、《天竺心影》、《病榻雜記》（2007新世界出版社）、《憶往述懷》（2008）等。

　　張中行（1909-2006），原名張璿，字仲衡，河北省香河縣人。1935年畢業於北京大學中文系，曾任教於南開中學、保定中學、貝滿女中，並曾任《現代佛學》主編。後到北京大學任教，與季羨林、金克木合稱「燕園三老」。1949年後任人民教育出版社編輯，從事中學語言教材的編輯。前妻爲女作家楊沫，後者小說《青春之歌》中的反面人物余永澤以他做原型，致使他文革中遭受迫害。二十世紀八〇年代出版的多部散文集成爲暢銷書，從而聞名於世，人稱「文壇老旋風」。短短幾年就奠定了他散文大家的地位，被季羨林稱爲「高人、逸人、至人、超人」。代表作有《順生論》，此書由很多短小的文章組成，內容深刻，文筆優雅，充滿哲理。此外尚有《作文雜談》（1985北京人民教育出版社）、《負暄瑣話》（1986哈爾濱黑龍江人民出版社）、《負暄續話》（1990哈爾濱黑龍江人民出版社）、《禪外說禪》（1991哈爾濱黑龍江人民出版社）、《順生論》（1995北京中國社會科學出版社）、《負暄三話》（1994哈爾濱黑龍江人民出版社）、《橫議集》（1995北京經濟管理出版社）、《月旦集》（1995北京經濟管理出版社）、《流年碎影》（1997北京中國社會科學出版社）、《散簡集存》（2001北京中國社會科學出版社）、《望道雜纂〈順生論〉外編》（北京群言出版社）、《說八股》（與啓功、金克木合著）（2004北京中華書局）等。

　　黃裳（1919-），原名容鼎昌，山東省益都縣人。1933-37年間就讀天津南開中學，1938年入上海交通大學電機系，同時開始散文寫作。後至重慶完成交通大學學業。1945年任《文匯報》駐重慶、南京特派員，後回上海任《文匯報》副刊編輯。1949年後任解放軍軍委總政文化部文工團編劇、上海電影製片場創作所編劇、《文匯報》記者等。文革後精心研究戲曲、古籍版本、歷史考證，且成爲著名的藏書家，行文洋溢著書卷氣，主要散文著作有《錦帆集》（1946北京中華書局）、《錦帆集外》（1948上海文化生活社）、《舊戲新談》（1948上海開明書店）、《新北京》（報告文學，1950上海出版公司）、《榆

下說書》（1982北京三聯書店）、《晚春的旅行》（1984香港三聯書店香港分店）、《金陵五記》（1985南京江蘇人民出版社）、《珠還記幸》、《來燕榭書札》、《來燕榭文存》、《黃裳文集》六卷（1998上海書店出版社）等。

余秋雨（1946-），浙江省餘姚縣人，上海戲劇學院畢業，曾任該院教授、副院長、院長、榮譽院長，現任澳門科技大學人文藝術學院院長。其散文具有深厚的文化素養，又能廣為讀者歡迎，因此在九○年代所出散文集暢銷海峽三岸。主要作品有《文化苦旅》（1992）、《山居筆記》（1995）、《霜冷長河》（1999）、《千年一嘆》（2000）、《行者無疆》（2001）、《借我一生》（2004）、《我等不到了》（2010）等。

《文化苦旅》

余秋雨（1946~）
攝影／陳建仲

在學者的散文中，也許我們不該忽略一位專注收集與研究早期作家（特別是台港與海外作家）的學者的散文論述，雖然是資料性的散文，但是對文學史及對個別作家的研究頗有助益，這就是上海的陳子善。

陳子善（1948-），上海市人。曾任華東師範大學中文系研究員、同校中國現代文學資料與研究中心主任、博士生導師、中華文學史料學學會近現代文學分會副會長、上海巴金文學研究會副會長等。並曾赴香港中文大學、日本東京都立大學、英國劍橋大學、美國哈佛大學等校訪問。在現代文學的研究方面，曾經參與《魯迅全集》的註釋工作，並對周作人、郁達夫、梁實秋、臺靜農、葉靈鳳、張愛玲等的作品發掘、整理和研究上具有貢獻。著有《遺落的明珠》（1992台北業強出版社）、《回憶梁實秋》（1992長春吉林文史出版社）、《中國現代文學側影》（1994台北志文出版社）、《回憶臺靜農》（1995上海教育出版社）、《私語張愛玲》（1995杭州浙江文藝出版社）、《閒話周作人》（1996杭州浙江文藝出版社）、《未能忘情——台港暨海外學者散文》

（1997上海教育出版社）、《撈針集——陳子善書話》（1997杭州浙江人民出版社）、《生命的記憶》（1998上海教育出版社）、《說不盡的張愛玲》（2001台北遠景出版公司）、《陳子善序跋》（2003南京東南大學出版社）、《西遊散墨》（2003瀋陽遼寧教育出版社）、《發現的愉悅》（2003武漢湖北人民出版社）、《這些人，這些書：在文學史視野下》（2008武漢湖北人民出版社）、《邊緣識小》（2009上海書店）、《看張及其他》（2009上海中華書局）等，另有編輯文集多種。

從開放後文人競寫散文看來，共產教條的緊箍咒的確是放鬆了，使文人們才敢於放膽寫最容易透露內心思維的這一種文類。

由上可知文化大革命以後中共的改革開放政策，雖然未能完全打破馬列主義的思想框架，但已不能阻止外面影響的滲入及新生力量的蓬發，特別是經濟結構的變動自會觸及到意識形態的變革。相應於資本主義與工業社會的民主政治雖尚未在大陸顯現，但自由的幅度與思想的多元較之於過去則大有進展。沒有自由的意志與多元的文化，在文藝的園囿中不可能產生盛放的花朵，八〇年以來文學創作上的多采多姿，至少證明了中國大陸的政經文化已走上了變革的道路，而這一條路也應該是一條不歸路。

（三）報告文學

報告文學在散文中自成一次文類，抗戰前後曾因宣傳抗日的緣故而流行，在台灣因報章的提倡也曾流行一時。報告文學與記者的新聞報導密切相關，有文采的新聞報導不妨視為報告文學，具有紀實新聞性質的散文、遊記也就形同報告文學。在大陸上到了對外開放以後言論比較寬泛，又有不少社會問題，報告文學於是又成為熱門的文體。首先出現的是報導那些受盡冤屈的科學家、學者的悲慘遭遇，如徐遲寫李四光的〈地質之光〉、寫陳景潤的〈哥德巴赫猜想〉、黃宗英寫秦關屬的〈大雁情〉、寫徐鳳翔的〈小木屋〉等。接著就有反映經濟改革、教育問題、家庭問題的文章出現。但能引起轟動效果的則是報導官吏貪汙枉法的報導，如劉賓雁的〈人妖之間〉。

徐遲（1914-96），浙江省湖州市人。生於一教師家庭，1928年就讀上海光華大學附中，1931年入蘇州東吳大學文學院，開始寫作。九一八事變後參加愛國學生團北上抗日，滯留北平。1932年入燕京大學借讀。1938年與戴望舒一家流亡香港，返回國內後於1943年任《中原》季刊執行編輯。勝利後1946年任南潯中學教導主任。1949年與南潯同仁促成小鎮和平解放，同年抵北平，出席第一次全國文代會，留在北京，在作家出版社出版多種詩文集。五〇年代的前七年，他屢次到朝鮮戰場，四次去鞍鋼。六次到長江大橋工地。1961年離京遷武漢，到長江水利工地深入生活，任湖北省文聯副主席、省作協副主席。1966年文革爆發，住進牛棚，被剝奪寫作的權利。十年後始獲得平反，並於1977年發表報告文學〈地質之光〉（《人民文學》），翌年出版報告文學集《哥德巴赫猜想》（1978北京人民文學出版社）。1985年出任中國作家協會湖北分會名譽主席。1992年訪問希臘雅典，重新翻譯荷馬史詩《依利亞特》。1996年12月12日夜因憂鬱症在武漢一家醫院墜樓身亡。其他作品尚有《徐遲散文選集》（1979上海文藝出版社）、《紅樓夢藝術論》（1980上海文藝出版社）、《文藝和現代化》（1981成都四川人民出版社）、《瓦爾登湖》修訂本（1982上海譯文出版社）、《托爾斯泰傳》全譯本（1983北京出版社）、報告文學集《結晶》（1984上海文藝出版社）、《愉快的和不愉快的散文集》（1986北京中國文聯出版公司）、遊記《法國，一個春天的旅行》、《美國，一個秋天的旅行》（1991北京人民文學出版社）、長篇自傳小說《江南小鎮》（1993北京作家出版社）、《徐遲文集》四卷（1993武漢長江文藝出版社）、報告文學集《來自高能粒子的信息》（1995上海書店）等。他以詩人氣質寫報告文學，常能熔議論、詩意、散文於一爐；語言華美警策，獨具風格。

劉賓雁（1925-2005），吉林省長春市人，在哈爾濱長大。1943年初中畢業後就投身抗日活動，並於翌年參加共產黨。1945年勝利後在天津耀華中學任教。1951年後擔任北京《中國青年報》記者，成為中國作家協會會員。1956年在《人民文學》上發表小說〈在橋梁工地上〉，批判了中共官僚主義體制和壓制新聞自由的審查制度，引起全國注意。1957年5月13日在《中國青年報》發

表〈上海在沉思中〉，批評上海市委壓制言論自由，影
響廣泛。被毛澤東指責為「企圖製造混亂」，被打成右
派。1957年7月19日，《中國青年報》舉行批劉之「座談
會」。1958至1962年劉賓雁被遣送農村勞動改造。1963
至1966年間他返回《中國青年報》服雜役。1966年3月
被「摘帽」，但6月初文革起又被指「反黨」，再度下放
農村勞動改造至1977年。1978年劉回京擔任中國社會科
學院《哲學譯文》編輯。1979年獲得平反，同年9月發表
報告文學〈人妖之間〉，揭露中共建國以來地方官員最
大貪汙犯王守信，在民間引起巨大反響。在1979至1987

劉賓雁《我的自白》（1989
四川文藝出版社）

年期間擔任《人民日報》高級記者，發表大量揭露社會問題的報導和報告文學
作品，如〈第二種忠誠〉等。1985年在中國作協第四屆大會上當選為副主席，
並出任中國獨立筆會第一任會長。他的作品在八〇年代影響很大，使他得到了
「中國的良心」的稱號。1987年劉賓雁在反對資產階級自由化運動中，被中共
以反對四項基本原則再次開除黨籍和公職。鄧小平在〈旗幟鮮明地反對資產階
級自由化〉中提到劉賓雁說：「對於那些明顯反對社會主義、反對共產黨的，
這次就要處理。可能會引起波浪，那也不可怕。對方勵之、劉賓雁、王若望處
理要堅決，他們狂妄到極點，想改變共產黨，他們有什麼資格當共產黨員？」
1988年春，劉賓雁赴美國講學。1989年發生六四天安門事件，因公開反對武力
鎮壓，被開除出中國作家協會，從此被中共當局禁止返回中國。他在中國大陸
的名字亦迅速消失。文集有《第二種忠誠》與《人妖之間》。2005年2月底，為
慶祝劉賓雁八十歲生日，海內外一批作家合作出版散文集《不死的流亡者》，
劉親自出席簽名會，另外由旅美雕塑家譚寧製作的劉賓雁半身像，2005年2月23
日，在美國普林斯敦大學揭幕，劉亦曾到場主持儀式。

黃宗英（1925-），原籍浙江省瑞安縣，生於北京。1932年隨父親遷往青島進
小學，1934年喪父，隨寡母到天津投親，繼續小學學業。1941年應長兄黃宗江
之召赴上海，在黃佐臨主持的上海職業劇團做雜工，偶然在曹禺《蛻變》中代

戲上場，從此走上舞台。1942年與音樂指揮異方結婚，不幸半月後夫婿病逝。1946年再與程述堯結婚，翌年參加中電二廠《幸福狂想曲》之拍攝，與男主角趙丹墮入愛河，遂離婚改嫁趙丹。文革中與趙丹同受迫害，趙丹身亡。文革後獲得平反脫離電影，從事寫作。1993年與作家馮亦代結婚。2005年馮亦去世。作品有《黃宗英報告文學選》、《賣藝黃家》、《黃宗英自述》、《小木屋》等。

冷夢（1955-），原名李淑珍，陝西省西安市人。當過工人、下放知青、教師、公司經理祕書、警官、媒體記者、編輯、藝術美學研究員等。十七歲開始寫作，以報告文學、小說爲主，曾獲首屆魯迅報告文學獎。爲陝西省藝術研究所專業作家、中國農工民主黨黨員，現任陝西省作協副主席、陝西省政協委員。作品有長篇報告文學《百戰將星蕭永銀》（1994北京解放軍文藝出版社）、《高西溝調查——中國新農村啓示錄》（2007西安太白文藝出版社）、中篇報告文學《黃河大移民》（1998西安陝西旅遊出版社）、長篇小說《天國葬禮》上、下冊（1999北京群眾出版社）、《特別諜案》（2000北京群眾出版社）、《滄海風流》（1998成都四川文藝出版社）等。

引用資料

于　堅，1995：〈戲劇作為動詞，與艾滋有關〉，8月台灣《表演藝術》雜誌第34期，頁81-86；9月第35期，頁84-90。

么書儀、王永寬、高鳴鸞主編，1999：《中國文學通典：戲劇通典》，北京解放軍文藝出版社。

《中國現代文學辭典》，1990，上海詞書出版社。

巴　金，1987：《隨想錄》（合訂本），香港三聯書店香港分店。

田　間，1981：〈在京部分詩人談文學創作〉，《文藝報》第16期。

艾　青，1981：〈從「朦朧詩」談起〉，5月12日《文匯報》。

牟　森，1997：〈寫在戲劇節目單上〉，《藝術世界》（3）。

江宛柳，1997：〈軍隊劇作家姚遠訪談〉，4月號《劇本》。

余英時，2009：〈談談季羨林、任繼愈等「大師」〉，8月4日《自由亞洲電台》。

吳　雪、杜高，1987：〈導言〉，《中國新文藝大系1976-1982．戲劇集》，北京中國文聯出版公司。

於可訓、吳濟時、陳美蘭主編，1989：《文學風雨四十年——中國當代文學作品爭鳴述評》，武昌武漢大學出版社。

馬　森，1991：〈中國大陸的荒謬劇〉，《當代戲劇》，台北時報文化出版公司，頁105-120。

馬　森，1992：〈評《假如我是真的》〉，《東方戲劇．西方戲劇》，台南文化生活新知出版社，頁197-212。

馬　森，1993：〈所謂京味話劇〉，7月台灣《表演藝術》雜誌第9期，頁113。

孫　犁，1982：〈讀柳蔭詩作記〉，《詩刊》第5期。

徐敬亞，1983：〈崛起的詩群——評我國詩歌的現代傾向〉，《當代文藝思潮》第1期。

徐敬亞，1984：〈時刻牢記社會主義的文藝方向——關於「崛起的詩群」的自我批評〉，3月5日《人民日報》。

《荒誕派戲劇集》，1980，上海譯文出版社。

曹萬生，2010：《中國現代漢語文學史》，北京中國人民大學出版社。

章　明，1980：〈令人氣悶的「朦朧」〉，8月號《詩刊》。

陳　村，2000：〈我看史鐵生〉，11月25日《南方週末》。

童道明，1991：〈小劇場戲劇的復興〉，3月《中國話劇研究》第2期，頁22。

劉登翰，1980：〈一股不可遏制的新詩潮——從舒婷的創作與爭論談起〉，《福建文藝》第12期。

劉登翰，2007：《華文文學：跨域的建構》，福州福建人民出版社。

臧克家，1981a：〈也談「朦朧詩」〉，4月9日《文學報》。

臧克家，1981b：〈關於「朦朧詩」〉，《河北師院學報》第1期。

謝　冕，1999：《浪漫星雲：中國當代詩歌札記》，廣州廣東人民出版社。

第四十一章　海外華文文學

　　對於在中國和台港以外的華文文學，最常用的字眼是「海外華文文學」，少用「移民華文文學」，主要乃因早期的華人移民多半都爲生活而奔忙，同時移民前可能也未受過足夠的語文訓練，沒有留下有分量的華文作品。那時候少數華人移民的知識份子而又有作品傳世者，像移美的林語堂、黎錦揚、移英的蔣彝、熊式一、移法的郭有守等，也都採用在地國的文字寫作，而未用華文，這也是過去「華文的移民文學」未成氣候的原因。

　　如今情況大變，在歐美的華裔移民中知識份子很多，有許多甚至是移民前在國內本已是具有成就的作家，因此繼續使用華文寫作的不在少數，東南亞的移民有些在二三代後仍在用華文寫作，現在使用「華文的移民文學」或「移民的華文文學」一詞，應該有其正當性了。然而「海外華文文學」一詞仍在普遍使用中。這兩個詞嚴格地說有些分別，前者指「移民者」的華文文學，而後者包括移民者及留外而非移民者的華文文學；籠統地說呢，二者指的是同一回事。

　　海外的華文文學自然是母國文學的一種枝蔓，開始時受到五四一代作家的直接影響，但是49年以後，由於大陸的封閉，與西方國家斷絕了關係，反倒成爲台灣文學覆翼下的一枝新秀。大陸的學者對此也有細密的觀察，譬如劉登翰

就曾記述說：「台灣文學對海外華文文學的發展產生了重要影響。……由於中國政治形式的變化，在冷戰格局中受到包圍的新中國政權，基本停止了海外移民，被迫相對削弱或鬆弛了與海外華僑華人社區及其文學發展的聯繫。相對而言，這一時期搬遷台灣的國民黨政權，利用其冷戰格局中的區位特點和傳統聯繫在大量移民海外的同時，大力加強與海外華僑與華人的關係，客觀上使這一時期的台灣，成為中國海外移民的主要移出地和中國文化與文學的海外輻射中心。」（劉登翰 2007：193-194）

一、美洲的華文文學

海外華文文學，或移民華文文學的主力，不論過去或現在，都在美國。留美的華裔作家除了人多勢眾外，成就也很可觀。小說家像聶華苓、於梨華、白先勇、劉大任、水晶、叢甦、張系國、李黎、李渝、郭松棻、裴在美、顧肇森、周腓力、嚴歌苓、詩人像鄭愁予、非馬、葉維廉、杜國清、張錯、北島、散文家像喬治高、董鼎山、木心、許達然、高爾泰、莊信正、李歐梵、簡宛、陳少聰、洪素麗、喻麗清、吳玲瑤、少君等都長居美國，他們雖然都不是職業作家，但經常有作品發表。此外，還有一些台港的作家退休後到美國養老的，像錢歌川、吳崇蘭、葉曼、季薇、楚軍、紀剛、紀弦、彭邦楨、簡宛、王藍、彭歌、吳魯芹、張秀亞、思果、王鼎鈞等，有的早已封筆或已謝世，有的仍然時有作品發表。其他用英文寫作而聲名卓著的美籍華裔作家也很多，像小說家湯亭亭、譚恩美、哈金、戲劇家趙健秀、黃哲倫等的作品都很受到重視，但他們都是用英文寫作的，不屬於華文文學之列。哈金應算例外，第一他是半路出家的英文作家，成就雖大，但母語仍是漢語，第二因為他的作品出版後立刻譯成中文，有些作者還自行參與了翻譯或審訂中文的版本。

上世紀及本世紀初，在美的華裔作家，不論是用中文寫作的，還是用英文寫作的，其盛況可說空前，成就也遠遠超過過去任何一個時代。在美的作家因為與海峽兩岸都有千絲萬縷的關係，特別與實行民主政治的台灣關係更加密切，

因此多數作家均有雙重身分，已被列入台灣作家之林，以下僅介紹在以前篇章中尚未列入的作家。

董鼎山（1922-），浙江省寧波縣人。1945年上海聖約翰大學英文系畢業，在新聞界工作兩年後於1947年赴美，先後就讀於密蘇里大學與哥倫比亞大學研究所。曾任報刊編輯、紐約市立大學教授，國際筆會紐約分會會長。1989年退休。散文集有《紐約客書林漫步》、《西窗漫記》等多種。

木心（1927-2011），原名孫璞，字仰中，號牧心，筆名木心，浙江省桐鄉縣人。1946年在上海美專學習油畫，因參加學生運動被開除，又被國民政府通緝，走避台灣，1949年返回大陸，任職上海工藝美術研究所。1971年獲罪共產黨，被關進廢棄防空洞半年後下放勞動改造。獲釋後，調北京負責修繕人民大會堂（因他曾經是著名室內設計師），而後調任上海工藝美術家協會祕書長。1982年，以五十五歲高齡自費留學美國，赴紐約，從事美術及文學創作。1984年木心在哈佛大學舉行個展，受到哈佛東方學術史教授羅森菲奧的高度評價。九〇年代美國著名收藏家羅森奎斯收藏他三十餘幅水墨畫，同時他也成為二十世紀第一位獲得大英博物館收藏的中國畫家。他的文學作品則從八〇年代始陸續在台灣出版。1990年後受邀在紐約華僑文藝圈講授「世界文學史」歷時五載，被視為學養俱富且保有傳統文化菁英的傳奇人物。2005年在浙江省烏鎮景區邀請下返回故鄉，2011年在故鄉烏鎮去世。木心早期作品在文革的抄家中全部遺失。1984至2000年寫作以散文為主，兼有詩作及小說。共出版散文、詩和小說集十二冊，計有散文集《瓊美卡隨想錄》、《散文一集》、《即興判斷》、《素履之往》、《馬拉格計畫》、《魚麗之宴》、《同情中斷錄》、詩集《西班牙三棵

木心（1927-2011）

《瓊美卡隨想錄》1986年版封面

樹》、《巴瓏》、《會晤中》、《我紛紛的情欲》、小說集《溫莎墓園日記》（*The Windsor Cemetery Diary*）以及木心口述的《1989-1994文學回憶錄》（陳丹青筆錄，2013台北印刻出版公司）。台灣散文研究學者鄭明娳對他的印象如下：

　　他只想平淡地敘說一些印象、一些雜感，用一種很個人化的方式把這些印象和雜感串連起來。他是個道地的散文家，其散文集命名如「散文一集」，就是很典型的散文題目——中性、隨性且帶點潦草的飄逸感。在書中，他也建築了一些堡壘，把內心深處的東西潛藏進去。但是，在大部分的時刻，他總是流露出極度的個人色彩，強烈而鮮明的「我」隨處可見。包括寫景，都常常戴上他個人專屬的濾鏡。因此，書中的景物、事件，其實更近似用現代畫家的筆所描繪出來的，充滿了個人的意識和情結。若稍微誇張點說，木心是一個散文家、一個寓言家、一個現代主義者、一個無神論者、一個存在主義者——這點似乎與作為一個無神論者的木心有很大的關連，——一個遊客，更是一個愛掉書袋、愛抱怨世界，也能默默承受一切醜惡與華美的男人。木心彷彿一艘潛水艇，在每個艙房中擺置不同色彩的心事，每一篇散文都打開一扇厚重的水密門，裡邊呈現相異的場景和解說。（鄭明娳1986）

　　高爾泰（1935-），江蘇省高淳縣人。1955年江蘇師範學院畢業，分發到甘肅省蘭州市第十中學教授美術，在反右運動中被打成右派，並被解除公職，下放到甘肅省酒泉地區勞動改造。1962年解除改造，到敦煌文物研究所工作。文革期間又遭到批判鬥爭，再下放五七幹校勞動，直到1977年始獲得平反。1978年調至蘭州大學哲學系，主持美術專業，年底調至中國社會科學院哲學所。1982年返蘭

《尋找家園》（2009台北印刻出版公司）

州大學，以後先後執教於四川師範大學、天津南開大學、南京大學等校。1989年六四事件後，以反革命宣傳罪名關押，1990年始獲得釋放。1992年私逃至香港，輾轉抵美國，現居拉斯維加斯。2004年廣州花城出版社出版其自傳散文集《尋找家園》，2007年獲北京當代漢語研究所年度當代漢語貢獻獎。作品有《論美》、《美是自由的象徵》、《異化現象近觀》、《尋找家園》。

周腓力（1936-），原籍四川省資中縣，生於上海市。台灣大學外文系畢業，曾任美商公司業務副理、澳洲駐華大使館華籍商務官、琉球美軍翻譯官，後遷居洛杉磯。1984年起開始以幽默的筆調描寫在美新華人移民求生的艱辛，有小說，也有散文，受到注目，並獲中國時報短篇小說獎、中華小說獎。出版有短篇小說集《洋飯二吃》（1987台北爾雅出版社）、《離婚週年慶》（1992台北希代書版公司）、散文集《幽自己一默》（1989台北九歌出版社）、《萬事莫如睡覺急》（1989台北駿馬文化公司）、《婚姻考驗青年》（1984台北九歌出版社）。周腓力的幽默文筆不但在台灣受到歡迎，在中國大陸也一樣，同時更有一層看美國人笑話的心態，譬如有評者如是說：

> 周腓力作品正如魯迅先生所說：「喜劇將那無價值的撕破給人看。」這些年在一般人眼中，美國和其他發達的資本主義國家，簡直是理想天堂，極樂世界。為謀生餬口在美國奮鬥掙扎了十餘年的周腓力，卻清醒而敏銳地看到了那「天堂」的負面：即人對人的算計、欺騙、傾軋以及人性扭曲和人性異化。無論美國人對美國人、美國人對華人、華人對華人、華人對黑人、黑人對華人……無不為金錢物欲所刺激所支配而互相追逐。在〈洋飯二吃〉中，一開篇便是洋老闆炒中國雇員的「魷魚」。周圍夫婦走投無路，把僅有的兩萬元「救命錢」掏出來，與另一對華人夫婦開了一家中國餐館。「既然老美不給我們飯吃，我們就給老美飯吃。」——他們希冀在絕望的都市沙漠中走出一條路來。可是好景不長，黑社會的敲詐勒索，伙計間的鉤心鬥角，最後迎來了一場華人對華人的「窩裡鬥」，這份洋飯也就難吃下去了。〈一週大事〉和〈先婚後友〉，也都極寫在美華人為安身立足、養家餬口、致富發財，拼命勞作，追逐

奔波，以致到了人性壓抑和異化的程度。周腓力像個高明的外科醫生，握手術刀的手毫不顫抖，冷靜沉著，遊刃有餘地把病號軀體上的囊腫、癰疽以及癌組織解剖剔除出來，昭示於眾，讓人看到文明國度也有很不文明的角落。（季仲1990：142-143）

陳尹瑩（1939-），廣東省人，生於香港，長於廣東，1950年隨父母回香港。香港崇基學院數學系畢業，在羅寓國師範學院專修一年後為英文中學瑪莉諾書院聘為數學老師。但兩年後進瑪莉諾修道院成為她久已嚮往的修女。不久被派到美國教學，同時在紐約哥倫比亞大學進修戲劇。1977年獲教育博士學位，長期在紐約華人社會推展戲劇活動，並於1986與1990年間返港擔任香港話劇團藝術總監一職。主要劇作有《西太后》（1980）、《石頭記》（1984）、《誰繫故人心》（1985）、《花近高樓》（1988）、《餓虎狂年》（1989）、《如此長江》（1990）。對香港的九七情結多所著墨，期盼香港人能夠維持尊嚴，保有自我。

簡宛（1939-），原名簡初惠，台灣省台北市人。台灣師範大學史地系畢業，美國北卡羅來納州立大學教育碩士，曾任台北仁愛國中教師。赴美後，創辦北卡羅來納州三角區華美中文班及簡宛文教中心，並兼任北卡州立大學成人延伸教育班講師。寫作以散文為主，兼及兒童文學與翻譯。散文表現了女性的溫婉與親切，主要作品有《葉歸何處》（1971台北書評書目雜誌社）、《書中日月長》（1979台北爾雅出版社）、《歐遊心影》（1984台北書評書目雜誌社）、《簡宛隨筆》（1984台北皇冠文化出版公司）、《與自己共舞》（1993台北一葦國際公司出版部）、《時間的通道》（1998台北三民書局）等。

陳少聰（1941-），筆名何晞美，原籍山東省博興縣，生於貴州省貴陽市。東海大學外文系畢業，美國愛荷華大學英國文學碩士、華盛頓大學社會工作系碩士，曾任美國加州大學中國研究中心研究員、麻省大學東亞系中文講師，並曾從事心理輔導社會工作，現居美國。作有散文及小說，間或做翻譯工作，曾獲中國時報散文評審獎及吳魯芹散文獎。出版有散文集《航向愛情海》（1995台

北麥田出版公司）、散文與小說合集《水蓮》（1984台北爾雅出版社）、《女伶》（1993台北九歌出版社）。

喻麗清（1945-），浙江省杭州市人。台北醫學院藥學系畢業後赴美，1969年返台，擔任耕莘文教院青年寫作班總幹事。1972年再度赴美，在紐約州立大學教授中文，於1978年遷居加州柏克萊市，在柏克萊加州大學脊椎動物學博物館工作，1988年離職。在美曾任海外華文女作家協會會長、台北醫學院北加州校友會會長。寫作以散文為主，曾獲中國文藝協會散文獎章。出版散文集甚多，主要有《千山之外》（1967台中光啓出版社）、《欄杆拍遍》（1980台北爾雅出版社）、《沿著綠線走》（1991台北時報文化公司）、《帶隻杯子出門》（1994台北麥田出版公司）、《清麗小品》（1996北京友誼出版公司）等。

黃娟（1945-），原名黃瑞娟，台灣省桃園縣人。台北女師專畢業，曾任教職。旅居美國後，曾任北美台灣文學研究會會長。寫作以小說為主，多寫旅美華人的生活。曾獲扶輪社文學獎及吳濁流文學獎。主要小說作品有短篇集《小貝殼》（1965台北幼獅文化公司）、《冰山下》（1968台北台灣商務印書館）、《世紀的病人》（1988台北南方出版社）、《邂逅》（1988台北南方出版社）、長篇《愛莎岡的女孩》（1968台北純文學出版社）、《婚變》（1994台北前衛出版社）、《虹虹的世界》（1998台北前衛出版社）等。

韓秀（1946-），出生於美國紐約，父親為美國籍，母親為中國籍，兩歲時被送往上海外婆家扶養。大陸易手後，遷居北京，在北京接受教育，故以中文寫作。文革期間下放山西三年，流放新疆沙漠地帶長達九年，且曾受到親生母親的檢舉，形成心中深刻的傷痕。八〇年代，韓秀得以返美，在美國國務院外交學院教授中文，與美國外交官結婚。隨夫婿的工作遊居多國，包括台灣和北京，是以接觸海峽兩岸的文壇，1982年開始寫作，所寫多為毛政權時代的大陸故事，以小說痛陳傷痕的經驗。出版有散文集《秀色可餐》、《心繫兩岸》、《重疊的足跡》等，短篇小說集有《濤聲》、《親戚》、《生命之歌》、《長日將盡》（2014台北允晨文化公司）、《多餘的人》（2914台北允晨文化公司）及長篇小說《折射》、《團扇》等。

洪素麗（1947-　），台灣省高雄縣人。台灣大學中文系畢業，赴美國紐約國家藝術學院學習木刻及版畫。1972年曾返台，從江兆中、喻仲林習國畫，並開過畫展。後又再度赴美，在紐約定居，從事文學與美術創作。在台灣曾獲大專青年新詩獎第一名、第五屆時報文學散文推薦獎。她的文學作品都在台灣出版，善寫都市人物，行文中含有悽楚的鄉愁，令人不由動容。著有散文集《十年散記》（1981台北時報文化公司）、《浮草》（1983台北洪範書店）、《昔人的臉》（1984台北時報文化公司）、《守望的魚》（1986台中晨星出版社）、《港都夜雨》（1986台北前衛出版社）、《芳草天涯》（1987香港三聯書店）、《海岸線》（1988台北時報文化公司）、《海、風、雨》（1989台北聯經出版公司）、《旅愁大地》（1989台北聯經出版公司）、《黑髮城市》（1990台北自立報系出版部）、《夢與旅行》（1992台北漢藝色研文化公司）、《尋找一隻鳥的名字》（1994台中晨星出版社）、《台灣百合》（1998台中晨星出版社）及詩集《詩：台北》（1969台北田園出版社）、《十年詩草》（1981台北時報文化公司）、《盛夏的南台灣》（1986台北前衛出版社）、《流亡：台北》（1990台北自立報系出版部）、《惜草》（詩畫筆記，1993台北漢藝色研文化公司）。

　　蘇曉康（1949-　），原籍四川省，生於浙江省杭州市，青年時代流落中原，曾任記者及北京廣播學院講師，嘗試寫作報告文學，追求全景式、集合式、立體式的文體，曾獲全國優秀報告文學獎。因主導《河殤》一書的撰寫及影片製作而聞名，也因而被懷疑為煽動「八九學運」，於天安門事件後逃亡國外，現居美國。在美曾經擔任民主中國陣線理事及《民主中國》雜誌社社長。《河殤》外，尚著有《烏托邦祭：盧山會議紀實》、《陰陽大裂變》、《自由備忘錄》、《離魂歷劫自序》、《寂寞的德拉瓦灣》、《屠龍年代——中原喪亂與《河殤》前傳》等。

　　吳玲瑤（1951-　），福建省金門縣人。高雄師範大學英語系畢業，中國文化大學西洋文學研究所碩士、美國洛杉磯加州大學語言學碩士。旅居加州，專事寫作，以散文為主。文筆俏皮，一力追求幽默，多寫女性的感受，作品眾多，

主要有《女人難爲》（1986台北希代書版公司）、《婚前婚後》（1989台北健行文化出版公司）、《女人的幽默》（1990台北躍昇文化公司）、《女人的樂趣》（1990台北躍昇文化公司）、《幽默女人心》（1993台北躍昇文化公司）、《做個幽默的女人》（1995台北躍昇文化公司）、《做個快樂的女人》（1996台北躍昇文化公司）、《非常幽默男女》（1998台北躍昇文化公司）等。

　　哈金（1956-），原名金雪飛，英文名Ha Jin，祖籍山東省，出生於中國遼寧省，父親爲解放軍軍官。哈金於1969年文革時加入人民解放軍，1981年黑龍江大學英文系畢業，1984年山東大學北美文學碩士，1992年美國布蘭代斯大學博士。受到1989年天安門事件的刺激決定留美不歸。曾任教於亞特蘭大的艾文理大學及麻州波士頓大學。1990年在美出版第一本英文詩集，此後創作不斷，以小說爲主，皆用英文撰寫，獲得意外的成功，曾獲眾多美國文學大獎，計有美國國家書卷獎（National Book Award）、兩度美國筆會

哈金（1956-）

／福克納獎（PEN/Faulkner Award）、短篇小說歐克納獎（Flannery O'Connor Award for Short Fiction）、筆會／海明威獎（PEN/Hemmingway Award）等，並躋身於普立茲獎的決選之列。著有詩集：《沉默之間》（1990，*Between Silences*）、*Facing Shadows*（1996）、*Wreckage*（2001）、短篇小說集：《好兵》（1996，*Ocean of Words*，卞麗莎、哈金譯，2003台北時報文化公司）、《光天化日：鄉村的故事》（1997，*Under the Red Flag*，王瑞芸譯，2001台北時報文化公司）、《新郎》（2000，*Bridegroom: Stories*，金亮譯，2001台北時報文化公司）、《落地》（2009，*A Good Fall*，哈金譯，2010台北時報文化公司）、長篇小說：《池塘》（1998，*In the Pond*，金亮譯，2002台北時報文化公司）、《等待》（1999，*Waiting*，獲美國國家書卷獎及筆會／福克納獎，金亮譯，2000台北時報文化公司）、《瘋狂》（2002，*The Crazed*，黃

燦然譯，2004台北時報文化公司）、《戰廢品》（2004，*War Trash*，獲筆會／福克納獎，季思聰譯，2005台北時報文化公司）、《自由生活》（2007，*A Free Life*，季思聰譯，2008台北時報文化公司）、《南京安魂曲》（2011，*Nanjing Requiem*，季思聰譯，2011南京江蘇文藝出版社）、散文集：《在他鄉寫作》（2008，*The Writer as Migrant*，明迪譯，2010台北聯經出版公司）。以上中文譯本均於台灣出版，除了《南京安魂曲》一書外，其餘都因為題材敏感而無法在中國大陸出版。

哈金的獲獎作品：《等待》
（2000台北時報文化公司）

　　《等待》正是一部使哈金成名的小說，曾經獲得1999年美國的「國家書卷獎」，第二年又榮獲深受美國文壇重視的「筆會／福克納小說獎」，在美國的華裔作家中，不論是土生土長的，還是半路出家的，誠屬空前。

　　這部小說的時代背景是文化大革命時期的中國東北。有一位農家出身的軍醫孔林在1962年還未從軍醫院畢業的時候，就奉父母之命和一位小腳的文盲女子結婚。妻子侍奉公婆，體貼丈夫，還為他生了一個女兒，可說無可指責，

《等待》1999英文版

就是無法獲得丈夫的歡心。孔林畢業後擔任軍醫，更加厭棄家裡的小腳女人。這時，他跟同院的一位女護士日久生情，預備跟毫無情感的妻子離婚再娶。無奈妻子不同意，家中親友也不支持，但最重要的是離婚與結婚都需要上級的批准。如此一等就等了十八年，等到文革結束，人們的思想鬆綁以後，才如願以償。哪知，跟相戀十八年的護士結婚後，才發現自己的熱情早已消磨殆盡，再也擦不出愛苗了。已逝的青春無法追回，生活只落得一場廢墟。不幸的是這時新婚的妻子已病入膏肓，前程只有一片茫然了。

　　與傷痕文學不同的是這部小說並未直接批評文革，也未替主人翁抱屈不平，只從小人物的命運中反映出文革時代的荒謬絕倫。但真正令人動容的是《等待》超越了批評文學的憤世嫉俗，而直接深入地描寫出人性的無常與無奈，使

人覺得文革固然荒謬，但真正荒謬的是人生，就如西方的荒謬劇或荒謬小說所企圖表現的旨趣，只不過哈金用的是傳統寫實的手法而已。正如貝克特的《等待哥多》一樣，哈金的《等待》也有其普遍的悲劇性。

嚴歌苓的小說《少女小漁》曾搬上銀幕（1995台北爾雅出版社）

嚴歌苓（1958-），美籍華人，中國上海市出生。祖父是留美博士，回國後任教於廈門大學。其父蕭馬為作家，在反右鬥爭中被打成右派分子，因而夫妻離異，遷居安徽省馬鞍山市。嚴歌苓在安徽省作家協會的大院裡長大，十二歲參加人民解放軍成都軍區文工團，二十歲時成為戰地記者到對越戰爭前線探訪。1989年赴美留學，1990年入美國芝加哥哥倫比亞藝術學院，獲得寫作碩士學位，開始用中、英文寫作，現為好萊塢專業編劇。主要作品有長篇小說《綠血》、《一個女兵的悄悄話》、《一個女人的史詩》、《花兒與少年》、《第九個寡婦》、《小姨多鶴》、《金陵十三釵》（為張藝謀搬上銀幕）、中篇《女房東》、《人寰》以及電影劇本《扶桑》、《天浴》、《少女小漁》（都曾拍成電影，而且在影展獲獎）等。曾參與電影《梅蘭芳》編劇。她的英文小說《赴宴者》（*The Banquet Bug*）由東華大學創英所郭強生教授翻譯成中文。王德威在評論情色小說時曾論及嚴歌苓的作品說：

> 《扶桑》，也以妓女生涯，譬喻百年華人移民美國血淚。此作儼然可作為學者論女性主義、東方主義、後殖民論的絕好教材，而嚴歌苓誇張色欲及異國情調的用心，本身也饒富意義。嚴的《人寰》狀寫一段歷經各種政治滄桑的不倫之戀，又獲大獎。小說中的女主人翁藉心理治療傾吐自己的情色經歷或欲望，似懺情又似遐想。語言欲望的糾結及其引來的空洞回聲，很可引人深思。（王德威 1998：261-262）

貝嶺（？-），原名黃貝嶺，生於上海，長於北京，六四事件後流亡海外。

2000年返北京，因爲印行《傾向》文學雜誌第十三期被公安局逮捕入獄，後來以非法印刷出版罪名被遣送出境。1990年起先後曾任美國布朗大學駐校作家、哈佛大學費正清東亞研究中心研究員、德國交換學人、德國柏林文化基金會駐地作家等，現居留美國波士頓及台北。1993年創辦《傾向》雜誌。寫作以詩與散文爲主，曾獲中國自由文化獎文化成就獎、美國西部筆會中心寫作自由獎，德國柏林文化基金會（Kunstlerhaus Schloss Wiepersdorf）駐地作家獎，美國赫曼／漢默特作家獎(Hellman/Hammett Award)。主要著作有《在土星的光環下──蘇珊‧桑塔格紀念文選》、《貝嶺詩選──舊日子》、詩集《今天和明天》、《主題與變奏》。

少君（1960-），原名錢建軍，筆名李遠、未名、馬奇、趙軍、程路、劍君等，北京市人。旅美後是最早在網路上寫作者之一，1998年《世界華文文學》將其選爲年度封面人物。曾就讀北京大學聲學物理專業，美國德州大學經濟學博士，曾任工廠工程師、《經濟日報》記者、美國匹茲堡大學研究員、美國TII公司副董事長，兼任中國廈門大學、華僑大學、南昌大學教授等職務。主要作品有《未名湖》、《鳳凰城閒話》、《人生自白》、《閱讀成都》、《台北素描》等。

美國以北的加拿大，在七○年代還幾乎沒有華文作家，只有以古典詩詞聞名的葉嘉瑩教授和曾經寫過小說而已封筆了的馮馮，那時加拿大的華文文壇毋寧是寂寞的。後來筆者從墨西哥移民來此，王敬羲從香港移民來此，但他常駐香港，並未久居此地。又過了幾年，文化大革命之後，陳若曦經香港來，她也只住了幾年就移民美國去也。另外住在阿爾白塔省的東方白也是位業餘作家，那時候他的長篇巨構《浪淘沙》尚未完成，未曾名聞天下。當時在加的華文作家的人數完全不能與留美的華文作家相比。今日不同了，不但也有一批用華文寫作的人，甚至在1987年成立了加拿大華裔作家協會。如今在加的詩人洛夫、瘂弦、散文家黃永武、梁錫華、陳浩泉、小說家古華、亦舒、張翎等都是八○年代以後才陸續來的。以上的作家多半都在本書的台灣、大陸和香港部分論及，以下僅介紹所餘的幾位。

葛逸凡（1933-），河北省樂亭縣人。台灣省台北女師畢業，曾任小學教師，並曾參加李辰冬函授學校小說班及詩歌班。1965年移民加拿大。十七歲開始寫作，曾獲台灣《文壇》雜誌小說徵文獎第一名、2008冰心文學佳作獎。著有散文集《欣欣向榮》（1971）、《金山華工滄桑錄》（又名《他鄉風雨》，1989）、《時代命運人生》（2003）。

盧因（1935-），原名盧照靈，祖籍廣東省番禺縣，生於香港。香港英華男校畢業。1966年任邵氏電影公司《南國電影》畫報助理編輯，並主持電視節目。1973年移民加拿大，在中國餐館工作，仍堅持寫作，兼寫詩、小說與散文，反映在加的華人生活，常在港台兩地刊物發表。1987年與梁麗芳等組織「加拿大華裔作家協會」，任首任會長。著有《盧因短篇小說集》（1986北京友誼出版公司）。

韓牧（1938-），原名何思撝，另有筆名鄭展怡、衛紫湖，生於澳門。澳門大學文學碩士，曾創辦澳門新詩月會。1957年移居香港，1989年移民加拿大溫哥華。現任加拿大華裔作家協會理事，詩作外同時也是書法家。著有詩集《愛情元素》、《梅嫁給楓》、《新土與前塵》、《待放的古蓮花》、《伶仃洋》、《裁風剪雨》、《回魂夜》、《分流角》、《急水門》，散文集《韓牧散文選》及評論集《韓牧評論選》、《剪虹集：韓牧藝評小品》等。評者稱其為現代的現實主義詩人（吳宗熙 2012），韓牧自言：「國族、愛情和藝術，仍是終生纏身的三隻冤魂。」（韓牧 2004）

京夫子（1942-），為古華的另一筆名。他的生平已見於第三十九章，但是從1988年遷居溫哥華之後仍然創作不斷，不過此後因為在國外生計的關係不得不向通俗小說靠攏，都是以京夫子的筆名撰寫中共領導人的內幕紀實小說，與以前古華時代的文風不同，諸如《毛澤東和他的女人們》、《中南海恩仇錄》、《京華風雲錄》卷一：《北京宰相》、《京華風雲錄》卷二：《西苑風月》、《京華風雲錄》卷三：《夏都誌異》、《京華風雲錄》卷四：《血色京畿》上、下（以上均由台北聯經出版公司出版）等通俗說部，十分暢銷。

林婷婷（1943-），筆名心怡、雨亭、夏娃，祖籍福建省晉江縣，生於菲律

賓馬尼拉。菲律賓大學文學碩士，積極參與華文文學活動，曾任菲律賓拉剎大學講師、亞洲作家聯盟菲律賓協會會長。於九〇年代末移民加拿大溫哥華，在溫哥華曾任加拿大華裔作家協會會長、加拿大華人女作家協會副會長等。寫作以散文為主，兼及兒童文學，曾獲1992年台北世界華文作家協會文學活動貢獻獎、1993年台北海外華文著述散文類首獎、2010年杭州市冰心兒童新作獎等。著有散文集《推車的異鄉人》（1992台北巨龍文化公司）、《漫步楓林椰園》（2006溫哥華加拿大華裔作家協會），並編有《漂鳥——加拿大華文女作家選集》（與劉慧琴合編，2009台北台灣商務印書館；2010北京致公出版社）、《歸雁——東南亞華文女作家選集》（與劉慧琴合編，2012台北台灣商務印書館；北京致公出版社）、《芳草萋萋——世界華文女作家選集》（與劉慧琴、王海倫聯合主編，2012台北台灣商務印書館；廣州花城出版社）等。

梁麗芳（1948-），廣東省台山縣人，自幼在香港長大，曾就讀九龍真光女中。1968年來加拿大留學，1972年卡爾加利大學社會系畢業，1976年英屬哥倫比亞大學中國文學碩士、1986年同校博士。曾任教於阿爾白塔大學東亞系，現已退休。她是最早向中國大陸推薦台灣文學的學者，編有《台灣小說選》、《台灣散文選》和《台灣新詩選》（1979北京人民文學出版社）。1987年與盧因共同創立加拿大華裔作家協會，曾任副會長、會長。加拿大中文教學學會創辦人之一，並任電子學術期刊編輯。著作有《柳永及其詞之研究》（1985香港三聯書店）、《從紅衛兵到作家：覺醒一代的聲音》（1993香港田園書屋；台北萬象圖書公司）及散文集《開花結果在海外：愛蒙頓散記》（2006溫哥華加拿大華裔作家協會）等。

陳浩泉（1949-），原名陳維賢，筆名夏洛桑、哥舒鷹、丁維等，福建省南安縣人。出身於華僑家庭，1962年到香港和父母團聚，畢業於澳門東亞大學新聞傳播系，歷任香港《正午報》、《晶報》記者、電視編劇、華漢文化事業公司經理、總編輯、香港作家聯誼會祕書長。曾與友人發起組織香港青年文藝愛好者協會，八〇年代參與創立香港作家聯會。1992年移民加拿大，現居溫哥華，先後於多間報社任職記者、編輯，也曾任電視台編劇、出版社和雜誌社主編等

職位，現爲香港華漢文化事業公司和加拿大維邦文化企業公司董事經理、總編輯，並累任加拿大華裔作家協會副會長、會長及世界華文文學聯會副會長。1973年開始發表作品，著有詩集《日曆紙上的詩行》、《詩戀》、散文集《青果集》、《紫荊‧楓葉》、小說集《青春的旅程》（又名《碧海情懷》）、《銀海浪》、《螢火》、《海山遙遙》、《追情》（《扶桑之戀》）、《香港狂人》、《電視台風雲》、《斷鳶》、《香港九七》、《天涯何處是吾家》、《尋找伊甸園》、長篇小說《香港小姐》等。

　　張翎（1957-），浙江省溫州縣人。曾在溫州郊區做過代課老師，在工廠開過車床。1983年上海復旦大學外文系畢業，分派到北京煤炭部擔任科技翻譯。1986年赴加拿大留學，獲卡爾加利大學英國文學碩士及美國辛辛那提大學聽力康復學碩士。嘗試過多種職業，現居加國多倫多市，在醫院擔任聽力康復師，並曾擔任大陸南昌大學客座教授。九〇年代開始在海外發表作品，先後在《世界日報》、《澳門日報》副刊及《香港文學》、《收穫》、《十月》、《人民文學》、《鍾山》等刊物發表多部小說。2000年曾獲第七屆十月文學獎、2003年第二屆世界華文文學優秀散文獎、2005年加拿大首屆袁惠松文學獎、2006年度人民文學獎、2007年第八屆十月文學獎、2011年第八屆華語文學傳媒年度小說家獎等。作品有長篇小說《郵購新娘》、《交錯的彼岸》、《望月》（海外版名《上海小姐》）、中短篇小說集《盲約》、《雁過藻溪》、《塵世》等。近期出版《張翎小說精選》共六冊，分冊爲《金山》、《餘震》、《郵購新娘》、《雁過藻溪》、《望月》、《交錯的彼岸》以及《陣痛》等。

　　丁果（1958-），上海市人，文化大革命後第一屆大學生。曾留學日本，然後移居加拿大溫哥華，撰寫報章專欄，並擔任電視節目主持人。作品有雜文評論集《走上釣魚台之路》、《隔海搔癢》、《風雲慧眼》等。

　　至於中南美洲，筆者在墨西哥學院執教六年，因爲那裡華僑甚少，沒有發現其他從事華文寫作的人。據說華僑較多的巴西與巴拿馬倒有幾個用華文寫作者，巴西有居住在聖保羅的劉同縝（1913-），浙江省鎮海縣人，美國威斯康辛大學政治系碩士，五〇年代曾在香港《西點》雜誌任編輯，善於寫新聞小說，

曾於八○年代在《香港文學》上發表。巴拿馬有陳昆慶，原籍廣東省中山縣，抗戰期間曾參加抗日游擊隊，後到香港經商，再移民巴拿馬，曾任巴拿馬中山同鄉會主席，善於寫古詩詞。（賴伯疆 1991：218-223）

二、歐洲的華文文學

筆者曾滯留海外長達三十年，先後居留過的國家有法國、墨西哥、加拿大和英國，後來又回歸台灣。在筆者留法期間（1961-67），曾經出版過一份《歐洲雜誌》，囊括了當時留法、留德、留英的作家，其中有不少人後來投筆從政了，但也有幾位留法者以文揚名的，像熊秉明、程紀賢、金戴熹、楊允達。熊秉明是詩人、雕塑家，精通書法理論，現已去世；程紀賢晚年當選為法蘭西學院院士，以小說聞名；金戴熹成為台灣法國文學的翻譯家；楊允達善於寫遊記。到了八○年代以後，法國又出現了一批新生代的華文文學生力軍，像高行健、蓬草、鄭寶娟、張寧靜等。

熊秉明（1922-2002），原籍雲南省彌勒縣，生於南京，為數學家熊慶來之子。1944年昆明國立西南聯合大學畢業，1947年考取公費留法，進巴黎大學研究，專修雕塑藝術。1960年在瑞士蘇黎世大學教授中文及中國哲學，1962年在巴黎東方語言學院擔任教授及系主任。1980年獲巴黎大學博士學位，1983年獲法國教育部棕櫚騎士勳章。主要作品雖為雕塑與繪畫，但亦有論著與散文之作，諸如《張旭與草書》（法文）、《中國書法理論體系》、《關於羅丹日記擇抄》、《詩三篇》、《展覽會觀念或者觀念的展覽會》、《回歸的雕塑》等，多次在世界各地舉辦大規模雕塑、繪畫展，許多作品被國際、國內學術機構及博物館收藏。

程紀賢（1929-），又名程抱一，在法國以François Cheng聞名，原籍江西省南昌市，生於山東省濟南市。

程紀賢第一部法文小說曾獲法國費米娜文學獎的*Le dit de Tianyi*，有2001年台北聯經出版公司的楊年熙中譯本《天一言》

1949年獲獎學金赴巴黎留學，巴黎大學中國文學博士。1973年入籍法國，先後執教於巴黎第七大學及東方語文學院。他開始用中文寫作，1977年出版《中國詩語言》（*L'écriture poétique chinoise*）後轉用法文寫作。1998年他的第一部法文小說《天一言》（*Le dit de Tianyi*）獲法國費米娜文學獎（Prix Femina），一舉聞名文壇，該書很快譯成各國文字，包括中文與英文（中譯本《天一言》，楊年熙譯，2001年台北聯經出版公司）。同年他的法文著作獲得法蘭西學院的世界法語文學大獎。2002年當選法蘭西學院院士，爲法蘭西學院創辦以來唯一的東方人院士。同年他又完成另一部法文小說*L'éternité n'est pas de trop*，再次引起注目。除中國詩論外他還發表過一系列有關中國繪畫的作品，諸如《夢幻空間：中國畫的千年史》（1980）、《朱耷——筆畫的天才》（1986）、《樹木與岩石》（1989）、《石濤——世界的滋味》（1998，獲André Malraux獎）等，以及詩集《雙歌》（2000，獲Roger Caillois獎）、《三十六首情詩》（1997）等。

楊允達（1933-），原籍北平市，生於漢口市。台灣大學歷史系畢業，政治大學新聞研究所碩士，曾任中央社、美聯社記者、中央社駐巴黎、非洲特派員、台北外籍記者聯誼會董事兼執行祕書、中央社主任。作品以遊記爲主，身爲記者，閱歷廣闊，遊記內容豐富，計有《衣索比亞風情畫》（1972香港旅行雜誌社）、《彩虹集》（1973台北驚聲文物供應社）、《巴黎夢華錄》（1984台北黎明文化公司）、《巴黎摘星集》（1984台北幼獅文化公司）、《西行采風誌》（1985台北幼獅文化公司）。

金恆杰（1934-2014），原名金戴熹，浙江省瑞安縣人。台灣大學外文系畢業，1962年赴法留學，攻讀法國文學，獲法國高等社會科學院文化與歷史博士。曾與馬森等留法同學創辦《歐洲雜誌》，並曾任教於巴黎第三大學與台灣中央大學法文系。著有散文集《巴黎的蠱惑》（1986台北圓神出版社）、《由英雄的人到人的泯滅——法國當代文學論集》（1992台北三民書局）及翻譯數種。

張寧靜（1936-），河北省饒陽縣人。台灣政治大學西語系畢業，曾留美、

留法，現定居巴黎。寫作以散文爲主，兼及小說與兒童文學，曾獲教育部文藝創作獎、洪建全兒童文學獎。散文以巴黎風光及遊記爲主，數量甚多，主要有《金色的黎明》（1982台北台灣新生報社）、《埃瑪森山峰》（1984台北黎明文化公司）、《沿著雪山行》（1986台北駿馬文化公司）、《我在巴黎》（1988台北皇冠文化出版公司）、《西風的故鄉》（1991台北正中書局）、《張寧靜遊歐洲》（1994台北博文堂文化公司）、《尋找失去的中國人》（1995台北幼獅文化公司）、《陸地的盡頭》（1996台北幼獅文化公司）等。

閻純德（1939-），河南省濮陽縣人。1963於北京大學中文系畢業，後進北京外語學院及北京語言學院進修，曾任北京師範大學中文系教師、北京語言文化大學外國語言文學系主任、《中國文化研究》主編。曾任教於巴黎第三大學東方語文學院、波爾多第三大學和馬賽第一大學中文系，後來返回中國。作品有散文集《在法國的日子裡》（1981北京人民文學出版社）、《歐羅巴，一個迷人的故事》（1989北京語言學院出版社）、《人生遺夢在巴黎》（1999北京中國文聯出版公司）及詩集《伊甸園之夢》（1991北京中國文聯出版公司）、《宇宙中的綠洲》（1998北京新華出版社）。

高行健（1940-，以前生平見第三十九章）， 1987年應邀赴德國從事繪畫，翌年赴法。1989年六四天安門事件後，他宣布脫離中國共產黨，決定留法不歸。在巴黎，成爲「具象批評派沙龍」成員，得以連續三年參加巴黎大皇宮美術館年展。1990年劇作《逃亡》在瑞典皇家劇院首演。1990年在台灣出版《靈山》，1992年獲法國政府頒發「藝術與文學騎士勳章」。1999年入法國籍。2000年因小說《靈山》等著作獲得諾貝爾文學獎，成爲首位獲此獎的華人作家。瑞典科學院對高行健作品的評價爲「具普世價值、刻骨銘心的洞察力和語言的豐富機智，爲中文小說藝術和戲劇開闢了新的道路。」高行健之獲得諾貝爾文學獎多靠瑞典與台灣學者的評論及推動。創作以戲劇、小說爲主，兼有論述。抵法以後

《靈山》（1990台北聯經出版公司）

的作品有劇作《山海經傳》（1992香港天地圖書公司）、《高行健戲劇六種》（1995台北帝教出版社）、《周末四重奏》（1996香港新世紀出版社）、《八月雪》（現代禪劇，2000台北聯經出版公司）、短篇小說集《給我老爺買魚竿》（1989台北聯合文學出版社）、長篇小說《靈山》（1990台北聯經出版公司）、《一個人的聖經》（1999台北聯經出版公司）、文藝論集《對一種現代戲劇的追求》（1987北京中國戲劇出版社）、《沒有主義》（1996香港天地圖書公司）、《高行健2000年文庫——當代中國文庫精讀》（1999香港明報出版社）、《另一種美學》（2001台北聯經出版公司）等。筆者認爲；

　　在這一代關心小說的作家中，高行健是相當突出的一位。他除了以創作新型的戲劇（如1982年的《絕對信號》、1983年的《車站》、1985年的《野人》、1986年的《彼岸》）聞名外，還於1981年出版了一本《現代小說技巧初探》，引介了西方現代主義以來的小說藝術，足以說明他個人再也無法忍耐一直作爲政治的一枚螺絲釘的小說的地位了。他這本小冊子立刻獲得了其他作家的共鳴，王蒙、劉心武、馮驥才、李陀都曾先後發表意見和書評。

　　當然，談論小說的藝術是一回事，在創作上把藝術表現出來是另一回事。在同代的小說作家中，鍾阿城、韓少功、莫言、古華、張賢亮、史鐵生、賈平凹、殘雪、李銳、葉之蓁、鄭萬隆等都表現出了極不相同的獨特風格，高行健也是其中的一位。雖然他的聲名主要來自戲劇的創新，但他在小說方面卻一直在默默地耕耘，所流的汗水，並不下於在戲劇創作方面的辛勞。他在小說創作上第一張出色的成績單，是《聯合文學》於1989年爲他出版的《給我老爺買魚竿》短篇小說集，共收錄了十七個短篇。關注小說藝術的人，不難發現高行健不想重複寫實主義所遵循的反映社會人生的老路，甚至於他企圖擺脫一向認爲是小說核心成分的情節和人物。那麼一篇小說，既不企圖反映社會和人生，又不專注於情節的建構與人物的塑造，還能剩下些什麼呢？用高行健自己的話來說：「我以爲小說這門語言的藝術歸根結蒂是語言的實現，而非對現實的摹寫。小說之所以有趣，因爲用語言居然也能喚起讀者真切的感受。」（《給我

老爺買魚竿・跋》）

　　把小說的寫作提升到語言藝術的層次，其實也正是偉大的小說家早已服膺的原則。索緒爾（Ferdinand de Saussure）的《語言學通論》（*Cours de linguistique générale*）有兩個基礎的概念：一個是「意符」（signifiant）與「意旨」（fignifié）之間的相應關係；二是這二者的關係所具有的「符號的專斷性」（l'arbitaire de signe）。十九世紀的小說家所追求的正是意符與意旨的相應。福樓拜曾強調每一片樹葉都是獨一無二的，好的小說家必須尋找出最恰當的詞彙（意符）準確地顯示事物的內涵（意旨）。這是小說的語言藝術的第一步。語言的專斷性表現在意符的多元化，不同的語言各有不同的意符，意旨的傳達取決於意符之間的「差異」，是故每一種語言都自成一個自足的體系。這一個概念使用在文學言談（discours）上，就給予了每一個作家在其共同的語言上仍具有有限的專斷之可能。獨特的語彙和語法架構在個人專斷的操縱下，形成獨特的文體和風格。這是小說語言藝術的第二步。在我國現代小說家中，能達成個人獨特的文字風格的可說寥寥無幾。魯迅的冷雋辛辣是一個，老舍的幽默風趣也是一個。但是只有獨特的文字風格尚不足以使小說的藝術達到圓滿的境界，否則老舍的《四世同堂》便與他的《駱駝祥子》無分軒輊。細析《四世同堂》的粗糙，並非來自文字的風格，而係出於經驗的虛憍。由此看來，文字或語言的藝術，在表現專斷的獨特風格的同時，還得加上在文字（意符）背後所欲傳達的作者個人的真實經驗（意旨）。《四世同堂》的缺漏正在於作者欠缺抗日戰爭淪陷區的實地經驗，更欠缺被國人詆為「漢奸」的賣國者的心理的深刻瞭解，個人獨特的文字風格便發揮不出名實相應的藝術魅力。由此而論，小說的語言藝術的第二步必須以第一步為前提，能喚起讀者真切感受的語言必須具有特定的真實的人生經驗作為內涵，雖然不必是對現實的摹寫。

　　另一方面，高行健所強調的是語言的實現，也就是說把流為政治附庸的「主題掛帥」的小說矯枉過正地扭轉回本位的「語言藝術」中來。我所說的「矯枉過正」，是因為在扭轉的過程中，同時也犧牲了小說藝術另一重心：情節和人物。如果只用「語言的藝術」來為小說定位，其與詩與散文之間的界線就模糊

不清了。當然，我們並沒有理由限制小說的散文化或詩化，任何一門藝術的發展，前進的路程都該是敞開的，無庸事先設障。那麼強調小說中語言藝術的特性，縱然有與詩與散文混融的可能，也不見得就是一件不可行的事。詩中已經有散文詩，散文中也有詩化的散文，小說的散文化或散文的小說化，在語言藝術的自然發展中，似乎也沒有事先釐清的必要。朱自清的〈背影〉其實就介於小說與散文之間，全靠讀者自己的認定。高行健的小說的確是走上了散文化的途徑。……小說的確有向散文學習的空間。然而，小說的散文化，在我國不能不產生被散文吞噬的危險。為了證明他所寫的是一種新體的小說，而非散文，高行健接著又完成了一部博大的巨構——《靈山》。

《靈山》確是一部小說，不可能錯認為是一篇特長的散文。理由是不但其所運用的語言藝術足以喚起讀者真切的感受，而且它發揮了小說中想像、虛構的特質，並利用雙重觀點的交叉觀照把小說的敘述體朝前推進了一步。（馬森1990）

黎翠華（1956-），出生於香港，曾任職香港政府，後赴法國定居，寫作以散文為主，著有《靡室靡家》（1997香港基督教文藝出版社）、《法國到處酒》（1998香港天地圖書公司）、《悠遊巴黎》（2000香港天地圖書公司）、《山水遙遙》（2002香港基督教文藝出版社）、《在諾曼第的日子》（2003香港天地圖書公司）。

蓬草（1964-），原名馮淑燕，祖籍廣東省新會縣，生於香港。1965年畢業於香港柏立基教育學院英文系，在港從事編輯、翻譯與教學工作。1975年赴法國巴黎第三大學讀法國文學。1980年獲證書，得以進法國國立高等翻譯學院進修，1983年獲得翻譯文憑，後即留法從事寫作和翻譯。作品有《蕭邦傳》（1975香港文藝書屋）、小說集《蓬草小說自選集》（1979香港純一出版社）、《頂樓上的黑貓》（1988台北圓神出版社）、散文集《親愛的蘇珊娜》（1980香港素葉出版社）、《櫻桃時節》（1986台北圓神出版社）、《北飛的人》（1987香港三聯書店）、電影劇本《花城》（1983香港珠成製片公司）、

《傾城之戀》（1984香港邵氏兄弟公司）及翻譯《不聽話孩子的故事——世界文壇大師的童話選》（1987台北聯合文學出版社）。王德威評她的《頂樓上的黑貓》短篇小說集謂：

> 　　旅法小說家蓬草的近作《頂樓上的黑貓》，應算是一十分可喜的努力。這本書蒐有75至87年的短篇創作十六篇，其中三分之二都是以法國的華人社會為重心。蓬草自謂關懷「一閃又一閃的生活光片」（序），而她最好的幾篇作品確也以印象式的速寫見長。像是與本書同名的〈頂樓上的黑貓〉，寫蝸居閣樓的女留學生與一隻神祕黑貓間的感情牽引，似遠還親，疑幻疑真，在象徵設計與敘述口吻上都表現了一種簡賅流麗的風格，極其討好，以貓來投射感情幽微抑鬱的角落，或以貓的角度來窺伺人類關係間的來往起伏，在東西方小說中可謂其來有自。與法國的文學略有淵源的愛倫‧坡，早年蟄居法國的海明威，都有作品凸顯人貓間的詭祕象徵關係，更不提法國女作家柯蕾（Colette）那篇膾炙人口的中篇〈貓〉，以及日本夏目漱石的〈我是貓〉。無巧不巧的，我們的錢鍾書在四〇年代也寫了一個以貓為名的短篇，敘述夫妻間的齟齬。以此觀之，蓬草的黑貓實有意無意地踏入了一個東西文學象徵相互指涉的小小網絡，為我們的閱讀，增添了另外一層樂趣。（王德威 1988：150）

　　在英國，著名作家老舍曾在三〇年代留英，蕭乾在四〇年代留英，且都曾在倫敦大學亞非學院執教；筆者則在七、八〇年代執教於倫敦大學亞非學院，可說是先後同事；但他們只是短期留英，而非移民。真正移民英國的老一輩華文作家像陳西瀅、蔣彝（啞行者）、熊式一等都已老成凋謝，凌叔華（1904-90，生平見第十章）暮年也回歸北京，葬身故土。年長的還有筆名桑簡流的水建彤，是筆者認識的，較年輕的有一位呂大明，還有一位從大陸到倫敦求學的張戎，她也在筆者執教的亞非學院讀過書，工作過，後來以小說《鴻》（*The Wild Goose*）聞名於世，但她用的是英文，寫的是文革前後的中國人的故事，雖然跟韓素音的情形類似，按理也不該歸入華文文學之列，但她與哈金一樣，母語都

是漢語，也親自參與中譯的版本，故也在此加以介紹。筆者離英之後，以詩與小說聞名的虹影才來到倫敦定居。英國的華文作者雖說有限，但於1988年末也成立了一個英國華文作家協會，首任會長為陳伯良。

桑簡流（1921-），原名水建彤，四川省潼川縣人。外公傅增湘為藏書名家，自幼浸淫於文化典籍，曾在上海聖約翰大學攻讀歷史與國際法。四〇年代曾任國民政府駐新疆外交專員及出使蘇聯哈薩達克斯坦共和國。五〇年代滯居香港，研究《水經注》和黃河史，翻譯西方文學作品。八〇年代後遷居英國倫敦。著有《伊帕爾罕詩劇》、《香妃》、《西遊散墨》，譯有梭羅的《湖濱散記》及《惠特曼選集》。

陳伯良（1931-），又名陳碩麟，筆名石夫、古人風，原籍廣東省深圳市，生於南美洲。三歲隨祖父定居香港，在此接受中學教育，1948年考入北京大學中文系。1950年參加中國人民志願軍。1953年退伍在黑龍江省從事文化教育工作。1960年返回香港，在基督教信義會工作。1967年赴英國，經營餐館，並曾任英國劍橋華人世界出版社經理、東方語言服務中心董事經理、旅英東寶同鄉會祕書長。1988年英國華文作家協會成立，當選會長。長於報告文學，作品有《讓華文文化在這裡開花》、《尋根問祖》、《朝鮮戰爭回憶錄》和詩集《友誼之花》等。

呂大明（1947-），福建省南安縣人。台灣藝術專科學校畢業，曾任光啓社節目部編審，台灣電視公司編劇。1975年赴英國牛津學院高等教育中心進修，1977年轉入利物浦大學，獲文學碩士學位。寫作以電視劇本與散文為主，曾獲台灣全國青年散文寫作獎、台灣省新聞處文學獎。後來從英國移居法國。出版有散文集《這一代的弦音》（1969台中光啓出版社）、《大地頌》（1977台中光啓出版社）、《英倫隨筆》（1980台北爾雅出版社）、《寫在秋風裡》（1969台中台灣省政府新聞處）、《來我家喝杯茶》（1991台北爾雅出版社）、《南十字星座》（1993台北三民書局）、《尋找希望的星空》（1994台北三民書局）、《冬天黃昏的風笛》（1996台北三民書局）。

趙毅衡（1948-），廣西省桂林市人。畢業於南京大學英文系，後進中國社會

科學研究生院師從卞之琳，於1981年獲文學理論碩士學位。赴美進修，於1986年獲美國柏克萊加州大學博士。於1988年繼筆者後是另一位在倫敦大學亞非學院執教的中國學人。1991年與作家虹影結婚，2002年離婚，2007年與西南大學陸正蘭教授結褵後定居成都，在四川大學執教。著作有學術著作《新批評》（1984）、《符號學導論》（1990）、《當說者被說的時候——比較敘述學導論》、《必要的孤獨——形式文化學論集》（1998）、《建立一種現代禪劇：高行健與中國實驗戲劇》（1998）、《詩神遠遊》（2003）、《重訪新批評》（2009）、《符號學原理與推演》（2011）、中篇小說《居士林的阿遼沙》（1994）、長篇小說《沙漠與沙》（1995）、短篇小說集《妓與俠》及散文集《豌豆三笑》、《西出洋關》、《倫敦浪了起來》、《握過元首的手的手的手》。

　　張戎（1952-），原名張二鴻，在英國以Jung Zhang聞名，四川省宜賓縣人。1971年在成都國營工廠工作，1973年以工人身分進入四川大學外語系，畢業後曾任四川大學助理講師，1978年獲得公費資助留學英國，獲英國約克大學博士。

張戎的自傳小說《鴻：三代中國女人的故事》（*Wild Swans: Three Daughters of China*）（1994台灣中華書局）

　　主要以英文寫作，但均有中文翻譯，計有《孫逸仙夫人宋慶齡傳》（*Madame Sun Yat-sen: Soong ching-ling*）（與夫婿Jon Halliday 合著，1986 London, Penguin）、《野天鵝：三代中國女人的故事》或《鴻：三代中國女人的故事》（*Wild Swans: Three Daughters of China*，自傳小說，1992 London, Harper Perennial）、《毛澤東：鮮為人知的故事》（*Mao: the Unknown Story*）（與夫婿喬·哈利戴合著，2005 London, Jonathan Cape）。以上各書均甚暢銷。

　　虹影（1962-），四川省重慶市人。曾就讀北京魯迅文學院、上海復旦大學。1991年以學生簽證赴英倫，與在倫敦大學亞非學院任教的趙毅衡結婚。婚後兼職模特兒，然後開始寫作。2002年與趙毅衡離婚，與英國情人結婚，

並生一女，現居北京。所寫以小說爲主，兼及詩與散文，出版有詩集《天堂鳥》（1988重慶工人出版社）、《倫敦，危險的幽會》（1993北京中國文聯出版公司）、《白色海岸》（1997上海春風文藝出版社）、長篇小說《裸舞代》（《背叛之夏》，1992台南文化生活新知出版社）、《女子有行》（1997台北爾雅出版社）、《飢餓的女兒》（1997台北爾雅出版社）、《K》（1999台北爾雅出版社）、《阿難》（2002長沙湖南文藝出版社）、《上海王》（2003上海長江文藝出版社）、《孔雀的叫喊》（2003台北聯合文學出

虹影（1962-）　攝影／王坤

版社）、《鶴止步》（2004台北聯合文學出版社）、《上海之死》（2005台北九歌出版社）、《好兒女花》（2009南京江蘇人民出版社）、中短篇《你一直對溫柔妥協》（1994北京新世界出版社）、《玉米的咒語》（1995上海時代文藝出版社）、《玄機之橋》（1995昆明雲南人民出版社）、《帶鞍的鹿》（1996台北三民書局）、《六指》（1996北京華藝出版社）、《風信子女郎》（1997台北三民書局）、《神交者說》（2000台北三民書局）、《綠袖子》（2004上海文藝出版社）、散文集《異鄉人手記》（1995昆明雲南人民出版社）、《虹影打傘》（2002上海知識出版社）、《誰怕虹影》（2004北京作家出版社）、《小小姑娘》（2011台北印刻出版公司）等，大都已譯成多國文字。正如高行健，虹影之所以贏得世界文壇的名聲，多靠台灣評論及出版界的推動。

德國有郭恆鈺（1929-2011），山東省青島市人。他先在北平讀中學，後在台灣讀大學，於五○年代赴日，在東京上智大學進修新聞、歷史和政治學。1958年畢業，於1959年獲得德國獎學金赴柏林自由大學習新聞、歷史和日本學，於1963年獲得博士學位，1972年入籍德國。曾任柏林自由大學遠東研究所主任、哲學及社會科學院副院長。退休後爲自由大學榮譽教授。他是位學者，德中雙

語的學術著作眾多，中文著作有：《德意志帝國史話》、《希特勒與第三帝國興亡史話》、《德國在那裡：聯邦德國四十年》、《統一後的德國》、《俄共中國革命祕檔（1920-1925）》、《共產國際與中國革命：1924-1927年中國共產黨和國民黨統一戰線》、《德國外交檔案：1928-1938年之中德關係》等。

遇羅錦（1946-），江蘇省徐州市人，在文革慘遭殺害的人權先行者遇羅克的妹妹。三歲時隨家人到北京。在反右鬥爭時代的1957年父母均被打成右派。1965年在北京工藝美術學校畢業，分派到玩具廠設計兒童玩具。1966年文革開始，紅衛兵搜到遇羅錦二十本日記中有反動言論，被罰勞改三年。後來勞改場解散，轉到河北省臨西縣農村插隊落戶。後因與在黑龍江插隊的知青結婚，戶口得以轉到東北。婚後生一子，四年後離婚，又回北京謀生。1978年與北京工人蔡鍾培結婚，期間她寫成紀實文學《一個冬天的童話》，發表於北京的文學季刊《當代》。1979年獲得平反，翌年訴請離婚，雖為法院批准但鬧成社會新聞，使遇羅錦倍感難過。1982年於《花城》雜誌發表了《春天的童話》，遭到《北京日報》等的批判，以至《花城》被迫刊登自我批評，主編、副主編被調離職位，編輯部全體人員做三個月的檢查，該期雜誌一出刊便立即被禁銷。不久中共在「反精神汙染」運動中又一次對遇羅錦進行批判，使其停職在家反省。同年與北京鋼鐵學院拒不認錯的右派分子工程師吳範軍結婚。1986年應曾翻譯《一個冬天的童話》的德籍華人出版商邀請到德國作短期訪問。一抵德，遇羅錦即申請政治庇護，定居德國。後來她多次想接夫婿出國，但吳範軍不想離開中國，因而主動提出離婚，使遇羅錦得以於1993年和德國人海曼·韋伯結婚。2009年完成大長篇《一個大童話：我在中國的四十年 1946-1986》（香港晨鐘書局），同年完成傳記電影劇本《遇羅克》和自傳小說《童話中的一地書》（2010台北允晨文化公司）。

黃鳳祝（1949-），福建省晉江縣人。1967-1971年就讀於菲律賓國立大學物理系，1974-1982年就讀於德國慕尼黑大學哲學、政治、漢學等專業，1982年獲博士學位。1983年任德國Engelhardt-Ng出版社社長；1987年至1988年任文學期刊*Dragonboot*主編。1998年至2007年任教於德國科隆大學哲學系。2008年返回

中國，任教於上海同濟大學。著有《海因里希・伯爾：一個被切碎了的影像》（1996北京三聯書店）、《反叛的一代：20世紀60年代西方學生運動》（合著）（2002蘭州甘肅人民出版社）、《放火的故事：1968年以來德國紀事》（2003瀋陽遼寧教育出版社）、《空空集》（2004中國斷層詩社）、《城市與社會》（2009上海同濟大學出版社）、《美狄亞的憤怒：對歐洲政治、社會與藝術的沉思》（合著，2011上海同濟大學出版社）。

荷蘭有台灣去的丘彥明（1951-），原籍福建省上杭縣，生於台灣省台南縣。曾任《聯合報》副刊編輯、《聯合文學》總編輯。1988年赴比利時遊學，後來定居荷蘭。出版有報導文學集《人情之美》（1989台北允晨文化公司）、《民主女神號航海日誌》（1990台北聯經出版公司）、散文集《家住聖・安哈塔村》（2004台北印刻出版公司）、《荷蘭牧歌》（2006台北印刻出版公司）等。

三、澳洲與紐西蘭的華文文學

澳洲與紐西蘭（或稱新西蘭）自從為英殖民者開發以來，也成為華人移民之地。但是澳洲自1901年獨立後實行白澳政策，排斥有色人種，所以華裔人數不多。直到1958年澳洲的移民政策放鬆，華人入境才逐漸多起來。七〇年代起由於中南半島的戰亂影響，越南、柬埔寨、寮國等地的華僑多有轉移到澳洲者。此外就是香港與台灣前來經商和留學的華人。到了八〇年代以後大陸的富有人士紛紛外出，除美加外，澳洲與紐西蘭因其具有資本主義的富裕加上民主制度的寬容與自由，也是大陸新移民的首選之地。目前在澳洲的華裔人口五十多萬，約佔澳洲總人口的百分之二強。

正像歐美的華人一樣，澳洲的華人也依戀祖國的文化，所以香港的大報如《星島日報》、《新報》均在此發行澳洲版。此外，雪梨的華人也創辦了一份《華聲週報》，墨爾本的華人則有一份《海潮報》。越南移民來的華僑還辦了兩份藝文雜誌《海外風》和《漢聲》（賴伯疆 1991：288）。在這些刊物上，常常會發表當地華人的文學作品。

比較常見的華文寫家有寫小說的黎樹、心水、羅文，寫散文的春風、德揚、塔娜，寫新詩的聞山、高樂、長恨生等，他們多半是來自中南半島或香港的移民。

　　黎樹，原名夏甦，為澳洲多元作家協會會員，作有長篇小說《苦海情鴛——血淚浸濕的高棉農村》。心水，原名黃玉液，曾獲英國BBC電台短篇小說獎，作品多發表在《漢聲》、《華聲報》、《海外風》等報刊。羅文，本人經營餐館，曾任澳洲肇風中樂團的指揮，又是《漢聲》雜誌的主編，作品有《優伶皇帝》。近年由海峽兩岸及港澳來的留學生，也參與到澳洲的華文寫作園地，時常發表作品的有筱蓋、草原迅等。今日在澳洲有新南威爾士華文作家協會（1995年成立於雪梨）、仕女華文作家協會（2005年成立於墨爾本）的組織。

　　鑑於日漸崛起的中國國勢，澳洲自不能不對中國文化加以重視，各大學均有中國文學系的設立，造就了不少華文專業的澳洲學生。曾擔任澳洲總理的凱文‧羅德（Kevin Rudd，中文名陸克文）就是中國文化專業的博士生，他的指導老師是著名的比利時漢學家和作家李克曼（1935-2014，筆名Simon Leys）。李克曼出身比利時政治世家，祖輩多任國會議員，伯父曾任比屬剛果獨立前的最後一任總督，年輕時在台灣學習中國語言與文學多年，畢業於台灣師範大學國語中心。七〇年代起，先後執教於澳洲坎培拉國立澳洲大學及雪梨大學，退休後一直住在坎培拉。一生從事中國文化及文學的研究，同時身兼作家，學術著作及文學創作甚多，其中廣為世人所知有關中國文化及文革的有《石濤研究》（*Les propos sur la peinture du moine Citrouille-amère*, 1970）、《毛主席的新衣》（*Les habits neufs du président Mao*,1971）、《中國的陰影》（*Chinese Shadows,* 1974）、《焚燒的森林》（*La forêt en feu: Essais sur la culture et la politique chinoises*,1987）等。

　　另外還有一位在澳洲的德裔學者作家白傑明（Geremie R. Barmé），曾在中文報刊開闢專欄，出版有中文的雜文集：《自行車文集》、《西洋鏡下》（1981香港）。他的父親是德國猶太人，母親是來自蘇格蘭的澳洲人。他曾於文革後期（1974-77）在中國的北京、上海、瀋陽等地學習居住多年，不只在學

院學習，而是深入民間，學得一口字正腔圓的普通話，對中國文化有細緻深入的瞭解，且能夠寫出一手流暢的中文。七〇年代曾任香港《七十年代》雜誌的英文編輯，回澳洲後出任國立澳洲大學太平洋及亞洲歷史系教授及「澳洲中華全球研究中心」（Australian Centre on China in the World）主任。上世紀末由美國哥倫比亞大學出版社出版的有《赤字：當代中國文化論》（*In the Red: On Contemporary Chinese Culture*, New York, Columbia University Press, 1999）。

1907年從英屬殖民地獨立的紐西蘭，人口不過四百多萬人。十九世紀中期紐西蘭發現金礦，淘金者紛紛奔往，其中也不乏華人，特別是太平天國失敗後的軍人和廣東的窮苦農民。加上後來陸續來自中南半島及港、澳、台的移民，到八〇年代華裔人口約將近兩萬人（賴伯疆 1991：304）。但是自大陸對外開放後，華人移民暴增，到今日已達十四多萬人，約佔總人口的3.5%，主要開設中餐館、經營雜貨店或農場，其中多半都已經入了紐西蘭籍。

像西方各國的華人一樣，在紐西蘭也有洪門致公堂、中華會館、地方會館、僑校等組織。在中國抗戰時期，且創辦了兩家中文報：奧克蘭的《僑聲報》和惠靈頓的《中國大事週報》。可惜到目前為止，還未見有成就的華文作家出現。

四、亞洲地區華文文學

回到東方，東南亞各國有大量的華人移民，根據聯合國及各國人口普查資料估計，華人在東南亞各國所佔人口比率：新加坡74.5%，馬來西亞35.1%，泰國8.5%，柬埔寨7%，越南6%，印尼2.6%，寮國2.1%，緬甸1.6%，菲律賓1.4%。（註1）其中新加坡，可說是以華人為主體的國家；馬來西亞華人佔總人口的三分之一強，可說舉足輕重；泰國、柬埔寨、越南的華人人口比率也相當可觀；其他國家的華人比率雖然有些微不足道，但是華人常常握有該國的經濟

註1：引自1988年8月15-19日在新加坡舉行的「東南亞華文文學會議」上所發表的論文（陳松沾 1988：107。

命脈，例如印尼、菲律賓，所以也不容小看。華人移民歷史悠久，數代後已融入當地社會，按理已成為其他國家的公民，但是他們多半尚保有中國的固有文化，與移民歐美不同的是，他們繼續說母語，保留華文教育，以中文寫作，遂形成東南亞各國的華文文學。龔鵬程就曾語重心長地說：

在歐美社會中，華人文化本非主流，華人又被視為較低下民族；在東南亞華人及其文化，則或是被排抑，或是被同化的對象，或是被殖民文化壓抑之物。因此，一位作家，若想融入主流社會，當然是以該國主流社會之文學為表達工具較佳。且既生活於該社會，除非別有原因，否則該國語文亦無不嫻熟之理。可是，他偏偏不以該國語文來寫作，而要選擇使用中文。選擇使用中文，在所在國學習困難、發表不易、讀者稀少，又不能為自己帶來太多令名，反而對前途有所妨礙，豈非自討苦吃嗎？故知華文文學作家之從事華文文學創作，應有其特殊之心理因素使然。他們某些人固然不敢承認有所謂「存文保種」之意，甚或激烈反對大中華大中國之概念，主張文學在地化，可是，不合現實邏輯的創作行為，除了這種特殊心理因素之外，實在也很難解釋。（龔鵬程 2002：25）

所謂東南亞華人移民的心理因素，當然是中國文化傳統的「不忘本」三個字，因此在馬來西亞的華人社會一向重視幼兒的華文教育，雖然受到外在環境的不利影響，但始終對此努力不懈，正如「馬來西亞華社研究中心」的莫順宗所言：「官方的勢力雖沛然莫之能禦，華文教育的捍衛運動卻從未偃旗息鼓。在巨大壓力之下，華人社會的意志反而更加堅定。華文教育在華人的眼中，是維護華人身分與傳承華人文化的先決條件。於此情況下，任何對華文教育不利的問題，都會引起華人社會激烈的反應。華文教育因此被形容為『馬華問題』之大者。事實上，為了華文教育的生存與發展，華人社會不知投入多少的心血與金錢。正因為華人社會的堅持不懈，加上客觀環境的改變，華文教育漸漸走出低潮。1970年代，由於英文小學逐漸改用馬來語教學，部分原來打算選擇英

文小學的華裔家長，在馬來文和華文之間，傾向改送孩子進入華文小學，使華小學生逐年增加。到了八、九〇年代，台灣資金的流入與大陸經濟的起飛，造成華文實用價值日增，華文教育於是更加蓬勃發展。」（莫順宗 2002：388）

　　所以，華文教育在東南亞是華文文學的基礎。譬如在馬來西亞的華文創作，素稱「馬華文學」，據《馬來西亞華人史》記載二次世界大戰前華文文學已具有深厚的根基，而且在發展上可分成五個時期：「第一期從1919年開始至1924年止。這時期的文學作品帶有濃厚的僑民意識，格調也不高。第二期由1925年至1926年，這也是南洋思想萌芽時期；從藝術表現來看，這一期的成就也比第一期高。1927年至1933年爲第三期。這段時期許多報紙的副刊都爲建設南洋色彩的文學做出努力。同時又因爲受到中國革命文學理論的影響，文藝副刊都極重視文學的時代使命以及文學的大眾需要。1934至1936年是第四期。當時文壇頗爲沉寂，文藝創作也無任何特殊表現，不過在文藝理論方面卻有豐富的收穫。文學應有地方性的論點也被提出了。戰前的馬華文學最後一期是由1937年至1942年，這時期文壇又充滿了活力。但由於中國的抗日戰爭，使到文藝的內容也以抗戰救國爲主，這現象導致前數期發展起來的本地意識受到挫折。」（林水檺、駱靜山 1984：9-10）1965年新加坡獨立後，「馬華華文文學」又改稱「新馬華文文學」。不論是馬華，還是新馬，都有所謂「本土意識」，其與「僑民意識」是相對的。本土意識指的是融入本土，這是移民後遲早要發生的事，譬如美國的英文文學早已表現出美國的本土意識而有別於英國的英文文學。東南亞各國的華文文學本該也會發生一樣的走向，無奈華文在東南亞各國並非主體的語文，所以即使具有了本土意識，在所謂的「本土」仍難免其邊緣的身分，這就是爲什麼新馬有才華的作家群趨台灣的原因（因大陸在專政體制下不適合文學發展），像王潤華、淡瑩、陳慧樺、林綠、李永平、張貴興、溫瑞安、方娥眞、黃錦樹、陳大爲、鍾怡雯等都在台灣文壇成名立足，他們同時也是新馬華文文學的菁英。（註2）

註2：關於馬華（或新馬）文學無疑是東南亞華文文學最重要的一支，可資參考的資料眾多，據楊松年教授記錄，重要參考文獻有：方修《馬華新文學史稿》上卷（1962）、《馬華新文學史稿》中卷

除了上舉已列入台灣作家之林的作家外，新馬兩地的華文作家依然十分活躍，其發表作品的園地也算眾多，試舉七〇年代爲例，在新馬兩地就分別有《南洋商報》的《青年文藝》、《星洲日報》的《青年園地》和《新明日報》的《青園》。馬來西亞各地尚有《星檳日報》的《星藝》、《光華日報》的《南斗》和《青年文藝》、《太陽報》的《太陽光下》、《建國日報》的《大漢山》、《新生活報》的《沙漠》、《荒林》、《活躍》和《年輕人》、《大眾晚報》的《大眾文藝》、《馬來亞通報》的《文風》、《華商報》的《潮尙》、《國際時報》的《熱風》、《赤道文藝》、《新激流》和《星期文藝》、《國際晚報》的《海鷗文藝》、《前鋒週報》的《星座》、《前鋒日報》的《行列文藝》、《美里日報》的《藝文》、《青年文藝》、《火炬》、《原上草》和《竹原》、《詩華日報》的《讀者文藝》、《砂勞越晚報》的《文藝專頁》、《中華日報》的《椰風》和《文藝陣地》、《馬來西亞日報》的《青年文藝》和《青年園地》、《世界早報》的《文藝》和《沙鷗文藝》、《大眾報》的《拉讓文藝》、《人民論壇報》的《貓城文藝》和《人民文學》、《華僑日報》的《東風文藝》、《斗湖日報》的《新潮》、《山打根日報》的《青年文藝》、《自由日報》的《青年文藝》和《楓林中》等等。在報章副刊之外，還有文藝刊物，諸如《蕉風月刊》、《大學文藝》、《文藝風月刊》、《天狼星詩刊》、《霹靂月刊》、《文橋》等，數目眾多，但程度參差不齊。也常有文藝活動像文人雅聚、文學創作比賽等。1978年並成立馬來西亞寫作人（華文）協會，由原上草擔任主席，方北方和鍾夏田擔任副主席，翌年開始出版《寫作人季刊》。（李錦宗 1985：393-406）新加坡自獨立後定英語

（1964）、《馬華新文學史稿》下卷（1965）、苗秀《馬華文學史話》（1968）、方修編定《馬華新文學大系》十冊（1970年初期世界書局）、李延輝主編《新馬華文文學大系》八冊（教育出版社）。此外尚有南洋大學中文學會的《馬華文藝的起源及其發展》、國家圖書館的《馬華小說書目》、方修的《馬華文學選集》、孟毅的《新加坡華文文學選集》、趙戎的《論馬華作家與作品》、觀止的《馬華文藝思潮的演變》、《馬華文學簡史》、《戰後馬華文學史初稿》、華文中學教師會與南大畢業生協會的《新馬文藝創作索引》、趙戎的《新馬華文文學辭典》、謝克的《新加坡共和國成立以來的華文文學》、林萬菁的《中國作家在新加坡及其影響》、黃夢文的《新馬文藝論叢》等。（楊松年 1986：153）

為官方語言，但因為百分之七十以上的人口為華裔，華文教育並未完全中斷，華文文學也依然流行，不過正像馬華文學一樣，其眾多作家對主流的華文讀者毋寧是相當陌生的，只有少數的例外，如詩人溫梓川、小說家方北方、主編《馬華新文學大系》的方修是比較熟悉的。

溫梓川（1911-86），原名溫玉舒，筆名舒弟、于蒼、丘山、秋郎、山葉、高漢、莘君、南洋柏、半岳岳等，祖籍廣東省惠陽縣，生於馬來西亞檳榔嶼。檳城鍾靈中學畢業，1926年考入廣州中山大學文學院預科，翌年又考入上海暨南大學西洋文學系。畢業後回檳城，出任《新報》副刊編輯。抗戰勝利後，任《光華日報》副刊主編，並兼任中學教師。1971年後升為《光華日報》總編輯。創作包括詩、小說與散文，散見上海《開明》、《語絲》、《暨南校刊》、《新時代》、《文筆》等報刊以及新馬各地報刊。作品有詩集《咖啡店的侍女》、《夢囈》、《美麗的肖像》；散文集《梓川小品》、《文人的另一面》、《冬天裡的倫敦》；小說集《美麗的謊》、《夫妻夜話》、《某少男日記》；並撰有《郁達夫別傳》，連載於吉隆坡《蕉風》月刊。

方北方（1918-2007），原名方作斌，廣東省惠來縣人。1928年來馬來西亞，就讀於鍾靈中學，1937年抗戰爆發，回潮汕升學。勝利後返回馬來從事教育工作。曾擔任韓江中學華文主任、校長，兼任《星檳日報‧文藝公園》編輯、馬來西亞寫作人華文協會副主席、主席。作品有小說及散文三十餘本，曾獲1989年第一屆馬華文學獎、1998年第二屆亞細安華文文學獎。主要作品有長篇小說《春天裡的故事》（1947新潮出版社）、《遲亮的早晨》（風雲三部曲之一，1957香江文匯公司）、《剎那的正午》（風雲三部曲之二，1967東方文化企業公司）、《幻滅的黃昏》（風雲三部曲之三，1978馬來西亞北方書屋）、《頭家門下》（又名《枝榮葉茂》，馬來亞三部曲之一，1980新加坡教育出版社）、中篇小說《兩個自殺者》（1952檳城新賓書局）、《娘惹與岳岳》（1954康華出版社）、《說謊世界》（1960新加坡青年書局）、短篇集《出嫁的母親》（1953馬來亞出版社）、《倒下來的銅像》（1983馬來西亞北方書屋）、散文集《北方散記》（1954學生文叢社）、《熱帶雨季》（1996瀋陽遼

寧教育出版社）等及評論數種。

方修（1922-2010），原名吳之光，廣東省潮安縣人。
1938年隨母來吉隆坡投奔父親。1951年起擔任《星洲日
報》編輯，並主持《星洲週刊》雜誌。1956年調編《南洋新
聞》，先後兼編《文藝》、《星期小說》、《青年知識》、
《文化》等副刊，直到1978年退休爲止。也曾一度兼任新
加坡大學講師，教授「馬華新文學」、「中國新文學」等課
程。自1960年起整理馬華文學資料，編輯一系列馬華文學

《戰後馬華文學史初稿》

選集，並出版一套十冊的《馬華新文學大系》，對新馬文學
研究貢獻至大。此外尚著有《新馬華文文學六十年》上下冊、《馬華新文學簡
史》、《戰後馬華文學史初稿》以及散文、詩詞作品。

白垚（1934-），原名劉國堅，另有筆名劉戈、林間、苗苗，廣東省東莞縣
人。1949年到香港，然後去台灣，台灣大學歷史系畢業。1957年赴馬來西亞，
在友聯文化事業機構工作，執編《學生周報》與《蕉風月刊》。五○年代末
期鼓吹新詩再革命，爲馬華文學現代主義的推手。六○年代末革新《蕉風月
刊》，發揚在地化的現代主義馬華文學。1981年移居美國。著有五百餘頁大書
《縷雲起於綠草》（2007吉隆坡大夢書房），收輯其五十餘年的散文、詩及劇
作，被稱爲馬華第一首現代詩的作者。

謝進保（1938-），祖籍福建省金門縣，生於新加坡，曾主編《文學》及《蜜
蜂》月刊，著有長篇小說《撕票》和《後庭花》。

馬田（1940-），原名陳來華，祖籍福建省金門縣下坑，生於新加坡。十九歲
開始寫詩與散文，曾獲星馬文藝創作比賽詩歌及散文組優秀獎，著有詩集《多
情的小伙子》及《南飛的箭》。

方然（1943-），原名林國平，祖籍福建省金門縣後壟，生於新加坡。曾經當
過磚窯廠及碼頭工人。主編過《赤道風》季刊，著有詩集《岩下草》、《方然
詩文集》、《那箬葉包裹著的》、散文集《天不再藍》、小說《黑馬》、《大
都會的小插曲》等。

莊淑昭（1946-），筆名莊歆，祖籍福建省金門縣，生於新加坡。美國新墨西哥州立大學及愛荷華大學藝術碩士。跨藝術與文學領域，七〇年代即有作品在港台發表，以散文為主，著有《山水溫暖》、《老樹昏鴉》、《吹皺春水》、《早茶時候》、《也是懷舊》等文集。

寒川（1950-），原名呂紀葆，又名呂基炮，福建省金門縣人，生於金門縣榜林村。1955年隨家人移民新加坡，畢業於南洋大學中文系。曾與友人創立「島嶼文化社」，主編過《源》雜誌。主要作品有詩集《火中的詩》、《紅睡蓮》、《山崗的腳步》、《島嶼五人詩集》、《在矮樹下》、《樹的氣候》，此外尚有《金門系列》。（註3）

在當代年輕一輩作家中，較知名的有黎紫書（1971-），原名林寶玲，生於馬來西亞，霹靂女中畢業，新生代的小說家，也是當代馬華文學代表性的作家。曾獲大馬星洲日報「花蹤文學獎」短篇小說首獎、小說推薦獎、世界華文小說首獎、南大全國微型小說比賽首獎、台灣「聯合報文學獎」短篇小說首獎、評審獎、「時報文學獎」短篇小說評審獎。作品有《微型黎紫書》、短篇小說集《天國之門》、《山瘟》、《走出的樂園》、《無巧不成書》、《簡寫》及散文集《因時光無序》等。

在抗日戰爭期間，馬來西亞各地正像中國的抗日後方一樣，救亡的話劇活動異常活躍。「新老劇團有如雨後春筍，數以千百計，比較活躍的劇團有新加坡的業餘話劇社、檳城的今日劇社、加影的前衛劇社、馬六甲的南島劇團、新加坡的愛同校友會戲劇組、書記工會劇團等學校和社會上各行各業的業餘戲劇團體。」（賴伯疆 1991：32）除了也演出中國劇作家的作品外，本地的文人也競寫抗日的劇作，例如流冰的《金門島之一夜》、《十字街頭》、葉尼的《傷兵醫院》、《父與子》、《沒有男子的戲》、《串好的把戲》、黃時的《覺悟》、嘯平的《忠義之家》、流基的《覺醒》、鐵亢的《父》、悸純的《齷齪

註3：原籍福建金門的新馬及印尼作家資料曾參考楊樹清〈原鄉與異鄉：南洋的金門籍作家〉一文，龔鵬程等主編《文化與文學——第一屆新世紀文學文化研究的新動向研討會論文集》，新加坡南洋學社，頁313-333。

的勾當》、瀋陽的《歸國之前》、瑩姿的《虎口中的孩子們》、愛同校友會戲
劇組合寫的《怒濤》、《巨浪》等都表現出馬來西亞華僑聲討日本侵華的怒
潮。

王里（1935-），原名許智榮，祖籍福建省金門縣，生於新加坡。南洋大學物
理系畢業。劇作有《生日》、《虎子》、《把國旗掛起來》、《歸來》、《懸
崖》、《過去的年代》、《雨過天晴》，並有紀念抗日英雄林謀盛的多幕劇
《林謀盛烈士》（1935），曾由創藝劇團演出。

新馬兩地從此建立起華文現代劇的基礎，才出現後來在新加坡能夠一展長才
的劇作家郭寶崑。

郭寶崑（1939-2002），河北省武邑縣人。自幼在華北農村經歷了水災、旱
災、蝗災、匪災、日本兵災等禍害。1947年隨母親遷居北平，首次見到在南洋
經商的父親。1949年共軍佔據北平後，奉父召經香港投奔在新加坡的父親，從
此就遠離了大陸故土。雖然他並不認同共產中國，可是思想中卻烙印著左派的
理想主義，與新加坡所行的資本主義也多有扞格不入的地方。1959年赴澳洲墨
爾本，擔任澳洲廣播電台中文部翻譯兼廣播員，三年後考進澳洲雪梨國立戲劇
學院攻讀戲劇製作課程。1965年返回新加坡與舞蹈家妻子吳麗娟創辦新加坡表
演藝術學院（後來改名為實踐表演藝術學院）。1968年領導集體創作《喂！醒
醒》，企圖喚醒迷失在資本主義物欲中的青年，繼續發表《掙扎》（1969）、
《青春的火花》（1970）等，為新加坡當局視為顛覆活動而禁演。1971年二度
赴澳洲學習。1976年終因思想左傾被捕入獄，直到1980年始獲釋。1985年完成
《棺材太大洞太小》，以幽默的口吻批判社會時弊。以後開始用中、英文雙語
寫作，1990年獲新加坡戲劇類文化獎。後期的作品有《OOO么》（1991）、
《黃昏上山》（1992）、《鄭和的後代》（1995）、《靈戲》（1998）等。最
後的二十多年留給新加坡豐富的遺產，不僅劇作，還有他的文化人格和批判精
神，被尊為「新加坡戲劇之父」。有一篇評論郭寶崑的文章中說：

　　　談論新加坡戲劇，不管是泛泛地談還是深入地談，你都不可能對這個名字掉

頭不顧。無論愛或是恨，褒或是貶，你都無法忽略他的存在和作用。

是他創造了新加坡劇壇上很多個第一次。

第一次把布雷赫特的作品搬上新加坡的舞台。……

第一位用華英兩種語言編、導戲劇又獲得很大成功的戲劇家。

第一次創造出一台會合華語、英語、馬來語、淡米爾語、福建方言等幾乎所有新加坡語言的戲劇，讓不同文化、語言的新加坡觀眾有可能坐在同一個劇場裡看同一個屬於他們的戲。

第一次系統地將葛羅托夫斯基的演員訓練方法和戲劇觀引進新加坡劇場（通過台灣戲劇家劉靜敏），給新加坡劇壇帶來強烈震撼。

他的名字已經和歷史連在一起。

這個人，就是郭寶崑。（余雲1995）

作者也曾做過如下的觀察：

郭寶崑對新加坡現代戲劇的重要性是不容置疑的。他的作品不但可以作為新加坡當代戲劇的選樣，而且具有十足的代表性。從《邊緣意象：郭寶崑戲劇作品集（1883-1992）》一書所收的作品看來，其中有比較寫實的，但更多的是具有現代的和後現代的特質。這一點和台灣當代劇場非常近似。他的作品中，也有些很不大眾，使一般觀眾看不懂的前衛作品。（馬森2002：171）

《郭寶崑戲劇作品集：邊緣意象》

新馬以外，菲律賓的華文文學也是不可忽略的一支，李瑞騰也曾於1986年在《文訊》雜誌編過一期「菲律賓華文文學特輯」，他提到：「施穎洲和亞薇兩位先生追溯菲華文學的歷史，都只上溯到民國23年（1934）王雁影的《海風》與但英（林健民）的《天馬》兩本刊物。然而，根據資料顯示，菲華報紙

的先驅《華報》（閩人楊維洪創辦）出現於光緒14年（1888），一直到辛亥革命止，菲律賓總共出了六家華文報紙（包括後來頗為興盛的同盟會機關報《天理報》）；而到對日抗戰之前的大約半個世紀期間，菲律賓華文報先後出了二十三家。雖然它們之中大部分的壽命都不長，但整個來說，傳播媒體堪稱發達。依我看，華文文學不太可能晚至《海風》和《天馬》兩本刊物始開始『播種』。菲華文學在1949年以後，已具備了很好的發展條件，尤其是『菲律賓華僑文藝工作者聯合會』成立（1950）之後，舉辦文藝講習會、創作比賽、出版刊物（《文聯》季刊）、作品結集出書等，積極進取地朝著寬廣的方向發展，於是新的一代出現了，他們以新的感性、新的寫法去從事創作，而且昂揚奮發，像藍菱、雲鶴、莊垂明、月曲了、陳和權、林婷婷等人，那時皆相當有潛力，已引起廣泛的注目。」（李瑞騰 1986：58-59）

菲律賓華人的華文文學活動頻繁，先後成立千島詩社、菲華作協、菲華文協、華青文藝社、辛墾文藝社、耕園文藝社、亞華作協菲律賓分會、亞華文藝基金會等組織。 以詩歌聞名的有雲鶴、藍菱、林泉、莊垂明、謝馨、月曲了、陳和權等；以小說、散文聞名的有莎士、施約翰、莊子明、亞籃、夏默、施柳鶯等（賴伯疆 1991：108-114）；以戲劇聞名的則有蘇子。

蘇子（1921-85），原名蘇德西，福建省晉江市人。菲律賓國立大學、遠東大學、亞黎連洛大學肄業。曾任菲律賓中華學校教員、菲律賓《公理報》記者。太平洋戰爭爆發後經商，成立菲律賓富麗布廠，自任董事長。性愛戲劇，出任菲律賓移風票房名譽理事長，獨資創辦《劇與藝》半月刊。後到台灣參與戲劇活動，在李曼瑰逝世後，曾繼任中華戲劇藝術中心名譽主任。1968年在台灣曾獲中國話劇欣賞會所頒紀念金鼎獎，1969年僑委會所頒海光獎章，1971年獲巴基斯坦大學頒予名譽文學博士學位。著有小說、雜文合集《機緣》（1966台北菲律賓劇藝出版社）、《我之初》（1969台北菲律賓劇藝出版社）、《血腥戀》（1973台北菲律賓劇藝出版社）。

和權（1940-），原名陳和權，菲律賓人。現任《萬象詩刊》主編。詩作入選兩岸多種詩選本。兩度獲得菲律賓王國棟文藝基金會新詩獎、菲華兒童文學

研究會、林謝淑英文藝基金會童詩獎、台灣僑聯總會華文著述獎、行政院僑務委員會獎狀、新陸詩獎、中興文藝獎及中國寶雞詩獎等。出版詩集有《橘子的話》、《你是否撫觸到衣襟上被親吻的痕跡》、《落日藥丸》，詩評集《論析現代詩》。

月曲了（1941-），原名蔡景龍，祖籍福建省晉江縣，生於菲律賓。中學時代加入當時菲華的華文「自由詩社」，因而接觸到台灣六〇年代的新詩，深受影響，也開始詩作。但1972年菲律賓政府宣布戒嚴而停筆，直到1982年解嚴後華報副刊恢復才再度執筆。曾獲河廣詩社新詩優等獎、王國棟文藝基金會第一屆新詩獎。著有《月曲了詩選》。

莊垂明（1941-2001），祖籍福建省晉江縣，生於菲律賓。曾參與創辦自由詩社，並擔任菲律賓數報的總編輯，詩作曾入選1995年台灣出版的《新詩三百首》。著有《莊垂明詩選》。

雲鶴（1942-），原名藍廷駿，生於菲律賓。菲律賓遠東大學畢業。六〇年代初創組自由詩社，主編《華僑週刊》的《詩潮》，1982年起任菲律賓《世界日報‧文藝副刊》主編。曾任台灣《創世紀》詩刊編委；現爲中國作家協會會員、菲律賓記者總會會員。詩作有《憂鬱的五線譜》（1959）、《秋天裡的春天》（1960）、《盜虹的人》（1961）、《藍塵》（1963）、《野生植物》（1985）、《詩影交輝》（1989）、《雲鶴的詩100首》（2002）。

藍菱（1946-），原名陳婉芬，福建省晉江縣人。菲律賓遠東大學畢業，美國愛荷華大學藝術碩士。詩作多在台灣發表，曾參加藍星與創世紀詩社。詩集有《第十四的星光》（1961）、《露路》（1964）、《對答的枝椏》（1973），詩作曾選入七〇年余光中、瘂弦、朱西甯、梅新、洛夫等主編的《中國現代文學大系》。

在此，引一位曾經奉派擔任駐菲律賓大使館武官的軍人作家公孫嬿對菲華文學的印象，他說：

菲華文學有兩個走向：一個是抒發遊子的客懷，另一個是以異鄉人的賓位眼

光看主位菲律賓社會。因此不論是文學創作，或是藝術作品，給人的觀感常在這兩個方向盤桓。在我印象中菲華的文學，始終是多采多姿的。一則是思想自由，一則是能明確的感覺到東西文化的激盪。在不平的心情中有一種安適感，在動盪中有一種莫測的憚畏。這些表現在具體的事實上，便是各個不同的藝文社團的形成。所謂道不同不相為謀，志趣相投者可以自由結社，於是意外的又造成了欣欣向榮的文學趨勢。（公孫嫫 1986：88）

印尼則因蘇哈托當政後實行排華政策，大力取締華僑社團、華校、華報及華文刊物，而且禁止大陸及台港地區的華文書刊進口，以致華人多數都被迫改入印尼籍。可是華人畢竟佔了人口中的六分之一，華語、華文終難禁絕，仍有以華文寫作聞名的作家如黃東平、白放情、茜茜麗亞、馮世財、明芳、林萬里、嚴唯真、李清等，他們的作品常見於南洋和港台的報刊。（賴伯疆 1991：127-130）

黃東平（1935-），祖籍福建省金門縣，生於印尼加里曼丹哥打峇魯市。十歲隨雙親返原鄉，在金門中學讀初一時，因日軍侵入，再逃至香港，然後回印尼。自1965年起，他寫出長篇小說「僑歌三部曲」：《七洲洋外》、《赤道線上》及《烈日底下》。1984年後完成散文集《短稿一集》與《短稿二集》。

東瑞（1945-），原名黃東濤，祖籍福建省金門縣，生於印尼。幼年在印尼生活，少年時到廈門受教育，後移居香港。曾做過裝配工、送貨員、印花工等，以後從事文化出版事業。創作多元，出版過《瑪依荷莎畔的少女》、《天堂與夢》、《少女的一吻》、《出洋前後》、《旅情》等。

此外，泰國、柬埔寨、寮國等也有少數的華文作者。

東北亞的日、韓，華文作家甚少。1982年在東京曾成立「留日華文作家協會」，到會三十多人，選出劉興堯和王良為正副會長。（賴伯疆 1991：149）長居日本的陳舜臣（1924-2015）、邱永漢（1924-2012）及於2008年獲得日本重要的文學大獎芥川獎的年輕女作家楊逸都是用日文寫作的，是華裔，但非華文作家。另外還有幾位用中、日雙語寫作者，像王孝廉、李長聲、張石、王

東、孫秀萍、姜建強等，有的已有名聲，有的還在努力中。

王孝廉（1942-），筆名王璇，山東省昌邑縣人。台灣東海大學中文系畢業，日本廣島大學中國哲學博士，曾任日本福岡市西南學院講師、教授、台灣中興大學、成功大學、東吳大學客座教授，法國社科院訪問教授。除論述外，寫作以散文為主，兼及小說，作品有論述《中國的神話與傳說》（1977台北聯經出版公司）、《花與花神》（1980台北洪範書店）、《神話與小說》（1986台北時報文化公司）、《中國的神話世界》上、下冊（1987台北時報文化公司）、《水與水神》（1992台北三民書局）、主要散文集《廣陵散記》（1974台北地平線出版社）、《船過水無痕》（1985台北洪範書店）、《漁問》（1987台中晨星出版社）、短篇小說集《彼岸》（1985台北洪範書店）等。

旅日作家王孝廉（1942-）

李長聲（1949-），遼寧省長春市人。在國內時為專攻日本出版文化史，曾任《日本文學》雜誌副主編。1988年自費留日，九○年代以來為台灣及大陸的報刊撰寫隨筆、專欄，已出版有《櫻下漫讀》、《日知漫錄》、《東遊西話》、《四帖半閒話》、《枕日閒談》、《居酒屋閒話》、《風來坊閒話》、《東京灣閒話》、《哈，日本》、《日下散記》、《日下書》、《浮世物語》、《東居閒話》等十多種文集。

韓國雖然久受中國文化薰陶，大學中也很重視漢語教學，在韓國的僑民設有華文小學及中學，但此後即到台灣或北美接受大學教育，未能真正形成華文文學的氣候。倒是有一位韓國學者足稱半個華文作家，這就是許世旭。

許世旭（1934-2010），生於韓國羅北道任實郡。1954年考入韓國外語大學中文系，1960年留學台灣，進台灣師範大學國文研究所，於1963及68年分別獲得碩士和博士學位。曾任高麗大學中文系教授、台灣淡江大學客座教授、韓國中國語文研究會會長，韓國現代文學學會會長。與台灣現代詩人多有往還，中文詩

文集有《雪花賦》、《城主與草葉》、《藏在衣櫃裡的》、《許世旭自選集》等。

移民或海外的華裔作家，如果用華文寫作，發表與出版仍需仰賴國內的報章、雜誌與出版機構，過去如此，現在仍然如此。他們的讀者群主要也在國內，因此他們時時需要回國充電，或與國內保持密切的聯繫。所謂國內，包括中國大陸、台灣和香港。如沒有國內的支援，移民或海外的華文文學是不可能存在的。譬如，移民法國而因六四事件與大陸官方決裂的高行健，他的作品如非能在台灣發表並出版，怎能為華文文學奪下了第一座的諾貝爾文學獎呢？

如果把「海外華文文學」或「移民華文文學」作為學術研究的對象，就會發現其界定非常困難。首先，移民指的是從原居住地遷移到他國或異域的人，華僑指的是僑居他國的華人。但，人是經常活動的，在如今交通如此暢達的時代，人們不可能久居一地。譬如有的作家在國內成名，而後才移民他國，像張秀亞、王鼎鈞、洛夫、瘂弦、古華，是否應該稱他們為移民或華僑作家呢？又有些人先移民而後回歸，像目前在台灣的陳若曦、平路、在北京的虹影，又該如何界定？

至於作品的界定更加不易。過去於梨華寫的小說被稱作「留學生文學」，因為她寫的是留美學生的故事。如果移民作家寫的都是國內的人物與事蹟，像白先勇、古華等，其內容與國內作家無異，只因為他人在他國，就該列為海外華文文學嗎？諸如此類的問題不勝枚舉。也許我們應該思考的是：將來的中國文學史如何看待移民或海外的華文文學作品？與國內作家的作品一體看待呢？還是因為作者人在他國，就只能附在文學史的尾巴上？

海外具有更好的寫作環境和更大發揮才藝的自由，以致海外作家的成就常常表現出傑出的成績。譬如金庸，如非在香港，能寫出那些觀點新穎獨特的武俠說部嗎？又如哈金，如留在國內，是否能有今天的成就呢？再說高行健，如沒有法國的寫作環境和台灣的出版環境，能奪得2000年的諾獎嗎？這些事實都是值得吾人深思的。以目前的成就來看，也許還不能說海外作家的作品已超過國內作家，但可以說幾乎到了平分秋色的地步，無論如何海外的或移民的華文文學，肯定是華文文學中不容忽視的重要的一部分。

引用資料

公孫嬿，1986：〈對菲華文學的印象〉，6月《文訊》第24期，頁85-89。

方　修編，1972：《馬華新文學大系》，新加坡世界書局。

方梓勳、蔡錫昌編，1992：《香港話劇論文集》，香港中天製作有限公司。

王德威，1988：〈評蓬草《頂樓上的黑貓》〉，8月《文訊》第37期，頁149-152。

王德威，1998：〈說來那話兒也長──鳥瞰當代情色小說〉，《如何現代，怎樣文學？──十九、二十世紀
　　中文小說新論》，台北麥田出版公司，頁251-265。

余　雲，1995：〈生命之土與藝術之樹──從郭寶崑劇作看他的文化人格〉，郭寶崑《邊緣意象：郭寶崑戲
　　劇作品集（1883-1992）》，新加坡時報出版社，頁361-362。

李瑞騰，1986：〈寫在「菲律賓華文文學特輯」之前〉，6月《文訊》第24期，頁58-59。

李錦宗，1985：〈戰後馬華文學的發展〉，《馬來西亞華人史》，吉隆坡馬來西亞留台校友會聯合總會，頁
　　365-407。

林水檺、駱靜山合編，1984：《馬來西亞華人史》，吉隆坡馬來西亞留台校友會聯合總會。

吳宗熙，2012：〈韓牧詩文藝術特點初探〉，8月17日《環球華報》。

季　仲，1990：〈忍淚帶笑看人生──周腓力幽默小說漫評〉，《台灣文學的走向》，福州海峽文藝出版
　　社，頁141-146。

馬　森，1990：〈藝術的退位與復位──序高行健《靈山》〉，高行健《靈山》，台北聯經出版公司。

馬　森，2002：〈台灣與新加坡現代戲劇的發展與對照〉，龔鵬程等主編《文化與文學──第一屆新世紀文
　　學文化研究的新動向研討會論文集》，新加坡南洋學社，頁165-176。

曹萬生主編，2010：《中國現代漢語文學史》，北京中國人民大學出版社。

莫順宗，2002：〈馬來西亞華文教育的新變化與舊問題：以非華裔學習華文為例〉，龔鵬程等主編《文化與
　　文學──第一屆新世紀文學文化研究的新動向研討會論文集》，新加坡南洋學社，頁385-404。

陳松沾，1988：〈簡論東南亞華文文學的前途〉，10月《文訊》第28期，頁106-117。

楊松年，1986：〈建國二十五年的新加坡華文文學：1959-1984〉，4月《文訊》第23期，頁141-153。

楊樹清，2002：〈原鄉與異鄉：南洋的金門籍作家〉，龔鵬程等主編《文化與文學──第一屆新世紀文學文
　　化研究的新動向研討會論文集》，新加坡南洋學社，頁313-333。

趙　戎編，1972：《新馬華文文學大系》，新加坡教育出版社。

劉登翰，2007：《華文文學：跨域的建構》，福州福建人民出版社。

鄭明娳，1986：〈開始動手就造出廢墟的人──評木心的《散文一集》〉，4月《文訊》第23期，頁189-
　　183。

賴伯疆，1991：《海外華文文學概觀》，廣州花城出版社。

韓　牧，2004：〈新土高瞻遠，前塵舊夢濃──自跋《新土與前塵》〉，韓牧、勞美玉詩集《新土與前
　　塵》，加拿大華裔作家協會。

龔鵬程，2002：〈二十一世紀華文文學的新動向〉，龔鵬程等主編《文化與文學──第一屆新世紀文學文化
　　研究的新動向研討會論文集》，新加坡南洋學社，頁13-38。

第四十二章　新世代華文作家

一、難以地域界定的新世代作家

　　步入二十一世紀，世界局勢大爲改觀。自從蘇聯及東歐社會主義國家解體，中國走上資本主義路線之後，資本主義與社會主義陣營的冷戰對立已經成爲過去式。除了伊斯蘭教的族群與信仰基督教或猶太教的族群之間的世仇一時尚難以化解外，一般國與國之間，族群與族群之間已逐漸步上理性協作的道路。

　　中國在強人獨裁與文革的慘痛教訓之後，確是決心改弦易轍實行對外開放，一日日趨向自由經濟，在短短的三十年中，迅速竄升，以其廣袤的國土及龐大的人口，不但躋身於開發國家之林，而且成爲僅次於美國的生產與消費大國。特別當歐洲經濟不振、日本日漸疲弱的形勢下，中國的經濟成就更顯得突出而引人注目。如今出國觀光或移民的華人不再是在生存線上掙扎力求活命的華工，而常常是腰纏萬貫的富豪了。華文也因此成爲繼英文而後爲他國人民爭相學習的語文，華文文學看來有其樂觀發展的前景。

　　在國際間和平的氣氛中，與外人友善相處成爲各國人民的做人之道，觀光

事業也被看作是經濟發展與營利的重要事務，大多數國家均敞開兩臂歡迎外來者，樂意放棄過去的簽證要求，使國與國之間的溝通更加暢達方便。比起上個世紀走訪異邦的困難重重，如今出國與移民竟成為各國人民相互往還的日課，自然使華文作家也漸漸突破地域的侷限，成為世界性的公民。譬如說，中國大陸與台灣在上個世紀互相隔絕長達三十年之久，到了二十一世紀繼小三通與大三通之後，雙方人民間的互動與通婚已日漸頻繁。大陸作家的書在台灣一樣暢銷，出身大陸的高行健在台灣更受到歡迎，而台灣的網路作家痞子蔡與九把刀在中國大陸似乎比在台灣更加著名。在大陸與台港這三個以華文文學為主的地區以外，東南亞（像新馬和菲律賓）的華文文學早就有深厚的根柢，即使在後進的歐美各地，以華文書寫的筆陣也日漸宏偉。尤其是美國，如今的華文文學社團非常發達，數一數竟多達將近二十個華文作家協會，計有海外華文女作家協會（1989年成立於加州柏克萊）、北加州華文作家協會（1991舊金山）、北美華文作家協會紐英倫分會（1991波士頓）、紐約華文作家協會（1991紐約）、洛杉磯華文作家協會（1991洛杉磯）、美南華文作家協會（1991休士頓）、北卡書友會（1991北卡羅萊納州洛麗市）、美國華文文藝界協會（1994舊金山）、北美華文作家協會華府分會（1994華盛頓）、華府書友會（1995華盛頓）、北德州達拉斯文友社（1996達拉斯）、芝加哥華文寫作協會（1996芝加哥）、夏威夷華文作家協會（1997夏威夷）、聖路易華人寫作協會（1998密蘇里州聖路易市）、新澤西書友會（1998新澤西）、喬治亞華文作家協會（1999喬治亞城）、文心社（2000新澤西州）、亞利桑那作家協會（2000鳳凰市）、拉斯維加斯華文作家協會（2000拉斯維加斯）。加拿大也有加拿大華裔作家協會（1987溫哥華）和加拿大中國筆會（1995多倫多）。澳洲有新南威爾士華文作家協會（1995雪梨）、仕女華文作家協會（2005墨爾本）。歐洲有歐州華文作家協會（1991巴黎）。從美、歐、澳洲等地有如此眾多的華文作家協會看來，足見可稱或自稱華文作家的人數之眾多了。細查其中的會員，多有在國內早已成名的作家，如美國的王鼎鈞、董鼎山、聶華苓、於梨華、白先勇、劉大任、水晶、叢甦、葉維廉、張系國、許達然、高爾泰、莊信正、非馬、杜

國清、張錯、李黎、李渝、陳少聰、洪素麗、喻麗清、裴在美、周腓力等、加拿大的洛夫、瘂弦、黃永武、古華、東方白等、歐洲的程紀賢、高行健、張寧靜、鄭寶娟、蓬草等均早已在國內聞名。也有在國外成名的，如哈金、嚴歌苓、張戎、虹影、吳玲瑤、少君等人。由於今日交通的暢達，人民流動的頻繁，作家的身分已經難以國籍來界定了。以下為六〇年代以後出生的新世代華文作家：

李洱（1966-），河南省濟源縣人。1983年考入華東師範大學。2001年完成長篇小說《花腔》，出版後於2003年獲第一屆鼎鈞雙年文學獎。2008年德國總理默克爾訪問中國時把李洱的小說《石榴樹上結櫻桃》的德譯本贈送給中國總理溫家寶，並要會晤李洱。該書在德國評價很高，而且暢銷。李洱曾任《莽原》雜誌副主編、中國現代文學館研究部副主任、華東師範大學中文系教授及河南省作家協會副主席。《花腔》和《石榴樹上結櫻桃》曾獲第三、第四屆「大家文學獎（榮譽獎）」及第十屆「莊重文學獎」，被稱為「先鋒文學的正果」。此外尚有《饒舌的啞巴》、《遺忘》等多部小說集。

李志薔（1966-），台灣省高雄縣人。台灣交通大學機械系、台大機械研究所畢業，現從事影像及文學創作。與同世代作家伊格言、高翊峰、許榮哲、李崇建、甘耀明、王聰威、張耀仁等組成8P，曾獲聯合報文學獎、中央日報文學獎、台灣省文學獎等。出版有《甬道》、《雨天晴》、《台北客》、《流離島影》等。

辛金順（1968-），生於馬來西亞。台灣成功大學中文系畢業，中正大學中文所博士，現任教於中正大學中文系。寫作以詩為主，兼及散文，出版有詩集《風起的時候》、《最後的家園》、《詩本紀》、散文集《江山有待》、《一笑人間萬事》。

痞子蔡（1969-），原名蔡智恆，台灣省嘉義縣人。台南一中、成功大學水利系畢業，2000年獲同系博士學位，任成大博士後研究員，現任台南市康寧大學文化創意學系助理教授兼主任。1998年在研究生的時代開始在台南市成功大學貓咪樂園BBS站連載網路小說《第一次的親密接觸》，經過網友的轉

寄流傳，廣受網路讀者的注目，同年由台北紅色文化出版公司出版，翌年在中國大陸出版，並改編成舞台劇於2001年北京人民藝術劇院爆滿五十七場。從此繼續寫作出版網路小說，計有《7-ELEVEN之戀》（於1997年在台灣網路上發表，1999年出版，改名《雨衣》於2000年在中國大陸出版）、《愛爾蘭咖啡》（2001）、《槲寄生》（2002）、《夜玫瑰》（2003）、《亦恕與珂雪》（2004）、《孔雀森林》（2005）、《暖暖》（2007）、《回眸》（2008）、《鯨魚女孩·池塘男孩》（2010）、《蝙蝠》（2010）、《阿尼瑪》（2013）。其中《愛爾蘭咖啡》與《回眸》也曾改編成話劇演出，《槲寄生》與《夜玫瑰》曾改編成廣播劇，《7-ELEVEN之戀》則於2002年搬上銀幕。

王聰威（1972-），台灣省人。台灣大學哲學系畢業，台大藝術史研究所碩士。曾任台灣《明報週刊》副總編輯、《Marie Claire》執行副總編輯、《FHM》副總編輯，現任《聯合文學》總編輯。爲新生代作家8P之一，寫作以小說爲主，兼及散文，曾獲宗教文學獎、巫永福文學獎、打狗文學獎、台灣文學獎等。著有《濱線女兒——哈瑪星思戀起》、《複島》、《稍縱即逝的印象》、《中山北路行七擺》、《台北不在場證明事件簿》等。

甘耀明（1972-），台灣省苗栗縣人。台灣東海大學中文系畢業，東華大學創作與英語研究所碩士。曾參與小劇場工作，並任中學教師、記者，現任靜宜大學兼任講師及兒童創意作文班老師。與伊格言等同世代青年作家組成8P。2011年10月，甘耀明參與文建會與德國柏林文學協會（Literarisches Colloquium Berlin）主辦的「台德文學交流合作」計畫，代表台灣作家於柏林駐村一個月。作品深受魔幻寫實的影響，善於利用客家方言及民間傳說，出版有短篇小說集《神祕列車》（2003台北寶瓶文化公司）、《水鬼學校和失去媽媽的水獺》（2005台北寶瓶文化公司）、《喪禮上的故事》（2010台北寶瓶文化公司），代表作爲長篇小說《殺鬼》

《神祕列車》（2003台北寶瓶文化公司）

（2009台北寶瓶文化公司）。

張亦絢（1973-），台灣省人。巴黎第三大學電影及視聽研究所碩士。從事女同志文學書寫，曾出版短篇小說集《壞掉時候》、《最好的時光》及長篇小說《愛的不久時：南特／巴黎回憶錄》（2011台北聯合文學出版社）。

高翊峰（1973-），台灣省苗栗縣人。台灣中國文化大學法律系畢業，曾任調酒師、《印刻文學誌》、《FHM》雜誌編輯、《野葡萄文學誌》主編、《柯夢波丹》雜誌副總編輯，也曾在北京任《MAXIM》國際中文版雜誌編輯總監，現任《GQ》雜誌副總編輯。為新世代作家8P之一，寫作以散文與小說為主，描寫城鄉差異、身體與情欲、客家人生活等，曾獲國軍文藝獎、聯合報文學獎、時報文學獎、吳濁流文學獎。出版有短篇小說集《肉身蛾》、《傷疤引子》、《奔馳在美麗的光裡》、《一公克的憂傷》、長篇小說《幻艙》，以卡夫卡的話起始：「在清醒的狀態下，我們漫步於夢中，不過只是過去時代的亡靈。」

許正平（1975-），台灣省台南縣人。台灣中山大學中文系及台北藝術大學戲劇研究所戲劇創作組畢業，清華大學中文所博士班研究生。寫作跨越戲劇、小說與散文，出版有散文集《煙火旅館》（2006台北大田出版公司）、小說集《少女之夜》（2009台北聯合文學出版社），並曾發表、演出劇本《旅行生活》（2000皇冠藝術節）、《家庭生活》（2000耕莘藝術季）、《愛情生活》（2008台南人劇團）及電影劇本《盛夏光年》等。

許榮哲（1975-），台灣省人。曾任《聯合文學》雜誌編輯，現專事寫作。為新世代作家8P之一，合著《百日不斷電》等書批評現今文壇。作品有《漂泊的湖》（台北聯合文學出版社）、《吉普少年網交日記》（台北聯合文學出版社）、《迷藏》（2004台北寶瓶文化公司）、《神探作文：讓作文變有趣的六章策略》（與林黛嫚合著，台北三民書局）、《不倫練習生》（8P合著，2004台北寶瓶文化公司）、《寓言》（台北寶瓶文化公司）等。

張耀仁（1975-），台灣省人。除兼任台灣政治大學新聞系講師外，專職寫作。以小說為主，兼及散文，出版有短篇小

《之後》（2005台北印刻出版公司）

說集《之後》（2005台北印刻出版公司）、《親愛練習》（2010台北九歌出版社）、散文集《最美的，最美的》（2012台北九歌出版社）。

李長青（1975-），台灣省高雄市人。新世代網路詩人，曾任出版社編輯，詩集有《落葉集》、《陪你回高雄》、詩合集《保險箱裡的星星》、台語詩集《江湖》。曾獲聯合報文學獎、吳濁流文學獎。

李崇建（1975-），畢業於東海大學中文系，曾任記者、文案、翻譯……等工作，目前於台灣唯一體制外的中學 —— 全人中學擔任教職。出版過《沒有圍牆的學校：體制外的學習天空》、《上邪！》、《中國金銅佛》等作品。

鯨向海（1976-），原名林志光，台灣省桃園縣人。長庚醫學院醫學系畢業，現任精神科醫師。九〇年代末崛起於田寮別業、山抹微雲等BBS站的學生寫手，曾以「南山抹北田寮」點出「BBS詩史」的概念及其對新生代詩人的影響。他主要在書寫自身，詩中常有俏皮、搞怪等成分，很少用艱深典故，擅長在俗語中裝點詩意。出版詩集有《通緝犯》（2002台北木馬文化公司）、《精神病院》（2006台北大塊文化出版公司）、《大雄》（2009台北麥田出版公司）、《犄角》（2012台北大塊文化出版公司）、散文集《沿海岸線徵友》（2005台北木馬文化公司）、《銀河系焊接工人》（2011台北聯經出版公司）。

沈浩波（1976-），江蘇省泰興縣人。畢業於北京師範大學中文系，1996年開始詩歌創作，1998年發表《誰在拿90年代開涮》，在詩壇引起爭議，出版有《一把好乳》，曾獲《2000年作家》雜誌年度詩歌獎。後來成為民間寫作的代表人物。2000年與朋友創辦《下半身》詩刊，形成下半身寫作流派。現任北京磨鐵圖書有限公司總裁。

藤井樹（1976-），原名吳子雲，台灣省人。台灣勤益技術學院工業工程與管理系畢業。為台灣當代知名專寫校園言情的網路作家，開始透過台灣政治大學貓空BBS站連載小說。網路作品有《我們不結婚，好嗎》（2000）、《貓空愛情故事》（2001）、《這是我的答案》（2001）、《有個女孩叫Feeling》（2001）、《聽笨金魚唱歌》（2001）、《從開始到現在：藤井樹短篇作

品集》（2003）、《B棟11樓》（2003）、《B棟11樓第二部——這城市》（2004）、《十年的你》（2005）、《學伴蘇菲亞》（2005）、《寂寞之歌》（2006）、《六弄咖啡館》（2007）、《夏日之詩》（2008）、《暮水街的三月十一號》（2008）、《流浪的終點》（2009）、《流轉之年》（2010）、《微雨之城》（2010）、《真情書》（2011）、《回程》（2012）、《揮霍》（2013）。2000年至2013年他共出版了二十本書，是網路小說史上第一個為自己的作品寫歌，第一個為自己的作品製作動畫的人。

伊格言（1977-），原名鄭千慈，台灣省人。台大心理系、台北醫學院醫學系肄業，淡江大學中文碩士。為台灣新世代小說家8P之一。出版有短篇小說集《甕中人》（2003台北印刻出版公司）、《拜訪糖果阿姨》（2013台北聯合文學出版社）、長篇小說《噬夢人》（2010台北聯合文學出版社）、《你是穿入我瞳孔的光》（2011台北逗點文創結社）。曾獲2001年聯合文學小說新人獎短篇小說推薦獎。

童偉格（1977-），台灣省台北縣人。台北藝術大學劇本創作研究所畢業，現就讀台北藝術大學戲劇研究所博士班。曾獲台北文學獎、台灣文學獎圖書類長篇小說金典獎等。著有短篇小說《王考》（2002台北印刻出版公司）、長篇《無傷時代》（2003台北印刻出版公司）、《西北雨》（2007台北印刻出版公司）。他的風格可從一篇訪問中以見一斑：「童偉格的小說，很難描述。魔幻或者鄉土？都無法概括。他的文字，彷彿投向空中，投向宇宙，那是一個既空白又盈滿的所在，世事變化又靜止無動。進入他的小說，就像穿越一道隱形的門牆，沒有入口，就已經來到一個迷路的他方。」（林欣誼 2010）

童偉格（1977-）

謝曉虹（1977-），兩歲時由中國大陸移居香港。香港中文大學中文系畢業，香港科技大學人文學部碩士，曾任香港中文大學中國語言及文學導師、文學雜誌《字花》編輯。1977年開始寫作，曾獲2001年台灣第十五屆「聯合文學小說

新人獎」短篇小說首獎。作品有荒誕與超現實的傾向。出版有小說集《好黑》（2003香港清文出版社）等。

韓麗珠（1978-），香港人。曾獲第二十屆台灣「聯合文學小說新人獎」中篇小說首獎、第八屆「香港中文文學雙年獎」小說組推薦獎及第三屆「紅樓夢獎」推薦獎。著有短篇小說集《輸水管森林》（1998）、中篇小說集《風箏家族》（2008）及長篇小說《灰花》（2009）、《縫身》（2010）、《離心帶》（2013）等。作品追求荒誕的意趣。

九把刀（1978-），原名柯景騰，網路ID與筆名爲九把刀與Giddens，台灣省彰化縣人。中學就讀彰化市精誠中學美術班，交通大學管理科學系畢業，東海大學社會學系碩士。自從2000年在網上出版第一本小說開始，自己架設網站有「再度參見，九把刀——痞客邦PIXNET」、「九把刀·網路文學經典製造機」、「九把刀·人生就是不停的戰鬥」等，並繼續創作《獵命師傳奇》、《哈棒傳奇》等六十多本小說，分作「愛，九把刀系列」、「都市恐怖病系列」、「殺手系列」、「獵命師傳奇系列」、「黑暗生活系列」等。其中多部改編成電影、電視劇、舞台劇或網路遊戲，成爲當代台灣最暢銷的作家，也是第一個與知名戲劇公司簽訂全經紀合約的網路小說家。

楊佳嫻（1978-），台灣省高雄縣人。台灣政治大學中文系畢業，台灣大學中研所碩、博士。現任台灣清華大學中文系兼任助理教授。與鯨向海同爲新世代有代表性的網路詩人。是九歌版《中華現代文學大系（貳）詩卷》選入的最年輕詩人。出版詩集有《屏息的文明》（2003台北木馬文化公司）、《你的聲音充滿時間》（2006台北印刻出版公司）、《少女維特》（2010台北聯合文學出版社）、散文集《海風野火花》（2004台北印刻出版公司）、《雲和》（2006台北木馬文化公司）、《瑪德蓮》（2012台北聯合文學出版社）。

孫睿（1980-），北京市人。中學畢業後考入北京具有四大染缸美譽的某大學，四年頹廢後忽然驚醒，開始在網路發表過去的大學生活，模仿王朔的筆調，京味十足，爲網友爭相點閱，於2004年出版《草樣年華》，立刻轟動。另外的作品還有長篇《活不明白》、《草樣年華2——後大學時代》、《我是你兒

子》、《草樣年華3——跑調的青春》、《跟誰較勁》、《草樣年華4——盛開的青春》、中短篇小說集《朝三暮四》、《七喜》（與韓寒、痞子蔡合著）。另外還有漫畫書《倒楣的貓》、雜文《長大，不成人》及電視劇、DV短片等。

黃崇凱（1981-），台灣省雲林縣人。台灣大學歷史研究所碩士，曾任台北耕莘青年寫作會總幹事。出版有短篇小說集《靴子腿》、《比冥王星更遠的地方》、《壞掉的人》，並與朱宥勳合編短篇小說集《台灣七年級小說金典》（2011台北釀出版社）。曾獲台北市文學獎、耕莘文學獎、台灣全國學生文學獎、聯合文學小說新人獎等。

何員外（1981-），1998年考入上海理工大學動力與汽車工程系，大三時分到電廠熱能工程專業畢業。2001年暑假，因無聊，開始在網上發表短文，文風有些耍嘴皮子，轉載率甚高。2002年發表《畢業那天我們一起失戀》，贏得名聲。大學畢業後轉行做電視動畫片編劇，撰寫《帥狗黑皮》劇本。一週後離職，轉往編寫情景喜劇，為電視系列劇《長大成人》編劇。出版小說除《畢業那天我們一起失戀》外，尚有《何樂不為》、《學人街教父》。

蘇德（1981-），原名王藝，上海市人。她自幼隨外祖父國畫家金岩曹習畫，十四歲起在報刊雜誌發表文章，十六歲從第一屆中國作協魯迅文學院少年作家班畢業。2001年開始小說創作，於《萌芽》雜誌發表處女作小說《我是藍色》。2002年曾赴台北文學交流，2007年成為上海市作家協會簽約作家。2009年赴愛爾蘭科克市任駐市作家。出版小說作品有《沿著我荒涼的額》、《次馬路上我要說故事》、《鋼軌上的愛情》、《贖》、《離》、《畢業後，結婚前》、《沒有如果的事》。

李傻傻（1981-），原名蒲荔子，湖南省隆回縣人。2004年西北大學中文系畢業，現任職於南方日報社。曾在《芙蓉》、《散文》、《作品》等文學雜誌發表作品，並在新浪、網易、天涯等網站同時推出作品專題。2004年在一場「誰是80後文學代表」的爭論中，被選為實力派的五將之首。2005年繼韓寒、春樹後登上美國《時代》週刊亞洲版。作品有《重金屬——80後實力派五虎將精品集》（馬原主編，2004中國出版集團東方出版中心）、《被當作鬼的人》

（2004東方出版中心）、《紅X》（2004廣州花城出版社）、《李傻傻三年文集》（2005北京中國青年出版社）等。評者認爲他的作品具有沈從文式的鄉土氣息，與時下商品類暢銷作品不同。

張悅然（1982-），山東省濟南市人。十四歲開始寫作，山東省實驗中學畢業，新加坡國立大學計算機專業本科畢業。曾先後在《青年思想家》、《收穫》、《人民文學》、《芙蓉》、《花城》、《小說界》、《上海文學》等重要文學期刊發表作品。她的《陶之隕》、《黑貓不睡》等在《萌芽》雜誌發表後，在青少年文藝圈中引起很大的反響，被《新華文摘》等報刊爭相轉載。2001年獲第三屆全國新概念作文大賽一等獎。2002年被萌芽網站評爲最富才情的女作家及最受歡迎的女作家。2003年獲第五屆新加坡大專文學獎第二名，同年獲得《上海文學》雜誌文學新人大獎賽二等獎。2004年獲第三屆華語傳媒大獎最具潛力新人獎。2005年獲春天文學獎。最新長篇小說《誓鳥》被評選爲2006年中國小說排行榜最佳長篇小說。2008年，以《月圓之夜及其他》獲得2008年度茅台杯人民文學獎優秀散文獎。2006年，她是以三百萬元年版稅收入登上第一屆中國作家富豪榜的唯一八〇後女性作家。作品有短篇小說集《葵花走失在1890》（2003北京作家出版社）、《張悅然十愛》（2004北京作家出版社）、長篇小說《櫻桃之遠》（2004上海春風文藝出版社）、圖文小說集《紅鞋》（2004上海譯文出版社）、《水仙已乘鯉魚去》（2005北京作家出版社）、《誓鳥》（2006北京光明日報出版社），並主編主題書《鯉》系列（2008-10南京江蘇文藝出版社，2011-13上海文藝出版社）。

小飯（1982-），原名范繼祖，網名石普，上海市人。2004年華東師範大學哲學系畢業，曾任文學雜誌《花火》主編和《萌芽》的編輯。曾獲《上海文學》全國文學新人大賽短篇小說獎、《青年文學》文學新人獎。出版有《不羈的天空》、《我的禿頭老師》、《毒藥神童》、《我年輕時候的女朋友》、《螞蟻》、《愛近殺》、《婚前教育》等。現任韓寒監製手機文學《一個》副主編。

韓寒（1982-），上海市人。中國賽車手，曾創辦《獨唱團》雜誌，並從事音

樂創作。同時經營文學創作，以小說、雜文爲主，十分暢銷，計有《三重門》（2000北京作家出版社）、《零下一度》（2000上海人民出版社）、《像少年啦飛馳》（2002北京作家出版社）、《毒》（2002北京中國青年出版社）、《通稿2003》（2003北京作家出版社）、《長安亂》（2004北京中國青年出版社）、《就這麼漂來漂去》（2005北京接力出版社）、《一座城池》（2005北京二十一世紀出版社）、《韓寒五年文集》（2005北京中國青年出版社）、《光榮日》（2007北京二十一世紀出版社）、《雜的文》（2008北京萬卷出版社）、《他的國》

韓寒（1982-）

（2008北京萬卷出版社）、《草》（2009北京萬卷出版社）、《可愛的洪水猛獸》（2009北京萬卷出版社）、《1988：我想和這個世界談談》（2010香港國際文化出版社）、《青春》（2011香港萬榕書業）、《光明與磊落》（2012香港萬榕書業）、《脫節的國度》（2012香港牛津大學出版社）、《我所理解的生活》（2013杭州浙江文藝出版社）。《三重門》一書是八〇年後唯一入選由中國多家出版社聯合主辦的「改革開放30年最具影響力的300本書」評選活動中的作品。

　　郭敬明（1983-），四川省自貢市人。自貢市第九中學初中及第二中學高中畢業。2002年入上海大學影視藝術技術學院，休學兩年後再復學，但未畢業。2001至2002年連續參加第三及第四屆「新概念作文大賽」，蟬聯一等獎，漸爲人知。2002年在《萌芽》雜誌上刊載了幻想小說《幻城》，受到熱烈歡迎。2003年此文擴展爲長篇小說，由春風文藝出版社刊行，並改編爲漫畫本，暢銷一時，同時也在台灣出版。同年出版第二本長篇小說《夢裡花落知多少》，同樣暢銷，後繼續出版小說《1995-2005夏至未至》（2005）、《迷藏》（音樂小說，2005）、《悲傷逆流成河》（2007）等。此外尚有多種雜文集、漫畫、電影改編等，成爲中國作家富豪排行榜的第一名。2006年在上海成立了柯艾文

化傳播公司，任董事長，並出版刊物《最小說》（長江文藝出版社）。現任長江文藝出版社北京圖書中心總編輯及上海最世文化發展公司董事長兼總經理。2008年美國《紐約時報》撰文稱郭敬明為中國最成功的通俗作家。但他的作品多有抄襲之嫌（註1），而且多為迎合青少年口味的商業化作品。

春樹（1983-），原名鄒楠，山東省人。父親為解放軍，九歲隨家人遷居北京，就讀西苑中學，感覺無趣，於2000年輟學，喜愛詩歌與搖滾樂，開始寫作。2002年出版自傳小說《北京娃娃》，受到注目，而成文壇的新星。作品有《北京娃娃》（2002）、《長達半天的歡樂》（2003）、《抬頭望見北斗星》（2004）、《長安街少年和玩火》（2004）、《激情萬丈》（2005）、《2條命》（2005）、《春樹四年》（2006）、《他叫春樹》（2006）、《紅孩子》（2007）、《光年之美國夢》（2010）、《在地球上：春樹旅行筆記》（2013）。

神小風（1984-），原名許俐葳，台灣省人。中國文化大學中文系文藝組畢業，東華大學創作與英語文學研究所碩士，曾任耕莘青年寫作會總幹事。因為每天的回家功課是認真悲傷和說謊，所以寫了小說。但偶爾也會試著講講真心話，以及練習愛人。曾獲林榮三文學獎，梁實秋文學獎，全國學生文學獎等。以〈親愛的林宥嘉〉一文獲三十二屆時報文學獎散文組評審獎，〈上鎖的箱子〉一文獲96年度教育部文藝創作獎特優，並分別入選《98年散文選》及《96年小說選》。著有小說《背對背活下去》。經營部落格：〈真心話大冒險〉http://godwinder.blogspot.com/，每天都在故事與非故事間尋找冒險的可能。

林佑軒（1987-），台灣省台中縣人。台灣大學畢業，從事同志文學書寫。曾獲台大文學獎小說首獎、大墩文學獎小說首獎、聯合報文學獎小說首獎、台

註1：2003年，郭敬明出版了小說《夢裡花落知多少》後，作家莊羽認為與她曾在網上連載的小說《圈裡圈外》有多處雷同，向北京中級人民法院提起對郭敬明的訴訟。2004年12月，一審判決郭敬明抄襲成立，判處郭敬明和出版該書的春風文藝出版社停止《夢裡花落知多少》的出版，賠償莊羽經濟損失二十萬元，並在《中國青年報》上對莊羽賠禮道歉。郭敬明表示不服判決，提出上訴。2006年5月22日，北京市高級人民法院做出終審判決，認定郭敬明及春風文藝出版社敗訴，並須賠償二十萬元人民幣，外加一萬元精神撫慰金，郭敬明須向莊羽做出道歉。郭敬明及出版社賠付後拒絕道歉。之後，莊羽再次向法院申請強制執行道歉。

北文學獎小說首獎。作品入選《99年台灣小說選》（2011台北九歌出版社）、《台灣七年級小說金典》（2011台北釀出版社）。

朱宥勳（1988-），台灣省人。現為台灣清華大學台文所研究生，並為台北市耕莘青年寫作會成員。出版有小說集《誤遞》（2010）與《堊觀》（2010），與黃崇凱共同出版短篇小說集《台灣七年級小說金典》（2011台北釀出版社）。

以上這些二十一世紀年輕的作家，靠著網路的媒介，他們的活動與聲名已經不受過去狹隘地區的侷限，不但沒有過去那種省區的界限，甚至海峽兩岸也暢通無阻。另一個特點就是他們的作品很難定義為嚴肅文學還是通俗文學。雖然廣義言之，嚴肅與通俗本非涇渭分明，但過去由於有些作家專寫言情、武俠、科幻、偵探等次文類的小說，而且寫成公式化的大同小異的樣本，故無法進入嚴肅文學的殿堂。到了王朔出現，一方面具有出色的語言與精心的架構，類如嚴肅文學，另一方面又力求迎合群眾的口味，以便使作品暢銷，又與通俗文學無異了，故二者的界線越加模糊。到了二十一世紀的新生代作家，有的故意模仿王朔的文體，有的追隨王朔的成功策略，一律都不脫市場導向，遂難有嚴肅與通俗之別。王朔所使用的語言帶有十足北京青年人的流氣，而被稱為「痞子文學」。哪知「痞味」正對了年輕一代的胃口，非但不以痞子為忤，甚至有的作家竟自名為痞子，如台南的痞子蔡。

只要我們檢視台灣從五〇年代受到第二度西潮衝激以後的文學走向，就可明顯地看出五四以降的國族情懷與集體意識逐漸向私人情懷與個人主義轉化的痕跡。七〇年代後，在後現代主義的影響下，台灣的新生代作家更自願背離中心，走向邊緣。大陸的作家自從對西方開放以後，也走上同樣的道路，正如北京中國現代文學館副館長吳義勤對大陸新生代作家的觀察所言：「新生代作家大都以『在邊緣處』相標榜，一方面，『在邊緣處』是新生代作家迴避『國族宏大敘事』以及『革命』、『歷史』等巨型話語的有效方式；另一方面，『在邊緣處』也顯示了新生代作家自我生存方式的獨特性。『在邊緣處』意味著對於自我私人經驗的強調和對於公眾經驗的遠離，意味著沒被汙染、同化的個人

化『生活經驗』的被培育、被塑造、被建構，意味著與私人經驗的呈現、挖掘相關的經驗化美學的登場。……從前那種對於生活的體制性、集體性的想像已經失效：『呈現』的美學取代了『闡釋』的美學，『感受』的美學取代了『評判』的美學，『模糊』、『渾沌』的美學取代了『清晰』的美學，『人性』的美學取代了『政治』的美學，『形而下』的美學取代了『形而上』的美學。而從『無我』到『有我』、從『集體』到『私人』、從『大敘事』到『小敘事』、從『時間性』到『空間性』，正是新生代作家實現其經驗敘事美學的基本路徑。」（吳義勤 2013：53）

另一方面，中國大陸在擺脫掉一清二白的窘境進入資本主義式的消費社會之後，文學創作也可成為一種營利事業，特別在新生代一心追求市場價值的努力下，寫作致富已經不是神話，2006年起中國的土地上居然也出現了「中國作家富豪榜」（註2），在一向都以清風明月自況的中國文人中可說是空前的創舉、過去從未見過的新現象。名單中除人們熟知的已有成就的作家像王蒙、莫言、余秋雨、余華、蘇童、張煒、池莉等外，新生代的年輕作家郭敬明、韓寒、張悅然等也都入圍，而且名列前茅。這個現象反映了中國社會走向工商業化的資本主義體制，也說明文學不再是崇高的貴族化的精神食糧，而成為大眾的消費品了。

二、網路文學與ebook

現代電訊的基礎來自1957年蘇聯發射的人造衛星及1958年完成的橫越大西洋連接英美的海底電纜。最早的網路則是由美國國防部高級研究計畫署（Advanced Research Project Agency，簡稱ARPA）開發完成，先在美國一些

註2：據網上對「中國作家富豪榜」的解釋是「持續追蹤記錄中國作家財富變化，反映中國全民閱讀潮流走向的著名文化品牌，致力於推動全民閱讀時代到來與中國文化產業繁榮發展。自2006年由吳懷堯首創至今，已持續成功發布七屆，每年引爆全球媒體關注，在華人世界形成熱門話題，讓中國作家群體和華語原創文學變得萬眾傾心舉世矚目。」（2013百度百科）除中國作家富豪榜外，還有漫畫作家、網路作家、外國作家富豪榜。

大學試驗成功而後推廣成商業的產品。當電腦的製造使歐亞等國都成為美國公司的代工之後，到了二十世紀後半期已經普及到第三世界的中小學生手中，用一句電腦營造商的廣告宣傳詞來說，就是「無電腦就無前途！」（No computer no future!）這次電訊革命影響深遠，電腦與電腦之間、手機與手機之間，藉無線網路暢通世界各個角落。電子郵件（email）、MSN、Skype等（幾乎都是無須付費的），不但替代了過去使用手寫郵遞通訊的習慣，甚至也即將取代電話的功用，只要有一部電腦在手，就可與他人免費通訊，無遠弗屆。在這種情況下自然也會影響到寫作者的發表與傳布，特別在架設了電子布告欄BBS（Electronic Bulletin Board System）之後。開始時網友可能以遊戲的心態在網路上寫些簡短的笑話、短詩之類，繼之編織故事，哪知竟會立刻獲得網路讀者的回應，這就增強了寫作者的興致，認真地寫出不錯的作品，而終於贏得個人的名聲及商業的利益。

在中文網路方面，1989年3月6日海外中國大陸留學生梁路平、朱若鵬、熊波、鄒孜野等人創辦《華夏文摘》，是網上最早的獨立海外華人中文媒體，當時叫作《新聞文摘》（NEWS DIGEST）電腦網路，以listserv的形式向留學生發送。1990年11月28日，中國正式在SRI－NIC（史丹福研究所網路信息中心）註冊登記了中國的頂級域名CN，開通了使用中國頂級域名CN的國際電子郵件服務。而幾乎與此同時1991香港（HK）和台灣（TW）分別在1991年連入NSFNET。中文網際網路遂邁出了第一步，為中國網路文學的發展奠定了基礎。

1991年王笑飛創辦中文文學通訊網「中文詩歌網」（chpoem-l@listserv. acsu. buffalo.edu）。少君於1991年4月在網路上發表第一篇中文網路小說〈奮鬥與平等〉，成為歷史上第一位中文網路作家。

1992年美國的印第安那州中國留學生在Usenet上建立了「中文新聞群組」（alt. chinese.text），中文網路文學於是以新聞的方式在全球網際網路上傳播。

1993年3月詩陽通過電郵網路大量發表詩歌作品，之後在中文新聞群組和中文詩歌網上刊登了數百篇詩歌，成為歷史上第一位大量創作網路詩的中國詩人。

詩陽（1963-），原名吳陽，安徽省蕪湖人。曾留學法國與美國，獲得博士學位。因為他在網路上大量發表，促使更多的網路詩人出現，使詩歌創作進入了網路詩歌的主流時代。詩陽曾經提出信息主義的現代詩歌創作原則。他是世界上首份中文網路詩刊《橄欖樹》（1995）的創刊人以及第一屆和第二屆主編，後來任《時代詩刊》和《網路詩人》的名譽主編。作品有《遠郊》、《晴川之歌》、《世紀末，同路的紀行》、《人類的宣言》、《影子之歌》等。

1995年詩陽和魯鳴等人成立第一份網路中文詩刊《橄欖樹》，該年年底，幾位在中文詩歌網上發表作品的女性作者創辦了第一份網路女性文學刊物《花招》。中國內地出現網吧。翌年中國的網吧開始在各大城市飛速發展。對網路文學具有影響力的海外的網路作家出現，諸如圖雅、方舟子等。

魯鳴（？），原名陳魯鳴，江蘇省江陰縣人。1995年與詩陽共同創立第一份網路詩刊《橄欖樹》，擔任該刊編輯。曾獲雙子星獎、新大陸二十世紀創作詩歌獎。出版有詩集《原始狀態》。

圖雅（？）是個謎樣的人物。在1993與96年間他在網路上發表了大量的小說、散文、雜文和寓言，行文詼諧、幽默、風趣，不失深刻，也帶有痞氣，被稱為網上的王朔，同時也有王小波的風味，因此風靡一時，就連以反偽著稱的方舟子也稱讚他是「網上絕無僅有的語言大師」。到了1996年他忽然從網路上失蹤，從此杳如黃鶴，令欣賞他的讀者失望了。留有作品集《圖雅的塗鴉》。

方舟子（1967-），原名方是民，福建省漳州市人，科普作家，1985年考入中國科技大學生命科學院，1990年赴美留學，1995年獲密西根州立大學生物化學博士，先後在美國羅切斯特大學生物系及索爾克（Salk）生物研究所研究分子遺傳學。1999年創辦《新語絲》月刊，架設新語絲網站，批判基督教、中醫、偽科學、偽氣功、偽環保等，並揭發中國科學界、教育界、新聞界的種種腐敗現象。2011年獲百度年度網路先鋒獎，2012年與英國精神病學家Simon Wessely共獲2012年度John Maddox 科學貢獻獎，2013年6月，在拉斯維加斯舉行的第二十四屆全球反欺詐大會上，獲得克里夫‧羅伯森哨兵獎。著有《進化新解說》（香港）、《方舟線上》、《叩問生命——基因時代的爭論》、《進化新

篇章》、《潰瘍——直面中國學術腐敗》、《長生的幻滅——衰老之謎》、《江山無限——方舟子歷史隨筆》、《餐桌上的基因》（再版改名《食品轉基因》）、《基因時代的恐慌與真相》、《尋找生命的邏輯：生物學觀念的發展》、《科學成就健康》、《中醫新世紀大論戰：批評中醫》、《方舟子破解世界之謎》、《方舟子帶你走近科學》、《你在吃補還是吃毒》（台灣）、《愛因斯坦信上帝嗎》，《大象為什麼不長毛》等。

1997年11月2日，老榕在「四通利方」（新浪的前身）論壇發表〈10.31大連金州沒有眼淚〉一文，兩天內傳遍各大中文網路，標誌著網路文學開始產生重大影響。

老榕（1964-），原名王峻濤，福建省福州市人。無黨派人士，中國民主建國會會員。1982年畢業於哈爾濱工業大學計算機科學系。從1999年參與中國互聯網事業，一直在電子商務業工作，為電子商務的開拓者、傳布者，中國最早的互聯網人物。在互聯網上，網友稱他「老榕」。

1998年台南的寫手蔡智恆（痞子蔡）代表作《第一次的親密接觸》由網上而紙上，一時間洛陽紙貴。甚至使曹萬生的《中國現代漢語文學史》誤以為是「中國網路文學的開山之作。」（曹萬生 2010：709）同年第六期《天涯》出現了影響力頗大的網路小說《活得像個人樣》；與此同時，香港作家黃易（1952-，生平見第三十八章）和台灣作家莫仁分別在網路上發表《大唐雙龍傳》和《星戰英雄》。這一年中國的文學門戶網站如黃金書屋以及各類個人網路書屋大量出現。

莫仁（1970-），台灣省台北市人。1993年畢業於台灣東海大學物理系，曾任教師及文教事業負責人。利用其物理學知識，1998年起在網路上發表玄幻小說。2010年底獲得「博客來2010年度暢銷作家」華文的前十名。主要作品有武俠系列：《翠杖玉球》五冊（1999台北萬象圖書公司）、無元世紀系列：《星戰英雄》十冊（1998台北萬象圖書公司）、《星路迷蹤》十三冊（1999台北萬象圖書公司）、《夢華傳說》二十二冊（2000台北獅鷲文化公司）、《移獵蠻荒》二十五冊（2002台北蓋亞文化公司）、《異世遊》五冊（2008台北蓋亞

文化公司）、《遁能時代》五冊（2009台北蓋亞文化公司）、都市幻想系列：《噩盡島》十三冊（2009台北蓋亞文化公司）等。數量之多實在驚人，堪與香港的多產科幻作家倪匡媲美。

1999年大規模的中文文學網站如「榕樹下」以及收費文學網站博庫紛紛出現，「單單一個『奇摩』的搜尋引擎，與『文學』兩字連接的就有五百多個網站。」（陳宛蓉 1999：51）毫無疑問，網路文學走向繁榮。到二十一世紀的2001年下半年，「全球有中文文學網站三千七百多個，中國大陸有以『文學』命名的綜合性文學網站約三百個，沒有文學欄目的網站三千多個，其中以『網路文學』命名的文學網站241個，發表網路原創文學的文學網站153個，發布小說的各類網站486個，發布詩歌的249個，發布散文的358個，發布劇本的75個，發布雜文的31個，發布影視作品的529個。」（歐陽友權 2003：10-11）

中文文學網站如此眾多，在多模式和新技術的基礎上繼續發展，當然會有越來越多的人在網上閱讀和寫作；部落格（博客Blog）、臉書（Facebook創立於2004）、推特（Twitter創立於2006）、噗浪（Plurk創立於2008）等的相繼出現更加掀起了全網民寫作的熱潮。以網路小說聞名的還有以下諸人：

寧肯（1959-），北京市人。北京師範學院二分院畢業，1984至86年在西藏擔任中學教師。開始寫詩歌、散文，後來寫網路小說，雖然年齡較大，因出道較晚，作品多發表在二十一世紀初，2002年曾獲第二屆老舍文學獎。現任《十月》雜誌副主編。小說作品有《蒙面之城》（2001北京作家出版社）、《沉默之門》（2004北京十月文藝出版社）、《環形女人》（2006北京中國青年出版社）。

慕蓉雪村（1974-），原名郝群，山東省平度市人。十四歲遷居吉林省白山市，1996年中國法政大學畢業，然後赴四川成都工作。2001年發表處女作《成都，今夜請將我遺忘》。2009年他深入江西上饒傳銷團伙三星期之久，撰寫《中國，少了一味藥》，以親身經歷解析傳銷騙局。2010年12月，慕容雪村獲人民文學獎的「特別行動獎」。作品以紀實聞名，2013年5月11日他的新浪微博以「散播謠言」的理由被封鎖，不久被註銷；其騰訊、網易、搜狐的全部中國

網際網路微博帳戶均被不明原因註銷。作品有《中國少了一味藥》（2010中國和平出版社）、《慕容雪村隨筆集》（2011中國和平出版社）、《天堂向左，深圳往右》（2011中國和平出版社）、《原諒我紅塵顛倒》（2011杭州浙江文藝出版社）、《多數人死於貪婪》（2011中國和平出版社）。

　　今何在（1977-），原名曾雨，1999年廈門大學畢業，曾在廣東東莞一家電腦遊戲公司工作，任遊戲策畫及電影編劇，寫網路小說。與江南等開發中國幻想世界《九州奇幻》，現任該雜誌主編及九州公司副總經理。出版網路小說有《悟空傳》（2001北京光明日報出版社）、《一直向西，直到世界的盡頭》（畫本，2004天津人民出版社）、《若星漢天空》（2004南昌二十一世紀出版社）、《九州羽傳說》（2005北京新世界出版社）、《九州海上牧雲記》（2006天津人民出版社）、《我的征途是晨星大海》（2010瀋陽萬卷出版社）、《西遊日記》（2012長沙湖南文藝出版社）等。

　　金尋者（1975-），原名史愿，四川省眉山縣人，在北京長大。清華大學工程力學系畢業後赴美留學，在內布拉斯加大學林肯分校攻讀機械工程，獲碩士學位。並在愛荷華大學選修小說寫作課程，現居愛荷華市。網路小說有《初旅》、《血盞花》、《末日之翼》、《大唐行鏢》、《末日秀》、《大唐御風記》、《紋章之怒》、《遠征天河谷》等。

　　網路文學既然是以電腦網路為載體發表的文學作品，創作主體通常是網路作家、網路寫手。總體而言，網路文學是平等的，每個人可以是作者，也可以是讀者，多數讀者也都是平視作者，體現網路平等的主旨。網路文學的形式以網路小說為主，也有詩歌、散文等其他形式。

　　網路文學的特徵，第一是傳播速度快捷、傳播空間廣大，使文學作品可以在極短的時間內傳遍整個網路，網路寫手可以一日間聞名。第二，幾乎所有的網民都可以閱讀，也都可以寫作，各種網路刊載平台保障網路作品能順利發表，以致使眾多的自由撰稿者和業餘網路寫手出現，欠缺把關者，使作品無水準可言了。第三，網路科學提供了文字、圖像、動畫、音響等相互搭配的效果，非傳統印刷出版所可比擬。第四，促成網路文學的商業化，如收費或廣告的運

用，同時網路作家在成名後走下網路去出版書籍，因為讀者群的廣大，常收到暢銷的效果。

如果網路作品一旦暢銷會使其作者名利雙收，如本章所舉的痞子蔡、九把刀、藤井樹、韓寒、郭敬明、張悅然、莫仁等。他們的作品不是言情，就是武俠、玄怪，雖然受到廣大的年輕網民的喜愛，但看在老一輩的作家眼裡，仍不過是膚淺的通俗文學；即使本身也接觸網路文學的中年作家也不能不感到憂心，譬如楊照就曾言：「對這樣的網路文化，我雖然也接觸，卻免不了、忍不住用我那個世代的偏見而對它感到不滿、憂心與遺憾。」（楊照 1996）但是當紅的年輕網路作家卻有不同的看法，譬如九把刀就說：

> 支撐一種文學興衰的並非文學素養高深的作者，而是實際採取閱讀行為的讀者，而網路小說的內在意義自始至終都是指向讀者的、充滿讀者的身影、祈求讀者的、藉由讀者再生產自己的。因此就結構的現象而言，研究網路小說的文化現象必須從讀者活躍的社群環境獲得，尤其是更具有再生產力量的精緻迷社群文化，而不是執著於分析製造小說文本的作者如何產製文本。（九把刀 2007：43）

此足以說明網路文學不管是否為通俗文學，本身絕對是讀者導向的產物。是否在大眾消費文化的社會中，傳統以作者為導向的精緻文學會從此銷聲匿跡，對這個問題，音響藝術家姚大鈞（註3）曾做過深入的分析，他認為網路文學中前衛性的所謂「超文本」（hypertext）、「超小說」（hyperfiction）等，不過是「攙入了基本電腦程式語言的功能」，因此「它內建特性比較適合實驗性作

註3：姚大鈞為著名音響藝術家，美國柏克萊加州大學藝術史研究所博士，現任台北藝術大學科技藝術研究所教授，兼藝術與科技中心執行祕書及電腦音樂實驗室主持人。曾任杭州中國美術學院新媒體藝術系客座教授、DaoHaus 中國新媒體藝術中心發起人及主任委員。他在華人音樂圈內是最活躍的前衛音樂推動者，近年來致力於推動台灣及中國新生代之新音樂創作，並促進與世界先鋒樂壇之快速交流。也曾策畫並主辦「北京聲納2003：國際電子音樂節」，為中國史上第一次大型國際前衛音樂活動。2004年擔任策畫大規模電子音樂活動「台北聲納2004科技藝術節」。

品，它的創作範圍和被接受範圍也將大致侷限在『非主流』文學中。上面說到的所謂網路文學的各種特性（如隨機、互動）都較適合做非理性、或是論者所謂帶有迷失感（disoriented）的作品。而非理性／不舒服的作品幾乎在歷史上自成 一個藝類，並不是一種很快就會被主流消化的短暫前衛而已。……現在就可以肯定的是，網路媒體絕對會造成一種嶄新文類／全新敘述，但這文類一定不會『取代』傳統文學／現有敘述。」（李順興 1999：130-131）

至於未來的出版如何，則端視目前已經頗有聲勢的ebook的發展。

Ebook（或ebook, eBook, e-book, e-Book, digital book, e-edition）是一種以數位的形式出版的電子書（electronic book），包括文本、圖表、圖片等。英國牛津辭典的定義是：「一種印刷書的電子版本」（an electronic version of a printed book）。但實際上ebook不必來自印刷的書籍，可以直接出版，通過電腦、手機或特製的閱讀機（ebook-reader）提供ebook的讀者閱讀。

上個世紀三〇年代，英人布朗（Bob Brown）為了讀者儲存、攜帶方便，同時為了節省紙張有利環保，曾提出過閱讀機的構想。1949年一位西班牙教師安吉拉·盧茲（Angela Ruiz）為了減少她的學生攜帶書籍的數量，設計過一種電子書。但一般認為1960年代美國史丹福研究所（Stanford Research Institute）的道格拉斯·恩吉巴爾（Douglas Engelbart）和布朗大學（Brown University）的安珠·翁·達姆（Andrie van Dam）開始運用電子書，而且後者創造了electronic book此一名詞，使布朗大學在這方面領先了好多年。另有資料顯示美國伊利諾大學（University of Illinois）的麥克·哈爾特（Michael Hart）才是真正啟用電子書的人，因為1971年他將美國獨立宣言輸入電腦，然後以書的形式通過網路發布出去。

1992年日本索尼公司出產電子書閱讀機Data Discman，可以閱讀儲存在CD中的電子書資料，諸如《未來的圖書館》（*The Library of the Future*）等。

早期的ebooks都是有關特別的領域，寫給有限的讀者群看的。到了二十一世紀網路小說盛行以後，當然會以ebook的方式發行，使得有關的閱讀機也開發出各種型號，形如筆記本，攜帶方便，如今到電子器材商場，就可以任選自己喜

歡的閱讀機。

當網路小說可以ebook的形式發行，當然會衝擊到原來載在網路上的方式。如果一旦網路作家多採取出版ebook以取代目前在網上的傳播，那麼將來網路作家的寫作是否又會回歸傳統的方式？電子書的流行肯定對網路文學與傳統紙本的出版都會產生重大影響。

電子書的優點是製作方便，不需要大型印刷設備，製作成本低，不但不用紙張，減少樹木的砍伐，符合環保意識，而且電子書的閱讀機不佔空間，容量廣大，有些書籍可以免費下載，像一個小型的圖書館，一機在手相當過去所買的一屋子書籍，價錢比起紙本書低廉多了。閱讀機因為有內建的螢光，方便在光線較弱的環境下閱讀，文字大小顏色都可以調節，又可以使用外置的語音軟體進行朗誦。但缺點是容易非法複製，損害原作者的權益，而且長期注視電子螢幕有害閱讀者的視力；同時有些受技術保護的電子書，無法轉移給他者閱讀。

看來優點似乎多於缺點，目前在有些書店電子書的銷售量都在逐日增長，何時能夠突破人們看紙本書的慣性，肯定會形成出版界的另一次革命。但是別忘了，如果有一天全球忽然遭遇到大停電，我們的網路文學、電子書等所有依賴電力的生活必需品全部停止運作，那該怎麼辦？當然那已經不只是文學閱讀的問題了。

引用資料

九把刀，2007：〈研究動機與問題意識〉，《依然九把刀：透視網路文學演化史》，台北蓋亞出版公司。

李順興，1999：〈當文字通了電——與姚大鈞談網路文學〉，7月《聯合文學》，頁119-134。

吳義勤，2013：〈1990年代以來的大陸「新生代」小說家論〉，12月《文訊》，頁50-55。

林欣誼，2010：〈穿越迷霧尋索小說邊界——童偉格交新作《西北雨》〉，2月8日《中國時報‧開卷》。

曹萬生，2010：《中國現代漢語文學史》，北京中國人民大學出版社。

陳宛蓉，1999：〈文學網站分類目錄〉，4月《文訊》，頁51-67。

楊　照，1996：〈身分與故事〉，6月18日《中國時報》第19版。

歐陽友權，2003：《網路文學論綱》，北京人民文學出版社。

第四十三章　中國文學與世界文學

　　世界文化的發展，由各自孤立、不相往來，而漸趨彼此滲透、混融，是自有人類以來的歷史經驗，也是無可違逆的自然趨勢。亞、歐、美、非、澳五大洲，發展到今日，竟然都可在一日的航程之內，致使世界上再也沒有世外的桃源或絕對與世隔絕的地區了。中國的文化自然也不能自外於世界上其他文化潮流，不管對固有的傳統懷舊之情多麼深厚，對外來的影響排拒之心多麼強烈，以及從孤立走向混融的步伐多麼艱辛顛簸，都無法阻止此大勢之所趨。

　　特別是剛剛過去的二十世紀，對中國而言，在文化發展的過程中具有決定性的意義。一百年間，中國曾經面臨一個崎嶇坎坷的悲慘時代，遭受到嚴重的外辱、慘烈的內戰、少有的天災人禍以及慘痛的國土和骨肉的割離。外辱、內亂、分分合合，本來是中國歷史的常態（其實也是人類歷史的常態），不能算中國在這個階段的特徵；其所以有特殊之處，乃是中國在過去的歷史中，從未遭遇過任何外來入侵的文化強大到足以使中國不得不改弦易轍，捨己以從人的地步。中國在鴉片戰爭以降所受到的西潮的強力衝擊，所經驗的走向現代化的萬般痛苦的蛻變，在中國歷史中誠屬空前，但並非就是一件壞事，它至少給中國製造了一次也屬空前的脫胎換骨的機會，如果有足夠的堅忍，而且應對得

當，大有破繭而出的希望，預見到下個世紀將會以一副嶄新的面目出現在地球上。

現代化使中國脫卸了數千年的古裝，換穿上西式的新衣。在文學的領域內，相對於三千年來的中國古典文學，二十世紀的中國文學，經過兩度西潮的衝擊，足以稱之謂「新」文學而無愧。其新，新在語文，從古文一變而為白話；其新，新在思想，從儒、釋、道一變而為兼有科學與民主、基督教與社會主義、存在主義與解構主義等諸般的西方思潮；其新，新在表現的形式，從詩、詞、曲、歌、賦、古文、駢文、八股文一變而為新詩、新小說、新戲劇和新散文；其新，新在觀察世界的角度，從實證寫實到現代主義的內化、自省，再到後現代主義的去中心與多義；新文學無可爭議地是中國古典文學的現代化與世界化的成果，勢必成為未來的華文文學的源頭和地基。

文學，正如其他藝術，是人類心靈的自然流瀉，是人類不懈的創造力的表徵。照理說，從二十世紀的中國新文學，就足以看出當代全部中國人情緒的憂喜和心靈的悸動。但是不幸的是，二十世紀也是中國人的心靈遭受巨大的扭曲和壓抑的時代，先是在列強的屈辱下所激發的爭強心理的膨脹或自卑心理的迷失，繼則是文學創作者自願或不自願地淪為強人威權的階下囚，墮入政治教條的網羅。大陸上長達三十年的毛氏權威鞭策下的社會主義文學，台灣五十年代蔣氏戒嚴管制下的戰鬥文藝，無不銘刻著受傷的心靈烙印，作者或在驚懼中屈膝俯首，或在投靠中強顏奉迎。過度扭曲的心靈，當然會影響了文學的自主性與真誠的品質。可幸的是威權的脅迫總是一個短暫的時期，五四以後的三十年、台灣解嚴以後的文學、大陸上傷痕以降的開放時期的文學、流亡海外的華文文學，都仍然傳達了中國人民真誠的心聲。是以二十世紀的中國新文學，也差堪可以作為百年來中國人所遭受的挫折、災難以及自覺後的奮發圖強種種身心傷痛及心理曲折的實錄了。

在二十世紀這樣一個政經體制徹底變動的大時代，中國的新文學不由自主地表現了積極參與的功利主義的一面，並且也曾盡到過匕首、投槍的革命衛國的責任，不免形成藝術創造過程中的某種障礙。廣義的文學作用，自然不會排除

對人生的關懷與服務，但是絕不能把「為人生而文學」、「為救國而文學」看作是文學最後的唯一目的，從而窒息，甚至扼殺了藝術性的創造！不管什麼藝術，其實都象徵著人類心靈追尋的自由，是人類向無限發展的動力保證，因此這種自由是不該、不能受到束縛與侷限的。我們不希望在未來的日子裡再出現向當政者乞討創作的自由或需要起而反抗任何文藝政策的情況。即使「創作自由」不能成為全民的共識，強人政治或企圖將少數人的意志強加於全體人民的政治結構，希望將於二十一世紀後絕跡於人類社會。多元的文學創作，正如多元的生活方式，也期望將是下一個世紀的主要潮流。

　　但是當我們擺脫了或即將可以擺脫政治的脅迫的時候，馬上面臨到的卻是另一個龐大的商業脅迫。商業脅迫不像政治脅迫有一個可以反抗的明確目標，它幾乎是無形的，而且是無孔不入的，它不會威脅到作者個人的生命，但它卻可以緩慢地侵蝕作者的靈魂，把作者轉化為藝工，把藝術轉化為商品。對抗商業對文學藝術的腐化，不是作者單方面可以成功的，更需要的是廣大讀者群的品味的提升與文學藝術教育的普及。

　　文學是文字與語言的藝術，因此必定滲透著一個民族的歷史沿革、文化信仰、風俗習慣，帶有明確的民族色彩。我們所見北歐文學的沉鬱、蒼涼，相對於南歐文學的浪漫熱情，正是由於民族文化的異色所造成。但是隨著民族的發展流動，文學自然也跟著流動，盎格魯撒克遜的文學早已不限於英倫三島，而是跟隨大英帝國的殖民腳步綿延到美國、加拿大、紐西蘭、澳洲、南非，甚至於印度與南亞，高盧人的文學也從西歐遠伸入北美的魁北克，西班牙的文學更廣布今日的中南美洲。追隨殖民與移民的潮流，西方文學的世界化早已從哥倫布發現新大陸的時代就開始了。十九世紀的寫實主義文學和二十世紀的現代主義及後現代主義文學早已從歐洲遠播北美、中南美以及亞非等洲，從歐陸的表現主義蛻變而來的魔幻寫實小說，不是在中南美洲獲得發揚光大了嗎？中國的文學也不例外，同樣也向四方開展，除了海峽兩岸三地而外，有所謂包括馬華、東南亞、東北亞以及歐美在內的海外文學，只要有使用華文華語的地區就會有華文文學。中國也同樣接受了寫實主義、現代主義和後現代主義各種西方

文學潮流的激盪和洗禮。

　　這一股龐大的歐西潮流何以在短短的數百年間席捲全球？如追尋其原因根由，不能不上溯到歐陸文藝復興的重振希臘古文明。在人類的歷史上，希臘是唯一在公元前五百年以前就實行過民主制度、有過哲學思辨和科學實驗、舉行過有勇氣面對人性殘酷的悲劇祭典和健強體魄的奧林匹克運動競賽的民族，這許多人類文明的創舉，今日看來毋寧是現代文明的源頭活水。可是繼承這種種先進文明的卻不一定就是希臘的直系子孫，反倒是被原本野蠻的盎格魯撒克遜、高盧、西班牙、日耳曼、維京等種族發揚光大了。歐美文明的另一個源頭，發源自希伯來的基督教，本是被羅馬人迫害的對象，由於教徒的堅忍不拔、犧牲奉獻的精神，終於反轉而成為羅馬人崇信的唯一宗教，從被迫害者搖身一變而為迫害者，甚至一度使歐陸墮入黑暗的淵藪。幸而文藝復興為歐陸帶來了光明，然而並未一舉掃除了基督教的影響，反而促進了宗教改革，使其有一次脫胎換骨的機運，從控制教徒的專橫獨斷轉變為協助教徒的靈魂救贖，藉著基督自我犧牲的無助羔羊的形象去化解世人心靈中的私欲與惡念。後世使基督教發揚光大的也並非基督的族群後裔，而又是原來野蠻的盎格魯撒克遜、高盧、西班牙、日耳曼、維京等種族。由此看來，人類的先進創舉，並非就是本民族的私產，而會成為有志有為者皆可取而用之的人類公產，學習其他民族的長處絕非忘本的行為，而是強壯本族體質文化的重要手段。這種體認，也非一蹴可得，而是在自然環境和人類意志力雙方交互作用下促成，那就是西歐的海洋文明的功勞。因為西歐各族靠海營生，養成了互通有無、彼此競勝的習慣和冒險的精神，才會促成歐陸重新發現希臘古文化的所謂「文藝復興」運動，使歐洲各民族終於突破中世紀的遲滯迷信的陰霾和落後面貌，破繭而出，得以脫胎換骨而步上理性的啓蒙運動的康莊大道。

　　西方的啓蒙運動毋寧就是在希臘文明的基礎上，從酒神的渾沌創造中凸顯出理性的日神精神，使二者取得平衡，既有潛在的創發力，也有理性的指導方針，而終於形成了今日所見的重理性、重實用的資本主義、工業生產、民主制度和福利社會的人類文明。固然資本主義和工業生產本身都帶有先天的缺陷，

然而至今人類尚未發展出取而代之的方略。法西斯與社會主義的失敗，證明了其統治者腐化之速遠超過資本主義社會之上，而人民所享的權益卻又遠在資本主義社會之下，是人類又一次慘痛的教訓，也是重新認識人性的歷史經驗。西歐的文學正是沿此一路線發展的，在文化、社會的浸染下，反映與啓發了敏感的心靈，去尋索著人類的正當航程，是故可以成爲其他民族借鑑的榜樣。

　　無能阻擋的第二度西潮爲中國的文學帶來了取長捕短脫胎換骨的大好時機，中國的知識份子也曾善於把握，以致有今日的成果，使中國文學走向世界，造成中國文學也可以對世界文學的大流有所貢獻，而不至於像伊斯蘭民族，至今仍然無法適應強勢的西洋文明，不得不採取暴力的復仇行爲。回首國內，海峽兩岸其實也遍布著所謂的少數民族，或稱之謂「原住民」，他們本來都有不同於漢族的自己的歷史傳統與語言、文化、習俗，可惜大多數少數民族並沒有自己的文字，所以也沒有自己的文學。有之，則稱之謂「口頭文學」，嚴格地說，只是語言的藝術，或可稱爲「前文學藝術」。但有些少數民族長久浸染於漢文化中，其所表現的文學成就與漢族文學家無異，譬如滿族的老舍、蒙族的蕭乾、席慕蓉、回族的白先勇以及台灣原住民的夏曼·藍波安、田雅各等都表現出傑出的成績。這可以說明，文學有時也可以超越族群，成爲步向人類大同世界的載體。只要掌握到另一個族群的語言文字，一樣可以達成跨族群的表現，例如波蘭人的康拉德所創作的英文小說、愛爾蘭人貝克特的法語戲劇、華人程紀賢的法文小說、華人哈金所作的美語文學等，都是有目共睹的跨族群的文學成就。這些特殊的例子都具體而微地代表了文學在個別語文間互相穿透、流動的現象。

　　事實上，對於文化的趨向混同、文學的走向世界化，似乎是今日各國都在有意或無意間推動的運動。譬如對於外語文學的傳譯，正是各國在創作外，也必要認眞面對的問題。雖然目前中譯西方的文學作品數量之大遠遠超越西方對中文作品的迻譯，這是因爲西方文學佔據強勢的關係，其比例是否會趨向平衡則端視未來中國的經濟和文化的發展情況而定。又譬如眾所矚目的諾貝爾文學獎，一開始便立意不限於瑞典一國、一族，而向世界各國、各族敞開。固然因

爲語文的區隔，東方文學難以與歐西文學受到同樣的欣賞與接納，但是瑞典的評審委員似乎也時時在努力擴大眼界去容納異質的文學。可惜的是，區區十幾位瑞典皇家學院的長者，所見畢竟有限，眼光難免狹隘，勢難以洞悉各種族語文的奧祕，難以窺見各族群中的眞正菁英。諾獎從1901年開始頒發，那時法國的文學大家左拉（Émile Zola, 1829-1902），挪威的戲劇巨匠易卜生（Henrik Ibsen,1828-1906）、俄國文豪托爾斯泰（Count Lev Nikolayevich Tolstoy, 1828-1910）、契訶夫（Anton Pavlovich Chekhov,1860-1904）等都尚在人世，而且個個文名鼎盛，卻都未獲得諾獎評委的青睞，足見諾貝爾文學獎的評審委員在文學標準之外並非沒有其他道德或政治的考量。俄國的高爾基（Maxim Gorky, 1868-1936）與中國的魯迅（1881-1936），因爲都是左翼，其不合保守院士的口味，自在意料之中。現代主義的領航人捷克作家卡夫卡（Franz Kafka, 1883-1924），生前聲名不彰，未受注意，情有可原，但是法國的小說泰斗普魯斯特（Marcel Proust,1871-1922）、愛爾蘭籍的英文文學菁英喬伊斯（James Joyce, 1882-1941）未能上榜，卻是不可原諒的錯失。更晚的廣受世界劇壇注目的美國傑出劇作家威廉斯（Tennessee Williams, 1911-83）和米勒（Arthur Miller, 1915-2005）、法國荒謬劇的開山者尤乃斯庫（Eugène Ionesco, 1912-94）、後現代小說足以引領一代風騷的阿根廷的傑出作家波赫士（Jorge Luis Borges,1899–1986）、義大利的卡爾維諾（Italo Calvino, 1923-85）等等，都在諾獎評審委員的目光之外，成爲諾獎的漏網之魚，委實令人惋惜。到2014年，在獲獎的一百一十一位世界作家中（其中七年因戰爭的關係未授獎，有四年授予兩人，1958年蘇聯作家巴斯特納克被迫放棄，1964年的沙特自動拒絕），眾所周知的大家固然不少，但平庸之輩或其名聲未出國門者也大不乏人。一百一十一人中只有十三位女性，約佔受獎人數的十分之一略強，不知是反映了女性作家的人數奇少，還是不自覺地對女性的歧視？此外，令人不能釋懷的是曾有多達七位的瑞典作家獲獎，其中竟有六位是瑞典皇家學院的院士，也就是自己身任評選委員者不避諱球員兼裁判，而且其中竟有一位破例在其身後頒獎，成爲歷屆諾獎的唯一例外。諾獎原本是瑞典人的，多頒給自家

人，或為自家人破例，他人本無置喙之餘地，但是諾獎委員會不該貌似公正地誇言「對世界各國作家一視同仁」。尤有甚者，1953年竟莫名其妙地將諾貝爾文學獎錦上添花地頒給了不是作家的英國首相邱吉爾！政治乎？酬庸乎？曾招致眾多非議。對西歐語文的作家尚且如此，遑論對陌生的東方語文的作家了。諾獎評審委員會是否有勇氣與雅量容納代表各重要語言族群的學者與作家共組成更為公正的評審委員會呢？應該早就是可以思考的方向了，但迄未實現，甚至醞釀，亦足見其墨守成規、不思改進的保守心態。所以目前未獲諾獎肯定的中文傑出作家眾多，乃在常理之中；而且文學、藝術的獨特成就實際上是無法比較、難以衡量的，諾獎絕非評定作品優劣或作家成就的唯一標準。再說呢，文學的過度世界化是否是件值得鼓勵的好事，尚有斟酌的餘地；將來對文學的獎勵區分地區與語言、文化，也許更能彰顯各族群、各語類文學的本色。可惜現在其他地區和語文中，尚沒有足以與諾貝爾文學獎媲美或抗衡的獎項。

各族群在文學創作中維持其特有的本色，應該是使世界文化更加光彩的正途，對他族的文學取長補短，並非意味著完全放棄自我，好在文學傳播的世界化也並非意指文學必須拋棄其特具的民族與歷史的特質，在世界化中如何保有民族的特色正是各族作家需要努力以赴的。總之，這種現代交通暢達、資訊迅捷所帶來的世界化大趨勢，既然無能避免，也無須逆流而行，但可以把同質性轉化為異質間的相互觀摩與溝通，至少因此會產生促進並加深世界上各國族之間的彼此瞭解的積極作用，對步向世界大同的理想還是具有正面的意義。

除此之外，最令人擔憂的莫過於今日電訊媒體的迅速發展，使文字終將有為圖像與聲音所淹沒，甚至取代的可能。如果文字一旦失去其作為人類傳媒的主要載體，以文字為傳達媒介的文學還能不能存在呢？文學是不是就因此結束了它數千年的生命呢？不錯，這的確是一種可能的發展趨勢，平面的出版品日益衰微就是足以令人無法樂觀的徵兆。不過，真正到了那一天，電影、電視或將取代小說和戲劇，有聲書或將取代無聲書……然而，人類的文學心靈依然存在，人類的創作欲望依然存在，文學不過是換了一個載體繼續存活下去罷了。何況，現在尚無須過度悲觀，看樣子，這一天，在二十一世紀還不會馬上到

來！

　　由於異質文化的日漸混融，除了語言的區別外，如今世界各國文學的思潮與意涵、形式與技巧，已日趨一致。中國的傳統本奠基於家族倫理，在老人文化主導下，特重對父母長上的孝道；西方的文化則更具有前瞻性，重視對子女晚輩的維護，未免輕忽了對老年人的敬重。二者皆有所偏，如何取得平衡，是中國作家可以貢獻的場域。古代中國沉浸在老人的視野中，不願面對人性中狂暴邪惡的一面，遂形成溫柔敦厚的詩教，是為中國傳統文學的特質，惟其末流，亦難免流於虛憍或鄉愿；相反的，古希臘的悲劇精神與自我犧牲的基督原型則形成西方各國文學的共同傳統，常不以血腥暴戾為忤。試看今日海峽兩岸的文學作品，溫柔敦厚的固然不少，悲慘暴戾的也為數眾多，王文興《家變》中的逆子虐父、七等生《我愛黑眼珠》中的丈夫在災難來臨時棄絕結髮、駱以軍、郝譽翔的不避家醜，都絕不合中國傳統的家族倫理；陳裕盛的血腥暴力，蘇童《米》中親人的互恨、互害，余華在〈現實一種〉中的兄弟相殘，也都十分冷酷；莫言尤有過之，《紅高粱家族》中有活剝人皮，《酒國》中有紅燒嬰兒，《食草家族》中親族間居然剜眼、割喉、斬手斷腳，更別說強調肉體酷刑的《檀香刑》了，完全走上法國劇人阿赫都所提倡的殘酷劇場的道路，也就是說他們正在戮力進入西方文學所營構的潮流。閻連科的《四書》，採用了基督教聖經創世紀的文體以及耶穌受難的形象，且加上一則〈新西緒弗神話〉，亦足見第二度西潮對中國大陸的衝擊不下於台灣。

　　中文作家的這種種背離傳統的表現，雖然開始遭遇到一些批判的聲音，但是後來竟漸為當代的中文讀者無異議地接納了，而且贏得批評家的讚譽，足見當代的中國文化已經發生了根本的變化。莫言也因此受到西方讀者的喝采，而終於贏得諾貝爾文學獎評審委員的青睞。當代兩岸的文學作品可說在第二度西潮的衝擊下，已分享了西方文學的血脈傳統，將其納入了中國現代文學的重要組成部分，正如美學上，壯美與優美可以並存，溫柔敦厚與悲慘暴烈也似乎並非勢不兩立。在教育心理學上，二者均具有陶冶人性或洗滌情緒進而促成昇華的學理根據。因此我們相信，只要作家在不受外力干預下可以自由發揮其內在的

潛能，那麼二十一世紀，華人從艱辛痛苦中蛻變而來的新文學，肯定有其繁花如錦的前程。

附錄

引用資料

（所有參考之作家作品及學者著作而未加引用者，均見於內文，此處不再另列，以下引用資料分作中文書目、中文篇目、外文書目及外文篇目，中文以作者姓名筆畫序，外文依作者姓氏字母順序）：

中文書目：

丁　抒，1995：《人禍》，香港九十年代雜誌社。

上海辭書出版社，1990：《中國現代文學辭典》，上海上海辭書出版社。

上海譯文出版社，1980：《荒誕派戲劇集》，上海譯文出版社。

么書儀、王永寬、高鳴鸞主編，1999：《中國文學通典：戲劇通典》，北京解放軍文藝出版社。

中國社會科學院文學研究所，1988：《1919-49中國近代文學論文集》，北京中國社會科學出版社。

中國戲劇藝術中心編，1971：《中華戲劇集》十輯，台北中國戲劇藝術中心。

卞之琳，1979：《雕蟲紀歷》，北京人民文學出版社。

文訊雜誌社編，1999：《中華民國作家作品目錄》，台北行政院文化建設委員會。

巴　金，1987：《隨想錄》（合訂本），香港三聯書店香港分店。

方　苞：《望溪文集》，《四庫全書》，或中國文史出版社《四庫全書精華》（八）。

方　修編，1972：《馬華新文學大系》，新加坡世界書局。

方梓勳、蔡錫昌編，1992：《香港話劇論文集》，香港中天製作有限公司。

毛澤東，1951：《毛澤東選集》第2卷第一版，北京人民出版社。

牛仰山編，1988：《1919-1949：中國近代文學論文集‧概論‧詩文卷》，北京中國社會
　　科學出版社。

王晉民主編，1994：《台灣當代文學史》，南寧廣西人民出版社。

王景山主編，1992：《台港澳暨海外華文作家辭典》，北京人民文學出版社。

王國維，1968：《王觀堂先生全集》第5冊，台北文華出版公司。

王章陵，1967：《中共的文藝整風》，台北國際研究中心。

王夢鷗，1964：《文學概論》，台北帕米爾書店。

王夢鷗，1971：《文藝美學》，台北新風出版社。

王曉秋，1992：《近代中日文化交流史》，北京中華書局。

王　瑤，1953：《中國新文學史稿》，上海新文藝出版社。

王德威，1986：《從劉鶚到王禎和──中國現代寫實小說散論》，台北時報文化出版公
　　司。

王德威，1988：《眾聲喧嘩──三〇與八〇年代的中國小說》，台北遠流出版公司。

王德威，1991：《閱讀當代小說》，台北遠流出版公司。

王德威，1993：《小說中國──晚清到當代的中文小說》，台北麥田出版公司。

王德威，1998：《如何現代，怎樣文學？─十九、二十世紀中文小說新論》，台北麥田
　　出版公司。

王德威著，宋偉杰譯，2003：《被壓抑的現代性──晚清小說新論》，台北麥田出版公
　　司。

王德威，2003：《現代小說十講》，上海復旦大學出版社。

王德威，2005：《台灣：從文學看歷史》，台北麥田出版公司。

王獨清，1947：《王獨清選集》，上海中央書店。

古添洪，1984：《記號詩學》，台北東大圖書公司。

古繼堂，1996：《台灣小說發展史》，台北文史哲出版社。

台北劇場聯誼會，1989：《台北劇場》雜誌創刊號，4月1日試刊，頁19。

田本相，1981：《曹禺劇作論》，北京中國戲劇出版社。

田本相，1988：《曹禺傳》，北京十月文藝出版社。

田本相、吳戈、宋寶珍，1998：《田漢評傳》，重慶出版社。

田本相、劉一軍，2001：《苦悶的靈魂──曹禺訪談錄》，江蘇教育出版社。

田　漢，1983：《田漢文集》第十一卷，北京中國戲劇出版社。

田　漢，1983：《田漢文集》第十五卷，北京中國戲劇出版社。

白少帆、王玉斌、張恆春、武治純主編，1987：《現代台灣文學史》，瀋陽遼寧大學出
　　版社。

皮述民、馬森、邱燮友、楊昌年，1997：《二十世紀中國新文學史》，台北駱駝出版
　　社。

司馬長風，1978：《中國新文學史》，香港昭明出版社。

包恆新，1988：《台灣現代文學簡述》，上海社會科學院。

冰　心，1922：《繁星》，上海商務印書館。

艾　青，1980：《論詩》，北京人民文學出版社。

朱自清，1935：《新文學大系文學詩集》，上海良友圖書公司。

朱棟霖，1987：《論曹禺的戲劇創作》，北京人民文學出版社。

朱棟霖、丁帆、朱曉進主編，1999：《中國現代文學史：1917-1997》，北京高等教育出
　　版社。

朱　湘，1925：《夏天》，上海商務印書館。

朱壽桐，2003：《新月派的紳士風情》，高雄翰林文教基金會。

朱雙一，1999：《近二十年台灣文學流脈──「戰後新世代」文學論》，廈門廈門大學
　　出版社。

老　舍著，馬小彌譯，1980：《鼓書藝人》，北京人民文學出版社。

安敏成（Marston Anderson）著，姜濤譯，2001：《現實主義的限制》（*The Limits of
　　Realism*），江蘇人民出版社。

克　瑩、李穎編：《老舍的話劇藝術》，北京文化藝術出版社。

辛憲錫，1984：《曹禺的戲劇藝術》，上海文藝出版社。

辛　鬱等編，1977：《中國當代十大小說家選集》，台北源成文化圖書供應社。

余光中主編，1989：《中華現代文學大系：台灣1970-1989》十五冊，台北九歌出版社。

余光中，1996：《井然有序》，台北九歌出版社。

余光中，1997：《藍墨水的下游》，台北九歌出版社。

余光中主編，2003：《中華現代文學大系：台灣1989-2003》十二冊，台北九歌出版社。

呂訴上，1961：《台灣電影戲劇史》，台北銀華出版部。

宋寶珍、穆欣欣，2004：《走回夢境──澳門戲劇》，北京文化藝術出版社。

李金髮，1925：《微雨》，上海北新書局。

李田意，1968：《中國小說：中文及英文書籍與論文目錄》，耶魯大學遠東出版部。

李南衡主編，1979：《日據下台灣新文學文獻資料選集》，台北明潭出版社。

李健吾，1984：《李健吾創作評論選集》，北京人民文學出版社。

李逸津等，1999：《國外中國古典戲曲研究》，南京江蘇教育出版社。

李　新主編，2000：《中華民國史》第3編第5卷，北京中華書局。

李慈銘，1920：《越縵堂日記》，上海商務印書館。

李瑞騰主編，1989：《中華現代文學大系評論卷：台灣1970-1989》二冊，台北九歌出版
　　社。

李瑞騰主編，2003：《中華現代文學大系評論卷：台灣1989-2003》二冊，台北九歌出版
　　社。

李歐梵，2008：《中國現代文學與現代性十講》，上海復旦大學出版社。

李豐楙，1985：《中國現代散文選析》（一），台北長安出版社。

汪朝光，2000：《中華民國史》，北京中華書局。

沈用大，2006：《中國新詩史（1918-1949）》，福州福建人民出版社。

沈　奇，1996：《台灣詩人散論》，台北爾雅出版社。

阿　英，1954：《晚清戲劇小說目錄》，上海文藝出版社。

阿英編，1960：《晚清文學叢鈔·小說卷》，北京中華書局。

阿　英，1960：《晚清文學叢鈔——小說戲劇研究卷》，台北台灣中華書局。

阿　英，1966：《晚清小說史》，香港太平書局。

京夫子（古華），1990：《毛澤東和他的女人們》，台北聯經出版公司。

佛克馬、伯頓斯編，王寧等譯，1991：《走向後現代主義》，北京北京大學出版社。

吳　若、賈亦棣，1985：《中國話劇史》，台北行政院文化建設委員會。

吳靜吉，1982：《蘭陵劇坊的初步實驗》，台北遠流出版公司。

周行之，1991：《魯迅與左聯》，台北文史哲出版社。

周芬娜，1980：《丁玲與中共文學》，台北成文出版社。

周思源主編，2003：《20世紀中國文學史綱》，北京語言大學出版社。

周貽白，1981：《中國戲劇史講座》，北京中國戲劇出版社。

周　錦，1976：《中國新文學史》，台北逸群出版社。

岳　南，2010：《從蔡元培到胡適——中研院那些人和事》，北京中華書局。

於可訓、吳濟時、陳美蘭主編，1989：《文學風雨四十年——中國當代文學作品爭鳴述評》，武昌武漢大學出版社。

林水檺、駱靜山合編，1984：《馬來西亞華人史》，吉隆坡馬來西亞留台校友會聯合總會。

林有蘭，1974：《中國報學導論》，台北台灣生書局。

林德龍編，陳芳明導讀，1992：《二二八官方機密史料》，台北自立晚報社。

杰姆遜，弗雷德里克著，唐小兵譯，1987：《後現代主義與文化理論》，西安陝西大學出版社。

金介甫，1990：《沈從文傳》，北京時事出版社。

軍事歷史研究部編，2000：《中國人民解放軍全史》，北京軍事科學出版社。

南京大學中國現代文學研究中心編，2002：《中國現代文學傳統》，北京人民文學出版社。

姚一葦，1978：《傅青主》，台北遠景出版社。

姚一葦，1966：《詩學箋註》，台北台灣中華書局。

姚一葦，1966：《藝術的奧祕》，台北台灣開明書店。

姚一葦，1969：《戲劇論集》，台北台灣開明書店。

姚一葦，1992：《戲劇原理》，台北書林出版公司。

封德屏主編，2008：《2007台灣作家作品目錄》，台南國立台灣文學館。

胡　風，1984：《胡風評論集》（中），北京人民文學出版社。

胡　適，1920：《嘗試集》，上海亞東圖書館。

胡　適，1935：《建設的文學革命論》，上海良友圖書公司。

胡　適，1982：《中國章回小說考證》，台北里仁書局。

胡懷琛，1934：《中國小說概論》，上海世界書局。

胡馨丹，2004：《中國現代戲劇的「寫實」與「擬寫實」問題研究——以20至49年間的劇作為研究對象》，台南市國立成功大學中文研究所博士論文。

柳詒徵，1964：《中國文化史》（下），台北正中書局。

洪　深，1935：《中國新文學大系‧戲劇集》，上海良友圖書公司。

洛　夫，1969：《詩人之鏡》，高雄大業書店。

洛　夫，1977：《洛夫論詩選集》，台北開源出版公司。

茅　盾，1935：《中國新文學大系‧小說一集導言》，上海良友圖書公司。

范文瀾，1955：《中國近代史》（上），北京人民出版社。

范際燕、錢文亮，1999：《胡風論——對胡風的文化與文學闡釋》，武漢湖北人民出版社。

郁達夫，1935：《中國新文學大系‧散文二集》，上海良友圖書公司。

郁達夫，1982：《郁達夫文集》第1卷，香港三聯書店。

郁達夫，1982：《郁達夫文集》第3卷，香港三聯書店。

郁達夫，1983：《郁達夫文集》第9卷，香港三聯書店。

唐弢主編，1979：《中國現代文學史》，北京人民文學出版社。

唐弢主編，1984：《中國現代文學史簡編》，北京人民文學出版社。

唐德剛，2005：《毛澤東專政始末，1949-1976》，台北遠流出版公司。

夏志清，1977：《人的文學》，台北純文學出版社。

夏志清，1977：《新文學的傳統》，台北時報文化出版公司。

夏志清著，劉紹銘等譯，1979：《中國現代小說史》，香港友聯出版社。

夏志清，1987：《夏志清文學評論集》，台北聯合文學出版社。

夏明方，2001：《20世紀中國災變圖史》（上、下），福州福建教育出版社。

夏　衍主編，1992：《中國當代著名作家新作大系》，北京華藝出版社。

夏祖麗，1977：《握筆的人》，台北純文學出版社。

夏家善、崔國良、李麗中編，1984：《1909-1922南開話劇運動史料》，天津南開大學出版社。

馬　森，1985：《馬森戲劇論集》，台北爾雅出版社。

馬　森，1987：《腳色》，台北聯經出版公司（1996台北書林出版公司）。

馬　森，1990：《繭式文化與文化突破》，台北聯經出版公司。

馬　森，1991：《中國現代戲劇的兩度西潮》，台南文化生活新知出版社（2006聯合文學出版社）。

馬　森，1991：《當代戲劇》，台北時報文化出版公司。

馬　森，1992：《東方戲劇‧西方戲劇》，台南文化生活新知出版社。

馬　森，1997：《燦爛的星空——現當代小說的主潮》，台北聯合文學出版社。

馬　森，2000：《戲劇——造夢的藝術》，台北麥田出版公司。

馬　森，2002：《文學的魅惑》，台北麥田出版公司。

馬　森，2002：《台灣戲劇——從現代到後現代》，宜蘭佛光人文社會學院。

馬　森主編，2003：《中華現代文學大系小說卷：台灣1989-2003》三冊，台北九歌出版社。

馬　森，2010：《文學筆記》，台北秀威資訊公司。

馬　森，2012：《中國文化的基層架構》，台北聯經出版公司。

高行健，1981：《現代小說技巧初探》，廣州花城出版社。

高辛勇，1987：《形名學與敘事理論——結構主義的小說分析法》，台北聯經出版公司。

韋勒克、華倫著，王夢鷗、許國衡譯，1976：《文學論》，台北志文出版社。

韋　實，1988：《新10年文藝理論討論概觀》，桂林漓江出版社。

袁良駿，1982：《丁玲研究資料》，天津人民出版社。

徐半梅，1957：《話劇創始期回憶錄》，北京中國戲劇出版社。

徐志摩，1924：《志摩的詩》，上海中華書局。

徐志摩，1969：《徐志摩全集》，台北傳記文學社。

秦亢宗主編，1990：《中國小說辭典》，北京出版社。

殷海光，1966：《中國文化的展望》（下），台北文星書店。

素雅編，1931：《郁達夫評傳》，香港匯文閣書店（無出版日期，編者的序寫於1931年10月）。

國防部史政局編，1962：《戡亂戰史》，台北國防部史政局。

尉天驄編，1978：《鄉土文學討論集》，台北遠景出版社。

康來新，1986：《晚清小說理論研究》，台北大安出版社。

張之洞，1898：《勸學篇》二卷，兩湖書院印。

張仲年主編，2009：《中國實驗戲劇》，上海上海人民出版社。

張仲禮，1990：《近代上海城市研究》，上海上海人民出版社。

張　戎、喬‧哈利戴，2006：《毛澤東——鮮為人知的故事》，香港開放出版社。

張我軍，1975：《張我軍文集》，台北純文學出版社。

張志勛，1989：《沫若史劇概論》，長春東北師範大學出版社。

張　炯、鄧紹基、陳駿濤、范傳新主編，1999：《中國文學通典：小說通典》，北京解放軍文藝出版社。

張　韌，1998：《新時期文學現象》，北京文化藝術出版社。

張漢良，1979：《現代詩論衡》，台北幼獅文化事業公司。

張德厚、張福貴、章亞昕，2006：《中國現代詩歌史論》，長春吉林教育出版社。

張　默，1992：《台灣現代詩編目：1949-1991》，台北爾雅出版社。

張　默，1997：《台灣現代詩概觀》，台北爾雅出版社。

張　默，1998：《夢從樺樹上跌下來》，台北爾雅出版社。

張寶琴、邵玉銘、瘂弦主編，1995：《十年來中國文學》，台北聯合文學出版社。

張贛生，1991：《民國通俗小說論稿》，重慶出版社。

教育部委編，1980：《中國當代文學史》，北京人民文學出版社。

曹文軒，1988：《中國八十年代文學現象研究》，北京北京大學出版社。

曹萬生主編，2010：《中國現代漢語文學史》，北京中國人民大學出版社。

曹聚仁，1955：《文壇五十年》（正集、續集），香港新文化出版社。

曹樹基，2005：《大飢荒：1959-1961年的中國人口》，香港時代國際出版公司。

梁啟超，1936：《飲冰室合集》，上海中華書局。

梁啟超，1960：《飲冰室文集》（冊四之十），台北台灣中華書局。

梁啟超，1983：《飲冰室詩話》，收入《飲冰室文集》第十六冊，台北台灣中華書局。

梁啟超，1993：《清代學術概論》，台北台灣商務印書館。

梁淑安編，1988：《中國近代文學論文集・戲劇卷（1919-1949）》，北京中國社會科學出版社。

梁漱溟，1935：《中西文化及其哲學》，上海商務印書館。

梁錫華，1989：《己見集・多角鏡的散文》，香港中國學社。

章炳麟，1985：《檢論・清儒》，《章太炎全集》，上海上海人民出版社。

郭廷以，1972：《近代中國史綱》，台北台灣商務印書館。

郭汝瑰、黃玉章，2002：《中國抗日戰爭正面戰場作戰記》，南京江蘇人民出版社。

郭志剛等主編，1980：《中國當代文學史初稿》（上），北京人民文學出版社。

郭志剛等主編，1994：《中國當代文學史初稿》（下），北京人民文學出版社。

郭延禮，2001：《中國近代文學發展史》第一卷，北京高等教育出版社。

郭沫若，1921：《女神》，上海泰東書局。

郭沫若，1921：《晨星》，上海泰東書局。

郭沫若，1932：《創造十年》，上海現代書局。

郭沫若，1972：《創造十年》，香港匯文閣書店。

郭沫若，1983：《郭沫若論創作》，上海文藝出版社。

郭　楓，2012：《八十後新詩集》，台北秀威資訊公司。

郭　楓，2012：《郭楓新詩一百首》，台北新地文化藝術公司。

郭澤寬，2011：《官方視角下的鄉土——省政文藝叢書研究》，高雄麗文文化事業公司。

郭寶崑，1995：《邊緣意象：郭寶崑戲劇作品集（1883-1992）》，新加坡時報出版社。

陳少廷，1977：《台灣新文學運動簡史》，台北聯經出版公司。

陳白塵、董健，1989：《中國現代戲劇史稿》，北京中國戲劇出版社。

陳平原，1995：《千古文人俠客夢——武俠小說類型研究》，台北麥田出版公司。

陳永發，1998：《中國共產革命七十年》（下），台北聯經出版公司。

陳序經，1934：《中國文化的出路》，上海商務印書館。

陳芳明，1998：《左翼台灣——殖民地文學運動史論》，台北麥田出版公司。

陳芳明，2011：《台灣新文學史》（上、下），台北聯經出版公司。

陳明成，2002：《陳芳明現象及其國族認同研究》，國立成功大學歷史學研究所碩士論文。

陳思和，1987：《中國新文學整體觀》，上海文藝出版社。

陳思和主編，2001：《當代大陸文學史教程：1949-1999》，台北聯合文學出版社。

陳思和，2002：《中國當代文學關鍵詞十講》，上海復旦大學出版社。

陳寅恪，1980：《陳寅恪文集之一·寒柳堂集》，上海古籍出版社。

陳夢家編，1981：《新月詩選》影印版，上海上海書店。

陳義芝編，1993：《八十二年短篇小說選》，台北爾雅出版社。

陳義芝主編，1999：《台灣文學經典研討會論文集》，台北聯經出版公司

傅上倫、胡國華、馮東書、戴國強，2008：《告別飢餓1978》，北京北京人民出版社。

馮乃超，1928：《紅紗燈》，上海創造社。

喻大翔，2000：《兩岸四地百年散文縱橫論》，長春吉林人民出版社。

靳　以，1934：《蟲蝕·序》，上海良友圖書公司。

曾虛白，1966：《中國新聞史》，台北台灣政治大學新聞研究所。

游國恩、王起、蕭滌非、季鎮淮、費振剛主編，1979.：《中國文學史》（四），北京人民文學出版社。

葉石濤，1968：《葉石濤評論集》，台北蘭開出版社。

葉石濤，1979：《台灣鄉土作家論集》，台北遠景出版社。

葉石濤，1987：《台灣文學史綱》，高雄春暉出版社。

葉石濤，1990：《走向台灣文學》，台北自立晚報社文化出版部。

葉石濤，1992：《台灣文學的困境》，高雄派色文化出版社。

葉維廉，1969：《秩序的生長》，台北志文出版社。

葉維廉，1983：《比較詩學》，台北東大圖書公司。

葉維廉，1988：《歷史·傳釋與美學》，台北東大圖書公司。

葉維廉，1992：《中國詩學》，北京三聯書店。

葉維廉，1992：《解讀現代、後現代》，台北東大圖書公司。

葉維廉，1994：《從現象到表現》，台北東大圖書公司。

覃子豪，1957：〈新詩往何處去？〉，《藍星詩選》（獅子星座號）。

黃永武，1984：《詩與美》，台北洪範書店。

黃永武，1989：《詩林散步》，台北九歌出版社。

黃永武，1998：《詩與情》，台北三民書局。

黃修己，1998：《20世紀中國文學史》，廣州中山大學出版社。

黃維樑，1988：《香港文學初探》，香港華漢文化事業公司。

黃遵憲，1961：《人境廬詩草》，台北世界書局。

黃愛華，2001：《中國早期話劇與日本》，長沙岳麓書社。

會　林、紹　武，1985：《夏衍傳》，北京中國戲劇出版社。

塔迪埃，讓伊夫著，史忠義譯，1998：《20世紀的文學批評》，天津百花文藝出版社。

楊一鳴編，1944：《文壇史料》，大連大連書店。

楊宗翰，2002：《台灣現代詩史：批判的閱讀》，台北巨流圖書公司。

楊　義，1986：《中國現代小說史》第1卷，北京人民文學出版社。

楊　義，1988：《中國現代小說史》第2卷，北京人民文學出版社。

楊繼繩，2007：《墓碑：中國六十年代大飢荒紀實》，香港天地圖書公司。

溫儒敏，1988：《新文學現實主義的流變》，北京北京大學出版社。

葛一虹主編，1990：《中國話劇通史》，北京文化藝術出版社。

董　健、胡星亮，2008：《中國當代戲劇史稿：1949-2000》，北京中國戲劇出版社。

趙戎編，1972：《新馬華文文學大系》，新加坡教育出版社。

趙遐秋、曾慶瑞，1984：《中國現代小說史》（上），北京人民大學出版社。

聞一多，1928：《死水》，上海新月書店。

熊佛西，1937：《戲劇大眾化之實驗》，南京正中書局。

台灣時報社，1977：《三百年來台灣作家與作品》，高雄台灣時報社。

瘂　弦，1987：《中國新詩研究》，台北洪範書店。

瘂　弦，2004：《聚繖花序》（I），台北洪範書店。

齊邦媛，1990：《千年之淚》，台北爾雅出版社。

齊邦媛，1998：《霧漸漸散的時候：台灣文學五十年》，台北九歌出版社。

劉大杰，1941-49：《中國文學發展史》，上海中華書局。

劉大杰，1956：《中國文學發展史》，台北台灣中華書局。

劉西渭（李健吾），1936：《咀華集》，上海文化生活出版社。

劉春城，1987：《黃春明前傳》，台北圓神出版社。

劉清峰，1996：《文化大革命：史實與研究》，香港中文大學出版社。

劉紹銘，1977：《小說與戲劇》，台北洪範書店。

劉登翰、莊明萱、黃重添、林承璜主編，1991-93：《台灣文學史》（上、下），福州海峽文藝出版社。

劉登翰，1994：《文學薪火的傳承與變異——台灣文學論集》，福州海峽文藝出版社。

劉登翰，2007：《華文文學：跨域的建構》，福州福建人民出版社。

歐陽子，1976：《王謝堂前的燕子——〈台北人〉》，台北爾雅出版社。

歐陽予倩，1933《自我演劇以來》，上海神州國光社。

歐陽予倩，1959：《自我演戲以來》，北京中國戲劇出版社。

歐陽予倩，1990：《歐陽予倩全集》，上海文藝出版社。

歐陽健，1997：《晚清小說史》，杭州浙江古籍出版社。

蔣夢麟，1962：《西潮》，台北世界書局。

鄭伯奇主編，1935：《中國新文學大系·小說三集》，上海良友圖書公司。

鄭明娳，1978：《現代散文欣賞》，台北東大圖書公司。

鄭明娳，1986：《現代散文縱橫論》，台北長安出版社。

鄭明娳，1987：《現代散文類型論》，台北大安出版社。

鄭明娳，1988：《當代文學氣象》，台北光復書局。

鄭明娳，1989：《現代散文構成論》，台北大安出版社。

鄭明娳，1992：《現代散文現象論》，台北大安出版社。

鄭振鐸，1935：《中國新文學大系·文學論爭集》，上海良友圖書公司。

魯　迅，1941：《阿Q正傳》，上海魯迅全集出版社。

魯　迅，1941：《中國小說史略》，上海魯迅全集出版社。

魯　迅，1935：《新文學大系小說二集·導言》，上海良友圖書公司。

魯　迅，1967：《兩地書》，香港新藝出版社。

魯　深，1957：《晚清以來文學期刊目錄簡編》，在《中國現代出版史料》丁編
　　　（下），上海中華書局。

墨　爾，2009：《蔣介石的功過——德使墨爾駐華回憶錄》，台北台灣學生書局。

臧克家，1942：《十年詩選》，上海現代出版社。

臧克家，1959：《李大釗》，北京作家出版社。

歐陽友權，2003：《網路文學論綱》，北京人民文學出版社。

蔡丹治，1976：《共匪文藝問題論集》，台北大陸觀察雜誌社。

蕭　蕭，1991：《現代詩縱橫觀》，台北文史哲出版社。

錢大昕，1989：《潛研堂集》，上海古籍出版社。

錢基博，1933：《現代中國文學史》，上海世界書局。

錢謙吾，1931：《現代中國女作家》，上海北新書局。

錢鍾書，1990：《七綴集》，台北書林出版公司。

賴伯疆，1991：《海外華文文學概觀》，廣州花城出版社。

龍應台，1985：《龍應台評小說》，台北爾雅出版社。

薛化元等，2003：《戰後台灣人權史》，台北國防部史政局，台北國家人權紀念館籌備
　　　處。

謝　冕，1986：《中國現代詩人論》，重慶出版社。

謝　冕，1999：《浪漫星雲：中國當代詩歌札記》，廣州廣東人民出版社。

鍾明德，1988：《從馬哈／薩德到馬哈台北》，台北書林出版公司。

鍾明德，1989：《在後現代主義的雜音中》，台北書林出版公司。

鍾明德主編，1994：《補天——麵包傀儡劇場在台灣》，台北425環境劇場。

鍾明德，1995：《從寫實主義到後現代主義》，台北書林出版公司。

鍾明德，1999：《台灣小劇場運動史》，台北書林出版公司。

鍾　玲，1989：《現代中國繆司——台灣女詩人作品析論》，台北聯經出版公司。

鍾肇政、葉石濤、張恆豪、羊子喬編，1979：《光復前台灣文學全集》（短篇小說），
　　台北遠景出版公司。

顏元叔，1970：《文學批評散論》，台北驚聲文物供應社。

顏元叔，1972：《文學經驗》，台北志文出版社。

顏元叔，1976：《何謂文學》，台北台灣學生書局。

顏元叔，1976：《文學的史與評》，台北四季出版公司。

顏元叔，1978：《社會寫實文學及其他》，台北巨流圖書公司。

叢靜文，1973：《當代中國劇作家論》，台北台灣商書館。

豐子愷，1992：《豐子愷散文全編》，杭州浙江文藝出版社。

羅　青，1989：《什麼是後現代主義？》，台北五四書店。

羅榮渠主編，1990：《從「西化」到現代化》，北京北京大學出版社。

蘇光文、胡國強，1996：《20世紀中國文學發展史》，重慶西南師範大學出版社。

蘇雪林，1986：《中國二三十年代作家》，台北純文學出版社。

蘇雪林，1983：《中國二三十年代作家》，台北純文學出版社。

嚴家炎，1989：《中國現代小說流派史》，北京人民文學出版社。

嚴家炎主編，2010：《20世紀中國文學史》三冊，北京高等教育出版社。

嚴家其、高皋編著，1986：《文化大革命十年史》，天津人民文學出版社。

顧　賓著，范勁等譯，2008：《二十世紀中國文學史》（*Die Chinesische Literatur Im20.
　　Jahrhundert*），上海華東師範大學出版社。

欒梅健，2006：《二十世紀中國文學發生論》，桂林廣西師範大學出版社。

龔鵬程，1988：《文化、文學與美學》，台北時報文化公司。

龔鵬程，1989：《傳統、現代、未來——五四後文化的省思》，台北金楓出版社。

龔鵬程，1990：《文學批評的視野》，台北大安出版社。

龔鵬程，1997：《台灣文學在台灣》，台北駱駝出版社。

龔鵬程等主編，2002：《文化與文學——第一屆新世紀文學文化研究的新動向研討會論
　　文集》，新加坡南洋學社。

龔鵬程主編，2003：《閱讀馬森》，台北聯合文學出版社。

中文篇目：

丁　丁，1942：〈詩僧曼殊〉，原載《作家》第2卷第4期，後收入牛仰山編，《1919-

1949：中國近代文學論文集・概論・詩文卷》，北京中國社會科學院，1988，頁409-429。

丁　玲，1938：〈最後一頁〉，《一顆未出膛的槍彈》，生活書店。

丁　玲，1950：〈跨到新的時代來〉，8月《文藝報》第2卷第11期。

卜偉華，2008：〈「砸爛舊世界」──文化大革命的動亂與浩劫〉，《中華人民共和國史》第六卷，香港中文大學出版社。

九把刀，2007：〈研究動機與問題意識〉，《依然九把刀：透視網路文學演化史》，台北蓋亞出版公司。

上官蓉，1941：〈文明戲與話劇〉，原載1941年10月《作家》第1卷第5期，後收入梁淑安編，《中國近代文學論文集・戲劇卷（1919-1949）》，北京中國社會科學出版社，1988，頁336-342。

于　伶，1984：〈未寄的信──《漢奸的子孫》前言〉，《于伶劇作集》第1卷，北京中國戲劇出版社。

于　堅，1995：〈戲劇作為動詞，與艾滋有關〉，8月《表演藝術》第34期，頁81-86；9月第35期，頁84-90。

中國社會科學院文學研究所，1988：〈前言〉，《1919-49中國近代文學論文集》，北京中國社會科學出版社。

公孫嬿，1986：〈對菲華文學的印象〉，6月《文訊》第24期，頁85-89。

文　訊，2010：專題〈話神州，憶詩社〉，4月《文訊》第294期。

卞之琳，1984：〈新詩和西方詩〉，《人與詩：憶舊說新》，北京三聯書店。

丹　仁（馮雪峰），1932：〈民族革命戰爭的五月〉，5月《北斗》第2卷第2期。

巴　金，1940：〈後記〉，《火》，上海文化生活出版社。

巴　金，1941：〈蛻變・後記〉，曹禺《蛻變》，重慶文化生活出版社。

巴　金，1988：〈《愛情三部曲》總序〉，《巴金全集》第6卷，北京人民文學出版社。

毛澤東，1964：〈在延安文藝座談會上的講話〉，《毛澤東選集》，北京人民出版社。

毛澤東，1964：〈五四運動〉，《毛澤東選集》，北京人民出版社。

牛　漢，1986：〈一個鍾情的人〉，《學詩手記》，北京三聯書店。

王　正，1963：〈從巴金的《家》到曹禺的《家》〉，《文學評論》第3期。

王新命等，1935：〈中國本位的文化建設宣言〉，1月10日《文化建設》第1卷第4期。

王　蒙，1957：〈關於《組織部新來的青年人》〉，5月8日《人民日報》。

王　蒙，1993：〈躲避崇高〉，《讀書》第1期。

王德威，1988：〈畸人行──當代大陸小說的眾生「怪」相〉，3月27-28日《中國時報・人間副刊》。

王德威，1988：〈評蓬草《頂樓上的黑貓》〉，8月《文訊》第37期，頁149-152。

王德威，1993：〈小說・清黨・大革命──茅盾、姜貴、安德烈・馬婁與1927年夏季風暴〉，《小說中國──晚清到當代的中文小說》，台北麥田出版公司，頁31-58。

王德威，1993：〈大有可為的台灣政治小說——東方白、張大春、林燿德、楊照、李永平〉，《小說中國——晚清到當代的中文小說》，台北麥田出版公司，頁95-102。

王德威，1993：〈原鄉神話的追逐者——沈從文、宋澤萊、莫言、李永平〉，《小說中國——晚清到當代的中文小說》，台北麥田出版公司，頁249-277。

王德威，1998：〈跨世紀的禁色之戀——從《品花寶鑑》到《世紀末少年愛讀本》〉，《如何現代，怎樣文學？——十九、二十世紀中文小說新論》，台北麥田出版公司，頁101-109。

王德威，1998：〈沒有晚清，何來五四？——被壓抑的現代性〉，《如何現代，怎樣文學？——十九、二十世紀中文小說新論》，台北麥田出版公司，頁23-42。

王德威，1998：〈一種逝去的文學？——反共小說新論〉，《如何現代，怎樣文學？——十九、二十世紀中文小說新論》，台北麥田出版公司，頁141-158。

王德威，1998：〈國族論述與鄉土修辭〉，《如何現代，怎樣文學？——十九、二十世紀中文小說新論》，台北麥田出版公司，頁159-180。

王德威，1998：〈說來那話兒也長——鳥瞰當代情色小說〉，《如何現代，怎樣文學？——十九、二十世紀中文小說新論》，台北麥田出版公司，頁251-265。

王德威，1998：〈從「海派」到「張派」——張愛玲小說的冤緣與傳承〉，《如何現代，怎樣文學？——十九、二十世紀中文小說新論》，台北麥田出版公司，頁319-335。

王德威，1998：〈海派文學，又見傳人——王安憶的小說〉，《如何現代，怎樣文學？——十九、二十世紀中文小說新論》，台北麥田出版公司，頁383-402。

王德威，2000：〈拾骨者舞鶴〉，舞鶴《餘生》，台北麥田出版公司，頁7-40。

王德威，2006：〈革命時代的愛與死——論閻連科的小說〉，閻連科《為人民服務》，台北麥田出版公司，頁5-38。

王德威，2010：〈《中國現代小說史》的意義〉，王德威主編《中國現代小說的史與學——向夏志清先生致敬》，台北聯經出版公司。

王　毅、傅曉微，2005：〈從卡夫卡到辛格：以馬原、蘇童、余華為中心〉，《社會科學研究》。

王　灝，1985：〈不只是鄉音——試論向陽的方言詩〉，8月《文訊》第19期，頁196-210。

古添洪，1986：〈讀李昂的《殺夫》——謔詭、對等與婦女問題〉，3月號《中外文學》第14卷第10期。

古遠清，2013：〈陳芳明的《台灣新文學史》及其十種史料差錯〉，6月《新地》第24期，頁111-122。

史可正，2014：〈抗日戰爭時期的路易士作為〉，3月《新地文學》第27期，頁208-214。

左聯執委會，1930：〈無產階級文學運動新的情勢及我們的任務〉，8月15日《文化鬥

爭》第1卷第1期。

田本相，1981：〈我的生活和創作道路〉，《曹禺劇作論》，北京中國戲劇出版社。

田本相，1981：〈《日出》論〉，《文學評論》第1期。

田本相，1985：〈《原野》論〉，《曹禺研究專集》（下），福州海峽文藝出版社。

田　間，1981：〈在京部分詩人談文學創作〉，《文藝報》第16期。

田啟元，1996：〈給劇場同志的一封公開信〉，2月《表演藝術》。

田　漢，1930：〈我們的自己批判〉，《南國月刊》第2卷第1期。

田　漢，1955：〈卡門‧後記〉，《卡門》，上海藝術出版社。

田　禽，1944：〈三十年來戲劇翻譯之比較〉，《中國戲劇運動》，上海商務印書館。

白先勇，1985：〈秉燭夜遊〉，馬森《夜遊》，台北爾雅出版社。

白先勇，2008：〈知音何處——康芸薇心中的山山水水〉，隱地編《白先勇書話》，台北爾雅出版社，頁19-27。

白　萩，1982：〈近三十年台灣詩文學運動暨「笠」的位置——座談會紀錄，10月《文學界》第4期。

司徒珂，1943：〈評《原野》〉，《中國文藝》第3期。

冬　曉，1979：〈訪丁玲〉，香港《開卷》第5期。

朱自清，1935：〈選詩雜記〉，《新文學大系文學詩集》，上海良友圖書公司。

朱光潛，1980：〈從沈從文的人格看沈從文的文藝風格〉，《花城》第5期。

朱曉進，2002：〈略論中國現代文學的政治化傳統〉，《中國現代文學傳統》，北京人民文學出版社，頁35-45。

朱雙一，1990：〈超現實主義在台灣詩壇的形成與蛻變〉，《台灣文學的走向》，福州海峽文藝出版社，頁186-206。

牟　森，1997：〈寫在戲劇節目單上〉，《藝術世界》（3）。

艾　青，1981：〈從「朦朧詩」談起〉，5月12日《文匯報》。

艾　青，1999：〈中國新詩六十年〉，《艾青全集》第3卷，石家莊花山文藝出版社。

老　舍，1948：〈序〉，《火葬》，上海晨光出版公司。

老　舍，1961：〈我怎樣寫《二馬》〉，《老牛破車》，香港宇宙書店。

老　舍，1961：〈我怎樣寫《小坡的生日》〉，《老牛破車》，香港宇宙書店。

老　舍，1961：〈我怎樣寫《大明湖》〉，《老牛破車》，香港宇宙書店。

老　舍，1961：〈我怎樣寫《牛天賜傳》〉，《老牛破車》，香港宇宙書店。

老　舍，1961：〈我怎樣寫短篇小說〉，《老牛破車》，香港宇宙書店

老　舍，1982：〈人物、生活和語言——在河北省戲劇座談會上的講話〉，克瑩、李穎編《老舍的話劇藝術》，北京文化藝術出版社。

成仿吾，1928：〈從文學革命到革命文學〉（寫於1923年11月），2月《創造月刊》第1卷第9期。

向　明，1996：〈小評隱地兩首詩〉，隱地《一天裡的戲碼》，台北爾雅出版社。

江宛柳，1997：〈軍隊劇作家姚遠訪談〉，4月號《劇本》。

克　興，1928：〈小資產階級文藝理論之謬誤——評茅盾君底《從牯嶺到東京》〉，12月《創造月刊》第2卷第5期。

何西來，1980：〈人的重新發現——論新時期的文學潮流〉，3月號《紅岩》。

何其芳，1945：〈初版後記〉，《夜歌》，重慶詩文學社。

何其芳，1959：〈評《芳草天涯》〉，《關於現實主義》，上海文藝出版社。

何寄澎，1987：〈真幻之際，物我之間——林文月散文中的生命關照及胞與情懷〉，7月《國文天地》。

何聖芬記錄整理，1984：〈座談——散文類型的再探討〉，10月《文訊》第14期，頁30-54。

余光中，1972：〈第十七個誕辰〉，3月《現代文學》第46期。

余光中，1973：〈新現代詩的起點——羅青的《吃西瓜的方法》讀後〉，4月《幼獅文藝》。

余光中，1997：〈斷然截稿——序梅新遺著《履歷表》〉，《藍墨水的下游》，台北九歌出版社。

余英時，1988：〈「五四」——一個未完成的文化運動〉，《文化評論與中國情懷》，台北允晨文化公司。

余英時，2009：〈談談季羨林、任繼愈等「大師」〉，8月4日《自由亞洲電台》。

余昭玟，1991：〈瞭解與再思——評葉石濤對台灣文學的評論〉，2月《新地文學》第1卷第6期，頁6-23。

余　雲，1995：〈生命之土與藝術之樹——從郭寶崑劇作看他的文化人格〉，郭寶崑《邊緣意象：郭寶崑戲劇作品集（1883-1992）》，新加坡時報出版社，頁361-362。

呂正惠，1986：〈王文興的悲劇——生錯了地方，還是受錯了教育〉，12月《文星》第102號。

呂正惠，1987：〈荒謬的滑稽戲——王禎和的人生圖像〉，7月《文星》。

呂正惠，1995：〈七、八十年代台灣鄉土文學的源流與變遷〉，張寶琴、邵玉銘、瘂弦主編《四十年來中國文學》，台北聯合文學出版社，頁147-161。

呂　熒，1944：〈曹禺的道路〉，9月、12月《抗戰文藝》第9卷第3-4期、5-6期。

杜　荃，1928：〈文藝戰線上的封建餘孽——批評魯迅的《我的態度氣量和年紀》〉，8月10日《創造月刊》第2卷第1期。

杜運燮，1986：〈後記〉，《穆旦詩選》，北京人民文學出版社。

李大釗，1918：〈庶民的勝利〉，11月《新青年》第5卷第5號。

李大釗，1918：〈Bolshevism的勝利〉，11月《新青年》第5卷第5號。

李初梨，1928：〈請看我們中國的Don Quixote的亂舞——答魯迅《醉眼中的朦朧》〉，4月15日《文化批判》第4期。

李明駿（楊照），1986：〈憾事外一章——讀董橋散文集《這一代的事》〉，10月《文

訊》第26期，頁58-61。

李明駿（楊照），1986：〈樂見有人這樣寫散文——莊信正《異鄉人語》〉，12月《文訊》第27期，頁63-64。

李　陀、閻連科，2003：〈超現實寫作的重要嘗試——李陀與閻連科對話錄〉，閻連科《受活》，台北麥田出版公司，2007，頁455-477。

李癸雲，2003：〈往回長大的小孩——從孩童角色的運用論蘇紹連詩中的成長觀〉，李瑞騰主編《中華現代文學大系評論卷（二）：台灣1989-2003》，台北九歌出版社，頁1313-1340。

李書崇，1989：〈中國文學之路探尋〉，黎明主編，《中國的危機與思考》，天津人民出版社。

李健吾，1982：〈讀《茶館》〉，原載1958年《人民文學》1月號，後收入克瑩、李穎編《老舍的話劇藝術》，北京文化藝術出版社，頁384-385。

李順興，1999：〈當文字通了電——與姚大鈞談網路文學〉，7月《聯合文學》，頁119-134。

李焯雄，1992：〈流行文學〉（香港文學專號），8月《聯合文學》第8卷第10期，頁33-34。

李瑞騰，1985：〈寫在「香港文學特輯」之前〉，10月《文訊》第20期（香港文學特輯），頁18-21。

李瑞騰，1986：〈寫在「菲律賓華文文學特輯」之前〉，6月《文訊》第24期，頁58-59。

李瑞騰，1988：〈入乎其內，出乎其外——論王潤華早期的詩〉下，12月《文訊》第39期，頁172-179。

李瑞騰，1991：〈初論朱湘的詩〉，淡江大學中國文學研究所主編《文學與美學》第2集，台北文史哲出版社，頁295-309。

李慶西，1988：〈尋根：回到事物的本身〉，《文學評論》卷4。

李錦宗，1985：〈戰後馬華文學的發展〉，《馬來西亞華人史》，吉隆坡馬來西亞留台校友會聯合總會，頁365-407。

李歐梵，1979：〈浪漫之餘——五四以後的文學反顧〉，8月20日《中國時報·人間副刊》。

李歐梵著，吳新發譯，1981：〈中國現代文學的現代主義〉，6月《現代文學》復刊第14期，頁7-33。

李歐梵，1984：〈馬森的寓言文學〉，馬森《北京的故事》，台北時報文化出版公司。

李奭學，1995：〈台灣文學的批評家及其問題〉，4月《誠品閱讀》第21期。

汪仲賢，1920：〈劇談（七）〉，11月6日《晨報》第7版。

汪優游（仲賢），1934：〈我的俳優生活〉，原載6-10月《社會月報》第1卷第1-5期，後收入梁淑安編《中國近代文學論文集·戲劇卷（1919-1949）》，北京中國社會科學

　　　出版社，1988，頁312-335。

沈雁冰（茅盾），1924：〈俄國的新寫實主義及其他〉，《小說月報》第15卷第4期。

沈從文，1984：〈從文自傳〉，《沈從文文集》第9卷，香港三聯書店香港分店。

沈從文，1984：〈湘行散記〉，《沈從文文集》第9卷，香港三聯書店香港分店。

沈從文，1984：〈水雲〉，《沈從文文集》第10卷，香港三聯書店香港分店。

沈從文，1985：〈論中國創作小說〉，《沈從文文集》第11卷，香港三聯書店香港分店。

沈從文，1985：〈《從文小說習作選》代序〉，《沈從文文集》第11卷，香港三聯書店香港分店。

沈從文，1985：〈短篇小說〉，《沈從文文集》第12卷，香港三聯書店香港分店。

沈從文，1986：〈郁達夫張資平及其影響〉，陳子善、王自立編《郁達夫研究資料》，香港三聯書店香港分店。

沙　汀，1951：〈紀念魯迅先生，檢查創作思想〉，10月19日重慶《新華日報》。

谷劍塵，1926：〈獨白〉，《冷飯》，上海新亞出版社。

君　素，1929：〈1929年中國關於社會科學的翻譯界〉，《新思潮》第2、3期合刊。

巫永福，1986：〈吳濁流與我〉，9月《台灣文藝》。

侗　生，1911：〈小說叢話〉，《小說月報》第2卷第3期。

吳宗熙，2012：〈韓牧詩文藝術特點初探〉，8月17日《環球華報》。

吳　亮，1995：〈回顧先鋒文學——兼論八十年代的寫作環境和文革記憶〉，張寶琴、邵玉銘、瘂弦主編《四十年來中國文學》，台北聯合文學出版社，頁341-356。

吳祖光，1947：〈後記〉，《捉鬼傳》，上海開明書店。

吳海燕，1989：〈稠人敵座中的孤客——我看《孤絕》〉，9月號《當代》第41期。

吳　雪、杜　高，1987：〈導言〉，《中國新文藝大系1976-1982·戲劇集》，北京中國文聯出版公司。

吳景超，1934：〈我們沒有歧路〉，11月4日《獨立評論》第125號。

吳義勤，2013：〈1990年代以來的大陸「新生代」小說家論〉，12月《文訊》，頁50-55。

吳慶學，2010：〈詩壇曠野裡獨來獨往的狼——紀弦訪談錄〉，10月《文訊》第300期，頁19-25。

季　仲，1990：〈忍淚帶笑看人生——周腓力幽默小說漫評〉，《台灣文學的走向》，福州海峽文藝出版社，頁141-146。

周　无，1920：〈詩的將來〉，二月《少年中國》第8期。

周立波，1950：〈關於寫作〉，6月《文藝報》第7期。

周作人，1918：〈日本近三十年小說之發達〉，《新青年》第5卷第1號。

周作人，1918：〈論中國舊戲之應廢〉，11月《新青年》第5卷第5號。

周作人，1918：〈人的文學〉，12月15日《新青年》第5卷第6號。

周作人，1925：〈竹林的故事·序〉，廢名《竹林的故事》，北京新潮社。

周春塘，2014：〈記憶與遺忘——論王德威現代華文文學史的困境〉，3月《新地文學》第27期，頁6-18。

周　揚，1933：〈關於「社會主義現實主義與革命的浪漫主義」〉，11月《現代》第4卷第1期。

周　揚，1944：〈表現新的群眾的時代——看了春節秧歌以後〉，3月31日《解放日報》。

周　揚，1946：〈論趙樹理的創作〉，8月26日《解放日報》。

周　揚，1957：〈就「百花齊放，百家爭鳴」問題答《文匯報》記者問〉，4月9日《文匯報》；〈繼續放手貫徹「百花齊放，百家爭鳴」的方針〉，4月10日《人民日報》。

周　揚，1958：〈新民歌開拓了詩歌的新道路〉，《紅旗》第1期。

周　揚，1982：〈繼承和發揚左翼文化運動的革命傳統〉，《左聯回憶錄》（上），北京中國社會科學院。

周樹利，1999：〈1991年5月25日在「澳門話劇座談會」上的發言〉，《澳門戲劇史稿·附錄》，江蘇教育出版社。

宗白華，1920：〈新詩略談〉，2月《少年中國》第8期。

明　悔（汪仲賢），1921：〈與創造新劇諸君商榷〉，5月《戲劇》第1卷第1期。

林伯修（杜國庠），1929：〈1929年急待解決的幾個關於文藝的問題〉，3月23日《海風周報》第12號。

林克歡，1995：〈大陸舞台上的台灣話劇〉，2月《表演藝術》第28期，頁53-58。

林明德，1999：〈斟酌古今中外——論王夢鷗《文藝美學》〉，陳義芝主編《台灣文學經典研討會論文集》，台北聯經出版公司，頁464-471。

林佛兒，1985：〈我印象最深的香港作家〉，10月《文訊》第20期（香港文學特輯），頁38-40。

林欣誼，2010：〈穿越迷霧尋索小說邊界——童偉格交新作《西北雨》〉，2月8日《中國時報·開卷》。

林　榕，1943：〈晚清的翻譯〉，《風雨談》第7期。

林德政，1985：〈評介龔鵬程著《少年遊》〉，4月《文訊》第17期，頁114-117。

林雙不，1981：〈評蔣勳的《少年中國》〉，5月17日《中央日報副刊》。

林雙不，1984：〈二十年來十本書——散文集《每次一想到他》出版說明〉，6月《文訊》第12期，頁245-248。

邵荃麟，1944：〈評《飢餓的郭素娥》〉，7月《青年文藝》第1卷第6期。

阿　盛，1986：〈人間到處有碼頭——看張曼娟的小說〉，10月《文訊》第26期，頁190-193。

金　輝，1993：〈「三年自然災害」備忘錄〉，上海《社會》第4、5合期。

亮　軒，1998：〈自序〉，《亮軒極短篇》，台北爾雅出版社，頁1-10。

俞兆平，2002：〈科學主義與中國文學的寫實主義〉，《中國現代文學傳統》，北京人
　　民文學出版社，頁166-177。

南　卓，1938：〈評曹禺的《原野》〉，6月《文藝陣地》第1卷第5期。

姚一葦，1979：〈一個實驗劇場的誕生〉，8月《現代文學》復刊第8期，頁239-244。

姚一葦，1986：〈序葉維廉著《秩序的生長》〉，葉維廉《秩序的生長》，台北時報文
　　化出版公司。

姚一葦，1990：〈第四次百萬小說徵文決審過程記錄（姚一葦的發言）〉，凌煙，《失
　　聲畫眉》，台北自立晚報出版部。

姚雪垠，1947：〈後記〉，《長夜》，上海懷正文化社。

姜椿芳，1980：〈「孤島」時期上海的戲劇運動〉，《新文學史料》第4期。

胡　風，1943：〈《蛻變》一解〉，4月《文學創作》第1卷第6期。

胡　風，1949：〈歡樂頌〉，11月20日《人民日報》。

胡　風，1950：〈憶東平〉，《為了明天》，作家書屋。

胡　風，1987：〈重慶前期──抗戰回憶錄之八〉，《新文學史料》第1期。

胡秋原，1931：〈阿狗文藝論〉，12月25日《文化評論》創刊號。

胡秋原，1984：〈我所見的抗戰時期文學〉，2月《文訊》第7、8期，頁86-99。

胡　適，1917：〈文學改良芻議〉，1月1日《新青年》第2卷第5號。

胡　適，1917：〈現代歐洲文藝史譚〉，《新青年》第2卷第5號。

胡　適，1918：〈文學進化觀念與戲劇改良〉，10月《新青年》第5卷第4號。

胡　適，1919：〈談新詩〉，11月《新潮》第2卷第2期，後收入《胡適文存》（一）。

胡　適，1924：〈五十年來中國之文學〉，《胡適文存》（二），上海亞東圖書館。

胡　適，1926：〈我們對於西洋近代文明的態度〉，7月《東方雜誌》第23卷第17號。

胡　適，1935：〈試評所謂「中國本位的文化建設」〉，3月《獨立評論》第145號。

胡　適，1935：〈編輯後記〉，3月《獨立評論》第142號。

胡　適，1935：〈紀念五四〉，5月5日《獨立評論》第149號。

胡　適，1935：〈「全盤西化」與「充分世界化」〉，6月21日天津《大公報》。

胡　適，1979：〈《兒女英雄傳》序〉，《中國章回小說考證》，上海上海書店影印
　　本。

胡　繩，1948：〈評姚雪垠的幾本小說〉，5月香港《大眾文藝叢刊》第2輯《人民與文
　　藝》。

柯慶明，1995：〈六十年代現代主義文學？〉，張寶琴、邵玉銘、瘂弦主編《四十年來
　　中國文學》，台北聯合文學出版社，頁85-146。

洪子誠，2002：〈文學體制與文學生產〉，《問題與方法──中國當代文學史講稿》，
　　北京三聯書店。

洪　深，1929：〈從中國的新戲說到話劇〉，原載5月5日《現代戲劇》第1卷第1期，後

收入梁淑安編《中國近代文學論文集・戲劇卷（1919-1949）》，北京中國社會科學出版社，1988，頁11-26。

洪　深，1935：〈導言〉，《中國新文學大系・戲劇集》，上海良友圖書公司。

洪淑苓，1999：〈橄欖色的孤獨——論周夢蝶《孤獨國》〉，陳義芝主編《台灣文學經典研討會論文集》，台北聯經出版公司，頁184-197。

洛　夫，1982：〈詩壇春秋三十載〉，5月《中外文學》第10卷第12期。

洛　夫，2012：〈鏡中之象的背後——自序〉，《洛夫詩選》，北京九州出版社，頁1-7。

茅　盾，1921：〈《小說月報》改革宣言〉，1月10日《小說月報》第12卷第1號。

茅　盾，1925：〈人物的研究〉，《小說月報》第16卷第3號。

茅　盾，1928：〈從牯嶺到東京〉，10月《小說月報》第19卷第10號。

茅　盾，1935：〈關於文學研究會〉，趙家璧主編《中國新文學大系・史料索引》，上海良友圖書公司。

茅　盾，1935：〈導言〉，《新文學大系小說一集》，上海良友圖書公司。

茅　盾，1941：〈讀《北京人》〉，12月9日香港《大公報》。

茅　盾，1945：〈讀書雜記〉，5月《文哨》第1卷第1期。

茅　盾，1946：〈關於《呂梁英雄傳》〉，9月1日《中華論叢》第2卷第1期。

茅　盾，1980：〈小序〉，《鍛鍊》，香港時代圖書有限公司。

茅　盾，1985：〈桂林春秋〉，《新文學史料》第4期。

茅國權著，曾振邦譯，1989：〈《圍城》英譯本導言〉，4月《聯合文學》第54期，頁164-173。

范文瀾，1942：〈在中央研究院6月11日座談會上的發言〉，6月29日《解放日報》。

范銘如，2003：〈從強種到雜種——女性小說一世紀〉，李瑞騰主編《中華現代文學大系評論卷（二）：台灣1989-2003》，台北九歌出版社，頁1215-1238。

紀　弦，1953：〈宣言〉，2月1日《現代詩》創刊號。

紀　弦，1956：〈「現代詩」的六大信條〉，2月1日《現代詩》第13期。

郁達夫，1928：〈盧騷傳〉，1月16日《北新半月刊》第2卷第6號。

郁達夫，1928：〈盧騷的思想和他的創作〉，2月1日《北新半月刊》第2卷第7號。

郁達夫，1935：〈散文二集導言〉，《中國新文學大系・散文二集》，上海良友圖書公司。

郁達夫，1936：〈五六年來窗作生活的回顧〉，徐沉泗、葉忘憂編選《郁達夫選集》，上海萬象書屋。

郁達夫，1982：〈光慈的晚年〉，《郁達夫文集》第3卷，香港三聯書店香港分店。

段崇軒，2004：〈馬烽在今天的意義〉，2月4日《太原新聞網》。

施　淑，2003：〈書齋、城市與鄉村——日據時代的左翼文學運動及小說中的左翼知識分子〉，李瑞騰主編《中華現代文學大系評論卷（一）：台灣1989-2003》，台北九

歌出版社，頁103-134。

唐文標，1972：〈先檢討我們自己吧！〉，11月《中外文學》第1卷第6期。

唐文標，1973：〈僵斃的現代詩〉，5月《中外文學》第2卷第3期。

唐文標，1973：〈什麼時代什麼地方什麼人——論現代詩與傳統詩〉，7月《龍族》（評論專號）。

唐　弢，1983：〈我愛《原野》〉，《文藝報》第1期。

唐　捐，1999：〈《田園之秋》的辭與物——論陳冠學《田園之秋》〉，陳義芝主編《台灣文學經典研討會論文集》，台北聯經出版公司，頁389-397。

夏志清，1969：〈白先勇論〉，12月《現代文學》第39期。

夏　衍，1945：〈前記〉，《芳草天涯》，重慶美學出版社。

夏　衍，1957：〈後記〉，《上海屋簷下》，北京中國戲劇出版社。

夏　衍，1957：〈談《上海屋簷下》的創作〉，4月號《劇本》。

夏　衍，1992：〈序〉，《中國當代著名作家新作大系》，北京華藝出版社。

馬　森，1980：〈話劇的既往與未來——從《荷珠新配》談起〉，10月《時報雜誌》第46期。

馬　森，1985：〈中國現代小說與戲劇的「擬寫實主義」〉，原載4月號《新書月刊》第19期，後收入《馬森戲劇論集》，台北爾雅出版社，頁347-369。

馬　森，1989：〈中國現代戲劇的兩度西潮〉，9月號《當代》第41期，頁38-47。

馬　森，1990：〈藝術的退位與復位——序高行健《靈山》〉，高行健《靈山》，台北聯經出版公司。

馬　森，1991：〈演員劇場與作家劇場——論二十年代的劇作〉，《當代戲劇》，台北時報文化出版公司。

馬　森，1991：〈中國大陸的荒謬劇〉，《當代戲劇》，台北時報文化出版公司，頁105-120。

馬　森，1991：〈《黑的雪》中的京味兒〉，2月《新地文學》第1卷第6期，頁203-205。

馬　森，1991：〈序《如花初綻的容顏》〉，張啟疆《如花初綻的容顏》，台北聯合文學出版社。

馬　森，1992：〈中國現代舞台上的悲劇典範——論曹禺的《雷雨》〉，11月《成功大學中文學報》第1期，頁107-124。

馬　森，1992：〈評《假如我是真的》〉，《東方戲劇·西方戲劇》，台南文化生活新知出版社，頁197-212。

馬　森，1993：〈所謂京味話劇〉，7月《表演藝術》第9期，頁113。

馬　森，1993：〈台灣文學的地位〉，9月號《當代》第89期。

馬　森，1995：〈哈哈鏡中的映象——三十年代中國話劇的擬寫實與不寫實：以曹禺的《日出》為例〉，《民族國家論述：中國現代文學國際研討會論文集》，台北中央

研究院中國文史哲研究所，頁263-281。

馬　森，1995：〈毛澤東的文藝理論與實踐〉，《馬森作品選集》，台南市文化中心，頁47-67。

馬　森，1996：〈序——遇到了一位天生的作家〉，朱少麟《傷心咖啡店之歌》，台北九歌出版社。

馬　森，1996：〈序——自剖與獨白〉，林明謙《掛鐘・小羊與父親》，台北皇冠文學出版公司。

馬　森，1996：〈八〇年以來的台灣小劇場運動〉，5月《中外文學》第24卷第12期。

馬　森，1997：〈從寫實主義到現代主義：論郁達夫小說的承傳地位〉，《成功大學學報》第32卷，頁29-41。

馬　森，1997：〈理想如何扭曲真實——茅盾的《子夜》〉，《燦爛的星空——現當代小說的主潮》，台北聯合文學出版社，頁66-70。

馬　森，1997：〈一個失去的時代——林海音的《城南舊事》〉，《燦爛的星空——現當代小說的主潮》，台北聯合文學出版社，頁149-151。

馬　森，1997：〈在社會變遷中小人物的悲喜劇——黃春明的《溺死一隻老貓及其他》〉，《燦爛的星空——現當代小說的主潮》，台北聯合文學出版社，頁156-159。

馬　森，1997：〈三論七等生〉，《燦爛的星空——現當代小說的主潮》，台北聯合文學出版社，頁166-189。

馬　森，1997：〈電影對小說的影響——蕭颯的《小鎮醫生的愛情》〉，《燦爛的星空——現當代小說的主潮》，台北聯合文學出版社，頁190-198。

馬　森，1997：〈掉書袋的寓言小說——西西的《飛氈》〉，《燦爛的星空——現當代小說的主潮》，頁212-216。

馬　森，1997：〈後現代在哪裡？——馬建的《九條叉路》〉，《燦爛的星空——現當代小說的主潮》，頁217-220。

馬　森，1997：〈女性與性——黃有德的情慾小說〉，《燦爛的星空——現當代小說的主潮》，台北聯合文學出版社，頁221-226。

馬　森，1997：〈新人類的感情世界——林裕翼的《我愛張愛玲》〉，《燦爛的星空——現當代小說的主潮》，台北聯合文學出版社，頁232-236。

馬　森，1997：〈扮演與疏離——裴在美的文學追求〉，《燦爛的星空——現當代小說的主潮》，台北聯合文學出版社，頁247-252。

馬　森，1997：〈邊陲的反撲——三本「新感官小說」〉，《燦爛的星空——現當代小說的主潮》，台北聯合文學出版社，頁264-270。

馬　森，1997：〈文學不是為道德修補罅隙——《不可告人的愛情紀事》〉，《燦爛的星空——現當代小說的主潮》，台北聯合文學出版社，頁278-280。

馬　森，1997：〈鄉土vs.西潮——八〇年以來的台灣戲劇〉，《第二屆台灣本土文化國

際學術研討會論文集》，國立台灣師範大學，頁483-495。

馬　森，1999：〈王二的傳奇——評王小波的《時代三部曲》〉，5月13日《中國時報‧開卷》。

馬　森，2000：〈從現代主義到後現代主義——台灣「新戲劇」以來的美學商榷〉，9月號《聯合文學》第191期，頁68-79，後收入《台灣戲劇：從現代到後現代》，宜蘭佛光人文社會學院，2002。

馬　森，2003：〈小說卷序〉，《中華現代文學大系小說卷：台灣1989-2003》，台北九歌出版社，頁1-21。

馬　森，2007：〈突破你寫實主義的先鋒：論姚一葦劇作的戲劇史意義〉，7月號《戲劇學刊》第6期，頁7-19。

馬　森，2007：〈序《曉風戲劇集》〉，張曉風《曉風戲劇集》，台北九歌出版社。

馬彥祥，1932：〈現代中國戲劇〉，《戲劇講座》，現代書局。

馬　朗，1984：〈八十年代香港現代詩特輯〉，10月《創世紀》第65期。

孫　犁，1979：〈關於《荷花淀》的寫作〉，《新港》第1期。

孫　犁，1982：〈讀柳蔭詩作記〉，《詩刊》第5期。

孫寶玲，1985：〈香港文藝外一章〉，10月《文訊》第20期（香港文學特輯），頁45-49。

孫鐵剛，1975：〈秦漢時代士和俠的式微〉，《國立台灣大學歷史學報》第2期。

高天生，1982：〈現代小說的歧途——試論王文興的小說〉，1月《文學界》第1期。

高天生，1982：〈在破滅中瞭望新生的陳映真〉，9月《暖流》第2卷第3期。

高天生，1982：〈關懷現實的漁村子弟王拓〉，7月《暖流》第2卷第1期。

高天生，1983：〈新生代的里程碑——論宋澤萊的小說〉，7月21-22日《自立副刊》。

高天生，1983：〈在火獄中自焚的七等生〉，4月《文學界》第6期。

高天生，1984：〈曖昧的戰鬥——論黃凡的小說〉，4月17-18日《自立晚報副刊》。

高天生，1985：〈紛爭年代的小說家葉石濤〉，《台灣小說與小說家》，台北前衛出版社，頁13-26。

高天生，1985：〈孤獨園掠影——試論林蒼鬱的小說〉，《台灣小說與小說家》，台北前衛出版社，頁203-314。

高行健，2010：〈馬森的《夜遊》〉，馬森《夜遊》，台北秀威資訊公司。

高秉庸，1920：〈南開的新劇〉，原載10月17日南開十六週年紀念號特刊《校風》，後收入夏家善、崔國良、李麗中編《1909-1922南開話劇運動史料》，天津南開大學出版社，1984。

高　準，1973：〈論中國新詩的風格發展與前途方向〉（下），《大學雜誌》第62期。

袁可嘉，1948：〈新詩戲劇化〉，《詩創造》第12集，上海星群出版公司。

袁可嘉，1990：〈略論卞之琳對新詩藝術的貢獻〉，《文藝研究》第1期。

徐文瀅，1941：〈民國以來的章回小說〉，12月《萬象》第1卷第6期。

徐半梅，1951：〈一趕三的任天知〉（《話劇四十年回憶錄》第十七節），原載上海《新民報》，轉載於1951年6月13日-8月8日武漢《戲劇新報》。

徐志摩，1928：〈序《花之寺》〉，3月10日《新月》第1卷第1號。

徐志摩，1959：〈新月的態度〉，北京師範大學中文系現代文學教學改革小組編《中國現代文學史參考資料》第1卷上冊，北京高等教育出版社，頁404-408。

徐敬亞，1983：〈崛起的詩群——評我國詩歌的現代傾向〉，《當代文藝思潮》第1期。

徐敬亞，1984：〈時刻牢記社會主義的文藝方向——關於「崛起的詩群」的自我批評〉，3月5日《人民日報》。

徐　學、孔　多，1994：〈論馬森獨幕劇觀念核心與形式獨創〉，1月號廈門《台灣研究集刊》。

翁文灝，1940：〈以農立國，以工建國〉，原載《中央日報》，後收入羅榮渠主編《從「西化」到現代化》，北京北京大學出版社，1990，頁910-912。

草　明，1952：〈衷心感謝毛主席〉，5月22日《光明日報》。

韋休文，1990：〈蕭白筆下的隔離世界〉，《台灣文學的走向》，福州海峽文藝出版社，頁226-233。

尉天驄，2011：〈寂寞的打鑼人——黃春明的鄉土歷程〉，9月《文訊》第311期。

張大春，1991：〈那個現在幾點鐘——朱西甯的新小說初探〉，《張大春的文學意見》，台北遠流出版公司。

張子樟，2003：〈發現台灣人——試論李潼關於花蓮的三本成長小說〉，李瑞騰主編《中華現代文學大系評論卷（一）：台灣1989-2003》，台北九歌出版社，頁135-161。

張友鸞，1982：〈章回小說大家張恨水〉，《新文學史料》第1期。

張　庚，1937：〈讀《日出》〉，5月16日《戲劇時代》第1卷第1期。

張　庚，1954：〈中國話劇運動史初稿第一章〉，原載1954年《戲劇報》創刊號2-4期，後收入《中國近代文學論文集·戲劇、民間文學卷（1949-1979）》，北京中國社會科學出版社，1982，頁240-275。

張　放，2011：〈功夫在詩外〉，9月《新地》第17期。

張恨水，1945：〈武俠小說在下層社會〉，原載7月11日《中華日報》，後收入洪子誠主編《1945-1999中國當代文學史·史料選》，武漢長江文藝出版社，2002，頁25-27。

張瑞芬，2013：〈往事的勝訴——論張惠菁兼及《雙城通訊》〉，5月《聯合文學》第29卷第7期，頁48-53。

張曉風，1983：〈「回首」的回首——讀聯副三十年文學大系散文卷之一《回首故園》小記〉，8月30日《聯合報副刊》。

曹　禺，1936：〈雷雨序〉，《雷雨》，上海文化生活出版社。

曹　禺，1985：〈日出跋〉，《論戲劇》，成都四川文藝出版社。

曹順慶、唐小林，2003：〈寫實主義的維度——略談馬森文學批評中的價值觀〉，龔鵬程主編《閱讀馬森》，台北聯合文學出版社。

梁漱溟，1935：〈往都市去還是到鄉村來？——中國工業化問題〉，6月1日《鄉村建設》第4卷第28期。

梁漱溟，1935：〈鄉村建設理論〉，《鄉村建設》第5卷第1、2期。

梁實秋，1928：〈文學與革命〉，6月10日《新月》第1卷第4期。

梁實秋，1929：〈文學是有階級性的嗎？〉，9月10日《新月》第2卷第6、7期合刊。

梁錫華，1984：〈學者的散文〉，《梁錫華選集》，香港山邊社。

章士釗，1923：〈農國辨〉，原載11月3日上海《新聞報》，重刊於同年《甲寅週刊》第1卷第26號。

章士釗，1926：〈學理上的聯邦論〉，原載《甲寅》第1卷第5號，後收入《甲寅雜誌存稿》，上海商務印書館。

章士釗，1927：〈何故農村立國〉，《甲寅週刊》第1卷第37號。

章　明，1980：〈令人氣悶的「朦朧」〉，8月號《詩刊》。

莊浩然，1991；〈試論曹禺的喜劇意識和喜劇藝術〉，6月《中國話劇研究》第3期，北京文化藝術出版社。

莫順宗，2002：〈馬來西亞華文教育的新變化與舊問題：以非華裔學習華文為例〉，龔鵬程等主編《文化與文學——第一屆新世紀文學文化研究的新動向研討會論文集》，新加坡南洋學社，頁385-404。

許子東，2011：〈四部當代文學史〉，王德威、陳思和、許子東主編《一九四九年以後——當代文學六十年》，上海文藝出版社。

郭廷禮，1986：〈中國近代文學的特點初探〉，《中國近代文學的特點、性質與分期》，廣州中山大學出版社。

郭沫若，1926：〈革命與文學〉，5月16日《創造月刊》第1卷第3期。

郭沫若，1928：〈桌子的跳舞〉，5月1日《創造月刊》第1卷第11期。

郭沫若，1937：〈中國左拉之待望〉，7月《中國文藝》第1卷第2期。

郭沫若，1946：〈讀了《李家莊的變遷》〉，9月《北方雜誌》第1-2期。

郭沫若，1959：〈序〉，《蔡文姬》，北京文物出版社。

郭強生，2013：〈張愛玲與夏志清〉，2月《聯合文學》第340號（第29卷第4期），頁44-47。

郭　楓，2012：〈歷史形勢劇變，台灣新詩異化〉，9月《新地》第21期，頁10-50。

郭　楓，2012：〈是什麼樣的人，就寫什麼樣的詩——《八十後新詩集》小引〉，《八十後新詩集》，台北秀威資訊公司。

郭　楓，2012：〈關於新詩的一些認知——《郭楓新詩一百首》序〉，《郭楓新詩一百首》，台北新地文化藝術公司。

郭　楓，2013：〈覃子豪論：彩虹高照超絕流俗孤芳一詩家——《台灣當代新詩史論》

第一章文學〉，3月《新地》第23期，頁47-85。

陳千武，1986：〈談《笠》的創刊〉，9月《台灣文藝》第102期。

陳白塵，1981：〈編後記〉，《陳白塵劇作選》，成都四川人民出版社。

陳序經，1934：〈中國文化之出路〉（1933年12月29日在廣州中山大學的演講），刊於1934年1月15日廣州《民國日報》。

陳序經，1934：〈全盤西化的理由〉，《中國文化的出路》，上海商務印書館。

陳序經，1936：〈鄉村建設理論的檢討〉，《獨立評論》第199號。

陳　村，2000：〈我看史鐵生〉，11月25《南方週末》。

陳宛蓉，1999：〈文學網站分類目錄〉，4月《文訊》，頁51-67。

陳芳明，2001：〈橫的移植與現代主義之濫觴〉，8月《聯合文學》第202期，頁136-148。

陳芳明，2011：〈八〇年代後現代詩的豐收〉，10月《文訊》第312期，頁20-28。

陳芳明，2012：〈艾雯和戰後台灣散文長流——《艾雯全集》總論〉，8月《文訊》第322期，頁84-88。

陳芳明，2013：〈薩依德與後殖民史觀〉，8月《文訊》第334期，頁8-11。

陳昌明，1999：〈智者的故鄉——論陳之藩《劍河倒影》〉，陳義芝主編《台灣文學經典研討會論文集》，台北聯經出版公司，頁362-372。

陳松沾，1988：〈簡論東南亞華文文學的前途〉，10月《文訊》第28期，頁106-117。

陳建男，2010：〈有風有雨的山水長廊——政治大學長廊詩社〉，11月《文訊》第301期，頁88-90。

陳信元，1999：〈探索人性的藝術——論梁實秋《雅舍小品》〉，陳義芝主編《台灣經典文學研討會論文集》，台北聯經出版公司，頁318-330。

陳思和，2001：〈緒論：中國當代文學的源流、分期和發展概況〉，陳思和主編《當代大陸文學史教程：1949-1999》，台北聯合文學出版社，頁19-29。

陳寅恪，1980：〈王觀堂先生輓詞並序〉，《寒柳堂集》，上海古籍出版社。

陳翔鶴，1936：〈自序〉，《獨身者》，上海中華書局。

陳　焜，1981：〈討論現代派要解放思想，從實際出發〉，《外國文學研究》第1期。

陳維松，1989：〈論九葉詩派與現代派詩歌〉，《文學評論》第5期。

陳瘦竹，1979：〈曹禺的劇作〉，《現代戲劇家散論》，江蘇人民出版社。

陳德錦，1988：〈李廣田散文新論〉（上），2月《文訊》第24期，頁208-215。

陳　燕，2003：〈論中國現代文學思潮中的「寫實」與「現實」〉，2003年11月28-29日「回顧兩岸五十年文學學術研討會」論文。

陳獨秀，1905：〈論戲曲〉，《新小說》第2卷第2期。

陳獨秀，1915：〈現代歐洲文藝史譚〉，11月《青年雜誌》第1卷第3號。

陳獨秀，1915：〈答張永言的信〉，12月《青年雜誌》第1卷第4號。

陳獨秀，1917：〈文學革命論〉，2月1日《新青年》第2卷第6號。

陳獨秀，1919：〈本誌罪案之答辯書〉，1月《新青年》第6卷第1期。

陳麗音，1992：〈香港創作劇研究所面對的困難〉，方梓勳、蔡錫昌編《香港話劇論文集》，香港中天製作有限公司。

陸定一，1956：〈百花齊放，百家爭鳴〉，6月13日《人民日報》。

陶晶孫，1944：〈關於識字〉，《牛骨集》，上海大平書局。

麥克道格爾，B. S.，1990：〈西方文學思潮對中國現代文學的影響〉，賈植芳主編《中國現代文學的主潮》，上海復旦大學出版社。

傅斯年，1918：〈戲劇改良各面觀〉，10月《新青年》第5卷第4號。

梅　遜，約，1987：〈西方文化對中國的影響〉，《中國傳統文化的檢討》（下），台北谷風出版社。

梅蘭芳，1961：〈戲劇界參加辛亥革命的幾件事〉，原載《戲劇報》第17-18期，後收入《中國近代文學論文集‧戲劇、民間文學卷（1949-1979）》，北京中國社會科學出版社，1982，頁94-127。

游　喚，1990：〈顏元叔新批評之商榷〉，9月《台灣文學觀察》第2期。

焦　桐，1999：〈建構山水的異鄉人——論鄭愁予《鄭愁予詩集》〉，陳義芝主編《台灣文學經典研討會論文集》，台北聯經出版公司，頁286-295。

童道明，1991：〈小劇場戲劇的復興〉，3月《中國話劇研究》第2期，頁22。

紫　娟，2010：〈陽明山上的一抹雲彩——中國文化大學華岡詩社〉，11月《文訊》第301期。

畫　室（馮雪峰），1928：〈革命與知識階級〉，5月《中國文藝論戰》。

葉石濤，1990：〈評汪笨湖的《嬲》〉，《走向台灣文學》，台北自立晚報社文化出版部，頁233-235。

葉石濤，1992：〈論龍瑛宗的客家情結〉，《台灣文學的困境》，高雄派色文化出版社，頁109-115。

葉石濤，1992：〈農村婦女哀史——評《轉燭》〉，《台灣文學的困境》，高雄派色文化出版社，頁127-136。

葉石濤，1992：〈從《泥河》到《燃燒的天》〉，《台灣文學的困境》，高雄派色文化出版社，頁137-141。

葉石濤，1992：〈獻給洪醒夫的花環〉，《台灣文學的困境》，高雄派色文化出版社，頁167-169。

葉石濤，1994：〈新文學傳統的承繼者——鍾理和《笠山農場》裡的社會性矛盾〉，《展望台灣文學》，台北九歌出版社，頁57-78。

葉嘉瑩，1977：〈葉序〉，周夢蝶《還魂草》，台北領導出版社。

葉維廉，1982：〈洛夫論〉，6月《創世紀》。

葉維廉，1986：〈論現階段中國現代詩〉，《秩序的生長》，台北時報文化公司，頁33-46。

葉維廉，2007：〈弦裡弦外——見論小說裡的雕塑意味〉，王敬羲《囚犯與蒼蠅》附錄，廣州花城出版社。

覃子豪，1957：〈新詩向何處去？〉，8月《藍星詩選》創刊號。

賀敬之，1977：〈戰士的心永遠跳動〉，《郭小川詩選集》，北京人民文學出版社。

陽翰笙，1930：〈普洛文藝大眾化的問題〉，5月《拓荒者》第1卷第4、5期合刊。

陽翰笙，1982：〈《陽翰笙選集》戲劇及自序〉，3月號《人民戲劇》。

陽翰笙，1982：〈中國左翼作家聯盟成立的經過〉，《左聯回憶錄》上，北京中國社會科學院。

靳　以，1942：〈卷首題詞〉，《前夕》，上海文化生活出版社。

須文蔚，2011：〈點火者・狂徒・叛徒？——紀弦研究綜述〉，3月《文訊》第305期，頁84-87。

馮乃超，1928：〈冷靜的頭腦——評駁梁實秋的《文學與革命》〉，8月10日《創造月刊》第2卷第1期。

馮乃超，1928：〈藝術與社會生活〉，1月15日《文化批判》創刊號。

馮乃超，1948：〈評《我的兩家房東》〉，5月《大眾文藝叢刊》第2輯。

馮友蘭，1981：〈中國現代民族運動之總動向〉，原載1936年《社會學界》第9卷，收入《三松堂學術文集》，北京北京大學出版社。

馮亦同，2004：〈朱自清之子的冤死〉，《文史精華》第4期。

馮雪峰，1954：〈論《保衛延安》的成就及其重要性〉，《文藝報》第14、15期。

黃子平，1995：〈「革命歷史小說」——「革命」的經典化與再浪漫化〉，張寶琴、邵玉銘、瘂弦主編《四十年來中國文學》，台北聯合文學出版社，頁255-269。

黃克全，1985：〈顏元叔《五十回首》及其他〉，10月《文訊》第20期，頁227-233。

黃克全，1986：〈敘述與鬱結——辛其氏《青色的月牙》二題〉，12月《文訊》第27期，頁56-59。

黃芝岡，1937：〈從《雷雨》到《日出》〉，2月10日《光明》第2卷第5期。

黃美序，1982：〈評舞台劇《遊園驚夢》——不只長錯一根骨頭〉，12月《中外文學》第11卷第7期，頁84-104。

黃得時，1984：〈五四對台灣新文學之影響〉，5月《文訊》第11期，頁45-79。

黃錦樹，2003：〈詞的流亡——張貴興和他的寫作道路〉，李瑞騰主編《中華現代文學大系評論卷（二）：台灣1989-2003》，台北九歌出版社，頁1261-1276。

新月社，1928：〈《新月》的態度〉（徐志摩執筆），3月10日《新月》第1卷第1期。

新　廠，1906：〈評《恨海》〉，《月月小說》第3號。

楊世驥，1946：〈詩界潮音集〉，原載《文苑談往》第1集，上海中華書局，後收入牛仰山編《1919-1949，中國近代文學論文集・概論・詩文卷》，北京中國社會科學出版社，頁219-227。

楊村彬，1937：〈序〉，《過渡及其演出》，南京正中書局。

楊匡漢，1993：〈序〉，《葉維廉詩選》，北京中國友誼出版公司。

楊幸之，1933：〈論中國現代化〉，《申報月刊》第2卷第7號。

楊宗翰，2010：〈集會結社之必要──台灣戰後大學詩社／詩刊群相〉，11月《文訊》第301期，頁56-67。

楊宗翰，2003：〈席慕蓉與「席慕蓉現象」〉，李瑞騰主編《中華現代文學大系評論卷（二）：台灣1989-2003》，台北九歌出版社，頁1341-1358。

楊松年，1986：〈建國二十五年的新加坡華文文學：1959-1984〉，4月《文訊》第23期，頁141-153。

楊　沫，1993：〈談談林道靜的形象〉，《楊沫文集》第5卷，北京十月文藝出版社。

楊　牧，1987：〈詩和詩的結構──林燿德作品試論〉，陳幸蕙編《七十五年文學批評選》，台北爾雅出版社，頁51-58

楊　晦，1944：〈曹禺論〉，《青年文藝》第1卷第4期。

楊　照，1996：〈身分與故事〉，6月18日《中國時報》第19版。

楊　義，1993：〈李劼人：成都平原的「大河小說」作家〉，《中國現代小說史》第2卷，北京人民文學出版社，頁425-447。

楊際嵐，1990：〈「龍應台現象」觀察〉，《台灣文學的走向》，福州海峽文藝出版社，頁217-225。

楊樹清，2002：〈原鄉與異鄉：南洋的金門籍作家〉，龔鵬程等主編《文化與文學──第一屆新世紀文學文化研究的新動向研討會論文集》，新加坡南洋學社，頁313-333。

溪　清、呂　方，1988：〈當代文學中「魔幻現實主義」小說的勃起〉，《當代文學研究：資料與訊息》卷4。

葡萄園，1962：〈發刊詞〉，7月1日《葡萄園》創刊號。

董啟章，1996：〈城市的現實經驗與文本經驗──閱讀《酒徒》、《我城》和《剪紙》〉，董啟章編《說書人：閱讀與評論合集》，香港香江出版社，頁204-208。

趙詠梅，1983：〈聞捷傳略〉，《中國現代作家傳略》（下），四川人民出版社。

聞一多，1923：〈《女神》之時代精神〉，6月3日《創造週報》。

聞一多，1985：〈詩的格律〉，《聞一多論新詩》，武漢大學出版社。

熊佛西，1930：〈戲劇應以趣味為中心觀〉，9月《戲劇與文藝》第1卷第12期。

瘂　弦，1987：〈中國知識分子的沉痛碑記──寫在金兆著《師友篇》卷前〉，金兆《師友篇》，台北聯經出版公司。

瘂　弦，1999：〈他的詩‧他的人‧他的時代──論商禽的《夢或者黎明》〉，陳義芝主編《台灣文學經典研討會論文集》，台北聯經出版公司，頁240-259。

蒲伯英，1921：〈我主張要提倡職業的戲劇〉，9月《戲劇》第1卷第5期。

齊邦媛，1984：〈文章千古事──斷弦吟未止的吳魯芹散文〉，9月13日《中國時報‧人間副刊》。

齊邦媛，1985：〈閨怨之外〉，3月《聯合文學》第1卷第5期，頁6-19。

齊邦媛，1998：〈江河匯集成海的六〇年代小說〉，《霧漸漸散的時候——台灣文學五十年》，台北九歌出版社。

廖之韻，2010：〈曾經，我們在這裡——台灣大學詩文學社（現代詩社）〉，11月《文訊》第301期。

廖炳惠，1995：〈沃土與果實——鳥瞰1994年文學創作〉，1月《聯合文學》第11卷第3期，頁138-140。

廖清秀，2012：〈日治時代的我‧梅遜兄〉，許素蘭主編《勾沉‧瑣憶‧補遺——台灣文學史料集刊》第2輯，台南國立台灣文學館，頁201-210。

廖輝英，1986：〈嚴肅與通俗之間〉，10月《文訊》第26期，頁94-97。

劉以鬯，1980：〈臺靜農的短篇小說〉，載臺靜農《臺靜農短篇小說集》，台北遠景出版社。

劉半農，1917：〈我之文學改良觀〉，5月《新青年》第3卷第3號。

劉白羽，1983：〈序〉，《紅瑪瑙》，北京文化藝術出版社。

劉再復，1995：〈大陸文學四十年的發展輪廓——從獨白的時代到複調的時代〉，張寶琴、邵玉銘、瘂弦主編《四十年來中國文學》，台北聯合文學出版社，頁28-49。

劉再復，2004：〈中國出了部奇小說——讀閻連科的長篇小說《受活》〉，9月《明報月刊》第39卷第9期。

劉再復，2012：〈閱讀薛憶溈小說的狂喜〉，3月《新地》第19期，頁38-40。

劉　納，1986：〈開始於1902、1903年間的文學變動〉，《中國近代文學的特點、性質與分期》，廣州中山大學出版社。

劉紹銘，1985：〈香港文學的轉生〉，10月《文訊》第20期（香港文學特輯），頁41-42。

劉登翰，1994：〈日月的行蹤——羅門、蓉子論札〉，《文學薪火的傳承與變異——台灣文學論集》，福州海峽文藝出版社，頁284-297。

劍　嘯，1988：〈中國的話劇〉，原載1933年8月《戲學月刊》第2卷第7、8期合刊（話劇專號），後收入梁淑安編《中國近代文學論文集‧戲劇卷（1919-1949）》，北京中國社會科學出版社，1988，頁250-306。

歐陽山，1941：〈我寫大眾小說的經過〉，1月《抗戰文藝》第7卷第1期。

歐陽予倩，1918：〈予之戲劇改良觀〉，10月《新青年》第5卷第4號。

歐陽予倩，1958：〈回憶春柳〉，《中國話劇五十年史料集》第1輯，北京中國戲劇出版社。

歐陽予倩，1958：〈談文明戲〉，《中國話劇五十年史料集》第1輯，北京中國戲劇出版社。

鄭伯奇，1935：〈導言〉，《中國新文學大系‧小說三集》，上海良友圖書公司。

鄭明娳，1986：〈開始動手就造出廢墟的人——評木心的《散文一集》〉，4月《文訊》

第23期，頁189-183。

鄭振鐸，1961：〈明代的時曲〉，《中國文學研究》（下），香港古文書局。

鄭振鐸，1961：〈梁任公先生〉，《中國文學研究》（下），香港古文書局，頁1230-
　　　1265。

鄭樹森，1992：〈香港文學專號前言〉，8月《聯合文學》第8卷第10期，頁16-17。

魯　迅，1926：〈論「費厄潑賴」應該緩行〉，1月10日《莽原》第1期。

魯　迅，1930：〈「喪家的」「資本家的乏走狗」〉，5月1日《萌芽月刊》第1卷第5
　　　期。

魯　迅，1930：〈「硬譯」與「文學的階級性」〉，3月1日《萌芽月刊》第1卷第3期。

魯　迅，1930：〈對於左翼作家聯盟的意見──3月2日在左翼作家聯盟成立大會講〉，4
　　　月1日《萌芽月刊》第1卷第4期。

魯　迅，1932：〈論「第三種人」〉，11月《現代》第2卷第1期。

魯　迅，1935：〈序〉，蕭紅《生死場》，上海容光書局。

魯　迅，1935：〈序〉，葉紫《豐收》，上海容光書局。

魯　迅，1937：〈上海文藝之一瞥〉，7-8月《文藝新聞》第20-21期。

魯　迅，1967：〈小品文的危機〉，《南腔北調集》，香港新藝出版社。

魯　迅，1967：〈白莽作《孩兒塔》序〉，《且介亭雜文末編》，香港新藝出版社。

魯　迅，1967：〈我還不能「帶住」〉，《華蓋集續編》，香港新藝出版社。

魯　迅，1967：〈徐懋庸作《打雜集》序〉，《且介亭雜文二集》，香港新藝出版社。

魯　迅，1967：〈黑暗中國的文藝界現狀──為美國《新群眾》作〉，《二心集》，香
　　　港新藝出版社。

魯　迅，1967：〈現今的新文學的概觀〉，《三閒集》，香港新藝出版社，頁134-139。

魯　迅，1981：〈我怎麼做起小說來〉，《南腔北調集》，《魯迅全集》第4卷，北京人
　　　民文學出版社。

魯　岫，1985：〈節奏與引喻──梁錫華《獨立蒼茫》二題〉，8月《文訊》第19期，頁
　　　86-91。

臧克家編，1958：〈毛澤東致臧克家書〉，《毛澤東詩詞十九首》，北京外文出版社。

臧克家，1981：〈關於「朦朧詩」〉，《河北師院學報》第1期。

臧克家，1981：〈也談「朦朧詩」〉，4月9日《文學報》。

舞　鶴，1997：〈後記〉，《十七歲之海》，台北元尊文化公司。

蔡源煌，1988：〈從大陸小說看「真實」的真諦〉，1月《聯合文學》第39期，頁41-
　　　51。

穆凡中，1997：〈談劇本《澳門特產》〉，《澳門戲劇過眼錄》，澳門澳門日報出版
　　　社，頁106-110。

蕭　三，1931：〈中國無產階級革命文學的新任務〉，11月《文學導報》第1卷第8期。

蕭　乾，1948：〈前記〉，《創作四試》，上海文化生活出版社。

蕭　蕭，1973：〈《存愁》與尖銳感〉，6月《創世紀》第33期。

蕭　蕭，1997：〈回首，日月在我的眉睫間舞蹈——張默的詩生活〉，9月《聯合文學》第155期。

錢玄同，1917：〈寄陳獨秀〉，3月《新青年》第3卷第1號。

錢玄同，1918：〈隨感錄〉，7月《新青年》第5卷第1號。

錢玄同，1985：〈中國今後之文字問題〉，《中國新文學大系》第1卷，上海文藝出版社，頁170-72。

錢杏邨，1928：〈死去了的阿Q時代〉，3月號《太陽》。

錢鍾書，1990：〈漢譯第一首英語詩《人生頌》及有關二三事〉，《七綴集》，台北書林出版公司。

隱　地，2012：〈一棟獨立的台灣房屋〉，《一棟獨立的台灣房屋及其他》，台北爾雅出版社，頁11-21。

蹇先艾，1936：〈我與文學〉，《城下集》（散文集），上海開明書店。

戴厚英，1980：〈後記〉，《人啊，人》，廣州花城出版社。

應鳳凰，2011：〈「文星叢刊」與六〇年代台灣文學風景〉，12月號《文訊》第314期，頁82-86。

應鳳凰，2013：〈從也斯第一本書看見他與台灣的關係〉，2月《文訊》第328期，頁77-78。

鴻　年，1922：〈二十年來之新劇變遷史〉，原載1922年4月-1923年12月《戲劇誌》嘗試號、創始號、第3至第5號，後收入梁淑安編《中國近代文學論文集‧戲劇卷（1919-1949）》，北京中國社會科學出版社，頁228-242。

賴聲川，2003：〈如金寶之寶〉，金士傑，《金士傑劇本I》，台北遠流出版公司，頁12-14。

龍應台，1985：〈淘這盤金沙——細評白先勇《孽子》〉，《龍應台評小說》，台北爾雅出版社，頁3-19。

龍應台，1985：〈燭照《夜遊》〉，《龍應台評小說》，台北爾雅出版社，頁21-32。

龍應台，1985：〈孤絕的人——評析馬森《孤絕》〉，《龍應台評小說》，台北爾雅出版社，頁33-49。

龍應台，1985：〈最壞的與最好的——評張系國《昨日之怒》與〈不朽者〉〉，《龍應台評小說》，台北爾雅出版社，頁51-62。

龍應台，1985：〈王禎和走錯了路——評《玫瑰玫瑰我愛你》〉，《龍應台評小說》，台北爾雅出版社，頁77-82。

龍應台，1985：〈劉大任的中國人——評《杜鵑啼血》〉，《龍應台評小說》，台北爾雅出版社，頁141-156。

龍應台，1985：〈盲目的懷舊病——評《千江有水千江月》〉，《龍應台評小說》，台北爾雅出版社，頁157-166。

謝三進，2010：〈流泉慢湧——台灣師範大學噴泉詩社〉，11月《文訊》第301期。

謝冰瑩，1967：〈孫席珍〉，《作家印象記》，台北三民書局。

謝芝蘭，1964：〈《三家巷》、《苦鬥》是宣揚資產階級思想感情的腐蝕性的作品〉，12月1日《南方日報》。

謝　冕，2012：〈動亂年代——中國新詩1960-1975〉，9月《新地文學》第21期「第二屆二十一世紀世界華文文學高峰會議特刊」，頁51-82。

謝筱玫，2002：〈胡撇仔及其歷史源由〉，5月《中外文學》。

謝鴻文，2012：〈2011台灣兒童劇場觀察〉，2月《表演藝術》。

鍾文音，2013：〈妳做了我的夢〉，5月《聯合文學》第29卷第7期，頁64-65。

鍾明德，1989：〈赤裸無助的觀眾，渴望被強暴的觀眾——寫在《棋王》演出之後〉，《在後現代的雜音中》，台北書林出版公司，頁155-159。

鍾明德，1994：〈抵拒性後現代主義或對後現代主義的抵拒：台灣第二代小劇場的出現和後現代劇場的轉折〉，《中外文學》第26期，頁106-135。

鍾明德，1999：〈那一夜，我們在相聲中相遇——論賴聲川等《那一夜，我們說相聲》〉，陳義芝主編《台灣文學經典研討會論文集》，台北聯經出版公司，頁443-459。

鍾怡雯，1999：〈無盡的搜尋——論楊牧《搜索者》〉，陳義芝主編《台灣文學經典研討論文集》，台北聯經出版公司，頁372-386。

鍾　玲，1988：〈由象牙塔到人間世〉，10月15日《中華副刊》。

應鳳凰，2008：〈論許達然散文的藝術性與台灣性〉，3月《新地文學》第3期，頁25-52。

關傑明，1972：〈中國現代詩人的困境〉，2月28-29日《中國時報·人間副刊》；〈中國現代詩的幻境〉，9月10-11日《中國時報·人間副刊》。

韓　牧，2004：〈新土高瞻遠，前塵舊夢濃——自跋《新土與前塵》〉，韓牧、勞美玉《新土與前塵》，加拿大華裔作家協會。

顏元叔，1973：〈苦讀細品談《家變》〉，4月《中外文學》第1卷第11期，頁60-85。

顏元叔，1973：〈唐文標事件〉，9月《中外文學》第2卷第5期。

顏元叔，1979：〈這是一條路——讀梅新的詩〉，5月《中外文學》第7卷第12期。

藏原惟人原作，林伯修譯，1928：〈到新寫實主義之路〉，7月《太陽月刊》停刊號。

蘇　汶，1932：〈關於《文新》與胡秋原的文藝論辯〉，7月《現代》第1卷第3期。

蘇　汶，1932：〈「第三種人」的出路——論作家的不自由並答覆易嘉先生〉，10月《現代》第1卷第6期。

蘇雪林，1959：〈新詩壇象徵派創世者李金髮〉，7月《自由青年》第22卷第1期。

蘇　煒，1995：〈「白紙」非白——略論「社會主義現實主義」與文革前十七年大陸文學〉，張寶琴、邵玉銘、瘂弦主編《四十年來中國文學》，台灣聯合文學出版社，頁270-307。

蘇綾記錄，1986：〈文學良心與市場流行——通俗文學討論會〉，10月《文訊》第26
　　期，頁70-93。

龔鵬程，1985：〈試評《文學的哲思》〉，2月《文訊》第16期，頁181-184。

龔鵬程，1986：〈文學與歷史的交會——論蕭颯的《我兒漢生》〉，11月《當代》第7
　　期。

龔鵬程，2002：〈二十一世紀華文文學的新動向〉，龔鵬程等主編《文化與文學——第
　　一屆新世紀文學文化研究的新動向研討會論文集》，新加坡南洋學社，頁13-38。

外文書目：

Anderson, Marston, 1990: *The Limits of Realism: Chinese Fiction in the Revolutionary Period*, Berkeley, University of California Press.

Banister, Judith, 1987: *China's Changing Population,* Stanford, Stanford University Press.

Barmé, R. Geremie, 1999: *In the Red: On Contemporary Chinese Culture*, New York, Columbia University Press.

Blackham, Harold J., 1952: *Six Existentialist Thinkers*, London, Routledge.

Brill, E. J., 1988-90: *A Selective Guide to Chinese Literature, 1900-1949*, 4 volumes, Leiden, E. J. Brill.

Burgess, Anthony, 1984: *Ninety-Nine Novels: The Best in English Since 1939*, London, Allison & Busby.

Chan, Anita, 1985: *Children of Mao: Personality Development and Political Activism in the Red Guard Generation*, Seattle, University of Washington Press.

Chang Jung and Jon Halliday, 2005: *Mao: The Unknown Story*, London, Random House.

Chang, Shung-sheng Yvonne, 1993: *Modernism and the Nativist Resistance: Contemporary Chinese Fiction from Taiwan*, Durham, Duke University Press.

Childers, Joseph and Hentzi, Gary, 1995: *The Columbia Dictionary of Modern Literary and Cultural Criticism*, New York, Columbia University Press.

Chow, Tse-Tsung, 1960: *The May Fourth Movement. Intellectual Revolution in Modern China*, Cambridge/Mass, Harvard University Press.

Clancier, A., 1973: *Psychanalyse et Critique littéraire*, Paris, Privat.

Culler, Jonathan, 1982: *On Deconstruction: Theory and Criticism After Structuralism.* Ithaca: Cornell University Press.

De Man, Paul: 1983: *Blindness and Insight: Essays in the Rhetoric of Contemporary Criticism*, Methuen.

Dolezalová, Anna, 1971: *Yu Da-fu: Specific Traits of His Literary Creation,* Bratislava, Publishing House of the Slovak Academy of Sciences.

Duke, Michael, 1985: *Blooming and Contending: Chinese Literature in the Post-Mao Era,* Bloomington, Indiana University Press.

Duke, Michael, 1989: *Modern Chinese Woman Writers: Critical Approaches,* New York, M. E. Sharpe.

Eagleton, Terry, 1976: *Marxism and Literary Criticism,* London.

Eagleton, Terry, 1983: *Literary Theory: An Introduction,* Oxford, Basil Blackwell.

Eisenstadt, S. N. , 1966: *Modernization: Protest and Change,* Englewood Cliffs N.J., Prentice-Hall.

Erlich, V., 1975: *Twentieth-Century Russian Literary Criticism,* New Haven, Yale University Press.

Eysteinsson, Astradur, 1990: *The Concept of Modernism,* Ithaca and London, Cornell University Press.

Fairbank, John K. (ed.), 1978: *The Cambridge History of China: Vol.10, Late Ch'ing 1800-1911,* Part 1, Cambridge University Press.

Fairbank, John K. and Liu, Kwang-ching (eds.), 1980: *The Cambridge History of China: Vol.11, Late Ch'ing 1800-1911,* Part 2, Cambridge University Press.

Fairbank, John K. and Twitchett, Denis (eds.), 1983: *The Cambridge History of China: Vol.12, Republican China 1912-1949,* Part 1, Cambridge University Press.

Fairbank, John K. and Feuerwerker, Albert (eds.), 1986: *The Cambridge History of China: Vol.13, Republican China 1912-1949,* Part 2, Cambridge University Press.

Feuerwerker, Yi-tsi Mei ,1982: *The Fiction of Ding Ling,* Cambridge, Harvard University Press.

Forster, E. M., 1974: *Aspects of the Novel,* London, Penguin Books.

Fowler, Roger (ed.), 1973: *A Dictionary of Modern Critical Terms,* London and Boston, Routledge and Kegan Paul.

Freud, Sigmund, 1933: *Essais de psychanalyse appliquée,* Paris, Gallimard.

Galik, Marian, 1968: *Mao Dun and Modern Chinese Literary Critism,* Wiesbaden, Franz Steiner Verlag.

Goldblatt, Howard, 1976: *Hsiao Hung,* Boston, Twayne Publishers.

Goldman, Lucian, 1964: *Pour une sociologie du roman,* Paris, Gallimard.

Gruner, Fritz,1967: *Der literarisch-künstlerische Beitrag Mao Dun zur Entwicklung des Realismus in der neuen chinesischen Literatur,* Habilschrift, Leipzig.

Gunn, Edward, 1980: *The Unwelcome Muse: Chinese Literature in Shanghai and Peking, 1937-1945,* New York, Columbia University Press.

Harris, Marvin, 1968: *The Rise of Anthropological Theory: A History of Theories of Culture*, New York, Thomas Y. Crowell Company.

Hassan, Ihab, 1971: *The Dismemberment of Orpheus: Toward a Postmodern Literature,* New York, Oxford University Press.

Hawkes, Terence, 1977: *Structuralism and Semiotics*, University of California Press.

Heller, Agnes (Edit.),1983: *Lukács Revalued*, Oxford, Basil Blackwell.

Hsia, C. T., 1971: *A History of Modern Chinese Fiction*, New Haven, Yale University Press.

Hsia, Tsi-an, 1968: *The Gate of Darkness: Studies on the Leftist Literary Movement in China*, Seattle, University of Washington Press.

Hutcheon, Linda, 1988: *A Poetics of Postmodernism, History, Theory, Fiction*, New York and London, Routledge.

Huters, Theodore, 1982: *Qian Zhongshu,* Boston, Twayne Publishers.

Julian, François, 1979: *Lu Xun: Ecriture et revolution,* Paris, Pressses de l'Ecole Normale Supérieure.

Jung, Carl,1963: *L'Homme à la découverte de son âme*, Paris, Payot.

Kermode, Frank, 1986: *Continuities*, New York, Random House.

Kinkley, Jeffrey, 1985: *After Mao: Chinese Literature and Society*, Cambridge, Harvard University Press.

Kinkley, Jeffrey. 1987: *The Odyssey of Shen Congwen*, Stanford, Stanford University Press.

Kroker, Arthur & Cook, David, 1986: *The Postmodern Scene: Excremental Cultural and Hyper-Aesthetics*, Montreal, New World Perspectives.

Kubin, Wolfgang, 1979: *Lu Xun: Die Methode wilde Tiere abzurichten,* Berlin, Oberbaum.

Lacan, Jacques, 1966: *Ecrits I*, Paris, Editions du Seuil.

Lacan, Jacques, 1971: *Ecrits II*, Paris, Editions du Seuil.

Lamer, John, 1999: *Marco Polo and the Discovery of the World*, New Haven, Yale University Press.

Lang, Olga, 1967: *Pa Chin and His Writings: Chinese Youth Between Two Revolutions*, Cambridge, Harvard East Asian Series.

Lao Shaw, 1945: *Rickshaw Boy* (translated by Evan King), New York, Reynal and Hitchcook.

Lao Shaw, 1947: *Cœur Joyeux, Coolie de Pékin* (traduit par Jean Poumarat), Paris, B. Arthaud.

Lao She, 1948: *The Quest for Love of Lao Lee* (translated by Helena Kuo), New York, Reynaland Hitchcock.

Lao She, 1964: *City of Cats* (translated by James E. Dew) , Ann Arbor, Centre for Chinese Studies, Occasional Papers No.3, University of Michigan.

Lao She, 1951: *The Yellow Storm* (abridged version, translated by Ida Pruitt), New York, Harcourt, Brace & Co.

Lao She, 1952: *The Drum Singers* (translated by Helena Kuo), New York, Harcour Brace & Co.

Lao She, 1981: *La cité des chats* (traduit par Geneviève François-Poncet) , Paris, Presses Orientalistes de France.

Lau, Joseph S. M., 1970: *Ts'ao Yü, the Reluctant Disciple of Chekhov and O'Neill,* Hong Kong, Hong Kong University Press.

Larson, Wendy, 1992: *Authority and the Modern Chinese Writer: Ambivalence and Autobiography*, Durham, Duke University Press.

Lee, Leo Ou-fan, 1973: *The Romantic Generation of Modern Chinese Writers*, Cambridge, Harvard East Asian Series.

Lee, Leo, 1987: *Voice from the Iron House*, Bloomington, Indiana University Press.

Leys, Simon, 1968: *Ombres chinoises*, Paris, Edition 10-18.

Leys, Simon, 1971: *Les habits neufs de président Mao*, Paris, Edition Champ Libre.

Leys, Simon, 1976: *Images brisées*, Paris, Edition Robert Laffont.

Leys, Somon, 1983: *La forêt en feu,* Paris, Hermann.

Link, Perry, 1981: *Mandarin Ducks and Butterflies: Popular Fiction in Early Twentieth Century Chinese Cities*, Berkeley, Los Angles, London, University of California Press.

Liu, Guokai,1987: *A Brief Analysis of the Cultural Revolution* (edited by Anita Chan). New York, M.E. Sharpe.

Lukács, Georg, 1974: *Soul and Form*, London, Merlin Press.

Lukács, Georg, 1979: *The Meaning of Contemporarty Realism*, London, Merlin Press.

Lukács, Georg, 1988: *The Theory of the Novel*, London, Merlin Press.

MacFarquhar, Roderick and Fairbank, John K. (eds.), 1987: *The Cambridge History of China: Vol.14, The People's Republic,* Part 1, Cambridge University Press.

MacFarquhar, Roderick and Fairbank, John K. (eds.), 1992: *The Cambridge History of China: Vol.15, The People's Republic,* Part 2, Cambridge University Press.

MacFarquhar, R. and Schoenhals, M., 2006: *Mao's Last Revolution*, Belknap Press of Havard University.

Milner, M., 1980: *Freud et l'interprétation de la literature,* Paris, Sedes.

Mitchell, Juliet, 2000: *Psychoanalysis and Feminism: A Radical Reassessment of Freudian Psychoanalysis*, Basic Books.

Monod, Jacques, 1070: *Le hazard et la nécessité,* Paris, Seuil.

Munro, S. R., 1977: *The Function of Satire in the Works of Lao She*, Singapore, Chinese Language Center, Nanyang University.

Needham, Joseph, 1970: *Science and Civilization in China,* Cambridge, Cambridge University Press.

Newman, Charles, 1985: *The Post-Modern Aura: The Act of Fiction in an Age of Inflation*, Evanston ILL, North Western University Press.

Nieh, Hua-ling, 1972: *Shen Ts'ung-wen*, New York, Twayne Publishers.

Palmer, R. R. & Colton, Joel, 1965: *A History of the Modern World* (Third Edition), New York, Alfred A. Knopf, Inc.

Perry, W. J., 1923: *The Children of the Sun: A Study in the Early History of Civilization*, M.A., Methuen & Co.

Pollard, David,1973: *A Chinese Look at Literature -The Literary Values of Chou Tso-jen in Relation to the Tradition*, Berkeley, University of California Press

Průšek, Jaroslav, 1969: *Three Sketches of Chinese Literature*, Prague, Academia.

Průšek, Jaroslav, 1980: *The Lyrical and the Epic: Studies of Modern Chinese Literature*, Bloomington, Indiana University Press.

Roy, David Tod, 1971: *Kuo Mo-jo: The Early Years*, Cambridge, Harvard University Press.

Schyns, Joseph and Others, 1948: *1500 Modern Chinese Novels and Plays*, Peiping, Hong Kong, Lung Men Bookstore,1966.

Scott, A. C., 1965: *Literature and the Arts in Twentieth Century China*, London, George Allen & Unwin.

Shen, Ts'ung-wen, 1947: *The Chinese Earth, Stories by Shen Ts'ung-wen* (translated by Ching Ti and Robert Payne), New York, George Allen & Unwin, Ltd.

Shepherd, Sandy et al (eds.), 1996: *Our Glorious Century*, Montreal, New York, Reader's Digest.

Slupski, Zbigniew, 1966: *The Evolution of a Modern Chinese Writer: An Analysis of Lao She's Fiction,* Prague, Academia.

Smith, G. Eliot, 1933: *The Diffusion of Culture,* London, Watts & Co.

Smith, G. Eliot, 1946: *In the Beginning: The Origin of Civilization*, London, Watts & Co.

Sorokin, V. F., 1962: *Tvorceskij put's Mao Dunja* (The Creative Road of Mao Dun), Moscw.

Taine, Hippolyte, 1863: *Histoire de la littérature anglaise*, Paris, Hachette.

Thompson, Eva M.,1971: *Russian Formalism and Anglo-American New Critcism: A Comparative Study*, The Hague, Mouton.

Vohra, Ranbir, 1974: *Lao She and the Chinese Revolution*, Cambridge, Harvard East Asian Series.

Wang, David Der-Wei, 1992: *Fictional Realism in Twentieth-Century China—Mao Dun, Lao She, Shen Congwen,* New York, Columbia University Press.

Wang, David Der-Wei,1997: *Fin-de-siecle Splendor—Repressed Modernities of Late Qing Fiction, 1849-1911*, California, Stanford University Press.

Wang, David Der-Wei, 2004:*The Monster That Is History—History, Violence and Fictional*

Writing in Twentieth-Century China, Berkeley, University of California Press.

Weber, Max, 1958: *The Protestant Ethic and the Spirit of Capitalism* (translated by Talcott Parsons), New York, Charles Scribners Sons.

Wissler, Clark, 1926: *The Relation of Nature to Man in Aboriginal America,* New York, Oxford Press.

外文篇目：

Derrida, Jacques, 1968: "La différence", *Théorie d'ensmble*, Paris.

Eagleton, Terry,1985: "What is Literature?", *Literary Theory: An Introduction,* Oxford, Basil Blackwell. pp.1-16.

Eagleton, Terry, 1985: "Capitalism, Modernism and Postmodernism", *New Left Review* 152:60-73.

Hsia, T. A.,1963: "Heroes and Hero-Worship in Chinese Communist Fiction", in Cyril Birch (ed.): *Chinese Communist Literature*, New York, F. A. Pracger, pp.113-138.

Jameson, Fredric, 1976: "The Ideology of the Text", *Salmagundi* 31-32:204-246.

Jameson, Fredric, 1984: "Postmodernism, or the Cultural Logic of Late Capitalism", *New Left Review* 146:53-2.

Jefferson, Ann, 1986: "Structuralism and Post-structuralism", in Jefferson and Robey (eds.): *Modern Literary Theory: A Comparative Introduction,* London, B.T. Batsford Ltd., pp.92-121.

Lyotard, Jean-Francois, 1989: "Defining the Postmodern", in *Postmodernism, ICA Documents*, pp.7-10.

Maclean, Ian, 1986: "Reading and Interpretation" in Jefferson and Robey (eds.):*Modern Literary Theory,* London, B.T.Batsford Ltd., pp.122-144.

McGlynn, Fred, 1990: "Postmodernism and Theatre", in Hugh J. Silverman (ed.): *Postmodernism-Philosophy and the Arts*, New York and London, Routledge, pp. 137-154.

Schlueter, June, 1984: "Theatre", in Stanley Trarachtenberg (ed.): *The Postmodern Movement: A Handbook of Contemporary Innovation in the Arts*, Westport and London, Greenwood Press, pp.209-228.

Strauss, Julia, 2002: "Paternalist Terror: The Campaign to Suppress Counter Revolutionaries and Regime Consolidation in the People's Republic of China, 1950-1953", in *Comparative Studies in Society and History,* 33:80-105.

作者著作目錄

一、學術論著

《莊子書錄》，台北：台灣師範大學國文研究所集刊，第2期，1958年

《世說新語研究》，台北：台灣師範大學國文研究所，1959年

《馬森戲劇論集》（戲劇評論），台北：爾雅出版社，1985年9月

《文化・社會・生活》（馬森文論一集：社會評論），台北：圓神出版社，1986年1月

《東西看》（馬森文論二集：文化評論），台北：圓神出版社，1986年9月

《電影・中國・夢》（電影評論），台北：時報出版公司，1987年6月

《中國民主政制的前途》（馬森文論三集：政治評論），台北：圓神出版社，1988年7月

《國學常識》（馬森與邱燮友等合著），台北：東大圖書公司，1989年9月

《繭式文化與文化突破》（馬森文論四集：文化評論），台北：聯經出版公司，1990年1月

《當代戲劇》（戲劇評論），台北：時報文化出版公司，1991年4月

《中國現代戲劇的兩度西潮》（戲劇史），台南：文化生活新知出版社，1991年7月

《東方戲劇・西方戲劇》（《馬森戲劇論集》增訂版），台南：文化生活新知出版社，1992年9月

《西潮下的中國現代戲劇》（《中國現代戲劇的兩度西潮》修訂版），台北：書林出版公司，1994年10月

《二十世紀中國新文學史》（馬森、邱燮友、皮述民、楊昌年合著），台北：駱駝出版社，1997年8月

《燦爛的星空──現當代小說的主潮》（小說評論），台北：聯合文學出版社，1997年11月

《戲劇──造夢的藝術》（馬森文論五集：戲劇評論），台北：麥田出版公司，2000年11月

《文學的魅惑》（馬森文論六集：文學評論），台北：麥田出版公司，2002年4月

《台灣戲劇──從現代到後現代》（戲劇評論），宜蘭：佛光人文社會學院，2002年6月

《中國現代戲劇的兩度西潮》（再修訂版），台北：聯合文學出版社，2006年12月

〈台灣實驗戲劇〉（戲劇論述），收在張仲年主編，《中國實驗戲劇》，上海人民出版社，2009年1月，頁192-235。

《戲劇──造夢的藝術》（馬森文論五集：戲劇評論），台北：秀威資訊公司，2010年12月

《文學的魅惑》（馬森文論六集：文學評論），台北：秀威資訊公司，2010年12月

《台灣戲劇──從現代到後現代》（戲劇評論），台北：秀威資訊公司，2010年12月

《文學筆記》（文學評論），台北：秀威資訊公司，2010年12月

《與錢穆先生的對話》（學術評論），台北：秀威資訊公司，2011年4月

《文化・社會・生活》（馬森文論一集：社會評論），台北：秀威資訊公司，2011年9月

《中國文化的基層架構》（論著），台北：聯經出版公司，2012年3月。

《東西看》（馬森文論二集：文化評論），台北：秀威資訊公司，2014年9月

《中國民主政制的前途》（馬森文論三集：政治評論），台北：秀威資訊公司，2014年9月

《繭式文化與文化突破》（馬森文論四集：文化評論），台北：秀威資訊公司，2014年10月

《世界華文新文學史──中國現代文學的兩度西潮》（三卷本文學史），台北：印刻出版公司，2015年1月。

二、小說創作

《康橋踏尋徐志摩的蹤徑》（馬森、李歐梵、李永平等合著），台北：環宇出版社，1970年

《法國社會素描》（短篇集），香港：大學生活社，1972年10月

《生活在瓶中》（長篇），台北：四季出版公司，1978年4月

《孤絕》（短篇集），台北：聯經出版公司，1979年9月

《夜遊》（長篇），台北：爾雅出版社，1984年1月

《北京的故事》（短篇集），台北：時報出版公司，1984年5月

《海鷗》（短篇集），台北：爾雅出版社，1984年5月

《生活在瓶中》（長篇），台北：爾雅出版社，1984年11月

《巴黎的故事》（短篇集），台北：爾雅出版社，1987年10月（《法國社會素描》新版）

《孤絕》（短篇集），北京：人民文學出版社，1992年2月（加收《生活在瓶中》）

《巴黎的故事》（短篇集），台南：文化生活新知出版社，1992年2月

《夜遊》（長篇），台南：文化生活新知出版社，1992年9月

《M的旅程》（長篇），台北：時報出版公司，1994年3月（紅小說二六）

《北京的故事》（短篇集），台北：時報出版公司，1994年4月（新版、紅小說二七）

《孤絕》（短篇集），台北：麥田出版公司，2000年8月

《夜遊》（長篇），台北：九歌出版社，2000年12月

《夜遊》（典藏版）台北：九歌出版社，2004年7月

《巴黎的故事》（短篇集），台北：印刻出版公司，2006年4月

《生活在瓶中》（長篇），台北：印刻出版公司，2006年4月

《府城的故事》（短篇集），台北：印刻出版公司，2008年5月

《孤絕》（短篇集），台北：秀威資訊公司，2010年12月
《夜遊》（長篇），台北：秀威資訊公司，2010年12月
《北京的故事》（短篇集），台北：秀威資訊公司，2011年3月
《M的旅程》（長篇），台北：秀威資訊公司，2011年3月
《海鷗》（短篇集），台北：秀威資訊公司，2012年3月

三、劇本創作

《西泠橋》（電影劇本），寫於1957年，未拍製
《飛去的蝴蝶》（獨幕劇），寫於1958年，未發表
《父親》（三幕），寫於1959年，未發表
《人生的禮物》（電影劇本），寫於1962年，1963年於巴黎拍製
《蒼蠅與蚊子》（獨幕劇），寫於1967年，發表於1968年冬《歐洲雜誌》第9期
《一碗涼粥》（獨幕劇），寫於1967年，發表於1977年7月《現代文學》復刊第1期
《獅子》（獨幕劇），寫於1968年，發表於1969年12月5日《大眾日報》「戲劇專刊」
《弱者》（一幕二場劇），寫於1968年，發表於1970年1月7日《大眾日報》「戲劇專刊」
《蛙戲》（獨幕劇），寫於1969年，發表於1970年2月14日《大眾日報》「戲劇專刊」
《野鵓鴿》（獨幕劇），寫於1970年，發表於1970年3月4日《大眾日報》「戲劇專刊」
《朝聖者》（獨幕劇），寫於1970年，發表於1970年4月8日《大眾日報》「戲劇專刊」
《在大蟒的肚裡》（獨幕劇），寫於1972年，發表於1976年12月3-4日《中國時報‧人間副刊》，並收在王友輝、郭強生主編《戲劇讀本》，台北二魚文化出版社，頁366-379
《花與劍》（二場劇），寫於1976年，未發表，收入1978年《馬森獨幕劇集》，並選入1989《中華現代文學大系》（戲劇卷壹），台北九歌出版社，頁107-135，1993年11月北京《新劇本》第6期（總第60期）「93中國小劇場戲劇展暨國際研討會作品專號」轉載，頁19-26（1997年英譯本收入 *Contemporary Chinese Drama*, Hong Kong, Oxford University Press, pp. 253-374）
《馬森獨幕劇集》（內收《一碗涼粥》、《獅子》、《蒼蠅與蚊子》、《弱者》、《蛙戲》、《野鵓鴿》、《朝聖者》、《在大蟒的肚裡》、《花與劍》九劇），台北：聯經出版公司，1978年2月
《腳色》（獨幕劇），寫於1980年，發表於1980年11月《幼獅文藝》第323期「戲劇專號」
《進城》（獨幕劇），寫於1982年，發表於1982年7月22日《聯合報》副刊
《腳色》（《馬森獨幕劇集》增補版，增收進《腳色》、《進城》，共十一劇），台北：聯經出版公司，1987年10月

《腳色 —— 馬森獨幕劇集》，台北：書林出版公司，1996年3月
《美麗華酒女救風塵》（十二場歌劇），寫於1990年，發表於1990年10月《聯合文學》
　　第72期，游昌發譜曲
《我們都是金光黨》（十場劇），寫於1995年，發表於1996年6月《聯合文學》第140期
《我們都是金光黨／美麗華酒女救風塵》，台北：書林出版公司，1997年5月
《陽台》（二場劇），寫於2001年，發表於2001年6月《中外文學》第30卷第1期
《窗外風景》（四圖景），寫於2001年5月，發表於2001年7月《聯合文學》第201期
《蛙戲》（十場歌舞劇），寫於2002年初，台南人劇團於2002年5月及7月在台南市、台
　　南縣和高雄市演出六場
《雞腳與鴨掌》（一齣與政治無關的政治喜劇），寫於2007年末，2009年3月發表於《印
　　刻文學生活誌》
《馬森戲劇精選集》，台北：新地出版社，2010年4月
《花與劍》（重編中英文對照本），台北：秀威資訊公司，2011年9月
《蛙戲》（重編話劇與歌舞劇本），台北：秀威資訊公司，2011年10月
《腳色》（重編本，內收《腳色》、《一碗涼粥》、《獅子》、《蒼蠅與蚊子》、《弱
　　者》、《野鵓鴿》、《朝聖者》、《在大蟒的肚裡》、《進城》九劇及有關評論
　　十一篇），台北：秀威資訊公司，2011年11月

四、散文創作

《在樹林裡放風箏》，台北：爾雅出版社，1986年9月
《墨西哥憶往》，台北：圓神出版社，1987年8月
《墨西哥憶往》，香港：盲人協會，1988年（盲人點字書及錄音帶）
《大陸啊！我的困惑》，台北：聯經出版公司，1988年7月
《愛的學習》，台南：文化生活新知出版社，1991年3月（《在樹林裡放風箏》新版）
《馬森作品選集》，台南：台南市立文化中心，1995年4月
《追尋時光的根》，台北：九歌出版社，1999年5月
《東亞的泥土與歐洲的天空》，台北：聯合文學出版社，2006年9月
《維城四紀》，台北：聯合文學出版社，2007年3月
《旅者的心情》，上海：上海人民出版社，2009年1月
《漫步星雲間》，台北：秀威資訊公司，2011年4月
《大陸啊！我的困惑》，台北：秀威資訊公司，2011年4月
《台灣啊！我的困惑》，台北：秀威資訊公司，2011年4月
《墨西哥憶往》，台北：秀威資訊公司，2012年3月

五、翻譯作品

《當代最佳英文小說》導讀I（馬森、熊好蘭合譯），台南：文化生活新知出版社，1991年7月（筆名：飛揚）

《當代最佳英文小說》導讀II（馬森、熊好蘭合譯），台南：文化生活新知出版社，1991年10月（筆名：飛揚）

《小王子》（原著法國・聖德士修百里，飛揚譯），台南：文化生活新知出版社，1991年12月

《小王子》（原著法國・聖德士修百里，馬森譯），台北：聯合文學出版社，2000年11月

六、編選作品

馬森主編，《七十三年短篇小說選》，台北：爾雅出版社，1985年4月

馬森主編，《樹與女 ── 當代世界短篇小說選》（第三集），台北：爾雅出版社，1988年11月

《潮來的時候 ── 台灣及海外作家新潮小說選》（馬森、趙毅衡合編），台南：文化生活新知出版社，1992年9月

《弄潮兒 ── 中國大陸作家新潮小說選》（馬森、趙毅衡合編），台南：文化生活新知出版社，1992年9月

馬森主編，「現當代名家作品精選」系列（包括胡適、魯迅、郁達夫、周作人、茅盾、丁西林、沈從文、徐志摩、丁玲、老舍、林海音、朱西甯、陳若曦、洛夫等的選集），台北：駱駝出版社，1998年6月。

馬森主編，《中華現代文學大系：1989-2003小說卷》，台北：九歌出版社，2003年10月

七、外文著作

1963

L'Industrie cinémathographique chinoise après la sconde guèrre mondiale（論文）, Institut des Hautes Études Cinémathographiques, Paris.

1965

"Évolution des caractères chinois", *Sang Neuf* (Les Cahiers de l'École Alsacienne, Paris), No.11, pp.21-24.

1968

"Lu Xun, iniciador de la literatura china moderna", *Estudio Orientales*, El Colegio de Mexico,

Vol.III, No.3, pp.255-274.

1970

"Mao Tse-tung y la literatura:teoria y practica", *Estudios Orientales*, Vol.V, No.1, pp.20-37.

1971

"La literatura china moderna y la revolucion", *Revista de Universitad de Mexico*, Vol.XXVI, No.1, pp.15-24.

"Problems in Teaching Chinese at El Colegio de Mexico", *Journal of the Chinese Language Teachers Association in North America,* Vol.VI, No.1, pp.23-29.

La casa de los Liu y otros cuentos （老舍短篇小說西譯選編）， El Colegio de Mexico, Mexico, 125p.

1977

The Rural People's Commune 1958-65: A Model of Social and Economic Development (Dissertation of Ph.D. of Philosophy at University of British Columbia, Canada).

1979

"Water Conservancy of the Gufengtai People's Commune in Shandong" (25-28 May, The Annual Conference of Association for Asian Studies).

1981

"Kuo-ch'ing Tu: *Li Ho* (Twayne's World Series), Boston, Twayne Publishers, 1979", *Bulletin of SOAS*, University of London, Vol. XLIV, Part 3, pp.617-618.

"*The Drowning of an Old Cat and Other Stories*, by Hwang Chun-ming (translated by Howard Goldblartt), Bloomington, Indiana University Press,1980", *The China Quarterly* , 88, Dec., pp.707-08.

1982

"Jeanette L. Faurot (ed.): *Chinese fiction from Taiwan: Critical Perspectives*, Bloomington: Indiana University Press, 1980", *Bulletin of the SOAS*, Unversity of London, Vol. XLV, Part 2, pp.383-384.

"Martine Vellette-Hémery: Yuan Hongdao (1568-1610): théorie et pratique littéraires, Paris, Collège de France, Institut des Hautes Études Chinoises, 1982", *Bulletin of the SOAS*, Unversity of London, Vol. XLV, Part 2, p.385.

1983

"Nancy Ing (ed.): *Winter Plum: Contemporary Chinese Fiction*, Taipei, Chinese Nationals Center,1982", *The China Quarterly*, pp.584-585.

1986

"*Contemporary Chinese Literature: An Anthology of Post-Mao Fiction and Poetry,* edited with an Introduction by Michael S. Duke for the Bulletin of Concerned Asian Scholars, New York and London, M. E. Sharpe Inc., 1985", *The China Quarterly*, pp.51-53.

1987

"L'Ane du père Wang", *Aujourd'hui la Chine,* No.44, pp.54-56.

1988

"Duanmu Hongliang: *The Sea of Earth*, Shanghai, Shenghuo shudian, 1938", *A Selective Guide to Chinese Literature 1900-1949*, Vol.1 The Novel, edited by Milena Dolezelova-Velingerova, E. J. Brill, Leiden • New York, KØbenhavn K ln, pp.73-74.

"Li Jieren: *Ripples on Dead Water*, Shanghai, Zhong hua shuju, 1936", *A Selective Guide to Chinese Literature 1900-1949*, Vol.1, The Novel, edited by Milena Dolezelova-Velingerova, E. J. Brill, Leiden • New York, KØbenhavn K ln, pp.116-118.

"Li Jieren: *The Great Wave*, Shanghai, Zhong hua shuju, 1937", *A Selective Guide to Chinese Literature 1900-1949*, Vol.1, The Novel, edited by Milena Dolezelova-Velingerova, E. J. Brill, Leiden • New York, KØbenhavn K ln, pp.118-121.

"Li Jieren: *The Good Family*, Shanghai, Zhonghua shuju, 1947", *A Selective Guide to Chinese Literature 1900-1949*, Vol.2, The Short Story, edited by Zbigniew Slupski, E. J. Brill, Leiden • New York, KØbenhavn K ln, pp.99-101. \

"Shi Tuo: *Sketches Gathered at My Native Place*, Shanghai, Wenhua shenghuo chu banshee, 1937", *A Selective Guide to Chinese Literature 1900-1949*, Vol.2, The Short Story, edited by Zbigniew Slupski, E. J. Brill, Leiden • New York, KØbenhavn K ln, pp.178-181

"Wang Luyan: *Selected Works by Wang Luyan*, Shanghai, Wanxiang shuwu, 1936", *A Selective Guide to Chinese Literature 1900-1949*, Vol.2, The Short Story, edited by Zbigniew Slupski, E. J. Brill, Leiden • New York, KØbenhavn K ln, pp.190-192.

1989

"Father Wang's Donkey" (translated by Michael Bullock), *PRISM International,* Canada, Vol.27, No.2, pp.8-12.

"The Theatre of the Absurd in Mainland China: Gao Xingjian's *The Bus Stop*", *Issues &*

Studies, National Chengchi University, Vol.25, No.8, pp.138-148.

1990

"The Celestial Fish" (translated by Michael Bullock), *PRISM International*, Canada, January 1990, Vol.28, No.2, pp.34-38.

"The Anguish of a Red Rose" (translated by Michael Bullock), *MATRIX* (Toronto, Canada), Fall 1990, No.32, pp.44-48.

"Cao Yu: *Metamorphosis*, Chongqing, Wenhua shenghuo chubanshe, 1941", *A Selective Guide to Chinese Literature 1900-1949*, Vol.4, The Drama, edited by Bernd Eberstein, E. J. Brill, Leiden • New York, KØbenhavn K ln, pp.63-65.

"Lao She and Song Zhidi: *The Nation Above All*, Shanghai Xinfeng chubanshe, 1945", *A Selective Guide to Chinese Literature 1900-1949*, Vol.4, The Drama, edited by Bernd Eberstein, E. J. Brill, Leiden • New York, KØbenhavn K ln, pp.164-167.

"Yuan Jun: *The Model Teacher for Ten Thousand Generations*, Shanghai, Wenhua shenghuo chubanshe, 1945", *A Selective Guide to Chinese Literature 1900-1949*, Vol.4, The Drama, edited by Bernd Eberstein, E. J. Brill, Leiden • New York, KØbenhavn K ln, pp.323-326.

1991

"The Theatre of the Absurd in Mainland China: Kao Hsing-chien's *The Bus Stop*" in Bih-jaw Lin (ed.), *Post-Mao Sociopolitical Changes in Mainland China: The Literary Perspective,* Institute of International Relations, National Chengchi University, Taipei, pp.139-148.

"Thought on the Current Literary Scene", *Rendition* (A Chinese-English Translation Magazine), Nos.35 & 36, Spring & Autumn 1991, pp.290-293.

1997

Flower and Sword (Play translated by David E. Pollard) in Martha P. Y. Cheung & C. C. Lai (ed.), *Contemporary Chinese Drama*, Hong Kong, Oxford University Press, pp.353-374.

2001

"The Theatre of the Absurd in China: Gao Xingjian's *Bus-Stop*" in Kwok-kan Tam (ed.), *Soul of Chaos: Critical Perspectives on Gao Xingjian*, Hong Kong, The Chinese University Press, pp.77-88.

2006

二月，《中國現代演劇》（《中國現代戲劇的兩度西潮》韓文版，姜啟哲譯），首爾。

2013

Contes de Pékin, Paris, You Feng Libraire et Editeur, 170p.

八、有關馬森著作（單篇論文不列）

龔鵬程主編，《閱讀馬森 —— 馬森作品學術研討會論文集》，台北：聯合文學出版社，
　　2003年10月

石光生著，《馬森》（資深戲劇家叢書），台北：行政院文化建設委員會，2004年12月

廖淑芳、廖玉如主編，《閱讀馬森II —— 馬森作品學術研討會論文集》，台北：新地出版
　　社，2014年10月

關鍵詞索引

人名索引

世界華文新文學史

圖片索引

A History of Global Modern Chinese Literature
—Two Waves of Westernization in Modern Chinese Literature

Synopsis

Professor Ma Sen's lifelong devotion

One hundred years of Chinese Literature in the epoch of diaspora

The first literature history book that deals with Chinese writers all over the world- including those in China, Taiwan, Hong Kong, Macao, Southeastern Asia, Europe and America.

A complete heritages and legends of global Chinese Literature development within the most near hundred years

Volume I
Tide from the West: The first Wave of Westernization and Realism
The first wave of Westernization in mid-19th century, it's shock and results on China. Then comes the climax of the tide -New Culture/ New Literature Movement of May Fourth- that make a surge of new literatures and a new generation of writers.

Volume II
Wars and Diversification: Interruption of Westernization
Because of Japan's invasion into China and Chinese civil war, the westernization process was interrupt, then new literature and new generation developed during wartimes. The literature of Shanghai as an isolated island and of Liberated Area, and the diversification of literature in Taiwan and China: new literature in Taiwan before the Restoration and socialism literature in China.

Volume III
Rebirth after Diversification: the second Wave of Westernization and Modernism/Post-modernism
This volume discuss the secondary Westernization of Taiwan literature after Kuomintang government move to Taiwan - this is to be differentiated with the first wave that adored realism, the secondary wave has modernism and post-modernism as it's mainstream. The surge of writers of modernism and post-modernism literature in contemporary Taiwan. New literature and light literature in Hong Kong and Macao. Then comes the modernism literature under the secondary wave of Westernization in late-1990 that after mainland China was open up to the world, and the achievements of new generation of post-Cultural Revolution and oversea Chinese writers. The final stage will be the network literature of new generation writers that cross-over regional boundaries, and Chinese literature is marching toward the world.

文學叢書 435

INK PUBLISHING

世界華文新文學史——中國現代文學的兩度西潮
下編　分流後的再生：第二度西潮與現代／後現代主義

作　　者　　馬　森
總 編 輯　　初安民
責任編輯　　孫家琦　黃子庭　陳健瑜
美術編輯　　林麗華
校　　對　　孫家琦　黃子庭　呂佳眞　陳健瑜　馬森

發 行 人　　張書銘
出　　版　　INK印刻文學生活雜誌出版有限公司
　　　　　　新北市中和區建一路249號8樓
　　　　　　電話：02-22281626
　　　　　　傳眞：02-22281598
　　　　　　e-mail：ink.book@msa.hinet.net

網　　址　　舒讀網http：//www.sudu.cc
法律顧問　　巨鼎博發法律事務所
　　　　　　施竣中律師
總 代 理　　成陽出版股份有限公司
　　　　　　電話：03-3589000（代表號）
　　　　　　傳眞：03-3556521
郵政劃撥　　19000691 成陽出版股份有限公司
印　　刷　　海王印刷事業股份有限公司

港澳總經銷　　泛華發行代理有限公司
地　　址　　香港新界將軍澳工業邨駿昌街7號2樓
電　　話　　(852) 2798 2220
傳　　眞　　(852) 2796 5471
網　　址　　www.gccd.com.hk

出版日期　　2015年2月　　初版
ISBN　　　978-986-387-002-9

定　　價　　680元

本書榮獲 文化部 MINISTRY OF CULTURE 編輯力出版企畫補助

國家圖書館出版品預行編目資料

世界華文新文學史——中國現代文學的兩度西潮
　下編　分流後的再生：第二度西潮與現代／後現代主義
　　　／馬森 著.
　　--初版.--新北市：INK印刻文學，
　　2015.02　面；　公分（文學叢書；435）
　　　　ISBN　978-986-387-002-9（平裝）
　1.中國文學史 2.臺灣文學史 3.海外華文文學 4.文學評論
　820.9　　　　　　　　　　103021257

A History of Global Modern Chinese Literature
—Two Waves of Westernization in Modern Chinese Literature
Volume III, Rebirth after Diversification:
the second Wave of Westernization and Modernism/Post-modernism
by Ma Sen (馬森)

INK Literary Monthly Publishing Co., Ltd.
8F., No.249, Jian 1st Road,
Zhonghe Dist., New Taipei City 235, Taiwan (R.O.C.)
ink.book@msa.hinet.net
http://www.sudu.cc

Chief Editor: Chu An-ming
Text Editor: Sun Chia-chi   Huang Tzuting   Chen Chien-yu
Art Director: Lin Li-hua
Publisher: Chang Shu-min

This publication receives funding support from the Editor Power Project Grant Program by Ministry of Culture, Republic of China (Taiwan)

Library of Congress Cataloging in Publication Data

Ma Sen (馬森),
A History of Global Modern Chinese Literature
——Two Waves of Westernization in Modern Chinese Literature
Volume III
Rebirth after Diversification: the second Wave of Westernization and modernism/post-modernism
1.Literature
2.Chinese language and literature
3.Chinese literature—History and criticism
I. Title.
PL2250 2015

ISBN 978-986-387-002-9 (paperback)